시간조정연구소

세계문학 5

시간조정연구소

아흐멧 함디 탄피나르 지음 **박현용** 옮김

아모르문디

차 례

BEŞIKTAŞ
베식타스

바르바로스
대로

보스포러스
대교

마카공원

베식타스 항

돌마바흐체 궁전

돌마바흐체
모스크

보스포러스

ÜSKÜDAR
위스퀴다르

위스퀴다르 항

처녀의 탑

아시아지구

두

셀리미예
요새

마르마라 해

하이다르 파사 항

카디쾨이

1부 위대한 유산

1

나를 아는 사람들은 내가 읽고 쓰는 것을 그다지 좋아하지 않는다는 사실을 잘 알 것이다. 어릴 적 읽은 쥘 베른과 닉 카터 이야기를 제외하면, 페르시아어와 아랍어에서 유래한 수많은 단어에 막혀 비트적거렸던 몇 권의 역사책과 『앵무새가 들려주는 이야기』나 『천일야화』 같은 동화책이 내 독서 이력의 전부라고 할 수 있다.

나중에, 그러니까 우리 연구소를 설립하기 전 집에서 혼자 심심할 땐 아이들 교과서에 눈길을 주거나, 하루 종일 아무 할 일이 없을 땐 에디르네카피나 세흐자데바시의 커피하우스에서 굴러다니는 신문 기사나 연재소설을 읽는 게 고작이었다.

그리고 내가 법의학 연구소의 관심 대상이 되었을 땐, 라미즈 박사의 정신분석 논문들이 독서 이력에 추가되었다. 라미즈 박사는 내 치료를 맡은 담당의였는데, 치료가 끝난 뒤에도 친절히 대해주었다. 나는 시대를 앞서가는 학자가 내게 보여준 관심이 황송하여 그가 쓴 책과 논문을 한 줄도 빼놓지 않고 읽었다. 하지만 중요한 문제를 다루고 있는 그 자료들의 핵심을 이해할 수는 없었다. 그래서 문학적으로나 정신적으로 아무런 도움이 되지 않았다. 다만 라미즈 박사와 길게 담소를 나누는 동안—항상 말을 하는 쪽은 그였고 나는 가만히 듣기만 했지만—내가 그를 하나도 이해하지 못했다는 사실을 눈치채지 못하게 하는 데만 유용했다. 누구나 성장 과정에서 배운 것은 잘 잊지 못하는 법이다. 나의 아버지는 먼저 아랍어를 배운 뒤에 교과서를 읽어야 한다고 고집하셨는데, 내가 나중에 책 읽기를 거부했던 것은 아마도 그 같은 아버지의 검열이나 통제 때문이었는지도 모른다.

그럼에도 지금까지 살아오면서 딱 한 번 짧은 책을 쓸 기회가 있었다. 그것은 옛날부터 읽고 쓰기를 싫어했던 내가 노력해서 일어난 일도 아니고, "오, 하이리 이르달이 책을 쓰다니!"라는 사람들의 칭송을 듣고 싶어서도 아니며, 심리적 압박으로 인해 책을 쓰는 것 외에 달리 아무것도 할 수 없었기 때문도 아니다. 그 작품은 그새 문을 닫은, 아니, 할리트 아야르시의 적절한 개입 덕분에 영구적인 해체 상황에 놓이게 된 우리 연구소에서 출간했다. 하지만 한 가지만은 꼭 강조하고 싶다. 내가 모든 시계 수리공의 조상이라고 할 수 있는 세이흐(이슬람 세계에서 학자, 현자 또는 덕망 있는 사람에게 붙이는 존칭) 아흐멧 자마니의 삶과 업적에 대한 책을 구상하게 된 것은 무엇보다 할리트 아야르시의 축복과 같은 영향 덕분이었다. 할리트 아야르시는 우리 연구소의 설립자이자, 보잘것없는 나를 지금의 나로 세워준 인생의 은인이며 좋은 친구였다. 한마디로 내 인생의 아름답고 유익하고 즐거운 일은 모두 3주 전 교통사고로 우리 곁을 떠난 그 훌륭한 사람 덕분이었다. 할리트 아야르시는 한때 내가 일했던 시계 공방의 장인인 무바키트 누리 에펜디(종교적·세속적 권위자에 대한 오스만 제국 시대의 존칭)와 시계 제작에 대한 내 이야기를 듣고 즉석에서 세이흐 아흐멧 자마니—연구소 자체만큼이나 중요한 발견이라고 할 수 있다—를 발굴해냈다. 그리고 그 사람이 술탄 메메트 4세 시대의 인물이 틀림없다고 주장함으로써 자신의 목적을 이루었다.

우리는 이 두 가지 사실로부터 '시간 축제'의 명분을 마련하여 성대한 잔치를 벌였다. 내 책이 수많은 언어로 번역되고 국내외에서 진지한 주목을 받으며 회자되었다는 것은, 세상을 떠난 나의 벗 할리트 아야르시가 주장했던 세이흐 아흐멧 자마니의 활동 연대가 거짓이 아니며, 그가 실존 인물이었음을 증명한다. 개인적인 설명을 덧붙이자면, 비록 내 이름이 실리긴 했지만 책에 대한 최초의 착상도 내 것은 아니었다. 그러니 열여덟 개의 언어로 번역되고 열여덟 개의 언어로 비평됨으로써, 급기야는 반 홈베르트 같은 학자가 나를 만나기 위해, 그리고 세이흐 아흐멧 자마니의 묘지를 방문하기 위해 네덜란드에서 이 먼 곳까지 찾아왔다는 사실만으로도 그 시절을 내 인생의 황금기였다고 말할 수 있다.

물론 반 홈베르트가 방문했을 때 약간의 소동이 발생했다. 외국 학자와 —아무리 통역의 도움을 받는다 한들— 까다로운 주제를 놓고 이야기를 나누는 것, 그리고 결코 생존하지 않은 남자의 무덤을 찾는다는 것은 상상 이상으로 힘든 일이었다. 첫 번째 문제는 신문들이 "허심탄회한 두 사람의 만남, 실로 허물없는 열정적인 태도"라고 보도함으로써 나를 살려주었다. 그리고 두 번째 문제는 우리 조상들이 즐겨 예명을 사용했었다는 사실이 나를 구해주었다.

나는 에디르네카피나 에윕 또는 카라카아흐멧 같은 큰 공동묘지를 한참 뒤지고 다니다보면 언젠가는 세이흐 아흐멧 자마니의 무덤을 찾을 수 있을 거라고 믿었다. 그리고 정말 그렇게 됐다.

또한 고인의 약력을 조금 고친다고 해서 그리 잘못된 일은 아니라고 생각했다. 적어도 그 불쌍한 사람의 무덤은 다시 단장되고 그 이름도 사람의 입에 오르내릴 정도로 유명해졌으니 말이다. 영예도 재앙도 모두 신이 내린 축복이다. 묘지에서 찍은 사진들은 네덜란드 신문을 통해 전 세계로 퍼져나갔다. 사진에는 한 손은 모자와 코트를 들고 다른 손은 비석에 올려놓은 내 모습도 빠지지 않았다.

오늘 이런 기억을 되살리다보니, 마음에 걸리는 것이 하나 있다. 반 훔베르트가 호의적인 평으로 나를 세계적인 유명 인사로 만들어주었고, 우리가 며칠을 함께 보낸 사이긴 했지만 나는 그가 무덤에 기대어 서서 사진을 찍는 것을 허락하지 않았다. 거듭 부탁하는 그에게 이렇게 대꾸했다. "당신이 기독교인이기 때문에 고인의 안식을 방해할지도 몰라요!" 뿐만 아니라 내가 옳다는 것을 인정하라고 강요했다. 하지만 곰곰이 생각해보면, 나의 그런 태도는 용서받을 수도 있을 것 같다. 몇 달 동안 나를 쫓아다니며 귀찮게 한 걸 생각하면, 그 버릇없는 녀석에겐 자업자득이다! 그는 왜 생면부지의 나를 괴롭혔을까! 우리는 우리가 원하는 세상을 스스로 만들었다. 세상은 우리가 원하는 대로 이루어졌다. 그러나 여러분도 때가 되면 알게 되겠지만, 그는 내게 복수를 했다.

나는 읽고 쓰는 걸 좋아하지 않는다. 그럼에도 오늘 아침 큰 노트를 앞에 놓고 앉아 열심히 회고록을 쓰고 있다. 여느 때보다 훨씬 이른 시간인 새벽 다섯 시에 일어났다. 하녀들뿐 아니라, 최고의 요리 솜씨를 자랑하는 볼루 출신이 아니어서 아쉽지만 제법 그럴싸한 요리를 만드는 요리사 아리프 에펜디, 집 안 분위기를 고풍스럽게 만들기 위해 갖은 노력을 들여 채용한 하녀장 제이네프—이상하게도 내 어린 시절 이스탄불에는 흑인이 많았는데 요즘은 외국에서 데려와야 한다—, 그 밖에 시계 저택을 위해 일하는 일꾼들은 모두 단잠에 빠져 있다. 어쨌든 나는 손수 모닝커피를 내렸다. 그리고 안락의자에 앉아 나의 인생을 곰곰이 돌아보았다. 무엇을 덮어두고 잊어야 할지, 뭘 그럴듯하게 그려야 할지 걸러내기 시작했다. 반드시 언급할 만한 가치가 있는 것이 무엇인지도 고려해보았다. 말하자면 그동안의 일을 쭉 나열해보면서, 글을 쓸 때, 더구나 회고록을 쓸 때 꼭 필요한 계율인 정직함을 지키려고 애썼다.

무엇보다 나, 하이리 이르달은 정직을 최고의 가치로 생각하는 사람이다. 모든 것을 솔직하게 털어놓지 못한다면, 책을 쓸 필요가 어디 있겠는가? 하지만 아무리 솔직하게 털어놓는다 해도 글을 쓸 때는 체로 걸러낼 필요가 있다. 여러분도 모든 사건을 똑같이 묘사할 수 없다는 것을 인정할 것이다. 글을 쓰다가 중단하는 일을 되풀이하지 않으려면 계획을 잘 세워서 어떻게 해야 독자들의 정서에 부합할 수 있을지 반드시 고민해봐야 한다.

그렇다고 내 인생이 엄청난 가치가 있다고 여기거나, 기록으로 남길 만큼 중요하게 여긴다고 생각하지는 말기 바란다. 오히려 나는 조물주가 우리에게 인생을 선물한 이유는 글로 기록하게 하기 위해서가 아니라 살게 하기 위해서라고 예전부터 믿어왔다. 게다가 우리의 삶은 신이 준비한 책 속에 이미 모두 나와 있다. 나는 여기에서 그 책에 적힌 우리의 운명에 대해 말하고 싶다.

사실 나의 인생을 글로 옮기는 것은 그리 중요한 일은 아니다. 다만 내가 목격한 사건들을 망각하고 싶지 않을 뿐이다. 또한 3주 전 땅에 묻은 성인에 버금가는 인물인 할리트 아야르시를 글을 통해서나마 추모하고 싶다.

아내의 표현을 빌리자면, 연구소를 설립하기 전 나는 보잘것없고 평범하기 그지없는 사람이었다. 그런 내가 천부적인 재능을 지닌 대단한 인물을 사귀게 되었다. 나는 수년 동안 가까이서 그를 지켜보았다. 그의 머릿속에서 사고가 정립되는 과정과, 그 사고가 막 싹을 틔운 나무처럼 삽시간에 온몸으로 뻗어나가 삶 속으로 흘러 들어가는 모습을 목격했다. 우리 시대의 가장 중요한 기관인 시간조정연구소에 관한 아이디어가 그의 두 눈에 불꽃처럼 튄 순간부터 화려한 현재, 아니 화려했던 어제로까지 발전했던 과정을 바로 옆에서 목격했다. 나, 불쌍한 하이리 이르달은 부족한 게 많은 사람이지만 연구소를 설립하는 데 작지 않은 역할을 했다고 자랑스럽게 주장할 수 있다. 비록 그것이 행운과 우연 덕분일지라도.

나는 보고 들은 것을 글로 기록하는 것이 미래 세대를 위한 피할 수 없는 의무라고 생각한다. 우리 연구소의 역사를 나보다 더 잘 쓸 수 있는 단 한 사람, 바로 할리트 아야르시는 이제 우리 곁에 없다. 어제저녁 주인 잃은 책상을 다시 한 번 쳐다보았다. 눈물을 글썽이며 텅 빈 의자를 바라보던 아내의 모습을 잊을 수 없다. 아내는 책상 주변의 모든 것을 낯설어하면서 잠깐의 시간도 견디기 힘들어했다. 결국 휴지로 눈물을 닦고 자리에서 일어나 서둘러 자기 방으로 돌아갔다. 아내는 틀림없이 밤새 울었을 것이다. 할리트 아야르시는 나의 은인이자 내 아내의 절친한 친구였다고 해도 과언이 아니다. 내가 이 책을 쓸 결심을 하는 데는 그런 아내의 회한도 한몫했다.

나는 침대에 누워 깊은 상념에 잠겼다. "하이리 이르달", 나는 혼잣말을 했다. "넌 많은 것을 보고 경험했어. 고작 육십 년이지만, 몇 사람 몫의 인생을 살았지. 따돌림과 궁핍한 생활을 겪으며 참으로 고단한 삶을 살았어. 그러던 어느 날 재빠르게 성공의 사다리에 올라타 출세를 했지. 전에는 불가능했던 생활을 단번에 즐길 수 있게 된 건 전적으로 할리트 아야르시 덕분이었어. 불행에서 널 구해준 은인이야. 인생의 적들, 너의 생각과 마음의 평안을 어지럽히던 모든 것을 친구로 만들어주었어. 가난과 궁핍과 불쾌한 일만 겪었던 너에게, 인간이라면 누구나 누려야 할 삶의 즐거움을 알게 해주었어. 그걸 통해 인간 영혼의 고귀함도 깨닫게 되었지. 아울러 가족의 행복도. 할리트 아야르시 덕분에 아내 파키제의 진면목도 알게 되었어. 예전에는 아이를 신이 널 벌하기 위해 보낸 피조물이라고 생각했었는데, 부성애가 축복일 수도 있다는 걸 경험했어. 그런데 그걸 깨닫게 해준 정말 좋은 친구를 기억으로나마 소중하게 간직하기 위한 노력을 어떻게 안 할 수 있지? 그가 그대로 잊히거나, 심지어 조롱과 모욕의 포화를 받도록 내버려 둘 수 있어? 할리트 아야르시를 만나기 전에 네 인생이 어땠는지, 그리고 지금 네 모습이 어떤지 생각해 봐! 에디르네카페에 있던 집을, 매일 너희 집 문을 두드리며 길거리에서 널 기다리던 빚쟁이들을 생각해봐! 조그만 빵 한 조각을 얻으려고 얼마나 비참한 싸움을 벌였는지를 생각해봐! … 그리고 지금의 행복한 생활을 떠올려봐!"

2

지금까지 할리트 아야르시를 알기 전 내 삶에 대해 이야기했다. 정말 그런 삶을 인생이라고 부를 수 있을까? 가난에 찌들어 끊임없이 업신여김을 당하고 매순간 모욕감을 느끼며 갑옷처럼 걸친 궁핍함을 벗어버리지 못하여 그 안에서 버둥거리는 것을 인생이라고 한다면, 나와 내 가족은 진정한 인생을 살았다고 말할 수 있을 것이다. 하지만 약간의 권리를 즐기고 기쁨을 느끼며 외부에 대한 안전장치를 어느 정도 마련해놓고 친구들과 교제하며 지내는 것이 인생이라면, 얘기는 완전히 달라진다. 여러분은 내가 다른 사람을 돕거나 건설적인 일을 한 것에 대해 이야기하는 것이 아님을 알아챘을 것이다. 할리트 아야르시를 알기 전에는 그런 즐거움이 있다는 것 자체를 알지 못했다. 그러나 오늘 내겐 인생의 목표가 하나 생겼다. 훗날 사람들이 나를 기억할 무언가를 남기는 것이다. 십년 동안 나는 세상에서 가장 현대적이고 유익한 연구소의 소장직을 맡아서 내 아이들과 일가친척들, 그리고 친구들에게 일자리를 제공하여 행복한 생활을 누릴 수 있게 했다. 심지어 한때 나의 믿음을 심하게 저버렸던 사람들에게도 그렇게 했다. 인근 수아디예 신시가지 구역의 개발을 통해 도시 발전에 기여한 것만 지적해도 충분할 것이다. 그곳에는 우리 연구소 직원들만 사는데, 그중 절반이 나와 할리트 아야르시의 친척들이다. 연구소 설립 당시 할리트 아야르시는 각 부서의 높은 자리에 우리 두 사람이 추천한 사람들과 친척들을 앉히겠다고 단호하고도 지혜로운 결심을 했다.

나는 지금 연구소가 해체되기 한참 전 언론지상에 보도된 사건들과 그 이후의 날선 비판에 대해 이야기해야 할지 말아야 할지 결정을 내리지 못하고 있다. 인생이란 참으로 이상하지 않은가? 십 년 전만 해도 우리 연구소에서 뭘 기획하든 세상의 모범이라며 대서특필하고 간이라도 빼줄 듯 친근하게 굴면서 우리가 주최한 연회와 기자회견에 부지런히 쫓아다니던 기자들이 요즘에는 기사 한 줄 써줄 생각도 하지 않는다.

처음에 그들은 연구소의 규모와 방만한 운영을 비판했다. 실업률이 높은 나라에서 우리가 그렇게 많은 사람들에게 일자리와 끼니를 제공하는데도 마치 아무 쓸모없는 일을 하는 것처럼 국장 3명, 부장 11명, 여비서 47명, 검사원 270명이 너무 많다며 끊임없이 비난을 해댔다. 또한 분침과 초침, 태엽과 균형바퀴, 굴대로 구성되는 시계가 아주 단순한 기계라도 되는 듯, 시간이라고 하는 것이 시, 분, 초 그리고 0.1초로 이루어지지 않기라도 한 듯, 우리가 애써 붙인 각 부서의 이름을 비웃었다. 이어서 각 부서에서 기초부터 차근차근 교육을 받아 십 년 간 능력을 입증했던 우리 직원들의 숙련성과 전문성, 업무 능력을 비웃었다. 급기야는 우리가 낸 출판물에 대해서도 혹평을 해댔다.

우선 내가 쓴 『세이흐 아흐멧 자마니와 그의 업적』을 신랄하게 비난했다. '0.01초팀'의 팀장인 처남이 정성껏 편찬한 소책자 『우주의 시간 조정에 남서풍이 미치는 영향』과 내 친구 라미즈 박사가 저술한 『시간과 정신분석』 및 『이르달의 시간 성격학』, 할리트 아야르시가 쓴 『사회일원론과 시간』과 『초(秒)와 사회』를 비롯한 모든 책들이 얼토당토않은 헤드라인과 함께 일간지에 기사화되었다. 마치 매우 우스꽝스럽거나 위험한 작품이라도 되는 것처럼.

하지만 그것으로는 충분하지 않은 듯, 기어이 우리를 문서위조 및 사기 혐의로 고발하기에 이르렀다. 언론은 우리 연구소의 과학적이고도 사회적인 활동을 가능하게 해주었던 보너스 삭감과 할인, 특별수당을 비롯한 벌금누진제를 호되게 비판했다. 그것은 시민들도 매우 만족하고 즐거워했던 제도였다. 나는 할리트 아야르시와 나의 아내 파키제가 벌금을 걸고 끝도 없이 백가몬 게임(두 사람이 주사위를 던져 말을 움직이며 하는 놀이)을 하는 것을 지루하게 지켜보다가 그 아이디어를 얻었는데, 도입 당시부터 열광적인 지지를 이끌어냈다.

한 고위직 세무공무원은 벌금누진제를 세금제도 역사상 커다란 발견이라고 높이 평가하면서, 나를 단숨에 튀르고(프랑스의 정치가이자 경제학자), 네케르(스위스 제네바 출생의 프랑스의 은행가이자 정치가), 샤흐트(독일 국립은행 총재로 일차대전 후의 인플레이션을 수습했으며, 나치정권 초기에 경제장관을 지내다가 군비확장에 반대하여 사임했다) 같은 위인들과 동일한 반열에 올려놓았다.

사실 그런 평가가 전혀 잘못된 것은 아니다. 지금까지 국민들은 이를테면 벌금형과 같은 재정적인 제재를 받으면 당연히 불만을 토로했다. 우리의 벌금누진제하에서도 시민들은 범칙 사실을 통고받으면 처음에는 화들짝 놀랐다. 하지만 그 뒤에 매력적인 논리가 숨어 있다는 것을 알고 가만히 미소를 짓다가, 중요한 핵심을 파악하고 난 뒤에는 허심탄회하게 웃음을 터뜨렸다. 그래서 벌금누진제 시행 초기에 우리 직원들에게 "우리 집에 좀 들러요. 제 아내가 꼭 현장을 보고 싶어 합니다. 여기 제 주솝니다"라고 하면서 명함에 택시비까지 슬쩍 쥐어주는 일이 얼마나 많았던가.

그 제도의 기본 원칙은 자기 시계가 구역의 공식 시계와 맞지 않으면 5쿠르쉬의 벌금을 내는 것이었다. 인근에 있는 또 다른 시계와 차이가 나면 두 배의 벌금이 부과됐다. 그래서 근처에 시계가 여럿 있으면 그에 비례하여 벌금이 올라갔다. 본래 시간을 한 치의 오차도 없이 정확하게 맞추는 것은 불가능했기 때문에, 특히 번화한 곳에서는 단 한 곳만 단속해도 상당한 액수가 모였다.

뿐만 아니라 늦게 가든, 빨리 가든 이 복잡한 벌금제도에는 예외가 없었다. 누구나 알듯이 시계는 본래 늦거나 빠르거나 둘 중 하나이지, 제3의 경우란 없다. 한 치의 오차 없이 정확하게 시계를 맞추는 게 불가능한 것과 마찬가지로, 동시에 멈춰선 경우가 아니라면 그것은 항상 적용되는 원칙이다. 여기에는 개인적인 요소 또한 작용한다. 사람들은 세상을 지배하기 위해 갖은 애를 쓴다. 그렇기 때문에 물건들 역시 사람들에게 예속되어 있다. 압뒬하미트 2세(오스만 제국의 술탄, 1876~1909 재위)가 통치하던 내 어린 시절 우리나라의 미래는 암울했다. 내 동년배들은 그 시절 이스탄불 시내를 오가던 증기선들의 나팔소리가 얼마나 절박하게 들렸는지 생생하게 기억할 것이다. 그에 비하면 환경이 나아져서 웃을 일이 훨씬 많아진 지금은 증기선과 전차가 내는 소리가 얼마나 유쾌하게 들리는가!

시계 역시 다르지 않다. 은연중에 주인의 기질이나 결혼생활 또는 정치적인 신념에 적응한다. 다양한 집단과 세대를 뒤에 남겨둔 채 진보를 향한 연이은 혁명의 물결에 휩쓸렸던 우리 사회에서, 그런 식으로 시계에 정치적인 신념을 표출하는 방법을 찾았다는 것은 이해할 만한 일이다. 하지만 한 가지 또는 그 이상의 이유 때문에 사람들은 자신의 정치적인 신념을 정확히 밝히지 않는다. 그동안 당한 수많은 제재가 머릿속에 떠오르는데 어떻게, "내 생각은 이렇습니다!" 하고 소리 높여 본인의 입장을 말할 수 있겠는가. 그래서 타인과 다른 자신의 버릇과 신념만큼이나 우리의 비밀을 간직하고 있는 것이 시계라고 할 수 있다.

시계는 주인의 가장 가까운 벗이라고 할 수 있다. 주인의 맥박을 세심하게 감시하고 주인의 가슴에서 마음의 움직임을 나누고 온기를 느끼며 한 몸이 되거나, 책상 위에서 주인의 하루를 함께 경험하고 필연적으로 주인에게 동화되어 그처럼 살고 그처럼 생각하는 것에 익숙해진다.

더 자세한 설명은 필요하지 않을 것 같다. 다만 사람에 대한 사물의 이런 적응력이, 설령 시계처럼 그렇게 집요하지는 않더라도, 모든 사물이 갖고 있는 전형적인 특징이라고 말하고 싶다. 낡은 모자와 신발, 옷가지들은 하루하루 점점 더 우리의 일부가 되는 것이 아닐까? 그렇기 때문에 끊임없이 새것을 사는 게 아닐까? 새 옷을 입으면 본래의 자신으로부터 어느 정도 자유로워진다. 스스로를 거리를 두고 관찰할 수 있으며, "나는 이제 새로 태어났어!"라고 말할 수 있는 행복감을 느낀다.

나는 이렇게 주장하고 싶은 생각이 든다(할리트 아야르시는 연구소의 명예에 누가 될 수 있으니 그런 생각은 거두라고 엄명을 내렸지만, 이제는 그럴 이유가 없으니 내 생각을 밝히고 싶다). 나는 낡은 모자나 신발을 보고 주인의 성향과 습관, 인생 역정과 가장 큰 고민거리까지 알아낼 수 있다. 우리는 급사를 채용하면 옷 한 벌과 낡은 셔츠 몇 장, 넥타이 한 개나 적어도 신발 한 켤레를 제공했는데, 거기엔 깊은 뜻이 담겨 있었다. 우리를 전혀 알지 못하는 사람이 우리가 제공한 옷과 신발을 신고 다니게 되면 알 수 없는 마력을 통해 점점 더 우리와 가까워지고, 부지불식간에 우리의 습관과 사고를 받아들이게 된다. 나는 그런 일을 두 번이나 경험했다.

만물은행의 은행장으로서 나를 해고한 케말 씨는 내게 평생 가장 큰 고난을 준 장본인이었다. 당시 그는 내게 자신이 입던 양복을 물려주었다. 케말은 나와는 완전히 다른 부류의 사람이었다. 그는 매정하고 매우 깐깐하고 거만했으며, 직원들을 괴롭히면서 희열을 느꼈다. 그리고 자신의 아집대로 세상을 판단했다. 그런 그와 완전히 달리 유순하고 순종적인 성품인 나는 빵만 얻을 수 있다면 일상에 만족했다. 나는 케말의 성격을 받아들이지 못했고, 받아들일 수도 없었다. 그런데 나는 그의 유일한 약점이라고 할 수 있는 아내에 대한 사랑을 그가 준 양복을 통해 물려받았다. 엄격한 이슬람 교육을 받은 세 아이의 아버지이자, 모든 사람이 내게는 과분하다고 말하는 아내 파키제가 있었음에도 그 양복을 입은 지 일주일 만에 나는 셀마와 깊은 사랑에 빠졌다. 케말의 은행을 떠나고 몇 해가 지나서 양복이 서서히 누더기가 된 후에도 나는 그 사랑에서 헤어나올 수 없었다.

나는 우리 연구소를 창립하는 날 할리트 아야르시로부터 두 번째 양복을 선물받았다. 내 차림새로는 연구소에 출근할 수 없을 거라고 여겼기 때문이었다. 그 양복을 입는 순간 내 존재가 바뀐 것 같은 기분이 들었다. 시야가 갑자기 넓어졌다. 할리트 아야르시처럼 인생을 총체적인 관점에서 바라보기 시작했다. 나는 '변화', '조정', '작업 구조', '사고의 전환', '메타 사고'와 '과학적인 사고방식'과 같은 단어들을 사용하기 시작했고, 나 자신의 의지 부족을 '불가항력' 또는 '불가능성'과 같은 용어와 연관하여 설명했다. 또한 동양과 서양을 경솔하게 비교하면서 스스로 두려움에 빠질 판단을 내리기도 했다. 할리트 아야르시처럼 모든 사람을 대상으로 "이 사람은 뭐에 쓸 수 있을까?"라는 생각을 하며, 인생을 내 마음대로 주무를 수 있는 반죽처럼 여겼다. 마치 양복이 아니라 요술 망토라도 되는 것처럼, 할리트 아야르시의 비범함과 독창성을 물려받았던 것이다. 케말의 부인인 셀마도 이제는 넘볼 수 없는 존재로 보이지 않았다. 물론 그 모든 과정이 할리트 아야르시처럼 갈등 없이 이루어지지는 않았다. 때로 온순하고 자애로운, 삶의 시련을 아는 나의 본성이 말을 걸었고, 내 행동을 중단시켰으며, 나의 판단을 감시했다. 그로 인해 내 생각과 말과 판단이 온통 뒤죽박죽된 듯한 기분이 들었다. 어느 날 할리트 아야르시에게 그 이야기를 털어놓자, 그는 너털웃음을 터뜨리며 이렇게 말했다. "그건 당연한 거예요. 거기에 본인의 특별한 감각을 섞으면 됩니다! 계속 그렇게 밀고 나가세요!"

그 문제를 놓고 우리가 나눈 토론에서 할리트 아야르시가 했던 말을 여기에 밝혀두고 싶다. "친애하는 하이리 이르달, 당신 말이 전적으로 옳아요. 옛날부터 높은 자리에 있는 인물이 시중드는 사람들에게 자기 옷과 물건을 준 까닭이 거기 있습니다. 로마의 황제와 왕들, 그리고 힘 있는 집정관들은 친구들에게 자신의 생각을 전파하기 위하여 개인적인 선물을 주었습니다. 오스만 제국의 술탄과 재상들이 선물한 카프탄(남자용 긴 윗옷)과 모피도 마찬가지 사례죠. 당신은 지금 부지불식간에 역사의 비밀을, 일종의 심리적 메커니즘을 발견한 셈입니다."

그의 말은 옳았다. 내가 그의 양복을 걸친 후 그런 깨달음을 얻었다는 사실을 명심해야 할 것이다. 할리트 아야르시는 타고난 발명가였다. 그래서 나는 그 옷을 입자마자 그를 본받으려고 노력했다.

이제 시계 얘기로 돌아가 보자. 우리 연구소에서 출간한 라미즈 박사의 『시간과 정신분석』이라는 중요한 논문을 인용하고 싶다. 하지만 다시 생각해보니, 그런 학술논문을 인용하는 것이 이 회고록을 부담스럽게 만드는 건 아닌지 염려스럽다. 그래서 차라리 하지 않는 게 나을 것 같다. 그 논문은 출간되어 있으니 관심 있는 사람은 언제든 찾아볼 수 있을 것이다.

라미즈 박사와 나는 한 가지 중요한 점에서 차이가 있었는데, 여기서 우선 그의 개인적인 견해에 대해 밝혀두고 싶다. 그의 말에 따르면, 나는 우리의 공동 사업에 대해 일반 심리학이나 사회학적 관점에서 접근하는 반면, 그는 다른 정신분석학자들처럼 성과 리비도와 억압이라는 관점에서 출발한다고 한다. 나는 일반 심리학이나 집단 심리학, 하물며 사회학에 대해서도 아무것도 알지 못했지만, 그의 설명을 듣고 정말 기뻤다. 라미즈 박사는 내 말에 늘 친절하면서도 진지하게 귀를 기울였는데, 나더러 대단한 이상주의자라고 했다. 그 문제를 놓고 아내와 대화를 나눈 적이 있다. 아내는 시계나 시간처럼 지극히 인간적인 것과 관련된 문제에서 성적인 것을 소홀히 한다면, 그야말로 나는 이상주의자일 뿐 아니라 건강이나 기질적인 부분에서 무언가 중요한 다른 이유가 있을 거라고 말했다.

하지만 여러분이 이 문제를 어떻게 생각하든, 빠른 시계와 늦은 시계에는 엄연히 차이가 있다. 그래서 사람들은 늦은 시계를 가진 주인들에게 일괄적으로 2쿠르쉬 높은 벌금을 부과하는 것을 당연하다고 여겼다. 대다수 사람들은 그 벌금 인상안을 반기기까지 했다. 늦은 시계를 가진 사람들에게 벌금을 부과하는 것은, 빠른 시계를 가진 사람들에게 그만큼 보상을 주는 것과 다름없었다. 인간은 결코 획일적인 평등을 쉽사리 받아들이지 못한다. 그래서 작은 우대 정책을 통한 자극이 필요하다. 나는 악이 존재할 때만 선이 가능하다고 자신 있게 말할 수 있다. 고인이 된 나의 스승인 무바키트 누리는 수피교에 대해 말하면서, 세상 만물은 그 반대되는 것을 통해 알려지고 또 존재한다고 역설한 바 있다. 그런 이유로 할리트 아야르시는 내가 제안한 벌금 인상안을 단연 중요하게 받아들였다.

우리의 현금 징벌제도의 세 번째 특징은 여러 차례 위반할 경우 10퍼센트에서 30퍼센트까지 할인을 해준다는 점이었다. 전 세계 어느 나라든 법을 어긴 횟수가 많을수록 엄격하게 가중처벌을 하는 것이 일반적이다. 하지만 이것은 입법기관과 범죄자가 서로 고집을 부리고 자기주장만 앞세우며 경쟁하게 만들 뿐이다.

첫 번째 위반의 경우 상황은 전혀 다르다. 사람들은 첫 결혼과 똑같이 후회의 감정을 느끼고 또 느껴야만 마땅하다. 두 번째부터는 본능적으로 인간은 경매 가격이 본인의 경제 수준으로 따라잡을 수 없을 정도로 급등했을 때와 마찬가지로 절망감에 휩싸이는 것이 일반적이다. 하지만 10퍼센트에서—7, 8회 위반했을 경우—30퍼센트까지 할인해주는 우리의 벌금제도는 그런 반응을 차단할 수 있다. 물론 우리 연구소는 이런 공격적인 벌금누진제로 인해 주목을 받기 시작했다. 거기에는 사업상의 이유가 있었다. 우리는 사실상 시 당국이 방치한 벌금 수입원으로 사업을 한 것이나 다름없었다. 그런데 어떤 기업이든 단골손님에게는 할인 품목을 확대하지 않는가? 나중에 밝혀진 것처럼, 이스탄불 시민들이 우리의 벌금제도를 환영할 거라는 나의 예상은 적중했다. 시민들은 여름과 겨울의 마감 세일에 익숙했고 장사꾼들이 어떻게 이익을 내는지 잘 알고 있었다. 정부출연기관에 뭔가를 기대하지 않는 사람은 없을 것이다. 그리하여 시민들은 아주 간단하게 우리의 벌금제도를 즐기고 다른 사람들에게도 홍보했다.

상황은 이런 식으로 전개되었다. 사람들은 처음에는 농담으로 여겼던 벌금할인제에 대해 개인적으로 확인하기 위해서 맞지 않는 시계를 들고 우리 사무실로 떼 지어 몰려들거나, 우리 연구소 검사원을 길에 세우고 벌금을 부과해 달라고 청했다. 그래서 자진해서 벌금 딱지를 받는 것이 유행이 되어 삽시간에 도시를 휩쓸었다. 부모들은 아이들에게 장난감을 사줄 필요가 없었다. 아이들과 즐거움을 공유하기 위해서 사랑하는 자녀들에게 가장 즐거운 장난감인 시계를 선물했기 때문이다.

이스탄불 시민뿐만 아니라 근교 주민들과 심지어는 먼 도시 사람들의 호기심도 대단했다. 벌금할인제와 정기권을 도입한 처음 몇 달 동안 철도청에서는 몇 대의 특별기차를 더 투입했다. 이스탄불의 두 기차역인 하이다르파샤와 시르케시는 매일 이렇게 외치는 사람들로 넘쳐났다. "그 현장을 꼭 봐야겠어요." "그게 정말이에요? 믿을 수가 없군요." 그러면서 호탕하게 웃었다.

지방에서 올라온 사람들은 그 현장을 어서 체험하고 싶어 안절부절 못했다. 그로 인해 우리는 검사원 대다수를 기차역에 투입해야 했다. 이스탄불뿐 아니라 아나톨리아 쪽 길목인 펜디크와 트라키아 쪽 길목인 카탈카도 마찬가지였다. 하지만 검사 인원이 충분치 않았기에 목표 달성을 위해서는 시계 정거장의 직원들과, 구역 업무를 위해 시간조정 작업반으로 선발했던 젊은이들까지 차출해야 했다.

국경 밖에서도 우리 연구소의 명성은 자자했는데, 그것 역시 벌금누진제 때문이었다. 신문에는 호화 유람선 승객들이 이스탄불에 일주일간 머물면서 벌금 할인증을 손에 넣기 위해 선장에게 항로의 변경을 요구하고, 많은 관광객들이 할리트 아야르시나 나를 만나기 전에는 이스탄불을 떠나지 않으려 하며, 우리 사진을 파는 가게가 손님들로 장사진을 이룬다는 기사가 실렸다. 아마 외국 신문들도 비슷했을 것이다.

나는 여기서 최근 항간에 떠도는 우리 연구소에 대한 잘못된 소문에 대해 자세히 얘기하고 싶진 않다. 나의 회고에 귀를 기울이는 독자들은 무엇이 진실인지, 우리가 얼마나 부당한 취급을 당했는지 알게 될 것이다. 다만 그것 역시 내 개인의 관찰일 뿐이라는 사실을 강조하고 싶다.

시간조정연구소를 칭송하는 사람들이든, 비방하는 사람들이든 늘 간과하는 한 가지 사실이 있다. 그것은 바로 나 자신, 그러니까 나의 과거와 연구소와의 관계이다. 나는 우리 연구소가 할리트 아야르시의 창조적인 사고와 기업가적인 정신의 산물이라는 사실을 부인하지 않는다. 그는 말 그대로 모든 면에서 나의 은인이자 훌륭한 친구였다. 하지만 외부인의 추측대로 내가 연구소에서 단순한 도구이자 순종적인 보조 역할에만 그쳤던 것은 아니다. 연구소가 할리트 아야르시의 상상력의 결과물이었다면, 나는 연구소의 부침(浮沈)과 큰 위기를 온몸으로 겪은 장본인이었다. 내 인생의 본질은 바로 그것이다.

물론 지금 그때의 기억을 글로 옮기는 주된 이유는 할리트 아야르시와 연구소에 대한 비방을 반박하기 위해서다. 아울러 작지만 중요한 진실을 밝히는 것 역시 그에 못지않게 중요하다고 생각한다.

3

내 인생이 지금까지 얼마나 힘들었는지는 이미 몇 차례 언급했다. 회고록을 출간하면, 독자 여러분은 가난과 궁핍이 마치 두 번째 피부처럼 어떻게 내 인생의 동반자가 되었는지 알게 될 것이다. 그렇다고 내가 제대로 행복을 누리지 못했다고 말하는 것은 잘못이다.

나는 가난한 집안에서 태어났지만 행복한 어린 시절을 보냈다고 말할 수 있다. 가정의 분위기가 화목하다면 가난은—일정한 한도를 넘어서지 않는 선에서—일반적으로 생각하는 것처럼 그렇게 끔찍한 것도, 견딜 수 없는 것도 아니다. 왜냐하면 가난은 몇 가지 특권을 제공하기 때문인데, 내 어린 시절 가장 중요한 특권은 바로 자유였다.

　오늘날 우리는 자유라는 말을 정치적인 의미에서만 사용한다. 얼마나 안타까운 일인가! 나는 그로 인해 자유의 진정한 의미를 전혀 이해하지 못하게 될까 봐 염려스럽다. 정치적인 자유의 추구는 대규모 억압으로 연결될 수 있다. 혹은 끔찍한 통제로 가는 문을 활짝 열어줄 수도 있다. 자유는 이 세상에서 가장 희소한 재산인 것만 같다. 왜냐하면 누군가 그 것을 실컷 향유하기로 결심한 순간, 그의 주변 사람들은 그것에 굶주릴 수밖에 없기 때문이다. 나는 그 역(逆)을 전혀 알지 못하며, 사실 자유의 무게에 짓눌려 살았다. 짧은 인생 동안 나는 벌써 일고여덟 번이나 우리나라에 자유가 올 거라는 소문을 들었다. 정말이다. 다시 갔다는 얘기는 듣지 못했음에도, 자유는 일고여덟 차례나 찾아왔고, 우리는 매번 환호하며 거리로 뛰어나갔다.

　도대체 자유는 어디서 오는 것일까? 그리고 어떻게 그렇게 슬그머니 사라지는 것일까? 자유를 주었던 자가 다시 자유를 가져가는 것일까? 아니면 다른 사람에게 이렇게 말하고 선물로 넘기면서 순간순간 관심을 잃는 것일까? "여기 있습니다. 나는 이미 자유의 기쁨을 충분히 누렸습니다. 이제 당신 차렙니다. 아마 꽤 쓸모가 있을 겁니다!" 아니면 자유는 구석에서 갑자기 반짝거리는 보물 상자와 같은 것일까? 가까이 다가가서 손을 대면 석탄더미나 흙더미로 변하는 보물 상자? 내겐 어느 것도 명쾌하지 않았다.

　결국 아무도 자유를 필요로 하지 않는다는 확신을 갖게 되었다. 아마 자유에 대한 사랑—할리트 아야르시가 애용하던 표현을 써도 이제 그에게 욕을 먹지 않을 것이다—은 일종의 속물근성이나 마찬가지인 것 같다. 우리가 자유를 실제로 써먹고 사랑했다면, 그것이 빈번하게 등장했을 때 우리 옆에서 물러나지 않도록 꼭 붙잡고 있었을 것이다. 그러면 뭐하겠는가! 자유는 오늘 와서 내일 가버린다. 나는 우리가 자유의 부재에 너무 빨리 익숙해지는 것이 이상하다. 우리는 그저 몇 권의 책 속에서 묘사되고 간간이 공식 석상에서 언급되는 것으로 만족한다.

하지만 내가 어릴 적 누렸던 자유는 전혀 다른 것이었다. 난생처음 접하는 것이었고, 그렇기 때문에 결정적이었다. 아무도 내게 자유를 주지 않았다. 나는 자유라는 황금 막대기를 내 안에서 스스로 찾아냈다. 단 한 번! 그날 이후 보잘것없는 삶, 가난한 우리 집, 우리를 둘러싼 사람들, 한마디로 모든 것이 변한 것 같았다. 하지만 훗날 다시 그 자유를 잃었다. 어릴 적 나의 가난도, 지금의 행복도, 그 어떤 다른 것도 자유의 기적으로 채워졌던 그 세월을 내게서 빼앗을 수 없을 것이다. 내게 자유는 뭔가를 탐하지 않고, 뭔가를 위해 자신을 괴롭히지 않고 사는 법을 가르쳐주었다.

그리하여 나는 결코 쓸데없는 것을 좇지 않았다. 헛되이 어떤 명예심을 충족시키려고 노력하지도 않았다. 반에서 1등이나 2등, 또는 20등이 되고 싶다는 생각도 하지 않았다.

파티흐 지구의 콩나물시루 같던 중학교 교실에서 나는 내 주변에서 벌어지는 경쟁을 제일 뒷좌석에서, 말하자면 왕좌에 앉아 관찰할 기회를 얻었다. 그 경험을 통해 나는 인간의 행동을 멀리서 지켜보는 법을 배웠다.

나는 대다수의 반 친구들처럼 보모나 하인이 학교에 데려다주지 않았다. 또한 멋진 새 옷도, 방수가 되는 장화도, 따뜻한 외투도 없었다. 바지는 항상 무릎을 기워 입었고, 소매가 뻥 뚫려 팔꿈치가 훤히 들여다보이는 윗도리를 입고 다녔다. 학교생활 잘하라는 당부를 들으며 헤어질 때의 아쉬움을 한 번도 느껴보지 못했고, 저녁마다 나를 애타게 기다려줄 사람도 없었다. 오히려 세상 모든 일에 날이 갈수록 흥미가 생겨서 점점 더 늦게 집에 들어갔다. 나는 행복했다. 어린 시절 결핍의 대가로 나만의 거리와 인생을 얻었다. 사계절, 사람들, 동물들, 사물들, 이 모든 것이 가장 아름답고 다양한 얼굴로 내게 다가왔다.

하루에 두 번 에디르네카피에서 파티흐까지 등굣길을 최대한 꼼꼼하게 되짚어가면서 한 걸음씩 다른 꿈을 좇았다. 그러나 이런 행복은 열 살이 되었을 때, 어떤 열정에 휘둘리게 되었다. 그때까지 평온했던 내 삶이 얼마간 흔들리게 된 이유는 외삼촌이 할례 선물로 준 시계 때문이었다. 열정은 죄가 없을지 몰라도 항상 위험을 동반한다. 그러나 나를 사로잡은 열정은 내 삶이 완전히 지리멸렬하게 끝나지 않도록 막아주었다. 오히려 그것은 인생의 방향을 잡아주었다. 혹은 그것이 내 삶에 형식을 부여해주었다고도 말할 수 있으리라. 나로 하여금 자유의 문을 향해 나아갈 수 있게 해주었던 것은 바로 그 열정이었다.

4

아버지가 낡은 책 뒷면에 내 생일을 이슬람력 1310년 라잡(경외의 달) 16일(서력 1893년 2월 3일)이라고 적어놓았지만, 진짜 하이리 이르달은 시계를 받은 바로 그날 세상에 태어났다. 내 인생은—외숙모가 돈을 아끼려고 금속 줄 대신 선택한—파란 줄이 달린 회중시계가 베갯머리에 놓인 그 순간부터 무언가 달라졌다. 좀 더 의미가 있고 목적의식을 띠게 되었다. 그 작은 시계는 나의 작은 세계를 평정하고 새로운 생활공간에 적절하게 적응하기 시작했다. 시계가 내 손에 들어온 뒤 그때까지 내 것이라고 여겼던 모든 것들이 돌연 부차적인 것이 되고 말았다. 외삼촌이 선물로 준 첨탑이 두 개인 마분지로 된 모형 이슬람 사원—외삼촌은 자기 자식들을 위해서는 유행에 맞으면서도 좀 더 실용적인 선물을 골랐지만 우리에게는 그런 선물을 했는데, 아마도 우리 아버지가 이슬람 사원에서 일을 했고, 우리 집이 미흐리마흐 사원 근처에 있었기 때문일 것이다—과 집 앞에서 온 동네 아이들과 함께 만든 커다란 연, 이슬람 사원 여기저기서 뜯어낸 납 조각을 병아리콩 행상에게 팔아 마련한 그림자극 인형 세트, 그리고 내 것은 아니었지만 시간 날 때마다 에디르네카피 묘지나 성벽 근처에서 방목하면서 인내심을 갖고 기분을 맞춰주곤 했던 이웃 이브라힘 아저씨의 고집스러운 염소를 비롯한 모든 것들이 아무런 의미가 없어졌다.

독자 여러분이 혹시 내가 그때까지 한 번도 시계를 보지 못했거나, 우리 집에 시계가 없었다고 생각할까 염려스럽다. 그건 엄청난 착각이다. 우리 집에는 시계가 여럿 있었다.

누구나 알듯이 옛날 우리의 삶은 시간에 따라 움직였다. 나중에 무바키트 누리 에펜디에게서 들은 얘기에 따르면, 유럽 시계 장인들의 최고 고객은 항상 무슬림이었고, 그들 중에서도 신을 가장 경외하는 민족, 즉 우리 민족이었다. 하루에 다섯 번 올리는 기도와 금식월인 라마단 동안 새벽에 먹는 식사인 사후르와 해가 진 후 먹는 이프타 같은 예배의식이 모두 특정 시간과 관련이 있었다. 시계는 신을 찾아가는 가장 확실한 길이었다. 그리고 이런 관습을 가진 우리 조상들의 삶을 지배한 것이 시계였다.

도시에는 시간을 물어볼 수 있는 작업장이 어디에나 있었다. 업무에 시달리느라 항상 시간에 쫓기는 사람도 가던 길을 잠깐 멈추고—기도문을 중얼거리면서—주머니에서 시계를 꺼냈다. 각자의 능력이나 나이 또는 체형에 따라 금시계나 은시계, 법랑 시계, 줄이 있거나 없는 시계, 바늘꽂이나 수컷 거북이처럼 볼록한 시계나 평평한 시계, 또는 작은 시계를 주머니에서 꺼냈다. 그리고 바로 그 순간이 자신과 가족들에게 상

서로운 시간이 되길 기도하면서 시계를 맞췄다. 이어서 태엽을 감고 현재나 앞으로의 삶과 관련된 기쁜 소식을 경청하듯이 가만히 귀에 대보았다. 째깍거리는 시계 소리가 이슬람 사원의 졸졸거리는 샘물 소리처럼 들리면서 크고 영원한 믿음의 소리가 마음을 울렸다. 시계 소리는 삶의 두 차원을 포괄하는 고유한 특징을 갖고 있었다. 째깍거리는 시계 소리는 무수히 많은 하루의 일과를 똑똑히 알리면서 삶의 속도를 조절했고, 다른 한편으로는 그 사람을 영원한 축복의 꿈에 좀 더 가까이 데리고 가서 순수하고 평탄한 길로 이끌었다.

우리 집에는 커다란 추시계가 2층 복도에 놓여 있었다. 아버지가 빚에 허덕일 때마다 팔려고 했지만, 이런저런 이유 때문에 그러지 못한 시계였다. 그것은 할아버지에게 물려받은 것이었다. 그 시계는 크기가 다양한 서예 액자와 짚을 넣어 만든 눅눅한 매트, 방문과 계단 앞에 걸린 무거운 커튼 등과 함께 우리 집에 작은 사원 분위기를 자아내는 데 한몫했다.

남 험담하는 걸 좋아하는 몇몇 이웃들, 특히 고집스러운 염소의 주인인 이브라힘은 그 시계를 우리 아버지가 머슴으로 일했던 사원에서 가져온 것이라고 주장했다. 어느 날 밤 사원이 완전히 불에 타버리자 아버지가 많은 서예 작품들과 집기들을 비롯하여 시계를 화염 속에서 구해 집으로 가져왔다는 것이다. 뿐만 아니라 콘솔 위의 타조알과 천장에 매달아놓은 메카의 빗자루와 커튼도 사원에 있던 것이라고 했다.

불쌍한 아버지는 그런 모함에 제대로 대처하지 못한 채 몹시 우울해했고, 하루 종일 말 한마디 하지 않을 때가 많았다. 사람들은 왜 그런 거짓 모함을 하는 것일까? 나의 단순한 생각에 의하면 비방은 불쾌할 뿐아니라 어리석고 비열한 짓이다. 마음에 들지 않는 이웃을 헐뜯는 게 천성인 사람들은 이웃 사람들의 생활 속에서 먹잇감을 찾는다. 인간은 생각보다 더 불완전한 존재다. 그 불완전함은 그 사람과 함께 성장하고 쑥쑥 자라서 완전히 그의 것이 된다. 완벽한 사람은 없다는 말은 특히 이런 진실을 알리기 위해 생긴 것이다. 남을 헐뜯는 사람은 지혜의 길을 따라 상대를 제대로 알려고 하지 않고, 마치 노점상에서 싸구려 옷을 사는 사람처럼 행동한다. 나는 내 편을 위해 항상 그런 원칙을 지켰다. 그렇기 때문에 독자 여러분은 내 회고록에서 거짓이나 험담이 아니라 지금까지 숨겨져 있던 진실만을 알게 될 것이다. 진실을 전달하면서 조금은 변형을 할 수도 있다. 하지만 그것은 회고 형식의 글을 쓸 때 한 번쯤 겪는 불가피한 부분이라고 생각한다.

아버지는 보통 사람들보다 결점이 많은 사람이었다. 그 불쌍한 양반은 그런 결점을 감추지도 못했다. 아버지의 그런 성격을 보여주는 가장 좋은 예는 첫 부인과 낳은 자식들도 제대로 부양하지 못하는 형편에 불과 며칠 전 우리 집 방 하나를 빌려 살기 시작한 여자를 번갯불에 콩 구워먹듯이 샤리아(이슬람의 법전) 재판관 앞에서 두 번째 부인으로 맞은 일이었다. 그 결혼은 여자를 우리 집에 묵게 해준 대가로 받은 선물이었다. 게다가 그 여자가 남편과 헤어진 지 일주일만의 일이었다.

더 끔찍한 것은 아버지가 나의 어머니에게 몹시 집착하면서도 그 여자가 부유하다는 이유로 결혼을 했다는 사실이었다. 그런데 사실 그녀는 가난했다. 품속에 꽁꽁 숨겨둔 커다란 지갑에 있던 은화 몇 닢이 전 재산이었다. 우리는 그녀가 하숙비와 연체된 소송비를 지불하기 위해 몇 차례 그 지갑을 꺼냈을 때에야 겨우 곁눈질로 보았을 뿐이었다. 그렇지만 아버지는 그 여자와 헤어지지 못한 채 죽는 날까지 두 여자와 함께 살았다.

나는 아버지를 비난하고 싶지는 않다. 우리 집안은 옛날부터 결혼에 대한 어떤 숙명을 타고났다. 나도 인생을 통해 겪을 만큼 겪었다.

그렇게 나의 아버지는 이웃 사람들에게 언제든지 이용당할 수 있는 많은 약점을 갖고 있었다. 그렇다고 도둑질을, 그것도 사원 물건들을… 아무리 사원과 그 경건한 기관의 재산이 전소되었을망정, 아버지가 그런 짓을 했을 리는 천부당만부당한 일이다.

실상 그 추시계에는 전혀 다른 사연이 있었다. 내 아버지의 할아버지이자 고위 관리였던 타크리비 아흐멧 에펜디는 이집트 위기 당시 모함을 받아 곤경에 처했다. 생명의 위협을 느낄 정도로 위험했던 터라, 살아남을 경우 이슬람 사원을 짓겠다는 맹세를 했다. 그리고 모든 일이 다시 평온을 되찾자 즉시 그 일을 추진했다. 하지만 자금이 바닥날까 두려워서 부지를 구입한 뒤 곧바로 건축을 하지 않고 남은 돈으로—사원을 후원하는 재단의 자격으로—에디르네카피에 더 넓은 부지를 한두 군데 더 구입하고 호화로운 주택 한 채를 샀다. 그 집의 가축과 하인들을 위한 공간에서 온 가족이 수년을 살았다.

그는 남은 돈으로 사원에서 쓸 양탄자와 매트, 입구에 세워둘 시계와 칠판, 그리고 작은 석유램프를 샀다. 하지만 부대설비가 준비되고 공사를 착공하려 했을 때, 설상가상으로 관직을 잃었다. 이번에는 어찌할 방법이 없었기 때문에 사원의 기초 벽만 겨우 올린 채 공사를 중단할 수밖에 없었다.

훌륭한 작품이 도대체 언제쯤 완성되느냐는 질문을 받을 때마다 그는 무조건 이렇게 대답했다. "어림잡아 일 년 뒤에!" 그래서 그가 죽을 때까지 친구들과 친척들은 아흐멧 에펜디가 아니라 '어림잡아 에펜디'라고 불렀다. 죽기 얼마 전 아흐멧 에펜디는 아들 누만에게 사원에 대해 입을 열었다. "그것은 중단할 수 없는 나의 의무였단다. 하지만 알라께서는 완공의 축복을 베풀어주지 않으셨어. 그러니 무슨 일이 있어도 네가 사원을 완성하기 바란다!" 우리가 살던 집 외에 어떤 유산도 받지 못한 누만에게 이 유언은 무거운 책임이었다. 누만은 아버지의 유언을 지키기 위해 집을 포함한 전 재산을 팔았지만 공사를 재개할 수 없었다.

한때 자선재단 관리실에 좋은 자리를 얻었지만 일련의 불행한 상황들로 인해 사원의 머슴으로까지 전락했던 나의 아버지도 그의 할아버지의 유언 때문에 삶의 즐거움을 모조리 빼앗겼다.

아버지는 어떤 의미에서 채권자라고 할 수 있는 그 추시계한테 자신이 당한 온갖 수모의 상당한 책임이 있다고 생각했다. 그래서 매일매일 시계를 쳐다보는 것이 끔찍했다. 아버지는 오래전에 잊힌 사원에 얽힌 사연을 다시 떠올리지 않기 위해서 온갖 풍문에도 진실을 말하지 않은 채 묵묵히 견뎠다. 그렇게 시계는 아버지의 유일한 비밀이자 인생의 불행이 되었다.

떠돌던 소문 때문에도, 우리 집을 내리누르던 음산한 분위기 때문에도 나는 그 시계가 원수 같았다. 하지만 사실 그것은 훌륭한 작품이었다. 마치 대상 행렬에서 이탈한 동물처럼 시계는 자기만의 리듬을 쫓고 있었다. 누구의 달력을 따르는 것일까? 어떤 해일까? 무엇을 기다리며 묵직하게 울렸다가 돌연 몇 날 며칠씩 멈춰 섰던 것일까? 어떤 불가사의한 사건을 예고하기 위해서? 우리는 아무것도 알지 못했다. 자유로운 영혼을 가진 시계는 시간을 맞추고 검사하고 수리하는 것도 견디지 못할 정도로 독립적이었다. 인간적인 것 외부에 온전히 자신만을 위해 흐르는 시간을 위해 서 있는 것만 같았다. 가끔 느닷없이 연거푸 종을 치다가 다시 몇 달 동안 시계추 소리만 들린 적도 있었다. 어머니는 제멋대로 가는 시계가 왠지 으스스하다고 말했다. 그러면서 성스러운 물건이거나 악귀가 씌어서 그런 것이라고 했다. 몇 주 동안 멈춰 있던 시계가 이웃인 이브라힘이 죽던 바로 그 순간, 불현듯 깊은 소리를 내며 울렸다. 우리는 시계 때문에 점차 골머리를 앓기 시작했다. 그 이후 어머니는 시계를 복덩이라고 부른 반면, 신실한 믿음을 가졌으면서도 세속적인 것에 관심이 있던 아버지는 재수 없는 물건이라고 했다. 복덩이든, 재수 없는 물건이든 여하튼 그 시계는 내 어린 시절의 일부였다.

우리 집에는 추시계 외에 부모님 침실에 작은 탁상시계가 하나 더 있었다. 그것은 추시계처럼 종교적이고 내세적인 성향 없이 완전히 세속적이었다. 특정 태엽을 감으면 한때 매우 인기 있던 멜로디가 흘러나왔다. 라디오의 유행과 더불어 이제 오르골 시계는 역사의 뒤안길로 사라졌다. 하지만 나는 라디오보다 오르골 시계를 열어놓고 있는 편이 여전히 더 좋다. 물론 내 처형의 경우를 생각한다면 그건 그리 정당한 견해가 아닌 듯 보일 수도 있지만. 그녀는 종래 터키 전통 음계의 기본 3음밖에 내지 못하고 삐걱거리는 문짝 같은 목소리를 가지고서도 저명한 연구소의 뒷받침 덕분에 유명한 대중가수가 되었다. 그녀가 성공한 건 할리트 아야르시의 지원 덕택이었다. 하지만 어쩌랴. 라디오는 아무짝에도 쓸모없는 발명품이다. 오르골 시계는 하루 종일 노래를 흘리듯 내보내지도 않고, 미친 듯이 날뛰는 춤곡도 틀지 않으며, 대홍수가 일어났다는 뉴스로 사람을 귀찮게 하지도 않는다. 또한 내 것이 잠잠해지면 곧바로 이웃집 것이 울리는 것도 아니다. 보잘것없지만 내 생각을 얘기해도 된다면—친애하는 독자여, 당신은 지금 교양을 갖추지 못한 채 인생의 대부분을 다방 의자에 앉아서 보낸 늙은이의 얘기를 듣고 있다는 사실을 잊지 마시라!—, 라디오는 사람들에게 쓸데없는 생각을 쏟아붓는 것 외에 아무짝에도 쓸모가 없는 물건이다. 가끔 이런 생각이 든다. "우리는 얼마나 이상한 피조물인가! 항상 인생이 짧다고 한탄하면서도, 은연중에 하루를 빨리 보내기 위해 온갖 노력을 다하지 않는가?" 나는 평생 영화관의 주간뉴스 외에 축구와 복싱 경기를 두 눈으로 직접 보지는 못했지만, 이 나이가 되어서도 내 처지를 고민하는 대신 라디오 앞에서 축구와 복싱 경기 중계에 귀를 기울이며 시간을 보내고 있다.

우리 집의 세 번째 시계는 아버지의 회중시계였다. 그것은 북쪽과 메카를 가리키는 나침반과 달력이 있는 진기한 것이었다. 또한 터키와 유럽뿐만 아니라 전 세계의 시간을 알려주었다. 단 하나 단점이 있다면, 그 누구한테도 자신의 능력을 모두 다 사용하도록 하지 않는다는 것이었다. 누리 에펜디도 그 시계의 기능을 다 알고 있다고 확신하지 못했다. 그래서 일단 고장이 나면 수리가 쉽지 않았다. 일부만 사용하는 주택처럼 절반의 기능은 전혀 사용하지 못했다. 그로 인해 내 아버지와 누리 에펜디의 우정은 점점 더 깊어졌다.

하지만 기술적인 면에서 최고였던 나의 스승도 결국엔 아버지가 직접 태엽을 감지 못하게 할 정도로 그 시계를 수리하는 일에 넌더리를 냈다.

앞서 언급했듯이, 당시 외삼촌이 준 시계 선물은 뜻밖의 일이 아니었다. 그것은 내 삶에서 이미 오래전부터 준비되어 있던 자리였다.

그 또래 아이들 중에 시계 속이 궁금하지 않은 아이가 있었을까? 더구나 어린 시절 내내 추시계의 마법에 걸린 집에서 살았던 아이가? 그때까지 나는 벌 받을지 모른다는 두려움 때문에 그저 겉모양만 바라보고 관찰하는 것만으로도 즐거웠다. 하지만 외삼촌이 선물로 준 시계를 받고 좀 더 잘 알고 싶다는 욕구가 생겼다. 시계를 처음 손에 넣은 그날 갑자기 내 정신 연령이 몇 단계 뛰어오른 것 같았다. 수많은 질문이 꼬리에 꼬리를 물었다. 왜? 어째서? 어떻게?

두말할 필요도 없이 외삼촌의 선물은 몇 주 만에 아무것도 할 수 없는, 전혀 시간을 측정할 수 없는, 일부는 녹슬고 일부는 번쩍이는 쇳조각으로 변했다. 그 경험을 통해 나에겐 두 가지 사실만 남았다. 모든 시계를 분해해보고 싶은 욕구와 시계 외에는 아무것도에도 관심이 생기지 않는다는 것.

그해에 나는 그 시계와 길거리에서 주운 몹시 낡은 시계 덕분에 책상에 엉덩이를 딱 붙이고 앉아 지냈다. 3년 뒤 학교의 전폭적인 후원으로, 그리고 아버지의 고통을 더 이상 지켜볼 수 없었던 지역 주민들의 후원으로 중학교 2학년에 편입했다. 하지만 배움의 즐거움을 느끼지는 못했다. 나는 대부분의 시간을 누리 에펜디의 집에서 보냈다. 이상한 일이지만 지속적으로 결석을 한 것이 학교생활에 긍정적인 영향을 미쳤다. 선생님들이 내 얼굴을 자주 못 보니 내 결점도 잘 알지 못했기 때문이다. 중학교를 졸업할 때까지 학교 책상에 앉아 있은 적이 없었다. 덕분에 나는 학교에서 가능성이 없는 학생으로 통했다. 이후 평생 나를 따라다닌, 무시하듯 짧게 고개를 가로젓는 행동과 동정하는 미소, 혹은 킬킬거리는 무례한 웃음소리는 바로 그때부터 시작되었다.

5

아침부터 저녁까지 내가 거의 모든 시간을 보냈던 누리 에펜디의 집에서는 누구도 머리를 가로젓지도, 비웃는 미소를 짓지도, 무례하게 웃지도 않았다. 그 집에는 온통 시계뿐이었다. 정교한 탁상시계가 창턱마다 자리하고 있었고 벽을 따라 파수꾼처럼 좁다란 상자 모양의 추시계가 줄지어 있었다. 그리고 왼편에 누리 에펜디의 걸상 위쪽으로 벽시계가 하나 걸려 있었다. 아주 작은 공간만 있으면 어디에나—창턱과 벽감에도, 빙 둘러 있는 걸상 위에도, 작은 선반 위에도—수리해야 할 시계들이 늘어서 있었다. 어떤 것은 부품만, 어떤 것은 반쯤 분해된 채, 또 어떤 것은 나사를 조인 뚜껑만 놓여 있었다. 누리 에펜디는 하루 종일 시계에 파묻혀 살았는데, 눈이 침침해지면 "커피 좀 끓여 와!"라고 말했다. 그리고 긴 의자에 팔다리를 쭉 펴고 누워서 평생 한 번 만져보지도,

들여다보지도 못한 이 세상 각양각색의 시계에 대한 생각 속에 조용히 침잠했다.

내가 누리 에펜디를 처음 알았을 때, 그는 쉰다섯에서 예순 살쯤 되어 보이는 나이 지긋한 남자로 중키에 마른 체구였지만 누구보다 건강했다. 평생 아픈 적이 없었다고 했다. 하다못해 가벼운 치통도 앓지 않았는데, 그건 모두 트라키아 태생인 덕분이라는 설명을 덧붙였다. "아버지는 레슬링 선수였지. 나도 젊은 시절엔 조금 했었어." 이렇게 말하며 삐쩍 마른 몸에 깜짝 놀랄 만큼 단단한 이두박근을 보여주었다. 누군가에게 화가 나거나 기분이 좋지 않을 때면 사원 마당에 가서, 건물을 수리할 때부터 바닥에 뒹굴던 커다란 돌을 잡고 이리저리 질질 끌고 다녔다.

그는 네모난 긴 얼굴과 숱이 적은 수염, 밤갈색 큰 눈으로 인해 아주 독특한 인상을 풍겼다. 그를 본 사람은 누구나 훌륭한 일을 하기 위해서 태어난 사람이라고 여겼다. 마치 궁지에 몰려 도움을 청하는 사람에게 수염 세 가닥을 재빨리 건네주어 불에 태우게 하고 사라졌다는 동화 속 늙은 난쟁이 같았다. 누리 에펜디가 시계공방을 운영한 지 당시 이미 삼십오 년이 되었지만, 그가 화를 내는 모습을 본 사람은 아무도 없었다.

그는 말투도 부드러웠다. 천천히 단어 하나하나를 신중하게 골라서 이야기했다. 무엇보다 시계 제작과 관련된 얘기를 하는 것을 좋아했다. 지인들은 그를 어떤 면에서는 훌륭한 학자로, 또 어떤 면에서는 성자로 여겼다. 사실 그는 학교 교육도 제대로 받지 못했다. 일이 년에 한 번 꾸란 강의를 듣는 것이 전부였다. 그 사실을 숨기려 하지 않고 종종 이렇게 말하곤 했다. "지금의 내가 될 수 있었던 건 시계를 만들기 시작하면서부터야!"

그는 도시 전체에서 제일가는 시계 수리공이었다. 하지만 그저 그 일이 직업이었기 때문에 열심히 하는 것이 아니라, 즐기는 쪽에 더 가까웠다. 시계를 수리하러 찾아오는 사람들에게 가격으로 이득을 보려고 하지 않고 그저 그들이 주는 대로 받았다. 고객이 가게를 나설 때 이 한마디가 전부였다. "시계를 찾으러 오기 전에 미리 연락을 주세요!" 또는 손님의 등 뒤에다 이렇게 소리를 질렀다. "시간을 충분히 주세요! 재촉하시면 안 돼요!" 그러고는 우선 수리할 시계의 나사를 풀고 그 위에 유리그릇을 씌웠다. 그리고 몇 주 동안 가끔 한 번씩 이리저리 살펴보기만 할 뿐 시계에 손을 대지는 않았다. 또는 고개를 숙이고 시계가 움직이면 귀를 기울였다. 그럴 때면 마치 시계 수리공이 아니라 의사 같았다.

그에게 시계는 사람과 하등 다를 것이 없어 보였다. 종종 이런 말을 했다. "신은 자신의 형상에 따라 인간을 만들었고, 인간은 자신이 되고 싶은 모범을 따라 시계를 만들었지…." 그러면서 이따금 격언을 사용하기도 했다. "인간은 시계를 잘 관리해야 돼. 그렇지 않으면 신이 인간을 돌보지 않음으로써 모든 걸 잃었던 것처럼 되고 말거야." 시간과 인간을 비교하는 습관은 가끔 이렇게 이어지기도 했다. "시계는 우주 자체라고 할 수 있어. 그리고 인간은 시계와 시간의 속도를 조절하지…. 시간이란 인간의 내적 우주와 공존한다는 것을 뜻해!"

그는 비슷한 격언을 줄줄이 읊었다. "금속은 그 자체로는 순도 백 퍼센트에 이를 수 없어. 사람의 경우도 마찬가지야. 신의 은총을 통해서만 우수하고 가치 있는 인간이 될 수 있지. 시계도 마찬가지야." 누리 에펜디의 시계 사랑은 일종의 도덕적 문제와 같았다. "고장 난 시계는 환자나 빈자를 대하듯 하라!" 이렇게 말하며 스스로 실천에 옮겼다. 그가 가장 마음을 쓴 시계들은 한마디로 내다 버려야 할 고철덩어리였다. 그런 시계를 손에 넣으면 표정이 아주 온화해졌다. "심장이 뛰질 않는군. 뇌도 손상됐어." 또는 "두 다리가 없는 불쌍한 사람은 어떻게 걸을까!"라고 말하며 시계를 마치 사람 대하듯 했다.

가끔 우연히 노점상에서 그런 고물 시계를 마주치면, 당장 구입해서 한두 개 부품을 교체하여 수리했다. 그리고 자신에게 고민을 털어놓는 빈털터리 친구에게 선물을 하곤 했다. "자, 이거 받게! 자네 시간은 자네 것으로 만들어야지… 다른 일은 모두 신에게 맡겨!" 그 덕분에 그 가난한 친구들이 시간의 주인이 되어서 아내와 좀 더 수월하게 화해하고, 아이가 좀 더 빨리 건강을 되찾고, 또는 바로 그날 모든 빚을 청산했다는 소식을 들으면 뛸 듯이 기뻐했다. 누리 에펜디는 두 가지 일을 동시에 해냈다는 느낌을 강렬하게 받았다. 한편으로는 거의 죽은 시계를 다시 살려냈고, 다른 한편으로는 누군가에게 삶의 의욕을 선사했다는 기분을 느꼈다.

그는 간단하게 손을 보는 것으로 시계를 시간의 수레 위에 올려놓았다. 태엽, 태엽함, 톱니바퀴를 비롯한 부품들은 전혀 다른 공장에서 그때그때 다른 기술자들이 만든 것이었다. 그런 시계의 나사를 풀고 조이고 할 때마다 이렇게 말했다. "이 시계가 얼마나 우리와 똑같은지 모르겠어! 우리 인생이랑 똑같아!" 훗날 할리트 아야르시의 표현을 빌리자면 그것은 누리 에펜디의 사회학적인 본성이라고 할 수 있었다.

몇 년 뒤에 할리트 아야르시에게 이 말을 전하자, 은인은 내 목을 끌어안다시피 하며 이렇게 외쳤다. "세상에, 진정한 철학자와 알고 지냈군!" 내가 할리트 아야르시를 처음 만났던 그날, 아니 그 밤의 상황에 대해서는 나중에 아주 상세하게 이야기할 것이다. 여기에서는 이스탄불 시민들에게 뜻밖의, 즉 염려스러우면서도 즐거운 영향을 미친 우리 연구소의 슬로건들이 누리 에펜디의 말을 다듬어서 만든 것이라는 사실을 언급하고 싶다.

이상하게도 나는 스승으로부터 이런저런 격언들을 들을 때마다 청소년기를 허비했다는 안타까운 감정이 들었다. 실제로 정확히 그 말들 때문에 훗날 나는 행복과 성공, 그리고 공공 서비스가 제공해줄 수 있는 모든 진정한 가치를 누릴 수 있었다.

하지만 그게 다 무슨 소용이랴? 그 시절—학교와 선생님들을 멀리했던 까닭에—졸업도 간신히 한 내가 어떻게, 평생 인생과 사회에 대한 철학을 쌓아온 누리 에펜디의 사람과 시계, 사회와 시계에 대한 간결한 비교를 온전히 이해할 수 있었겠는가? 훗날 할리트 아야르시와 라미즈 박사에게 스승의 짤막한 경구들을 얘기해주었을 때, 그들은 현실적이고 진실한 철학이 중요하다고 대답했다. 하지만 여기서 분명히 해둘 것이 있다. 라미즈 박사는 누리 에펜디가 했던 말의 가치를 할리트 아야르시가 인정한 뒤에야 깨달았다. 그가 나를 할리트 아야르시에게 소개하기 한참 전부터 나한테 여러 차례 들었음에도. 라미즈 박사는 늘 뭔가에 골몰한 듯 보였지만, 자기만의 독창적인 사고에 이른 적은 없었다. 그는 일반적인 인식 수준을 벗어나지 못했다. 나를 대하는 태도 역시 마찬가지였다. 나와의 만남을 즐기며 내 기분을 맞춰주었고 고민을 참을성 있게 들어주었다. 오랫동안 내가 보이지 않으면 직접 찾아와서 우리 집 형편이 어떤지 묻고 이런저런 도움을 받게 해주었다. 그럼에도 불구하고 결코 나의 진가를 알지 못했다. 오랫동안 나를 약간 정신 나간 사람으로, 몇 가지 특별한 능력이 있긴 하지만 전체적으로 쓸모없고 세상일에 어두운 사람으로 여겼다. 할리트 아야르시가 나를 높이 평가하는 것을 보고서야 나에 대한 선입견을 거두고, 나에 대한 찬양을 토해내기 시작했다. 그리하여 그가 프로이트, 융, 할리트 아야르시에 대해 쓴 네 권의 책의 색인 속에 내 이름이 가장 빈번하게 등장하는 정도까지 이르렀다. 내가 고인이 된 스승 누리 에펜디와 세이흐 아흐멧 자마니와 동등한 위치에 오르게 된 것이었다. 참으로 과분한 일이었다. 나는 학술논문에 언급될 만한 인물은 아니었다. 그럼에도 나는 그와의 우정을 지나칠 수 없었다. 그래서 그의 월급 인상을 지속적으로 주선했다. 라미즈 박사를 부당하게 대할 수는 없었다. 그는 오랫동안 나를 치료해주었을 뿐만 아니라, 다음 장에서 알 수 있듯이 내 인생의 또 다른 일부라고 할 수 있는 세이트 루트폴라흐와 인연이 있었다.

이미 언급했듯이 할리트 아야르시는 누리 에펜디와 나의 진가를 알아챘다. 나의 소개를 통해 누리 에펜디의 진가를, 혹은 누리 에펜디를 통해 나의 진가를 알게 되었다. 그리고 우리 두 사람을 통해 처음으로 시계와 시간이 삶의 모든 것을 지배하는 초인적인 역할을 한다는 사실을 깨닫게 되었다. 할리트 아야르시는 숨겨진 가치를 발굴해내는 소중한 재능을 지닌 사람이었다.

누리 에펜디와 할리트 아야르시…. 내 인생은 성향이 정반대인 이 두 사람 사이에서 펼쳐졌다. 나는 인간과 삶에 대해 눈을 뜨기 시작한 아주 젊은 시절에 누리 에펜디를 알게 되었다. 그리고 모든 희망을 접고 삶을 포기하려던 시절에 할리트 아야르시를 만났다. 각기 다른 성향의 두 사람이 많은 시간을 뛰어넘어 나의 인생에서 만나 하나가 되었다. 나는 그 두 사람의 공동 결과물이다. 누리 에펜디는 쇳덩어리나 다름없는 시계를 여기저기에서 부품을 구해 정교한 기술로 고쳐서 다시 시간의 여행에 참여할 수 있도록 만들었다. 나는 그런 고철덩어리였다. 나는 두 사람의 혼합물이자 두 사람의 합작품이었다.

잘 맞지 않는 시계를 수리할 때, 누리 에펜디의 기술은 더욱 정교해졌다. 조용하고 참을성 있는 그였지만 맞지 않는 시계만 보면 지나치게 예민해졌다. 특히 1908년 헌법의 부활(1908년에 청년 투르크당은 술탄 압둘하미드 2세가 강압적으로 정지시킨 헌법을 부활시키며 의회제를 도입하는데 성공한다) 이후 공식적인 시계가 하나둘씩 늘기 시작하자, 맞지 않는 시계가 눈에 띌까 두려워 점점 더 집 밖을 나가지 않게 되었다. 완전히 망가져 더 이상 작동하지 않는 시계는 그에게 병든 사람이나 다름없었다. 시계가 그렇게 된 데는 그럴 만한 이유가 있었다. 하지만 그는 움직이기는 하지만 맞지 않는 시계는 견디지 못했다. 그것은 그에게 우리 사회 전체에 대한 범죄이자 끔찍한 죄악처럼 여겨졌다. 사람으로 하여금 시간을 허비하여 올바른 길에서 벗어나도록 유혹하기 위한 악마의 술수라고 생각했다.

"시간을 정확하게 맞추려면 일 초도 틀려선 안 돼." 그는 종종 이런 말을 했다. 할리트 아야르시는 그 말에 경탄했다.

"하이리 이르달 씨, 그 말이 무슨 뜻인지 생각해보세요. 정확한 시계는 단 일 초도 틀리지 않는다! 그런데 우리는 어떻게 하고 있죠? 시와 정부 당국은 뭘 하고 있는 거죠? 우리는 정확하지 않은 시계 때문에 시간의 절반은 허비하고 있어요. 모든 사람들이 한 시간 당 일 초의 시간을 잃으면, 한 시간에 모두 천팔백만 초를 잃는 거예요. 하루에 열 시간을 생산적으로 쓴다면, 그것은 벌써 일억 팔천만 초가 됩니다. 하루에 삼백만 분, 시간으로 환산하면 오천 시간을 잃어버린다는 뜻입니다. 한 사람이 일 년에 잃어버리는 시간이 얼마나 되는지 계산해보세요. 게다가 지금 시민 천팔백만 명 중 절반이 시계가 없고, 있다 하더라도 정확하지 않은 것이 대부분이죠. 거의 삼십 분이나 한 시간씩 늦어요. 엄청난 낭비죠…. 우리의 노동과 인생, 그리고 모든 경제적 조건에서 낭비예요. 이제 누리 에펜디가 가진 재능이 무엇인지, 그가 왜 대단한 인물인지 아시겠어요? 그 사람 덕분에 잃어버린 시간을 벌충할 수 있습니다. 바로 거기에 우리 연구소의 장점이 있어요. 반대하는 사람들은 연구소가 우리 사회에 엄청난 부담을 지우고 있다고 마음껏 떠들어댈 겁니다. 당신이 정확하고 종합적인 통계자료를 작성해보세요. 그걸로 주말에 곧바로 소책자를 하나 인쇄합시다. 나도 한번 고민해보겠습니다. 다른 누구한테도 그렇게 중요한 과제를 맡기고 싶지 않습니다. 당신은 누리 에 펜디에 대한 책도 쓸 수 있을 겁니다. 유럽 사람들처럼. 그 일은 당신만 할 수 있어요. 당신의 의무이기도 하고요! 우리는 누리 에펜디를 전 세 계에 알려야 합니다."

그렇지만 나는 그 책을 쓰지 않았다. 대신 좀 더 쓸모 있는 일을 하기 위해, 우리 연구소의 정책을 좀 더 잘 뒷받침하기 위해 동일한 사상과 동일한 소재를 가지고 아흐멧 자마니 에펜디에 관한 책을 저술했다. 그 것이 스승에 대한 배신일까?

누리 에펜디는 내게 많은 일을 시키지는 않았다. 약간의 일만 처리하 면 되었다. 서두를 필요도 없었다. 그는 정말 시간의 지배자였다. 시간 을 맘대로 조정하면서 주변 사람들도 조금이나마 그렇게 할 수 있도록 도와주었다. 그는 나를 청중으로 여기면서, 가끔 이렇게 말했다. "하이 리 군! 나도 자네가 훌륭한 시계 제작자가 될지는 모르겠네. 최선을 다 하기를 바랄 뿐이네. 이른 나이에 직업을 갖고 그 일에 온전히 몰두하지 않으면, 불행해질 수 있어. 자네는 겸손한 사람이야. 인생과 환경은 거 스를 수 없네. 제대로 일을 하는 것만이 자네를 구할 수 있어. 유감스럽 게도 자네는 집중력이 부족해. 하지만 시계를 좋아하고 관심이 많지. 그 것은 아주 중요한 부분일세. 게다가 다른 사람의 말에 귀를 기울일 줄 알아. 상대방의 말을 경청할 수 있다는 건 중요한 덕목이지. 그 능력밖 에 없다고 하더라도, 적어도 그것이 내면의 허점을 메워서 상대방과 동 등한 수준까지 올라갈 수 있지!"

누리 에펜디는 해마다 달력을 제작했다. 전년도 달력과 거의 비슷한 작업을 11월 말에 시작하여 2월 중순쯤 되면 나를 누루오스마니예 가 (街)의 인쇄소로 보냈다. 나는 달력 제작 과정을 눈앞에서 지켜보면서 그것에 매료당했다. 그레고리력과 이슬람력의 각 달들뿐 아니라, 계절에 따른 한 해와 시간의 구분, 일몰과 일출 시간, 매일매일 꼼꼼하게 표기된 아침, 정오, 오후, 저녁, 밤 기도 시간, 큰 돌풍, 누리 에펜디가 볼 때 약하지만 중요한 바람, 한파, 폭서, 이 모든 것들이 사원의 작은 부속 공간에서 둥근 모자를 쓴 그 남자에 의해 기록되었다. 그는 한 무더기의 종이를 오른쪽 무릎에 올려놓고 낮고 긴 의자에 앉아서 갈대 펜과 놋쇠 잉크병에 의지하여 쌀알 크기의 숫자를 주르륵 만들어냈다. 그것은 여러 형태의 꿈에서 나온 것 같았다. 마치 그 숫자들은 때가 되면 최소한의 빛과 째깍거리는 시계소리만 들리는 방구석에 우리 세상을 지배하기 위해 서서히 집합하는 것처럼 보였다.

누리 에펜디가 달력을 제작하는 동안, 나는 참다운 기적에 참여하고 있다는 신비로운 감정에 휩싸였다. 그가 삶의 모든 단계가 담긴 달력을 만들어왔다는 사실을 알기에, 그가 창조한 세상 속에, 그가 밝힌 불빛 속에 있는 것 같은 느낌이 들었다. 그래서 스승에 대한 약간의 두려움이 섞인 존경의 마음을 감출 수 없었다.

6

누리 에펜디는 델리 세이트 루트풀라흐의 방문을 자주 받았다. 그는 베파와 퀴퀵파자르 사이 비탈에 자리 잡은 다 허물어져가는 꾸란 학교에서 부엉이처럼 머물고 있었다. 튀니지계 귀족 집안의 후손인 압뒤셀람도 종종 찾아왔다. 그는 작은 부르말리 예배소 근처 세흐자데 사원 조금 아래쪽에 있는 호화 저택에서 살았는데, 건물 전면이 얼마나 높은지 끝이 보이지 않을 정도였다. 또한 마차를 비롯하여 없는 것이 없는 화려한 생활을 했다. 할베티 탁발승 수도원 뒤편 하르카이세리프에 사는 사냥꾼 나시트와, 이슬람교도들이 많이 사는 베스네실러에서 약국을 경영하는 몇 안 되는 기독교인 명망가인 아리스티디 에펜디도 누리 에펜디의 단골이었다.

방이 스물네 개쯤 되는 코나크(터키의 호화 관저)에서 일족을 거느리고 사는 압뒤셸람은 매우 부유하고 사교적인 사람이었다. 특이한 점은 그 집에 한번 발을 들여놓거나, 거기서 태어난 사람은 누구도 쉽사리 빠져나올 수 없다는 사실이었다. 빳빳한 흰 셔츠에 최상의 매너를 갖춘 진정한 이스탄불 신사인 압뒤셸람의 집에는 제국 방방곡곡 출신의 사위와 며느리들, 처남처제들, 수많은 아이들을 비롯하여 그에 딸린 많은 장인 장모들, 늙은 아줌마와 어린 조카들과 여덟에서 열 명에 이르는 하녀들까지 모여 살았다. 하지만 정작 그는 그 상황을 제대로 알지 못했다. 아버지의 부탁으로 이따금씩 그 집 여자들의 시중을 들었던 어머니는 얼마나 소란스러운지 넋이 빠지고 완전히 녹초가 된 모습으로 집으로 돌아왔다. 나는 아주 어릴 적에 어머니를 따라 그곳에 가본 적이 있었다.

가장 먼저 스무 명가량의 아이들을 만났다. 그리고 두건, 망토, 목에서 손목까지 주름과 레이스로 장식된 명주옷 등 각양각색의 의상을 입은, 아이들만큼이나 많은 여자들을 보았을 때 얼마나 길을 잃은 심정이었는지 결코 잊지 못할 것이다. 밖에서는 그렇게 커 보이던 집도 그 많은 식구들이 살기에는 비좁았다. 그들의 고향과 출신은 제각각이었다. 압뒤셸람의 첫 번째 부인은 튀니스 지방장관의 가까운 친척이자 무함마드의 직계 후손이었다. 두 번째 부인은 오스만 제국의 궁전에서 술탄 압뒬하미트와 가까운 관계였다고들 말하는 우아한 여인으로 체르케제(코카시아 지방의 한 종족) 출신이었다. 압뒤셸람 형제의 부인들 중 한 명은 케디베(옛 이집트 부왕의 칭호) 가문 출신이며, 또 다른 부인은 코카서스 지방 어느 부족장의 딸이었다. 며느리들은 모두 명망 있는 장군과 고관대작의 딸이거나 알바니아 고관의 손녀였다. 압뒤셸람은 의심 많은 술탄 압뒬하미트 시절에 그렇게 셀 수 없을 만큼 많은 가족 때문에 시기와 의심을 받을까 두려웠다. 그래서 조카딸 중 한 명과 술탄의 높은 신임을 받던 비밀경찰인 페르하트의 결혼을 주선했다. 페르하트는 추밀고문관의 비서인 압뒬셀람의 권유를 동료의 입장에서 받아들였다. 그리하여 추밀고문관의 비서를 하루 종일 집에서든 관청에서든 감시할 수 있게 되었다. 두 사람을 아는 사람들은 압뒬셀람과 조카사위가 고무바퀴가 달린 마차를 타고 아침에 추밀원으로 출근했다가 저녁에 다시 집으로 돌아오는 모습을 흡족하게 지켜보았다. 진기한 것은 은인으로 생각하는 존경하는 압뒬셀람을 감시해야 하는 자신의 처지를 조카사위는 불쾌하게 생각했던 반면, 단 한 시간만 혼자 있어도 사람 살리라고 소리를 지르고 텅 빈 전차 안에서도 유일한 승객 옆에 앉거나 운전수 옆에 서야 하는 압뒬셀람은 어쩔 수 없는 이 동행을 몹시 기뻐했다는 사실이었다.

내가 압뒬셀람을 좀 더 가까이 알게 된 것은 1919년에서 1922년까지의 휴전 기간이었다. 당시 그는 나이가 상당히 들었음에도 기억력이 꽤 좋았다. 과거를 회상할 때면, 특히 페르하트의 소심한 행동들을 이야기하면서 호탕하게 웃었다. 내가 제대한 뒤, 그는 나의 외로운 처지를 안타까워했다. 당시 나의 부모님은 모두 세상을 떠난 상태였다. 그는 막내딸과 함께 살던 베야지트의 작은 집에 나를 들어와 살게 하고는 역시 그 집에 데리고 살던 한 소녀와의 결혼을 주선했다. 그러니까 나의 첫 아내는 그 집에서 성장한 여인이었다. 내게 제흐라와 아흐멧을 낳아준 첫 번째 아내.

헌법이 부활되기 전까지 압뒬셀람의 저택에서는 모든 것이 나름의 방식대로 유지되었다. 동네 소매상 둘과 빵집 하나, 그리고 정육점 하나가 그 저택에 물건을 대는 것만으로 생계를 유지했다면 규모가 어느 정도였는지 상상할 수 있을 것이다. 아리스티디 에펜디의 약국도 마찬가지였다. 하지만 조금 과장하여 압뒤셀람 저택의 확대판이라고 할 수 있는 오스만 제국이 법적 '자유'를 선포한 후 서서히 몰락하자, 그의 저택도 똑같은 운명을 겪었다. 보스니아헤르체고비나, 불가리아, 동(東)루멜리아(오스만 제국의 자치주로 오늘날 불가리아 남부에 속함)와 북아프리카가 몰락하던 시기와 같은 때에 압뒤셀람의 형제들이 모두 코나크를 떠났다. 발칸 전쟁 동안에는 사위와 며느리들이 뒤를 이어 나갔다. 전쟁이 끝날 즈음엔 아이들 일부와 조카사위인 페르하트만 남았다. 페르하트는 마지막까지 압뒤셀람과 함께 살았다. 관청을 오갈 때마다 타고 다녔던 고무바퀴가 달린 헝가리와 영국산 흑갈색 말 두 마리가 끄는 마차처럼 그들은 서로에게 너무 길들여졌다. 그러다가 결국 두 사람은 페르하트가 압뒬하미트에게 코나크 생활에 대해 보고한 것과 관련된 것 이외에는 어떤 대화도 나누지 않게 되었다.

페르하트가 당황하면서 벌겋게 상기된 표정으로 추억을 얘기해준 덕분에 압뒤셀람은 식구들로 북적이던 옛날에 집안에서 무슨 일이 벌어졌는지 새삼 알게 되었고, 활력이 넘쳤던 젊은 시절을 되돌아볼 수 있었다. 그 시절 그의 바벨탑 안에서는 다양한 목소리와 언어가 끊임없이 넘쳐흘렀고, 인간으로서 누릴 수 있는 모든 행운이 그를 향해 미소를 지었다. 그 안에서 압뒤셀람은 사람의 온기로 가득한 삶을 마음껏 누렸다.

그렇지만 저녁마다 내 눈앞에 펼쳐지는 잃어버린 과거를 불러내는 주술과도 같은 분위기에는 뭔가 이상한 점이 있었다. 압뒤셀람이 페르하트의 말에 귀 기울일 때, 그리움으로 가득 찬 그의 눈빛엔 적의가 서려 있었고, 입술 주위엔 인간의 약점을 비웃는 듯한 미소가 번졌다. 이야기를 하는 동안 페르하트의 표정에는 당황한 기색이 역력했다.

어느 날 전직 추밀고문관 비서인 압뒤셀람이 비밀을 털어놓았다. "불쌍한 우리 사위는 자기 직업을 너무 두렵고 수치스럽게 여긴다네. 게다가 내가 그에 관한 보고서를 매 주마다 제출했었다는 사실은 전혀 모르고 있어."

내가 누리 에펜디의 집에 드나들기 시작할 무렵, 압뒤셀람의 코나크에는 서른세 명이 남아 있었다. 그것도 자식을 제외한 하녀들, 형제자매들의 먼 친척과 나이 든 이모, 고모들과 처제 처형들을 모두 합한 숫자라는 것이 운명의 아이러니였다. 한때는 정확한 친척관계에 대해 매일 이러쿵저러쿵 말이 나올 정도로 식구들이 많았기 때문에, 압뒤셀람은 그런 상황을 매우 슬퍼했다. 그는 우리 모두가 남몰래 그리워했던 독립이 왜 그의 집에서 활기와 떠들썩한 아이들 소리를 빼앗아갔는지 이해할 수 없었다. 또한 코나크를 짓누르는 생활비도 부당하게 여겨졌다. 그런 책임감 때문에 먼 친척들이, 마치 중요한 구문을 삭제하거나 의미를 알 수 없는 글을 써놓아서 읽을 가치가 없는 책처럼 느껴졌다. 그럼에도 그는 완전히 고립될까 봐 두려웠다. 그래서 가진 것이라고는 아무것도 없는 식솔들을 온 힘을 다해 붙잡았다.

7

압뒤셀람은 지나가는 바람에 가산을 탕진했지만, 희가극에 등장하는 친절한 삼촌을 연상시킬 만큼 특히 조카들에겐 변함없이 너그러웠다. 그는 여전히 소소한 취미생활을 즐겼고 감동적일 만큼 남을 돕는 일에 최선을 다했다. 그의 개성을 드러내는 특이한 성격과 약점들은 풍부한 인간적인 면모를 통해 드러났다. 이에 비하면 세이트 루트풀라흐는 그런 인간적인 모습이 전혀 없었다. 허공을 떠다니는 유령의 그림자나 빌려온 가면, 혹은 거짓말 같은 삶이라고 할까. 허구적인 연극 속의 배우를 상상해 보자. 사람들로 붐비는 길거리에서 연기를 하기 위해 무대로 뛰어든 배우 말이다. 그는 진실을 완전히 거부하는 역할이다. 작품 중반 쯤에는 무대를 떠나 현실 속에서 자신이 배워 익힌 개성을 맘껏 발휘한다. 무대의상을 입고 무대의 캐릭터를 그대로 간직한 채 길거리 사람들 사이에 섞인다. 세이트 루트풀라흐는 바로 그런 사람이었다. 그는 작은 무리 속에 몹시 큰 변덕과 욕망을 전염시킴으로써 일상적인 궤도를 추구하던 사람들의 삶을 매우 혼란스럽게 만들었다.

그는 소문처럼 메디나 출신도 아니었고, 무함마드의 후손임을 뜻하는 예명인 세이트라고 불릴 만한 자격도 없었다. 이름 자체가 진짜가 아닐 수도 있었다. 누리 에펜디는 그가 이라크에서 어떤 여자와 결혼하면서 선지자 무함마드의 후손에게 주는 세이트라는 이름을 얻었다고 했다. 본래 발루치스탄 출신인데 일찍이 고향을 떠나 오랫동안 오리엔트를 여행한 이후 이스탄불에 정착했다. 그가 아랍 사원에서 꾸란 강의를 할 당시, 심금을 울리는 목소리에 매료되어 에미르간에 살던 한 부유한 집안이 그에게 정원사의 딸을 아내로 주고 사제 자리까지 주선해주었던 것이다. 첫 번째 이스탄불 체류 당시에 알게 된 사람들은 그를 광신적인 샤리아(이슬람의 법체계) 추종자로 묘사했다. 설교를 하고 논쟁을 벌이면서 사람들을 거의 광기로 몰아넣었다고 했다. 아버지는 늘 루트풀라흐가 기도 외에는 먹고 마시고 말하는 것을 비롯한 모든 것을 금지했다고 말씀하셨다.

이러한 이스탄불에서의 첫 단계는 삼 년 정도 지속되었다. 그 뒤 아내가 죽자 모든 것을 포기하고 길을 떠났다. 그로부터 10년 후 헌법이 부활되기 2년 전에 다시 이스탄불로 돌아와서 허물어져가는 꾸란 학교에 살림을 풀었다. 하지만 예전의 그가 아니었다. 한쪽 시력을 잃었고 입은 약간 일그러졌으며, 틱 장애에 시달리고 있었다. 큰 동작을 할 수는 있었지만, 모든 신체 부위가 부지불식간에 제멋대로 실룩거렸다. 유모차에서 잠든 아이를 달래기라도 하는 듯 늘 왼팔을 조금 흔들었고, 고집센 사람에게 대항이라도 하듯 머리를 비틀었다. 왼쪽 발은 항상 납덩이를 매단 듯 무거웠고, 아주 기이한 인상을 풍기는 곱사등과 한쪽이 마비된, 무두질을 한 듯한 얼굴 때문에 내 눈엔 사람이 아니라 보물을 지킨다는 유령처럼 보였다. 하지만 젊은 시절에는 사람들의 이목을 끌 정도로 잘생겼었다고 한다.

그의 외모가 변한 것을 두고 사람들은 저승의 악령들과 싸운 탓이라고들 했다. 한때 사부크 불라크의 탁발승 수도원에서 지낸 적이 있었는데, 그곳에서 영매가 되려고 열렬히 준비하는 동안 우연히 만난 몹시 기분 나쁜 수호정령들에게 당해서 그런 끔찍한 모습이 되었다는 것이다. 누리 에펜디는 그 이야기를 듣고 이렇게 말했다. "꾸란에서는 그게 바로 정령들을 간섭하는 사람들의 운명이라고 하지." 하지만 세이트 루트풀라흐는 호기심을 참지 못하는 유일한 약점 때문에 불경스러운 일을 그만두지 못했다.

사실 세이트 루트풀라흐에 대한 세간의 평가는 분분했다. 아리스티디 에펜디는 그의 육체적인 변화는 매독을 잘못 치료한 결과거나 그와 비슷한 일 때문일 거라며 사기꾼이라고 욕했다. 그럼에도 그는 루트풀라흐가 고문서들을 보고 알아낸 처방전으로 다양한 혼합물을 만들어 압뒤셀람을 치료했다. 한편 압뒤셀람은 세이트 루트풀라흐와 저승세계의 관계에 큰 관심을 갖고 추적하면서, 루트풀라흐를 사라진 옛 지식의 보고(寶庫)라 여기며 아리스티디 에펜디의 연구실에서 하는 실험이 탕진한 재산을 되찾는 데 도움이 될 거라 생각했다. 그는 언젠가는 안드로니코스 황제의 보물을 찾을 거라는 루트풀라흐의 약속을 철석같이 믿었다. 압뒤셀람은 이미 오래전에 이스탄불 사람이 되었고 아랍어도 잊었지만, 마그레브의 미신을 받아들였다. 마치 두 개의 패를 손에 쥐고 가장 믿지 못할 계획을 감행하는 도박꾼 같았다.

그렇게 압뒤셀람은 언젠가는 꼭 진짜 금을 만들어낼 거라고 확신하면서, 아리스티디 에펜디의 약국 뒤편에 있는 비밀 실험실의 비용 전액을 떠맡았다. 압뒤셀람은 현대 화학을 이용하여 금을 만들 수 있을 거라 믿었지만 아리스티디 에펜디의 생각은 달랐다. 그는 압뒤셀람이 실망하지 않도록 어쨌든 루트풀라흐가 마법과 연금술에서 끊임없이 찾아낸 비법에 따라 실험할 준비를 했다.

사실 이런 사람들은 보통 사람들이 현실이라고 말하는 벽에서 다른 쪽으로 통하는 구멍을 발견한 것처럼 산다. 압뒤셀람은 정말 세이트 루트풀라흐를 믿었을까? 나는 알 수 없다. 내가 보기에 그들은 순수한 믿음을 뛰어넘어 세 사람 모두에게 강하게 각인된 뭔가에 의해 움직이는 것 같았다. 그들에게 '가능성'이라는 단어는 그야말로 한계가 없었다. 그들은 모든 것이 가능한 세계 속에서 살았다. 그것이 재료이든, 물건이든, 아니면 사람이든 모든 것이 한계가 없는 가능성의 문턱에서 마법의 말을, 주문을, 기도를, 또는 행동을 기다리고 있었다. 그들의 죄는 눈으로 볼 수 있는 것을, 손으로 만져볼 수 있는 것을 믿지 않은 것뿐이었다.

내 아버지는 그들 중 가장 현실적이었지만, 그럼에도 그 얼빠진 계획에 민감하게 반응했다. 아버지는 할아버지의 유언을 지킬 수 있을 거라는 마지막 희망을 루트풀라흐에게 걸었다. 하지만 아버지가 전 재산을 날리고 땡전 한 푼 없다고 짐작한 친구들은 그들 무리에 끼워주지 않았다. 그 때문에 아버지는 기분이 몹시 상했다. 그럼에도 시계를 무료로 수선해주는 누리 에펜디와도, 늘 도움을 주는 압뒤셀람 에펜디와도, 충고와 행동으로 편을 들어주는 사냥꾼 나시트와도 등지고 살 생각은 없었기에 루트풀라흐에게만 화풀이를 했다. 아버지는 루트풀라흐를 '거짓말쟁이 하시시 흡연자'라고 불렀다. 아버지는 그가 떠벌리는 수호정령들과의 접촉도, 보물도, 저승과의 관계도 믿지 않았다. 세이트 루트풀라흐의 얼굴은 그저 하시시와 술과 방탕한 생활에 찌든 사람의 모습일 뿐이었다. 아버지에게 루트풀라흐는 오입쟁이, 술주정뱅이, 게으름뱅이, 사기꾼이었다. 그것은 아리스티디 에펜디의 생각도 마찬가지였다.

물론 세이트 루트풀라흐는 하시시를 피운다는 사실을 감추지 않았다. 하시시는 위험한 기호식품이 아니라 진리에 이르기 위한 길, 그의 표현으로는 '신비로운 오솔길'이었다. 그는 오성을 벗어던지지 않으면 절대로 진리에 이를 수 없다고 주장했다. 그래서 술에 취해 돌아다니기가 일쑤였는데, 정신이 몽롱한 상태로 가시적인 세계 너머에서 우리를 기다리는 열락을 열거하며 장막 저편 세상에 대해 장황하게 떠들었다.

그의 말에 가만히 귀를 기울이다 보면, 우리 눈에 보이지 않는 세상을 여행하는 그의 모습이 연상되었다. 금은보화와 은 레이스가 달린 태피스트리로 가득 찬 터키석 궁전들에 둘러싸여 헤아릴 수 없는 즐거움을 약속하는 세상. 그는 쾌락의 세상을 여행하면서 연인 아젤반과의 사랑을 즐겼다. 아젤반은 수정처럼 맑은 연못 위 영원히 지지 않는 장미꽃 사이에 앉아 있었다. 나이팅게일이 지저귀고 졸졸거리는 물소리가 들렸으며, 장미와 재스민 향기가 은은하게 퍼졌다. 아젤반은 홀로 창가에 앉아서 수를 놓으며 루트풀라흐를 생각하거나, 자신만큼 예쁜 시녀들에 둘러싸여 음악에 대한 수다를 떨었다. 아젤반의 머리카락은 칠흑 같은 밤보다 더 까맸고 눈동자는 별빛보다 더 반짝였으며, 피부는 재스민 꽃보다 더 하얗고 걸음걸이는 또 얼마나 우아한지 고고한 꿩도 시샘할 정도였다. 아름다운 그 여인은 루트풀라흐를 몹시 사랑했다. 그러나 그녀와의 결합은 당장은 불가능해 보였다. 우선 안드로니코스 황제의 보물을 찾아야 했다. 그것은 내세에서 내건 조건으로, 동생의 미모에 뒤지지 않는 폭력적인 언니와 부모의 요구사항이었다. 보물은 마법에 걸려 있었다. 물론 루트풀라흐에게 그런 재산은 필요 없었다. 그는 저승세계에서 욕망을 채울 수 있었다. 그 조건 때문에 보물찾기에 참가했다. 언젠가 보물을 발견하면, 아젤반은 인간이 되고 루트풀라흐도 태양과 같은 진짜 얼굴을 되찾을 것이다. 비할 데 없이 아름다운 두 사람이 하나가 되어 이 세상은 영원히 행복하고 풍요로워질 것이다.

가련한 루트풀라흐는 기분이 가라앉을 때면 임무를 완수하는 것이 몹시 힘들고 불가능한 것이라는 걸 알았다. 하지만 매우 감정적인 상태가 되어—술에 취해—속마음을 보여줄 때면, 지금 우리 눈앞에 있는 사람은 자신이 아니라는 말을 끊임없이 되풀이했다. 그것은 눈이 휘둥그레질 정도로 아름다운 그의 모습을 인식할 수 있는 능력이 우리에게 없기 때문이라고 했다. 그의 설명을 듣다 보면, 신비로운 세상에서 아젤반의 무릎을 베고 잠이 든 우리 친구의 모습에서 오리엔트의 왕자나 미국 영화 속에 나오는 인도 군주 마하라자가 연상되었다.

"어제는 아젤반과 함께 사냥을 했어. 그레이하운드 백 마리를 끌고 나가서 가젤과 호랑이를 아주 많이 잡았지. 거기에서…."

특히 잘 움직이지도 못하는 늙은 그레이하운드 한 마리를 데리고 사냥을 다니는 나시트와 함께 그 얘기를 들을 때면 사냥 이야기는 끝날 줄 모르고 계속되었다.

루트풀라흐는 압뒤셀람과 함께 이야기를 나눌 때면 사냥 이야기는 하지 않고 그 행복한 나라에 사는 활기 넘치는 사람들에 대한 얘기에 집중했다. 아젤반의 아버지의 성에는 천사 같은 아이들과 많은 일가친척들이 살았다. 그들은 연령층이 다양했지만 서로를 진심으로 사랑했고 절대로 헤어져 살 생각을 하지 않았다. 압뒤셀람은 마흔 명의 어린 하녀들과 안락한 생활을 하는 아젤반 아버지의 얘기를 들을 때면 몹시 감동하여 넋이 나갈 정도였다.

그러나 세이트 루트풀라흐에게 드리운 그림자가 있었는데, 아젤반이 부를 때만 그 행복한 세상에 갈 수 있다는 점이었다. 초대를 받지 못하면, 비루한 인간세상에서 몇 달 동안 룸펜의 가면을 쓰고 처량하게 돌아다녀야 했다. 그의 형상은 자신이 기거하는 폐가처럼 인생의 밑바닥까지 추락한 사람의 것이었다. 그는 사람을 피했다. 사람들과 잘 어울리지 못했고, 툭하면 싸우려 들었다. 그렇게 한번 감정이 폭발하면 간질 발작을 하듯 떠들썩한 광경을 연출했기에 나중엔 몹시 괴로워했다.

그는 보란 듯이 우쭐거리며, 손에 넣은 권력으로 적을 파멸시키고 죽여 버리겠다고 호언장담했다. 그리고 입에 거품을 물고 불분명한 언어로 알아들을 수 없는 저주와 악담을 쏟아냈다. "나는… 그래, 나는… 나는… 그놈은 내가 누군지 알까? 그놈의 머리통에 재앙을 퍼붓고 말 거야!" 루트풀라흐는 자신의 상대를 오직 "그" 또는 "그놈"이라고 불렀다. "내가 한 줌의 재로 만들어버릴 수 있다는 걸 그놈은 알까?"

분노는 하시시처럼 루트풀라흐를 마비시켰다. 그런 순간이 되면 자신을 삶과 죽음의 지배자로 여겼다. 교만한 마음이 충만해지면 혼란스러운 머릿속에서 기묘한 삶과 죽음의 철학이 탄생했다. 하지만 분노가 사라지자마자, 전혀 다른 종류의 절망이 시작되었다. "요즘 적들이—물론 저승세계의 적들이!—나를 자극하지 뭐야. 그래서 몇 가지 비밀을 누설하고 말았어. 이제 저승세계 여행은 점점 더 어려워질 거야. 다음 통지가 있을 때까지 내 힘을 보여줘서는 안 돼. 그놈들이 세력을 확장하는 시기거든."

나의 아버지는 루트풀라흐의 특별한 능력을 믿었다.

"그 녀석한테는 뭔가 특별한 것이 있어." 아버지는 그렇게 말씀하셨다. "그게 아니라면 제빵사 아흐멧 에펜디에게 그런 짓을 할 수 없었을 거야. 사흘 만에 그의 집과 가게가 전소되어 온 가족이 죽었지. 아흐멧 에펜디는 지금 구빈원에서 살고 있어."

아버지는 루트풀라흐의 섬뜩한 힘 앞에 불현듯 몸서리를 치며 욕을 해댔다. "그놈은 인간도 아니야. 재앙이나 다름없어. 우리 머리에 돌을 쏟아부을 놈이야. 도대체 왜 이놈의 정부는 그런 마술사를 잡아가지 않고 맘껏 거리를 활보하게 놔두지? 어제저녁엔 에디르네카피 공동묘지를 절뚝거리며 다니더라고. 그놈이 또 누구를 죽였는지 알게 뭐야!"

그뿐만 아니라 루트풀라흐가 정령들과 벽을 바라보고 했던 예언들은 거의 항상 적중했으며, 그가 손으로 만지고 숨을 내쉼으로서 신경질환을 앓는 사람들을 낫게 했다는 소문이 돌기도 했다.

루트풀라흐의 명성이 조금씩 확산되기 시작하던 1906년에 압뒤셀람은 몹시 아끼던 금시계를 잃어버렸다. 그래서 누리 에펜디의 소개를 받아 세이트 루트풀라흐에게 그 일을 의뢰했다. 루트풀라흐는 저승세계와 오랫동안 교신을 한 후 어색한 터키어로 이렇게 말했다. "시계는 여자의 궤 속에 있소. 궤는 배의 몸체에 있고, 배는 바다 한복판에 있소. 즉시 전보를 보내시오. 그렇지 않으면…."

하지만 사흘 뒤 밝혀진 진상은 전혀 달랐다. 압뒤셀람의 시계는 조끼 주머니에 있었는데, 조끼는 옷장 안에 있었고, 그 옷장은 압뒤셀람의 둘째 부인이 얼마 전 이집트에서 데려온 여자 노예의 방에 있었다. 그런데 우연의 일치였는지, 당시 그 집을 떠나 고향으로 돌아간 하녀에게 보낸 인편한테서 이런 답장이 왔다. "여자를 찾았음. 그녀의 궤 속에 별 가치가 없는 탁상시계가 있었음. 시계와 여자의 신변은 안전하게 확보했음. 다음 지시를 기다리겠음."

세이트 루트풀라흐가 이스탄불에서 얻은 명성은 세세한 부분은 맞지만 전체적으로 뒤죽박죽인 이러한 잘못된 해석에 근거한 거라고 봐도 무방했다.

사실 그 남자의 놀라운 능력을 명백히 드러내준 것은 바로 이런 큰 맥락 속의 작은 실수였다. 그런 시각에서 보면 세이트 루트풀라흐의 예언 능력과 재능은 한밤에 거친 바다를 떠도는 배처럼 분명한 것이었다. 어쨌든, 왜 그런 불일치가 생기는지에 대해 질문을 받았을 때 그는 저승 세계와의 교신이 완전히 확실한 것이라고는 한 번도 주장하지 않았다.

그건 사람들이 999개인 이슬람 사원의 창문을 1000개라고 말하는 것과 같은 흔한 실수에 불과했다. 그의 예언이 적중하면, 사람들은 우연의 탓으로 돌릴 수도 있었다. 자잘한 내용은 자연스레 의미가 사라지기 때문이다. 반면 아주 작은 실수 하나가 예언의 내용에 신빙성을 부여할 수도 있다. 그 실수로 인해, 모든 세세한 것들이—시계, 고향으로 돌아간 하녀, 배의 화물칸, 궤—고된 여행길에서 만난 길가 여인숙처럼 밝게 반짝였다. 사람이 하는 모든 일에서 실수의 역할이 얼마나 결정적이고 유용한지를 이보다 더 잘 보여주는 예가 있을까?

그때부터 세이트 루트풀라흐를 압뒤셀람 에펜디의 저택에서 종종 볼 수 있었다. 사람들은 그가 무슨 말을 하든 믿었다. 거기에는 그의 옷차림과 생활방식과 폐허 같은 거처도 한몫했다. 누군가 습관이나 복장을 조금 바꿔보라고 하면, 그는 으스스한 어둠의 세계를 넌지시 언급하며 거부의 몸짓으로 묵살했다. "그들이 허락하지 않습니다." 그는 압뒤셀람이 선물한 옷과 터번을 사흘 뒤 코나크로 되가져왔다. "전 이런 걸 못 입습니다. 용서하시길…." 세이트 루트풀라흐는 전설을 만드는 적절한 방법을 잘 알고 있었다.

그는 꾸란 학교를 거처로 정해준 것도 정령들이라고 말하곤 했다. 나는 폐허가 된 그 꾸란 학교처럼 아주 세세한 부분까지 건축가의 꼼꼼하고 애정 어린 손길을 느낄 수 있는 공간을 본 적이 없다. 술탄 마흐무드 1세 시절 작은 이슬람 사원과 함께 건축된 그 학교는 건축가의 손길이 떠난 순간부터 천천히 허물어지기 시작했다. 현재의 상태를 앞서 예견한 계획을 엄격하게 따르면서…. 안뜰의 바다 포석은 깨지거나, 뜰 한복판에 억세게 뿌리를 내린 플라타너스 때문에 삐죽 올라와 있었다. 세 면을 뜰에 걸친 방들은 루트폴라흐의 방을 뺀 넓은 면적이 무너져 내렸다. 작은 사원의 왼편 첨탑으로 올라가는 입구와 계단 네 개만 남아 있었다. 그 옆으로는 당시의 고위인사들 몇 명과 사원 및 꾸란 학교의 건립자이자, 정확히 말하면 술탄의 커피 바리스타가 잠들어 있는 아름다운 묘지가 울타리를 경계로 도로를 마주하고 있었다.

뜰과 묘지를 비롯한 토지 전체가 잡초와 덤불로 뒤덮여 있었고 무너진 기둥 밑으로 나무들이 자라고 있었다. 그중 작은 실측백나무의 모습이 가장 놀랍고 감동적이었다. 바람에 살랑거리며 세이트 루트폴라흐의 방 지붕 너머까지 유연하게 흔들렸는데, 그 모습이 마치 뾰족한 나무망치 같았다. 잿빛의 흐린 하늘을 배경으로 서 있는 실측백나무는 천상의 모습처럼 아주 특별한 분위기를 연출했다. 정복할 수 없는 영원한 자연과 조화를 이루고 있는 것처럼 보였다.

지붕 꼭대기에서 흔들리는 기이한 전조와 함께 꾸란 학교는 심연의 언저리를 부유하면서 아무 의미 없는, 균형을 잃고 추락하는 순간만을 기다리고 있는 듯한 인상을 주었다. 세이트 루트폴라흐는 그 폐허 한가운데 놓인 매트리스에 몸을 뉘였다. 방은 어둡고 눅눅했다. 매트리스 주위에 큰 항아리들이 있었는데, 거기에 자질구레한 물건들을 보관했다. 게다가 거북이 한 마리가 이 기이한 방을 찾아온 손님의 다리 사이를 기어 다녔다. 거북이는 아젤반이 준 선물이라고 했다. 그리고 그런 이유 때문에 세스미니가르, 즉 '눈이 예쁜 여인'이라는 이름을 붙여주었다.

세이트 루트폴라흐는 정령들이 그의 거처를 꾸란 학교에 정한 이유를 근처에 보물이 숨겨져 있기 때문이라고 주장했다. 그러면서 안드로니코스 황제의 귀한 보물을 위해 저승세계에서 싸우는 자신의 모습에 대해 지칠 줄 모르고 떠들어댔다.

그는 꾸란 학교가 겉보기처럼 쉽게 붕괴되지는 않을 거라고 말했다. 우리가 루트풀라흐의 진정한 모습을 인식하지 못하는 것처럼 그 휘황찬란한 성의 모습도 보지 못한다고 했다. 언젠가 보물을 찾으면, 순금으로 된 기둥과 터키석 색상의 다이아몬드로 이루어진 반구의 천장이 화려하게 빛날 것이다. 그 뒤 모든 것이 제자리를 찾게 될 것이다. 아젤반은 우리 앞에 나설 준비를 할 것이고 그녀의 연인인 루트풀라흐는 아젤반의 참모습을 받아들일 것이다. 그리하여 영원히 함께 사랑하며 살 것이다.

"내가 세상을 지배할 것이네. 모든 것이 내 뜻대로 이루어질 테고."

세이트 루트풀라흐는 가난과 불의를 몰아내고 세상을 정의롭게 통치할 거라고 설명했다. 그 기이한 남자는 정말 정의감에 사로잡혀 있었다. 그의 내면에서 정의가 마치 독립적인 도구처럼 일하면서, 이따금 그의 개성을 결정하는 중요한 움직임을 주도하는 것처럼 보였다.

그렇게 봤을 때, 세이트 루트풀라흐는 우연히 얻은 재산을 모두 거부하고 내세의 기쁨과 영원한 생명의 힘을 얻은 사람이었다. 그는 위대한 영혼이자 이상주의자였다. 삶 속에서 '모든 것'을 얻기 위해 아무것도 없는 황량한 사막에서 사는 편을 택했다.

라미즈 박사에게 그런 다양한 기행(奇行)에 대해 설명하자, 그는 유독 한 면에 주목했다. 그는 옳고 그름의 문제가 세이트 루트풀라흐 사건을 풀어줄 열쇠이거나 열쇠 중 하나가 될 거라고 거듭 얘기했다. 늘 과학적인 방법만 생각하던 라미즈 박사는 세이트 루트풀라흐가 칼 마르크스의 책을 읽었는지도 물었다. 그러면서 계속해서 날 책망했다. "분명 마르크스와 엥겔스를 읽었을 텐데! 당신은 왜 그걸 물어보지 않았소!" 그래서 내가 "그 가난한 남자가 그런 저명한 사람의 책을 어떻게 읽는단 말입니까? 터키어도 제대로 읽을 줄 모르는데!"라고 대꾸하면, 라미즈 박사는 체념하듯 이렇게 말했다. "당신은 영영 바뀌지 않을 거요! 당신의 영혼을 좀먹는 그런 편협한 생각 때문에 큰 손해를 볼 겁니다. 제발 그런 생각은 집어치워요. 틀림없이 그 사람은 독일어도 할 겁니다. 사회주의 문헌들도 모두 읽었을 겁니다. 그게 아니면 우리 시대의 가장 큰 과제라고 할 수 있는 '정의'에 그렇게 열렬히 반응하고, 그것을 위해 싸울 수 없었을 거요. 나는 그를 우리나라 사회주의 운동의 창시자라고 생각해요!"

라미즈 박사는 늘 그런 식이었다. 그는 침소봉대의 대가였다. 나는 부족한 지식으로 그 대단한 학자를 감히 공개적으로 비판할 용기가 없었다. 하지만 어떻게 거짓말을 하겠는가? 불쌍한 옛 친구인 루트풀라흐의 인생을 증언하자면, 나는 그에게서 그런 전투적인 사상을 전혀 눈치 채지 못했다.

아리스티디 에펜디와 나시트, 그리고 압뒤셀람 에펜디의 열정은 좀 더 인간적이었다. 아리스티디 에펜디는 헤이벨리아다 섬의 노(老) 신부인 매형에게서 안드로니코스 황제가 하드리아누스 황제일 가능성이 있다는 얘기를 들은 후, 보물을 찾는 데만큼은 과학적인 관심을 갖게 되었다. 그의 말로는 세이트 루트풀라흐의 망설임이나 내세의 명령을 기다리는 일은 전혀 쓸데없는 짓이었다. 오히려 곡괭이와 삽을 들고 즉시 발굴 작업에 착수하는 것이 중요했다. 그러나 정령의 세계에는 엄격한 규칙과 정해진 시간이 있었다.

1909년의 가장 중요한 사건은 어느 날 밤 아리스티디 에펜디가 혼자 힘으로 안드로니코스 황제의 보물을 찾아 나선 것이었다. 하지만 첫 삽을 떴을 때 보물을 둘러싼 비밀스러운 싸움이 계속되면서 보물의 위치도 바뀌었음을 알았다. 아리스티디 에펜디는 기대했던 황금과 보석이나 고급스러운 직물과 집기들이 든 단지 대신 뼛조각과 마흐무드 술탄 시대의 동전 한 개가 든 유리그릇 외에 아무것도 나오지 않자 그런 의심이 들기 시작했다. 이튿날 밤 세이트 루트풀라흐가 보물을 실제로 찾는 게 문제가 아니라 그것을 옛 자리로 옮기는 데만 몇 달이 걸릴 거라고 설명하자, 아리스티디 에펜디는 걱정과 후회로 거의 죽을 지경이었다. 압뒤 셀람의 잃어버린 시계 이야기처럼 실패로 끝난 그 모험은 세이트 루트풀라흐에 대한 아리스티디 에펜디의 반감을 결정적으로 꺾어놓는 계기가 되었다.

그때까지 아리스티디 에펜디는 무지한 루트풀라흐를 대할 때마다 유럽인 같은 교만한 미소를 짓곤 했었다. 하지만 그날 이후 그의 웃음 속에는 미신적인 공포가 섞여 있었다. 그는 친구의 면전에서 퇴로가 차단된 병사처럼 당황하고 회의하는 인상을 주었다.

세이트 루트풀라흐의 본질적인 소원은 영적인 힘을 지닌 물질과 우주의 신비를 온몸으로 부닥치는 것이었다. "금을 만들어내는 것은 증류기가 아니라 영혼이야." 그는 이렇게 말했다. "땅 밑에는 이제 아무것도 없어. 중요한 것은 접촉이 생기지 않도록 하는 거야."

그럼에도 그는 다른 사람들과 마찬가지로 아리스티디 에펜디의 약국 뒤편 비밀 실험실에서 증류 플라스크와 풀무와 갖가지 약병들을 가지고 진행하는 실험에 모습을 드러냈다. 아리스티디 에펜디는 고문서에 적혀 있는 모든 것을 제공했다. 이것을 계기로 두 남자는 하루 종일 논쟁을 벌였다.

유럽적인 지식인인 아리스티디 에펜디의 인내와 관용은 기필코 내세를 정복하려는 루트풀라흐의 자존심과 감성에 항상 부딪쳤다. 마치 부글부글 끓어오르는 그릇 속에서 두 개의 상반된 힘이 충돌하듯이. 내가 몇 차례 참석했던 실험 중에서 특히 루트풀라흐가 사용했던 전문 용어들이 지금도 기억에 남는다. 세정(洗淨), 석회화, 승화, 부패, 증류, 용액,

고정, 응고와 같은 단어들이 지금도 강한 의지 때문에 뜻밖의 가능성의 문을 열어줄 수 있을 것처럼 여겨진다.

실제로 우리는 어느 날 그 문들 중 하나가 열리는 것을 목격했다. 전혀 상상하지 못한 방법이긴 했지만. 아리스티디 에펜디는 압뒤셀람의 재정적 후원 덕에 이루어진 실험의 명성을 온전히 자신만을 위해 이용하고 싶었다. 그래서 어느 날 밤 혼자서 증류기를 만지작거리다가 그만 그것이 폭발하여 실험실에 화재가 발생했다. 반쯤 불에 탄 아리스티디 에펜디의 시신을 발견한 것은 한 시간 뒤 현장에 도착한 소방대였다. 1912년 2월의 일이었다. 아리스티디 에펜디의 죽음과 더불어 금을 만드는 일은 끝났다. 그리하여 소수의 사람들만 보물에 대한 희망을 간직하게 되었다.

8

나는 왜 시간조정연구소의 연대기를 아득한 옛 추억과 함께 풀어놓고 있을까? 왜 과거의 그림자에 사로잡혀 있는 것일까? 사람들은 이 모든 이야기의 진실도, 모순점도 제대로 파악하지 못할 것이다. 정작 나 자신도 과거의 기억에서 즐거움을 얻기엔 너무 늙어 버렸다. 비록 그럴 나이가 아니라 하더라도, 할리트 아야르시가 내 인생에 끼어든 후 내가 전혀 다른 사람이 되었다는 것은 논란의 여지가 없다. 나는 현실을 사는 것에, 현실과 대면하는 일에 익숙해졌다. 정말 그는 내가 새로운 인생을 살도록 도와주었다. 나는 지금 그 오래된 것들로부터 멀리 떨어져 있다. 설령 과거가 중요하다고 할지라도, 그 시절에 대해 상당히 무감각해졌다. 하지만 안타깝게도 그 시절을 한 번도 되돌아보지 않고는 나의 인생을 설명할 수 없다. 나는 오랫동안 그 사람들과 한데 어울려 살았고, 그들의 꿈을 위해 살았다. 가끔은 그들의 옷을 걸치고 그들이 되어 보기도 했다. 부지불식간에 누리 에펜디가 되었고, 때로는 루트풀라흐가, 때로는 압뒤셀람이 되었다. 그들은 나의 모델이었다. 무심결에 내 얼굴에서 그들의 가면을 발견했다. 사람들 사이를 걸으면서 이따금 나는 그 친구들 중 하나가 되기도 했다. 오늘도 거울을 들여다보면 내 얼굴에서 그들 중 누군가를 식별할 수 있을 것 같다. 방금 전에도 누리 에펜디의 조심스러운 미소가 내 얼굴을 획 스쳐갔다. 이어서 루트풀라흐의 교활한 몸짓이 느껴져서 일을 하다 말고 깜짝 놀라 벌떡 일어섰다. 어떤 때는 아버지의 초조함과 억누를 수 없는 질투심을 발견하고 화들짝 놀라기도 한다. 심지어 그런 현상이 옷을 통해 전해지기도 한다. 최상의 재단사들이 만든 양복을 입었을 때조차 압뒤셀람이 보이기도 한다. 어제 나는 새 안경을 사러 가서는 아리스티디 에펜디가 쓰던 것과 똑같은 금테를 찾아 헤매고 있었다. 금테 안경이 이미 한물간 유행이라는 것도 안다. 아마도 개성이라고 부르는 것은 기억의 저수지 속에 간직하고 있는 가면들 중 가장 많은 가면의 혼합일지도 모른다.

내면 깊은 곳으로부터 훨씬 더 심오하고 힘센 무언가가 나와 섞인 뒤 그런 유산을 해칠 때도 종종 있다. 내 경우는 정말 그렇다. 모든 사람들이 내 얘기에 고개를 끄덕일 수는 없을 것이다. 나처럼 살지 않는 사람들, 나와는 다른 방식으로, 나보다 더 강하고 단순한 방법으로 자기 자신을 발견하는 사람들도 있을 것이다.

하지만 나는 그들의 추억이 아니라 나의 추억을 쓸 것이다.

사실 그 후의 인생도 그 사람들의 영향으로부터 완전히 자유로워질 수 없었다. 내 아들의 표현을 빌리자면, 나는 "평범한 직장"을 경험하지 못했다. 내 마음속에 그들이 혼란스럽게 계속 살아 있었다. 아들 아흐멧은 그런 나를 닮지 않았다. 그리고 나를 닮지 않으려고 무슨 일이든 했다. 그 때문에 이런저런 기회를 잃기도 했다. 인문계 고등학교를 졸업한 뒤에 국가 장학금을 받고 대학 공부를 했다. 의대를 마친 뒤 나의 능력과 직위를 바탕으로 미국에서 재교육과정의 기회를 얻을 수도 있었지만, 일언지하에 거절하고 곧장 아나톨리아로 향했다. 아들은 한마디 상의도 없이 나와 관련된 것에는 완전히 등을 돌리고 가버렸다.

아들이 나를 사랑하지 않았다고는 말할 수 없다. 그럼에도 나의 몇 가지 면을 싫어한 것은 분명했다. 그것도 매우. 그렇지만 어떤 방식으로든 내가 아들의 마음속에 계속 살아 있다고 느낀다. 어느 날 진료실에서 환자를 돌보는 아들을 보고 그 사실을 깨달았다. 내가 시계에 몰두하는 모습과 똑같았다. 또는 누리 에펜디의 모습과 흡사했다. 나는 아들이 나보다는 오히려 누리 에펜디를 닮기를 바란다. 나는 누리 에펜디의 집중력을 따라가지 못했다.

어쨌든 현재의 내 모습을 이해하는 열쇠는 나의 과거 속에 있는 것 같다. 나는 과거로부터 완전히 벗어날 수도, 과거에 전적으로 사로잡힐 수도 없다.

9

4년 전 한 골동품상에서 오래된 쇠창살을 발견했다. 나는 그 자리에서 당장 구입하여, 시계 저택의 베란다와 꽃이 만발한 정원이 내다보이는 사무실 유리문 앞에 놓았다. 별처럼 흩뿌려진 튤립 무늬의 쇠창살을 통해 세상을 바라보노라면, 마치 과거를, 가난하고 궁핍했지만 꿈과 희망이 가득했던 어린 시절을 들여다보고 있는 듯한 기분이 든다. 그 창살을 통해 그런 추억들을 상세히 떠올릴 수 있다는 사실을 믿어 의심치 않는다. 그 시절 나는 누리 에펜디의 시계 공방 사람들이 챙겨준 다양한 물품들을 전하기 위해 세이트 루트폴라흐를 찾아갔었다. 다 허물어져가는 꾸란 학교에 갈 때마다 그것과 똑같은 쇠창살 앞에 한참 동안 서서, 안드로니코스 황제의 보물을 찾거나 혹은 아리스티디 에펜디가 정말 수은으로 금을 만들면 언젠가는 내 몫으로—그런 얘기는 한 번도 하지 않았지만, 결국 소원대로 내 몫을 받게 되겠지—학교 담장 전체와 묘지, 그리고 어쩌면 사원까지 수리해야겠다고 결심했다.

그러나 부와 기회는 나를 정반대로 이끌었다. 언젠가 커서 부자가 되면 할아버지의 시계를 사원에 기증하겠다고 맹세했지만, 나는 결국 12년 전쯤에 그 시계를 팔아먹고 말았다. 그리고 그 쇠창살 역시 비슷한 처지가 되고 말았다. 가난에 시달리던 나는 백주대낮에 체포될 위험을 무릅쓰고 그 창살을 떼어냈다. 그것은 마치 사냥꾼 나시트한테 잡힌 축 처진 새의 날개처럼 담장에 매달려 있었다. 나는 골동품상에 30리라를 받고 팔아 넘겼다.

당시 나는 30리라를 받아들고 감격했다. 안드로니코스 황제의 보물을 찾아 몽땅 들고 온 것 같기도 하고, 아리스티디 에펜디의 플라스크 속에서 온 세상의 수은이 황금으로 변한 것 같기도 했다.

그날 아내 파키제를 위해 작은 선물을 사고 음악에 미친 처형의 라우테(만돌린과 유사한 현악기)를 수리하도록 보내면서 이번에는 제때 찾아올 수 있을 거라 확신했다. 또한 용감하게도 미인대회에 네 번째 출전하여 예상치 못한 지출을 또다시 안겨준 처제에게는 값비싼 벨트를 사주었다. 파키제는 동생의 펑퍼짐한 드레스를 꽉 잡아주는 벨트를 보면서, 처제가 미의 여왕이 될 거라고 99퍼센트 확신했다. 마지막 남은 2리라는 노점상을 하는 오랜 친구 알리 에펜디에게 주고 이웃인 홀키의 시계를 되찾았다. 그 물건은 사흘 전 저녁에 아내와 아이들을 데리고 야외극장에 가기 위해 내가 알리 에펜디에게 담보로 맡긴 시계였다.

그 쇠창살은—잠시나마—오랫동안 느끼지 못했던 평화와 행복을 우리 집에 가져다주었다. 하지만 나는 슬픔을 견뎌야 했다. 나는 내 과거를, 특히 어린 시절의 맹세를 저버렸다. 오랫동안 나는 창살 바로 뒤 커다란 터번을 두른 무덤 밑에 누워 있는 사람을 성자라고 믿었다. 아마 무덤 옆에 있는 커다란 뽕나무 때문에 그런 생각을 했는지도 모르겠다. 어머니가 아프셨을 때, 매일 밤마다 쇠창살 앞에 촛불을 켜놓고 기도를 올렸다.

4년 전 습관적으로 골동품상을 뒤지고 다닐 때였다. 물론 그때는 팔기 위해서가 아니라 시계 저택을 장식할 만한 물건을 사기 위해 돌아다녔다. 거기서 별안간 무엇이 눈에 띄었을까? 바로 그 쇠창살이었다! 단박에 달려들어 옛 친구를 만난 듯 포옹을 하면 원래 가격의 몇 배를 더 주고 사야 한다는 걸 나는 알고 있었다. 하지만 아차! 애를 써보았건만 약삭빠른 유대인이 내 속셈을 눈치 채고 말았다. 일부러 돌아서면서 떨리는 두 손을 들키고 말았던 것이다. 나도 가만히 있을 수는 없었다. 그래서 우선 인도산 독서대를 두고 실컷 흥정을 한 뒤, 본래 갖고 싶던 물건에 대한 답을 얻어냈다. "9백 리라 주세요. 아주 훌륭한 물건입니다. 콘야산(産)인데 박물관에 갖다놓아도 손색이 없는 물건이에요." 30리라에서 9백 리라. 30배. 내 아들 말대로 제곱수. 나는 그 가격에 합의할 뻔했다. "좋습니다! 우리 집으로 배달해주세요!" 하지만 이내 정신을 차리고 150리라를 제안하자, 주인 만달린 에펜디가 화를 벌컥 냈다. 이번엔 160리라를 제안했지만, 장난하느냐는 답변만 돌아왔다. 사원 첨탑으로 연결되는 서로 다른 통로의 계단 중간쯤에서 만나기로 하고 올라가는 것과 다름없었다. 우리는 첨탑 벽을 따라 천천히 한 계단 앞서거니 뒤서거니 오르면서 서로를 관찰하고 있었다. 하지만 어떻든 나에게는 헛수고였다. 만달린 에펜디가 나보다 한 발 앞서, 그러니까 460리라에서 갑자기 꼼짝도 하지 않았기 때문이다. 나는 패배를 앙갚음하듯 돈을 건넸다. 그리고 내가 촛불을 붙인 흔적이 그대로 남아 있는 창살에 몸을 굽히고 입을 맞추었다. 나는 그만 물건을 되찾은 기쁨을 숨길 필요가 없어지자 너무 앞질러가고 말았다.

"만달린 에펜디, 오늘은 장사 수완을 충분히 발휘하지 못하셨군. 이 물건은 사실 박물관에 보관할 만큼 귀한 거지만 콘야산은 아니요. 나보다 이 물건을 더 잘 아는 사람은 없을 거요. 나한텐 훨씬 더 비싸게 팔 수 있었을 텐데."

만달린은 내 얼굴을 빤히 쳐다보다가 이제 그만 귀찮다는 듯 팔을 내저으면서 말했다. "도통 뭔 소린지. 이보세요, 됐어요, 됐어. 신이 우리와 함께하시길. 이제 다른 손님을 받아야 하니 어서 가세요!"

어떤 사람들은 공동묘지에 있던 물건을 집으로 가지고 와서 개인 용도로 사용한다는 사실을 수치스럽게 여길 수도 있을 것이다. 나도 썩 내키지는 않았다. 사실 상당히 불길한 기분이 들었다. 하지만 그 일을 정당화할 만한 아무런 위안거리도 찾지 못했다고 말할 수는 없다. 우선 이젠 꾸란 학교도, 이슬람 사원도 없다. 그렇기 때문에 그 창살을 돌려줘야 할 주인도 없다. 그건 사실이었다. 나는 고정되어 있던 창살을 뽑았고, 그것을 통해 시설이 폐허가 되는 데 일조했다. 그 당시 이미 학교 시설이 얼마나 낡고 허물어졌는지는 앞에서 설명했다. 뿐만 아니라 여러분은 내가 그런 행동을 하기로 결심했을 때, 얼마나 절박한 상황이었는지도 알고 있다. 무엇보다 그 폐허에 새 주택이 들어섰다는 사실이 위안이 된다. 그 동네 전체가 완전히 활기를 되찾았다. 계속 일이 잘 진행된다면, 몇 년 안에 정말 현대적인 모습을 갖추게 될 것이다! 나는 이제 현대적인 사람, 현대적인 건축, 현대적인 시설을 좋아한다.

아름다운 글귀가 적힌 묘비가 설거지 통, 우물 장식, 라디에이터 덮개로 변했다고 해도 이젠 상관없다. 나는 커피하우스의 주인인 살리흐 아가—그의 이름을 따서 묘지의 이름을 붙였다—가 성자가 아니었다는 사실을 이미 오래전부터 알고 있었다. 여하튼 성자였든 아니든, 나는 그 많은 초와 성물을 그 사원에 헌납했음에도 어머니가 돌아가셨다는 사실에 그를 용서하지 못했다. 그리고 지금 이 나이에도 도심 한복판에 공동묘지가 하나도 없다는 사실이 놀랍지도 않고 그것에 대해 불평할 생각도 없다.

현대인의 삶은 오히려 죽음에 대한 생각을 멀리할 것을 요구한다!

대체 무엇이 더 중요한가? 인생을 제대로 사는 것? 아니면 죽은 사람들을 돌보는 것?

다시 쇠창살 얘기를 해보자. 나는 그 예술품을 발견하고 가장 먼저 마음을 빼앗긴 사람이었다. 창살의 아름다움을 알아보았고, 골동품상에서 좋은 예술품을 발굴해냈다. 나는 어울리지 않는 사람 손에 그것이 들어가는 것을 막았다. 한마디로 예술품을 구한 것이다. 그런 작품을 내 집에 안전하게 갖다놓는 것보다, 그리고 온갖 위험으로부터 지키는 것보다 무엇이 더 중요할까? 나 말고 누가 그런 기쁨을 알까? 누가 정교한 아라베스크 문양을 알아보고 그 물건에 얽힌 사연을, 그 물건에 생명을 부여했던 기이한 사람들을 알아보았겠는가?

이 글을 쓰는 지금도 이따금 고개를 들어 창살을 바라본다. 몇 걸음 뒤에 서 있는 포플러와—보스포루스 근처 옛 정원에서 옮겨 온—실측백나무 밑에는 나의 손자들과 예순이 넘는 나이에 하늘이 선물로 준 막내 딸 할리데가 놀고 있다. 아이들은 형형색색의 작은 양동이를 들고 작은 삽으로 정원 모래를 파헤치고 있다. 아이들은 보모가 돌보는데, 내 딸 제흐라가 제 아이들을 위해 신중치 못하게 고용한 지혜롭지 못한 젊은 스웨덴 여자와, 내가 할리데를 위해 고용한 항상 미소를 짓는 날씬하고 예쁜 밝은 갈색 피부의 아지예가 함께 있다. 그러나 이 순간 또 다른 존재가 아이들을 보호하고 있음을, 즐겁게 노는 아이들을 보면서 기뻐하고 있다는 사실을 나는 잘 알고 있다. 그렇다. 나는 이 몇 분 동안 누리 에펜디, 사교성 좋은 압뒤셀람, 그리고 아젤반이 선물한 헤진 외투를 걸친 세이트 루트풀라흐가 함께하고 있다고 믿는다. 짧은 원피스 아래 파란색 팬티를 입은 덜렁이 할리데가 화단에 있는 해시계를 향해 곧장 아장아장 걸어가서 고사리 같은 손으로 돌을 잡았을 때, 누리 에펜디의 손이 관여하고 있는 건 아닌지 누가 알겠는가? 파키제의 바람대로 그 아이에게 죽은 할리트 아야르시를 연상케 하는 이름을 지어준 것은 아주 잘한 일이다. 날이 갈수록 할리데는 그를 닮아갔다. 작은 장미꽃잎을 닮은 할리데의 얼굴에 할리트 아야르시의 모습이 점점 더 선명해졌다. 그의 기질도 닮았다. 할리트 아야르시처럼 할리데는 고집을 꺾지 않았고, 뭔가를 요구하지 않으면서도 본인이 하고 싶은 대로 했다.

우리 운명에 이름이 미치는 영향에 대해 세이트 루트풀라흐가 한 이야기는 과장이 아니었다. 내가 할리데에게 다른 이름을 지어주었더라면, 아이가 할리트 아야르시를 닮지는 않았을 것이다.

10

1912년은 내 평생 가장 괴로운 해였다. 연초에 누리 에펜디가 죽었다. 그의 죽음으로 불편한 일들이 자꾸 발생했다. 장례식을 마치고 돌아오는 길에 나는 고작 열일곱 살이었는데도, 마음이 약해지고 의지할 데 없는 신세라는 걸 느꼈다. 2년 전까지는 그래도 가끔 한 번씩 학교에 나가긴 했지만, 무엇보다 세이트 루트풀라흐와 가까이 지내기 시작하면서는 근처에도 가본 적이 없었다. 그래서 뭐부터 시작해야 할지 몰랐다.

모름지기 학교는 청소년에게는 늘 중요한 의미가 있다. 적어도 학교를 다닌다면, 그 연령대의 가장 큰 고민거리라고 할 수 있는 '커서 뭐가 될까?'라는 질문에 대한 답을 미뤄둘 수 있다. 학교는 역에 도착한 사람들을 한참 동안 기다리게 했다가 때가 되면 무조건 태워서 어디론가 실어 나르는 기차와 다름없다. 하지만 나는 그 기차에서 너무 일찍 내려버렸다. 게다가 사막 한가운데서.

나를 둘러싸고 이런저런 진단이, 솔직하면서도 너무나 인간적인 걱정이 오갔다. 어머니는 "저 녀석이 도대체 뭐가 될지 모르겠어요"라는 말만 되풀이할 뿐 아무런 대꾸도 하지 못했고, 아버지는 이웃 사람들을 만날 때면 우선 나를 어떻게 할 생각이냐는 질문 세례에 시달려야 했다. 어떤 사람은 대학을 보내라고 했고, 어떤 사람은 기술을 익히게 하라고 조언했지만, 종국에는 아버지가 엄격한 조치를 취해야 한다는 데 의견이 모아졌다.

심지어 이렇게 말하는 사람도 있었다. "그 녀석이 일을 제대로 하지 않으면, 어서 결혼이라도 시키게."

물론 나 스스로도 어떻게 살 것인지 자문해보았다. 하지만 직업이나 일, 벌이와 같은 생각은 별로 들지 않았다. 그 대신 하루나 시간과 같은 문제들이 중요하게 여겨져서, 그런 생각들을 자꾸 했다. 그때까지 나의 관심은 오로지 시계뿐이었다. 하지만 시계에 대해서 특별히 많이 알고 있는 것은 아니었다. 누리 에펜디의 공방에서 많은 것을 배웠지만, 시계를 만드는 일 자체를 진지하게 열심히 하지는 않았다. 더군다나 재주가 없었다. 나는 두 손과 두 눈을 조응하여 일하는 것과는 거리가 멀었다. 손과 눈이 제각기 따로 놀았다. 나는 천성적으로 타고난 아마추어였다. 무슨 일을 시작하든 금방 싫증을 느꼈다. 마음속에서 어떤 새로운 길이 나타나도 곧 소리 없이 미끄러졌다. 학교에서도, 누리 에펜디의 공방에서도, 아버지가 일곱 살 때부터 매주 목요일과 금요일에 데리고 다녔던 탁발승 수도원에서도 늘 마찬가지였다. 그럼에도 무엇이든 해야만 했다. 그래서 결국 늙은 시계 수리공의 도제가 되었다. 그 선량한 남자는 실직 상태나 다름없을 정도로 가난했다. 물만 먹고 살 만큼 극도로 궁핍했다. 그럼에도 나를 도제로 받았고, 내가 시계를 수리하면 몇 쿠르쉬라도 줄 생각을 했다. 하지만 그 시절 찾아오는 손님은 없었다. 그것이 나의 운명이었다. 그렇게 스승과 도제는 아무 일 없이 우두커니 마주보고 앉아 있었다.

늙은 시계공은 누리 에펜디와 아주 달랐다. 그는 시계에 대한 최소한의 철학도 없었다. 하루는 누리 에펜디에게서 배운 것을 귀띔해줄까도 생각해보았지만, 전혀 내 말뜻을 이해하지 못했다. 시계도 사람과 같다는 운을 떼우기가 무섭게 "잘 듣게, 난 그런 미친 소리는 하나도 알고 싶지 않네!"라고 대꾸했다.

그러는 동안에도 세이트 루트풀라흐는 나를 놓아주지 않았다. 그는 저승과 접촉할 때 내 도움에 익숙해 있었다. 그래서 자꾸 가게에 들러서 이렇게 말했다. "어서, 일어서! 명령이 왔어. 에티에메즈로 가야 돼!" 그는 내 스승에게 허락을 구했다. 만약 스승이 거절하면, 귀신 운운하며 협박을 했다. 에티에메즈, 에윕술탄, 바니쾨이 등 우리는 이스탄불 전역을 돌아다녔다. 그는 지저분한 터번을 머리에 쓰고 바람이 조금만 불어도 부풀어 오르는 가운을 걸치고 늘 절뚝거리며 앞장서서 걸었다. 나는 알록달록 누더기를 기워 만든 옷을 입고 그 뒤를 총총걸음으로 쫓았다.

좋든 싫든 몇 달 동안 그 늙은 시계공의 공방에서 일했다. 아심은 아무런 시계 철학도 없었지만, 시계 제작에 대해서만큼은 철저하게 가르쳐주었다. 하지만 안타깝게도 내가 공방을 떠날 수밖에 없는 불행한 상황이 발생했다. 어느 날 세이트 루트풀라흐가 우리 가게에 수리를 맡긴 시계를 몰래 훔쳐가 버렸던 것이다. 시계가 없어진 걸 알았을 때, 내가 대신 누명을 쓰고 파출소에 몇 시간 동안 잡혀 있어야 했다. 다행히도 전날 세이트 루트풀라흐가 가게에 왔었다는 사실이 밝혀져서 그가 파출소로 불려왔다. 그는 안드로니코스 황제의 보물이 묻힌 곳 근처에서 불을 피울 향료를 사기 위해 시계를 가져갔다고 진술하고는 헐값에 팔아넘겼다고 떠벌렸다. 정령들과 꾸민 일인데, 훔친 물건으로 자금을 마련하여 보물을 찾는 것은 불가피하다고 했다. 그렇게 진범이 밝혀지면서 나는 풀려났다. 하지만 불쌍한 루트풀라흐를 내버려둘 수 없었다. 그때 문득 압뒤셀람이 떠올랐다. 결국 그의 도움으로 세이트 루트풀라흐는 절도와 하시시 흡연 혐의로 인한 재판을 피할 수 있었다. 압뒤셀람은 은화 몇 닢을 주고 시계를 되샀다. 하지만 아심은 더 이상 나와 일할 생각이 없었다. 사실 그의 판단이 옳았다. 의심스러운 지인을 둔 견습생은 항시 위험한 존재니까.

11

시계 사건은 파출소보다 우리 집에 더 어둡고 위험한 영향을 미쳤다. 그 사건은 이틀날 아버지의 분노에 불을 붙이고 어머니의 한탄을 전례 없이 최고조로 끌어올리면서 우리 가족을 충격으로 몰아넣었다.

늘 그런 식이었다. 그런 사건은 저절로 잊히지 않는다. 이전의 충격을 완화시키고, 그 일에 대한 책임 가능성을 없애줄 또 다른 사건에 의해 밀려난다. 정말 그렇다. 아들의 소재를 확인하기 위해 아버지가 허둥지둥 파출소로 달려왔던 바로 그다음 날 고모가 죽었다. 그리고 매장하던 날 오후에 고모가 다시 살아났다. 두 사건은 우리 집안을 완전히 쑥대밭으로 만들었고, 아버지는 충격에서 끝내 회복하지 못했다.

고모는 아버지의 유일한 혈육이었다. 어쩌면 그것이 두 사람의 전혀 다른 성격과 기질, 심지어 체질의 차이를 불러왔는지도 모르겠다.

아버지는 필요하면 돌도 씹어 먹을 만큼 낙천적인 사람이었다. 인생을 마음껏 즐기려는 강한 욕구를 갖고 있었다. 아버지에게 세상은 탕진하기 위한 곳이었다. 적어도 주변 사람들의 평가는 그랬다. 그에 반해 고모는 허약했다. 어릴 적부터 줄곧 병약하고 심술궂고 폐쇄적인 사람이었다. 아버지는 신앙심은 깊었지만, 쾌락적인 삶을 살았다. 고모는 늘 불평불만을 늘어놓았고, 극도로 맹목적이고 교만했으며 변덕스러웠다. 평생 자기 자신을 사랑하지 않았다. 그러나 천성이 너무 다른 이 두 사람에게도 한 가지 공통점이 있었는데, 둘 다 암울한 상황에 처해 있다는 것이었다. 불가능한 희망을 좇는 아버지는 무일푼이었기 때문에 우울했다. 고모는 빗자루 제조업자 길드의 조합장이었던 죽은 고모부로부터 에티에메즈의 코나크뿐만 아니라 숙박업소와 하맘(터키의 공중목욕탕) 몇 채, 그리고 사채업자에게 맡긴 돈과 상당한 액수의 주식을 물려받았지만 병적일 정도로 인색해서 가난한 사람과 다름없는 생활을 했다. 남자가 돈 때문에 들러붙을지도 모른다는 두려움 때문에 재혼할 생각도 하지 않았다. 그래서 방이 열여섯 개나 딸린 코나크에서 정신이 반쯤 나간 시녀와, 고모만큼이나 맹목적이고 인색한 수다쟁이 늙은 하녀와 함께 살았다. 고모는 아버지의 방문을 일절 금했는데, 고모부가 죽고 일주일 뒤 고모가 제멋대로 일처리를 한다며 아버지가 참견했기 때문이었다. 그래서 우리는 명절에 찾아가서 손에 입을 맞출 때만 고모를 볼 수 있었다. 고모는 라마단 둘째 주에는 큰 사원에 가기 위해 우리 집에 머물렀다. 고모 집을 방문할 때면, 우리는 끝없는 잔소리를 들으며 이스탄불에서 가장 초라하다고 할 만한 접대를 견디고 싸구려 선물에 감동한 척 해야 했다. 이에 반해 고모가 우리 집에 올 때면 아주 작은 실수조차

용납되지 않았다. 만약 사소한 실수라도 하면 그 자리에서 고래고래 소리를 질러대며 난리를 쳤기 때문이다. 괴팍한 고모와 두 하녀의 방문일이 다가오면, 우리는 두 달 전부터 좌불안석이었다. 고모는 우리 집에 도착하자마자 인생의 가치관을 바꾸고 엄청난 식욕의 은총을 받아서 일주일 내내 얻어먹으려 했다. 그래서 우리는 한 달 전부터 신중하게 라마단을 시작할 수밖에 없었다. 무엇보다 일주일 동안 가장 힘든 일은 고모의 훈계와 트집을 견디는 것이었다.

사실 고모는 아버지도 우리도 좋아하지 않았다. 그런 마음을 우리에게 보여주는 것이 자신의 기쁨인 양 행동했다. 우리를 친척이 아니라 호시탐탐 유산을 노리를 상속자로 여기는 것이 틀림없었다. 고모에게 우리 가족은 죽음이라는 끔찍한 사태 뒤에서 기쁨의 탄성을 지르는 무시무시한 기계 장치에 불과했다. 사실 그 일의 최후를 생각한다면 우리는 정말 기계 장치 그 자체였다. 고모는 본인의 죽음을 상상할 때마다 우리를 위해 죽는다는 생각을 떨쳐버리지 못했다. 그래서 우리 행동 하나하나를 꼼꼼히 뜯어보면서 우리의 선한 의도를 어떻게든 곡해했다. 훈계도 그것의 연장선이었다. "누가 죽기를 바라지 마라. 그건 가장 큰 죄악이야!" 고모는 이 소리를 끊임없이 했다. 사실—최소한 처음에는—우리 식구 중에 그 누구도 그런 생각을 품지 않았다. 아버지는 누이 때문에 상처를 입었다. 본래 아버지는 누나의 행복만을 빌었다. 그래서 남편을 잃은 고모를 친구인 나시트와 결혼시키려고 애썼다. 그렇지만 고모는 불쾌하게 생각했고, 일절 아무 간섭도 하지 못하게 했다. "내 돈만 노리는 남자와는 결혼하지 않아!" 심지어 그 중매를 아버지의 음모라고 간주했다. 하필 그즈음 아버지가 나를 나시트의 딸과—우리 둘 다 정말 매우 어렸는데도—약혼을 시켰기 때문에 오해를 더 부추겼다.

고모가 다시 병에 걸리자 아버지는 자신의 비용으로 의사를 불렀다.

당시 고모가 얼마나 소리를 질러댔는지 우리는 훗날에도 그날의 기억을 종종 떠올렸다. "제발 그렇게 서두르지 마! 어쨌든 네가 모든 걸 갖게 될 거 아냐!" 그러면서 고모는 아버지와 의사를 거칠게 내쫓았다.

나는 사업이 점점 내리막길을 걷던 몇 년 동안 아버지가 고모의 유산을 최후의 보루로 여겼다는 사실을 부인하고 싶지는 않다. 더군다나 고모의 건강은 다이어트로 인해―식사량이 거의 없었고, 운동도 하지 않았으며 늘 돈만 생각하는 등등―점차 쇠약해졌고, 심리 상태 역시 점점 더 불안해졌다. 고모는 아버지를 가만 내버려두지 않았고, 금방이라도 유산 상속을 할 듯 불가능한 희생을 요구했다. 또한 온갖 구실을 대며 지속적으로 괴롭혔다. 고모는 이제 아버지에게 누이가 아니라 그저 근심거리일 뿐이었다.

그러던 중 결국 고모의 몸 한쪽이 말을 듣지 않는 지경에 이르렀다. 아버지는 고모가 반신불수의 몸으로 어떻게 살지, 그리고 아버지를 얼마나 더 못살게 굴지 가늠조차 하지 못했다. 아버지는 그런 고모의 행동을 어릴 적부터 품고 있던 남동생에 대한 증오심 때문이라고 여겼다. 한마디로 고모는 아버지에 대한 반항심으로 살고 있었다. 침상에 누워 있는 여자에게 하루 종일 괴롭힘을 당하다가 저녁에 집으로 돌아오면, 아버지는 이렇게 절규했다. "도대체 이게 어떻게 가능하지? 그런 상태에서 어떻게 사람이 계속 목숨을 부지할 수 있단 말이야? 그저 나를 독사처럼 싫어하는 증오심으로 버티는 처량한 여편네 같으니라고… 그래도 신은 위대하시니…."

그 말은 당시 아버지가 얼마나 부당한 대우를 받았는지를 보여준다.

그 뒤 운명의 날이 찾아왔다. 정신이 반쯤 나간 하녀가 울부짖으며 달려와서 고모가 죽었다는 소식을 전했다. 아버지는 황급히 코나크로 가서 필요한 조치를 취했다. 망자를 위한 기도는 라렐리에서 이루어졌다.

아버지는 장례 절차를 이웃인 이브라힘에게 위임하고 곧 다시 에티에메즈로 돌아가서 차질 없이 코나크 전체의 일 처리를 지휘했다. 훗날 아버지는 그것이 가장 큰 실수였다고 회상했다. 당장 유산에 신경 써야 한다는 생각만 하지 않았더라면, 고모는 좀 더 일찍 땅에 묻혔을 것이고, 다시 살아날 가능성은 줄어들었을 것이다. 그리고 일이 그렇게 되었더라도, 아버지가 고모 침상에 앉아서 머리를 쥐어뜯고 눈물을 쏟았더라면, 전혀 다른 인상을 주었을 것이다. 하지만 상황은 완전히 다르게 전개되었다. 이브라힘은 아버지가 준 돈에서 자기 몫도 챙기길 바랐으므로 빗자루조합 조합장 부인를 위한 장례는 정말 초라하게 진행되었다. 고모의 장례에 참석한 가족이 아무도 없는 탓에 고모부의 무덤을 찾는 데도 애를 먹었다. 그것을 찾아야 그 옆에 고모를 묻을 수 있었다. 그 불행한 사태로 인해 장례 절차가 조금 지체되다가, 마침내 무덤을 찾아내 뚜껑이 반쯤 열린 관을 내리려고 했을 때였다. 난데없이 깨어난 고모가 가까스로 관 뚜껑을 옆으로 밀어냈다. 기면 상태에 있던 고모를 죽었다고 착각한 것이었다. 전설적인 정신력의 소유자인 고모는 순식간에 상황을 파악했다. 그리고 제일 먼저 알아본 에티에메즈의 이맘(이슬람교 성직자의 직명)에게 대뜸 소리를 질렀다. "어서, 최대한 빨리 나를 집으로 데려다줘요!"

나중에 이브라힘이 설명했던 것처럼, 메르케제펜디의 묘지에서 집까지 다시 관을 옮기는 것은 쉽지 않은 일이었다. 장례식 참석자들 대부분이 비명을 지르면서 도망쳤기 때문이다. 고모가 잔뜩 겁을 먹고 줄행랑을 치는 사람들을 심하게 몰아붙이지만 않았더라도 별일 없었을 것이다. 우선 고모는 이맘에게 무덤을 파던 인부가 구덩이 옆에 둔 외투를 달라고 해서 걸친 뒤, 관에서 몸이 반쯤 튀어나온 기이한 상태로 들것에 앉아 계속 지시를 했다. 고모는 장지로 자신을 데려왔던 방식 그대로 집으로 데려다달라고 뻔뻔하게 명령하면서 에티에메즈까지 관을 옮기는 사람들을 끈질기게 부려먹었다. 예상했던 일이었다. 시내에 도착해서 빵집이 보이자 고모는 닥치는 대로 먹을 것을 사 오게 했다.

롤빵을 씹으며 저세상에서 돌아온 기이한 망자 주변으로 행인들이 몰려들었다. 그리하여 고모는 옛날 어린 신부의 모습으로 들어갔던 집에 동네 사람 절반을 이끌고 마치 개선 행진을 하듯 귀향했다.

그사이 그런 상황을 까마득히 모르고 있던 아버지는 남동생의 권리라는 명목으로 하인들을 협박해서 지하 석탄 창고에 숨겨져 있던 값나가면서도 들고 가기 쉬운 것들을 모두 한 곳에 모아두도록 했다. 주머니는 고모의 협탁에서 나온 보석과 차용증서 및 금붙이로 불룩했다. 그곳에 가만히 서 있는 아버지의 모습은 또 가져갈 만한 것이 어디 있는지 묻고 있는 것 같았다. 그사이 나는 손을 대서는 안 되는 시계를 부엌에서 들고 나왔다. 어릴 적부터 마음을 빼앗겼던 시계였다. 나는 그 시계를 수리하는 데 온 정신을 집중했다.

나는 고모에게 문을 열어준 장본인이기도 했다. 고모는 관을 내려놓고 자신을 꺼내달라고 지시했다. 역사에 기록된 전투에서 승리한 모든 장군들 중에서 집 앞에 도착해서 관에서 나온 고모처럼 냉혹했던 사람은 없었다. 고모는 역사책에서 본 황제처럼 인상적인 모습을 하고 있었다. 하지만 유감스럽게도 고모는 경탄의 마음을 표현할 기회를 주지 않았다. 짧은 박수갈채도 마다하고 나를 옆으로 밀친 채, 쳐다보지도 않고 이렇게 물었다. "비열한 네 애비는 지금 어디 있냐?"

나는 두려움과 흥분과 경탄에 턱을 덜덜 떨면서 위를 가리켰다. 그러자 고모는 주위 사람들에게 지시했다. "날 위층으로 데려다줘! 어서!" 그러더니 기다릴 새도 없이 누구의 도움도 받지 않고 자기 발로 계단을 올랐다. 우리의 놀라움은 한층 더했다. 온몸이 마비되어 죽을 거라고,

정말로 죽었다고 생각했던 고모가 제 발로 쏜살같이 계단을 올라갔다.

재혼한 뒤로 아버지와 나는 별로 사이가 좋지 않았다. 아버지가 한탄을 할 때면, 정말 무슨 일이 있는지 혹은 연기를 하는 것인지 도통 이해할 수 없었다. 그래서 아버지를 봐도 별로 마음이 아프지 않았다. 하지만 그날 아버지의 모습은 평생 잊을 수 없었다. 불과 몇 시간 전에 천국으로 보냈다고 생각했던 탐욕스럽고 보기 싫은 누이가 느닷없이 수의를 두르고 눈앞에 나타나자, 아버지는 두려움과 당혹감에 말문이 막혀버렸다. 낯빛은 밀랍처럼 샛노래졌고, 몸은 부들부들 떨렸다. 둘 사이에는 아무런 대화도 오가지 않았다. 다만 고모가 이 한마디만 던졌다. "당장 네 주머니에 있는 것 다 꺼내 놔!"

아버지는 "누나, 다시 살아온 걸 환영해!"인지 뭐라고 말을 더듬으면서 덜덜 떨리는 손으로 주머니에 쑤셔 넣었던 것을 모두 꺼냈다. 그리고 마치 잿더미 속에 빠진 거머리처럼 그 자리에 가만히 서 있었다. 아버지는 손에 넣었던 모든 것을 다시 꺼내 놓았다. 아니 그 이상을 토해냈다. 미래의 모든 희망을 잃었던 터라 갖고 있던 모든 것을 탈탈 털어 내놓았다. 고모는 아버지의 움직임을 하나도 빼놓지 않고 꼼꼼하게 살펴보았다. 이윽고 아버지가 자기 목숨 외에는 아무것도 내놓을 것이 없게 되자 비로소 차갑게 입을 열었다. "당장 썩 꺼져! 멍청한 네 아들놈도 데리고 가! 모두 다 물러가거라! 자피나즈, 잠자리 좀 봐주게. 그리고 보리수꽃잎 차 좀 한잔 갖다줘, 몸이 꽁꽁 얼어버렸어! 너무 추워."

몹시 당황한 우리는 황망하게 그 집을 떠났다.

물론 그 기이한 사건은 내게 아버지만큼 영향을 미치지는 않았다. 고모는 우리를 몹시 부당하게 대했다. 하지만 나는 내게 고모의 재산에 대해 권리가 있다는 생각은 한 번도 하지 않았다. 좋지 않은 별자리를 타고난 사람처럼 나는 불행에서—항상 어떤 대가를 치르고—요령껏 빠져

나올 때면 늘 행운이라고 생각했다. 하지만 그것은 권리에 대한 특정한 입장일 뿐더러 좀 더 복잡한 문제이기도 했다. 늘 나의 인생에 대해—나이를 먹으면서 점차 나의 권한이 무엇이었나—곰곰이 생각해볼 때마다, 내게 관찰자의 정신이 깃들어 있었다는 것을 깨닫게 된다. 다른 사람들의 삶의 태도와 운명을 지켜보고 깊이 생각해본 것이 종종 나 자신의 불행을 뛰어넘게 해주었다고 나는 믿는다.

그날도 비슷한 상황이었다. 우리가 고모의 부활을 통해 잃은 것 이상으로 눈앞에서 벌어진 떠들썩한 구경거리에 나는 감동했다.

아버지가 그렇게 절망적이지만 않았더라면—아버지는 얼마나 지치셨던지 전세 마차를 타고 집으로 돌아가자고 했다—, 나는 우리 가족에게 그렇게 뜻밖의 사건이 일어났다는 사실조차 기뻐했을 것이다.

고모의 위풍당당한 등장과 아버지의 반응, 그리고 마차를 타고 가는 내내 넋이 나간 듯 장례식에서 있었던 일을 얘기하던 이브라힘. 나는 그런 것들도 웃으며 즐길 수 있었다. 무엇보다 이상한 것은 조명 광고판에 가장 큰 글씨로 알릴 만큼 중요했던—수년 동안 우리의 모든 기대와 희망을 걸었던—고모의 사망 사건이 우리에게 남긴 것이 코나크와 빗자루조합 조합장의 전 재산 중 고작 커다란 시계추뿐이었다는 점이었다.

아버지는 고모의 유산 중 단연 내 몫을 잘 챙겼다고 말해주었다.

이브라힘은 잔뜩 겁먹은 모습으로 아버지에게 한탄을 했다. "모든 게 제 잘못이에요. 좀 더 빨리 일을 진행했어야 했는데."

아버지는 천천히 고개를 들면서 중얼거렸다. "이제 그만해라, 이브라힘, 모두 신의 뜻이야. 그렇지 않았더라면 상황이 훨씬 더 나빠질 수도 있었어. 어쩌면 누나는 이 일을 통해 교훈을 얻었을 거야. 누나가 이제 할아버지의 유언을 책임질 거야. 건강을 회복했으니."

소수의 사람만 겪을 수 있는 그 끔찍한 사건 이후 아버지는 예전의 모습이 아니었다. 답답하고 어눌한 말투도, 양손을 벌벌 떠는 일도 완전히 사라졌다. 아버지는 이제 운명을 거역할 어떤 의지도 없었다.

사람은 누구나 운명의 때를 의식하게 된다. 아버지를 비롯한 우리 가족에게 그것은 무자비하게 찾아왔다. 아버지는 그 사건이 자신의 성급함과 경솔함 때문이었다고 얼마나 자책했던지 더 이상 생각조차 하지 않으려 했다. 눈에 띌 정도로 말수도 줄어들었다. 그리고 구석에 가만히 앉아 있는 날이 많아졌다. 가끔 한 번씩 시계추만 올려다볼 뿐이었다. 아버지가 왜 그 시계추를 현관에 걸어두고 무슨 일이 있어도 떼어내려 하지 않았는지 아무도 알지 못했다. 아버지는 이따금씩 화를 벌컥 냈다가, 다시 묘하면서도 고통스러운 미소를 지어보였다.

아버지는 평생을 열정적으로 말하고 분노하고 고래고래 소리 지르고 한탄하고 온갖 것을 의심하던 사람이었다. 그래서 나는 어떻게 그렇게 완강하게 입을 닫고 모든 것을 참고 견딜 수 있었는지 지금도 납득할 수가 없다.

사람은 누구나 긍정적인 확신에 이끌릴 수 있다. 그래서 누구나 죽음 뒤의 삶을 꿈꾼다. 그것은 인생이라고 하는 고행이 언젠가는 보상받을 수 있을 거라 약속하면서, 알 수 없는 먼 미래가 주는 선물 같은 것이다. 인생을 처음부터 다시 시작할 수 있다는 것은, 손에 으뜸패만 쥐고 있는 카드놀이처럼 모든 것을 아름답게 바꿀 수 있는 인간의 포기할 수 없는 꿈이다. 하지만 새로운 인생이 얼마나 다를지, 그리고 좋지 않았던 옛 인생과 얼마나 차이가 날지 조금은 의식하고 살아야만 한다.

고모가 백만 명 중 하나에게 올까 말까 한 행운을 누린 것인지도 모르겠다. 물론 고모의 부활은 종교적인 척도에 따라 이루어진 것은 아니었다.

영원한 나락의 언저리에서 아무도 예상하지 못한 귀향을 한 이후에도 고모는 우리가 알고 있던 모습 그대로였다. 하지만 그녀의 깊은 내면에서는 결정적인 변화가 있었다. 이런 변화 혹은 혁명은—우리 가족과 고모를 알고 지낸 모든 지인들의 의견에 따르면, 고모의 삶을 이루었던 질서가 뿌리에서부터 변했기 때문에 혁명이라는 단어를 선택했다—세 가지로 요약할 수 있다.

우선 잠시 죽었다가 다시 세상으로 돌아온 고모는 비참했던 자신의 몸에 더 이상 아무런 문제가 없다고 생각했다. 그전 몇 해 동안—못생기고 흉측하고 늙었다는—몇 가지 결함으로 인해 고모는 몸을 학대했었다. 하지만 유례없는 소동을 겪으면서 자신의 신체를 유일하고 진정한 동반자라고 철석같이 믿었고 건강의 참된 가치를 인식하게 되었다.

두 번째로는 돈에 대한 가치관이 바뀌었다. 파수꾼으로 여길 정도로 집착했던 돈이 순식간에—단 몇 시간 만에—남의, 그것도 자신에게 호의를 베풀던 동생의 손아귀와 주머니 속으로 들어갈 수 있다는 사실을 확인한 뒤, 돈에 대한 생각을 근본적으로 바꿀 필요성을 느꼈다. 그때까지 "내 돈은 무슨 수를 써서라도 불려서 아무도 모르게 숨겨놓을 거야!" 라고 말했다면, 이제는 새로운 격언을 만들어냈다. "다 소용없어, 돈을 감추고 불려봐야 아무런 소용없어! 다 써버릴 거야!" 그때까지 재산을 노리는 것처럼 보이는 사람들을 적대적으로 대했다면, 돈의 배신을 경험함으로써 돈을 원수로 여기게 되었다.

하지만 절대적인 평화 신봉자들의 추측과 달리, 고모와 돈은 절대로 갈라서는 법이 없었다. 오히려 그때까지 극과 극으로 갈라져 있던 고모와 고모의 돈은 그런 적대관계를 통해 처음으로 화합했다. 고모는 잠시 죽었을 때 전 재산을 남겼던 것처럼, 기적적으로 살아난 뒤 새삼 모든 것을 소유했다. 하지만 전혀 다른 방식으로 그랬다. 그 기이한 상황에서 자신의 의지로 다른 사람들을 제압하면서 무덤에서 집으로 돌아왔을 때

—사람들은 고모를 매장하기 위해 왔지만, 평화로운 장례식보다 운명적인 부활을 더 좋아했을 것이다— 고모는 인생의 모험을 만끽했다. 가벼운 눈발을 뚫고 환하게 빛나던 3월의 태양, 도시 성벽 주변의 윙윙거리던 바람, 주위를 에워싸며 계속해서 불어났던 수군거리는 군중들, 길을 따라 가면서 다시금 눈에 들어왔던 수많은 얼굴들, 이 모든 것이 고모의 가슴에서 잠들어 있던 무언가를 깨워 흔들었다. 바깥세상, 그곳에는 삶이 있었고 그 삶을 사는 사람들이 있었다. 돈이 있든 없든 사람들은 투덜거리고 울고 웃고 노력하고 사랑하고 괴로워했다. 하지만 무엇보다 그들은 살아 있었다. 고모는 왜 그렇게 살지 못했을까? 집으로 돌아오는 길에 고모는 다시 자신의 인생과 화해를 하고, 집에 와서는 아버지의 주머니에서 되찾은 돈과 다시 친구가 되었다.

세 번째 변화는 고모의 몸 자체에 있었다. 죽음에서 살아온 기쁨과 공포로 인해, 되찾은 돈에 대한 흥분으로 인해 고모는 마비 증세를 극복하고 건강을 되찾았다.

그래서 어떻게 되었을까? 결과는 이러했다. 개선마차를 탄 카이사르가 되어 전체 주민의 삼분의 일에 달하는 사람들의 호위를 받으며 집에 도착한 고모는 길게 단잠을 자고 이튿날 아침 최상의 컨디션으로 침대에서 펄쩍 뛰어올랐다. 그리고 제일 먼저 이맘을 불러 죽은 남편을 추억하기 위해 보관했던 옷가지를 비롯한 모든 것을 넘겨주었다. 이어서 홀로 마차를 타고 가게 관리인에게 갔다. 그를 데리고 베이올루에 있는 최고의 재단사를 찾아가서 며칠 동안 새 옷을 장만하는 일에 열을 올렸다. 그러는 동안 고모의 코나크는 깨끗이 청소되고 수리되었다. 새로 색을 칠하고 바닥부터 천장까지 새 가구를 들였다. 뿐만 아니라 고무바퀴를 단 2인승 유개마차도 구입했다.

마차가 도착하던 날 하인과 요리사와 새 시녀들도 고용했다. 고모는 저승의 일은 모두 잊었다는 걸 보여주기 위해, 자신을 간병하던 자피나즈를 해고했다. 그 여자는 궤짝 두 개와 몇 푼의 돈을 받고 그 집을 떠났다. 하지만 사람이 떠난 자리에는 사람이 필요하기 마련이다. 일주일 뒤 고모의 두 번째 남편이자 우리의 새 친척이 된 나시트가 그의 아들과 딸을 데리고 이사를 했다. 반 년 뒤 부부는 빈으로 요양을 떠났다. 그리고 다시 돌아와서 나시트는 통일진보당의 의원이 되었고, 얼마 뒤 고모 돈으로 사업에 큰 투자를 하기 시작했다.

우리가 고모 집에서 거둬들인 것이라고는—시계추 외에—자피나즈가 전부였다. 그녀는 잠시 베식타스에 사는 친척 집에서 지냈다. 그리고 돈이 차츰 바닥나기 시작했을 즈음, 옛 주인의 남동생이 에디르네카피의 방 네 개 딸린 작지만 아주 깨끗한 집에 산다는 것을 기억해냈다. 그래서 마지막 남은 5쿠르쉬로 전세 마차를 빌려 그사이 텅 비어버린 궤를 싸들고 우리 집으로 들어왔다.

12

아리스티디 에펜디가 죽은 뒤 연금술은 막을 내렸다. 고모의 부활은 유산을 향한 우리의 노력에 종말을 고했다. 이제 우리에겐 세이트 루트풀라흐의 보물만이 마지막 지푸라기처럼 남았다. 하지만 몹쓸 사건이 그 희망에 예상치 못한 재를 뿌렸다.

세이트 루트풀라흐는 얼마 전부터 날을 정해 예미스 증기선 부두 근교에 있는 작은 이슬람 사원에서 설교를 하기 시작했다. 그러던 어느 날 그는 설교 중에 문득 비밀에 부치던 자신의 사명을 알리고 싶은 마음에 사로잡혔다. '세상은 끔찍한 혼돈에 휩싸여 있으며, 이슬람 세계도 물질적 정신적 위협에 시달리고 있으니 이 세상이 영원하지 못할 것이다. 곧

종말이 오면 메시아가 올 것이다.' 그리하여 그의 결론은 그 메시아가 다름 아닌 자기라는 것이었다. "그렇습니다. 내가 바로 메시아입니다. 그동안 나의 본모습을 보여줄 수 없었습니다. 하지만 이제 준비가 되었습니다. 여러분들은 모두 나를 찬양하게 될 것입니다!"

불분명한 미래라는 조건을 달긴 했지만 믿기 어려울 정도로 명쾌하고 의기양양한 메시지를 전한 데는 세이트 루트풀라흐가 그날 흡입한 하시시의 양이 제 몫을 톡톡히 했다. 하지만 당시 정부는 재상 마무드 세브케트 파샤의 암살 이후 정치적인 소요에 휩싸여 있었기 때문에 그런 행동을 좋게 보지 않았다.

다행히도 세이트 루트풀라흐는 하시시 약효가 떨어졌을 때—특히 첫 심문에서—본인의 설교 내용을 상세하게 진술할 기회를 얻었다. 그리하여 아젤반과 안드로니코스 황제의 보물에 대하여, 그 보물을 두고 정령들이 벌인 전쟁과 비밀요원으로 활동하면서 그를 괴롭히는 음흉하고 교활한 귀신들에 대하여 털어놓았다. 그리고 메시아와 관련된 얘기는 아마도 그 악령들이 계략적으로 부추긴 것 같다고 말했다. 진술이 정부도 공권력도 접근할 수 없는 압다자흐라는 유령의 책임으로 마무리됨에 따라 그들은 세이트 루트풀라흐의 경우는 특별한 방식으로 다뤄야 한다는 것을 깨달았다.

루트풀라흐가 체포되던 날 저녁 누리 에펜디의 후계자인 이스파르탈리 사디 에펜디와 아버지, 나, 그리고 압뒤셀람은 경찰서에 출두했다. 복도 바깥에서 진술을 하려고 기다리는 동안, 고모와 결혼한 후 한 번도 보지 못했던 나시트가 도착했다. 그런데 그의 모습이 어떠했던가!

그는 우리가 알던 나시트가 아니었다. 그는 삶을 즐길 줄 아는 사람이었지만, 경제적인 궁핍 때문에 괴로워했었다. 그런데 이제는 고결하고 품위 있어 보였다. 축 늘어뜨리고 다니던 수염은 도도하게 말려 올라가 있었고 가늘게 뜨고 다니던 우울한 눈빛은 상대방을 꿰뚫어버릴 듯 날카로웠다. 낡은 사냥꾼 재킷 대신 벌꿀색 코트를 입었고 황금 손잡이로 된 지팡이를 짚고 기품 있는 걸음걸이로 지나갔다. 우리가 출석한 그 사건이 얼마나 중요한 일인지는 우리만의 문제였다. 그는 지극히 개인적인 일로 그곳에 온 것이었다. 몇 십만 리라가 넘는 고모의 재산과 국회의원의 영향력을 대변하는 걸어 다니는 상징으로서 우리를 지나쳐 압뒤셀람이 앞서 도착해 있는 방으로 들어섰다.

10분이 지나고 15분이 흐르자 두 사람은 함께 나왔다. 아버지는 옛 친구이자 새 매형을 축복할 기회를 놓치지 않았다. 나는 나시트의 손에 입을 맞추고 이마에 갖다 댔다. 도대체 세월이 어떻게 변한 것일까! 뷔윅체크메세 거리에서 만날 때마다 자기 딸과 언제 결혼할 것인지 물으며 "일이 년 뒤 너는 내 사위가 될 거야!"라고 말하던 남자가 마지못해 손을 내밀더니, 이윽고 손수건으로 과하다 싶을 정도로 문지른 뒤 다시 장갑을 꼈다. 그럼에도 나시트 때문에, 그리고 어느 정도는 압뒤셀람 때문에 일 처리가 빠르게 진행되었다. 고위직 인사와 이야기를 나눈 책임자들은 우리 같은 사람의 진술을 듣는 건 쓸데없다고, 진술을 요구할 필요조차 없다고 여기는 것 같았다. 그들은 "필요하면 다시 부르겠소!"라는 말과 함께 우리를 돌려보냈다.

이틀 뒤 세이트 루트풀라흐는 '향정신성 의약품 흡연자'로 분류되었다. "심신미약 상태"이나 "현재 상황에서 구속하지 않는 것은 위험"할 수 있기 때문에 시노프로 추방 명령이 내려졌다.

세이트 루트풀라흐가 이송되던 날 저녁에 경찰 한 명이 거북이 세스미니가르를 바구니를 담아 들고 우리 집을 찾아와서 잘 돌보라고 명령했다. 그러고는 이렇게 덧붙였다. "그 남자가 책은 모조리 갖고 갔습니다." 거북이의 관리를 맡음으로써 우리는 안드로니코스 황제의 보물에 대한 지분을 얻게 되었다.

하지만 세스미니가르는 자피나즈처럼 충직하지 않았다. 거북이는 우리 집을 편하게 여기지 않았다. 자피나즈는 밖을 내다보며 신선한 바람을 쐴 수 있는 돌출 창에서 떠난 적이 없었지만, 거북이는 호시탐탐 도망칠 기회를 노렸다. 우리 마을에서 그 녀석이 가보지 않은 곳이 없을 정도였다. 거의 매일 우리는, 그리고 동네 사람들은 미흐리마흐 사원이나 이웃집 정원에서, 혹은 마차 발치에서 그 녀석을 찾아냈다.

나는 전래동화가 늘 어떤 이름과 함께 시작되는 것에 주목하곤 했다. 독자 여러분의 재킷이나 넥타이도 이름을 붙여주면, 기능과 모양이 좀 부족하더라도 정체성이 갑자기 바뀌어 독자적인 개성을 지니게 된다. 이웃 사람들은 세스미니가르라는 이름이 좀 구식이라고 여겼던지 그냥 업둥이라고 불렀다. 물론 업둥이의 행방불명을 반기는 사람은 아무도 없었다. 우리 동네 명예 보호자들은 열정적으로 매번 업둥이를 찾아다니다가 헐레벌떡 우리 집으로 데리고 왔다. 그들의 정성이 우리보다 더 지극할 때도 있었다. 하지만 거북이는 조심스러운 첫 번째 탈출을 통해 동네의 전체 지리를 파악하게 되자 어느 날 진짜 가출을 감행했다. 나는 세이트 루트풀라흐에게 이 중대한 소식을 무거운 마음으로 전했다. 하지만 시노프 요새에서 온 답장을 받고 깜짝 놀라 뒤로 자빠질 뻔했다. 정치적 추방 명령을 받은 루트풀라흐는 노란색 잉크와 악필로 써내려간 편지에 다음과 같은 소식을 전해 왔다. '세스미니가르는 시노프에 무사히 잘 도착했으니 걱정하지 않아도 된다. 나의 건강 상태는 매우 좋으며, 지금 세이트 빌알 지역에서 윔뮈 귈쑴의 보물을 찾는 데 열중하고 있다. 곧 반드시 찾게 될 것이며, 바라는 대로 모든 일이 이루어질 것이다. 이러나저러나 내게는 더 이상 필요가 없는 안드로니코스 황제의 보물을 자네에게 상속하겠다.' 이어서 그는 이렇게 썼다. "아젤반을 종종 만났는데, 자네를 이승의 형제로 삼았다네. 둘의 인연을 좀 더 돈독하게 하기 위해 그녀가 자네에게 안드로니코스 황제의 보물을 선사한 것이네. 자네는 그 보물의 가치가 얼마나 큰지 알아야 하네. 현재 그것은 보스포루스 해협 한복판 처녀의 탑 밑에 있어서 발굴하기가 쉽지 않지만, 기도와 예방 조치를 통해 접근 가능한 장소로 곧 옮겨질 걸세. 자넨 그 사실을 믿어야 하네. 일은 조심스럽게 착수해야지, 그렇지 않으면…"

이미 모든 걸 잃은 줄 알았는데, 그렇게 우리는 모든 것을 되찾고 다시 재산과 힘을 얻게 되었다.

13

세이트 루트풀라흐가 추방된 후 다시 '어떻게 먹고살 것인가' 하는 문제에 봉착했다. 어쩔 수 없이 시계공방으로 돌아갔다. 옛 스승은 무죄가 입증된 나를 흔쾌히 받아주었다. 하지만 나는 과거의 하이리가 아니었다. 누리 에펜디의 공방에서 시계의 신비로움에 매료되었던 시절은 이미 과거였다. 내게는 또 다른 생각이 고개를 들었다. 나는 세이트 루트풀라흐파(派)였다. 내 머릿속엔 이제 삶과 노동 사이의 절대적인 연관성 따윈 존재하지 않았다. 인생은 양손을 주머니에 넣고 고안해낸 한 편의 동화나 다름없었다. 아침부터 저녁까지 류머티즘에 시달리는 노인네와 마주 앉아서 한탄을 듣는 것은 이제 아무 의미가 없었다. 어느 날 나는 금속 자와 확대경, 그리고 공방 열쇠를 내려놓고, 미리 받은 일당 중 남은 돈을 갖고 뛰쳐나와 도시 성벽을 향해 내달렸다. 모든 것이 한꺼번에 해결된 것처럼 행복했다. 저녁에는 세흐자데바시로 연극 공연을 보러 갔다. 휘파람소리, 박수갈채, 폭소, 상인들의 고함소리, 무대 조명과 특히 당시 유명했던 아르메니아 출신 젊은 여가수의 애처로운 눈빛과 촉

촉한 목소리가 내게 새로운 세계를 열어주었다. 매일 길거리나 커피하우스에서 만났던 배우들이 조명과 날카로운 음악이 끊임없이 울려 퍼지는 무대 위에서 완전히 다른 정체성을 지닌 인물로 탈바꿈하는 것이 몹시 매력적으로 느껴졌다. 꿈은 이루어졌다. 그날 저녁 나는 결심했다. 그리고 사흘 뒤 삼류 극단의 단원이 되었다.

물론 특별한 배역을 얻지는 못했다. 나도 우리가 정말 특별한 일을 한다고는 생각하지 않았다. 그럼에도 1913년은 내 인생 최고의 해였다. 하루 종일 완전히 자유인이었다. 저녁 무렵이면 우리는 음모를 꾸미듯 극장에서 만났다. 그리고 떠들썩한 연극 공연을 시작했다. 북과 나팔과 클라리넷 소리로 행인들에게 밤은 우리의 것이라는 사실을 공표하고 무대에서 두 번째 세상을 준비했다. 무대 앞으로 관객들이 모여들었다. 그들이 내는 고함소리와 빨리 시작하라고 재촉하는 휘파람 소리, 우당탕탕 서로 밀치고 떠드는 소리에 판자로 만든 가건물이 한 번씩 들썩거렸다. 그러는 사이 막이 올랐다. 우리는 사람들 사이에 섞여서 첫 소절에 귀를 기울였다. 노파가 두툼한 뱃살을 흔들자 그 우스꽝스러운 모습에도 불구하고—아마도 그 때문에—관중들은 귀가 찢어질 듯이 크게 박수를 치며 휘파람을 불었다.

모든 것이 낡고 궁핍하고 비루했다. 하지만 세이트 루트풀라흐파였던 나는 그런 모든 초라한 것들이 현실이 아니라는 걸 알고 있었다. 정말 특별하고 멋져 보였다. 첫 배역으로 나폴레옹 3세 시대의 귀족 역할을 하면서 입었던 바지는 세 군데나 찢겨 있었다. 그리고 그 작품에서 내가 반하게 될 백작부인 역을 맡은 여인은 순식간에 내 외할머니 역으로 역할을 바꿀 수도 있었다. 하지만 그것이 중요할까? 그 순간 나는 하이리 이르달이 아니었다. 나는 현실 밖에 있었다. 그것은 진정한 의미의 도피처였다. 나는 마법이라는 허구의 영역에 있었다. 그것으로 충분했다.

무슨 연기인들 못하겠는가! 우리 레퍼토리에는 세상 모든 명작들이 총망라되어 있었다. 우리 작품에서만큼 풍차를 향해 용감하게 돌진하는 돈키호테는 세상 그 어디에도 없었다. 하지만 안타깝게도 세 달 뒤 극단은 극단적인 인원 감축을 할 수밖에 없는 처지에 이르렀다. 유감이지만 나도 거기에 속했다. 그래서 카디쿄이에 있는 또 다른 극단에 들어갔다. 우리는 쿠쉬딜리의 허름한 무대에서 공연을 시작했다. 벌이는 시원찮았다. 차비도 간신히 마련했다. 하지만 무명의 신생 극단이었기 때문에 여배우들이 젊었다. 나는 모든 여배우들에게 반했다.

나는 마지막 증기선을 타고 홀로 이스탄불의 유럽 지구로 돌아오곤 했다. 먼젓번 승객들이 옮겨놓은 빈대 때문에 몸은 괴로웠지만 머릿속으로는 여배우들을 하나하나 떠올렸다. 이때도 행운은 내게 미소를 지어주었고 두 번째와 세 번째 배역을 얻어냈다.

세 번째 무대는 다시 카디쿄이였다. 이번에는 오페레타를 올리는 무대였다. 나는 터키와 유럽 음악을 오가는 작품에서 내 목소리의 진가를 알게 되었다. 목요일과 금요일마다 아버지와 함께 탁발승 수도원에서 불렀던 노래를 무대에서 마음껏 부를 수 있었다. 단장이 유일하게 집착한 것은 자신의 단안경(單眼鏡)을 늘 반짝반짝 빛나도록 닦는 일이었다! 그러면 그 안경에 비친 세상 만물이 고귀해 보이는 것 같았다.

오페레타가 끝난 후 우리는 민속극을 공연했다. 그즈음 나는 압뒤셀람의 권유로 시 연극협회에 가입했다. 물론 앙드레 앙투안(프랑스의 연출가·극장 지배인·연극 평론가)에 관한 강의는 전혀 이해하지 못했다. 그 이상하고 피곤한 세계에서 나를 구해준 것은 일차대전이었다. 일차대전을 통해서야 비로소 처음으로 두 발을 탄탄한 땅에 디딘 것 같았지만, 늘 그렇듯 너무 늦은 것 같았다.

2부 작은 진실들

1

군에서 제대하고 이스탄불로 돌아온 나는 도시도 사람도 많이 변했음을 알았다. 모든 것이 빈곤했고 절망적이었으며 뒤죽박죽이었다. 아버지는 전쟁 통에 돌아가셨고 새어머니는 혼자서 살았다. 집에 들어서자마자 4년의 세월이 속절없이 흘렀다는 사실이 분명하게 느껴졌다. 사실 집은 예전과 다르지 않았다. 복도와 방문 앞에 걸어둔 커튼도 그대로였다. 예전보다 더 너덜거리고 색이 바랬지만 정이 가지 않았다. 벽에 걸린 현판도 여전했다. 복도 매트는 낡아서 한 걸음만 내디뎌도 실오라기가 풀릴 것 같았다. 곰팡이와 쉰내가 진동했다. 먼지가 뽀얗게 앉은, 코카시아 평원의 병든 낙타처럼 지쳐 보이는 그 성스러운 시계는 한쪽 구석에서 세상의 모든 질서를 넘어서는 시간을 열렬히 꿈꾸고 있었다.

한 걸음 내딛는 순간 정말 아버지 집에 돌아왔다는 생각이 들었다. 내 어린 시절로, 내 청춘의 초창기로—혹은 뭐라 부르건 간에—돌아온 것 같았다. 그런 4년의 세월을 군대에서 보내고 무얼 기대할 수 있을까? 이제 나는 그 어느 때보다 나태해져 나를 둘러싼 어떤 것에도 흥미를 느끼지 못했다.

처음 며칠은 전혀 우울하지 않았다. 새어머니는 좋은 사람이었다. 가엽게도 그녀는 외로웠다. 첫날은 온통 신경을 내게 쏟아서 그랬는지 너무 기쁜 나머지 그 자리에서 쓰러질 것만 같았다. 정신적인 고통에 시달렸던 새어머니는 지난 4년 동안 꽤 큰 정원에서 나오는 온갖 열매들로 잼을 만들었다. 나는 첫날 아침식사를 하면서 적잖이 놀랐다. "여기, 이건 자두 잼이야⋯. 직접 만들었단다, 네 아버지 살아 계실 때⋯. 버찌 잼은 몇 해 전에 만들었고⋯ 너 먹으라고 보관해뒀어. 맛이 괜찮아야 할 텐데⋯. 이 살구 잼도 그해에 만든 거야⋯ 한번 먹어봐⋯." 나는 4년간 만든 온갖 잼들을 하루저녁에 다 먹어봐야만 했다. 그런데 그 선한 여인이 별안간 내 목을 부둥켜안고 눈물을 쏟았다. 그녀는 내가 잘생기고 용감하며 민첩하다고 여겼다. 그리고 내가 어떤 큰일을 했는지 듣고 싶어 했다. 미래에 대한 두려움을 애기할 때마다 새어머니는 항상 같은 말을 되풀이했다. "뭐라고? 너 같은 사람이 왜? 네가 왜 일자리를 구하지 못해?" 나는 시나브로 새어머니의 말을 믿기 시작했다.

나는 끊임없이 일자리를 구했다. 그렇지만 이스탄불에는 나처럼 갓 제대한 젊은이들이 수만 명이었다. 증기선은 매일 수백 명의 석방된 전쟁 포로를 토해냈다. 나는 일자리를 찾지 못했다. 처음 몇 달 동안은 아껴 쓰고 남은 봉급으로 어려운 상황을 비교적 잘 극복했지만, 낭떠러지로 이어지는 발판 위에서 끊임없이 균형을 잃을 것 같은 두려움에 시달렸다. 나는 과거의 인간관계에 다시 얽히지 않으려고 옛 지인들을 피했다. 압뒤셀람 외에는 이제 아는 사람도 거의 없었다. 그를 매우 좋아하긴 했지만, 종종 국방부를 찾아갈 때면 오히려 그와 마주치지 않기 위해 세흐자데 사원과 디레클레라라시 뒤편 샛길을 이용했다.

그러자 압뒤셀람이 직접 나를 찾아왔다. 제대한 지 석 달 만이었다. 어느 날 아침 일찍 우리 집 앞에 마차 한 대가 섰다. 나는 창밖을 조심스럽게 내다보고 압뒤셀람을 알아보았다. 창문 밑에서 그가 물었다. "이 건달이 어디에 숨으셨나?"

그는 올라오지 않고 내가 옷을 입을 때까지 현관에서 기다렸다. 이윽고 나를 데리고 바로 얼마 전 이사한 소아나아에 있는 좀 작은 코나크로 향했다.

모든 것이 호화로웠던 옛 코나크와 말과 하인들, 그러니까 눈에 보이던 풍요로움의 기억이 새집에는 거의 남아 있지 않았다. 옛날처럼 사람들이 붐비지도 않았다. 가난한 남자는 이제 둘째 딸과 사위, 그들이 낳은 손자들, 그리고 페르하트와 함께 살고 있었다. 그사이 페르하트의 아내는 죽었다. 그와 더불어 늙은 하인 둘과 압뒤셀람 집에서 자란 하녀 에미네도 식구나 다름없었는데, 에미네는 2주 뒤—마치 그보다 급한 일은 없는 것처럼— 나와 결혼했다.

우선 우리는 3층에 있는 그의 방으로 갔다. 그는 긴 의자에 앉으라고 일렀다. 거기에는 인도에서 만든 작은 서랍장이 놓여 있었다. 압뒤셀람은 그 서랍에서 편지와 사진이 담긴 봉투를 끊임없이 꺼내 보여주었다.

나는 일자리를 구하는 게 얼마나 힘든지 설명했다. 그는 내 말에 동의하며 함께 찾아보겠노라고 약속했다. 하지만 아예 일자리가 없었다. 압뒤셀람의 옛 지인들은 사라지거나 중요한 인물이라고 할 수 없을 정도로 영락해 있었다. 며칠을 정처 없이 돌아다닌 끝에, 우리는 내가 다시 공부를 하는 게 좋겠다고 결정했다. 압뒤셀람과 페르하트의 권유로 나는 우편전신학교에 등록했다. 온갖 학교에 빈자리가 남아돌던 시절에, 그리하여 후원자의 지원과 장학금을 걸고 학생을 모집하던 그 시절에 그들은 왜 하필 겉보기에 보잘것없는 학교에 등록하도록 했을까? 그럼에도 사실 그들은 나를 지극히 사랑했고 변함없이 생각해주었다. 하지만 압뒤셀람은 내가 납득할 만한 다른 이유를 들고자 애썼다. '직업교육 기간이 짧고 학생들에게 약간의 돈도 제공될 뿐만 아니라 전신기계는 시계 제작과 조금 비슷한 면이 있지. 왜냐하면 동력 전달기구는 째깍거리는 소리를 내고 그 안에 기계장치가 있으니까.'

"여하튼 무엇이든 몰두할 일이 있어야 해. 그러다보면 일에 대한 열정을 조금이나마 찾을 수 있을 거야." 압뒤셀람은 이렇게 말했다.

학교에 등록하고 어쨌거나 안정된 미래를 향해 첫발을 내딛은 뒤, 압뒤셀람은 무조건 내가 에미네와 결혼해야 한다고 설득하기 시작했다. 그야말로 그의 집에서 대부분의 시간을 보내던 터라, 이 문제로 꼭두새벽부터 밤늦게까지 나를 못살게 굴었다. 결혼을 통해 우리 관계가 좀 더 자연스럽게 발전될 거라고 설득하면서.

압뒤셀람과 나의 관계는 이미 아버지와 아들 같았다. 그의 생각은 이러했다. '에미네와 결혼하면 관계가 더 돈독해질 것이다. 무엇보다 에미네는 나보다 더 좋은 남자를 찾을 수 없을 것이다.' (그렇고말고. 여하간 불쌍한 에미네.) 당시 나로서도 더 좋은 배우자를 찾기는 어려울 것 같았다. '게다가 서로 낯설지 않아서 익숙해지려고 애쓰지 않아도 될 것이다. 갓 결혼한 사람들이 종종 끔찍하게 여기는 모든 것들, 이를테면 집을 구하는 어려움, 밥벌이 걱정, 원래의 가족과 떨어져서 갑작스레 느끼는 외로움과 두려움 같은 것들이─특히 압뒤셀람은 외로움에 대해 되풀이해서 강조했다─소아나아의 집에 함께 살게 되면 저절로 해결될 것이다. 결혼이라는 성스러운 단계에 진입하는 것으로 신의 뜻을 따르게 될 뿐만 아니라 좀 더 안정감을 느낄 수 있을 것이다.' 또한 경제적인 부분을 얘기하자면─물론 그는 이 문제를 입 밖에 내지는 않았다─사업이 어려운 시기에 나와 새어머니(그는 새어머니도 함께 살자고 재촉했다)가 한꺼번에 압뒤셸람의 식구가 되는 것이었다. 그것은 한동안 그를 모욕했던 운명에 대한 일종의 복수를 의미하기도 했다.

하지만 새어머니는 함께 오지 않았다. 그녀는 집을 떠나려고 하지 않았다. 그 집에서 아버지와 함께한 삶이 행복했다고 믿었기 때문이다. 사람들이 행복이라고 알고 있는 것에는 좀 기이한 부분이 있다. 책에서 읽거나 사람들의 주장을 들어보면, 인간의 본질은 이성이며, 바로 그 점에서 인간은 다른 동물과 구분된다고 생각할 수 있다. 그것을 가지고 인간은 아름답다고 일컫는 인생을 지배한다. 하지만 개개인의 삶을 연구해보면, 이런 현상적인 이성의 영향력은 어디에서도 흔적을 찾을 수가 없다. 인간의 모든 가치관과 그들의 개인적인 결합관계는 그런 요소의 존재를 부정한다. 만약 새어머니가 이렇게 말했더라면, 그러니까 "내가 왜 다른 사람 집에서 살아? 내가 네 생모나 된다면 모를까… 어떻게 보면 우리는 서로 남남인데"라고 말했더라면, 더 납득이 갔을 것이다. 하지만 흔쾌히 승낙을 받지 못하고 몇 년 간의 기다림 끝에 들어가 살게 된, 그리고 여러 해 동안 병석에 누워 있던 남편을 보살피면서 단 하루도 즐거운 날이 없었던 아버지의 집을 과거의 행복한 추억 때문에 떠나고 싶지 않다는 새어머니의 주장에 나는 미칠 지경이었다. 그것은 모든 이성과 논리를 뛰어넘는 것이었고, 압뒤셸람이 기필코 나를 사위로 삼으려 한 것과 에미네가 나와 기꺼이 결혼하려 한 것 중 어느 것이 더 우스운 일인지를 따지는 문제와 비교할 수 있는 이야기였다. 그렇지만 그건 사실이었다. 새어머니는 우리 집에서의 삶이 행복했다고 믿었다. 우리와 가족이 된다는 기쁨을 너무 부풀려 생각한 나머지—새어머니는 아버지와 결혼하기 전 수년 동안 우리 가족을 상상하는 것조차 힘들 만큼 전혀 다른 세상에 살았다—이젠 떠날 수 없게 된 것이었다. 하지만 실상 그녀가 우리 집에 온 것은 순전히 불행일 뿐 행복과는 정반대의 일이었다.

오직 본인의 추정과 기억에 의존한 새어머니의 행복했던 과거는 압뒤셀람도 설득할 수 없을 만큼 너무나 강렬했다.

에미네는 예쁘고 순진하며 무엇보다도 착한 여자였다. 그리고 삶을 대하는 태도가 놀라울 정도로 대담했다. 그때까지 그녀는 평생을 압뒤셀람의 새장에 갇힌 새처럼 살았다. 그곳에서 알고 지낸 사람들이 세상의 전부였다. 우리가 결혼했을 때, 문밖의 모든 것이 너무나 새롭고 익숙지 않아서 첫걸음을 내딛자마자 비틀거리며 집으로 도망치듯 돌아왔다. 하지만 에미네는 온갖 경험을 직접 해보는 기질을 타고난 터라, 어떤 것에도 당황하지 않았다. 끝까지 의연하고 쾌활했으며 행동력이 좋았다.

우리의 신혼은 행복했다. 나는 학교를 졸업하자마자 우체국에 자리를 얻었다. 얼마 후에는 압뒤셀람의 친구의 도움을 받아 지하철도국에 취직했다. 당시 나의 벌이는 상당했다. 하지만 첫아이가 태어나자마자 죽자, 우리의 행복에 먹구름이 끼었다. 부부만의 사생활이 없는 것도 문제였다. 압뒤셀람의 집에서 생활하는 것은 근심거리 없이 편안했지만, 유감스럽게도 우리 둘만의 시간이 전혀 없을 만큼 자유롭지 못했다.

사람을 좋아하는 압뒤셀람은 다른 식구들한테 하듯이 우리에게도 거리낌이 없었다. 그 선량한 사람은 한밤중에 복도나 옆방에서 발걸음 소리나 가벼운 기침소리만 나도 즉시 도와주러 갈 준비가 되어 있었고, 자신의 보호를 받는 누군가가 단 일 분이라도 혼자 있는 것을 허락하지 않았다. 그래서 나는 근무시간 외에는 거의 그와 함께 있어야만 했다. 우리는 아침식사를 함께했다. 내가 집을 나설 때면, 그는 저녁에 우리가 만날 커피하우스가 어딘지 말해주었다. 그러고는 내가 도착하기 한 시간 전부터 와 있었다. 당시 은퇴한 지 얼마 안 된 페르하트도 당연히 함께했다. 우리는 집으로 돌아온 뒤에도 잠자리에 들 때까지 함께 앉아 있었는데, 압뒤셀람은 어떤 핑계를 대서든 계속 시간을 끌었다. 이에 반해 그의 둘째 사위는 집 안의 모든 남자들을 대신하여 맘대로 외출을 할 수 있었다. 가끔은 아내도 데리고.

에미네와 나는 기회가 되는 대로 이사를 하기로 작정했다. 에미네는 여러 차례 내 아버지의 집을 둘러보며 몇 가지를—새어머니의 행복했던 추억을 고려하여—어떻게 수리할지 대충 생각을 해두었다. 그리고 그 첫 번째 조치로 복도 매트를 없애버리고 고모 집에서 가져온 시계추를 벽에서 떼어내 다락방에 쌓아두었다. 에미네는 그 시계추에 얽힌 사연을 결혼하기 한참 전에 들은 적이 있었다.

"당신은 왜 이 집이 맘에 안 들어? 이렇게 작고 예쁜 집이. 내가 이 집을 낙원으로 만들 거야. 우리가 언젠가 사랑의 노예에서 풀려난다면!"

에미네는 압뒤셀람 집에서의 우리 생활을 '사랑의 노예'라고 선언했다.

분가에 영향을 미친 것이 압뒤셀람의 집착뿐만은 아니었다. 늙은 주인의 경제적 어려움도 걱정거리였다. 그는 이미 모든 것을 팔아치웠다. 남아 있는 것도 모두 저당이 잡혀 있었다. 그는 복잡한 상황을 털어놓지 않으려고 빚을 졌다. 그의 사위도, 페르하트도, 나도 생활비를 분담하자고 압뒤셀람을 설득하는 데 실패했다. 하지만 언제나 쾌활하던 그의 모습은 서서히 사라져갔다. 얼굴에 그림자가 드리우고 넋이 나간 듯 보였다. 예전에는 누구를 대동하지 않고는 한 발짝도 집에서 나가지 않았는데, 이제는 어디서든 돈을 빌리기 위해 몰래 거리로 나갔다. 에미네와 나는 그런 상황에서 더 빌붙어 살고 싶지 않았다.

하지만 우리의 계획은 수포로 돌아갔다. 그에게 계획을 털어놓으려 했을 때, 그의 사위가 공직을 얻어 아나톨리아로 이사를 하게 되었다. 압뒤셀람은 오랜 논의와 수차례의 반대와 탄식 끝에 결국 무거운 마음으로 딸 부부가 가는 길을 승낙했다. 이사를 하는 날, 아이제가 우리 둘에게 이렇게 말했다. "저희 아버지를 잘 부탁드려요. 어떻게 보면 두 분의 아버지이기도 하지요." 곁에 있던 그녀의 남편도 비슷한 말을 했다. 그러다 그녀가 자리를 뜨자마자 황급히 이렇게 덧붙였다. "신이 당신들에게 인내심을 내려주시기를!" 우리는 그 집에 주저앉는 것 외에 별 도리가 없었다. 노인을 혼자 내버려둘 수는 없었다. 뿐만 아니라 그새 그는 돌봐줄 사람이 꼭 필요하게 되었다. 육체적으로도 정신적으로도 쇠약해졌다. 기억력이 매우 많이 감퇴되어 모든 것을 혼동했다.

나는 캄리카에 사는 큰아들과 아나톨리아에 사는 둘째 아들에게 그런 사정을 편지에 써서 보내면서 두 아들이 아버지를 맡으라고 부탁했다. 그것이 내게 많은 선행을 베풀어준 남자에 대해 할 수 있는 유일한 일이었다.

둘째 아들은 아무런 답변도 하지 않았다. 다만 설탕 축제(라마단이 끝난 후 이어지는 사흘간의 축제)에 대한 축전과 아이들 사진 몇 장만 보내왔다. 큰아들은 늘 그랬듯이 막내 동생과 함께 와서 명절 인사를 했다. 그리고 기회를 엿보더니 자신의 손발이 묶여 있다고 말했다. "어쩔 수 없었어요. 아내한테 그렇게 약속할 수밖에 없었습니다."

"당신만큼은 아버지를 도와주세요." 내가 대답했다. "당신 아버지는 지금 땡전 한 푼 없어요. 순전히 빚만 지고 있죠. 지금 내 봉급 전부를 몰래 생활비로 쓰고 있어요. 하지만 마음에 걸려요. 아버지가 내 돈은 일절 받으려고 하지 않거든요. 계속 이런 식으로 가면 당신이 채무자가 될 거예요."

그는 내 말을 전혀 믿으려고 하지 않았다.

"당신은 지금 우리 아버지를 잘못 알고 있어요!" 그는 단호하게 대꾸했다. "틀림없이 얼마라도 남아 있을 거예요. 어디에 숨겨놓았는지 누가 알겠어요?"

"그럴지도 모르죠. 하지만 당신 아버지에게 무슨 일이 생기면 그것도 금방 없어질 거예요. 그러면 에미네와 내가 의심을 받겠죠. 참으로 애석한 일 아니겠어요? 그러니 당신이 아버지를 모시고 살아요! 당신의 재산을 돌보라고요!"

그는 어깨를 움찔했다. 바로 그때 그의 아버지가 들어왔다. 걸어오다가 창가에서 나를 한참 물끄러미 바라보면서 이렇게 입을 열었다. "나는 너를 믿어." 하지만 그의 눈빛은 믿음과는 거리가 있었다. 나는 알 수 없는 두려움으로 가슴이 조여왔다.

그해 희생절(아브라함이 아들을 제물로 바치려 한 것을 기념하는 나흘간의 명절)이 끝난 뒤 페르하트도 떠났다. 그는 카디쾨이에서 어느 과부와 결혼했다. 예전에 압뒤셀람의 사위가 그랬던 것처럼 그 역시 우리 부부에게 속삭였다. "신께서 당신들에게 인내심을 주시기를!" 그리고 이렇게 덧붙였다. "당신들도 뭔가 깨닫게 되면 나처럼 하세요!"

그렇게 해서 우리 부부만 압뒤셀람 곁에 남게 되었다. 부르말리 예배소 뒤쪽에 있던 코나크에서 자식과 손자와 친척을 거느리고 살던 늙은 남자는 이제 남이나 다름없는 두 사람이 지켜보는 가운데 죽음을 맞이하게 될 터였다. 그것이 정녕 그의 운명이었다.

일생을 통해 내가 가장 두려워하던 일을 실제로 당한 경우를 얼마나 자주 목격했는가. 아리스티디 에펜디가 증류기 폭발로 목숨을 잃은 지 얼마 안 되어 나는 몇몇 사람과 함께 누리 에펜디의 집에 모여 앉았다. 모두들 그 사고에 대해 한마디씩 했다. 아리스티디 에펜디가 정확히 그런 사고를 늘 염려했다면서 얼마나 이상한 일인지 입을 모아 말했다. 그런데 그때까지 잠자코 듣고 있던 누리 에펜디가 손에 들고 있던 시계를 옆으로 치워놓고 이렇게 입을 열었다. "나는 이상한 일이라고 생각하지 않네. 사실 아주 자연스러운 일이라고 생각할 수도 있지. 인간은 현재가 아니라 과거와 미래 속에서 사는 법이지. 잠재의식 속에서 우리는 영원히 미래를 설계하고 있어. 아리스티디 에펜디는 실험을 시작하던 바로 그 순간 이미 운명을 준비했던 거야. 사실상 그의 죽음은 그의 내면에서 시작됐어. 자신의 죽음을 예감했는데, 뭐가 그렇게 놀랍다는 거야?"

사람을 좋아하고 끊임없이 교류했던 압뒤셀람도 일가친척들에게 과도하게 애정을 표함으로써 말년의 외로움을 자초하고 말았다. 주변 사람들을 생각하는 마음이 그렇게 크지만 않았더라면, 그들이 거리를 두지도 않았을 것이고 압뒤셀람이 끝내 그렇게 절망적으로 혼자가 되지도 않았을 것이다.

이듬해 설탕 축제 때 그의 집을 방문한 친척은 단 한 명도 없었다. 그럼에도 압뒤셀람은 명절이면 으레 그랬듯이 사위와 며느리들, 손자들과 그 밖에 모든 살아 있는 이들, 그리고 먼저 저세상으로 간 가족을 위해 서열과 나이에 따라 선물을 준비했다. 하지만 그가 어디에서 어떻게 돈을 조달하는지는 아무도 알지 못했다.

그의 방에는 수많은 실크 손수건과 넥타이와 셔츠, 그리고 여자아이들을 위한—아마도 싸구려—액세서리, 남자아이들을 위한 시계와 늙은 하인들을 위한 옷감이 꾸러미째 쌓여 있었다. 그 한가운데에 프록코트와 늘 얼룩 한 점 없이 깨끗하고 빳빳한 셔츠를 입고 여느 때와 같이 반짝이는 안경을 낀 노인이 앉아 있었다. 한 손으로는 세심하게 깎은 수염을 만지면서 맞은편 시계를 올려다보며 사흘 내내 거리에서 들리는 소리에 귀를 쫑긋 세웠다. 그리고 작은 발걸음 소리라도 들릴라치면, 손님을 맞이하기 위해 자리에서 벌떡 일어섰다.

그런 날이면 우리는 예전과 똑같이 음식을 잔뜩 준비했다. 사람들이 오지 않을 것임을 알고 있었지만, 그들 식성에 따라 배불리 그리고 언제든 먹을 수 있도록 식탁을 준비했다. 그러다 결국 나흘째 저녁이 되면 압뒤셀람은 깊이 상심하여 이렇게 일렀다. "이봐, 에미네, 선물 꾸러미는 이제 아이들 방으로 치워버려. 식구들이 오면 다시 갖고 나오면 되니까!"

그 방은 압뒤셀람 저택에서 창고나 다름없었다. 요람 열한 개, 별 볼 일 없이 쌓아놓은 잡동사니들, 압뒤셀람의 여러 차례의 신혼 첫날밤의 증거물인 침대 몇 개, 콘솔과 거울, 낡은 장난감들, 궤짝들, 옛 코나크를 팔고 새로 구입한 집이 방이 여덟 개뿐이어서 어울리지 않지만 딸과 사위가 양심상 고물장수에게 넘기지 못한 갖가지 물건들 위에 먼지가 뽀얗게 쌓여 있었다. 압뒤셀람은 아이가 태어나지도 자라지도 않는 그 공간에 '아이들 방'이라는 이름을 붙여주었는데, 신기하게도 계속 그렇게 불리게 되었다. 아마도 그 이름의 비밀은 그 방을 지배하는 묘한 분위기에 기인했을 것이다. 시간이 지날수록 식구들은 집에서 사라진 생명들이 그 방에 축적되어 있다는 확신을 갖게 되었다. 그곳은 이별과 죽음과 추억과 망각을 차곡차곡 쌓아놓은 방이었다. 아직 살아 있는 압뒤셀람도 그 방에서 자신의 어린 시절과 청춘의 죽음을 목격했다. 대륙을 향해 항해하는 배처럼 거대한 방 한복판에 놓인 옛 물건 더미를 보면 그 시절이 잇따라 떠올랐다. 말하자면 그곳은 압뒤셀람의 심장이나 다름없었다. 그 방에 한 번이라도 발을 들여놓았던 사람이라면, 그 친절한 남자의 현실 속에서 우리를 그렇게 불안하게 만드는 것이 무엇인지 가늠할 수 있었다. 즉 그 잡동사니를 통해서 시대를 초월하고, 사물의 평범한 속성이라고 할 수 있는 무생물의 차가움이 불현듯 사라지는 것 같았다. 그리하여 열쇠가 늘 꽂혀 있어도 그 방에 들어갈 엄두를 내지 못했다.

에미네도 그곳에 들어갈 생각을 하지 않았다. 그녀는 명랑하고 정감 있는 성격이었지만, 주인의 어려움을 진심으로 느끼고 있었다. 아내는 자신이 자란 그 집을 자기와 동일시했다. 정서적으로 세세한 부분까지 모조리.

그녀는 그 방에 한 번도 들어가지 않았다. 그래서 선물 꾸러미를 옮기는 것은 본의 아니게 내 차지가 되었다. 나는 어두운 방을 여러 차례 드나들면서 매번 뭔가에 걸려 비트적거렸다. 갑자기 복도에서 들어온 빛이 커다란 거울을 비췄을 때 거기서 나와 전혀 닮지 않은 흐릿한 형상과 마주치는 경험도 했다. 나는 그때 형언할 수 없는 두려움을 느꼈다.

그 형상은 대체 어디에서 온 것이었을까? 어떻게 그것이 순식간에 내 존재 전체를 사로잡을 수 있었을까? 참으로 기이한 일이었다. 그런 와중에도 나는 너무 기쁜 나머지 미칠 것 같았다. 아내가 임신을 해서 출산을 기다리고 있었기 때문이다. 가끔 그녀가 웃으며 이렇게 말했다. "지금 배 속에서 벌어지는 상황을 보니 꼭 딸인 것 같아!" 그녀는 아이가 쉴 새 없이 꿈지락거린다고 푸념하며 이렇게 물었다. "내가 아이를 잘 낳을 수 있을까?" 하지만 이 걱정은 기분 좋게 끝났다. 온갖 근심걱정에 사로잡혀 있던 압뒤셀람조차도 우리 부부의 기쁨에 적극적으로 동참했다. 그는 내게 줄기차게 물었다. "어서, 에미네에게 물어보게, 얼마나 더 기다려야 하는지!" 그러고는 금방 답을 떠올리고 손가락으로 계산을 하기 시작했다. 그의 집에서 아이가 태어난 것은 실로 오랜만이었다. 그는 끊임없이 이렇게 말했다. "내가 다시 할아버지가 되는구나!"

압뒤셀람은 마지막 선물 꾸러미를 치우는 내 모습을 의미심장하게 바라보다가 단호하게 입을 열었다. "그것들은 가만히 놔두게! 곧 주인이 올 테니." 에미네는 얼굴이 붉게 달아올라서 방을 나갔다. 압뒤셀람은 미소를 지었다. 최근 그의 웃는 모습을 거의 본 적이 없었다.

"자네, 페르하트가 왜 부인을 데리고 우리 집으로 들어오지 않고 카디쿄이로 이사를 했는지 물어본 적 있나? 그랬으면 모두 함께 살 수 있었을 텐데. 우리 집에서 그렇게 오래 살았는데, 어떻게 그리 떠날 수 있었을까?"

"그 여자도 자기 집을 떠나고 싶지 않았겠죠."

압뒤셀람이 나를 쏘아보았다.

"그러니까 페르하트는 왜 그런 여자와 결혼을 했느냔 말이지. 일가친 척이 없는 여자를 만나면 됐을걸!"

순간 나는 멈칫했다. 이미 나를 압도하고 있던 공포가 계속해서 나를 사로잡았다. 그날 압뒤셀람이 한 말은 사람을 향한 애정과 외로움의 공포를 훨씬 넘어서 있었다. 거기에는 전혀 다른 것이 작동하고 있었다. 의지가 부족한 우리 부부는 그렇게 가련한 정신병자의 손안에 들어가 있었다.

제흐라가 태어나자 압뒤셀람은 가족들에게 당한 설움에서 조금은 벗어났다. 가장 사치스러운 요람이 아이들 방에서 나왔다. 타크리비 아흐멧 에펜디 가문의 가장 어린 후손은 은과 상감 세공을 거쳐 고급스럽게 장식된 호두나무 요람에서 쌔근쌔근 잠들어 있었다. 압뒤셀람은 아기 곁을 떠나지 않았다. 코나크의 오랜 관습에 따라 내가 아닌 그가 우리 딸에게 이름을 지어주었다. 그런데 그만 실수로 '자히데'라는 내 어머니의 이름이 아니라, '제흐라'라는 자기 어머니의 이름을 아기에게 붙여주고 말았다.

2

악의 없는 그 착각이 언제 끝날지 모를 파국을 불러온 것만은 틀림없었다. 처음에 압뒤셀람은 본인의 어이없는 착각에 대해 우리처럼 허허 웃었지만 이내 당황하며 자책했다. 그는 죽을 때까지 양심의 가책에 시달렸다. 우리에게서 아이를 훔쳐갔다는 감정 때문에 저승에서도 책임을 느꼈을 것이다. 하지만 다른 한편으로 이름이 똑같다는 이유로 제흐라를 어머니라고 부르기 시작했고 날이 갈수록 아이와의 유대감을 강하게 느꼈다. 그의 머릿속은 온통 제흐라의 미래에 대한 생각으로 가득했다. 그리하여 집 안 곳곳에 전 재산을 아이에게 물려주겠다는 유언장이 가득 차기 시작했다. 그는 매일 대체 몇 장을 썼는지 모를 만큼 많은 유언장을 썼다. 마지막 3년 동안은 양탄자 위와 베개 밑, 서랍과 함 속에서 끊임없이 쏟아져 나왔다. 에미네와 나는 매일 찢어버리는 게 일이었지만, 압뒤셀람이 죽은 뒤에도 유언장이 한 아름 발견되었다. 노인은 유언장 하나하나에 자신의 "전 재산"을 "어머니 제흐라"에게 넘겨서 아이의 교육과 직업교육을 위해 아주 특별히 관심을 쏟아줄 것을 분명히 명시하고 있었다.

"제흐라의 어머니이자 나의 딸인 에미네, 그리고 제흐라의 아버지이자 나의 아들인 하이리는 제흐라의 교육과 직업훈련을 위해 어른이 돼서 결혼할 때까지 돌보아야 한다"고 모든 유언장 앞뒤에 써놓았다. 선량한 노인은 우리의 딸을 우리 부부에게 간곡하게 부탁하고 있었다.

그가 죽었을 때는 아나톨리아 해방전쟁이 끝나고 한참 뒤였다. 그래서 대개 이스탄불에 살고 있던 가족들이 이튿날 곧바로 우리 집으로 왔다. 그날 저녁 그들 손에는 각기 다른 내용의 유언장이 들려 있었다. 물론 모두 시한이 지나 효력을 상실한 것들이었다. 우리 부부는 아이와 자질구레한 개인적인 물건만 가지고 집을 떠날 수 있도록 미리 준비해두었다. 그리고 정말 그렇게 계획한 대로 일을 처리했다. 그런데 며칠 뒤 문제가 생겼다. 압뒤셀람이 우리 딸에게 재산을 넘겨주려고 생전에 일을 벌여놓았는데, 그 재산의 가치만큼이나 세금을 내야 했기 때문이다. 게다가 공증인 두서너 명을 증인으로 유언장을 남겼기 때문에 재산 상속 문제를 원칙대로 처리하려면 법원의 판결을 따라야 했다.

유산이라고 할 만한 것은 거의 없었지만 유족들은 한목소리로 우리가 기억력이 좋지 않은 노인을 꼬드겨 그들을 등지게 했고, "별의별 수작을 부려" 우리 딸이 그의 어머니라는 허무맹랑한 말을 믿게 만들었다는 죄를 덮어씌웠다.

우리는 압뒤셸람이 말년에 전혀 판단력이 없었다는 변론을 제시했지만, 그들은 은인에 대한 기억을 더럽히고 모욕하고 있다고 재차 반박했다. "이건 명예 훼손이야!"라며 고래고래 소리를 질렀다. 또한 중상모략과 배은망덕이라고 싸잡아 비난하며, 우리 말을 자기들 맘대로 해석했다. "아무렴! 그런 사실을 인정해야지!"

그런데 맙소사, 얼마나 많은 땅문서가 여기저기에서 쏟아져 나오던지, 또 그 때문에 얼마나 많은 법적인 절차가 필요하던지! 압뒤셸람은 부동산 지분의 6분의 1, 7분의 1 또는 단 10분의 1이라도 낙찰받을 수 있다면 거기가 어디든 놓치지 않았다. 어쩌면 오늘날의 부동산 가격을 예상한 모양이었다. 책상 서랍마다 그런 땅문서로 가득 차 있었다. 하지만 땅문서마다 차용증이 몇 장씩 딸려 있었다. 전체적으로 봤을 때 부동산은 재원이 아니라 일종의 우표 수집이나 다름없었다. 처음에 재판을 담당했던 판사들 대다수는 우선 노인이 양녀의 딸을 자신의 어머니로 여겼다는 사실을 비웃었다. 그리고 시간이 지나자 압뒤셸람의 여러 상속인들의 거짓 진술로 인해 우리의 진심을 의심하기 시작했다. 나는 정직하게 일의 자초지종을 설명하려 애썼다.

"판사님, 그는 농담을 잘하는 사람이었습니다. 우리 딸을 자기 딸처럼 좋아했고, 아이와 농담하는 것을 즐겼습니다."

그렇지만 판사는 이렇게 훈계했다.

"세 살짜리 여자아이랑 농담을 한단 말입니까? 당신은 분명히 '자기 딸처럼'이라고 말했습니다. 그런데 다시 농담 삼아 아이를 어머니라고 불렀다고 주장했습니다. 자신의 진술을 스스로 한번 판단해 보세요!"

"저한테는 그런 판단이 중요하지 않습니다. 압뒤셀람은 두 가지 호칭을 모두 썼어요."

"유언장 몇 장은 아이가 겨우 6개월일 때 작성되었습니다. 그게 뭘 의미할까요? 그 나이의 어린아이가 어떻게 농담을 이해한단 말입니까?"

"맞아요, 절대로 그럴 수 없죠. 그렇지만 우리는 정말 농담을 했어요. 누구든 어린아이 앞에 서면 갑자기 다른 말을 하고, 속마음과 다른 생각을 말할 수 있습니다. 그건 아이들에게만 해당되는 이야기는 아닙니다. 고양이나 개를 데리고 놀 때도 마찬가지로 눈높이를 맞춰야 합니다."

"그래요, 우리도 바로 그 얘기를 한 겁니다. 그렇다면 아이, 그러니까 어머니가 고인을 '내 아들'이라고 부른 것은 어떻게 설명하시겠소? 이 점에서 증인들의 진술이 일치합니다. 노인이 사망한 후 아이는 울면서 '내 아들'은 어디에 있냐고 끊임없이 물었다고 하더군요."

그것은 사실이었다. 압뒤셀람은 제흐라가 "내 아들"이라고 부르는 것에 익숙했다. 지금도 아이는 아들을 찾으며 하염없이 울었다. 나는 이에 대해서도 설명했다.

"판사님, 그건 아이에게 그렇게 가르쳤기 때문입니다. 두 사람은 하루 종일 붙어 있었어요. 그래서 이런 참담한 상황이 발생했습니다. 그 불쌍한 노인은 고령의 나이 탓에 말년에 정신이 온전치 못했습니다."

그런 상황에서 누군가를 모욕하지 않고 얘기하기란 얼마나 어려운 일인가! 몹시 좋아한 어떤 사람을 정신이 흐릿했다고 목청껏 떠들어야 내 상황이 좀 더 유리해질 수 있었다. 그러지 않았다면, 압뒤셀람이 파라오들 사이에서나 있을 법한 근친상간 이야기로 얼마나 집안을 혼란스럽게 했을까? 여하튼 법적 효력이 없었던 유언장들은 최종적으로 다시 무효 판결을 받았다. 나는 법정 모독과 은인의 대한 명예 훼손으로 추가로 훈계 조치를 받았다.

나는 은인과 아버지, 유산과 같은 단어들에 질식할 것 같던 그날의 일도 결국 다 지나갔다는 생각이 들었다. 하지만 그것으로 끝이 아니었다. 내 이야기가 공론화되기 시작했던 것이다.

3

유언장의 무효 판결은 내 주변에 큰 반향을 불러일으켰다. 나의 지인들 전부, 적어도 대다수는 나와 내 딸이 합법적인 권리를 빼앗겼다고 여겼다. 동네 사람들과 회사 사람들은—당시 나는 지하철도국이 아닌 개인 회사에 다니고 있었다—부당한 판결에 분노하면서 유언장에 대해 조목조목 개인적인 의견을 내놓았다. 많은 이들이 우리 부녀를 가슴 아프게 생각했다. 또 어떤 이들은 우리 걱정보다는 오히려 그깟 몇 푼, 그들 표현으로는 "세속적인 재산" 때문에 부친의 마지막 소원을 저버린 유족들에게 화를 냈다. 그 엄청난 재산을 눈을 훤히 뜨고 놓쳤다며 나에게 바보라고 하는 사람들도 있었다. 말하는 사람의 이런저런 입장과 성향에 따라 압뒤셀람의 유산은 때로는 순식간에 사라지기도 했고, 때로는 눈덩이처럼 불어나기도 했으며, 가끔은 아무런 역할을 하지 못하기도 했다. 특히 도덕적 가치를 추구하는 사람들은 재산에 대해서는 일절 입에 올리지 않고 망자의 마지막 소원이 지닌 진정성에 주목했다. 이에 비해 욕심 없는 사람은 있을 수 없다고 생각하는 부류들은 우리가 얼마나 손해를 보았는지를 끊임없이 계산하면서 나의 어리숙한 행동을 부각시켰다.

하지만 이 세 부류의 사람들에게 공통점이 하나 있었는데, 그것은 아무도 내 말에 귀를 기울이지 않는다는 것이었다. 나는 누구한테도 "그분한테는 돈이 없었어요. 빚만 잔뜩 있었지. 그러니 내가 잃은 것은 아무것도 없어요. 또 아무것도 탐하지 않았고!"라고 말할 수가 없었다.

우리 회사 사장조차도 그런 분위기에 전염되어 있었다. 그는 즉각 내 월급을 5리라 인상해주었다. 말하자면 위로금 명목이었다.

상사의 이런 너그러운 조치로 인해 나를 동정하는 여론은 점점 더 확산되었다. 많은 사람들은 내가 그 뼈아픈 충격에서 다시는 회복하지 못할 거라고 쉽게 생각했다. 어느 날 저녁 퇴근을 하는데 동료인 사브리가 내 팔짱을 꼈다.

"이보게, 하이리, 라키나 한잔하러 가세. 시름을 잊는 덴 술이 최고지."

"좋아, 같이 한잔하세. 하지만 무슨 걱정거리가 있는 건 아닐세. 난 근심걱정 같은 건 아무것도 없네. 그저 재미삼아 한잔하자는 거지. 우리 집으로 가면 더 좋겠구먼. 요즘은 아내를 혼자 두고 싶지 않아."

아내는 당시 둘째인 아흐멧을 임신하고 있었다. 하지만 사브리는 내 말을 삐딱하게 받아들였다.

"당연히 그래야지. 당신 아내가 그동안 겪은 일을 생각하면… 그 불쌍한 사람이…."

이해심 많은 그는 온몸의 무게를 실어 내게 기댔다. 하지만 괜한 실례를 하고 싶지 않다는 이유를 대며 우리 집에 가지 않고 무조건 나를 술집으로 잡아끌었다. 나는 어쩌면 마지막으로 누군가에게 유산 문제의 본질을 설명할 수 있을지도 모른다는 기대를 갖고 결국 승낙했다. 그렇게 하면 적어도 팔짱을 풀고 내 맞은편에 앉을 테니, 그의 몸무게보다는 못생긴 얼굴을 견디는 편이 나을 것 같았다.

여하튼 나는 술집에서 유산 문제와 관련된 나의 상황을 힘닿는 데까지 설명하려고 애썼다.

"나는 압뒤셀람을 아버지처럼 사랑했고 그에게서 많은 은혜를 입었네. 그 이상 더 바라지도 않았고 기대할 수도 없었지. 어차피 마지막 6년 동안은 수중에 돈이 한 푼도 없었기 때문에 외상으로 생활을 했거든. 정신적으로도 건강하지 않아서 그 외상값은 빚으로 남아버렸지. 내가 진짜 유족이었다면, 편히 잠을 잘 수 없었을 걸세. 그 빚 때문에라도…."

나는 그와 비슷한 이야기를 했다.

그때 돌연 사브리의 얼굴에 생기가 돌았다.

"그런데 압뒤셀람이 어떻게 빚을 얻을 수 있었을까?"

"이런저런 물건을 담보로 잡혔지. 하지만 또 다른 빚이 있었던 게 틀림없어."

그를 설득할 수 있으리란 기대를 갖고 나는 할 수 있는 모든 설명을 했다. 그는 그저 고개만 끄덕이다가 다시 똑같은 질문을 던졌다.

"다 좋아, 그런데 어떻게 그렇게 많은 빚을 졌을까? 그러니까 내 말은, 어떻게 사람들을 꾀어 돈을 빌렸느냐 이 말이야."

차츰 나는 참을 수가 없었다.

"내가 그걸 어떻게 알겠나? 특별한 수완이 있었던 게 분명해. 나름의 어떤 수단이…."

사브리는 '어떤 수단'이란 말에 비로소 내 말에 귀를 기울이기 시작했다. 틀림없이 그 자신에게 그런 모종의 수단이 필요했을 것이다. 그 마법의 말이 떨어지자 그는 두 병째 술을 주문했다.

"그건 하나도 이상할 게 없네." 나는 입을 열었다. "압뒤셀람은 지인들이 많았어. 아니면 자신이 물려받은 유산을 염두에 두고 있었겠지. 어쩌면 튀니지나 알제리에 땅이 있었을 거야."

"아니, 아닐세. 그건 너무 많이 나갔어. 전혀 다른 뭔가가 있을 걸세."

"그렇다면 뭔가 아주 값비싼 것이 있었을 거야. 팔고 싶지 않을 만큼 귀중한 물건이. 주위 사람들 모두, 최소한 빚쟁이들은 알고 있는, 아마 다이아몬드 같은⋯."

그의 호기심은 나의 상상력을 자극했다. 그때 문득 세이트 루트풀라흐가 눈앞에 떠올랐다. 언젠가 그는 안드로니코스 황제의 보물에 대해 이야기하면서 셔벗장수의 진귀한 다이아몬드를 언급한 적이 있었다.

사람을 속이는 방법을 배우려고 나를 술집으로 끌고 온 이 어리석은 사람을, 내 일을 자기 일처럼 아파해한다고 해서 골탕 먹여서는 안 될 이유가 있을까?

"압뒤셀람이 정말 그 다이아몬드를 갖고 있었다고 한번 생각해보게. 그랬다면 빚쟁이들에게 이렇게 얘기했겠지. '추억이 깃든 소중한 물건이기 때문에 당장 다이아몬드를 팔 수는 없어요. 하지만 나중에 내 자식들이 그걸 팔아서 빚을 갚을 겁니다'라고."

사브리는 셔벗장수의 다이아몬드 이야기를 금방 이해했다.

"맞아. 충분히 그럴 수 있지."

그는 이제 세 병째 술을 주문했다. 몹시 더운 날이었다. 그 사내는 땀으로 흠뻑 젖은 몸을 테이블에 의지하고 있었다.

"셔벗장수의 다이아몬드는 어떻게 생겼을까?" 그는 눈을 반짝이며 물었다. "자네는 본 적 있나?"

"아니, 이 사람아, 그건 내가 지어낸 이야기야! 우리가 함께 지어낸 이야기잖아? 순전히 상상력으로!"

"그래도 자네가 보석 이름도 알고 있다면⋯."

"다이아몬드 이름은 내가 어릴 적 읽은 동화에서 들었을 거야. 아니면 누군가에게 얼핏 들은 것일 수도 있고. 자네가 다이아몬드를 언급해서 퍼뜩 생각이 났을 뿐, 특정한 것과는 아무런 관련이 없어."

"이건 우연이 아니야. 분명 그 유명한 스푼장수 다이아몬드(이스탄불 톱카피 궁전에 있는 세계적으로 손꼽히는 다이아몬드로 86캐럿의 대형 다이아몬드를 49개의 작은 다이아몬드가 둘러싸고 있다. 이 다이아몬드에는 여러 가지 전설이 전해지는데, 원석을 주운 한 어부가 시장에서 스푼장수에게 숟가락 세 개를 받고 바꿨기 때문에 이런 이름이 붙여졌다고 한다)와 비슷할 거야. 크기와 가치가 똑같을걸. 그렇지 않나?"

우리는 잔을 다시 채운 뒤 마셨다.

"압뒤셀람이 자네에겐 분명 보여줬을 거야."

"뭘?"

"뭐라니? 셔벗장수의 다이아몬드…."

나는 그제야 정신이 번쩍 들었다. 농담을 너무 심하게 했다는 생각이 들었다. 종업원을 불러서 주머니에 남은 마지막 돈으로 술값을 지불했다. 사브리는 실눈을 뜨고 아무 말 없이 내 모습을 주시했다. 아직 뭔가 궁금한 것이 많다는 인상이었다. 나는 작별인사도 하지 않은 채 허둥지둥 뛰쳐나왔다.

나는 내 손으로 팔과 다리를 잘라버린 것 같은, 혹은 나와 내 가족에게 뭔가 나쁜 짓을 한 것 같은 공포감에 사로잡혔다.

집에 가서 에미네에게 그 일을 이야기했다. 아내는 처음엔 나를 책망했다. "아니, 당신은 어떻게 그런 바보가 한잔하자는 제안에 응할 수가 있어요?" 하지만 곧 나를 안심시키려고 애썼다.

"괜찮아요, 잊어버려요. 무슨 일 있겠어요? 누구나 한번쯤 농담을 할 수도 있죠! 술에 취하면 별별 말도 안 되는 얘기를 하기 마련이에요."

이튿날 나는 집에서 쉬었다. 하루 종일 집에 들어앉아서 압뒤셀람의 자식들로부터 유산 대신 받은 낡은 시계를 수리했다. 다시 시계에 손을 댄 것은 군대 시절 이후 처음이었다.

저녁 무렵에야 마음이 좀 편안해졌다. 나는 사브리가 그 이야기를 잊었을 거라고 혼잣말을 중얼거렸다.

그런데 이튿날 사무실에 들어서자마자 사브리가 일어서서 나에게 다가왔다. "그 다이아몬드…." 그는 실눈을 반짝이며 귓속말을 했다. 내게 무슨 말을 하려고 했을까? 저녁에 사장이 나를 그의 방으로 불렀다. 셔벗장수의 다이아몬드 얘기를 궁금해 하는 그에게 그날의 상황을 소상하게 설명했다. 사장은 내 말을 믿는 것 같았지만, 다이아몬드 이야기는 사람들의 입에서 입으로 쫙 퍼졌다. 소문은 곧 내 지인들에게도 알려졌다. 만나는 사람마다 나를 힐난했다. "이보게, 왜 나한테는 귀띔도 해주지 않았나!"

오래지 않아 나는 우리 동네 커피하우스에도 들를 수 없게 되었다. 여기저기에서 주사위, 카드, 도미노, 타블라 게임의 말을 손에 든 사람들이 몰려들어 차 한 잔을 억지로 권하며 셔벗장수의 다이아몬드 얘기를 듣고 싶어 했다. 내가 모두 지어낸 이야기라며 부정하면, 뒤에서 머리를 맞대고 쑥덕거렸다. 내 명예심과 절제력을 칭송하기도 하고, 나를 매우 어리석게 여기기도 했다.

얼마 뒤 그들은 요리사의 다이아몬드 얘기를 들은 적이 있다고 주장하기 시작했다. 기억나는 고대의 전설 중에서 이 세상에 한 번도 존재하지 않던 다이아몬드와 관련된 이야기를 짜 맞추었다. 아내와 나는 절망했다.

급기야 압뒤셀람에게 담보물 대신 차용증을 받고 돈을 빌려준 빚쟁이들이 유족들을 상대로 소송을 제기했다. 그들은 다이아몬드를 둘러싼 소문을 잘 알고 있었고, 압뒤셀람의 숨겨진 유산 중에서 그들 몫을 받기 위해 소문을 증거로 제시했다. 그래서 나는 어쩔 수 없이 재판정에 서야만 했다.

처음에 나는 단순한 증인으로 불려나갔다. 하지만 곧 소송의 중요한 당사자가 되었다. 오랫동안 노인과 함께 살았기 때문에 결국 그 부분에 대해서도 설명을 해야 했다. 우리가 다이아몬드를 갖고 있는 게 분명하다는 주장이 나오기까지는 거기에서 불과 한 걸음밖에 되지 않았다. "십중팔구", "그런고로"라는 몇 마디 말이면 순식간에 닿을 수 있는 거리였다. 그리고 그 일은 현실이 되었다. 공판이 한두 차례 진행됨에 따라 우리가 다이아몬드를 갖고 있다는 것이 당연한 사실로 인정되었기 때문이다. 게다가 압뒤셀람은 유언장에서 "나머지 재산" 혹은 "빚을 탕감한 이후에 남은 재산"이라는 말을 사용했고, 빚쟁이들에게 보낸 편지에서도 그런 비슷한 용어가 발견되었다. 그리하여 나는 재차 그 다이아몬드에 대해 아주 공개적으로 설명해야 했다.

나에 대한 조사에서도, 재판 과정에서도 사브리는 어느 정도 중요한 역할을 담당했다. 그의 진술은 마치 올리브기름 얼룩처럼 계속 번져나갔다. 대질 신문을 할 때마다 사브리에게는 이른바 내가 했다는 말이 계속 떠올랐다. 나에 대한 애정에도 불구하고 그는 소송이 진행되는 내내 진실을 알리기 위해 초인적인 노력을 기울였다. 몇 차례의 공판 만에 다이아몬드가 수석 셔벗장수의 손을 거쳐 술탄의 여인인 살리하에게 팔렸고, 그녀가 죽은 뒤 국고로 환수되었으며, 그 후 압뒬하미트 1세가 총애하던 신하에게 선물했다는 사실을 나를 비롯한 모든 이들이 알게 되었다.

물론 그 누구도 도대체 셔벗장수가 누구인지, 술탄의 여인 살리하가 누구인지 한번 물어볼 생각조차 하지 못했다. 다이아몬드는 수백 년에 걸쳐 이 사람 저 사람 손을 거치면서 행방이 묘연했다가 결국 압뒤셀람 일가가 소유하게 된 것으로 밝혀졌다.

그것에 대한 질문을 받고 나는 이렇게 대답했다. "아닙니다. 그것은 안드로니코스 황제의 보물입니다!"

하지만 내 진술은 받아들여지지 않았다. 그 과정에서 나는 사람들이 내 정신이 온전치 않다는 구실을 찾고 있다는 사실을 깨달았다.

나의 고모부인 나시트도 압뒤셀람의 채권자 중 한 명이었다. 그는 가까운 친척인 나를 보호하려는 듯 짐짓 우호적인 태도를 보였다. 그는 매우 조심스럽게 답변에 응했다. 하지만 그는 나에 대해 전혀 알지 못했다. "아닙니다, 압뒤셀람은 다이아몬드 비슷한 것에 대해서는 한 번도 언급하지 않았어요. 다만 그의 일이 모두 해결되면 돈을 갚겠다고 약속했죠. 한번은 자기가 사람들이 생각하는 것보다 훨씬 더 부자라고도 말했습니다. 우린 아주 오랫동안 알고 지냈는데, 압뒤셀람은 정말 부유한 사람이었어요. 다이아몬드에 대해 말하자면, 오래된 가문에서는 그런 보석 한두 개 정도는 갖고 있는 것이 아주 흔한 일이죠, 오히려 하나도 없는 것이 이상한 일이고." 나시트는 이렇게 덧붙였다. "백오십 년이나 된 가문이니…." 나는 다시 좋은 녀석이 되어 있었다. 나시트는 내가 늘 그런 평판을 들어왔다고 답변했다. 고모도 그렇게 말했다. 다만 안타까운 것은 아버지가 내 교육에 제대로 신경 쓰지 않은 점이라면서, 아버지는 늘 돈만 중시했기 때문에 다른 것에는 무관심했고, 고모와 나시트의 결혼을 방해했으며, 이를 위해 세이트 루트풀라흐에게 주문을 외워달라고 졸랐다는 것이다. 결혼식을 올리기 전에 고모는 나시트에게 이렇게 말했다고 한다. "결혼식을 마치는 대로 내 동생한테서 하이리를 떼어놓고 말겠어요!" 하지만 아버지가 결혼을 방해하려고 고모가 기절해 있을 때를 이용하여 생매장하려 했을 때, 내가 아버지를 도와줌으로써 고모는 날 증오하게 되었다고 했다. 이후 고모는 한 번도 내 이름을 입에 올리지 않았다는 말도 덧붙였다.

"가족 모두가 돈에 눈이 멀었어요. 오직 내 아내만이 베풀 줄 아는 인간적인 사람입니다."

당연히 타크리비 아흐멧 에펜디의 사원 이야기도 화제가 되었다. 물론 몹시 왜곡된 채 이야기되었다. 그것은 나의 아버지가 사원을 위해 할아버지가 저축한 돈을 쓸데없이 모두 탕진했다는 결론으로 끝이 났다.

나시트는 때때로 손수건을 꺼내 안경을 닦고 이마의 땀을 훔치면서 계속 진술했다. 전혀 서두르지 않고 아주 천천히 말했다. 그러다가 질문을 받으면 때를 놓치지 않고 적절한 답변을 했다. 그럴 때조차 그는 자기 의도는 절대 그런 것이 아니라고 극구 부인하면서도 의문의 여지를 남겨 집안일과 관련한 새로운 문제를 제기할 수밖에 없도록 만들었다. 그것은 마치 부드러운 책상 위에서 잘 다듬은 말끔한 물체를 손가락으로 톡 건드려 밀어내는 사람을 보는 것 같았다.

그는 왜 내게 그렇게 적대적인 입장을 취했을까? 내게 뭘 바랐을까? 왜 나를 몰락시킬 결심을 했을까? 대체 왜 그렇게 교활하게 처신했던 걸까? 이해할 수가 없었다. 나는 그의 진술을 듣고 거의 미칠 것만 같았다. 그가 입을 열기도 전에 내 속은 부글부글 끓었고 머릿속은 온통 뒤죽박죽이었다. 그는 내게 몹시 단호하고 매정했다.

그런데 별안간 변화가 일어났다. 바로 그 직전만 해도 얼토당토않은 재판에 끔찍한 두려움을 느끼던 나에게서 무거운 짐이 차례차례 떨어져 나가는 것 같았다. 홀가분하고 거리낄 것이 없어졌다. 에미네와의 결혼 이후 꼭 닫혀 있던 문이 불현듯 다시 열린 것 같았다.

나시트는 나를 몰락시키겠다는 분명한 목적을 가지고 그때까지 문 뒤에서 가만히 지켜만 보고 있던 나의 수호천사인 에미네를 쫓아내는

데 성공한 것 같았다. 나는 몹시 화가 나서 나시트의 말을 가로막았다.

"아니에요, 아니라고요. 고모는 정말로 돌아가셨습니다! 장례까지 치렀는데, 무덤에서 유령이 되어 다시 돌아왔어요! 자기 돈을 놓지 않으려고 유령이 되어 주위를 떠돌고 있었다고요! 내 말을 믿지 못하겠다면, 사진을 보여줄게요! 말년에 고모는 예전보다 더 자주 사진을 찍었어요. 그걸 한번 보세요. 아니면 고모를 소환해서 물어보세요! 내 말을 확인할 수 있을 겁니다!"

모두들 어안이 벙벙한 표정이었다. 그런데 어쩌겠는가? 내 마음은 평온하고 가벼워졌다. 누구나 상황에 맞는 자기만의 진실을 갖고 있기 마련이다. 왜 나만 그렇게 말 한마디 못하고 가만히 있어야 하는가?

"그리고 고모에 대해 말씀드리면," 내 이야기는 계속되었다. "고모가 나를 맡으려 했다는 건 전혀 말도 안 되는 얘깁니다. 고모는 내 얼굴조차 보려 하지 않았습니다. 단언컨대 고모는 그 누구도 보려고 하지 않았어요. 아무도 보고 싶어 하지 않았죠. 고모는 인색하고 무뚝뚝하고 변덕스러웠어요. 밤이면 도둑맞을까 봐 두려워서 돈을 숨겨놓은 석탄 창고에서 잠을 잤습니다. 오직 한 사람, 그러니까 전쟁에서 이익을 본 저 사기꾼만 자기 곁에 두었어요. 저놈의 말라깽이 딸하고. 저 작자는 한때 그 딸을 내게 주려고 했지만 내가 원치 않았습니다. 맘에 들지 않았거든요. 당시 나시트는 저보다 가난했습니다. 지금은 부자가 되었지만. 그때부터 나를 증오했어요. 어쩌면 고모가 죽으면 전 재산이 내 차지라는 걸 알기 때문인지도 모르죠!"

그때 했던 말을 가만히 생각해보면 지금도 얼굴이 달아오른다. 하지만 나는 나시트 때문에 다른 사람이 되었다. 나는 한 마리의 뱀이었다. 실제 그렇게 할 수는 없었지만 그를 삼킬 준비가 되어 있었다. 나는 그에게 삿대질을 하며 고함을 질렀다. "너, 전쟁에 빌붙어 부자가 된 놈아!

비누, 설탕 도둑놈아! 도대체 나한테 원하는 게 뭐냐?" 법정이 소란스러워졌다. 재판은 중단되었다. 나시트는 밖으로 나가면서 거만한 미소를 지어 보였다. 그에게도 나의 행동은 전혀 예상치 못한 일이었다.

15분 뒤 나를 법의학 연구소로 인도하라는 판결이 내려졌다.

5

나는 그 연구소에서 라미즈 박사를 알게 되었다. 내가 들어섰을 때 그는 연구소장 옆에 서 있었다. 그는 누구보다도 내 이야기에 관심을 갖고 경청하면서 나를 심리하는 일을 맡았다. 우리는 곧장 그의 방으로 갔다. 당시 법의학 연구소는 돌마바흐체 궁전 부속 건물에 둥지를 틀고 있었다. 1층 라미즈 박사의 사무실은 썰렁했다. 창문 하나가 정원 울타리를 향해 나 있었다. 한쪽 벽면에 있는 세면대 수도꼭지에서는 물이 한 방울씩 새고 있었다. 박사는 우선 손을 씻었다. 나는 나의 운명을 곱씹으며 가만히 서 있었다.

돌마바흐체 궁으로 가는 길에 바다가 보였다. 가을 햇빛에 황금빛으로 흔들리는 파란 물결이 경고하듯 나의 운명과 나 사이에 가로놓여 있었다. 이제 조금씩 적응해야만 하는 운명과 나 사이에.

나는 몹시 혼란스러웠다. 내 아내, 내 아이들, 내 집, 이 모든 것이 닿을 수 없는 아득히 먼 곳에 있는 것 같았다.

재판 과정 내내 두려웠던 것, 즉 아내를 이 사건에 끌어들일지도 모른다는 두려움이 다시 고개를 들었다. 신기하게도 그때까지 판사는 내 아내를 일절 개입시키지 않았다. 그것이 희망을 갖게 했다. 어쩌면 판사가 그 고소 사건을 정말로 진지하게 생각하지 않을 수도 있었다. 그러면 왜 나를 이리로 보냈을까? 그럼 그렇지, 그는 때를 기다리고 있었던 거야.

에미네도 이 끔찍한 그물에 걸려들지 몰라. 구금된 지 열흘이 지났는데도 헤어질 때 현관에서 내 목을 끌어안고 쓰러지던 아내의 모습이 눈앞에 선했다. 눈 주위에 다크서클이 생겼고 두 뺨은 움푹 패었으며, 목소리는 제대로 나오지 않았다. 열이 나듯 뜨거운 두 손으로 나를 얼싸안았다. 나는 창밖 담벼락에서 먼지를 뒤집어 쓴 채 위로할 길 없는 목숨을 간신히 잇고 있는 앙상한 가을 잎사귀를 바라보며 생각에 잠겼다. 말벌한 마리가 나를 향해 곧장 날아오다가 그리 멀지 않은 창턱에 가까스로 내려앉았다. 건물 어디에선가 탄식하듯 울부짖는 소리가 들렸다. 그전까지 한 번도 들어보지 못한 소리였다. 손을 씻은 라미즈 박사가 서류가방에서 오드콜로뉴를 꺼내 손에 뿌렸다.

노크 소리가 들리고 직원이 들어왔다. 그러자 울부짖는 소리가 더 크게 울렸다.

"살림 박사님께서 지금 부검 준비를 하라고 하셨습니다. 박사님도 오시겠습니까?"

나는 소스라치게 놀랐다. 라미즈 박사는 오드콜로뉴에 젖은 손을 흔들어 말리고는 이렇게 대꾸했다. "아니, 난 지금 바빠서 안 돼. 위는 끓는 물에 소독해야 하네. 난 나중에 살펴보겠네."

그러고는 서둘러 나를 향해 말했다. "누가 또 독살을 당했어요. 우리 짐작엔 그래요."

그는 다시 서류가방을 들었다. 걸쇠가 있는 노란색 가죽 모델로 여러 칸으로 나뉘어 있어 실용적이었다. 나중에야 알게 된 사실이지만 내 친구 라미즈 박사는 몸에는 아무것도 지니지 않고 그 서류가방에 모든 걸 갖고 다녔다. 그는 가방을 열었다가 다시 조심스럽게 닫았다. 거기서 꺼낸 작은 꾸러미에서 담배 한 대를 꺼내 내게 주고 자기 것도 하나 꺼냈다. 나는 성냥을 더듬어 찾았지만 없었다. 그는 내 담배에 불을 붙여주고 대기하고 있던 사무실 직원에게 커피를 주문했다.

　라미즈 박사는 어두운 갈색 피부에 서른 살 정도 되는 젊은 남자로 비교적 키가 크고 꽤 건장한 편이었다. 몹시 어두운 큰 눈동자와 우수 어린 눈빛을 지니고 있었다. 하지만 첫눈에 나는 그런 눈과 균형 잡힌 얼굴을 알아보지는 못했다. 사람들은 라미즈 박사를 처음 만나면 얼굴이 어딘지 모르게 조화롭지 못하다는 인상을 받았다. 그의 외모에 익숙해진 후에야 나는 그런 인상이 바로 이마와 턱 사이의 불균형 때문이라는 걸 알게 되었다. 뼈대 굵은 얼굴에 이마가 툭 튀어나와 있었는데, 좀 더 길어야 할 것 같은 턱은 짤막했다. 이렇게 쑥 들어간 턱은 얼굴의 균형을 잡지 못했다. 목소리도 비슷했다. 그는 늘 큰소리로 말을 시작했지만 강세가 없었으며, 흔적을 없애기 위해 사라지기라도 하듯 중얼거림으로 이어졌다. 얼굴도 목소리도 내게는 우스꽝스럽게도 늘 기형적인 나선형의 형상을 연상시켰다. 라미즈 박사는 빈에서 대학을 마치고 돌아온 지 얼마 되지 않았다. 나중에 그는 뛰어난 업적을 내놓을 수 있는 좋은 의사라는 사실을 여러 차례 입증했다. 그는 연구소에서 몇 년 동안 전문 분야인 정신분석을 연구했다.

　물론 그 첫날 나는 라미즈 박사가 정신분석을 환자들에게 필요할 때 간단히 적용하는 치료법이 아니라 종교가 제공하는 것과 같은 일종의 구원, 이 세상의 구원을 위한 유일한 수단으로 여긴다는 사실을 눈치챘다. 그에게는 무조건 그 새로운 학문이 전부였다. 불법행위, 범죄, 질병, 욕망, 빈곤, 고난, 불행, 불구, 적대감 등 요컨대 자신의 의지와 상관없이 인간을 괴롭히는 모든 것이 그와는 상관없는 일이었다. 오직 정신분석만이 존재했고, 세상 모든 것이 정신분석으로 귀결되었다. 정신분석은 인생의 수수께끼를 풀어줄 유일한 열쇠였다.

　하지만 빈에서 그가 귀국했을 때, 사람들은 온 나라를 정신분석이라는 놀라운 지렛대로 뒤바꾸기 위해 필요한 자리와 자금을 그에게 제공하지 않았다. 그래서 온 세상 사람들을 원망했다. 내가 그를 만났을 무렵, 그는 그런 원망을 세상을 향해 물결처럼 방사하고 있었다.

라미즈 박사는 그런 이유 때문에 특히 사회 문제에 점점 더 관심을 갖게 되었다. 한두 시간만 그의 한탄과 비판, 미래에 대한 전망에 귀를 기울이며 얘기를 나누다보면, 자신에게 맞는 일만 좇으며 세상을 사는 것이, 그리고 그런 세상을 동경하는 것이 정말 행복한 것인지 고민하지 않을 수 없었다.

라미즈 박사는 세상에 대한 불만으로 가득한 사람이었다. 나는 그걸 금방 알아챘다. 그는 거창한 소리를 마구 쏟아냈다. 젊음 그 자체, 민족 문제, 공공 교육, 생산, 그리고 모든 것 중에서도 실천이 중요하다는 말을 한결같이 했다. 그는 결코 한 가지 문제에만 집중하지 못하고, 꼭 필요한 어떤 연구를 하거나 뭔가에 대해 불평을 늘어놓을 때만 행복해했다. 그렇기 때문에 훌륭한 직업과 사회적인 지위에도 불구하고 자기 자신을 미래에 대한 아무런 희망 없이 세상으로부터 배신당한 가엾은 녀석이라고 생각했다.

아마 그는 나를 상당히 좋아했던 것 같다. 자기 자신처럼 나를 세상에 대한 불만으로 가득 찬 외톨이라고 여겼기 때문에 나를 보호해주었을 것이다. 빈에서 돌아온 이후 그는 모든 사람들과 등을 지고 거의 고립된 생활을 하고 있었다.

처음에 우리는 일반적인 국내 상황에 대해 선 채 이야기를 나누었다. 나 자신이 곤경에 처하지 않는 한 이 세상을 지상 낙원이라고 여기는 편이었던 나는 처음에는 그의 말을 도통 이해하지 못했다. 하지만 서서히 라미즈 박사의 생각에 적응해갔다. 그가 보기엔 나라 전체에 제대로 된 곳이라곤 없었다. '온 국민의 정신 상태가 구태의연하다. 나와 당신(!)

같은 젊은 사람들은 국가에 봉사할 기회도 얻을 수 없다. 우리 두 사람의 상황만 관찰해도 뭐가 어떻게 돌아가는지 알 것이다. 이래서 대체 당신 같은 사람을 어떻게 치료한단 말인가? 내가 귀국한 지 2년이나 지났건만 정신분석 요법을 제대로 써먹을 기회 한 번 주지 않았다. 연구소에 근무한 이래 처음으로 환자를 맡은 것이다. 다행히도 당신 사건이 주목을 받고 있어서 그나마 위로가 된다. 유럽, 특히 빈과 독일에서 이런 문제는 차원이 다르다. 거기에서는 전문 지식을 높이 평가하고 정신분석을 일용할 양식처럼 중요하게 여긴다.'

커피가 준비되자 그는 책상에 앉으면서 나를 맞은편에 앉도록 했다. 그리고 서류가방을 다시 열고 담뱃갑에서 담배 두 개비를 꺼낸 뒤 가방에 집어넣고 닫았다.

"나는 여기에서 별로 인기가 없습니다." 그가 입을 열었다. "이곳 사람들은 아직도 구태의연한 방식으로 일을 합니다. 여기는 내가 일할 만한 곳이 아니에요. 의무감 때문에 할 수 없이 있는 겁니다. 연구소장이 내게 약속한 것이 있어요. 뭔가 흥미로운 일을 주겠다고 했죠."

우리는 서로 꼭 어울리는 사람이 아닌가?

그런 이야기에 이어서 다시 빈과 또 다른 독일어권 나라에 대한 대화를 시작했다. 우리는 함께 그곳의 질서와 안락함을 동경하며 생각에 잠겼다.

커피를 다 마시자 그가 자리에서 일어나 찻잔을 치우며 말했다. "이제 당신 얘기를 해보세요!"

처음으로 내게 말할 기회가 주어졌다. 나는 우선 사건에 대해 짧게 설명했다. 곧이어 자연스레 내 인생 이야기가 나왔다. 내가 설명을 하는 동안 그는 메모를 했다. 내 어린 시절 이야기 부분에서 그는 좀 더 오래 시간을 끌었다. 라미즈 박사는 내가 했던 말을 한두 차례 큰 소리로 반복했다. 그 성물 시계 이야기에 특별한 관심을 보이며 많은 질문을 던졌다. 그리고 어머니가 그랬듯이 그 시계를 계속 '행운의 물건'이라고 불렀다.

"대체 어떤 시곕니까?"

"바닥에 세워놓는 커다란 추시곕니다. 아주 오래된 영국산으로 최고급품이죠. 당시 술탄 압뒬메시트에게 샀는데, 안타깝게도 망가졌어요. 그래서 지금은 아내가 다락에 올려놓았습니다. 그래도 언제든 보실 수 있어요. 아주 아름다운 소리를 낸답니다."

나는 그 시계를 팔 수 있을지 모른다는 희망을 품고 그를 바라보았다. 유치장에 있을 때 간수로부터 옆방의 부유한 유대인이 리스본에서 벤더부히르라는 이란인에게 불합격품인 배 한 척을 팔아넘기고 중개료를 챙겼다는 이야기를 들은 바 있었다. 그래서 나도 그런 방법을 써먹을 수 있을 것 같았다.

나는 조바심이 나서 대뜸 이렇게 말했다. "당신에게는 싸게 드리겠습니다. 우리 집에 가서 일단 살펴보세요!"

정말 그럴 수 있다면 얼마나 좋을까. 나는 두근거리는 마음으로 생각에 잠겼다. 아, 저 사람이 관심을 보인다면 같이 우리 집에 갈 수 있을 텐데. 그러면 에미네도 볼 수 있겠지. 에미네가 마당의 펌프로 물을 퍼주면 나는 세수를 하고 제흐라와 함께 노래를 부를 거야….

"망가졌다고 하지 않으셨나요?"

"네, 최상의 상태는 아닙니다."

그는 잠시 생각에 잠겼다.

"당연히 그렇겠군요."

당연히 그렇다니? 나는 그 말을 이해하고 싶지 않았다. 누리 에펜디에 따르면, 세상 모든 시계는 작동해야 한다. 절대로 멈춰서는 안 되었다. 나는 어깨를 으쓱했다. 방금 주제를 벗어난 건 아닐까? 아니었다. 라미즈 박사는 나의 아버지에 대해 묻기 시작했다. 이어서 어머니와 누리에펜디 얘기도. 그는 내 주변 사람들에게 관심이 많았다. 드디어 우리는 타크리비 아흐멧 에펜디의 완성되지 못한 사원 얘기에 이르렀다.

"집에서 종종 그 사원에 대한 이야기를 나누셨나요?"

"아니에요, 절대 아니에요. 아버지가 돈을 조금이라도 손에 쥘 때만 가끔 얘기를 꺼내셨어요. 그렇지 않으면 아예 입에 올리지도 못했죠. 아버지가 불같이 화를 냈으니까요. 시계 얘기만 꺼내도 그때의 기억이 떠올랐으니까요."

"어떤 시계요?"

"바닥에 세워놓는 커다란 추시계입니다."

"성물이라고 하셨죠? 편안하게 부르던 대로 부르세요! 이름이 있다면 그렇게 불러야 해요!" 그는 나무라듯 말했다.

그 사실을 잊고 있던 나는 당황했다. 그는 시계를 지칭하는 멋진 표현을 기억하고 있다는 사실에 흡족한 듯 보였다. 우리는 다시 그 행운의 물건에 대해 이야기를 나누었다. 그는 끊임없이 묻고 또 물었다. 나는 귀찮은 일이 생길 수도 있다는 사실을 전혀 예상하지 못한 채, 생각나는 대로 이야기했다.

"어느 날 저녁 우리 가족이 함께 둘러앉아 있는데, 불현듯 시계가 울리기 시작했어요. 그러자 아버지께서 불같이 화를 내셨어요. '그만하면 됐어! 너도 알다시피 나는 돈이 없어. 지금 잠깐 돈이 없는 게 아니라 식구들을 먹여 살리면서부터 계속이야. 그전엔 그렇지 않았지만. 그런데 왜 그렇게 나를 괴롭히는 거야!'라고 하시면서요."

"그 행운의 시계한테 하는 말이었나요?"

"예, 어느 정도는. 정확하게는 모르겠지만."

"아마 그러셨을 겁니다. 매우 흥미롭군요. 드문 일이지만 매우 전형적인 경우죠. 당신에게 정말 크게 감사합니다…."

그는 내가 그렇게 많은 이야기를 해준 것에 고마워했다.

"그런데 그게 정말 사실입니까?"

그는 매우 신중한 표정으로 내 얼굴을 바라보았다.

"회의를 위해 꼭 보고서를 작성해야 하거든요. 모든 이야기를 다시 한 번 해주시겠습니까?"

나는 부탁대로 했다.

"아주 특이한, 정말 드문 경우입니다. 터부를 만들었고, 그 터부를 중심으로 다양한 콤플렉스가 생겨났습니다. 그렇게 보입니다."

곧이어 그는 자바나 다른 섬에서 성스러운 것으로 추앙되던 옛 대포에 대한 설명을 해주었다. 아이가 없는 여인들이 수태를 빌기 위해서 대포에 천 조각을 감아놓았다는 이야기였다. 나는 화제를 돌렸다.

"우리에게도 있어요. 화물칸이 세 개인 오래된 전함인 마흐무디예 호가 바로 그렇죠. 마흐무디예 호는 한밤중에 은밀히 흑해를 건너 세바스토폴(러시아와 영국·프랑스·오스만 제국 연합군 사이에 벌어진 크림 전쟁[1853~1856]의 요충지)을 공격하러 갔답니다. 대포를 내려 요새를 공격하고 이튿날 아침에 다시 돌아왔지요. 내부는 셀리미예 병영만 한 크기였다고 합니다."

"그것이 당신 집에 있었단 말입니까?" 그가 물었다.

이 사람은 내 얘기에 전혀 집중하지 않은 것일까? 아니면 나를 정말 미쳤다고 생각하는 것일까? 아니면, 더 나쁜….

"그런 말이 아니에요!" 나는 고함을 질렀다. "우리 도시, 그러니까 이스탄불에 있었단 말입니다."

내가 미치지 않았다는 걸 증명하기 위해 나는 좀 더 자세히 설명했다.

"그 거대한 전함을 어떻게 집 안에 둡니까? 그러려면 하기아 소피아 (이스탄불에 있는 성 소피아 성당) 정도는 되어야죠."

"하기아 소피아라고요?"

나는 곧 실수를 했다는 것을 알아챘다.

"예를 들면 그렇다는 말입니다." 나는 처음부터 끝까지 일사천리로 다시 이야기를 함으로써 예기치 않은 다른 오해가 생기지 않도록 했다.

그는 진지한 표정으로 메모까지 해가며 귀를 기울였다. 그러고는 거듭 감사의 말을 전하고 자신의 생각을 덧붙였다.

"그건 흥미롭긴 하지만 같은 종류의 이야기가 아닙니다. 내 얘기와는 달라요."

그렇게 이야기하면서 서류가방에서 주머니칼을 꺼내 손톱을 다듬었다. 그 일을 마치면 내게도 그 칼을 건네줄 것 같았다. 엉겁결에 빠져든 상황에서 뭔가에 열중하는 것도 나쁘지 않을 것 같았다. 하지만 그는 칼을 건네지 않고 다시 가방에 쑤셔 넣었다. 대신 오드콜로뉴 병을 꺼내서 자신과 내 손에 듬뿍 뿌렸다. 이번엔 담배를 꺼낼 차례였다. 나는 그 상황을 견디기 힘들었다.

"박사님," 나는 입을 열었다. "그냥 탁자 위에 모든 걸 올려놓으시면 좋겠습니다만…."

나는 나의 대담함에 깜짝 놀랐다. 그는 조용히 미소를 지으면서 이렇게 말했다. "아하, 말씀대로, 그게 더 편하겠군요."

그는 새어머니가 행복에 대해 생각하는 것처럼, 편리함에 대한 자기만의 생각을 갖고 있었다. 아하, 이런!

"당신은 내 취향에 꼭 맞는 사람이에요, 하이리 씨. 우리가 빈에서 알고 지냈더라면!"

그때부터 대화는 빈 이야기로 이어졌다. 라미즈 박사가 사랑하는 도시였기 때문에 내 이야기는 멀찌감치 밀려나고 말았다. 내가 희망을 접었을 때, 우리는 다시 내 이야기로 돌아왔다.

"당신 어머니는 그 행운의 물건에 많은 의미를 두셨죠, 그렇죠?"

"네, 맞습니다."

"한번 기억을 떠올려보세요."

그는 다시 나를 빤히 쳐다보았다.

"아마 그랬을 겁니다. 아주 희귀한 시계였죠. 특이했어요. 마음대로 움직였거든요. 제멋대로라고 할 수 있을 정도로. 아마 고장이 나서 그랬나 봐요. 여하튼 시계의 모든 것이 우리에게는 신기했어요."

순간 그의 표정이 환해졌다. 계속 고개를 끄덕이며 내 얘기를 경청했다. 그러고 나서 자신이 메모한 것을 읽어주었다.

"희귀하고, 특이하고, 아주 마음대로, 제멋대로 작동했다, 모든 하는 짓이… 그렇죠? 매우 흥미롭군요. 그리고?"

"그게 답니다."

나는 이제 지긋지긋했다. 대관절 나에 대한 검사는 언제 한단 말인가? 그는 그것에 대해서는 한마디도 하지 않았다.

"에, 당신 모친은, 말씀하셨듯이…"

"어머니는 시간이 갈수록 그 시계를 보면 으스스한 기분을 느꼈습니다. 어머니는 무지한 여인이었어요, 아주 옛날 사고방식에 얽매인."

"구식이든 신식이든, 그건 별 상관이 없어요. 원시인과 우리는 어떤 차이도 없어요. 의식적이든, 무의식적이든 사람이 사는 것은 어디나 똑같습니다. 그러니까 정신분석은…"

내가 지금까지도 종종 듣는 단어 하나가 그의 입술 사이에서 재빠르게 경중경중 뛰어다니더니 삶은 달걀처럼 내 앞에 자리를 잡고 앉았다.

그가 일어섰다.

"내일 계속 하기로 하죠. 이제 좀 쉬세요! 당신 침구는 준비되었죠?"

"아내가 가져올 겁니다."

"좋아요. 당신은 이 방에서 주무시게 될 겁니다. 공동 침실은 너무 소란스러워요. 그 문제에 대해 연구소장과 의논을 할 생각입니다."

그는 걱정스러운 표정으로 덧붙였다. "이곳 사람들은 나를 좋아하지 않아요. 그래서 내 얘기를 귀담아 듣지 않아요. 하지만 당신은 내 환자니까…."

"도대체 무슨 환자란 말입니까, 박사님? 이제 다 아시잖아요. 내가 어디가 아픕니까?"

그는 내 말을 전혀 듣지 않고 밖으로 나갔다.

나는 한동안 물끄러미 그의 뒷모습을 지켜보았다.

이윽고 세면대로 가서 세수를 했다. 그와 나눈 대화 때문에 몹시 피곤했다. 박사가 나가면서 열어놓은 문 사이로 차가운 공기와 함께 아까의 고함소리가 다시 들렸다. 이번엔 좀 더 날카롭고 끔찍했다. 무슨 일일까? 저기에서 정말 미친 사람이 고함을 지르고 있는 걸까? 환자가? 그들은 시체를 부검하겠다고 했다. 정말 그랬을까? 지금쯤은 다시 봉합했을 것이다. 박사는 문을 닫지 않았다. 어쩌면 시체를 다시 닫지 않았을지도 모른다. 그건 그렇고 왜 시체를 부검했을까? 불현듯 나는 도주에 대한 강한 충동을 느꼈다. 두려운 마음으로 문 밖으로 나갔다. 아까 복도에서 내가 들어왔던 것 같은 방향으로 갔다. 계속해서 걸음을 옮기면 옮길수록 고함소리가 더 커졌다. 이쯤에서 차라리 더 가지 않는 게 낫겠다는 생각이 들었다. 하지만 나는 고함소리에 완전히 이끌렸다. 반쯤 열린 문 뒤로 사람들의 말소리가 들렸다. 조심조심 문으로 고개를 들이밀었다. 하지만 곧 온몸을 바들바들 떨면서 다시 몸을 곧추세웠다. 정말 그들은 시체를 봉합하지 않은 채 놔두었다. 나는 고개를 돌리고 곧장 방을 향해 달렸다. 그리고 등 뒤로 문을 닫고 의자 위에 털썩 쓰러졌다.

그 뒤 얼마 안 되어 라미즈 박사가 다시 들어왔다. 환하게 웃고 있었다.

"다 잘됐습니다." 그가 입을 열었다. "연구소장이 처음엔 이의를 제기 했지만, 당신이 내 전공 분야의 환자라는 사실을 알고 받아들였습니다."

"하지만 박사님, 맹세코 저는 아픈 곳이 없습니다! 제 상황에 대해 다 들으셨잖아요?"

그는 나를 뚫어져라 쳐다보다가 단호하게 대답했다. "당신은 몹시 아픈 환잡니다. 정신분석이 탄생한 이후 누구나 환자라고 할 수 있어요."

"그럼 저 밖에 뛰어다니는 사람들과 나의 차이는 무엇입니까?"

"그것은 좀 다른 이야기죠. 어쨌든 나는 당신의 책임자입니다."

"그럼 이제 어떻게 해야 합니까?"

"당신을 치료할 겁니다. 큰 문제는 아닙니다. 진단을 내리는 것 자체 만으로도 거의 치료가 끝났다고 할 수 있으니까요. 정기적으로 그렇게 해나가면, 몇 년이면 끝날 겁니다."

"몇 년이라고요?" 나는 완전히 제정신이 아니었다. "박사님, 아내가 아파요. 보는 사람들마다 그렇게 얘기합니다. 제발 가능한 빨리 이곳에 서 내보내주세요!"

"이미 다 말씀드렸습니다. 이건 좀 다른 문제예요!"

곧 그는 화제를 돌렸다. '이곳이 조용하기 때문에 나는 여기에서 지내 게 될 것이다, 복도를 돌아다녀도 안 되고 너무 많은 생각을 해도 안 된 다, 무조건 금연이며, 밤에도 담배를 피우지 않겠다고 소장에게 약조를 해야 한다'는 내용이었다.

이야기를 나누는 중에 이웃 사람이 내 침구와 먹을 것을 가지고 왔다. 에미네는 직접 오지 못했지만 하나도 잊지 않고 잘 챙겨 보냈다.

이튿날 라미즈 박사는 나한테만 집중했다. 이번엔 내 꿈에 관심을 보였다. 기질적으로 나는 꿈을 많이 꾸지 않는 편이었다. 하지만 다른 사람들처럼 나도 많든 적든 가위에 눌리거나 이상한 꿈을 꾸었다. 그래서 기억나는 대로 박사에게 이야기했다.

나흘째가 되자 치료법이 바뀌었다. 커튼이 내려진 상태에서 나는 얼굴을 벽으로 향한 채 소파에 누워 있어야 했다. 박사는 아무것도 묻지 않았다. 나는 그저 생각나는 대로 말해야 했다. 나는 말하고 또 말했다. 사실 그를 속일 수 있을 거라고 생각했다. 하지만 사고의 영역이 점점 더 좁아졌다. 점차 꼼짝달싹할 수 없는 어두운 지하에서 사고가 진행되는 것 같았다. 그러더니 별안간 어디에선가 창문 하나가 열리듯 하나의 기억, 하나의 단어가 또렷해졌다. 나는 그곳을 향해 나아갔다. 치료는 두 시간 동안 계속되었다. 커튼을 다시 올렸을 때 나는 완전히 지쳐 있었다. 하지만 그것은 며칠이나 더 지속되었다.

나는 초조하고 불안해서 미칠 것 같았다. 에미네는 잊지 않고 뭔가를 자신이 직접 갖고 오거나 누군가를 보냈다. 그런 식으로 나는 편의를 제공받았다. 나는 시간을 보내기 위해 시계를 수리했다. 그중에는 연구소장의 것도 있었다. 그는 서서히 내게 타협을 해왔다. 때때로 자기 사무실로 불러 잡담을 나누었다. 특히 그는 셔벗장수의 다이아몬드 이야기를 좋아했다.

"그러니까 내 손에 그런 게 굴러떨어진다면, 허허, 그래, 언젠가 그런 날이 오겠지… 그 다이아몬드는 호두알 크기 정도는 되겠죠, 하이리 씨? 며칠만 더 참으세요. 라미즈 박사가 곧 보고서를 작성할 겁니다!"

내가 문밖으로 거의 다 나왔을 때, 그는 조끼 주머니를 뒤져 시계를 꺼내서 건넸다.

"잊을 뻔했네요! 제 아내 겁니다. 벌써 오래전에 작동을 멈췄습니다. 한번 살펴봐주신다면…"

그다음 날엔 사무실 직원이 친구의 시계를 가지고 왔다. 나는 그런 식으로 많은 시계를 수리했고, 또 어떤 것은 도구가 없어서 그저 진단만 해주었다. 그러는 사이에도 계속해서 정신분석 치료를 받았다.

나는 연구소장과 이야기를 나누는 동안 라미즈 박사의 이름을 언급할 때마다 상대방에게서 의심스러운 눈초리를 느꼈다. 그래서 점차 내 상황에 대해 한마디도 하지 않으려고 애썼다. 어떻게든 오해를 받을 수 있는 그 인정 많은 라미즈 박사의 이야기는 입에 올리지 않는 게 상책이었다.

그사이에도 시간은 계속 흘렀다. 나는 점점 더 위기의 한복판으로 끌려 들어갔다. 에미네의 상황은 하루가 다르게 걱정스러워졌다. 내가 구금된 이후 무거운 짐짝 같은 나 때문에 고통을 받고 있었다. 재판이 시작되자 나는 일을 할 수 없었고 이젠 가난에 내몰리기 시작했다.

법의학 연구소로 넘겨진 뒤 열흘째 되던 날 라미즈 박사가 불쑥 이렇게 말했다. "자, 이제 1단계 치료과정이 끝났습니다!"

그는 잠깐 서성이다가 내 앞에 멈춰 서서 어깨에 손을 올려놓았다.

"그래요! 당신 증상을 알았어요. 전형적인 아버지 콤플렉스죠. 보아하니 당신은 아버지를 좋아하지 않았어요. 하지만 그건 별로 중요하지 않습니다. 그것이 어른이 되는 지름길이었으니까요. 그런데 당신은 훨씬 더 흥미로운 일을 했습니다."

나도 모르게 양손을 비볐다. 관자놀이에 땀이 송글송글 맺혔다.

"박사님!"

"나는 당신의 병을 알고 있었어요. 그 병은 당신이 꾼 꿈보다는 인생 역경에서 왔어요. 오늘 더 분명해졌어요. 내 진단은 확실합니다."

나는 숨을 멈춘 채 그의 말에 귀를 기울였다.

"도대체 그게 뭔가요, 박사님?"

"심각한 병입니다. 훨씬 더 나빠질 수도 있었어요. 하지만 너무 염려하지 마세요. 당장 고칠 수 있어요. 당신의 경우는 전형적이긴 하지만 심하지는 않아요."

그가 다시 내게서 떨어졌다. 방의 반대쪽 끝에서 마치 방패막을 세우기라도 하듯 의자를 자기 앞으로 가져왔다. 그는 의자 등받이에 기댔다.

"말씀드렸듯이, 당신은 아버지를 좋아하지 않습니다."

"이봐요, 박사님!"

"제 말 좀 들어보세요. 당신은 아버지를 좋아하지 않았습니다. 그렇지만 자신 역시 아버지가 되지 못한 채 끊임없이 새로운 아버지를 찾아다녔습니다. 그래서 실질적으로 전혀 성장하지 못한 채 영영 어린아이에 머물렀던 겁니다! 그렇지 않나요?"

나는 자리에서 벌떡 일어섰다. 정말 너무 심한 말이었다. 심각한 명예 훼손이었다. 한마디 말로 나를 사악한 인간으로 만든 비열한 짓이었다.

"나는 한 번도 그렇게 생각한 적 없습니다! 터무니없는 소리라고요! 내가 왜 또 다른 아버지를 찾아 나선단 말입니까? 원하든 원하지 않든 내 아버지인데 어떻게 부정한단 말입니까?"

"유감이지만 그래도 사실입니다. 평생을 그랬습니다. 불안한 정서와 심리적인 위기감도 모두 그 때문입니다."

나는 어찌할 바를 모르고 주위를 둘러보았다. 그 어디에도 도움을 기대할 수 없었다. 오직 나만이 나 자신을 구할 수 있었다. 나는 온 힘을 다해 정신을 집중했다.

"이것 보세요. 난 아무 이상이 없어요. 그저 운이 나쁜 사람일 뿐입니다. 내겐 항상 불가능할 것 같은 일들이 일어났어요. 어디로 흘러가고 있는지 모르는 불행한 일들이 생겼지요. 그리고 지금 또 그런 일을 당하고 있어요. 침묵하는 편이 나았을지도 몰라요. 하지만 말을 했어요. 내가 무심결에 한 말을 가지고 사람들은 이야기를 지어냈고 나를 곤경에 빠뜨렸어요. 나는 내 자신이 퍼뜨린 거짓말의 희생자예요. 내가 어떻게, 그리고 왜 그랬는지 모르겠지만, 일은 이미 벌어졌어요. 아무 생각 없이 이야기를 늘어놓았을 뿐, 그 이상도 이하도 아니었어요. 어쩌면 내가 이 운명을 인류 전체와 함께하고 있는지도 모르겠군요. 우리는 모두 우리가 지어낸 이야기의 희생자라고 할 수 있으니까요. 하지만 나만 그 대가를 좀 더 가혹하게 치러낼 수밖에 없게 됐어요. 내 아내와 아이들도 함께요. 제대로 좀 알고 계세요! 사람들이 내게 말도 안 되는 이야기를 뒤집어씌운 겁니다. 그러니 제발 좀 터무니없는 소리 좀 작작 하세요!"

나는 허락만 된다면 그 앞에 엎드려 바짓가랑이라도 잡고 싶었다. 말을 하는 도중에도 그런 내 모습을 상상해 보았다. 모든 사람, 심지어 운명 그 자체가 날 믿어줄 때까지 간청하고 호소하기 위해 뭔가를 부여잡고 싶었다.

그러는 사이에도 그는 그저 이 말만 반복했다. "제발, 진정하세요!" 하지만 나는 멈출 수가 없었다.

"제발 좀 이해해주세요. 거짓말, 사소한 거짓말이었어요. 농담으로 한 말이었다고요!"

나는 다시 조금 정신을 차리고 그 사실을 입증하려고 했다.

"박사님이 그것이 거짓이었다는 사실만 세상에 알려주면, 아무 일도 아니에요. 그러면 저는 살 수 있어요. 저는 전혀 아프지 않아요. 박사님이 환자를 찾으신다면, 그래요, 제 아내가 아파요. 그것도 걱정스러울 정도로 많이 아파요. 요사이 더 심해진 것 같아요. 제가 연행되었을 때는 그 정도로 심하지 않았어요. 저, 저 자신은 아무 데도 아프지 않아요. 아주 멀쩡하다고요."

이때의 내 목소리! 생생하게 기억나는 이 목소리, 온몸으로 흐느끼는 느낌! 잠에서 화들짝 깨어나 눈물에 젖은 음성을 들으며 온몸으로 공포를 느꼈던 적이 얼마나 많았던가. 공포… 공포와 인간, 공포와 인간의 운명, 사람이 사람을 곤경에 몰아넣는 것, 어리석은 적대감…. 하지만 나는 대체 무엇을, 그리고 누구에게 설명할 수 있을까? 사람이 무엇을 설명할 수 있을까? 자신을 억누르는 고통을 과연 누구에게 진정으로 설명할 수 있을까? 별들은 서로 이야기를 나눌 수 있지만 인간과 인간은 그렇지 않다.

게다가 라미즈 박사는 내 말을 귀담아 들을 생각이 전혀 없는데 하물며 나를 이해할 생각이 있겠는가. 그는 오로지 내 병 또는 자신이 내린 진단에만 열중했다. 내가 왜 내 아버지를 부정했단 말인가?

"좀 진정하세요!" 그가 말했다. "당신은 아버지를 한 번도 좋아하지 않았어요. 그것이 당신이 선친을 부인했다는 걸 의미하지는 않습니다. 당신 가족한테는 몇 가지 혼란스러운 문제가 있었어요. 무엇보다 그 행운의 시계가 한몫을 했습니다. 이야기를 들어보면, 당신 집에서는 그 행운의 물건을 숭배했어요. 그야말로 신성불가침의 물건으로 여겼습니다. 그로 인해 모든 가치가 뒤죽박죽되었던 겁니다. 그 행운의 시계가 집안에서 가장을 두 번째 자리로 밀어냈어요."

"그 시계가요? 그 애처로운, 다 썩어빠진 물건이요? 아주 오래된 것이에요. 우리 집 가보입죠."

"그거 아세요? 애처롭다, 다 썩어빠졌다, 아주 오래됐다… 당신은 시계를 두고 계속 어떤 사람에 대해 이야기하듯 말씀하셨습니다. 당신이 했던 말을 한번 곰곰이 생각해 보세요. 애처롭다고 했다가 그다음에는 다 썩어빠졌다고 표현했어요. 처음에는 사람에게 하듯 말했고, 그다음에는 그 사실을 깨닫고 다 썩어빠졌다는 단어를 썼어요. 시계는 그렇게 다시 물건이 되었지요. 하지만 당신 생각에는 그 표현이 적절치 않았기 때문에, 다시 아주 오래되었다는 형용사를 썼어요…."

그는 메모한 것을 뒤적거렸다.

"상담 초기에 당신은 '희귀한', '특이한 행동', '아주 마음대로', '제멋대로' 그리고 '그것이 하는 모든 행동'이라는 개념을 사용했어요!"

"그런데요?"

"당신은 시계가 당신 집에 몰고 온 분위기 속에서 어린 시절을 보냈어요. 당신 아버지는 그 시계를 질투까지 했습니다. 당신 어머니는 '행운의 물건'이라고 불렀지만, 아버지는 '불길한 물건'이라고 했죠. 사실 나는 당신 아버지가 시계를 부숴버리지 않은 게 신기할 정도예요. 당신 아버지는 시계의 위험성을 알고 있었거든요…."

"아버지는 부숴버릴 생각은 하지 않았지만 팔려고 했습니다."

박사는 기뻐서 펄쩍 뛰었다. 내가 다시 그의 논리에 빌미를 제공했던 것이다.

"당신 아버지는 집에서 시계를 없애버릴 생각이었죠."

나는 고개를 숙였다. 그의 말은 틀리지 않았다. 아버지는 사실 그 시계에 적대감을 갖고 있었다. "이 불길한 물건 때문에 한시도 마음이 편치 않아. 시계가 내 집 분위기를 좌지우지하고 있어." 아버지는 늘 이렇게 말씀하셨다.

나는 다시 정신을 가다듬었다. 라미즈 박사에게 또 설명을 해야만 했다. 내게 달리 무슨 방법이 있겠는가?

"제발, 박사님! 그건 아무 의미 없이 한 얘기예요. 아버지가 무심결에 몇 마디 한 걸 가지고 이러지 마세요. 사람이 시계를 질투하다니요? 누가 물건을 상대로 그런답니까? 사람이라면 모를까, 자기 재산을 질투하진 않아요. 혐오스럽게 여기거나, 싫증을 낼 수는 있어도… 그래서 내다버리고 팔아치우고 불 지르고 없애버릴 수는 있지만…."

"다음으로 누리 에펜디, 세이트 루트풀라흐와 압뒤셀람 얘기를 해봅시다…."

"누리 에펜디는 제 스승이었습니다. 인간적인 심성의 소유자였죠. 루트풀라흐는 불쌍한 정신병자였다고 할 수 있습니다. 나는 그의 말과 행동이 재미있었어요. 동화에 나오는 인물 같았습니다. 그리고 압뒤셀람은 제게 많은 것을 베풀었어요."

"좋아요, 그 세 사람은 당신 삶의 특정한 시기에 일정한 영향을 미쳤습니다. 당신은 차례차례 그 사람들과 가까워지려고 했습니다."

점차 나는 당황하기 시작했다. 정말 그랬을까? 사실 나는 세 사람과 각각 연결되어 있다고 느꼈다. 라미즈 박사의 질문은 가차 없이 계속되었다.

"압뒤셀람이 당신 아이에게 이름을 지어준 것을 어떻게 설명하시겠습니까?"

나는 어찌할 바를 몰라 양손을 들어 올렸다. 그리고 오직 이성적인 방식으로만 치료를 해달라고 애원했다.

"제발 살려주세요, 박사님! 그건 단순한 호의에서 일어난 일이에요. 저는 압뒤셀람의 집에서 함께 살았습니다. 그는 저를 도와주었어요. 제 은인이에요. 당신이 어떻게 말씀하시든, 그 이름은 느낌이 좋았고 축복이었습니다."

"한마디로 그 사람이 당신 딸의 아버지 노릇을 했습니다. 그리고 당신은 내면으로 받아들였지요. 그 사람이 당신 딸에게 자기 어머니 이름을 붙여주든 말든."

"그럼 그게 내 죄란 말입니까? 그 이름을 붙여준 건 압뒤셀람이에요. 그것도 실수로!"

"물론이지요. 하지만 당신이 그 사람에게 그런 역할을 강제했기 때문이에요! 우리는 그것을 암시라고 부릅니다. 당신은 힘이 있는 사람이에요. 아니 힘이 있는 환자죠."

점차 나는 저항할 힘을 잃고, 놀란 눈으로 라미즈 박사를 빤히 바라보았다. 재판을 치르는 며칠 동안 모든 사람들을 그렇게 바라보았던 것처럼. '어떻게 그런 생각을 할 수 있을까!' 그런 궁금증이 꼬리에 꼬리를 물고 이어졌다. 내가 그런 사람들을 만나 교류하면서 어떻게 하루에도 몇 번이고 미치지 않을 수 있었는지 나는 그것이 놀라웠다.

나는 담배를 비벼 끄고 자리에서 일어섰다.

"박사님, 너무 지나치다고 생각하지 않으세요? 분명 저는 아버지를 존경하지는 않았어요. 아버지는 좀 독특하신 분이셨죠. 변덕스럽고 지나치게 말이 많고 자신의 감정을 제대로 조절하지 못하셨어요. 사람들이 특별히 좋아하거나 존경할 수 있는 사람은 아니었죠. 정말 불행한 사람이었습니다. 그럼에도 불구하고 내 아버지입니다. 나는 아버지를 사랑하지 않았을지 모르지만, 연민의 감정을 품고 있었어요. 아버지에게도 좋은 면이 있었습니다. 내가 또 다른 아버지를 찾아다녔다고 주장하려면… 그건 아버지가 돌아가시고 한참 뒤의 일이었어요. 그리고 결국 내게 새 아버지를 찾아줄 수 있었던 건 어머니지 제가 아니었어요!"

그는 내게 다시 앉으라고 명령했다.

"네, 맞습니다, 맞아요… 그런 상황에서 뭘 어떻게 해야 할까요? 당신은 이미 답을 했어요. 당신 아버지는 사람들이 좋아하거나 존경할 만한 사람이 아니었다고 말했죠? 그런데 사람은 누구나 아버지를 사랑하고 존경해야 한다고 생각합니다. 아버지를 좋아하든 좋아하지 않든 상관없이 아주 무의식적으로 말이죠. 또한 당신은 아버지를 질투하지 않았지만, 일반적으로 아버지는 질투의 대상입니다. 그러면 상황이 완전히 달라집니다. 그런데 당신은 정말로 아버지를 질투하지 않았습니다."

"내가 그 불쌍한 사람을 도대체 무엇 때문에 질투해야 합니까?"

내가 입을 열 때마다 박사는 의미심장한 미소를 지었다.

"당신은 아버지에게서 훌륭한 점을 찾지 못했기 때문에 질투하지 않았던 겁니다. 흥분할 이유가 없어요. 그런 경우는 누구에게나 나타날 수 있습니다. 다만 당신한테는 그 문제가 훨씬 더 오랫동안 지속되었죠. 당신은 아버지가 되지 못했습니다. 본인이 아버지가 되면, 그 일은 과거의 이야기가 됩니다."

"내가 아버지가 되지 못했다니요? 자식이 둘씩이나 있는데! 둘째 이름은 내가 직접 지어주었어요. 내가 아흐멧이라는 이름을 붙여줬다는 걸 당신도 알잖아요!"

"그사이 압뒤셀람이 죽었기 때문이죠. 마지막 아버지의 죽음을 통해서 당신은 독립적인 어른이 될 수 있었던 겁니다. 이제 당신은 콤플렉스의 영향으로부터 벗어나는 것이 중요합니다. 콤플렉스 자체는 무의식 속에만 있어서 그리 중요하지는 않습니다. 사실 전적으로 자연스러운 것이지요. 특히 오늘날 우리 사회에서는 하찮은 것입니다. 이 사회의 구성원으로서 우리는 누구나 이런 병을 내면에 갖고 있어요. 한번 잘 살펴보세요. 우리는 끊임없이 과거에 매달리고 과거와 갈등합니다. 그래야 우리가 변화할 수 있으니까요. 이것이 뭘 의미하는 걸까요? 그것이 바로, 아이든 어른이든 우리 모두가 지속적으로 시달리는 아버지 콤플렉스가 아닐까요? 히타이트인과 프리기아인, 혹은 이름 모를 또 다른 고대 부족들에 대한 우리의 집착을 한번 보세요. 이런 것이 발전된 아버지 콤플렉스와 뭐가 다를까요?"

나는 다시 자리에서 일어섰다. 자리를 박차고 뛰쳐나가고 싶었다. 하지만 때마침 커피가 준비되어 다시 앉을 수밖에 없었다.

"오늘은 이 정도만 해도 되지 않을까요?" 나는 애원하듯 물었다.

"안 돼요, 앉아 계세요. 그리고 내 말을 잘 들으세요! 알다시피, 정신 분석은…."

"박사님, 대관절 그걸 제가 어떻게 알겠어요? 저는 배우지 못한 사람 입니다. 이미 열 번도 더 제 인생 이야기를 했습니다. 저는 학교를 제대 로 다닌 적이 없어요. 아버지는 그 문제를 그렇게 많이 염려하지 않으셨 지만, 그리고…."

나는 말을 중단했다. 또다시 내가 아버지를 비난했다는 사실을 스스 로 인정하고 고백한 것이나 다름없었다. 나는 황급히 말을 바꾸었다. "제가 아는 건 시계뿐입니다."

하지만 시계라는 단어를 언급하자마자 내 머릿속엔 그 행운의 물건 과 두 번째 아버지라고 할 수 있는 누리 에펜디가 떠올랐다. 그래서 또 입을 다물었다. 아버지 콤플렉스는 거의 입을 열어서는 안 되는 뭔가 무 시무시한 것이었다.

다행히 박사는 내 말에 귀를 기울이지 않고 있었다. 그렇게 보였다.

"네네, 알고 있습니다. 하지만 신경 쓰지 마세요. 당신이 대학을 다녔 더라도 그게 무슨 쓸모가 있었을까요? 정신분석을 전혀 이해하지 못하 면, 다 똑같아요."

그는 한동안 생각에 잠겼다. 이윽고 서류가방에서 담뱃갑을 꺼냈다. 내게 담배를 권하고 자기 것에 불을 붙였다. 그러고는 담뱃갑을 가방에 쑤셔 넣고 닫았다.

'왜 저 사람은 담뱃갑을 재킷 주머니에 넣지 않을까?' 나는 다시 언짢 아져서 이렇게 생각했다. 하지만 곧이어 나 자신에게 화가 났다. 세상에 서 가장 우스꽝스러운 병에 걸린 내가 다른 사람한테 열불을 내려고 하 다니.

라미즈 박사는 나를 다정한 눈길로 바라보았다.

"처음부터 다시 시작하는 것이 좋겠습니다. 간략하게 설명해 드리겠습니다. 정신분석이란 말이죠…."

신이시여, 자비와 동정과 도움을! 맙소사, 제발 정신분석만은….

첫 수업은 저녁까지 계속되었다. 그런 뒤 라미즈 박사는 강의노트를 내게 건네고 갔다. 한밤중이 되어서야 나는 잠자리를 준비했다. 그리고 내게 일어난 일들을 곰곰이 생각해보았다. 벌써 2주가 흘렀다. 보고의 흔적은 아직 보이지 않았다. 설상가상으로 이젠 공부도 해야 했다. 나는 박사가 준 독일어로 된 작은 책자를 손에 들었다. 독일어에는 까막눈이었다. 하지만 터키어로 써 있다고 한들 뭘 이해할 수 있겠는가? 나는 그것을 베개 밑에 쑤셔 넣었다. 그리고 잠을 자면 뭔가를 이해할 수 있을지도 모른다고 생각하면서.

이튿날 아침에 누가 나를 찾아왔다는 전갈을 받았다. 아내였다. 낯은 예전보다 더 창백했고 뺨은 푹 꺼져 있었다. 아내는 잔뜩 긴장한 표정으로 눈물을 참으며 나를 바라보았다. 아내를 위로하려고 즐거운 척 행동했다.

"아직 끝나지 않았어?" 아내가 물었다.

"아직. 이제 겨우 시작이야. 어제 첫 수업을 했거든."

"도대체 무슨 수업이야? 당신 정말 정신이 이상해진 거야?"

"그냥 듣기만 하면 돼. 정신분석 공부야."

나는 아내에게 상황을 간략하게 설명했다. 슬픈 시선으로 날 바라보며 엷은 미소만 짓고 있는 에미네의 모습을 지켜보니 가슴이 찢어지는 것 같았다. 에미네는 얼토당토않은 상황이라는 걸 알아챘지만 마음껏 웃지 못했다.

"그러니까 그 사람들이 미친 거지?" 아내가 입을 열었다. "이건 마른 하늘에 날벼락이라고 할밖에…."

하지만 곧 긍정적인 이야기를 했다.

"그런 병은 절대 없어. 당신은 전혀 걱정할 필요가 없어. 그저 모든 말에 동의만 해. 어서 보고서를 작성할 수 있도록! 이곳 사람들한테 당신이 원하는 걸 애원해 봐. 당신이 정상이든, 정말 미쳤든 어서 여기서 나와!"

그날 라미즈 박사는 보고서에는 관심이 전혀 없었다. 그의 정신분석은 계속 이어졌다. 이번에는 비교에 관한 것이었다. 모든 것이 완전히 뒤죽박죽이 되었다. 나 스스로 근본적으로 아무것도 이해하지 못하고 있다는 사실을 알았지만 가끔 한 번씩 안다고 대답했다. 이제 그는 내게 남겨두고 갔던 그 작은 책자에 대해 물었다.

"좀 훑어보셨나요?"

"그걸 어떻게요? 나는 독일어를 모릅니다. 설령 안다 하더라도 이런 높은 수준의 학술적인 글은…."

"아, 내가 깜빡했군요. 하지만 상관없어요. 다 설명해 드리지요."

다행히 그때 그의 머릿속에 강연에서 만났던 젊은 독일 여자 생각이 퍼뜩 스쳤다. 그는 그 여자 애기부터 그 여자의 친구인 간호사에 대한 애기까지 해주었다. 이따금 가방을 열어 담뱃갑을 꺼낸 뒤 다시 닫았다. 물론 잠시 뒤 영국제 주머니칼을 꺼낼 차례가 되자 서류가방을 다시 열고 더듬더듬 주머니칼을 찾아서 손톱을 손질했다. 그다음은 오드콜로뉴가 등장했고 양손이 깨끗해졌다. 우리 눈앞에 지하철의 쭉 연결된 바퀴처럼 젊은 여자들이 줄줄이 늘어선 모습이 연상되었다. 두 시쯤 박사는 할 일이 있다면서 자리를 떴다.

이튿날 우리는 곧바로 내 꿈 이야기를 나누었다. 대화 중에 박사는 오스트리아에 있을 때 여자를 전혀 사귀지 않았던 것처럼 행동했다. 그는 피곤하고 신경질적인 인상이었다. 눈에는 다크서클이 있었다. 십중팔구

도통 잠을 이루지 못했을 것이다. 내 꿈 이야기가 그의 맘에 들지 않았던 탓도 있었을 것이다. 아버지를 거부하고 끊임없이 새로운 아버지를 찾아다니는 남자가 꿔야 할 꿈이 아니라며 그는 나를 다그쳤다.

"도대체 왜 이러는 겁니까? 어떻게 당신 같은 사람이 당신 병에 어울리는 꿈을 한 번도 꾸지 않을 수 있단 말입니까? 좀 더 노력하세요!"

이 마지막 문장이 내 치료의 마지막 단계의 서막을 올렸다. 저녁때까지 박사는 아무 말도 하지 않고 나를 무시한 채 신경질적으로 방 안을 왔다 갔다 하더니 마치 갑자기 무슨 결정이라도 한 듯 내 앞에 우뚝 멈춰 섰다. 그리고 진지한 목소리로 입을 열었다. "나는 당신이 당신 병에 맞는 꿈을 꾸었으면 좋겠어요. 내 말 이해하겠어요? 제발 노력을 하세요. 그리고 제대로 된 꿈을 꾸세요. 우선 상징에서 벗어나야만 합니다. 당신이 꿈에서 진짜 아버지의 모습을 보면, 치료에 진전이 있는 것이고, 그러면 모든 것이 정상이 될 겁니다."

"저는 항상 꿈속에서 진짜 아버지의 얼굴을 봐요. 제 아버지가 아닌 다른 사람이 나올 때도 있지만."

"그게 그렇게 간단하지가 않아요. 그건 모두 무의식중에 일어납니다. 그 때문에 이제부터는 당신의 의지와 반대되는 노력을 해서 당신 아버지가 숨어 있는 상징들에서 벗어나야만 합니다. 그것들이 일단 없어지면 아버지로부터 자유로워지는 것도 좀 수월해질 겁니다. 즉 아버지로부터 얻은 열등감에서 벗어날 수 있을 거예요. 이것이 당신이 이번 주에 꿔야 하는 꿈의 목록입니다."

그는 종이쪽지를 내밀었다.

"세상에, 박사님, 명령에 따라 정해진 꿈을 꾸라고요? 처방전에 맞춰 꿈을 꿔요? 말도 안 되는 얘깁니다."

"이건 실증적인 과학입니다! 거기에 모순은 존재하지 않아요."

상황은 그렇게 진행되었고, 나는 백 퍼센트 확실하게 광기를 향해 치달렸다. 나는 내게 책임 능력이 없다는 것을 입증해야 할 경우를 대비하여 내 변호사가 종용했던 술수도 전혀 쓸 필요가 없었다. 할 수 없는 일이었다. 그로 인해 적어도 진짜 살인범들이나 마약 중독자들과 함께 지내지 않아도 되었다. 그리고 라미즈 박사처럼 교양 있고 지적이고 인간적이며 호의적인 사람과 시간을 보내며 내가 원하는 만큼, 좀 더 정확히 말하자면 그가 원하는 만큼 담배도 피우고 커피도 마실 수 있었다.

나는 그에게 보답하기 위해 당연히 작은 호의쯤은 베풀고 싶었다. 그래서 잠자리에 들기 전에 아버지에 대한 생각을 가능한 한 집중적으로 하고 아버지 인생의 몇 번의 정거장을 마음속으로 쭉 그려보았다. 하지만 고집이라도 부리듯 아버지는 꿈에 나타나지 않았다. 그리고 설령 나타난다 하더라도, 라미즈 박사가 말한 상징 형식으로만 나타났다. 때로는 붕괴의 위험이 있는 좁은 다리로, 때로는 웅덩이가 움푹 팬 파손된 보도로, 또는 파도 위에서 흔들리는, 나 혼자 타고 있는 작은 보트를 향해 가는 검은 증기선의 모습으로 등장했다. 나는 박사의 요구를 만족시키지 못한다는 두려움에 시달리다가 매번 깜짝 놀라 깼다. 그리고 눈을 다시 꼭 감고 아버지의 실제 얼굴을 떠올렸다. 이런 긴장감으로 인해 완전히 녹초가 되어 깊은 잠에 빠지고, 그로 인해 박사의 말처럼 스스로 통제할 수 없게 되면, 전혀 다른 꿈을 꿨다.

물론 또 다른 우리의 운명, 특히 에미네의 불안한 건강 상태가 내 신경을 곤두서게 했다. 잠을 자든 깨어 있든 끊임없이 그 생각에 시달렸다. 내가 처한 상황의 반향처럼 불분명하고 억압된 꿈을 꾸었다. 잠에서 깰 때면 늘 아내의 창백한 얼굴과 처량하면서도 비난하는 듯한 눈초리가 보이는 것 같았다. 그것에 대해서도 라미즈 박사는 화를 냈다.

"나는 직접 개발한 최신 방법을 여기에 적용하고 있습니다. 나는 그것에 '관리된 꿈'이라는 이름을 붙였습니다. 이 방법의 본질은 지금까지 환자가 꾼 꿈을 연구하여 앞으로 꿀 꿈들을 엄격하게 통제하는 것입니다. 당신은 내게 이런 방법을 사용하도록 자극했습니다. 그런데 당신은 최소한의 노력도 하지 않고 있어요. 정말 이상한 사람이군요! 당신은 도통 아무런 의지도 없습니까? 그냥 항상 오늘만 기억하고 삽니까? 지금까지 살아온 인생을 한번 생각해보세요!"

유감스럽게도 나는 의지가 강한 사람이 아니었다. 우리 모두가 그렇듯이. 의지는 모든 것을 의미했다. 적어도 라미즈 박사에 따르면 의지는 정신분석과 견줄 만한 것이고, 왕이 왕비와 인생을 함께하듯 정신분석과 함께할 만한 가치가 있는 유일한 것이었다. 모든 위대한 철학자들 역시 항상 의지라는 단어를 그렇게 입버릇처럼 되뇌었다. 왜냐하면 곧바로 일련의 위대한 철학자들의 이름이 언급되었는데, 그들 중 몇몇, 즉 니체와 쇼펜하우어는 흡사 의지의 화신이었기 때문이다… 그런데다 라미즈 박사는 내가 그런 철학자들의 책을 모두 읽었다고 확신했기 때문에, 계속해서 이 사람 저 사람의 이름을 넌지시 암시했고 그들의 말을 일상생활과 그 자신의 인생, 그리고 내 인생과 국가적인 문제와 결부시켰다. 우리는 거기에서부터 독일 음악에 대한 얘기까지 나누었다. 라미즈 박사의 말을 경청할 때면—나중에 나는 독일에서 공부한 다른 사람들에게서도 이와 비슷한 일을 목격할 수 있었다—, 나는 우리 집 골목 끝에 사는 이웃인양 베토벤을 잘 알고 있어야만 했다. 그리고 바그너는 우리 두 사람의 친척쯤 되어야만 했다. 그렇게 대화는 종종 교향곡 9번 합창 또는 탄호이저 행진곡으로 끝을 맺었다. 곧이어 박사의 화제는 개인적인 추억으로 넘어갔다. 그 이야기가 끝나면 갑자기 벌떡 일어서서, 절대적인 무(無)에서 세상을 창조하려는 신처럼 내 앞에 섰다. 그리고 철두철미 모든 것을 무에서 끄집어내는 주문을 외웠다.

"의지! 당신은 알고 있어요! 의지! 이 말 속에 모든 게 담겨 있어요."

그러고는 서류가방과 외투를 들고 방을 나갔다. 앞서 불렀던 합창곡이나 행진곡을 휘파람으로 불면서. 나는 그가 맡겨놓은 주문과 함께 덩그러니 홀로 남겨졌다.

나는 혼자 앉아서 양손으로 턱을 괴고 무심하게 중얼거렸다. "베토벤, 니체, 의지, 쇼펜하우어, 정신분석…" 아하, 단어들, 이름, 그들이 생각하는 행복….

어느 날 밤에 사자가 나를 덮치려는 꿈을 꾸었다. 다행히도 사자는 상처 하나 내지 않고 나를 놓아주었다. 내가 셔벗장수의 다이아몬드를 훔친 도둑도 아니고, 유산을 노리는 사람도 아니고, 라미즈 박사의 환자도 아니었던 행복했던 시절, 그러니까 내 어린 시절에는 늘 아침식사를 하면서 식구들이 돌아가며 간밤에 꾼 꿈 이야기를 했다. 내가 기억하기에 당시 해몽으로는 사자가 정의를 상징한다고 했다. 꿈속에서 사자는 나를 전혀 해치지 않았다. 그래서 나는 구출된 것 같았다. 아침에 이 기쁜 소식을 가지고 라미즈 박사를 맞았다. 그에게 꿈 이야기를 들려주니, 일단 첫 부분은 그의 맘에 든 것 같았다.

"아 네…."

"그리고 사자는 내 터럭 하나 건드리지 않고 가버렸습니다."

그의 표정이 어두워졌다.

"그게 전분가요?"

"네. 몹시 두려움에 떨다가 잠에서 깼어요. 물론 약간의 기쁨도 느꼈죠. 사자 꿈을 꾼다는 것은 정의나 힘을 의미하니까…."

그는 내 말을 듣고 있지 않았다.

"안타깝군요! 당신은 단 한 번의 기회를 놓쳐버렸어요. 정말 매우 안타깝군요!"

그는 잠시 곰곰이 생각하다가 이렇게 덧붙였다. "차라리 사자한테 잡아먹혔어야 했어요."

나는 소름이 끼쳤다.

"맞아, 정말 그랬어야 했어요." 그의 말은 계속되었다. "아니면 당신이 사자를 처치하고 그 몸속으로 들어갔어야 했어요. 무슨 일이 있어도 사자 몸속으로 사라졌다가 그 사자를 통해 다시 태어났어야만 했어요. 그러면 모든 것이 좋게 해결되었을 겁니다. 당신은 동화가 어떻게 결말이 나는지 알고 있어요. 주인공이 늘 사라지죠. 사라진다는 것은 부활을 뜻합니다. 콤플렉스에서 벗어날 수 있는 가장 확실한 방법이지요. 하지만 당신은 그렇게 하지 않았어요. 그것을 성취하지 않았다고요. 당신은 이번에도 기회를 놓쳤어요!"

그는 몹시 근심스러운 표정으로 손을 문지르면서 방 안을 돌아다녔다.

"당신은 그렇게 하지 않았어요. 우리의 모든 노력을 수포로 만들었어요. 새로 태어나는 대신 그저 옛 사람에 머물러 있는 쪽을 택했어요."

나는 그를 달랬다.

"박사님, 신경 쓰지 마세요. 오늘 밤엔 노력해보겠습니다. 그 사자 녀석이 멀리 가지 못하고 오늘 밤에 다시 나타날 겁니다."

"소용없어요. 터무니없는 소리 하지 마세요. 당신은 전혀 노력하지 않아요!"

그는 정말 걱정스러운 표정으로 내 눈을 바라보았다.

"우리는 보여줄 게 아무것도 없어요. 당신은 건강을 회복하려고 하질 않아요. 사자가 어떻게 다시 돌아온단 말입니까? 한번 가버리면 그걸로 끝인걸!"

그의 말이 옳았다. 사자는 내 아버지처럼 자신에게 무슨 일이 닥칠지 알았는지 더 이상 꿈에 나타나지 않았다.

그럼에도 사자 이야기로 인해 나는 좀 기운을 얻었다. 이튿날 박사가 내게 물었다. "사자가 정의를 의미한다고 그러셨는데, 도대체 그게 무슨 뜻입니까?" 그래서 나는 오래된 꿈 해몽서에 대해 알려주었다.

"우리 조상들도 열심히 꿈을 해석하려고 노력했습니다. 하지만 박사님이 하는 것과는 완전히 달라요. 하나도 일치하는 게 없습니다."

"그러니까 우리나라에도 꿈으로 들어가는 열쇠가 있단 말입니까?"

"아니, 열쇠가 아니라 책이에요! 그 책을 읽으면 누구나 해몽이 가능해요."

박사는 신뢰할 만한 토속적인 요소를 상당히 중히 여겼다. 그렇지만 그런 전통을 잘 기억하지 못했는데, 그것은 그가 외국에서 몇 년을 보냈기 때문이 아니라 근본적으로 상이한 양쪽의 생활 사이에 어떤 공백이 있었기 때문이다. "아, 맞아요…." 그는 마치 그 책에 대한 기억이 떠오른 것처럼 다시 고개를 끄덕였다.

"당신은 우리 조상들 자체가 고갈되지 않는 보물이라는 사실을 알고 있었군요."

우리는 왜 선조들 얘기를 하면 늘 고개를 끄덕이는 것일까? 그것은 습관이나 전통, 또는 어떤 병이 아닐까?

그날 저녁때까지 해몽 서적들에 대한 얘기를 나누었다. 그는 우리나라의 해몽서에 대한 보고서를 작성하여 빈 학술대회에서 발표할 계획이었다. 그래서 그런 지식이 해박한 나에게 도움을 청했다. 그의 눈엔 내가 갑자기 다른 사람으로 보였다. 나는 법정 문제로 인해 관찰 대상이 된 환자가 아니었고, 그는 더 이상 박사가 아니었다. 우리는 서로 친구가 되었다. 이따금 그는 내 어깨를 두드리며, 서로 이 문제를 반드시 잘 극복하자고 말했다.

그가 갈 시간이 되었을 때, 나는 오늘 밤에는 어떤 꿈을 꿔야 하냐고 물었다. 박사는 이해할 수 없다는 듯 나를 빤히 쳐다보면서 그저 이렇게만 말했다. "보고서… 보고서를 쓰세요! 학회가 얼마 안 남았어요!"

물론 그 보고서는 작성되지 않았다. 하지만 나의 새 친구는 새로운 연구 영역을 개척했다. 옛 의술, 수상술, 작명학, 주술, 연금술, 카발라, 또한 세이트 루트풀라흐의—연극 용어로 말하자면—레퍼토리 전체, 온갖 빈약한 얼치기 학문, 인쇄본이든 수고본이든 골동품상에 뭉텅이로 쌓여 있는 것들이 이 남자에게 별안간 엄청나게 중요해졌다. 그리고 가장 희한한 것은 이 사람이 그런 이야기를 나한테서 들으려 한다는 것이었다.

"제발, 그런 것은 모두 책 속에 있어요. 베야지트에 있는 골동품상에 한번 가보세요. 8리라나 10리라라면 당신이 가져올 수 있는 만큼 얼마든지 그런 책을 가져올 수 있어요!"

"그래도 모든 이야기를 우선 당신 입을 통해 듣고 싶어요. 물론 책도 읽을 겁니다. 하지만 학문은 입에서 입으로 전해진 것이 최곱니다. 나도 단 며칠 만에 정신분석에 대한 모든 설명을 해주지 않았습니까?"

다행히 그사이 진지하게 자료를 검토한 판사는 나의 진술이 압뒤셀람의 딸과 며느리의 것과 일치한다는 결론을 얻었다. 또는 적어도 나 자신과 관련된 재판 부분에 있어서 충분한 확신을 얻게 된 것 같았다. 라미즈 박사가 새로운 연구 영역에 몰두하느라 나를 완전히 잊었을 즈음, 어쩌면 놀랍게도 내가 건강을 되찾았다는 결론에 이르렀을 즈음, 어느 날 어쨌든 판사는 내게 혐의가 없거나 재판과는 아무 관련이 없다는 판결을 내렸다.

좋은 일과 나쁜 일은 교대로 일어난다. 그리고 늘 짝지어 다닌다. 무죄 판결이 있기 전날 밤 나는 라미즈 박사가 몹시 기뻐할 만한 꿈을 꾸었다. 그것은 떠올리는 것만으로도 나의 정체성에 의문을 불러일으킬 만한 그런 꿈이었다.

6

꿈속에서 나는 아리스티디 에펜디의 약국 뒤편에 위치한 실험실에 있었다. 누리 에펜디, 세이트 루트풀라흐, 압뒤셀람, 그리고 그의 장남을 비롯한 내가 아는 모든 사람들과 라미즈 박사가 모여 아리스티디 에펜디의 실험을 지켜보았다. 그런데 그곳이 정말 약국 실험실이었을까? 이른바 '아이들 방'이 아니었을까? 각양각색의 거울, 콘솔, 요람과 쌓여 있는 잡동사니들은 보이지 않았지만, 거기엔 모든 것이 있었다. 실험실이자 아이들 방이었다. 그리고 함께 서 있던 사람들은 사실 그곳에 한 명도 없었지만, 나는 그들이 있다는 것을, 우리 모두 함께 있다는 사실을 알고 있었다. 우리는 모두 큰 거울을 들여다보고 있었다. 어느 날 저녁 어스름에 방으로 들어갔을 때 거기에 비친 내 모습을 보고 너무 당황하여 공포를 느꼈던 바로 그 거울이었다. 증류기가 거울일 수도 있었고, 아니면 증류기가 거울 속에서 부글부글 끓고 있는 것일 수도 있었다. 막대기 모양의 흙색 귀금속이 지속적으로 거품을 내며 회전하고 있었는데, 유황 색깔의 가느다란 실로 된 검은 구름처럼 높이 올랐다가 다시 떨어졌다.

내 옆에서 누군가가 소리를 질렀다. "이제 곧 분리하도록! 조심해!" 우리는 점점 고조되어가는 긴장감에 숨을 죽인 채, 마치 살아 있는 물체처럼 저절로 회전하는 유황색과 흙빛의 구름을 바라보았다.

그때 세이트 루트풀라흐의 고함소리가 들렸다. "네… 네… 분리 실행!"

그 순간 증류기의 상부가 밝은 녹색으로 번쩍 빛났다. 검은 구름이 마치 진흙 덩어리처럼 가라앉았다. 그 위 유황색 빛 한중간에 윤곽이 없는 형상 하나가 만들어지기 시작했는데, 봄날의 하얀 구름 같았다. 나는 숨을 죽이고 응시하며 정말 거울 속으로 기어들어가기라도 할 듯 몸을 숙였다. 세이트 루트풀라흐는 거듭 이렇게 외쳤다. "네… 네… 지금, 지금!" 그러면서 이상한 기도문을 중얼거렸다.

그 순간 나를 향해 뭔가가 다가오는 것 같았다. 나는 깜짝 놀라서 애원했다. "안 돼, 안 돼, 멈춰요!"

그러자 하얀 구름이 한순간에 변했다. 유황 바람에 그을린 에미네의 머리와 창백한 입술과 동그랗게 뜬 눈이 보였다. "나 좀 살려줘!" 에미네가 나를 향해 소리를 질렀다. 나는 거울인지 증류기인지를 향해 득달같이 달려가고 싶었지만 어찌된 일인지 꼼짝할 수가 없었다. 수많은 손이 내 몸을 잡고 말리는 것 같았다. 어쩌면 아무도 나를 잡고 있지 않았을지도 모른다. 그저 몸을 움직일 수가 없었다. 경악과 사랑과 절망, 그리고 연민의 감정으로 뒤범벅된 채 나는 반쯤 미치광이처럼 애원하며 몸부림을 쳤다.

에미네는 계속 외쳤다. "살려줘! 살려줘!" 그러자 세이트 루트풀라흐가 "안 돼, 아무리 애를 써도 안 돼!"라고 대꾸했다. 그리고 내게 달려와 이렇게 고함을 쳤다 "꽉 잡고 있어, 꽉!"

모든 이들이 나를 붙잡고 늘어졌다. 증류기 속에서 에미네는 두려움에 떨며 눈을 동그랗게 뜨고 신음하고 있었다. 머리카락은 불타고 있었다. 나는 버둥거리며 에미네에게 가려고 몸을 돌렸지만 세이트 루트풀라흐가 갈고리 같은 양손으로 나를 꽉 잡고 있었다. 수많은 손들이 바이스처럼 내 몸을 조였다. 나는 숨을 쉴 수가 없어서 질식할 듯 몸을 웅크렸다. "제발 나를 좀 놔줘, 제발!" 나는 절규했다. 하지만 그들이 나를 놔주지 않을 것이고, 그래서 에미네도 구할 수 없을 거라는 사실을 알고 있었다. 그럼에도 몸을 빼내려 버둥거렸다. "썩 꺼져! 사라지라고! 제발 날 좀 놔줘!"

그러자 정말 거울 속에 비친 모습이 서서히 변했다.

곧 나를 바라보는, 두려움에 사로잡힌 두 개의 큰 눈동자 외에 다른 어떤 것도 보이지 않았다. 그것은 에미네의 눈이었다. 아내의 눈동자는 끊임없이 바람에 이리저리 나부끼는 베일을 뚫고 두려움과 경악과 원망으로 가득 차서 나를 바라보며 이렇게 말하고 있었다. "모든 게 다 당신 때문이야!"

하지만 더 끔찍한 일이 벌어졌다. 무시무시한 바람에 모든 것이 휩쓸려갔다. 머리 위의 지붕이 순식간에 날아갔고 사방 벽이 무너졌다. 설상가상 우리도 휩쓸렸다.

눈 깜짝할 사이에 나는 산 중턱에 와 있었다. 한밤중에 내려왔던 곳이었다. 내 옆에는 라미즈 박사가 있었다. 그는 내 팔짱을 끼고 끊임없이 떠들면서 걸어가는 도중에도 계속 나를 꾸짖었다. 제일 아래 절벽 발치에 있는 외딴 집에서 불빛이 새어나오고 있었다. 하지만 나는 거기가 엄청 멀다는 것, 우리가 그 집에 도착해도 아무런 소용이 없을 거라는 사실을 알았다. 그럼에도 가능한 한 빨리 걸었다. "박사님, 조금만 더 빨리요!" 그 순간 우리 옆에 불쑥 어떤 그림자가 나타났다. 점점 더 커지는 듯하더니, 세이트 루트풀라흐의 거북이가 형체를 드러냈다. 거북이는 무시무시하게 보였다. 어둠 속에서 강력하게 부풀어 오른 반죽처럼, 물처럼, 바람처럼 그 거북이는 점점 더 크게 부풀어서 모든 것을 뒤덮기 시작했다. 점점 더 커지는 거북이를 그 누구도 막을 수 없었다. 거북이는 수백만의 곤충 떼처럼 찌르륵 거르며 쉼 없이 커졌다. 나는 이를 딱딱거리며 중얼거렸다. "거북이가 점점 더 커져서 땅과 하늘만큼 될 것 같아!" 나는 그렇게 공포에 떨다 잠에서 깼다.

온몸은 땀으로 뒤범벅이었다. 나는 이를 앙다물고 있었다. 잠시 주위를 둘러보았다. 내 심장이 콩닥거리는 소리가 들렸다. 아직 날이 다 새진 않았다. 이상한 정적이 지배하고 있었다. 모든 것을 부정하는 이 침묵 속에서 육중한 건물이 마치 고인 물속에서 찰랑거리는 난파선처럼 가볍게 옆으로 흔들렸다. 하지만 나는 다시 단단한 바닥을 딛고 있었다. 내가 겪은 그 끔찍한 일은 꿈이었다. 담배에 불을 붙였다. 몇 모금을 피운 뒤 침대에서 일어나 탁자에 앉았다. 나는 다시 혼잣말을 중얼거렸다. '꿈이었어.' 하지만 에미네의 얼굴과 절규가 뇌리에서 잊히지 않았다. 그녀의 눈빛을 보지 않으려고 눈을 감았다. 나는 다시 고통에 시달렸다. 입에 문 담배가 재가 돼서 떨어져 입술을 데었다. 담뱃대를 바닥에 던지고 실내화로 비벼서 끈 뒤 다시 눈을 감았다.

누군가 내 어깨를 건드렸다. 어렴풋이 어떤 얼굴이 보였다. 라미즈 박사의 사무실 직원이었다. "열 시예요!" 그가 말했다. 연구소장이 나와 얘기를 나누고 싶다고 했다. 나는 여전히 공포에 사로잡힌 채 주섬주섬 옷을 입었다. 나는 "왜요?"라거나 또 다른 뭔가를 물어볼 엄두조차 내지 못했다. 연구소장이 나쁜 소식을 전해줄 거라고 확신했다.

연구소장은 웃으면서 법원 결정문을 읽어주었다. 나를 즉각 석방하라는 내용이었다. 나는 '내가 어떻게 집에 갈 수 있겠습니까? 지금 에미네는…'이라고 묻기라도 하듯 그 남자를 빤히 쳐다보았다. 나는 오랫동안 붕대로 감아놓은, 아직 낫지 않은 상처를 내 손으로 직접 열어서 그 끔찍한 상처를 쳐다보며 즐기기라도 하는 기분이었다.

소장이 물었다. "이제 뭘 하실 겁니까?"

"아무것도. 그저 두렵습니다. 무엇보다 지금 이 순간이."

그는 아들의 마음을 잘 아는 아버지 같았다.

"이제 모두 끝났습니다. 당신은 잘 이겨냈으니, 이 문제는 더 이상 생각하지 마세요!"

우리가 자리에서 일어섰을 때, 그가 자기 이야기를 들려주었다.

"우리는 벌써 한참 전에 당신에 대한 보고서를 올렸습니다!"

라미즈 박사의 방으로 내려오니 그가 기뻐서 내 목을 끌어안았다.

"우리 이제 연구소 밖에서 계속 만납시다! 어쨌든 치료는 잘 마무리되었습니다. 몇 가지 정신요법이 남긴 했는데, 이제 다 끝났어요. 우리도 보고서를 작성해야 해요!"

나는 화를 참을 수 없어서 소리를 빽 질렀다.

"어떤 보고서요?"

"학술회의 보고서요! 보통 의견을 형식에 맞게 정리하여 발표하는 걸 그렇게 부릅니다. 꿈 해몽 서적들에 대한 보고서 말이에요!"

이런!

그가 짐 싸는 일을 도왔다. 그러고 나서도 자동차로 우리 집까지 데려다주겠다고 한사코 고집을 부렸다. 참 선한 사람이다! 나보다 그가 더 기쁜 것 같았다. 그럼에도 그는 6주 동안 방관만 했고 처음부터 약속했던 또 다른 보고서도 완성하지 못했다.

이제 그는 모든 것을 잊은 것처럼 보였다. 어린아이처럼 즐거워하며 '장래 우리의 우정'이라는 이름으로 온갖 계획을 세웠다. 안타깝게도 나는 그의 기쁨을 함께 나눌 수 없었고 어떤 대답도 할 수 없었다. 그가 그런 이야기를 늘어놓는 동안 줄곧 간밤에 꾼 꿈만 생각했다.

그러다 결국 몹시 조급한 마음이 들었다. 나는 "어서, 어서"라고 혼잣말을 중얼거렸다.

그동안 두 눈으로 목격한 모든 것들은 이제 완전히 내면화된 그 꿈의 분위기 속으로 가라앉았다. 동네 골목길에 도착해서도 여전히 두려움에 시달리며 드디어 우리 집 초인종을 누를 때까지 나는 그 꿈의 잔영에 가위눌렸다.

가위눌림은 에미네의 기쁜 모습을 본 바로 그 순간까지 지속되었다. 그제야 비로소 꿈에서 깬 것 같았다.

에미네는 좀 야위었지만 손과 목은 여전히 따뜻했다. 아내는 내 앞에 있었다. 나를 보고 환하게 웃었다. 예전처럼 기쁘게, 그리고 진심을 담아. 내가 잃어버렸다고 믿었던 모든 것을 아내의 웃음이 순식간에 돌려주었다.

우리는 2층으로 올라갔다. 별안간 라미즈 박사가 "행운의 시계다!"라고 외치며 우리 집 가보를 향해 돌진했다. 시계는 반짝반짝 빛을 내며 화려하게 다시 옛날 자리를 차지하고 있었다.

나는 어떻게 된 일인지 궁금하다는 듯 아내를 보았다. 그녀는 가만히 웃었다.

"우리가 진흙탕 싸움을 하는 동안, 그저 가만히 손 놓고 앉아 있을 수 없었어요. 그래서 지난주에 다락에서 꺼내놨어요. 그렇게 보기 나쁘지 않죠? 시계가 저 자리에 없으니 너무 휑하더라고요."

라미즈 박사는 우리를 잊은 듯했다. 시계 앞에 가만히 웅크리고 앉아 있었다. 그의 손에 입을 맞추려고 옆에서 기다리는 제흐라의 존재도 눈치채지 못했다. 그의 표정에는 마침내 오랜 그리움을 채운 사람의 황홀함이 묻어났다. 에미네는 옆에 비켜서서 말없이 미소를 지으며 그와 나를 번갈아 보았다. 마치 "이 사람은 뭐예요?"라고 말하는 것 같았다. 나는 어깨를 으쓱했다. 그리고 손님이 넋이 나간 틈을 이용해 딸을 꼬옥 껴안아주었다. 다시 모든 것이 평화로웠다.

7

생기 있고 즐거운 에미네의 모습 덕에 나의 신경증적인 증상들은 회복되었다. 나는 그 기이했던 경험을 서서히 잊기 시작했다. 특히 그 끔찍했던 악몽도 내게 별 영향을 미치지 못했다. 며칠 동안 나를 다그쳐서 악몽을 꾸게 만들었던 라미즈 박사에 대한 분노도 저절로 사그라졌다. 무엇보다 그가 에미네를 살펴보고 건강에 아무런 문제가 없다는 진단을 내렸을 때는 고마운 생각마저 들었다,

물론 처음 며칠은 일을 찾으며 시간을 보냈다. 그러던 어느 날 전신학교 시절의 선생님을 만났다. 그분은 나를 페네르의 우체국장에게 보내며 그곳에 한 자리가 비어 있다고 알려주었다. 그건 사실이었다. 나는 채용 합격서류를 받기도 전에 그날부터 바로 일을 시작할 수 있었다. 봉급은 예전보다 못했지만 별 상관없었다. 우리 부부는 돈을 아끼며 사는 것으로 상황을 어렵지 않게 잘 극복했다. 나는 다시 자유의 세상으로 돌아왔다. 내 집, 내 아이들, 참된 삶을 사는 사람들의 세상으로. 이상한 취향과 몹시 이율배반적인 성향을 지닌 라미즈 박사도 예전처럼 견딜 수 없을 정도로 귀찮게 하지는 않았다. 그건 그렇고 그는 석방 일주일 만에 나를 어떤 클럽에 소개했다. 제아무리 별난 사람이라도 그 모임에서는 전혀 두드러지지 않는 그런 독특한 클럽이었다.

라미즈 박사는 세흐자데바시에 있는 커다란 커피하우스에서 자유 시간을 보냈다. 내가 법의학 연구소에 있는 동안, 그 소중한 친구는 커피하우스에서 지인들에게 내 능력에 대해 얼마나 환상적으로 얘기해놓았는지 모른다. 조상들의 지혜에 대한 나의 지식과 시계 수리 실력에 대해서 늘어놓고, 내 인생 모험을 너무 극적으로, 특히 나의 병세에 대해서는 너무 자세하면서도 진지하게 설명해서 내가 처음 커피하우스에 들어서던 날 환호성이 터져 나올 정도였다. 나는 오랜 친구처럼, 오늘의 영웅처럼 환영받았다. 라미즈 박사는 우리 탁자를 지나가는 사람마다 불러 세워놓고 나를 지금까지 본인이 진료한 환자들 중 가장 중요한 사람

이라고 소개했다. 예컨대 나를 진정한 아버지 콤플렉스에 시달린 사람이라며 나에 대해 처음부터 다시 설명하기 시작했다.

"이 사람은 지금 자신의 병과 그 치료 방법을 훤히 꿰뚫고 있어요. 대단한 분이죠. 아주 수련을 많이 했어요. 그래서 자신의 의지로… 의지의 힘으로 꿈을 꿨어요. 꿈에 대한 꿈을!"

그러면서 내 어깨를 쓰다듬었다. 정말 이상한 기분이 들었다. 크게 잘못된 건 없었다. 그런데 박사는 이렇게 얘기하는 것 같았다. "어서 이리 와봐! 아저씨께 네가 얼마나 잘 지내는지 보여드려!" 또는 "자, 이것은 어떤 시니? 어서 한번 낭송해봐!"

처음엔 모든 것이 끔찍할 정도로 괴로웠다. 그래서 앞으로의 일도 생각해보지 않을 수 없었다. 그렇지만 그 뒤 나는 커피하우스가 정말 매력적인 곳이라는 사실을 알게 되었다. 거기에서는 아무것도 놀랍지 않았고, 그 어떤 것에 대해서도 오랫동안 왈가왈부하지 않았다. 누구나 있는 그대로의 모습으로, 결점과 부족한 부분까지도 개성으로 인정되었다. 부족한 부분이 많으면 많을수록 더 좋은 반응을 불러일으켰다. 하지만 그것이 모든 것을 용서한다는 뜻은 아니었다. 그와 반대로, 잊히는 것이 아니라 영원히 기억 속에 남았다. 그런 개인적인 특징들은 여권에 기입된, 바꿀 수 없는 뚜렷한 표식이나 다름없었다. 몇 년 뒤 우리는 커피하우스에서 알게 된 지인 한 사람이 갑자기 장관 자리에 앉게 된 걸 보았다. 그는 매우 성공한 정치인이 되었다. 하지만 커피하우스 단골들은 변함없는 시선으로 그를 보았다. 그의 이름을 들으면 늘 똑같은 사연을 떠올렸고, 늘 똑같은 판단을 내렸다.

커피하우스의 그런 성격은 주인의 성향 때문이라고 할 수 있었다. 결국 나중에 파산하긴 했지만. 어쨌든 평생 단 한 번도 인생을 진지하게 받아들이지 않았던 주인은 이스탄불 시민의 절반은 알고 지내는 것 같왔다. 그는 누구든 단 한 번만 만나도 친구가 되었다. 그리하여 자신의 커피하우스에 일종의 클럽을 만들었던 것이다.

그는 잘생기고 체격이 좋은 퍽 매력적인 남자였다. 그 별난 공간을 유일한 생활공간으로 여기지 않았더라면, 크게 성공한 사업가가 되었을 것이다. 옛말과 현대어를 고집스럽게 섞은 말투에 한껏 꾸민 옷차림과 유럽인처럼 보이는 염소수염으로 자신만의 멋을 부릴 줄 알았다. 그는 아침부터 저녁까지 커피하우스에 앉아서 본인과는 상관없는 다른 사람의 매우 특이한 사연을 장황하게 늘어놓으며 흥을 돋우었다. 그러다가 얘깃거리가 다 떨어지면, 본인의 인생사를 사람이면 누구나 숨기고 싶은 부분까지 늘어놓으며 너스레를 떨었다. 그래서 모든 사람이 그의 인생을 마치 유리 종 내부를 들여다보듯 알 수 있었다. 그는 늘 사랑에 빠져 있는 것 같았다. 항상 사람들이 거의 탐하지 않는 여자들을 골랐기 때문에 여러 차례 결혼을 했고 그래서 끊임없이 이혼 재판에 시달렸다.

커피하우스는 세상 거의 모든 사람들이 드나들었다. 부유한 유산상속인, 파산한 상인과 성공한 상인, 무명 시인, 저널리스트, 화가, 고위 공직자, 체스 마스터, 전직 레슬러, 대학 강사, 많은 대학생들, 배우, 음악가, 각양각색의 직업을 가진 사람들이 찾아왔다. 각계각층의 사람들이 모여 있었지만, 모두 함께 살고 있는 것 같은 인상이 들었다. 한 번만 얘기를 해보면 그가 누구라도 금방 친해졌다. 사람들 앞에서 어떤 이야기든 기탄없이 할 수 있었다. 탁자 위에는 지저분한 빨랫감과 깨끗한 빨랫감이 뒤섞여 아주 보란 듯이 놓여 있었다. 누구나 마음껏 그 빨래를 헤집고 쿵쿵거리며 냄새를 맡고 그것에서 알아낸 것을 의미심장한 몸짓으로 알려주었다. 온갖 선행과 악덕, 그리고 결점조차 똑같이 엄격하게, 필요한 경우엔 공감과 함께 판단되고 받아들여졌다. 동성애, 부적절한 남녀관계, 사기 같은 행위는 크든 작든 어디에서나 사람들 입방아에 오르내릴 수 있는 일이었다.

주인과 단골들은 누구 할 것 없이 상대의 별명을 다 외웠을 뿐만 아니라, 상대를 보자마자 떠오르는 홍을 돋울 만한 그 사람의 인생 이야기 한두 편씩은 모두 갖고 있었다.

그때부터 나는 그 사람들 대다수와 평생을 교류하며 지냈다. 몇몇 사람은 일을 통해서 알았고, 또 어떤 사람들은 집까지 찾아가서 만나기도 했다. 또 그들 중 상당수는 훗날 나와 함께 시간조정연구소에서 일했다. 모두 어느 정도 존경받는 인물들이었고, 적어도 그렇게 되기 위해 어떤 일이든 기꺼이 하는 사람들이었다. 그들 중 몇 사람은 이미 중요한 자리를 차지하고 있었다. 그럼에도 사람들은 그들 인생사를 갖고 농담하는 것을 불쾌하게 여기지 않고 오히려 즐거워했다. 심지어 본인이 모임에서 잊힐까 두려워서 그런 장난을 요구하기도 했다.

그 커피하우스에서 무슨 얘긴들 나오지 않았으랴! 역사, 베르그송의 철학, 아리스토텔레스의 논리학, 그리스 서정시, 정신분석, 심령학, 익숙한 험담, 음담패설, 모험 이야기, 시사 정치, 이 모든 것이 때로는 나란히, 때로는 서로 뒤섞여, 봄에 불어난 시냇물이 모든 것을 휩쓸어버리듯 놀랄 만큼 태연하게 재잘재잘 소리를 내며 움직였다. 물론 토론이 제대로 이루어진 적은 한 번도 없었다. 커피하우스에서는 하나의 이야기가 마치 긴 잠처럼, 또는 죽음의 희미한 기억처럼 깨어났다. 열병 환자의 망상을 오히려 부추기는 대화에서 알렉산드로스 대왕이나 한니발 또는 칸트의 정언 명령은 일상의 괴로움을 완화시켜주는 발명품과 같았다. 엄연한 사실도 그것을 어떻게 이야기하느냐에 따라 달라졌다. 하지만 단골손님들이라면 대체로 이미 다 아는 이야기이기 때문에 특별히 귀 기울여 듣지 않았다. 연설을 위한 연설이었는데, 연설하는 당사자는 그것을 통해 자신의 능력을 입증했다. 어떤 대화는 인기 있는 작품의 재

공연이나 마찬가지여서, 터키 민중극처럼 처음부터 정해진 규칙에 따라 이루어졌다. 사람들은 끊임없이 같은 단어를 말하고 끼어들며 똑같은 지점에서 웃었다. 그리고 관중들이 직접 극에 끼어들 때면 적절한 순간에 가장 어울리는 발언을 했다. 누군가 좀 더 장황하게 이야기를 할라치면 즉각 중단 당했다. "그건 지금 네가 새로 지어낸 거잖아!"라며 제지했다. 하지만 다음 공연에서는 그 새롭게 첨가된 대사를 해도 상관없었다.

그런 대화에서는 대사를 반복하는 것이 소금 역할을 했기 때문에 누구의 비위도 거스르지 않았다. 사실 익숙한 것에서 벗어나면 약간의 저항이 있었다. 새로운 아이디어나 대화의 주제는 처음에는 그저 가벼운 호기심에서 정중하게 경청만 할 뿐이었다. 하지만 손님들은 지칠 줄 모르고 이야기를 만들어가면서 가장 알맞은 순간에 농담을 주고받았고 이내 그들에게 맞는 수준까지 끌어내렸다. 커피하우스에서는 온갖 진지한 주제들이 그런 식으로 다루어졌다. 일단 여자나 그림자 익살극, 또는 동성연애자에 대한 이야기는 수용되었다. 대체로 처음에는 커피하우스 내의 '세계 개혁가'라는 소집단을 중심으로 진지한 토론이 오갔다. 깃발에 지상의 개혁을 써 붙인 이런 귀족정치 분파 하부에 '오리엔트 평민'이라 불리는 좀 더 광범위한 집단이 자리하고 있었다. 이런 집단들은 커피하우스의 공동생활을 통해서 문화와 교양의 어떤 쓸 만한 것을 챙기는 것에 만족했다. 그리고 일상의 즐거움과 고통 저편에서 어쨌든 우스꽝스럽거나 관심을 끌 만한 것이라면 무엇이든 거리낌 없이 떠들었다. 마지막으로 '불량배'라 불리는 세 번째 집단은 도시생활에 아직 잘 적응하지 못하고 원시적인 본능을 억제하지 못하는 시골뜨기들로 이루어졌다. 불량배 회원은 누구한테든 싸움을 걸 수 있었지만, 세계 개혁가나 오리엔트 평민 회원은 불량배 회원이 도발을 할 때만 본격적인 싸움을 시작할 수 있었다. 불량배 회원들은 어느 정도 원시적인 성향을 대변했고, 수가 가장 많았기 때문에 반(半)불량배라는 하위 집단이 만들어졌다.

얼핏 보기에 오리엔트의 변사나 민중극, 삼류연극, 그림자극의 잔재와도 같은 인상을 풍기는 그 이상한 클럽은 일단 지나치게 과장스러운 태도로 나를 귀찮게 했다. 그것을 참을 수가 없었다. 클럽 가입과 동시에 이미 내가 특정 질병과 몇 개의 복잡한 사연을 가진 인물로 낙인찍힌 것이 불쾌했다. 사흘째 날 사람들은 그 행운의 시계에 대해 몹시 진지하게 물었다. 마치 결혼을 했는지, 결혼을 할 것인지 물어보는 것처럼. 첫날부터 그들은 내게 그 구역에 살았던 압뒤셀람과 세이트 루트풀라흐와 누리 에펜디에 대해 물었다. 루트풀라흐와 에펜디를 개인적으로 아는 사람들도 있었다.

세이트 루트풀라흐가 내게 넘긴 안드로니코스 황제의 보물은 사람들의 주목을 피할 수 없었다. 사실상 커피하우스에서 나의 평판은 실제의 나를 앞질렀다. 지금까지 나를 이렇게 따뜻하게 맞아준 집단도 없었다. 라미즈 박사가 그곳에 나를 데리고 간 지 일주일 만에, 나를 어떤 소집단에 넣을 것인지를 놓고 격렬한 논쟁이 벌어졌다. 나의 내성적인 태도, 특히 개인적인 문제에 대한 집착과 토론에 진지하게 접근하는 모습이 나를 세계 개혁가 그룹에 넣도록 만든 것 같았다. 그러나 에미네의 죽음과 더불어 내 인생은 무너졌고, 그런 지위도 잃었다. 그래서 서서히 오리엔트 평민으로 격하되었다. 하지만 그것이 나에게는 얼마나 당연한 일인가!

나의 소속 문제가 정리되자 이번엔 내 별명을 두고 난상토론이 이어졌다. 그건 그리 쉬운 문제가 아니어서 여러 차례의 모임이 더 필요했다. 급기야 내가 갖고 있는 병, 이른바 아버지 콤플렉스를 이유로 '고아 소년'으로 결정되었다. 하지만 내 이야기에는 더 많은 다른 사연들이 덧붙여졌다. 나시트의 갑작스러운 죽음을 통해 사람들은 죽었다가 다시 살아난 고모 이야기를 자연스레 떠올렸다. 당시 고모는 남편을 잃은 고통을 잊기 위해 탁발승 수도회에 몰두했다. 고모는 그곳 여자들 사이에서 가장 유명한 셰이크(이슬람교의 교주나 아랍의 족장을 일컫는 호칭)에게 물질적으로 헌신하여 가장 총애 받는 신자가 되었다. 이런 모든 것들이 여러 해 동안 나의 명성에 다양하고 풍부한 화젯거리를 만들어주었다. 고모는 내가 그런 독특한 집단에서 잊히기라도 할까 봐 급기야 연애시까지 쓰기에 이르렀다. 내가 나이를 먹으면서 점점 더 명성을 얻을 수 있었던 것은 말 그대로 일평생 겪은 온갖 다양한 일들 덕분이었다.

커피하우스를 드나들기 시작한 지 보름 만에 그랜드 바자르(이스탄불의 대규모 재래시장)의 저울 조사관인 매우 정직하고 마음씨 좋은 남자가 아리스티디 에펜디의 금세공 관련 사연에 관심을 갖기 시작했다. 그는 골동품 가게에서 찾은 금세공 관련 고문서를 움켜쥔 채, 그 기술의 비밀을 어떻게든 캐내려고 내 옆을 잠시도 떠나지 않았다. 예상한 대로 셔벗장수의 다이아몬드 이야기는 지속적으로 화제에 올랐다. 주인은 설탕을 넣지 않은 진한 커피를 마실 때마다 이런 말을 했다. "누군가 내게 셔벗장수의 다이아몬드가 든 금색 알약을 권하는 꿈을 꿨어요. 그 꿈 덕분에 푹 잤어요. 좋은 징조 같아요!" 그는 그것에 맞게 지어낸 꿈 이야기를 해주면서, 다이아몬드의 모양을 설명하기 시작했다. 두 번째 들려줄 때 그 꿈 이야기는 또 바뀌어서, 어떤 귀부인이 다이아몬드 알약을 건넸고, 세 번째에서는 나의 고모가 줬다고 했다.

서서히 나는 그런 생활에 익숙해졌다. 얼마나 걱정 없이 편안했는지! 그 느긋한 사람들은 모든 것을, 이를테면 내가 누구인지조차도 잊게 만들었다. 나는 퇴근하자마자 커피하우스로 달려갔고 문턱을 넘어서는 순간 다른 사람으로 바뀌었다. 짜증나는 일상으로부터 멀찌감치 떨어져서 농담이 가득한 세상으로 들어섰다. 삼십 분 전과 후의 삶이 마치 다른 사람의 삶처럼 여겨졌다. 내 이름도 바뀌었다. 나는 하이리가 아니라 고아 소년이었다.

라미즈 박사는 여가 시간 내내 커피하우스 탁자에 앉아서 살았다. 서류가방을 열었다 닫았고, 손톱을 손질했으며, 대부분 인생살이에 대해, 그리고 가끔씩 나라 전체에 만연한 나태함에 대해 한탄했다. 때로는 정신분석에 대해 이야기하거나 그저 가만히 사람들의 말에 귀를 기울였다. 그는 모든 이야기에 관심을 갖고 집중했다. 그러다가 프로이트나 융의 얘기를 넌지시 꺼내 사회 비판적인 입장을 밝힐 기회가 오면 얼굴에 생기가 돌았다. 내가 커피하우스 단골손님들의 특이함에 가끔 넌더리가 나지 않느냐고 물어볼 때마다, 그는 매번 거부하는 반응을 보였다.

"아닙니다. 내가 대체 어디에서 흥미로운 연구거리를 얻겠어요? 이 커피하우스를 통해서 이제야 내 일에 맞는 제대로 된 친구들을 찾았어요. 이런 친구들은 다시는 만나지 못할 거예요! 집단이라는 것 자체만으로도 내 먹잇감이에요. 사회심리 분석에 이보다 더 적합한 장소는 없어요. 한번 잘 둘러보세요, 이곳에서 과거가 어떻게 계속 살아 있는지, 때로는 진지하게, 때로는 유쾌하게 말입니다. 이곳 사람들은 전혀 다른 세계에서 살고 있어요. 집단 속에서 꿈을 꾸는 사람들이에요."

또 한 번은 똑같은 주제에 대해서 이렇게 말했다. "그렇지 않으면 내가 어디에서 지식인들을 이렇게 무더기로 만날 수 있겠습니까? 어쨌든 이 사람들 하나하나가 전문가들입니다. 한 사람 한 사람이 모두 국가를 위해 어떤 역할을 하고 있어요. 그 어떤 신문에서도 이 커피하우스에서 들을 수 있는 많은 소식을 얻을 수 없어요. 언젠가 내 일기장을 책으로 발간하면, 내가 이 사람들한테서 모든 것을 배웠다는 걸 알게 될 겁니다. 매일 매일의 일기를 보면 그런 사실을 알게 될 거예요…."

라미즈 박사가 언급한 나랏일과 지적인 대화라는 건 실상 평범한 잡담에 불과했다. 하지만 학자의 시선에서는 나름의 의미가 있었다.

나중에 게으름뱅이 아사프—나는 우리 연구소에 그를 영입하려 고집스럽게 노력했는데, 그 이야기는 나중에 다시 언급할 것이다. 그는 우리 보완대체 부서의 책임자가 되었다—문제와 관련하여 라미즈 박사의 입장을 내 생각처럼 할리트 아야르시에게 설명하자 그는 이렇게 대꾸했다. "그것은 사회생활에 대한 부적응 때문이라고 생각합니다. 일상생활의 틀이 잡히지 않으면 일이 발생하기 마련입니다. 당신이 커피하우스에 대해 하는 얘기를 가만히 들어보면, 내가 알고 있는 그 사람들이 마치 일상생활과 동떨어져 살고 있는 것처럼 보입니다. 폐쇄적인 생활을 한다고 할까요? 당신이 보기에 그들은 아주 한가로운 생활을 즐기면서, 때로는 이 세상을 진지하게 받아들이고, 때로는 농담하듯 무시해버립니다. 이것은 틀림없이 복잡한 현대사회에 적응하는 데 실패했기 때문입니다. 그것은 분명 과거와의 유대감과 어느 정도 관련이 있습니다!"

"하지만 그들은 모두 일을 갖고 있어요!" 나는 이의를 제기했다.

"일이라고 모두 똑같은 일이 아니에요. 일은 무엇보다 어떤 특정한 정신이나 그 시대의 가치관과 관련이 있어요. 나는 당신이 우리 연구소 설립 이전에 이 나라에 제대로 된 경제생활 같은 것이 존재했다고 믿는 것이 이상해요. 노동은 확실한 질서 안에서만 가능합니다. 세상 경험이 많은 당신 같은 사람이, 그리고 우리 연구소를 설립할 때 정신적인 공을 세운 사람이, 어떻게 그런 걸 노동이라고 생각할 수 있습니까!"

우리 연구소가 생기기 이전에 직업적인 노동이라는 것이 있었던가? 없었던가? 나는 확실하게 대답할 수 없다. 나의 인생을 기록하기 시작한 이후부터 내게 어떤 변화가 생겼다. 예를 들면 나는 해체 중인 연구소를 예전과 동일한 시선으로 보고 있다고 주장할 수 없다. 우리가 국가의 경제를 활성화시켰다기보다는 그저 몇몇 실직자들에게 일자리를 제공했을 뿐이라는 생각이 든다. 그와 동시에 우리 연구소가 커피하우스 단골손님들 모임에 크게 도움을 주었다는 사실만큼은 부인하고 싶지 않다. 나는 그저 시간이 지날수록 우리가 했던 일을 서서히 다른 시야에서 볼 수 있게 되었다고 말하고 싶다. 아마도 그런 변화에서 중요한 것은 내가 경제적으로 더 이상 연구소에 의지하지 않는다는 사실일지도 모른다. 개인적인 이익과 상관이 없어지면서, 우리는 다르게, 좀 더 현실적으로 사물을 보고 제대로 파악할 수 있게 되었다. 어쩌면 며칠 전에 있었던 아들 아흐멧과의 갈등도 관계가 있을 것이다. 내가 과거의 추억을 기록하고 있다는 얘기를 듣자마자 아흐멧은 언젠가 책으로 출간될지도 모른다는 두려움에 그의 가족 이름을 바꿔버렸다. 나는 아흐멧이 우리 연구소에 대해 부정적으로 언급하는 것을 보면서 그런 생각이 들었다.

나는 노동에 대한 할리트 아야르시의 견해에 완전히 찬성할 수는 없지만, 커피하우스 사람들에 대한 그의 진단은 아주 예리하다고 인정한다. 사실 그곳 생활은 공중에 붕 떠 있는 것 같았다. 사람들은 문을 열 생각도, 밖으로 나갈 생각도 하지 않았다. 그들은 한쪽 발을 언제까지나 문지방 위에 올려두고 있었다. 아주 작은 방해조차도 도피나 자유를 유지하기 위한 핑계거리가 될 수 있었다. 그렇지만 그들은 왜, 그리고 무엇으로부터 도피했을까? 그들은 전혀 저항할 능력이 없었던 것일까? 그들은 정말 주변 세상으로부터 멀어졌을까? 그들 자신의 삶과 분리되었을까? 아니다, 커피하우스는 그저 아편과 같은 진정제를 제공했을 뿐이었다.

하지만 의심의 여지없이 개인적인 이해관계는 커피하우스 내에서도 늘 첫 번째 순위였다. 그래서 사적인 이해관계가 대두되면, 모든 규칙이 바뀌었다. 매일 돈을 둘러싼 싸움과 몇 주에 걸친 은밀한 험담과 끝없는 계산이 이어졌다. 일이 어떻게 되어가는지 이해하기 위해 그런 현장을 꼭 눈으로 확인할 필요는 없었다. 당사자나 모든 사정을 훤히 알고 있는 주인과 반시간만 얘기를 나누면 충분했다. 수동적이라고 생각했던 나의 친구들이 그런 문제로 수다를 떨고 걸쭉한 말싸움으로 맞대응하는 모습을 보면 전혀 다른 사람처럼 보였다. 그런 일을 겪으면서 나는 그들이 본래 자신의 이익을 추구하는 몹시 이해타산적이고 탐욕스러운 사람들이라는 사실을 알게 되었다.

어제까지만 해도 쌍둥이처럼 붙어 다니던 두 사람이 별안간 작은 돈 문제로 인해 맞붙어 싸우면서 형제 같았던 관계가 졸지에 주종관계가 되기도 했다. 간혹 모든 것이 소리 소문 없이 자연스럽게 이루어질 때도 있었다. 돈을 쫓아다니는 사람들은 금방 돈 냄새를 맡았고 서로 간의 관계 역시 돈에 의해 좌우되었다. 이런 사람들은 때때로 격렬한 논쟁 끝에 새로운 균형관계를 찾기도 했다. 그렇지만 어떤 식으로 전개되든 매번 예기치 않은 일들이 발생했다.

한번은 두 사람이 커피하우스 한쪽 구석에서 하루 종일 머리를 맞대고 붙어 앉아 있었다. 둘째 날 초라한 옷을 입은 한 사람이 그들과 어울렸다. 셋째 날에는 그들에 비해 부유하게 보이는 또 다른 남자가 합세했다. 그때부터 그들 네 사람은 서로 떨어질 수 없는 사이가 되었다. 하루에도 몇 번씩 커피숍에서 만나 이야기를 나누거나 서로서로 소식을 남기고 갔다. 네 명 모두 늘 서류가방을 들고 다녔다. 어느덧 겨울이 갔다. 봄의 시작과 더불어 허름한 옷을 입은 남자에게 변화가 생겼다. 별안간 세련된 옷을 입고 품위 있는 미소를 지으며 늘 교양 있는 인상을 풍겼다. 한두 달 전만 해도 사람들 사이를 슬그머니 유령처럼 오가던 사람이 이제는 냉장고 영업이라도 하듯 좌우 모든 사람들에게 인사를 하며 커피하우스를 행진했다. 그러고는 개인 운전기사를 불러 자기를 모셔가도록 했다. 곧 '운전기사'와 '내 개인기사'라는 말이 그의 표준 단어가 되었다. 그는 때로는 부드러우면서도 무심하게, 때로는 단호하면서도 화가 난 말투로, 하지만 늘 특정한 사회적 지위를 의식하는 투로, 그리고 자동차 배기통의 개수, 시간당 80킬로미터의 속도, 돈의 액수로 표현되는 특권을 의식하는 투로 '운전기사'라는 단어를 사용했다.

어떤 시대, 어떤 삶의 양식이든 사람들은 당대의 시대정신을 반영하는 경제적 표현을 만들어내기 마련이다. 예컨대 '운전기사'(chauffeur)라는 단어는 의심의 여지없이 품위, 우월감, 사회, 문명을 표현하는 가장 현대적이고 함축적인 단어였다. 여러분은 두 번째 음절이 입술을 떠나 허공에서 잦아드는 것처럼 보이는 동안 첫 음절이 마치 키스처럼 느껴지는 이 단어에 주목해본 적이 있는가? 그것은 터키어의 가장 소중한 성과라고 할 수 있다. '운전기사'라는 단어는 어떤 억양으로 발음하든 늘 의미심장하게 들린다.

여름이 오자 네 사람의 모습은 더 이상 볼 수 없었다. 그런데 그들에 대한 첫 번째 소식이 들려왔다. 허름한 차림새의 그 불쌍한 남자가 얽히고설킨 상속 문제로 곤경에 처했을 때 두 친구가 돈 관계를 잘 아는 수완 좋은 변호사의 도움을 받아서 도와주었다고 했다. 그래서 그 남자는 친구들의 도움으로 상당한 재산을 갖게 되었고, 나머지 세 사람은 그의 비위를 맞추려고 온갖 짓을 다하고 있다고 했다.

우리는 천문대의 확성기를 통해 별의 이동 경로와 그 위성에 대한 정보를 제공받듯 그들의 소식을 끊임없이 들었다. 날마다 커피하우스에 때로는 짧고 때로는 상세한 소식이 도착했다. 마치 이스탄불 해변 전체와 불법 유흥업소들이 커피하우스 바로 옆에라도 있는 것 같았다. 혹은 망사 커튼을 단 유리창을 통해 우리의 비밀이 적나라하게 폭로되는 것 같았다. 이전 세대의 꿈과 속물적인 시어에서 예명을 찾아 지은 순진한 소녀들과 아름다운 여자들이 미지근한 레모네이드 병과 끈적끈적한 주스 잔이 놓인 탁자 위로 올라가 옷을 벗기 시작했다. 거의 하루도 빼놓지 않고 가장 저질스러운 서비스를 받곤 했던 이 고삐 풀린 여름날의 번잡함은 가을비가 내릴 때까지 계속되었다.

우리는 등짝이 가려워 땀에 젖은 셔츠를 의자 등받이에 비비면서도 풍문으로 전해들은 이야기들을 나누며 달빛 아래에서 찬물로 목욕을 했다. 그리고 어두침침한 해변 탈의실에서 젊은 아가씨들을 애무하고 바람이 거세게 부는 언덕 위의 산양처럼 소란스럽게 뛰어다녔다. 그때쯤 베이올루의 술집 이야기가 시작되었다. 유럽을 휩쓴 파산 행렬 덕분에 우리에게까지 떠밀려 온 반라의 여인들이 우울한 색소폰 소리에 맞춰 눈앞에서 목욕가운과 브래지어를 벗어 던지거나 모피 코트와 장신구를 걸쳤다. 더 정확하게 말하자면 목욕가운과 브래지어를 벗어 던진 뒤 모피 코트와 장신구를 걸쳤다고 해야 할 것이다.

한번은 알뜰한 에미네에게 제흐라의 옷이나 아흐멧의 신발 같은 건 모두 잊어버리고 그런 유흥업소에 함께 가보자고 설득했다. 아내는 밝은 피부의 금발과 갈색머리의 소녀들이 편안한 분위기의 우리 커피하우스에 마치 순종의 아랍 암말처럼 폭스트롯과 탱고 스텝으로 쳐들어오는 걸 보고는 이렇게 말했다. "세상에, 사람이 아니라 천사네!" 그 여자들은 긴 머리카락을 허벅지까지 휘날리며 백가몬 게임 참가자들이 던진 주사위 소리를 샴페인 병 따는 소리로 착각할 만큼 숨 가쁘게 승리의 고함소리를 내질렀다.

하지만 겨울이 되자 그런 자유분방한 분위기는 온데간데없이 사라졌다. 카메라는 다시 우리 커피하우스에 맞추어졌다. 네 친구들은 모두 지치고 신경이 곤두서 있었다. 처음에 그들은 한쪽 구석에 조용히 앉아 토론을 했고, 그다음에는 작은 가방을 열어서 서류를 꺼냈다가 다시 집어 넣었다. 그러다 일순간 소란스러워졌다. "치욕"이니 "악한"이니 "사기꾼"이니 하는 단어들이 허공으로 울려 퍼졌다. 불끈 쥔 주먹이 보였고 협박이 오갔다. "너한테 보여주겠어!" 그리고 급기야 싸움이 벌어졌다. 사태는 곧 유산상속인과 두 친구들이 변호사를 커피하우스에서 내쫓는 결과로 이어졌다. 처음 커피하우스에 왔을 때 그 거만한 변호사는 우리를 무시하며 별로 어울리려 하지 않았다. 지금 그는 누구의 도움도 받지 못한 채 혼자 힘겹게 진창에서 몸을 일으켰다. 그는 택시기사처럼 욕을 해대며 뺨에 흐르는 피를 훔쳤다. 실랑이를 하는 동안 그의 안경도 박살이 나버렸다. 그래서 내가 모자를 주워 머리에 씌워주어야 했다.

두 주 뒤 유산상속인과 두 친구 사이에 똑같은 언쟁이 벌어졌다. 이번에도 똑같은 방식으로 두 은인이 쫓겨났다. 하지만 그날 저녁 상황은 우리의 예상대로 전개되지 않았다. 이튿날 아침 두 친구는 우리에게 하소연을 하기 시작했다. 그들의 한탄은 날이 갈수록 집요해졌다. 지난 일년 간 그들은 함께 재미있게 시간을 보냈지만, 그것은 이미 지난 일이고 이제 아무것도 남은 것이 없다고 했다. 그사이 유산상속인은 까다로운 회사에 출자를 함으로써 한 친구한테서는 부친의 집을, 또 한 친구한테서는 잘나가는 가게를 빼앗아 갔다고 했다. 이제 두 사람은 완전히 빈털터리가 되었다. 설상가상으로 가게를 빼앗긴 친구는 유흥가에서 만난 한 소녀와 죽고 못 사는 사랑에 빠져 망신을 당했다고 했다.

그러나 이런 모든 사실에도 아랑곳하지 않고 어느 화창한 날 유산상속인은 이 세상에서 가장 당연한 일이라도 되는 듯 역겨운 미소를 띤 채 다시 커피하우스에 얼굴을 들이밀었다. 그는 두 시간 동안 커피하우스 주인하고만 대화를 나누었다. 주인은 화가 난 듯 달아오른 얼굴로 그의 말에 귀를 기울였다. 이튿날 저녁 어쩐 일인지 유산상속인이 친구였던 옛 가게 주인과 한참 동안 백가몬 게임을 했다. 유산상속인은 아주 순진한 표정으로 주사위를 손에 들고 흔들다가 장기판 위에 던졌다. 이윽고 그 위로 기어가서 주사위가 어떻게 나왔는지 보았다. 그는 모두 6이 나온 걸 확인하고 박수를 쳤다. 14일 뒤 우리는 그가 파산한 가게 주인의 딸과 결혼한다는 이야기를 들었다. 이미 오래전부터 가까운 사이라고 했다. 그리고 석 달 뒤 정말 놀라운 일이 벌어졌다. 아이를 낳은 것이다! 그 소식은 커피하우스에서 연일 화제가 되었다. 이어서 긴 회의 끝에 사람들은 마침내 과반수의 찬성으로 그 아기에게 '뒤죽박죽이'라는 별명을 지어주었다.

반전에 반전을 거듭하던 이 이야기는 다른 사건에 의해 잊힐 때까지 몇 달 동안 우리의 대화를 독점했다. 이번엔 발칸전쟁 기간 동안 트라키아의 한 마을에 묻혔다는 막대한 돈을 찾아 두 명의 불가리아 사람이 이스탄불에 왔다. 누가 그들에게 우리 커피하우스를 소개해주었을까? 어떤 우연 때문에 하필 우리에게 왔을까? 그해 봄 북극 탐사라도 하듯 탐험대가 꾸려진 것은 당연한 일이었다. 작은 증기선을 빌려서 장비를 든든하게 꾸렸다. 이삼 주 동안 보물찾기가 이루어졌다. 커피하우스에 남아 있던 우리들은 흥분된 마음으로 속속 들려오는 소식에 귀를 기울였다. 그때그때 소식에 따라 매장된 보물의 양이 바뀌었다. 처음에는 금화 만 냥이라고 하더니 그다음에는 5천 냥으로 떨어졌다. 하지만 곧 2만 냥, 십만 냥으로 올라갔다. 그것은 여름 내내 계속될 것 같았는데, 다행히도 지방 정부에서 보물 추적을 종결했다. 물론 탐험대가 돌아온 뒤 지출한 비용을 분담하는 일로 싸움이 있었다. 하지만 얼마 뒤 저명한 역사학자가 한때 예언자의 사위였던 알리가 주도한 학살에 대해 장장 세 시간에 걸쳐 흥미진진한 이야기를 늘어놔 분위기를 고조시켰다. 그날 저녁은 우리 커피하우스가 가장 감정적인 분위기에 충만했던 시간이었다.

에미네가 아팠지만 나는 집에 가지 않고 라미즈 박사의 초대에 응했다. 그는 라키와 함께 아주 빠듯한 양의 음식을 내놓았다.

그날 저녁 불가리아인들은 가버렸지만 스위스인 동양학자인 무사크 박사가 모임에 합류했다. 그 남자가 수준 높고 지적인 우리 모임에 참석하게 된 것을 얼마나 기뻐했던지! 그의 낯빛은 감자처럼 누렜다. 얼마나 환하게 웃었던지 양쪽 뺨이 다시는 만나지 못할까 염려스러울 정도였다. 그의 터키어는 엉터리였지만 우리의 대화를 쫓아오고 모든 사람들과 잠시나마 친구가 되는 데는 별 문제가 되지 않았다. 그는 아주 적절한 때에 우리를 만났다고 할 수 있었다. 일주일 뒤 돈이 모두 바닥나서 그때부터 커피하우스 단골들의 도움으로 살았기 때문이다. 그 뒤 그는 건축가로 생계를 꾸리기로 결심하고 입구 오른쪽 탁자를 사무실로 꾸몄다. 거기에 앉아 고객들과 협상을 하기도 하고, 사람들이 보는 앞에서 빈 성냥갑으로 쉬지 않고 삼차원의 설계를 했다.

우리는 그의 생업활동을 만 4년 동안 지켜보았다. 그 사람만큼 고객의 바람을 겸손과 인내심으로 받아주는 건축가는 없었다. 의뢰인이 "이 두 성냥갑을 차라리 이쪽에 놓으면 안 될까요?"라고 말하면, 무사크 박사는 눈을 꼭 감고 잠시 고민을 한 뒤 성냥갑을 새로 쌓기 시작했다. 당시 나는 언제든 바꿀 수 있는 구조로 된 모형과 설계도면 사이에는 엄청난 차이가 있다는 걸 깨달았다. 전체적인 일이 공식적으로 진행되면 건축주뿐 아니라 커피하우스의 손님들도 간섭했고, 심지어 종업원도 한마디씩 거들었다. 무사크 박사는 그들의 제안을 모두 똑같이 진지하게 들었다. 설계 변경을 하는 경우도 드물지 않았다. 공동건축은 누가 고안해냈는지 알지 못하지만, 집단건축은 우리의 스위스 친구로부터 시작된 것이 틀림없었다. 하지만 그런 작업 방식은 불의의 사건으로 인해 결국 실패로 끝나고 말았다. 무사크 박사는 이브라힘 파샤 분수 근처 쉴레마니예 가(街)의 3층짜리 건물에 계단참을 설치하는 걸 잊어버렸다. 그 건물은 비계를 설치하자 네 조각으로 붕괴되고 말았다. 그 집에 비하면 법의학 연구소에서 라미즈 박사가 무의식 개념을 설명하면서 얘기해준, 첫 번째 층은 텅 비거나 짓지 않은 채 내버려 두고 지하 석탄실과 다락만 있었던 가상의 집이 더 합리적이고 견고해 보였다.

하지만 당시에는 몹시 황당하게 여겨졌던 그 두 건물과 무사크 박사의 성냥갑 모형이 훗날 내게 매우 쓸모가 있었다는 사실을 언급하지 않을 수 없다. 우리 연구소의 신축이 결정되었을 때, 나는 건축가들이 제안한 설계도를 모조리 거부하고 직접 설계를 떠맡았다. 그리고 이 두 남자에게서 배운 것을 토대로 이스탄불 시민들이 그토록 감탄한, 호평 받은 우리 연구소 건물을 신축했다. 족히 3년 동안 격렬한 국제적인 논쟁거리가 된 그 건물에 대해서는 나중에 좀 더 자세하게 다룰 것이다. 지금으로서는 계단 기둥과 승강기 지주 그리고 가려져 있는 테라스 외에는 아무것도 설치되지 않은 건물 3층이 위에서 묘사한 라미즈 박사의 설명과 쉴레마니예의 건물에서 직접적인 영감을 받았다는 사실만 얘기하는 것으로 충분하다.

쉴레마니예의 건물은 우리들 사이에서 충분히 논의되었다. 우리는 계단으로 올라갈 수 없는 두 개의 층에 다른 기능을 부여하기로 했다.

우리는 늘 그런 식이었다. 어떤 일을 진지하게 시작했더라도 늘 갑작스럽게 끼어든 무리에 의해 모든 것이 무효화되었다. 커피하우스 바로 앞에서 백 퍼센트 확실하다고 여겨졌던 견해가 커피하우스 안에서는 아무런 개연성도 인정받지 못했다. 한두 번 사람들의 입에 오르내리긴 했지만, 그것은 그저 우연일 뿐이었다.

요컨대 그 공간 전체가 난센스의 늪이었다. 부지불식간에 나는 그 늪에 목까지 잠겨 있었다.

나는 네 개의 팔과 날개를 지닌 깃털이 수북한 날짐승의 손아귀에 사로잡힌 것 같았다. 쉴 새 없이 간지럼을 태워 웃음을 유도함으로써 그의 전리품으로 이용하는 날짐승의 손아귀에. 서로 전혀 호응하지 않으면서 놀랍게도 모든 것이 연결되어 있는 세상 속 장터에서 나는 살고 있었다. 돌풍에 휩쓸려온 잔해들로 조각조각 붙여 만든 어떤 장터에서 말이다. 돌풍은 대체 어디에서 시작된 걸까? 완전히 대립된 어떤 기이한 세상을 돌풍이 약탈한 걸까? 다양한 형태의 무적함대를 돌풍이 난파시킨 걸까? 본래 모습을 알아챌 수 없을 정도로 산산조각 나 발 앞에 굴러다니는 것들을? 모든 것이 마치 마술사의 모자에서처럼 차례차례 끝없이 딸려 나오는 긴 밧줄에 단단히 매여 있었다. 그런 일을 처음 겪었을 때는 매우 즐거웠지만, 나중에는 악몽 같았다.

수면 밑 텅 빈 공간을 지날 때는 이해할 수 없는 사상과 지식의 파편에 걸려 끊임없이 비틀거렸다. 움직일 때마다 바닥 모를 신경쇠약과 끝없는 희망에서, 그리고 썩은 해초 같은 육신에 대한 근거 없는 확신에서 헤어나오지 못했다. 또한 눈을 뜰 때마다 어마어마한 문제들이 어스름 속에서 나를 향해 돌진해 왔다. 그리고 이내 모든 것이 마치 오징어 먹물 속으로 사라지듯 없어졌다. 나는 라미즈 박사나 게으름뱅이 아사프와 마주 앉아, 소란한 분위기 속에서 큰 웃음소리가 도드라지는 쪽으로 고개를 돌렸다. 귀에서는 방금 무심결에 헤매고 다녔던 깊은 바닷물 소리가 들렸다. 나는 막 잠에서 깨어난 것처럼 주위를 멍하니 둘러보았다.

"이보게, 친구." 라미즈 박사가 말했다. "다 부질없네! 젊은이들이 행동에 나서 오리엔트의 숙명론을 벗어던져야 해!"

라미즈 박사의 낯빛이 한층 더 어두워졌다. 무려 네 개의 의자에 팔다리를 걸친 게으름뱅이 아사프는 라미즈 박사의 말을 기다리기라도 한 듯 몸을 가지런히 했다. 하지만 그 갑작스러운 행동을 보상받기라도 하듯 탁자 위에 팔짱을 끼고 그 위에 머리를 올려놓은 채 곧 잠에 들었다.

게으름뱅이 아사프는 늘 졸았다. 그의 잠은 세상에서 가장 아름답고 순수했다. 아사프가 두 눈을 감는 순간이면 주변 공기가 편안한 숨소리로 가득 찼다. 수백의 천사들이 힘차게 날갯짓하며 그의 귀에 잔잔한 자장가를 속삭였고, 잠의 벌집을 순수한 꿈의 벌꿀로 가득 채웠다.

갑자기 나는 심장 경련을 느꼈다. "에미네…." 아내 생각이 뇌리를 스쳤다. 벌떡 일어나서 집을 향해 달렸다. 에미네는 아팠다. 의사들이 처음에 약간 체력이 떨어졌을 뿐이라고 진단했던 것이 이제는 점차 피할 길 없는 위험한 병으로 자라나 있었다. 나는 의사들보다 먼저 그런 사실을 눈치채고 있었다. 법의학 연구소에서 꿈을 꾼 그날 밤 이후로. 운명과 같은 증류기가 눈앞에서 끓고 있었다. 에미네의 얼굴은 내 베개 옆, 내 얼굴, 내 입술, 내 손 옆에 늘 있었지만, 천천히 계속 나에게서 미끄러져 떨어졌다. 그러면서 에미네는 눈을 동그랗게 뜨고 나를 빤히 쳐다보았다. 나는 에미네에게 많은 말을 시키고, 웃고, 미래에 대한 계획을 얘기하도록 했다. 에미네는 신부가 된 제흐라의 모습과 의대생이 된 아흐멧의 모습도 그려보았다. 하지만 그녀의 얼굴은 점점 더 아득히 먼 곳으로 사라져갔다. 그러면서 마치 "당신 하고 싶은 대로 해. 하지만 아무 소용없어!"라고 말하는 듯한 눈망울로 나를 바라보았다. 무시무시하고 끔찍한 일이었다.

에미네는 내가 보는 앞에서 서서히 죽어갔다. 나도, 다른 누구도 아무 손도 쓰지 못한 채 속수무책으로 바라보기만 했다.

8

에미네의 죽음으로 줄기에 간당간당 매달려 있던 마지막 이파리가 떨어져 나간 것처럼 나는 삶의 버팀목을 모두 잃었다. 상실감이 너무 커서 처음에는 어안이 벙벙했다. 그 상실감이 인생에 얼마나 영향을 미칠지 감조차 잡을 수 없었다. 나는 묵직하고 시커먼 마음의 짐을 느끼며 정처 없이 쏘다녔다. 조금 시간이 지나자 그런 정신적 충격 한편으로 또 다른 감정, 그러니까 일종의 안도감이 들었다. 나를 끊임없이 짓누르던 압박감이 사라진 것이다. 에미네의 죽음은 되풀이되지 않을 것이고, 에미네가 다시 병에 걸리는 일도 없을 것이다. 그녀는 그 모습 그대로 내 기억의 한 자락을 차지할 것이다. 앞으로 살면서 경악스러운 일들을 다시 겪을 수도 있고, 끔찍한 일을 또 당할 수도 있다. 하지만 에미네를 잃는 몹시 고통스러운 일과 아내를 잃을까 봐 노심초사할 일은 이제 과거지사가 되었다. 에미네가 병에 걸렸을 때의 시선으로 세상을 바라보는 일은 결코 없을 것이며, 그런 고문 역시 다시는 겪지 않을 것이다. 또다시 마음속에 공포감이 스멀스멀 차오르는 일도 없을 것이며, 내 몸의 마지막 힘줄까지 온통 지배하는 일도 다시는 없을 것이다.

우리 가족은 확실히 산산조각이 났다. 나와 두 아이만 덩그러니 남았고, 나는 모든 의욕을 잃었다. 가장 끔찍한 것은 아무도 믿을 수 없게 되었다는 점이었다. 하지만 더 이상 두렵지 않았다. 일어날 수 있는 최악의 상황은 이미 벌어졌다. 나는 이제 자유로웠다.

등 뒤에 에미네가 없으니 온갖 세상 유혹에 휩쓸려도 뭐라 할 사람이 없었다. 친구들이 있는 커피하우스가 그것을 위한 가장 좋은 공간이었다. 에미네가 죽은 지 채 일주일도 되기 전에 다시 커피하우스 사람들과 어울렸다. 나는 상가로 통하는 뒷방에 앉아 한 손에는 카드를, 다른 손에는 라키 잔을 들었다. 입에는 담배를 꼬나물고 사람들이 하는 이야기에 귀를 기울였다. 나는 다시 완전히 커피하우스의 일원이 되어 떠들고 마시고 즐겼다. 모든 걸 잊었던 걸까? 정말 재미가 있었나? 그건 확실치 않다.

나는 지금껏 한 번도 느끼지 못했던 허무함을 느꼈다. 두려움도 아픔도 아니었다. 그것은 자신을 배반한 사람이 느끼는 고통이었다. 그 감정의 끝에는 자기혐오가 기다리고 있었다. 그러던 어느 날 거울을 마주 보고 앉았다. 시선이 내 모습에 머물렀다. 옷걸이에 걸려 있는 두 개의 외투에 둘러싸인 내 얼굴이 보였다. 그 거울이 내게 침을 뱉고 내 얼굴을 발로 짓이길지도 모른다는 생각이 들 만큼, 내 모습은 불안하고 경멸스럽고 타락하고 무기력하고 하찮게 보였다. 하지만 그런 일은 전혀 벌어지지 않았다. 두세 번 자꾸 가만히 들여다보니 그런 내 모습에 익숙해졌다. 모든 것이 똑같았다.

집에 있는 아이들을 돌보기 위해 늙은 여자를 하나 구했다. 나는 아침에 일어나자마자 출근을 했고 퇴근과 동시에 커피하우스로 향했다. 그런 뒤에는 라미즈 박사나 다른 누군가와 주변 술집을 순례했고 그때마다 집에 늦게 들어갔다. 아이들이 잠들어 있으면 가벼운 마음으로 잠자리에 들었다. 늦은 이유에 대해 핑계를 댈 필요도 없이 또 하루가 갔다. 그런데 아이들이 새끼 고양이들처럼 구석에 서로 바짝 붙어 앉아 나를 기다리는 일이 종종 있었다. 그러면 또 다른 끔찍한 일상이 시작되었다.

나는 아무것도 눈치채지 못하도록 아이들을 품에 안고 위로를 해줘야만 했다. 아이들에게 이런저런 장난을 치고 눈물을 닦아주고 웃게 만들어야 했다. 아이들은 왜 그렇게 슬펐을까? 왜 그렇게 많이 울면서 나를 가만히 놔두지 않았을까? 자식이란 존재 자체만으로도 나는 힘든데, 그것으로 충분하지 않았을까? 나의 자유를 믿을 수 없을 만치 구속하고, 좁은 공간에서 다람쥐 쳇바퀴처럼 살라고 강요하는 것만으론 충분하지 않았을까?

아이들을 볼 때마다 정말 불쌍한 마음이 들었고, 의지가지없는 내 처지와 운명에 화가 치밀었다. 차라리 몇 시간이고 벽에 머리를 박고 싶은 심정이었다. 그럴 때면 에미네가 집 안 어딘가에서 나를 향해 천천히 다가와서, 살아생전 늘 그랬던 것처럼 양손을 내 어깨에 올려놓고 이렇게 말하곤 했다. "제발 정신 좀 차리세요!"

그러면 퍼뜩 정신이 들었다. 매번 결심과 맹세와 약속을 하고, 또 한편으로는 어둠 속에서 눈물을 흘리는 나날의 연속이었다. 하지만 어찌하랴? 나는 생활도, 그 어떤 것도 극복하지 못했고, 새로운 것을 시작하기 위해 몸을 추스르지도 못했다. 아이들에 대한 연민의 마음을 제외하면 주변 환경과 어떤 연결고리도 찾지 못했다. 그저 현실을 힘겹게 견딜 뿐이었다. 길거리에 나선 순간 방황과 야합의 포로가 되어 유혹이 손짓하는 이국적인 세상으로, 가서는 안 되는 곳으로 향했다.

우체국에 앉아 먼 나라에서 온 편지나 엽서를 들고 있으면 완전히 딴 세상에 있는 것 같았다. 페루, 아르헨티나, 캐나다, 이집트, 희망봉. 그야말로 전 세계 곳곳에서 우편물이 도착했다! 거리 두 개를 더 가면 좁은 방에서 빈대와 어울려 사는 유대인 노파가 있었는데, 그녀의 남자 형제가 멕시코에 살고 있었다. 노파와 이웃하여 사는 랍비의 여자 형제는 아르헨티나를 상대로 모피 무역을 했다. 그리스 상인의 아들은 이집트에 살고 조카는 시카고에서 교사로 일하고 있었다. 이 사람들이 받은 편지를 보고 있노라면 저절로 나 자신에게 눈이 갔다. 나를 둘러싼 모든 것이 변하고, 나도 다른 사람이 되어 있었다. 아, 모두 다 놓고 훌쩍 떠나버렸으면….

하지만 그럴 수 없다. 그러기 위해서는 내 한계를 뛰어넘어야만 할 것이다. 습관과 틀에 박힌 일상의 족쇄를 끊어야 할 것이다. 달리고, 움직이고, 욕망하는 것이 아니라 인내하는 삶을 살아야 할 것이다. 나는 그런 사람과는 거리가 멀었다. 나는 절망적인 그림자에 불과했다. 그래서 가볍게 스치기만 해도 금방 그 사람을 쫓아 달려갔다. 그 사람과의 관계가 끝나면, 새끼 고양이처럼 나란히 붙어 앉아서 웃고 우는, 사실 우는 일이 더 많은 두 아이들과 함께 가여운 모습으로 웅크리고 있었다. 사람들이 "웃어!" 하면 웃었고, "울어!", "말해!" 하면 곧바로 울거나 말했다. 사람들이 내게 관심을 보이면 뭐든 하라는 대로 했다. 그렇지만 아무도 나를 쳐다보지 않으면, 전혀 존재하지 않는 사람처럼 행동했다.

그런 기분이 들면 다시 커피하우스로 갔다. 나와는 다르게 사는, 적어도 나처럼 타인의 시선에 시달리지 않는 사람들과 어울렸다. 그들과 함께 있으면 살아 있는 느낌이 들었다. 나는 그들과 함께 생각하고 그들과 함께 존재했다.

하지만 어떻게 보면 꼭 그렇지만도 않았다. 전체적으로 다른 무언가가 바탕에 있었다. 원래 나는 커피하우스 사람들을 그리 좋아하지 않았다. 나는 그들 사이에서 그저 이주자처럼 지냈다. 어느 날 밤, 산에서 눈보라를 만나 숨 막히는 돌풍과 추위에 시달리다가 두엄 냄새를 풍기는 따뜻한 오두막에, 반은 집이고 반은 짐승 우리나 마찬가지인 곳에, 커피 향과 사람들 소리, 그리고 말이 바닥을 파헤치는 소리가 어우러진 곳을 간신히 찾아온 사람처럼, 커피하우스의 고요하고 향기로운 공기에서 온기와 안정감을 느꼈다.

어느 화창한 날이었다. 커피하우스의 분위기에 젖어 있다 보니, 불안감이 사라지고 그곳이 마치 구원처럼 여겨졌다. 나는 연거푸 혼잣말을 되뇌었다. "그럼, 이런 게 인생이지! 정말 평화롭고 행복해. 아, 즐거운 인생이여!"

아흐멧의 병세가 깊어져 정신이 번쩍 들 때까지 나는 그렇게 살았다. 아흐멧마저 잃을 것 같은 두려움에 사로잡히고 나서야 비로소 내 운명을 받아들였다.

그사이 라미즈 박사는 6년 전부터 추진하던 프로젝트인 정신분석협회를 창립했다. 라미즈 박사 외에 다른 의사는 없었다. 회원이 스무 명인데, 나도 그중 한 명이었다. 그것도 회장 자격으로. 그러고 보면 내가 아무 경험도 없이 시간조정연구소의 부소장 직을 맡았던 것은 아니었다. 정신분석협회와 유사한 단체인 심령술협회의 서기도 맡았었다. 정신분석협회 회장이던 나는 사무실 열쇠를 항상 조끼 주머니에 갖고 다녔다. 사무실 월세는 내 소중한 친구인 라미즈 박사가 수년 동안 지불했다. 나는 라미즈 박사에게도, 회원들에게도 단 두 번만 사무실 문을 열어주었다. 그것도 강연회에 즈음하여. 첫 강연회에서 라미즈 박사는 터키에서 제일 처음 진료한 환자라며 나를 소개했다. 그리고 아주 자세하게 설명했다. 두 번째 아내 파키제는 그 강연회에서 나를 눈여겨보았다. 두 번째 강연은 라미즈 박사가 석판으로 찍어낸 70쪽에 이르는 긴 꿈해설서를 처음부터 끝까지 낭독한 뒤 정신없이 수많은 비교와 해설을 하는 식으로 이루어졌다.

여름이었다. 열린 창문을 통해 들어온 더운 바람이 얼굴을 스치면서 우리를 전혀 다른 세상 속으로 유혹했다. 그러고는 곧 다시 아가리를 딱 벌리고 우리를 강연자의 판단에 항복하게 만들었다. 위에서는 말벌 한 마리가 작은 몸으로 디젤 모터 몇 대에 버금가는 시끄러운 소리를 내면서 끊임없이 윙윙거렸다. 강철판 몇 개를 뚫고 지나갈 듯한 그 소리는 라미즈 박사의 음성에 착 달라붙어서 더 큰 울림을 만들어냈다.

맨 뒷자리에 앉아 있던 게으름뱅이 아사프가 제일 먼저 졸기 시작했다.

회장 자격으로 강연자 바로 밑 첫 번째 단상에 앉아 있던 나는 두 손으로 무릎을 잡고 터진 신발 솔기를 감추려 애쓰고 있었다. 아마 유럽에서도 그럴 것이다(회장 자리를 말하는 것이지, 낡은 신발을 말하는 것은 아니다). 그때였다. 아사프가 침대로 사용하던 의자를 양팔로 미끄러지듯 스치면서, 보기 흉한 모자를 쓰고 앞자리에 앉아 있던 숙녀의 목덜미를 잠시 응시하는 모습이 보였다. 곧이어 아사프의 머리가 돌연 모자 뒤로 사라지더니, 수많은 천사들이 켜는 바이올린 소리를 경청하듯 잔잔하게 코를 골기 시작했다. 3쪽을 낭송하기 시작했을 때, 코 고는 소리는 말벌이 윙윙거리는 소리와 함께 가볍고 시원한 파도가 치는 작은 만(灣)을 형성했다. 그 파도 위에서 우리 회원인 한 젊은 시인의 꿈이 항해하다가 홀로 격렬한 해전(海戰) 속으로 돌진해 들어갔다. 밧줄이 삐걱거렸고, 폭탄 터지는 소리가 우레와 같이 울렸고, 불꽃이 활활 타올랐으며, 커다란 비탄의 외침소리가 들렸다. 제일 앞에 앉아 있던 마흔 살가량의 여자는 그런 혼란스러운 상황을 틈타, 그녀가 몰래 들여온 열두 마리 남짓한 새끼 오리를 바닥에 내려놓고 꽥꽥거리는 소리 뒤에 숨었다. 그 옆에 있던 또 다른 여자도 오리 흉내를 냈다. 그리하여 강당은 넘쳐흐르는 물이 채워지지 않는 수챗구멍 속으로 끊임없이 흘러드는 욕조가 되고 말았다.

10쪽을 읽기 시작했을 때는, 좀 더 편안하게 쉬기 위해 이미 집으로 가버린 사람들을 제외하고 거의 모든 사람들이 잠을 잤다. 모든 사람들이 자신의 후두가 가장 내기 쉽거나 좋아하는 소리를 내기 시작했는데, 그것은 곧 소음이 되었고, 가장 편안한 분위기 속에서 이루어지는 움직임이 되었다.

라미즈 박사는 이런 집단적인 배신에 최선을 다해 맞섰다. 상황을 극복하기 위해 그렇게 영웅적이고 단호한 모습을 보인 것은 그때가 처음이었다. 그의 목소리는 아사프가 코 고는 소리로 계속해서 새로 만들어내는 풀과 덤불 사이에서 마치 포효하는 사자처럼 내뿜듯 터져 나왔고, 조금이라도 움직이는 것을 향해 돌진하여 보이지 않는 적과 싸웠다. 자신의 목소리로 누군가를 붙잡아 질식시키고, 질식시킬 수 없으면 적어도 심한 공포심을 느끼게 만들었다.

그의 얼굴엔 땀이 비 오듯 쏟아졌다. 그는 끊임없이 과장된 몸짓을 하며, 스무 개의 입에서 동시에 그를 향해 들이닥치는 코 고는 소리를 연달아 물리치면서 길을 찾으려고 애썼다. 그의 말은 회초리 소리처럼 울리며 소방 호스에서 쏟아지는 물처럼 사방으로 흩어졌다. 그렇지만 어떻게 단 한 사람이 그렇게 많은 적과 싸운단 말인가? 그것도 변신과 반항과 도주에 능한 적을 상대로?

라미즈 박사가 제압한 상대는 금세 다시 쌩쌩한 모습으로 그 앞에 나타났다. 새끼 오리들은 꽥꽥 소리를 내며 이리저리 뒤뚱거렸고 새는 호스는 뱀처럼 쉭쉭거렸으며, 욕조는 온 세상의 물을 소용돌이치며 빨아들였고, 트럭은 기어를 바꾸어가며 가파른 도로를 올라갔고, 반대편 도로에서는 기차 한 대가 시끄러운 소리를 토해냈다.

라미즈 박사는 끊임없이 상황을 주시하면서 그 모든 현상에 즉각적으로 적절히 대응했다. 그는 계속해서 목소리를 바꾸며 간청하고 약속하고 위협했으며, 지속적으로 새로운 뜻밖의 규칙을 세우고 긴급 상황을 알렸다.

여전히 양손을 무릎 위에 올려놓고 앉아서 이따금씩 손가락으로 무거운 눈꺼풀을 들어 올리던 나는 라미즈 박사의 부지런함과 대담함, 정력적인 에너지에 점점 더 경탄했다.

"어떤 여성이 꿈속에서 미친 사람을 봤다면, 그건 좋지 않은 징조입니다. 즉시 참회하고 용서를 빌어야 합니다."

그때까지 미처 내 눈에 띄지 않았던 셋째 줄에 앉은 젊은 여자가 깊이 잠든 상태에서 기지개를 켜다가 "오오오오!"라고 소리를 질렀다. 라미즈 박사는 마치 구원의 반지라도 얻은 양 이 첫 희망의 불꽃을 향해 돌진하여 쩌렁쩌렁한 목소리로 계속 떠들었다. "그 미친 사람이 남자고 게다가 벌거벗고 있었다면, 여자는 반드시 간통을 저지를 것입니다. 여자의 남편에게 귀띔이라도 해야 합니다…"

마흔 살가량의 여자가 별안간 구구 소리를 내더니 거대한 비둘기가 되었다. 새끼 오리들은 사라졌다. 강연자는 그런 사실을 전혀 눈치채지 못한 채 계속 떠들었다.

"그리고 어떤 남자가 꿈에서 잠자는 사람들에게 둘러싸여 있는 자기 모습을 봤다면, 그건 매우 좋은 징조입니다. 왜냐면 그는 자기 행동의 주인이며 누구한테도 자신에 대해 설명할 의무가 없으니까요."

이 마지막 문장으로 촉발된 자유를 순간적으로 잘 이용한 라미즈 박사는 마침내 고개를 숙이더니 그 자신마저 졸음에 빠져들고 말았다.

9

우리가 결혼할 당시 파키제는 갑상선에 아무런 문제가 없었다. 그래서 변덕스럽거나 예민하지도 않았다. 현실의 생활을 전혀 알지 못했던 파키제는 늘 명랑하고 평온했다. 당시 생존해 계시던 그녀의 부모님 역시 언젠가는 죽는다는 생각을 하지 않을 정도로 건강하고 정정한 인상이었다. 그래서 파키제의 자매들도 우리 집에서 함께 살 이유가 없었다. 처형은 아직 음악적 재능을 발견하지 못했고, 처제는 미스 유니버스가 되겠다는 꿈을 의지와 끈기를 가지고 밀어붙이지 못하던 때였다. 당시 나는 페네르 우체국에서 퇴사하기도 전에, 심령술협회에서 알게 된 케말의 권유로 만물은행에서 잡다한 업무를 처리하는 자리에 채용되었다. 은행 관리직에 있던 케말은 훗날 은행장이 되었다. 안정된 일자리를 얻자 나의 인생은 탄탄대로인 것처럼 보였다. 게다가 셀마와 사랑에 빠지기 전이었다.

그랬다. 아직 아무런 일도 벌어지지 않았다. 그리하여 결혼 첫해는 작은 보금자리에서 행운의 시계가 우리 부부를 온화하게 내려다보는 가운데 비교적 평온하고 행복하게 흘렀다. 물론 에미네와 살 때와 같지는 않았다. 두 번째 아내는 전혀 달랐다. 그녀는 에미네의 신중함도 없었고, 욕심 없고 푸근한 사람도 아니었으며, 내면의 아름다움도 없었다. 그렇지만 젊고 명랑하고, 자기 방식대로 세상 사는 법을 알고 있었다.

그녀는 유달리 영화를 좋아했다. 영화를 통해 교훈을 얻을 뿐만 아니라 행복감을 느꼈다. 영화를 통해 극도의 황홀감 속으로 빠져들었다. 영화 속 사건에 혼연일체가 되어서, 급기야 스크린 속의 모험을 자기 인생과 완전히 동일시해 버렸다.

하루는 그녀가 몹시 진지한 표정으로 스페인 춤을 옛날처럼 출 수 없다는 말을 했다. 결혼 2년차의 어느 일요일 아침이었다. 파키제는 크레인이라도 와서 자기를 일으켜주기를 기다리며 침대에 아주 편안하게 누워 있었다. 머리카락은 베개에 산발한 채 널려 있었다. 나는 창가에 서서 '일찍 일어나 정성스러운 아침밥을 지어줄 여자와 결혼했더라면 얼마나 행복할까' 하는 생각에 잠겼다.

"하이리", 그녀가 별안간 소리를 질렀다. "그거 알아요? 내가 스페인 춤을 잊어먹은 것 같아요!"

나는 파키제가 춤을 좋아하는 건 알았지만, 스페인 춤을 춘다는 말은 들어본 적이 없었다. 춤출 때 제 발에 걸려 비틀거리는 사람에게 기대할 수 없는 일이었다.

"대체 어떤 스페인 춤?"

"완전히 잊어버렸어요. 어제 그 춤을 다시 춰보려고 했는데 도통 떠오르질 않아요. 사흘 만에 그렇게 다 잊어버릴 수도 있는 건가요?"

"난 당신이 그런 춤을 출 수 있다는 것도 전혀 몰랐어."

"아 참, 당신은 내가 요즘 춤을 얼마나 췄는지 잊었어요? 당신 맘에 들지 않았나보죠? 나이트클럽에서, 거기 있던 사람들이 모두 박수를 쳤잖아요. 그리고 그 군인이 다가와서…."

결혼 후 우리는 영화관 외에 어디에도 간 적이 없었다. 아내는 우리가 함께 봤던 영화의 여주인공인 자넷 맥도널드와 자신을 동일시하고 있었다. 서서히 그녀의 행동이 이해가 되었다. 며칠 뒤 파키제는 자신의 빨간 모닝가운을 찾아 헤맸다. 그리고 내 승마 재킷이 없어졌다는 사실을 알고 화를 냈다. 그녀의 하얀 실크가운도 사라졌다는 사실을 확인하고 기어이 꺼이꺼이 슬프게 울었다. 그러던 어느 날 아침 출근하던 내 목을 끌어안고 오가는 길에 조심하라고 했다. 그녀는 자신을 때로는 자넷 맥도널드로, 때로는 로잘린드 러셀로 여겼다. 그리고 나를 샤를 부아이에나 클라크 게이블 또는 윌리엄 파월로 혼동했다. 어느 날에는 이웃집 딸을 마르타 에커스와 비슷하다고 생각하고 다음날 창문 너머로 그 소녀에게 "마르타, 너 어디 가니?"라고 외쳤다. 내가 이런 여자와 결혼하지 않았더라면 그런 행동이 얼마나 이상한지 말할 수 없었을 것이다.

그건 정말 우스꽝스러운 일이었다. 매 순간이 심각한 오해와 몹시 혼란스러운 상황으로 이어졌다. 재미있거나 유익한 상황도 왕왕 발생했다. 앞에서 언급했듯이 내 아내는 영화를 통해서만 온전한 만족감을 얻었기 때문에 집 안이 제대로 돌아가지 않아도 별 신경을 쓰지 않았다. 내 양복이 아돌프 멘주처럼 적어도 백삼십 벌은 있다고 믿었기에, 단추가 떨어져도 달아주지 않았다. 내 재킷 소매가 다 닳아도 아내는 전혀 눈치채지 못했다. 영화에 등장한 모든 것을 우리 것이라고 여겼다. 성(城)도, 다이아몬드도, 초록이 무성한 정원도, 고상한 친구들도…. 집에서의 저녁식사가 너무 짧게 끝나거나, 아예 집에서 식사를 하지 못해도 파키제는 신경 쓰지 않았다. 아내는 자기 나름대로 빠져나갈 구실을 찾왔다. 나는 그런 아내를 걱정하지 않을 수 없었다.

어떤 태엽이 그녀를 그렇게 지속적으로 어딘가로 떠나게 했다가 다시 돌아오게 하는 것일까? 다시 어린애가 되고 싶을 만큼 지루했을까? 마음속에 어린 시절 깊이 뿌리 내린 무언가가 자리하고 있는 게 틀림 없었다. 남풍 때문에 밤잠을 설친 어느 날 아침 나는 이십 분만 더 자고 일 어나겠다고 아내에게 일렀다. 한 시간 뒤 우리는 이웃 사람들과 소풍 약 속이 있었다. 당연히 파키제는 그렇게 금방 다시 일어날 수는 없을 거라 고 했다. "하지만", 나는 말했다. "내 말이 맞다는 걸 곧 알게 될걸." 십오 분인가 이십 분 뒤 나는 잠에서 깼다. 이웃 사람들이 오기도 전에 파키 제가 라디오 볼륨을 최대한 올려놓은 덕분이었다. 아내는 내가 정말 그 시간에 깼다는 사실에 깜짝 놀랐다. 그래서 나는 장난삼아 아주 단편적 인 역사 지식을 활용하여 작은 농담으로 흥을 돋웠다. "나폴레옹도 그런 버릇이 있었지!" 순간 파키제의 두 눈에 불꽃이 튀었다. 나는 방금 내뱉 은 말을 후회했다. 하지만 이미 엎질러진 물이었다. 그날 내내 파키제는 나를 나폴레옹과 비교하기 시작했다. 그녀는 나폴레옹에 대해 특별히 잘 알지 못했지만 나에 대해서는 훤히 꿰고 있었다. 헤이벨리아다 섬의 소나무 그늘 밑에서 포도잎 쌈을 먹는 동안 그녀는 나와 그 위대한 장군 이 모두 소금에 절인 올리브를 즐겨 먹고 카우보이 영화에 열광했으며, 늘 오른쪽으로 누워 잠이 들고 동이 터올 무렵에야 코를 골기 시작했다 는 얘기를 몇 시간이고 떠들었다. 그것은 물론 1단계에 불과했다. 며칠 뒤에는 다른 측면에서 접근하기 시작했다. 파키제는 예비역 장교 시절 의 옛 군복을 꺼내 세탁과 다림질을 했다. 그리고 처음에는 침실에, 나 중에는 응접실에 걸어두었다. 이튿날에는 내게 그 군복을 입으라고 고 집을 피웠다. "이걸 입으면 감쪽같을 거야!" 그녀는 끊임없이 졸랐다. 세 상에, 그런 터무니없는 말을 하는 모습이 얼마나 예쁘고 표정은 또 얼마나 온화하던지! 기어이 즉위식까지 벌여야 했다. 아내는 정말 들뜬 모습이었다. 그것이 두 번째나 세 번째 단계였다. 그녀는 자신을 조세핀 드 보아르네로 여기며 의붓자식들을 받아들이고 아이들을 결혼생활의 결실물로 생각했다. 그렇다, 내 아이들은 그날부터 나와 에미네의 자식이 아니라 그녀의 자식이었다. 나는 졸지에 의붓아버지가 되었다. 이 글을 읽는 여러분들은 이 모든 것이 우스꽝스럽게 여겨질 것이다. 하지만 내 인생에서 이런 식으로 뒤죽박죽된 것이 몇 가지 있다는 점은 부인할 수 없다. 파키제는 약간 정신이 나간 것 같았다. 그 사실을 받아들이자, 나와 포옹하며 삶의 동반자가 되기로 했던 사람이 매우 어리석고 유약하게 느껴졌다. 그러고 보면 내가 셀마에게 홀딱 반하고, 무작정 케말을 쫓아다닌 근본적인 이유는 무엇보다 파키제 때문이다.

이러한 상황은 파키제의 어머니와 아버지가 연이어 세상을 뜨자 바뀌었다. 자매들이 우리 집으로 들어오면서 파키제는 다시 땅에 발을 붙이고 살게 되었다. 하지만 모든 변화가 그녀에게는 늘 예상과 다르게 이루어졌다. 그녀들이 우리 인생의 새로운 축이 되었던 것이다. 나, 파키제 자신 그리고 아이들은 2, 3순위로 밀려났다. 파키제는 스물여덟 살과 서른다섯 살 먹은 두 자매를 고아라고 생각하며 불쌍히 여겼다. 그러나 곧 우리가 동정 받을 처지가 되었다. 할리트 아야르시를 만날 때까지 내 인생은 줄곧 내리막길을 걸었다. 마치 어두운 우물 바닥으로 점점 더 떨어지는 것 같은 느낌이었다. 이쯤에서 우선 심령술협회에서의 나의 활동에 대해 설명해보도록 하자.

10

심령술협회는 정신분석협회와 여러 모로 달랐다. 끊임없이 흥미로운 토론과 새로운 실험을 벌이는 심령술협회가 훨씬 더 재미있었다. 보통 매주 화요일에 저승에서 전갈이 도착하면 그때마다 우리는 상호간에 매우 학술적인 의견을 제시했다. 또 다른 차이는 여성 회원이 많다는 점이었다. 일고여덟 명쯤 되었는데, 우리가 보기에 영매(靈媒) 같은 여성들도 찾아왔다. 협회의 서기이자 회계 담당자인 나는 매일 저녁 퇴근 후 그리로 가서 문서 업무를 처리하고 회비를 걷고 회계 장부를 기록했다. 매일 깜짝 놀랄 만한 일이 벌어지던 그 모임에서 나는 케말을 알게 되었다.

케말 같은 인물은 심령술협회에서는 거의 찾아보기 힘들었다. 원래 그런 모임은 회원들이 지어낸 이야기에 동참하면서 즐거운 분위기에 젖으려는 이들을 위해 존재했다. 하지만 케말은 그런 집단적인 거짓말을 즐기는 사람이 아니었다. 그에게 거짓말은 자기 자신과 생활을 치장하기 위해서 이따금씩 손에 드는 도구이자 사적인 무기일 따름이었다. 처음에 그는 모든 사람들이 조금씩 참여하여 만드는 거짓 이야기에 일절 관여하지 않았다. 그가 참석했을 때 노골적인 거짓 이야기를 지어낸다는 것은 거의 불가능했다. 그는 자기 자신을 아량과 이해심 있는 사람이라고 여기면서도, 다른 사람의 작은 실수도 용납하지 않았다. 한마디로 모든 인간관계에서 초를 치는 인물이었다. 최근 그의 정치적인 행보도 그것 때문에 좌초하고 말았다.

그럼에도 그는 우리 모임과 실험에 정기적으로 참여했다. 그리고 늘 비웃는 표정으로 앉아서 이런저런 문제에 대해 설명했다. 그가 영적인 문제에 관심이 있고 그것에 대해 얘기하는 걸 좋아한다는 건 분명했다. 게다가 우리 모임에 참석하는 네브자트에게 약간 마음을 두고 있었다.

하지만 케말은 좀체 네브자트에게 다가가지 못했다. 그 젊고 아름다운 여인은 남편이 죽은 뒤 이성에게 마음의 문을 꼭 걸어 잠근 것처럼 보였다. 그녀는 시슬리에 위치한 넓은 집에서 늙은 시어머니를 모시고 살았다. 그리고 책상을 움직이는 것으로 심령의 힘을 시험해보거나, 심령술에 관한 책을 읽으며 시간을 보냈다. 하지만 이런 생활 태도는 건강에 좋지 않은 영향을 끼쳐서 늘 가벼운 두통과 불면증을 호소했다.

밤늦게까지 이어지는 심령술 모임이 불면증의 한 원인이었지만, 또 다른 이유는 무라트였다. 무라트는 심령의 힘으로 책상을 몇 번 움직인 뒤 네브자트의 집에 본격적으로 자리를 잡은 정령이었다. 집에 아무도 없으면 곧바로 튀어나와 유리창을 닦고 양탄자를 털고 가구를 움직였다. 책꽂이를 정리하다가 네브자트에게 적절하지 않은 책이라 생각되면 찢거나 숨겼다. 예를 들면 네브자트가 케말에게 얻은 상당히 짜릿한 소설을 바로 그날 밤에 찢어버렸다. 그런데다 거침없이 꽤 소란스럽게 일을 했다. 우리는 그런 사실을 다 알고 있었다.

무라트의 또 다른 특징은 자신의 인생을 우리에게 애매모호하게 남겨두려 한다는 점이었다. 우리가 심령의 힘으로 책상을 움직여 그를 막다른 곳으로 몰면, 그는 때때로 자신이 10년 전에 죽은 아다나 출신의 수학 선생이라고 주장했다. 다른 때는 크림전쟁에서 전사한 병사라거나, 네브자트의 남편인 셀림이 예비역 장교 시절 알고 지낸 엔지니어라고 주장하기도 했다. 하지만 이름은 늘 똑같았다. 어떤 인물을 선택하든, 그는 늘 그 성실하고 유능하고 원칙적인 정령에 권위를 부여했다. 그리고 항상 혼자였다. 심령의 힘으로 책상을 움직일 때 묻는 특정한 질문에 대해서도 무라트는 무뚝뚝하게 반응했다. "그런 생각을 하다니!"

네브자트의 집에 하인이 없으면, 집을 지키던 무라트가 네브자트가 가방에서 열쇠를 꺼내기도 전에 문을 열어준다는 건 잘 알려진 사실이었다. 때로는 방문객들한테 그러기도 했다. 그래서 케말의 부탁으로 작은 메모와 선물을 전해줄 때면 나는 늘 적지 않은 두려움을 느꼈다. 이에 반해 네브자트는 그런 무라트의 행동을 즐거워하고, 심지어 자랑스러워했다. 가끔 무라트를 믿고 열쇠 없이 외출에 나서기도 했다. 나는 무도회에 다녀온 어느 날 저녁 잠긴 문 앞에 서 있어야 했다는 얘기를 네브자트한테 직접 들었다. "무슨 권리로 그렇게 질투를 하는 걸까요?" 네브자트는 불평을 늘어놓았다. "내 나이가 몇인데!"

무라트와 전화통화를 했다고 주장하는 이들도 몇 명 있었다. 그런 일은 회원들에게 세세한 내용까지 모두 밝혀야 했는데, 말하는 사람마다 조금씩 달랐다.

"무라트는 숨이 막히는 듯한 목소리로 말했어요. 아주 멀리 있는 것처럼 느껴졌어요. 1킬로미터쯤 되는 안개 층을 뚫고 말하는 것 같았는데, 알아들을 수는 있었어요. 오히려 내 마음 깊은 곳에서 나오는 목소리 같았지요. 몹시 슬픈 음성이었는데, 죽어가는 사람만이 낼 수 있을 정도로 언짢고 공격적이었어요!"

우리 커피하우스의 존경받는 단골손님인 젊은 시인은 이렇게 말했다. "그 목소리를 들으니 머릿속이 수정처럼 맑아지는 것 같았어요." 그의 설명은 계속되었다. "내가 '네브자트는 집에 있어요?'라고 물었더니, '네, 하지만 오시지 않는 게 좋겠습니다. 지금 네브자트의 기분이 영 좋지 않거든요'라고 대답하더군요."

하지만 부유한 상인인 수아읍의 통화 내용은 전혀 달랐다.

"통화가 연결되자, 처음에는 숨 막힐 듯 정적이 흘렀어요. 우리가 보통 생각하는 것과는 전혀 다른 정적이었어요. 그리고 나서 누군가가 묻더군요. '여보세요, 누구세요?' 나는 이름을 밝히고 이렇게 말했어요. '네브자트가 빌려주려는 책이 궁금해서 전화했습니다.' 그러자 이런 답변이 돌아왔어요. '지금 책 이야기를 할 때가 아니에요. 지금 곧바로 당신 집으로 돌아가세요. 당신 아내가 사고를 당했어요. 어서, 서둘러요!'

내가 대체 누구냐고 물었더니, '무라트입니다!'라고 대답했어요. 나는 수화기를 내려놓았어요. 나를 꾸짖는 말투였어요."

그래서 곧장 집으로 달려갔더니 아내가 정말 계단에서 넘어져 있었다는 주장이었다.

저승 저 멀리서 와서 우리에게 욕하고 경고하며 이승의 일에 열심인 무라트에 대해 변호사인 나일은 3주 뒤 또 다른 면모를 보고하였다.

"정말 신기했어요! 처음에는 매우 소란스러운 소리가 났어요. 파이프 소리, 타종소리, 쾅하는 소리. 그러더니 누군가 이렇게 말했어요. '전화 잘못 걸었어요!' 나는 수화기를 들고 번호를 다시 눌렀어요. 그런데 또 같은 곳이었어요. 세 번째 시도했을 때도 같은 사람이 받았어요. '존경 하옵는 부인께서 전화를 받을 수 없으니, 그렇게 아세요! 부인께서 지금 바빠요.' 그래서 나는 이렇게 대답했어요. '아 네, 그런데 나는 지금 부인과 그 집에 대해 얘기를 나누고 싶어요. 아주 급해요.' 그러자 그가 화난 목소리로 말했어요. '당신은 그녀가 어떤 사람인지 몰라요? 그녀는 지금 전화를 받을 수 없어요. 할 일이 있어요. 고인의 영혼과 대화중이라고 요. 제발 가만히 놔두세요!' 대체 누구냐는 내 질문에 그는 이렇게 대꾸 하더군요. '날 모르세요? 난 바로 무라트예요!' 그와 통화하는 내내 방울 소리, 종소리, 초인종소리와 기적소리가 울렸어요. 하지만 가장 이상한 건 무라트의 음성이 계속 몹시 비웃는 투로 들렸다는 거예요."

케말과 나만 무라트와 아직 통화하지 못하고 시슬리의 집에서 그를 만나지도 못했다. 솔직히 말해 그게 정말 나와 무슨 상관이 있겠는가?

케말만 없었다면 심령술협회는 내게 세상에서 결코 떼어놓지 못할 만큼 즐거운 곳이 되었을 것이다. 저승과 소통하는 그 달콤한 전율을 즐 기지 않을 사람이 어디 있겠는가?

하지만 유감스럽게도 케말은 심령술협회에 드나들었고, 유감스럽게도 나는 순종적인 성격이었다. 더군다나 나는 돈을 조금이라도 더 벌 가능성을 쉽게 포기할 수 있는 입장이 아니었다. 케말은 첫날부터 내게 특별한 관심을 보였다. 가장 먼저 그는 내 옷차림새를 보고 깜짝 놀랐다. 이어서 나를 매우 특이한 인물이라고 여겼다. 나를 만날 때마다 늘 놀라움을 금치 못하며 이렇게 생각하는 것 같았다. "아직도 이런 사람이 남아 있다니!" 그는 내게 개인적인 심부름을 보내면서도 늘 그렇게 말했다. 그의 그런 생각은 끝까지 지속되었다. 긴급하게 심부름을 보낼 어떤 계기가 없으면 그는 나를 쳐다보지도 않았다. 처음에 그는 아주 사근사근하게 "친애하는 하이리, 가능하다면…"이라고 말했지만, 곧 순식간에 말투가 완전히 달라졌다. 나와 거의 대화를 나누려 하지 않았고, 무례하게 늘 내 코를 향해 발을 까딱거렸다. 그리고 무엇이든 여러 번 되풀이하는 그의 습관으로 내 정신을 쏙 빼놓았다.

"내일 열한 시! 잊지 않았지, 응? 열한 시, 정각 열한 시야, 알았어?"

그는 내 뇌세포에 자신의 말 한 마디 한 마디를 새겨 넣기 위해 위경련과 두통이라도 일으킬 것 같은 날카로운 음성으로 말했다. 나는 종종 눈앞이 흐릿해졌고, 무심결에 주먹을 불끈 쥐었다. 그럴 때마다 나는 그의 턱과 기름이 줄줄 흐르는 뺨과 핀셋으로 꼼꼼하게 정리한 눈썹을 정통으로 후려쳐 낡은 레코드판처럼 박살내는 데 반평생을 기꺼이 내주고 싶었다. 하지만 이 폭풍우는 매번 금방 끝나곤 했다. 셀마가 뇌리를 스쳤기 때문이다. 허리띠를 살짝 풀기만 해도 터질 듯 파도처럼 넘실대는 육감적인 몸매와 수줍은 자태, 매혹적인 눈빛과 달콤한 미소가 떠올랐다. 나는 그것이 모든 것을 참고 기다린 보상이라고 믿었다. 생각이 거기에 미치면 나는 정신을 가다듬고 이렇게 대답했다. "예, 알겠습니다."

케말은 내게 아주 세세한 부분까지 설명하는 일이 잦았다. 내가 어느 재단사와 구두장이를 찾아가야 할지, 어느 백화점에 가야 할지, 그리고 어느 선박에서 내리는 부자 상인을 데려 와야 할지, 그의 짐을 옮기는 걸 거들어줘야 할지, 아니면 짐을 온전히 나 혼자 옮기는 게 나을지 일장연설을 늘어놓았다. 시시콜콜 자세한 설명을 듣고 있노라면 정말 질식할 것 같았다. 더구나 그 모든 이름과 주소와 용건을 메모하는 것이 아니라, 그 앞에서 일고여덟 번씩 암송해야 했다. 그래야 내가 잊지 않고 모든 일을 지시한 순서대로 처리할 거라고 믿었기 때문이다.

나는 셀마를 다시 볼 수 있다는 희망, 이번은 아니더라도 다음엔 만날 수 있을 거라는 희망으로 참고 견뎠다. 마지막 남은 자존심으로 가끔 주위 사람들에게 "내가 온갖 수모를 참으며 그 바보와 일하는 거 봤지? 하지만 속으로 내가 그를 얼마나 비웃어주면서 즐거워하는지 잘 모를걸"이라고 말하며 그들을 공범으로 만들기라도 할 것처럼 조롱의 미소를 지었다.

그렇지만 대체 그 누가 나의 소심한 미소와 은밀한 곁눈질을 알아챘겠는가? 마치 화재 감시탑에서 내려다보듯 모든 것을 내려다보는 몹시 냉정하고 독선적인 케말을 마주할 때의 내 얼굴의 변화를 사람들은 손전등 불빛을 들이댄다 한들 알아보지 못했을 것이다.

케말은 정녕 호감 가는 인물이 아니었다. 연민의 감정도 불러일으키지 않았고, 성격 면에서 어떻게든 견뎌낼 수 있는 사람도 아니었다. 그의 관심을 받지 못하는 것보다 그와 친구가 되는 것이 훨씬 더 괴로운 일이었다. 그는 귓속말을 하려고 종종 내 팔짱을 끼곤 했는데, 그때마다 온몸에 마비 증상이 나타났다. 다른 사람들도 비슷한 경험을 했다. 케말이 벤치에 앉아 있는 수아윕 옆에 앉으면, 수아윕은 부지불식간에 양손을 몸 쪽으로 끌어당겨 주먹을 쥐었고, 변호사 나일은 그런 상황이 되면 완전히 돌처럼 굳었다. 그럼에도 모든 사람들이 케말을 존경하고 두려워했으며, 심지어 그의 비위를 맞추려고 애썼다. 그는 위험한 맹수의 매력을 지니고 있어서, 먹잇감을 응시하는 것만으로도 완전히 경직되어 도망칠 수 없도록 만들었다. 그런 힘으로 그는 한두 차례 악행을 저질렀는지도 모른다. 하지만 나중에 밝혀졌듯이, 그도 몇 가지 약점에 붙들려 있었다. 우연과 운명은 그의 주변을 그로부터 지키려는 듯 그에게 인생의 목표도, 뭔가에 집중할 수 있는 능력도 부여하지 않았던 것이다.

그의 인생에 관여하면 할수록, 나는 그가 사람들에게 어떤 영향을 미치는지 더 잘 알게 되었다. 한번은 그의 재단사가 자신의 회계장부를 보여주었다. 거기에 적힌 숫자는 그야말로 참담했다. 재단사는 내 얼굴을 바라보면서 고개를 가로저었다. 그리고 마지막으로 기입한 내용을 가리키며 이렇게 말했다. "어제 케말이 여기 적힌 200리라를 원했어. 그래서 그에게 그 돈을 갖다 주었네!" 그러더니 갑자기 발끈해서 내 눈앞에서 장부를 갈기갈기 찢어버렸다. 그로부터 사흘 뒤 나는 미처 눈치채지 못한 주름 때문에 케말이 재단사를 질책하는 모습을 보았다. 나는 그 가련한 남자의 인내심이 그저 놀라울 뿐이었다. 두 눈으로 직접 보지 못했다면, 상상할 수도 없는 일이었다. 재단사는 몹시 당황하여 케말의 어깨 너머로 사라졌다. 그는 연신 용서를 구했고, 거듭 "네!", "알겠습니다!"라는 말만 더듬거리며 반복했다.

케말의 셔츠 재봉사, 그의 구두장이, 그의 모자장이와 그의 집주인도 다를 바 없었다. 불쌍한 집주인이 한번은 2년이나 밀린 월세를 최소한 몇 백 리라라도 받을 요량으로 케말을 찾아갔지만, 집주인의 신성한 의무에 대한 적지 않은 질책을 당했을 뿐 아니라 욕실에 새 타일을 붙여주고 뒷발코니 유리를 갈아주겠다는 약속을 할 수밖에 없었다. 케말은 억센 보스니아 억양으로 이렇게 말했다. "타일, 타일 좀 바꿔주세요!" 듣자하니 욕실 타일이 사모님 모닝가운에 어울리지 않는다는 이유 때문이었다. 봉변을 당한 집주인은 몹시 우울해 보였다.

케말의 권위를 피할 수 있는, 그의 권위를 전혀 느끼지 못하는 사람은 마드무아젤 아프로디테 한 명뿐이었다. 깨끗한 피부, 입을 열 때마다 알 코올램프의 불꽃처럼 반짝이는 서른두 개의 치아, 긴 속눈썹 뒤로 지평선 너머를 바라보는 듯한 그윽한 시선, 이탈리아인 아버지에게서 물려받은 후두에서 울리는, 말을 할 때마다 누군가가 목을 조르는 듯 거칠면서도 매우 감미로운 목소리, 마지막으로 짐짓 서투른 손놀림이 거미처럼 감싸버릴 것 같은 인상을 주는 두 손이 마드무아젤 아프로디테를 사랑스럽고 친근하게 느껴지게 했다. 왜 그런지 모르겠지만 도발적인 여성상처럼 느껴졌다.

아프로디테의 모든 것은 명령형을 취했다. 그녀는 영감의 화신이었고, 자신은 유감스럽게 여겼지만, 숨길 수 없는 선물과 같은 존재였다.

아프로디테는 케말을 보자마자 면도를 하듯이 손으로 그의 뺨을 문지르며 그가 그녀에게 얼마나 지루하게 느껴지는지 넌지시 알려주었다. 그러고는 대담하게 "아야!" 하고 소리를 지르면서 내 사무실이나 간이주방으로 도망쳐 문을 닫은 뒤 기대어 큭큭거리며 웃었다. 그녀 같은 사람만이 할 수 있는 이런 도발적인 장난을 우리는 오해하지 않았다. 우리는 모두 그녀의 행동이 케말에 대한 깊은 혐오감 때문이라는 사실을 알고 있었다. 그녀 역시 그런 감정을 전혀 감추려 들지 않았다.

"어떻게 해야 할까요? 그는 정말 내 성미에 맞지 않아요!"그녀는 이렇게 말했다. "그 사람한테는 뭔가 기분 나쁜 게 있는데, 그게 뭔지 정확히 모르겠어요." 케말은 "젊음과 미모만 있다면 모든 게 용서가 돼. 아직 철이 없는 그 가련한 여자를 어떻게 하겠어!"라고 말하고 싶은 듯 늘 정중하게 미소를 지으며 애써 무시하려 했다. 하지만 사실 그는 아프로디테의 태도에 매우 상심했다. 그가 두르고 있는 갑옷과 같은 명예심에 상처를 받았기 때문이다. 케말은 명예에 매우 집착하는 사람이었다. 부자

가 자동차를, 장군이 부관을, 경찰이 권총을, 경비원이 호각을 갖고 있
듯, 케말은 명예심을 언제 어디서나, 게다가 늘 중요한 자리에 가지고
있었다. 그런 그의 명예욕을 의식하지 않거나, 그 명예욕 때문에 불편한
감정을 느끼거나 자존심에 상처를 받지 않고 그와 관계를 유지하는 것
은 전혀 불가능한 일이었다.

스무 살 무렵의 어느 날 밤 아프로디테는 중병에 걸린 어머니의 침상
곁에서 깨어나 작은 협탁 위에 놓인 종이에 장난삼아 아무렇게나 끄적
였다. 그녀는 그 행동에 아무 의미도 두지 않았다. 자신도 전혀 의식하
지 못한 채 그런 행동은 이튿날 밤에도, 그다음 날 밤에도 똑같은 시간
에 반복되었다. 사흘 밤이 지난 다음 날 아침에야 그녀는 비몽사몽간에
처음으로 그 종이를 보았다. 서툴게 쓴 커다란 글자 가운데 다음과 같은
문장이 홀연 눈에 띄었다. "다른 의사에게 가라!" 처음에는 전혀 신경
쓰고 싶지 않았지만 우선 친구에게 보여주었다. 그다음엔 함께 살던 삼
촌의 긴급한 충고로 정말로 의사를 바꾼 뒤 노모는 목숨을 구했다.

그때부터 책상에 한가로이 앉아 있을 때면 언제나 펜을 잡고 손이 가
는 대로 뭔가를 끄적이기 시작했다. 처음에는 단순한 단어들로 이루어
진 알 수 없는 단문이 완성되었다. 하지만 차츰 소녀와 그녀의 가족 혹
은 도시의 일상과 관련된 짧은 단락들이 만들어지기 시작했다. 그녀는
이 재주를 한동안 친구들 앞에서 시험해본 뒤, 친구들의 재촉에 따라 처
음부터 특정한 주제에 집중하는 연습을 했고, 그에 상응하는 결과를 얻
었다.

그 후 아프로디테는 밤마다 힘겹게 잠에서 깨어나 책상에 앉아 한 페
이지씩 써나가야 했다. 그 결과물은 종종 그 누구도, 그녀 자신조차도
읽을 수 없었다. 대개 해석하기 어려운 단어들과 이름, 또는 숫자들이
연속해서 적혀 있었는데, 숫자 중에는 17과 153이 가장 많이 눈에 띄었

다. 보통 이탈리아어, 그리스어, 프랑스어 혹은 터키어로 적혀 있었다.

아프로디테의 아버지는 이탈리아 제노바 출신이었다. 젊은 시절 목숨을 잃을 뻔한 큰 사건에 연루되어 이즈미르로 도피했다. 그 뒤 이스탄불로 와서 그리스 여인과 결혼하여 정착했다. 그는 훌륭한 보석 세공사이자 테너 가수였다. 지하철도 근처에 개업한 작은 가게가 금세 번창하여 돈을 많이 벌었다. 하지만 도피한 지 꽤 오랜 시간이 흘렀고 가명으로 살았음에도 여전히 불안감에 시달렸다. 그 때문에 이탈리아에 있는 가족과 모든 연락을 끊었다. 그가 세상을 떠난 1915년에야 가장 가까웠던 지인들도 그의 고향이 제노바이며 거기에 그의 부모와 누이가 살고 있다는 사실을 알게 되었다. 그의 집에서 일을 배운 처남이 그가 죽은 뒤 가게를 물려받았는데, 가게는 휴전 기간 동안 꽤 번창했다. 하지만 수공업 기술은 아프로디테의 아버지 시절과 똑같지 않았다. 손님들은 큰 공방의 명망 있는 장인들을 찾고 나서도 늘 옛 주인의 재주를 그리워했다고 한다.

당시 아프로디테와 어머니는 먼 과거 어딘가에 두고 온 아버지의 가족이 있을지도 모른다는 생각을 떨쳐내지 못했다. 그런 궁금증 때문에 어린 딸은 점점 더 자주 영매가 되려고 시도했다. 친구들과의 모임에서도 그 문제에 집중했다. 몇 년이 지나도 마찬가지였다. 그러던 어느 날 아프로디테는 마침내 밤마다 그녀를 자극해 잠에서 깨우고 온종일 눈을 감고 펜을 들 때마다 비스듬히 구부러진 글자 속에서 자기 존재를 알리려 했던 사람이 바로 수십 년 동안 동생과 동생 가족을 기다리다가 1923년 사망한 고모라는 사실을 알게 되었다.

그때부터 교신은 점점 더 뚜렷해지더니 죽은 고모가 그들을 괴롭히기 시작했다.

"너희는 왜 우리한테 오지 않니? 어째서 우리 집에 오지 않는 거냐고? 왜 아버지의 유산을 신경 쓰지 않지?" 고모는 이렇게 몰아세웠다. "나는 결혼도 하지 않고 절약해서 너희를 위해 돈을 모아두었는데, 왜 오지 않느냔 말이야?"

남편의 본명과 제노바 출신이라는 것 외에 제대로 된 서류조차 없었던 미망인은 처음엔 시누이의 초대를 억지로 받아들일 필요는 없다고 생각했다. 그곳에 가는 것이 정말 의미 있는 일이라고 여기지도 않았다. 하지만 딸과 지인들이 줄곧 가볼 것을 주장하자 결국 손을 들고 말았다. "그럼 최소한의 일정으로 다녀오자꾸나." 그렇게 그들은 길을 떠났다. 행복한 우연의 사슬을 통해서 유산 문제도 별 어려움 없이 해결할 수 있었다.

사실 큰 재산이 남아 있진 않았다. 약간의 저금 이외에 길고 좁은 골목에 17과 153이란 번호가 붙은 집 두 채가 전부였다. 아프로디테의 가족들은 여행 경비로 이미 집 두 채 이상의 돈을 썼다. 하지만 그런 힘든 상황에서도 일을 잘 처리했다는 사실에 모녀는 스스로 놀라워하면서도 숙연한 생각이 들었다. 고모가 남동생에게 집 두 채와 현금을 남겨주려고 그렇게 많은 희생을 했다는 사실이 가슴 아팠다. 고모는 죽는 날까지 여관을 운영하고 삯바느질을 하여 생계를 꾸리면서 모은 전 재산을 남겨주었다. 하지만 워낙 돈을 모으는 것에만 신경을 써서인지 집 관리는 잘 되어 있지 않았다.

아프로디테와 어머니는 우연히 얻은 집 두 채를 쉽게 팔아버릴 수 없었다. 그렇다고 지금까지 온전히 이스탄불에서만 살았는데 고모의 소원대로 이탈리아에 정착할 마음도 없었다. 그래서 모녀는 아쉬운 대로 다시 수리하여 원래의 모습으로 돌려놓았다.

그날 이후 고모와의 교신은 더 이상 이루어지지 않았다. 아프로디테는 잠깐이라도 짬이 나면 책상에 앉아 펜을 잡고는 미간을 찌푸리며 이마를 긴장시켰다. 그리고 대리석처럼 창백한 얼굴과 내면을 향한 눈빛으로 자애로운 고모의 소식을 몇 시간이고 기다렸다.

하지만 고모의 음성은 들리지 않았다. 마치 헌신적인 영혼이 무거운 짐을 벗어버리고 죽음으로 약속받은 진정한 휴식에 몸을 맡긴 것 같았다. 고모는 충분히 그럴 자격이 있었다. 그녀는 멀리 있는 동생과─몇 명인지, 정말 존재하는지도 알지 못하는─조카들을 그리워하며 평생을 보냈다. 그리고 동생을 위해 재산을 모으고, 동생에게 "자, 이게 너희 집이야. 그리고 이건 내가 너희들을 위해 모은 재산이야"라고 말할 날을 손꼽아 기다렸다.

그녀는 살아생전 이루지 못한 소망을 죽은 뒤에도 잊지 못했다. 그래서 계속 상실감을 맛보면서도 아무런 구체적인 실마리도 없이 몇 년 동안 동생의 뒤를 쫓았고, 지칠 줄 모르고 계속된 추적 끝에 결국 어린 아프로디테의 머리맡에 닿게 되었던 것이다. 아프로디테는 그것만으로 만족해야 했다.

하지만 아프로디테의 생각은 달랐다. 그녀는 자신과 더 많이 연결되어 있다고 느낀 '소망'을─고모는 심령술협회에서 그렇게 불렸다─늘 생각했고 그것을 지키지 못했다는 죄책감에 시달렸다. 그녀는 고모에게 제대로 고마움을 전할 수도, 또 이렇게 말하지도 못했다. "고모는 왜 혼자 그 모든 책임을 떠맡았어요? 지금 우리가 얼마나 힘든지 고모가 아신다면!" 결국 고모에 대한 고맙고 그리운 마음에 양심의 가책도 더해졌다.

"그 유산을 어떻게 처리해야 할까?" 아프로디테는 한탄했다. "나한테도 돈은 충분해. 고모는 왜 결혼도 하지 않고 악착같이 살았을까? 뭘 어떻게 해야 할까? 고모는 왜 다시 나타나지 않는 걸까?"

내 생각에 아프로디테는 고모에게 어떻게든 감사의 마음을 전하고 싶었던 것 같다. 또한 고모의 희생이 얼마나 헛된 일이었는지 분명하게 밝히고, 고모가 스스로를 희생했다는 사실을 까맣게 잊어버린 것에 대해서도 책망하고 싶었으리라. 아프로디테는 그렇게 의지가 강하고 선량한 영혼이 한순간에 그들과 연락을 끊었다는 사실을 믿을 수 없었다.

"고모한테 무슨 일이 생긴 게 분명해." 아프로디테는 말했다. "고모는 우리에게 화가 났거나, 무슨 일을 당한 거야."

그녀는 수많은 영혼들이 앞다퉈 이동하는 과정에서 고모가 화를 당하여 꼼짝도 못하고 누워 있는 모습을 상상했다.

"우리가 고모 집에 살기를 바랐을 거야. 하지만 우리는 이스탄불 사람이잖아! 이스탄불에 그만큼 정이 들었으니…. 아버지도 여길 떠나고 싶어 하지 않으셨어. 친구들도 모두 여기 있고."

내가 파키제와 그 자매들의 변덕스러운 집안 분위기에서 벗어나기 위해 심령술협회의 붙박이 회원이 되었을 때, 아프로디테는 그 문제를 새로운 관점에서 보기 시작했다. 그녀는 자기 옷의 레이스 장식을 연거푸 손가락으로 잡아당기며 이렇게 말했다.

"날 그렇게 사랑하면서 어떻게 그토록 화를 낼 수 있을까? 틀림없이 고모는 몹시 지친 거야. 우리 때문에 이승에서 결혼을 하지 않았더라도, 저승에서는 누군가를 만나서 결혼했을지도 몰라."

그녀는 가끔 그 모습을 떠올리며 정말 행복해했다. 웃으며 노래를 부르고 좋아하는 남자들을 포옹했다. 그 거침없는 아가씨는 고모가 자기들 때문에 결혼하지 않았다는 사실을 용납할 수 없었다. 채워지지 못한 고모의 인생에 대한 책임이 자신에게 있다고 여겼다. 아프로디테는 여자는 무조건 결혼해야 한다고 생각했다. 결혼하지 않은 것은 정말 불행한 일이었다. 그렇기 때문에 내 고모가 재혼했다는 사실에 흡족해했다.

"당신 고모는 당연히 그래야 했어요! 누구나 자기 인생을 누릴 자격이 있어요!"

아프로디테는 고모가 우리를 전혀 배려하지 않고 결혼했음에도 우리에 대한 고모의 태도와 온갖 부당한 짓을 용서하고 그것을 적절한 행동이었다고 평가했다. 그리고 나시트가 죽은 뒤 세 번째 결혼을 준비하던 나의 고모와 결혼하지 않은 자기 고모를 삶의 의지와 활기 면에서 비교하면서 자기 수탉이 닭싸움에서 패한 것을 한탄하는 어린 소년처럼 자신이 패배했다고 여겼다.

아프로디테는 열여덟 살 무렵부터 베이올루 구역 전체에서 가장 인기 있는 신붓감이었다. 터키인이든, 외국인이든, 상류사회의 거의 모든 사람들이 그녀를 알았다. 아프로디테는 모든 모임에 초대받았고, 거기에서 늘 적지 않은 청혼자를 만났다. 하지만 자유를 사랑했던 그녀는 결혼할 준비가 되어 있지 않았다. 잠에서 깨어나서 꽤 오랫동안 간밤의 꿈을 이해할 수 없어 침대에서 일어나지 못하는 사람처럼, 그녀는 20년간 이어온 파란만장한 삶을 즐겼다. 그리고 최근 5년 동안 몇 가지 점에서 근본적인 변화가 있었음에도, 한동안 더 그런 삶을 살기를 바랐다.

그녀는 많은 남자들과 폭넓은 우정을 나누었다. 그들은 모두 그녀에게 예속되어 있었고, 그래서 얼마간 아쉬움을 느끼고 있었다. 그렇게 어느 정도의 시간이 지나면 그들은 자신의 여성스러운 미모가 얼마나 위험한 무기인지 알지 못하는 소녀를 떠나거나, 혹은 곁에 남아 마법과도 같은 매력에 온전히 자신을 맡겼다가 다시금 끊임없이 실망하는 삶을 묵묵히 견뎠다.

아프로디테의 모험은 네브자트의 무라트와 똑같이 남녀 회원들 사이에서 끊임없는 화젯거리였다. 얼마 안 되는 반찬값이라도 벌어보려고 협회에 가입했던 나는 심령술협회가 무라트와 아프로디테의 고모에 대해 토론하고 그들의 존재를 의심하거나 또는 인정하기 위해 설립되었다고 생각할 정도였다.

협회의 공식적인 영매인 사브리예는 아프로디테보다 열 살이나 많았지만 프랑스 노트르담 드 시옹 학교에서부터 그녀를 알고 지냈고 매우 친밀했다고 말했다. 실은 그 반대였지만. 그러면서 사브리예는 아프로디테가 진짜 영매가 아니며, 영매였던 적도 없다고 주장했다. 사브리예에 따르면 진실은 이러했다. 아프로디테는 이스탄불의 이탈리아 대사관에 2년간 근무한 젊은 직원과 떼려야 뗄 수 없는 관계였는데, 이스탄불의 상류사회는 이 로맨스에 큰 관심을 갖고 두 사람의 관계를 추적했다. 기품 있는 행동거지와 눈부신 외모의 이탈리아 외교관은 외국 공관원 거주 지역뿐만 아니라 그들과 관계가 있는 터키 사회에도 너무나 매력적인 인물이어서, 사람들이 완전히 넋을 잃고 두 사람의 뒤를 쫓았던 것이다. 그러다 그 젊은 남자가 갑자기 고향으로 돌아가자, 그들의 로맨스는 숙명을 따를 수밖에 없게 되었다. 아프로디테는 어머니에게 이탈리아 여행을 종용하여, 남몰래 이탈리아에서 마지막으로 연인을 만나 결혼 가능성을 타진하기 위해 일을 꾸몄다. 그것은 유산 문제가 그렇게 신속하게 처리된 것만 봐도 충분히 유추할 수 있는 일이었다. 분명 모든 것이 면밀히 계획되었을 것이다. 그게 아니라면 유산 상속과 같은 복잡한 일을 그렇게 빨리 처리할 수 있었겠는가?

사정이 정말 그랬다면, 사브리예는 다른 회원들에게 그 이야기를 조금씩 바꿔가며 전했을까? 그렇다고 말할 수 있는 사람은 아무도 없었다. 그리고 그것이 진실이라 한들, 회원들이 그 이야기를 무턱대고 믿었다는 증거는 없다. 결론적으로 말해 아프로디테의 고모는 네브자트의 무라트와 마찬가지로 그 작은 집단의 삶의 부표였다. 그들은 사실이든 아니든 그런 동화가 필요했다. 아무도 모르는 죽은 자의 실체가 눈앞에 나타나 그들 사이에 뒤섞여 그들과 함께한 것은 그런 동화 덕분이었다. 이에 비해 영혼의 경험에 대한 또 다른 이야기들은 훨씬 덜 모험적일뿐만 아니라, 삶을 더 힘들게 만드는 충고와 훈계로 가득 차 있었다. 배면에 숨겨진 신념은 어떤 도그마도 흔들지 못한 채 결국 다시 수수께끼로 남을 수밖에 없는 불투명한 진실을 표현할 뿐이었다. 이에 반해 아프로디테의 고모와 네브자트의 무라트는 그 존재와 더불어 우리를 돕고 우리의 삶에 영향을 미쳤다. 그들은 우리처럼 거의 실제로 살아 있었다. 설사 거짓이었다 하더라도, 그들은 존재했다.

우리의 영적 지도자도 이 문제에서 진실을 찾지 않았다. 그녀는 오직 사실에만 관심을 두었다. 우리에게 아프로디테의 고모 이야기는 사실이었고, 그것으로 충분했다! 그 상냥한 영혼은 어두운 겨울 밤 불쑥 당신의 집 문을 두드리고 당신의 난로 앞에서 숄과 외투를 벗어 바스락거리는 얼음조각을 털어내는 손님과 똑같은 존재였다. 자기 세상이 아닌 곳에서 그 영혼은 우리들과 똑같은 존재임을 입증했고, 자신의 존재와 힘을 보여주었다.

여류 소설가인 아티예는 그런 사실을 특히 잘 이해했다. 때문에 언뜻 합리적인 것처럼 들리는 사브리예의 설명에 전혀 귀를 기울이지 않았다. 아티예에게 아프로디테는 부정할 수 없는 사실이었다. 고모가 더 이상 모습을 드러내지 않자, 그 불쌍한 아가씨는 왕위와 왕관을 빼앗긴 왕처럼 자포자기 상태로 조용히 모임에 나와 오직 과거의 영광을 추억하는 것으로 하루하루를 살았다. 아마 이런 묘사는 아티예의 상상의 산물일지도 모른다. 실제의 아프로디테는 전혀 절망하지 않았으니까. 아티예는 작가로서 그 문제를 그런 시각에서 바라보았을 뿐이다.

아티예는 사람들이 이의를 제기할 틈을 주지 않고 기회만 생기면 영화 「크리스티나 왕비」 얘기로 화제를 돌렸다. 그 영화는 아티예가 젊었을 때 매우 인기가 있었는데, 그녀가 매우 좋아하는 작품이자 예술가로서의 삶에 전환점을 마련해준 작품이었다. 아티예는 아주 오래전부터 그 영화의 줄거리를 본떠 쾨셈 술탄에 관한 이야기를 쓸 생각을 품고 있었다. 그런 아티예가 보기에 아프로디테는 쾨셈 술탄의 살아 있는 모델이었다.

하지만 삶은 그녀에게 풍부한 소재를 제공해 주었기에, 그 책을 쓰려면 한동안 기다릴 수밖에 없었다. 아티예의 지칠 줄 모르는 남성 편력은 열여섯 편의 속사포와 같은 연애소설을 가능하게 했으며, 현재 십 년 전의 사건을 대상으로 소설을 쓰게 만드는 원동력이 되기도 했다. 최근 십여 년 동안에도 적게 잡아 그에 버금가는 남자들을 겪었던 그녀는 많은 아름다운 감정과 회한을 새로이 알게 되었다. 그녀에게 산다는 것은 사랑하고, 사랑받고, 남자들을 만나고, 헤어지고, 고통을 겪는 것을 의미했다. 그렇게 그녀는 적어도 열여섯 권 남짓한 책을 채우기에 충분한 연애를 했다. 쾨셈 술탄에 대한 소설은 아직 더 기다려야만 했다.

그렇다고 해서 아티예가 사브리예의 이야기를 전혀 믿지 않은 것은 아니었다. 사실 그녀는 아프로디테 고모의 존재를 확신했지만, 젊은 외교관에 대해서도 아무런 이의를 제기할 수 없었다. 심지어 작가로서 젊은 외교관의 필연성에 대해 확신했다. 이와 상관없이 아티예는 경험을 통해 세상의 고모들이 다 모여 있다 하더라도 배후에 다른 원인이 없는 한 이탈리아에 갈 수 없다는 사실을 잘 알고 있었다. 하지만 그녀는 이 일에 관한 한 사브리예의 설명으로 대신할 필요성을 느끼지 않았다. 그 불쌍한 여자는 죽는 날까지 사브리예에 대한 질투심에서 벗어날 수 없었다.

아티예와 달리 마담 플로트킨은 사브리예의 말을 전적으로 신뢰했다. 폴란드 유대인의 손녀로 첫 헌법이 공표되던 시절에 터키로 이주한 그녀는 어떤 소문도 쉽게 입에 올리는 사람이 아니었는데, 그 문제가 자연스럽게 화제로 떠오를 때면 친밀한 주변 사람들에게만 자신의 견해를 피력했다. 게다가 마담 플로트킨은 진실을 금과옥조로 여기는 사람이어서, 관련이 있다고 생각되는 일에 대해서는 비밀에 부치지도 않았고 부쳐서도 안 되었다. 예컨대 이런 식이었다. 일 년 전쯤 그녀는 남편과 프라하를 여행하다가 문제의 이탈리아 외교관과 그와 결혼한 브라질 출신의 과부를 만난 적이 있었다. 마담 플로트킨에 의하면 그 외교관은 아프로디테를 한때 아주 좋아했지만, 브라질 여인이 더 예쁘고 우아하며 솔직히 더 부유하다는 사실을 깨달았다는 것이다. 마담 플로트킨은 아프로디테에 대해서 이렇게 말했다. "그 가엾은 소녀는 정말 운이 없어요! 그녀는 지금 세미흐 씨를 사랑하는데, 세미흐 씨는 네브자트에게 푹 빠져 있으니…."

사브리예가 한숨을 내쉬며 말을 받았다.

"불쌍한 세미흐! 쓸데없이 물살을 거스르고 있어. 네브자트는 이제 이 세상 누구도 사랑하지 않아. 세미흐도, 다른 누구도. 둔한 세미흐가 그 사실을 알까?"

그러면서 사브리예는 슬쩍 케말을 곁눈질했다. 그녀의 눈에 케말은 언제나처럼 매력적인 미소와 고상한 모습으로 둘의 얘기에 귀를 기울이고 있는 것 같았다. 사브리예의 납빛 뺨에 홍조가 스치면서 두 눈이 묘하게 반짝 빛났다. 얇은 두 입술을 깨물고 통조림처럼 입을 꽉 다문 채 그녀는 속으로 이렇게 말하고 있었다. "용서해요, 내 사랑!" 사브리예는 케말을 사랑하고 있었다.

하지만 단지 그런 이유로 사브리예가 심령술협회에 가입하고 영매가 된 것은 아니었다. 거기엔 다른 이유가 있었는데, 인간사에 대한 깊은 매혹이 바로 그것이었다. 그녀는 생쥐처럼 작은 얼굴에 박힌 두 눈을 크게 뜨고 이렇게 말하곤 했다. "다섯 살 무렵부터 우리 집에서 무슨 일이 벌어지는지 알아내려고 별짓을 다했어요. 그런 호기심은 아마 계모에 대한 질투심에서 비롯된 것이거나 어쩌면 그냥 타고난 것인지도 모르지요. 호기심은 나이를 먹을수록 점점 더 커져서 길거리로, 동네로, 도시 전체로, 나의 삶 전반에까지 확대되었어요. 서른 살쯤 되어 나를 둘러싼 세상에서 무슨 일이 벌어지는지 충분히 관찰했을 때, 무엇보다 초능력을 한 치의 오차 없이 발휘하게 되었을 때, 저승세계에 관심을 갖기 시작했어요."

지구를 연구하는 학문이 점차 다른 행성으로 방향을 돌리는 것처럼, 사브리예는 그 후 저승에 열중했다. 그녀에게 책상을 옮기는 심령술과 심령술협회는 비밀의 세계를 향해 난 창문이었다. 그녀는 창문에 관심이 있었다. 혼자 집에 있을 때면 각기 다른 두 거리가 내다보이는 두 개의 창을 소홀히 하지 않았다. 그럴 때면 끝없이 먼 지평선이 내다보이는 창문 앞에 홀로 서 있었다.

그렇다고 사브리예가 현세에 대한 흥미를 완전히 잃었다는 뜻은 아니다. 그녀에게 저승은 이승의 연속이었다. 이승 너머에 있는 지인들이 수백 명이나 되었다. 그녀가 무슨 일에 열중하든 이승 너머에 그 일의 관련자나 감시인이 늘 있었다. 두 세계는 본래 매우 가까웠다. 예를 들어, 그녀의 이웃인 제이네프의 자살을 밝혀내기 위해서는 저승세계와 협동하는 것이 중요했다.

사브리예는 친구로 여겼던 제이네프의 자살 소식에 큰 충격을 받았다. 그녀는 사랑스럽고 품위 있고—자살을 통해 밝혀졌는데—매우 불행한 여인이었다. 그녀는 사브리예처럼 좋은 학교에 다니지 못하고 정말 은둔적인 삶을 살았지만 지적인 사람이었다. 부유한 남편은 그녀를 사랑했다. 그녀는 전혀 우울해 보이지 않았다. 하지만 어느 화창한 날 스스로 목숨을 끊었다. 그것도 권총으로. 경찰은 신경과민으로 추측하고 사건을 종결지었다. 하지만 남을 볶고 성가시게 구는 여자들만 신경 과민을 겪는다고 생각하는 사브리예는 그 말을 믿을 수 없었다. 그사이 2년이 흘렀지만 제이네프의 남편은 재혼하지 않았다. 누구보다 확실하게 사브리예가 그를 지켜보았지만 여자와 같이 있는 모습을 본 적이 없었다. 그는 예나 지금이나 한결같이 겸손했고, 여전히 자신의 짐을 털어버리지 못한 것처럼 보였다. 만약 사브리예 자신이—그런 일이 없기를!—죽는다면, 냉담한 케말은 분명 기뻐할 것이다. 하지만 제이네프의 자살에 대해서는 어떤 남자도 마음이 가벼울 것 같지 않았다. 물론 남편을 제외하고 그것을 고통스럽게 여긴 남자는 없었다. 마찬가지로 제이네프를 아는 어떤 여자도 그녀의 죽음을 기뻐하지 않고 죄책감을 느꼈다. 하지만 같은 건물에서 살았던 네브자트는 죄책감 없이 아이처럼 천진난만한 시선으로 바라보았다. 아티예는 그 자살을 새로 쓰는 소설에 이용했다. 그렇다고 작가를 욕할 수 있을까? 셀마는 겉으로만 슬픈 척했다.—제이네프가 자살한 날 셀마는 잘 차려입고 외출을 했다. 눈가에 주름이 생길까 염려하면서.— 세헤르는 한 달 뒤에야 그 소식을 들었고, 마담 플로트킨은 체코에서 회사를 운영하는 남편의 인기 상품에 열중하고 있었다. 그렇다면…?

제이네프를 죽음으로 이끈 건 무엇이었을까? 왜 자살을 했을까?

그녀의 자살처럼 해결되지 않는 문제들은 무수히 많았다. 수백, 수천 명의 사람들이 우리가 저승이라고 부르는 커다란 창고에 자신의 비밀을 품은 채 말없이 서로를 시샘하며 웅크리고 있었다.

사브리예는 그들 모두와 이야기를 나누고 싶었다. 그것이 그녀를 심령술로 이끌었다. 그녀는 자신이 기억하는 모든 미제 사건들을 종결시키고 그들의 비밀을 백일하에 드러내고 싶었다.

하지만 상황은 곧 복잡해졌다. 교령회가 시작되자마자 그녀가 완벽한 영매라는 사실이 드러난 것이었다. 그것은 그녀가 가장 원치 않던 상황이었다. 사브리예는 밤마다 침대에 누워서도 편히 잠들지 못하고 어디선가 들려오는 낮은 소리를 들어야 했다. 그러면 그때부터 최면 상태에 빠져들어 매우 불편한 상태를 참고 있어야 했다.

그뿐만이 아니었다. 영매인 그녀는 결코 자유롭지 않았다. 영매는 결코 질문을 해서는 안 되었다. 그녀의 의지는 다른 사람의 손안에 있어서 수도관처럼 다른 사람들의 생각이 그녀의 입을 통해 흘러나왔다. 최면술사는 질문을 하고 영혼은 대답했다. 하지만 사브리예가 바라는 것은 스스로 질문을 던지는 것이었다. 사실 그 때문에 모임에 온 것이었다. 그런데 사정은 정반대였다.

그럼에도 사브리예는 의지의 힘으로 불가능한 것을 이루는 데 성공했다. 그녀의 입을 빌려 말하는 영혼들은 최면술사의 질문에 답하는 대신, 저승세계의 보다 평범한 문제들에 대해 이야기하길 좋아했다. 최면술사가 다른 영매, 예를 들면 옛 셰이크의 아들인 휘스뉘에게 영혼의 정화에 대해 물으면, 항상 그 절차에 대한 자세한 정보를 얻곤 했다. 심령술 사전에 의하면 정화란 사악한 욕망으로부터 영혼이 순화됨을 의미했다. 하지만 사브리예의 입을 통해 똑같은 정보를 들으면, 그 단어는 갑자기 일상생활에서 관습적으로 사용하는 의미를 갖게 되었다.

"저런, 안 돼! 다시 빨지 마! 그 양복은 깨끗해!"

보다 높은 존재와 접촉하는지 영혼에게 물으면 휘스뉘의 입을 통해 이런 답변이 돌아왔다. "이 단계에 오기까지 적어도 만 년을 고생했어. 만일 내가 그런 존재와 접촉할 수 있다면 너희들과 교신할 이유가 없겠지." 반면 똑같은 영혼이 사브리예의 입을 통하면 이렇게 답했다. "아니, 난 한 번도 시도해보지 않았어. 생각조차 해보지 않았다는 게 맞겠지. 나는 지금 루돌프 발렌티노의 최근 연애 사건에 온통 빠져 있어. 원한다면 다 이야기해줄게!"

종종 그녀는 깊은 최면 상태에서 딴소리를 하기도 했다.

"그녀를 못 찾겠어. 제이네프를 못 찾겠어. 자살한 사람은 아마 다른 곳에 있나 봐. 나는 여기 신참이야, 미안해!"

때로 최면술사가 인간을 좀 더 올바르고 정직하게 만들려면 어떻게 해야 하는지 물으면, 관대하고 경건하며 친절한 그 영혼은 사브리예의 입을 통해 이렇게 대답했다. "당신들 제정신이야? 그런 건 부디 다 잊고 제 앞가림이나 잘해! 너희 중 누군가에게 놀랄 만한 일이 생겼어!"

사브리예가 영매로서 가장 잘하는 일은 자기 몸에서 빠져나와 영혼 여행을 하는 것이었다. 그녀에게 임무가 부과되면 낡은 외투를 벗듯 육신의 껍데기를 우리들 사이에 내버려두고 온갖 담벼락을 타고 올라가 우리가 가리키는 창문을 즐겁게 들여다보면서, 자기가 본 것을 각양각색의 표현을 섞어가며 설명했다. 그런 과제는 호기심 많은 그녀가 가장 먼저 반길 만한 것이었다. 일단 그런 기회를 잡으면 너무 빨리 최면에서 깨어나 우리 세계로 돌아오지 않도록 온갖 술책을 동원했다. 그녀는 최면술사에게 부탁하고 간청했다. "맞은편 건물 4층에서 벌어지는 일을 한 번 더 살펴볼게요. 수아트를 본 것 같은데, 그녀가 아니었어요. 금발에 키가 큰 여잔데, 누군지 모르겠어요." 자기가 본 것을 넋이 나간 표정으로 설명하는 동안 본래 별 매력이 없는 그녀의 얼굴은 마치 달콤한 꿈에서 막 깨어난 것처럼 아름다워 보였다.

사브리예는 이런 모임에 참석하기 전에 늘 한 가지 조건을 제시했다. 네브자트의 집을 힐끗이라도 볼 기회를 주기 전에는 최면술사가 자신을 깨워서는 안 된다는 것이었다. 그녀는 다시 정신이 들어 깨어나면 가장 먼저 이렇게 물었다. "내가 뭐라고 말했어요? 내가 뭘 봤어요? 최면술사님, 당신이 나를 여기저기 둘러보도록 했죠?"

사브리예는 제이네프가 자살한 것은 그녀의 남편이 네브자트와 바람을 피웠기 때문이라고 추측했다. 또한 무라트의 혼령이든 아프로디테의 고모든 죄다 꾸며낸 이야기라고 여겼다. 자신이 진정 사랑했던 사람을 죽음으로 몰고 간 부적절한 사랑을 숨길 목적으로 네브자트가 꾸며낸 이야기라는 것이었다.

하지만 그런 사브리예의 생각에 동의하는 회원은 아무도 없었다. 무라트는 아프로디테의 고모와는 비교할 수 없었다. 그는 홀연히 사라져 버리는 혼령과는 달랐다. 심령술협회를 지배한 독특한 분위기는 이 무례하고 노골적이며 매력적인 혼령에게서 비롯되었다. 변덕스러운 무라트가 전기를 끊는 바람에 우리 모두가 몇 분 동안 어둠 속에서 공포에 떨어야 했던 그날 저녁을 누가 잊을 수 있을까? 일주일 뒤 우리는 오직 이 매혹적인 존재가 세상에 알려지는 것을 막는다는 명목으로 신입 회원을 더는 받지 않기로 결정했다.

같은 이유로 최면술사는 사브리예가 네브자트의 집 근처에 접근하지 못하게 하겠다고 약속했지만 이는 지켜지지 않았다. 사브리예가 정말 네브자트에게 접근할 수 있었다고 해도, 그녀가 실제로 무라트와 어느 정도까지 직접 이야기를 나눌 수 있는지 확인할 수 없었다. 우리 중 누구도 무라트의 기분을 상하게 하고 싶지 않았다.

사브리예의 의심과 비극 애호 취향이 전혀 인정받지 못한 것은 아니다. 하지만 결코 간과하지 말아야 할 것은 사브리예가 연애 사건만큼은 기가 막히게 잘 포착해서 꼬치꼬치 캐묻는 성격이라는 점이다.

사브리예는 이를 너무나 잘 의식하고 있었기 때문에 최면술에는 늘 마지못해 응했고, 죽은 자들과 대화하는 보다 편안한 방식을 선호했다. 그녀는 집에서나 모임에서나 초대에 응한 혼령들에게 세상 저편의 고통을 이해하도록 하는 강의를 했다. 사브리예가 던진 질문에 그들은 깜짝 놀랄 때가 많았다. 그녀는 최면술사나 셰이크의 방식에 익숙지 않은 혼령들을 즐겨 불러냈다. 세이트 루트풀라흐를 택한 것도 그런 이유 때문이었다. 뒤에서 다시 설명하겠지만, 사브리예는 세이트 루트풀라흐와 꽤 많은 일을 함께 했다. 그다음 주에 사브리예가 협회에서 강연할 때 나는 처음으로 세이트 루트풀라흐를 불러냈다. 그녀는 '심령술과 사회의 정화'라는 주제로 강의하면서 죽은 영혼들로 구성된 교신 봉사회가 어떻게 창립되었고 무슨 일을 하는지 상세하게 설명했다. 그녀의 이러한 관점이 특별히 타플란 데바의 지지를 받고 있다는 사실을 우리는 알고 있었다. 고상하고 세련된 부자 신사인 타플란 데바는 위생학의 열렬한 신봉자였다. 가끔 나는 그런 인재에게 어울리는 자리가 할당된다면, 우리나라가 얼마나 더 아름다워질지 생각해본다. 타플란 데바의 말에 십 분만 귀 기울이면, 누구나 온 힘을 다해 그 남자를 이스탄불 또는 어느 도시라도 종신 시장으로 만들고 싶다는 간절한 소망을 품지 않을 수 없었다. 그의 교양, 훌륭한 학벌, 사회 각계각층의 사람들을 추종자로 만드는 능력은 사실 그런 소망을 가능하게 할 수도 있었다. 하지만 안타깝게도 타플란 데바에게 정화란 단지 사회적이고 이념적인 개념일 뿐이었다. 거리와 집, 그리고 도시 전체가 어떻게 되든 그것은 늘 둘째, 셋째 의미밖에 없었다. 그에게 중요한 건 오로지 해로운 사상으로부터 사회를 정화하는 것이었기 때문이다.

그렇게 나는 사브리예의 호기심 덕분에 어느 날 저녁 뜻하지 않게 세이트 루트풀라흐와 재회하게 되었다. 사실 나는 협회에 가입했을 때부터 그와 다시 가까워졌다고 느꼈다. 협회가 아무리 어떤 과학적인 목적을 위해 설립되었다 하더라도, 그리고 제아무리 진지한 문제를 연구하고 파고들었다 하더라도, 그것은 세이트 루트풀라흐의 전문 분야였다. 첫날부터 그가 내 옆에 서 있는 것처럼 느껴졌다. 여러 확실한 의사소통

속에서 나는 그가 개입하고 있다는 사실을 곧 알아챌 수 있었다.

11

그런 생활이 영영 계속될 수도 있었다. 하지만 케말의 뜻밖의 개입으로 나는 협회를 나왔다. 케말이 자기 회사의 아주 좋은 자리를 제안했던 것이다. 그와 함께 일하면 꽤 많은 돈을 벌 수 있을 거라고 했다. "우리는 친구잖아, 그렇지?" 그는 이렇게 말했다. 물론 내가 모든 시간을 맘대로 활용할 수는 있지만, 페네르 우체국과 심령술협회는 그만둬야 할 거라고 했다. 나는 그 제안을 받아들이지 않을 수 없었다. 케말의 표현대로 나는 내 자리를 찾았고, 좀 더 올라갈 일만 남았다. 내 능력을 낭비할 필요가 있을까? 그래 봐야 좀 더 나은 머슴자리일 뿐인데?

협회 일은 나를 완전히 녹초로 만들었다. 저녁밥을 집에서 먹어본 적이 없었고, 잠도 거의 잘 수 없었다. 심령술사들은 내 시간 전부를 원했다. 하루 중 휴식 시간은 케말이 심부름을 보낼 때뿐이었다.

나일과 작별인사를 하면서 나는 그에게 모든 것을 다시 한 번 설명했다. 그는 미간을 찌푸리며 중얼거렸다. "세이트 루트풀라흐는…."

나는 왜 그러느냐는 표정으로 쳐다보았다. 나일이 농담을 한다고 지레 짐작한 나는 이렇게 대꾸했다. "그는 안전해. 사브리예가 돌봐주고 있으니까."

그러자 나일이 전날 받은 전갈을 알려주었다. 그것은 최근 사악한 영혼이 협회를 지배하고 있으며, 그래서 교령회에 세이트 루트풀라흐를 더 이상 부르지 않는 상황에까지 이르렀다는 것이다.

"세이트 루트풀라흐는 많은 것을 알고 있어." 나일이 말했다. "사브리예만큼. 그리고 너는 늘 그에게 이상한 질문을 던졌어. 너도 조심해!"

나는 나일의 말뜻을 나중에야 정확히 파악했다. 당시에는 오랜 친구인 세이트 루트폴라흐와 함께 협회를 떠난다는 인상을 받았다.

케말과 함께 일하는 것은 편했다. 매일 오후 다섯 시면 나는 자유의 몸이 되었다. 그곳은 전혀 다른 세상이었다. 담뱃불에 그을린 나무책상과 안절부절 못하고 전화를 기다리며 거칠게 말을 쏟아내는 사람들이 우글거리는 페네르 우체국과는 달랐다. 모든 것이 조용하고 차분했다. 내 전용 전화기도 있었다. 전화벨이 울려도 득달같이 뛰어가 받을 필요가 없었다.

반대로 내가 종을 누르면 서둘러 달려오는 사람들이 있었다. 첫날 나는 사무실 사환을 여덟 차례나 불렀다. 첫 번째는 날씨가 어떤지 물었고, 두 번째는 시간을 물었다. 그리고 세 번째는 내게 외투를 입히고 네 번째는 외투를 벗기라고 불렀다. 다섯 번째는 그의 이름이 무엇인지 물었다. 그때부터 이미 사환과 나 사이가 어쩐지 마음대로 굴러가지 않는다는 생각이 들었다. 여섯 번째는 그를 불러서 자리에 앉도록 하고 담배 한 대를 권했다. 일곱 번째는 그에게 다시 가보라고 명했고 여덟 번째는 되불렀다.

여러분이 믿든지 말든지, 나는 그것이 몹시 재미있었다. 내게 안성맞춤인 자리를 찾았다!

저녁마다 나는 세흐자데바시 커피하우스에서 라미즈 박사를 다시 만났다. 하지만 예전처럼 그곳에 자주 들르지는 않았다. 4년 전부터 단골손님 대다수가 떠났다. 그래도 중요한 것은 우리가 아직 그곳에 있다는 사실이었다. 게으름뱅이 아사프와 라미즈 박사, 몇 명의 화가, 저널리스트 한 명…. 더불어 나는 새로운 경험을 통해 진짜 개성을 찾게 되었다. 우리한테 심령술사들 소식을 알려주는 에템도 가끔 찾아왔다. 에템에 따르면, 네브자트는 늘 침울하고 넋이 빠진 듯 보인다고 했다. 그리고 사브리예는 교령회 모임에 거의 나오지 않는다고 했다.

어느 날 전화벨이 울렸다. 사브리예였다. 그녀는 자기 집에서 모임을 열고 싶다고 했다. 고민 끝에 거절하려 했지만, 그녀는 내가 초대에 응할 때까지 끈덕지게 권했다. 케말에게 그 얘기를 하자 벌컥 화를 냈다.

"맙소사, 가지 말게!"

그래서 나는 그 모임에 가지 않았다.

케말과 나의 관계는 예전과 달라진 것이 없었다. 그는 커피하우스든 집이든 다른 어디든 필요할 때면 언제나 지체 없이 나를 불렀다. 그러나 그 자신은 변했다. 그는 나날이 더 신경질적이 되어서, 내가 그의 지시를 성실하게 이행해도 언제나 꾸짖었다. 그가 여러 문제들과 씨름하고 있다는 사실을 알았던 나는 그의 기분을 돌리려고 애썼다. 그는 거액의 돈 문제에 시달리고 있었다. 매일 끊임없이 이리저리 계산을 해보았다. 가끔 주머니에서 지폐를 한 다발 꺼내 내 앞에서 세다가 하나하나 쌓아놓았다. 그러고는 한숨을 내쉬며 다시 지갑에 쑤셔 넣었다.

"이걸로 어떻게 살아야 하나!"

그 돈이면 전 회원들을 카라귐뤼크에서 메카까지 성지 순례를 보낼 수도 있었다. 그는 겨우내 그렇게 돈을 세고 또 셌다. 그런데 뜻밖에 그의 상황이 나아졌다. 그렇지만 나에 대한 태도는 변함이 없었다. 그의 재단사, 구두장이, 셔츠 재봉사, 카라쾨이의 정육업자나 집주인이 무엇을 요구하든 그는 늘 내게 그에 대한 책임을 물었다. 나는 늘 그런 일과 씨름해야 했고, 땀을 비질비질 흘리며 시달려야 했다. 그러나 내 앞에서 돈을 세는 일은 중단되었다.

그때 작은 일이 하나 터졌다. 어느 날 저녁 사브리예가 골목이 꽉 찰 만큼 큰 자동차를 타고 우리 집을 찾아왔다. 우리는 옛이야기를 하며 추억을 나누었다. 그때 사브리예는 나를 살살 구슬려 케말 얘기를 꺼내도록 만들었다. 그러고 나서 아내와 처형과 처제와 작별의 포옹을 나눈 뒤 돌아갔다.

사브리예의 방문은 우리의 생활을 송두리째 흔들어놓았다. 아내와 두 자매는 그 세련된 여성의 옷차림새에 완전히 매료당했다. 우아한 옷차림을 위해서는 돈이 필요하다는 생각을 할 새도 없이 곧 사브리예를 따라했다. 그들은 그것이 단지 의지의 문제라고 생각했다. 세 사람은 각자의 의지를 가급적 역동적으로 발휘하기로 마음먹었다. 순식간에 나는 세 달치 봉급을 잃었다. 그것으로도 충분하지 않았다. 돈 쓸 곳이 한두 군데가 아니었다. 게다가 사브리예는 처제에게 "정말 예쁘다"는 말을 남기고 떠났다. 처제는 그 말을 진지하게 받아들이고 미인 대회에 출전하리라 마음먹었다.

두 달 뒤 어떻게 내 주소를 알아냈는지 네브자트가 찾아왔다. 그녀는 사브리예가 당시 뭘 캐물었는지 알고 싶어 했다. 아울러 케말이 그녀를 어떻게 생각하는지도 궁금해했다.

그건 그렇고 세 자매는 이번엔 네브자트의 차림새가 정말로 세련됐다는 데 의견을 모았다. 그들은 당장 모든 것을 바꿔치웠다. 성급하게 고른 옷들을 터무니없이 싼값에 팔아넘겼기 때문에, 나는 두 달 치 봉급을 가불해야 했다. 파키제는 그렇게 낭비를 하는 동안에도 질투심에 사로잡혔다. 그때까지 별 의미가 없던 남편의 가치도 덩달아 올라갔다. 사브리예와 네브자트 같은 여자들이 남편을 찾는 걸 보면, 어떤 이유가 있는 게 분명하다고 느꼈다. 파키제는 우리 사이에 뭔가 있는 게 틀림없다고 의심했다.

케말은 어떻게 알았는지 네브자트가 우리 집에 왔다는 걸 눈치챘다. 이튿날부터 그는 나를 얼음장처럼 차갑게 대했다. 그와 관련된 나의 사생활뿐만 아니라 사무실 업무에 대해서도 트집을 잡았다. 나는 도저히 그를 만족시킬 수 없었다. 내 얼굴에 서류 뭉치를 던지고 사환이 보는 앞에서 야단을 치기도 했다. 사는 게 사는 게 아니었다. 말 그대로 지옥 그 자체였다. 시시각각 불이 활활 타오르는 화로를 삼켜야만 했다. 우리 집의 패션 혁명으로 인해 내 옷들도 팔아치워서 나는 그때그때 아무렇게나 기운 양복 한 벌로 지내야 했다. 하지만 이런 상황과 두 달 동안 깎지 못해 들쭉날쭉한 내 턱수염도 파키제의 질투 앞에서는 아무 소용이 없었다. 나는 그날 있었던 일을 분 단위로 아내에게 보고했다.

이미 언급했듯이 나는 많이 배우지 못했다. 나는 평생 새로운 단어를 배워야 했다. 순간순간 새 단어를 온몸으로 체화하며 익혔다. '불합리하다'라는 단어의 뜻은 셔벗장수의 다이아몬드 이야기를 통해 알게 되었다. 그때까지 나는 불합리하다는 단어를 피상적으로만 알았지만 이제는 삶의 일부가 되었다. 이제 나는 지금까지 알지 못했던 일종의 두려움을 느꼈다. 무슨 일이 생길까 봐 순간순간 무서웠다. 삼십 분 안에 아내나 그 자매 중 하나가 사무실에 나타나 내가 있는지 확인할 것이고, 방문객이 있는 동안 케말이 나를 불러 호통을 칠지도 모르며, 겨우 그를 벗어나면 기다리는 거라곤 빚쟁이들 중 하나와의 맞대면뿐이었다.

모든 순간이 모욕적이었다. 불행이 매 순간 다른 옷을 입고 나타났다. 아무 이유도 없었다. 결코 내 잘못이 아니었다. 모든 것이 나름의 독자적인 논리에 따라 전개되었다.

내 상황을 솔직하게 얘기했는데도, 혹은 솔직하게 얘기했기 때문에 한 여자가 나와의 결혼을 원했다. 부지중에 아주 우연히 몇 사람을 알게 되었는데, 그중 내게 관심을 갖는 사람이 있었다. 무심결에 나는 그 사람의 손아귀에 들어갔고, 벗어날 수 없게 되었다. 기계는 외부에서 작동되었고, 따라서 나는 외부의 지시에 맞춰 일했다. 기계는 날이 갈수록 점점 더 빨리 움직였지만, 가끔 털털거리다가 완전히 멈춰 서기도 했다.

그런 상황이 되면 톱이든 칼이든 어떤 도구로도 일을 계속할 수 없었다. 그와 더불어 내 마음에는 흥분과 고통 대신 다시 공포가 자리 잡았다. 곧 무슨 일이 벌어질 것 같은 공포가.

여름이 끝날 무렵 케말은 사흘간 앙카라에 갔다. 그 사흘은 천국 같았다. 나의 고민은 그대로였지만, 온몸으로 짓누르던 케말의 압박감은 덜해졌다. 나는 더 이상 깊은 물속에 잠겨 있지 않았다. 나를 짓누르던 엄청난 무게가 느껴지지 않았고, 그 때문에 뼈마디가 으스러지는 소리도 나지 않았다. 그때 나는 한 사람이 다른 사람의 삶에 얼마나 큰 자리를 차지할 수 있는지 알게 되었다.

사흘 동안 나는 케말 생각만 했다. 사실 일상은 하나도 변하지 않았다. 사무실 사람들이 죄다 케말을 따라했기 때문에 실제로 나는 똑같은 풍경 속에 내맡겨져 있었다. 집도 마찬가지였다. 그럼에도 잠시나마 홀가분했다. 그러나 내 인생에서 케말이라는 이름은 현실이었다. 끔찍한 현실.

게다가 케말은 내 삶뿐만 아니라 나를 둘러싼 곳곳에 있었다.

내가 살면서 배운 것은, 사람에게 지옥은 사람이라는 사실이다. 인간을 죽음으로 이끄는 수백 가지 질병과 위험한 상황이 있지만 사람만큼 위험한 것은 아무것도 없다.

그런 일이 나에게만 일어나는 건 아니라는 사실을 나는 작은 사건을 통해 깨달았다. 여행을 떠나기 전에 케말은 내게 몇 가지 일을 시켰다. 그중 하나를 처리하기 위해 그의 아내 셀마를 만나 이야기를 나누어야 했다. 그래서 그녀를 찾아갔다. 그녀는 내 목을 끌어안지도, 기쁨의 춤을 추지도 않았다. 오히려 케말이 여행을 떠나기 전과 다름없었다. 그렇지만 나는 작은 변화를 느꼈다. 그녀는 전보다 더 침착하고 자신감이 있어 보였다. 그녀 역시 어떤 짐으로부터 벗어난 듯 보였다.

셀마는 금세 커피 한 잔을 내왔다. 응접실에서 마주 앉아 치마 주름을 만지작거리는 셀마를 바라보았다. 그래, 그녀도 짧은 시간이나마 무언가로부터 벗어나 있었다. 가정교사한테 거짓말로 자유 시간을 얻은 어린 소녀의 들뜬 모습이었다. 아니면 마녀의 손아귀에서 벗어난 동화 속 소녀의 모습이라고 할까?

네브자트 역시 마찬가지였다. 그녀도 분명 긴장감을 덜 느끼고 마음이 가벼워 보였다.

셀마는 요사이 네브자트를 만난 적이 있느냐고 물었다. 나는 나의 사회적 지위를 환기시키고자 '주인 나리'라는 경칭을 써 대답했다.

"주인 나리께서 그런 사람들과 만나지 말라고 하셨습니다."

셀마는 처음엔 제대로 이해하지 못한 듯 나를 빤히 쳐다보았다.

"네브자트가 잘 지내지 못한다고 들었어요." 셀마가 입을 열었다. "나도 네브자트를 만나지 못했어요."

이윽고 그녀는 이제 막 잠에서 깬 사람처럼 갑자기 내 얼굴을 천천히 쳐다보았다. 그리고 이내 무슨 말을 하려다가 관두었다. 내 말 뜻을 이해했던 것이다.

하지만 그게 무슨 소용이란 말인가? 그것으로 뭐가 해결된단 말인가? 나는 행운의 선물과도 같은 그 사흘을 다른 일로 망쳐버릴 수도 있었다. 그것을 생각하지 않는 것이 최선이었다. 아니 차라리 도망을 치는 것이 최선일 수도 있었다. 하지만 도대체 내 마음은 무엇일까? 나의 진심은 무엇일까? 내가 나 자신이라고 부르는 것은 걱정과 고통과 두려움의 덩어리일 뿐이었다.

케말이 앙카라에서 돌아오자마자 내게 해고를 명한 것 외에 별다른 일은 없었다. 이제 나는 적어도 그에게서 벗어날 수 있게 되었다. 그의 말을 듣지 않아도 될 것이고, 그를 보지 않아도 될 것이다. 그의 행동과 좁은 이마에 생긴 주름을 꿈에서도 보지 않아도 될 것이다. 끊임없이 지속되던 불쾌한 기분도 끝날 것이다. 분노와 증오에 시달리지도 않을 것이다.

그럼에도 나는 해고 소식을 가족에게 어떻게 알려야 할지 고민에 빠졌다. 실망할 것이 틀림없었다. 해고의 책임을 내게 미룰 것이다. 오히려 앞으로 뭘 먹고살아야 할지는 걱정되지 않았다. 그것은 나중 일이다. 지금 첫 단계를 극복해야만 한다. 나를 두렵게 만드는 위험한 관문. 집에 들어서자 가족들이 모두 침울한 표정으로 앉아 있었다. 금방이라도 울음을 터뜨릴 것 같은 표정이었다.

이미 소식을 들었나? 누구한테 들었을까?

나는 조심스레 파키제에게 물었다. "대체 어떻게 알았어?"

파키제는 앞에 놓여 있던 신문을 가리켰다.

나의 해고와는 다른 일이 벌어진 게 틀림없었다. 결국 이번에도 나는 그리 중요한 인물이 아니었다. 별 볼 일 없는 비서일 뿐이었다. 다른 일이 벌어진 게 분명했다. 나는 파키제가 가리킨 곳을 읽었다. 미인대회 심사위원들 중 세 명이 사퇴했는데, 그중에 사브리예도 있다는 소식이었다. 처제가 흐느끼면서 입을 열었다. "사브리예가 약속했단 말이에요! 나를 도와주겠다고!"

나는 해고를 당해서 이제 끼니 걱정을 해야 한다고, 이것이야말로 진짜 우울한 소식이라는 말을 몇 차례나 꺼내려고 했다. 하지만 소용없는 일이었다. 그들은 그들 고민에만 열중하고 있었다.

3부 동틀 무렵

1

절름발이 이스마일은 사이드 테이블에 앉아 도미노 게임을 하고 있었다. 전날 나는 파키제와 두 자매와 심하게 싸운 뒤 딸 제흐라와 이스마일의 결혼을 승낙했다. 나는 금방이라도 흘러내릴 것 같은 이스마일의 지저분한 납빛 얼굴을 쳐다보았다. 마마 자국으로 얽은 코와 부은 눈을 바라보며 이 아름다운 봄날 나를 비참하게 하는 불행을 떠올렸다.

제흐라가 다른 집에서 태어났더라면, 그래서 조금이나마 관심과 애정을 받았더라면, 절름발이 이스마일에게서만 청혼을 받지는 않았을 것이다. 제흐라는 누더기 속에서도 빛나는, 봄날과 같은 싱그러운 아름다움을 지니고 있었다. 하지만 안타깝게도 미래의 음악가 처형과 미스 터키 처제는 12년 동안 제흐라에게 잔일을 시키면서 스스로를 못생기고 매력이 없다고 믿게끔 만들었다. 처음에 파키제는 자매들에게 제발 내 딸에게 좀 더 친근하게 대하라고 간청했지만, 생활이 힘들어지면서 그녀 역시 우리의 불행이 모두 제흐라의 탓인 양 구박하기 시작했다.

전날 밤 처형이 순전히 고의로 제흐라를 못살게 구는 동안, 파키제는 그런 부당한 상황에 대한 화풀이로 아무 이유 없이 내 아들 아흐멧을 울렸다. 자신을 학대하는 것은 참을 수 있었지만, 아흐멧을 못살게 구는 것만큼은 견딜 수 없었던 제흐라는 계모와 싸우기 시작했다. 가끔 자기 마음속에 잠자고 있는 뭔가를 흔들어 깨우는 제흐라의 모습을 나는 유달리 좋아했다. 제흐라는 내가 알지 못하는 것을 알았고, 내가 할 수 없는 것을 했다. 그녀는 부당한 대우에 반항했다. 안타깝게도 그게 내게는 부정적인 영향을 미치긴 했지만. 그런 상황에서 파키제의 전략은 하나뿐이었다. 다른 사람과 싸움으로써 제흐라를 견제하는 것 말이다. 파키제는 지체 없이 주요 적수인 나를 향해 돌진했다. 이번에도 마찬가지였다. 싸움은 거의 한밤중까지 계속되었다. 기어코 그녀는 내 베개와 이불을 복도 장의자에 내동댕이쳐서 나를 침실에서 쫓아냈다.

파키제는 그것이 나를 괴롭히는 방법이라고 생각했다. 하지만 착각이었다. 그녀는 나를 침실에서 쫓아내는 것을 진정한 벌이라고 여겼다. 파키제는 서른다섯 살임에도 침대 예절을 배우지 못했다. 그래서 나는 아내와 한 침대를 쓰는 대신 아쉬운 대로 소파에서 자는 편이 차라리 더 나았다.

그러나 벌칙의 강력한 효과를 과신했던 아내는 그 효력을 잃지 않으려 노력하면서, 따로 자는 것에 대해 오래전부터 표현했던 나의 설레는 감정을 거듭 단호히 거절했다.

"맙소사, 절대 그럴 수 없어요! 나는 침실에서 자면서 남편은 복도에 재운다고요? 그러면 난 뜬눈으로 밤을 샐 거예요! 당신이 얼마나 불편할지 아는데…."

오히려 나는 지금이 불편했다. 부부싸움을 하지 않거나 영화를 보러 가지 않으면 하루 종일 게으름을 피우던 아내는 잠자리에 들자마자 진정한 곡예사로 돌변했다. 손가락과 팔과 다리로 상상도 못할 동작을 보여주고, 거미 같은 자세로 발작적인 경련을 일으키며 입체적인 춤에서 아프리카 제의까지 점점 더 강렬한 제스처를 취하는 동안, 나의 몸은 그녀의 사지 움직임 하나하나에 따라 격하게 흔들리기도 했다가 때로는 한 번씩 휘감기기도 했다가 다시 세게 걷어차이기도 했다.

나는 이런 움직임을 보면서 파키제가 갑상선 질환 때문에 잠자는 동안 숨을 거칠게 쉬고 코를 골고 끊임없이 잠꼬대를 하는 것이려니 하고 그냥 내버려두었다. 그러니 내가 얼마나 밤잠을 설치는지 상상할 수 있을 것이다.

파키제의 또 다른 습관은 자신이 꾼 꿈을 그 자리에서 설명하려고 나를 깨우는 것이었다. 그래서 나는 파키제가 하루 종일 무엇을 참았고, 또 그것을 꿈속에서 어떻게 얻었는지 알았다. 부부싸움을 얼마나 격렬하게 하든, 여하튼 나는 그다음에 혼자 잘 수 있다는 것이 기뻤다.

그날 밤 나는 복도에 누웠다. 식구들이 모두 잠든 뒤, 딸이 조용히 다가왔다. 제흐라의 눈은 울어서 퉁퉁 부어 있었다. "아빠, 더 못 견디겠어요." 제흐라는 이렇게 말했다. "아흐멧은 내가 데리고 갈게요. 그 편이 아흐멧에게도 나을 거예요. 아침마다 이스마일의 어머니가 찾아와서 이스마일과 결혼하지 않겠느냐고 물어봐요. 내일은 하겠다고 대답할 거예요." 제흐라는 다가왔을 때처럼 살금살금 물러나서 소리 죽여 흐느꼈다.

그리고 이제 몇 발짝 앞에 절름발이 이스마일이 앉아 있었다. 나는 앞에 앉은 추한 몰골의 사내를 영혼 깊은 곳까지 꿰뚫기라도 할 듯 빤히 쳐다보았다. 그는 모든 부정적인 인상을 하나도 빠짐없이 갖고 있었다. 이마는 너무 좁아서 제대로 보이지도 않았다. 좁은 이마 때문인지 너무 오만해보였다. 두 팔은 아래로 축 늘어져 있었고, 손가락은 짧고 굵었으며, 넓적한 손바닥에는 상처처럼 빨갛게 굳은살이 박혀 있었다. 두툼한 아랫입술과 사팔뜨기 눈은 그를 잔혹하고 무자비한 사람으로 보이게 했다. 목소리는 수세미처럼 거칠었다. 그것은 그가 세련된 생활을 하지 못했음을 보여주었다. 듬성듬성 보기 흉하게 난 누런 치아는 인색함과 불운을 상징했다. 이스마일은 결핍이란 결핍은 모두 지니고 있었다. 불쌍한 내 딸 제흐라가 그런 이스마일과 어떻게 새 출발을 한단 말인가?

나는 점점 더 우울해졌다. 당장 자리를 뜨는 편이 나았을 것이다. 커피하우스에서 안절부절 라미즈 박사를 기다리는 내내, 장래 사위의 존재가 맘에 들지 않았다.

도미노 게임을 하는 동안 이스마일의 턱과 윗입술은 마치 시계추처럼 움직였고, 울대뼈는 유난히 튀어나와 보였다. 가장 보기 흉한 건 두 손이었다. 넓적하고 마디진, 노동을 통해 만들어진 것과는 다른 흉측한 두 손은 겉으로 보기에는 온전한 정신으로는 상상도 못할 범죄와 끔찍한 일을 저지르기에 딱 어울렸다.

"아흐멧은 제가 데리고 갈게요…." 제흐라가 간밤에 나를 위로하려고 했던 말이 무시무시할 정도로 두려웠다. 하나가 아니라 둘을 보낸다니! 나는 손으로 이마를 쳤다. '하이리 이르달, 정신 차려!' 나는 생각에 잠겼다. '너는 아들을 제대로 돌보지 않았어!' 하지만 어쩌란 말인가? 아들의 운명은 더 나빠지면 나빠졌지, 좋아지지 않을 것이다.

나는 몇 번이고 자리를 뜨려고 했다. 하지만 장래의 사위가 한 번씩 고함을 칠 때마다 마법에 사로잡힌 듯 제자리에 앉아 꼼짝도 못했다. 얼마나 악랄하고 비열한가. 얼마나 무례하고 몹쓸 인간인가. 안 된다. 나는 그런 놈에게 내 딸을 줄 수 없다. 도미노 게임을 하면서도 역겨울 정도로 탐욕스러운 성격이 그대로 드러났다. 그에게 게임은 외부에서 이루어지는 신체 활동이 아니었다. 그는 온전히 게임 속으로 기어들어가 모든 신체 부위를 쑤석거리다가 하나를 끄집어내면 다른 하나를 놓을 곳을 탐색했다. 다 떨어진 신발 속 구멍 난 양말 사이로 보이는 오른발은 테이블 밑에서 마치 재봉틀 페달처럼 움직였고, 목젖은 잡아먹을 듯 앞으로 튀어나와 있었다. 손가락은 무엇이든 낚을 수 있는 갈고리처럼 보였고, 입술은 끊임없이 뭔가를 빨아들이고 턱은 그것을 다시 내뱉었다. 그리고 끔찍할 정도로 소란스럽게 쉬지 않고 코를 킁킁거렸다.

"너무 흉측해! 너무 못나고 무식해 보여. 짐승 같아…"

그때 누가 내 어깨에 손을 얹었다. 라미즈 박사가 미소를 지으며 서 있었다. "또 이렇게 넋이 나가 있군요. 무슨 일 있어요?" 그 옆에는 마흔 두세 살 쯤 되어 보이는 키 큰 남자가 서 있었다. 환한 피부에 옷을 잘 차려입었다. 멋지다고 표현할 수 있을 만큼 인상적이었다.

라미즈 박사가 내 소개를 했다. "내 친구 하이리 씨라고 해. 매우 재미 있는 사람이지. 옷차림에 속지 말게!"

그리고 재빨리 나를 쳐다보았다. "이쪽은 학교 동창 할리트 아야르시입니다." 그는 이내 일상적인 질문을 던지면서, 앞쪽에 있는 빈자리를 노렸다.

할리트 아야르시는 좀 독특한 인물이었다. 당시에는 그의 존재 자체가 불편했다. 그가 있었기 때문에 결국 나는 라미즈 박사에게 2리라를 빌려달라는 말을 할 수 없었다. 라미즈 박사와 함께 커피하우스에 온 그 남자가 언젠가 내 아이들의 건강과 내 아내와 그 자매들의 미래에 행운의 별이 될 거라고 상상이나 할 수 있었겠는가?

'좀 건방진 인상이군!' 나는 이렇게 웅얼거리며 생각에 잠겼다. '마치 구입할 물건이라도 되는 것처럼 사람을 저렇게 빤히 쳐다보다니." 나는 그가 불쾌하게 느껴졌다. 하지만 그의 시선이 그런 건 아니었다. 지금까지 나를 바라보던 다른 많은 사람들의 시선과는 달랐다. 무시하는 눈빛도, 경계하는 눈빛도, 비웃는 눈빛도 아니었다. 단지 어떤 대상을 관찰하는 듯 바라보았다. 내게 무슨 일이 있는지 알고 싶어 했다. 단지 그뿐이었다.

우리는 이제 각자의 자리를 찾아갈 참이었다. 나는 다시 내 자리에, 두 사람은 염두에 두고 있던 다른 자리에 앉으려던 순간, 그래서 내 희망이 산산조각 나려던 찰나, 라미즈 박사가 새로 생긴 습관인 듯 내 어깨를 두드리고 턱과 뺨을 손으로 만지작거리면서 내 옷차림을 위아래로 훑어보았다―요사이 사람들은 나를 이렇게 훑어보았다. 누구나 그런 뒤에야 시선을 거두었다―. 그러더니 별안간 동작을 멈추고 친구에게 이렇게 말했다. "자네, 시계 때문에 짜증난다고 했지? 하이리에게 보여주면 좋을 텐데. 하이리는 시계 박사거든!"

나이가 들면서 점점 더 수다스러워진 라미즈 박사는 계속 떠들었다. "하이리는 형식에 얽매이지 않는, 마음 좋은 사람이야. 자기 소유의 가게는 없지만, 시계에 대해서는 정말 잘 알아."

이윽고 그는 나를 바라보며 의례적인 몸짓을 했다. "같이 커피 한잔할까요? 그러면 영광이겠는데!"

나와 그의 옛 동창 사이에는 재산과 생활수준, 건강, 교육, 교양의 측면에서 하늘과 땅 만큼의 차이가 있었는데도, 라미즈 박사는 나를 좋아한다는 걸 적당히 강조하기 위해 내 어깨와 굽은 등 위에 손을 얹었다.

그렇게 5년을 보냈다. 지금까지 벌어진 이런저런 일에도 불구하고, 오랜 친구들은 나에 대한 애정을 보여주지 않고는 못 배겼다. 라미즈 박사는 그중에서 가장 순수한 마음을 가진 인물이었다. 우리가 빈 테이블에 자리를 잡고 앉자마자, 박사는 내 재주를 일일이 열거하면서 치아에 낀 음식 찌꺼기를 쩝쩝거렸다.

"이 친구 하이리 이르달은 모르는 게 없어! 연금술, 골상학, 관상학,

숫자 점술, 수상학, 카발라 등 모든 것에 통달했지. 전통 의술까지도. 최근에는 어떤 병에 대한 진단까지 해서 나도 깜짝 놀랐다네!"

사실 나는 지난 5년 동안 세이트 루트풀라흐의 레퍼토리를 반복적으로 차용했다. 그리고 다른 사람들을 어리석다고 생각하면서 겨우겨우 버텨왔다.

할리트 아야르시는 라미즈 박사의 말에 귀 기울이면서, 마치 이렇게 말하고 싶은 듯한 눈초리로 나를 빤히 쳐다보았다. '나한테 돈이 좀 생기면 당신 집에 잠깐 들러 당신을 사야겠어요. 당신이 어디에 사는지 알고 있어요. 그런데 당신을 어디에 쓸까?' 할리트 아야르시는 사람들과 교감할 때를 제외하고는 거의 없는 사람처럼 느껴졌다. 그래서 그의 시선이 전혀 방해가 되지 않았다. 그에게 사람은 공간을 차지하는 대상일 뿐이었다.

드디어 할리트 아야르시가 입을 열었다. "정말 시계에 대해 잘 아십니까?"

나는 마음이 넓지도 않았고, 연금술과 숫자 점술이나 전통 의술에 대해 알지도 못했으며, 무성하게 자란 턱수염과 하얗게 센 머리카락에 모자를 쓴 이슬람 승려 같은 외모에도 불구하고 어느 교단에도 속하지 않았을 뿐만 아니라 시계에 대해서 정말 아무것도 알지 못했다. 하지만 나는 거짓말에 익숙했다. 위조지폐 같은 인생을 계속 살려면 별다른 방법이 없었다. 사람들은 내게 그것을 원했다. 나는 사기꾼이었다. 시계에 대해 잘 안다고 얘기해야만 할까? 그것에 대해 얘기하는 방식은 적어도 서른다섯 가지가 있다. 셀마 앞에서, 혹은 라미즈 박사 앞에서, 혹은 사브리예나 게으름뱅이 아사프 앞에서 그때그때 다르게 대답했다. 나는 할리트 아야르시를 힐끗 훑어보았다. 그렇다. 그 사람 앞에서는 직접적인 협상이 절대적으로 필요했다. 나는 아주 나지막이 물었다 "제가 좀 봐도 되겠습니까?"

그러자 그는 주머니에서 금시계를 꺼내 내 손 위에 올려놓았다. 시곗줄은 없었지만, 내 손바닥에 작은 태양이 내려앉은 듯이 매우 정교해보였다. 나는 지금도 그것을 갖고 있다. 그 시계를 바라보고 있기만 해도 즐겁다.

나는 시계가 떨어질세라 손을 오므렸다. 할리트 아야르시가 말했다. "두 달 전에 시계가 멈췄어요. 아버지의 유일한 유산으로 제겐 소중한 물건입니다. 무슨 문제일까요?"

"하나가 빠졌군요. 그것도 핵심적인 것이. 시계가 멈춘 건 말할 것도 없어요. 하지만 시곗줄 없는 시계는 고삐 풀린 말이나 다름없고, 남편 없는 여자나 마찬가지예요. 시계를 사랑하는 사람은 시곗줄도 꼭 챙깁니다."

나는 그 남자를 한번 떠보고, 시간을 좀 벌기 위해 그렇게 말했다.

할리트 아야르시는 나를 뚫어져라 쳐다보았다.

"당신 말이 맞아요. 나는 벌써 두 번이나 시계를 떨어뜨렸어요!"

"저런! 이 시계는 정말 훌륭한 작품이에요. 요즘 보기 드문 물건이고. 영국산이군요. 19세기 중반에 제작된 작지만 굉장한 작품입니다!"

정말 아름다운 시계였다. 나는 시계 덕분에 이스마일과 내 딸의 일도 잊을 수 있었다. 여러 해 전 케말 부인의 시계를 고친 이후 처음 만져보는 훌륭한 물건이었다. 정말 흥분되었다.

"지금 도구가 하나도 없군요. 아마 주머니칼 정도는 있을지도…."

나는 주머니에 손을 넣어 칼을 이리저리 찾다가, 불에라도 데인 듯 화들짝 다시 손을 뺐다. 주머니칼은 몰타 시장의 노점상 알리 에펜디가 가지고 있었다. 최근 우리 집에서는 종종 그런 일이 생겼다. 집에서 필요한 물건을 찾지 못할 때마다—처형과 처제의 물건을 제외하고는—벼

룩시장이나 몰타 시장을 떠올렸다. 또는 찾는 물건 대신 고물장수의 얼굴이, 그의 의심스러운 눈초리와 찌푸린 코가 눈앞에 아른거렸다. 식사를 할 때도, 잠을 잘 때도, 옷을 입고 벗을 때도, 대화를 나눌 때도 늘 그런 이미지들이 되살아났다. 물건들은 제각각 팔아넘길 수밖에 없는 사연이 있었다. 그때의 장면이 우리의 기억에서 잊히지 않았다.

라미즈 박사가 서류가방을 열었다. 그리고 그의 주머니칼을 꺼냈다. 잠시 애절한 표정으로 자신의 손톱을 꼼꼼히 뜯어보다가 내게 칼을 건넸다. 할리트 아야르시의 얼굴에 미소가 스치듯 지나갔다. 사실 이 남자는 주의 깊게 지켜보고 있었다.

나는 나사를 돌려 시계를 열었다. 돋보기로 한참 들여다볼 필요도 없었다. 시계는 그저 자성을 띠게 된 것 뿐이었다.

할리트 아야르시는 흥분하여 마치 내가 그의 아이라도 진찰하는 의사라도 되는 양 나를 지켜보았다.

"아무 문제도 없습니다." 나는 입을 열었다. "자성을 띠게 된 것 뿐이에요. 시계를 분해하지 마세요! 쓸데없는 짓입니다. 전문 시계 장인이 가지고 있는 특별한 도구만 있으면 됩니다. 삼십 분이면 모두 해결될 거예요."

할리트 아야르시는 고개를 끄덕였다.

"그런데 왜 지금까지 아무도 그걸 몰랐을까요?"

"주의해서 보지 않으면 잘 모릅니다. 시계는 인간의 몸과 똑같아요. 가장 흔한 질병만 찾기 일쑤죠. 하지만 한 가지 차이가 있어요. 의사들이 사람을 치료하다가 장기를 망가뜨리면 결코 대체할 수 없지만, 시계는 가능합니다. 부품을 바꾸면 되니까요."

라미즈 박사는 기쁜 마음을 억누르지 못했다. 나는 결코 꿈도 꿀 수 없었던 최상의 능력을 발휘했다. 간단명료한 대답과 동시에 상대의 존경심을 얻었다.

"부품 하나만 바꾸면 된다고요? 정말 믿을 수가 없군요! 이 시계를 수리한 사람을 오래전부터 알고 있어요."

심령술협회에서 청송이 자자하던 내 여섯 번째 감각이 깨어났던 것일까? 아니면 상대방에게 깊은 인상을 주고 싶었던 것일까? 어쩌면 나는 그저 커피하우스가 지겨웠을지도 모른다. 아니면 그 순간 불현듯 느낀 인간적인 정을 더 느끼고 싶었는지도 모른다. 어쨌든 나는 온갖 어휘를 총동원했다.

"그 사람을 찾아가보세요. 그리고 우선 떨어져나간 보석을 갈아 끼워 달라고 하세요. 무게가 똑같은 다른 보석으로라도. 별 이상은 없을 거예요. 다만 무게가 중요해요. 그런 시계를 제작한 사람이라면 두 개의 루비 사이에 렌틸콩을 넣지는 않을 거예요. 자기장을 제거하고 그 부품을 교체해 달라고 하세요."

할리트 아야르시는 한참을 잠자코 있었다. 나는 시계를 더 들여다보지 않고, 마치 행운의 열쇠라도 되는 듯 움켜쥐었다.

조금 전부터 테이블 뒤에서 벌어진 다툼이 이제는 주먹과 의자가 날아다니는 몸싸움으로 번져 사람들의 이목을 집중시켰다. 매가 노획물을 찾듯 울대뼈가 툭 튀어나온 미래의 사위가 헝클어진 머리로 누르락붉으락 욕설을 퍼부으며 자기를 말리는 사람들로부터 벗어나려고 애썼다.

'맙소사!' 나는 생각했다. '곧 살인 사건이 벌어지게 생겼군. 한두 명은 족히 죽어나가겠어. 저놈은 틀림없이 살인을 저지르고 말 거야. 눈빛과 이빨만 봐도 알 수 있어. 그 대가로 최소한 사형이나 종신형을 받을 테지! 이젠 희망도 없군. 내 딸 시집도 못 보낼 거야!'

나는 우리에게 약속되었던 신랑의 결혼 지참금을 생각하면서, 이스마일을 무시하고 업신여겼던 것을 후회했다.

'넌 저놈이 그렇게 싫어? 흠, 이제 신께서 저놈을 네게서 떼어놓는구나. 오늘 저녁에 감방에 갇혔다가 일주일 뒤 교수형을 당하고 말거야. 그러면 내 딸은 결혼도 못해보고 과부가 되겠지. 불쌍한 것, 그 아이가 그런 소식을 들으면 얼마나 원통해할까!'

이런 터무니없는 생각 때문에 내가 곧 벌을 받으리라고 예상이나 했겠는가? 하지만 불쌍한 사람들에게 그런 일은 비일비재했다. 우리 같은 사람을 관할하는 운명은 아주 믿을 만하게 일을 처리했다. 순간적인 충동에 대해서도 대가가 있었고, 순진한 추측에 대해서도, 우리가 그저 품고만 있을 뿐인 생각에 대해서도 대가를 치르게 해서, 한꺼번에 단념하도록 만들었다.

하지만 나의 예상은 하나도 들어맞지 않았다. 장래 사위는 관상학과 골상학의 권위를 무너뜨리기로 작정한 듯 했다. 그는 아무도 죽이지 않았다. 누구의 따귀도 때리지 않았다. 오히려 두 대를 얻어맞았다. 맞을 만하긴 했지만. 주먹이 그의 두툼한 윗입술을 살짝 스친 뒤, 커피하우스에서 가장 단단해 보이는 의자가 머리 위에서 부서졌다. 그는 연거푸 발길질을 당해 상처가 났고, 곧 허공을 날아 마침내 문밖 보도 위에 나가 떨어졌다. 세상에, 얼마나 기쁘던지!

그야말로, 기쁨을 억누를 수 없었다. 첫째, 저 녀석은 아무도 죽이지 않았고, 아울러 사형도 구속도 당하지 않을 것이다. 설령 녀석의 생명이 위독하다고 해도, 난 그런 가능성 때문에 특별히 슬프지는 않을 것이다. 하지만 내 딸이 관련되어 있었다. 저놈이 사형을 당하거나 감옥살이를 하지 않는다면, 여전히 내 사위가 될 가능성이 있었다.

둘째, 그는 내 눈앞에서 흠씬 두들겨 맞았다. 그러니 지금까지 그랬던 것처럼 내 앞에서 거만을 떨지 못할 것이다. 그가 이제 또 무례하게 "노친네가 여긴 무슨 일이슈?" 하고 윽박지르면, 그저 이렇게 대답해주면 될 것이다. "별일 없네, 사랑하는 이스마일. 나는 방금 전 커피하우스에 있었지. 자네가 흠씬 두들겨 맞더군. 이것 참, 막 거기에서 오는 길일세…." 아니면 이렇게 소리칠 것이다. "커피하우스! 의자! 종업원!" 또는 "자, 이스마일 말해봐, 의자 값은 지불했나? 저런, 맙소사! 여하튼 그 의자는 네 머리 때문에 부서졌어. 종업원이 무슨 죄가 있겠나? 자네 때문에 왜 종업원이 손해를 봐야 하지?"

그리고 내가 기뻐한 세 번째 이유가 남아 있다. 폭행을 당한 이스마일은 적어도 사흘은 일어나지 못할 것이고, 결혼 문제도 잊을 것이다. 그럼 나는 생각할 시간을 얻게 된다. 많은 사람들이 시간을 벌기 위해 인생을 허비한다. 나는 늘 거듭해서 시간에—내 시간에—발을 걸어 넘어뜨리려고 애썼다.

그때 나는 어떻게 의자에 가만히 앉아 있었을까? 왜 나는 자리에서 일어나 폭행한 사람들에게 축하의 말을 건네고 실컷 입맞춤하지 않았을까?

'비열한 놈… 감히 내 진주 같은 딸에게 추파를 던지고 뻔뻔하게 나를 보고 웃다니! 어리석은 놈 같으니! 너를 팬 사람들에게 축복이 있기를!'

할리트 아야르시가 내 생각을 중단시켰다.

"그럼 이 시계를 금방 고칠 수 있을까요?"

"기껏해야 한 시간 정도면 됩니다. 알맞은 보석을 찾아서 교체하기만 하면 되니까요."

할리트 아야르시는 라미즈 박사에게 고개를 돌렸다.

"라미즈 박사, 어서, 그리로 갑시다! 지금 당장. 그리고 선생님도 불편하지 않으시다면 그렇게 해주실 수 있겠습니까? 그 후에 어디든 함께 가서 시간을 보내도록 합시다."

"그런데 죄송하지만, 지금 이 차림새로는 갈 수가 없어요…."

사실 나는 옷차림이 부끄러워서 거절한 것이 아니었다. 내 상황에서는 어쨌든 언제나 이런저런 모든 것들을 받아들이는 수밖에 선택의 여지가 없었다. 아리따운 딸을 이스마일 같은 어리석은 절름발이 놈에게 줄 생각을 일 초라도 한 인간에게는 예의에 맞는 옷차림과 외모, 체면 같은 건 더 이상 문젯거리가 아니었다. 나는 오히려 그들이 자기들끼리만 갈 것이고, 그 대신 내게 몇 리라를 줄지도 모른다는 기대 속에 내숭을 떤 것이었다. 그런 초대를 받고 나서 집에 걸어가야만 했던 적이 한두 번이 아니었다는 사실을 나는 기억해냈다. 그런데 할리트 아야르시는 내가 그런 계산을 하고 있다는 걸 어떻게 알았을까?

"당신 차림새가 어때서요? 사람들은 당신 얼굴을 보고 어떤 사람인지 압니다."

그는 그걸 알고 있었다. 이미 내 운명이 얼굴에 쓰여 있다는 걸. 할리트 아야르시는 다른 사람들과 달리 옷이 아니라 얼굴에 주목했다.

그들은 택시를 세웠다. 나는 조수석이 내게 맞다고 생각하고 당연히 거기에 앉으려고 했다. 하지만 할리트 아야르시가 내 팔을 붙잡고 제지하면서 다른 한 손으로 뒷문을 열고 나를 밀어 넣었다. 이어서 라미즈 박사에게 들어가 앉으라고 하고 마지막으로 그 옆에 자신이 앉았다. 참으로 이상한 사람이었다. 친절한 몸짓 하나에도 뭔가 명령 같은 분위기가 있었다. 그래서인지 그는 필요한 경우 자기 몸을 썼다. 그와 같은 사람에게 절대적으로 적합한 몸을.

자동차에 탄 게 얼마나 오랜만이었던지. 무도회 드레스를 셀마의 집에 가져다주었던 그 겨울밤 이후 처음이었다. 나는 무도회 드레스가 담긴 상자를 끊임없이 쓰다듬으며 입을 맞추었다. 그 옷을 입은 셀마는 마치 외투를 두른 예언자 무함마드 같은 모습이었다. 셀마는 나를 2층으로 불러서 커피를 내주고 드레스를 입었다. 그것은 내가 네 시부터 아홉

시까지 찾아 헤매다 고른 옷이었다. 케말은 여행 중이었고, 셀마는 무도회에 함께 갈 친구들을 기다리고 있었다. 그녀는 평상시와 달리 몹시 허물없이 말을 건넸다. 우리 사이의 거리를 잊은 것 같았다. 심지어 이런 말까지 했다. "남편 대신 당신이 함께 가요. 면도를 하고 케말의 옷을 입으면 그러지 못할 이유가 없어요…." 그리고 당황한 내 모습에 놀란 듯 이렇게 덧붙였다. "오, 걱정하지 마세요. 단 한 가지 조건이 있어요. 나는 오늘 꼭 무도회에 갈 거예요. 만약 친구들이 오지 않으면, 그때 당신이 함께 가는 거예요…." 나는 그녀의 친구들이 너무 늦게 오거나 아예 오지 않기를, 그것도 아니면 가능한 빨리 와서 질식할 것 같은 그 축복으로부터 벗어날 수 있게 해주기를 기도했다. 그날 저녁 나는 처음으로 셀마가 품위 있는 스타일과 행동, 세련된 옷차림과 우아한 자세, 매력적인 미소뿐만 아니라 몸매, 그것도 최고의 몸매를 지녔다는 걸 깨달았다. 모험으로 가득한 세상 여행을 떠날 수 있는 한 척의 선박과 같은 몸매였다. 그녀의 등은 가장 화려한 궁전의 거울보다 아름다웠고 두 팔은 마치 달빛에 반짝이는 은빛 물결 같았다.

보기 드문 그 행운의 순간을 떠올린 건 아마도 미래의 사위가 내 앞에서 흠씬 두들겨 맞은 일로 인한 홀가분한 기분 때문이었을 것이다.

그 사건을 생각할 때마다 떠오르는 일이 있다. 절름발이 이스마일은 뺨을 얻어맞은 후 아주 기묘하게 코를 찡긋 올려 세웠는데, 나는 그 모습을 평생 잊지 못할 것이다. 그런 못생긴 코로는 그것 말고 다른 짓을 잘할 수는 없었을 것이다. 셀마에 대한 기억이 아무리 달콤해도, 나는 그때 내게 부여된 재능을 마지막까지 발휘할 수밖에 없었다. 만일 내가 그 커피하우스에 없었더라면 어떻게 됐을지 상상해보라! 그놈이 폭행당하거나 살해당했다는 기사를 신문에서 읽거나, 짐작건대 몹시 슬픈 표정을 짓지만 속으로는 오히려 기뻐서 펄쩍 뛸 이웃 사람으로부터 그 애기를 전해 들었다면, 아마 나는 어깨를 으쓱하며 이렇게 말했을 것이다. "그놈, 그렇게 될 줄 알았어요!" 당시 황홀감에 거의 정신을 놓을 뻔했던 셀마의 구애와 마찬가지로 그날의 이스마일에 대한 기억도 계속 내 뜻대로 되었다. 원할 때마다 나는 그 기억을 되살릴 수 있었다. 그 녀석이 발길질에 바닥으로 나가떨어졌다가 피투성이가 된 채 다시 일어서는 모습, 그리고 그 얼굴로 다시 쓰러졌던 기억을 달콤하게 떠올렸다. 또 나를 다시 한 번 쳐다본 뒤 슬금슬금 도망치던 모습도. 그때 우리는 서로 시선을 꺼렸다. 쓰레기 같은 놈, 천한 놈…. 분명 그는 구타를 견디지 못했다. 어쨌든 그는 벌을 받기 위해 이 세상에 태어났다. 사실 그를 괴롭히는 것은 내가 그 사건의 전말을 모두 지켜보았다는 사실이었다. 그는 그 사실을 견디지 못했다. 이 빌어먹을 놈아, 내 딸에게 추파를 던지기 전에 너 자신을 한번 봐라!

베야지트 광장에 도착했을 때, 나는 습관적으로 주머니를 움켜쥐었다. 하지만 여덟 달 전 팔아치운 시계는 당연히 있을 리 없었다. 나는 광장에 걸린 시계 두 개를 올려다보았다. 하나는 세 시 삼십 분에 멈춰 서 있었고 다른 하나는 열한 시를 가리키고 있었는데, 오늘 저녁만큼은 제때에 맞춰 오려했지만 연착한 밤기차 같았다. 무슨 말이라도 해야 할 것 같아 나는 입을 열었다. "맞는 시계가 없군요."

그러고는 죽은 뱀 같은 사윗감에 대한 생각을 떨쳐버리려고, 편안한 마음으로 이렇게 덧붙였다. "이 도시에는 시계 두 개가 정확하게 맞는 법이 없다는 걸 아세요? 괜찮으시면 에미뇌뉘와 카라쾨이로 가서 한번 테스트를 해봅시다."

아무도 대답하지 않았다. 둘 다 각자의 생각에 골몰하고 있는 것 같았다. 나는 어깨를 으쓱했다. 그것이 내게 어떤 나쁜 영향을 미칠까? 나는 제흐라를 그 작자에게 주지 않을 것이다. 다른 모든 건 아무런 의미가 없었다. 그런데 어떻게 제흐라를 먹여 살리지? 어떻게 보살필까?

고민을 떨쳐버리려고 다시 절름발이 이스마일을 떠올렸지만, 아무 소용이 없었다. 이제 셀마에 대한 생각에 집중했지만 공연한 짓이었다. 언짢은 기분은 계속 이어졌다. 그러다 에미뇌뉘에서 라미즈 박사의 말이 귀에 들렸다. "정말, 25분 차이가 나네요!"

카라쾨이에서는 할리트 아야르시가 고함을 질렀다. "여기는 30분이 빠르네요!"

시계 수리공은 품위를 매우 중시하는 부유한 아르메니아인이었다. 그를 한번 보면, 그의 셔츠를 만든 재단사와 특히 이발사에게 경탄의 마음을 금할 수 없었다. 구두에 광을 얼마나 번쩍거리게 냈는지, 틀림없이 구두를 신고 잠자리에 들 것 같았다. 시계 수리공은 할리트 아야르시에게 프랑스어를 느끼게 섞어 인사를 했다. 하지만 할리트 아야르시는 신경 쓰지 않고 시계를 꺼내놓으며 재빨리 내게 말을 건넸다. "하이리씨, 당신이 좀 설명해주세요."

아고프 사아트시얀은 매우 무시하는 듯한 동정의 눈빛으로 위아래로 나를 훑어보다가, 가장 흥미로운 부분인 듯 신발에서 시선을 멈추었다. 다른 시간에 내가 혼자 왔더라면, 다짜고짜 이렇게 말했을 게 틀림없었다. "아무것도 줄 게 없소."

그래서 나는 시계의 상태를 매우 중후한 목소리로 설명했다.

"당신은 이 시계를 세 번씩이나 거칠게 분해했습니다. 이런 시계는 매우 섬세해서, 억지로 힘을 쓰면 제대로 작동하지 못합니다. 여기 뒷면을 한번 보세요. 공장에서 만든 것이 아니라 수작업으로 만든 물건이에요. 대가가 다른 사람들에게 보내는 편지처럼 말이지요. 물론 당신에게 보낸 것은 아니지만."

나는 뚜껑에 새겨진 글귀를 보여준 뒤 슬픈 표정을 지었다.

"오랜 전통의 수공예가 상업적인 것에 의해 밀려난다는 것은 참으로 슬픈 일입니다."

아, 존경하는 스승 누리 에펜디여, 고이 잠드시길! 내 말에 귀 기울이는 이 남자의 얼굴을 보셨어야 했는데. 이 영광의 순간을 오직 당신에게 돌립니다. 이 시계 수리공이 당신이 즐겨하던 말을 듣자마자 내 신발에서 시선을 거두었습니다. 다시 말하면 이 신발이 혼자 힘으로 그곳에 온 것이 아니라 분명 주인이 있으며, 그 주인에게 당연히 머리가 있고 그렇다면 머리에 얼굴도 있을 거라는 사실을 겨우 떠올린 듯합니다.

'안 돼, 그 개자식한테 결코 내 딸을 주지 않겠어!'

나는 상냥하게 미소를 지으며 내 얼굴을 확인하려는 그 남자에게 고마움을 표하고 말을 이었다.

"당신 조수가 수리를 하면서 보석을 잘못 끼워 넣은 게 틀림없습니다. 여기를 한번 보세요!"

당황한 시계 수리공은 두 손을 비비며 말을 더듬었다. 하지만 이제 내 인내심도 바닥이 났다.

"내가 일러준 대로 해보세요. 우선 시계에서 자성을 없애보세요."

나는 할리트 아야르시에게 고개를 돌렸다. "옛날엔 이런 일을 할 때 돈이 최우선은 아니었어요. 이 일이 정말로 좋아서 하는 애호가들이 있었죠."

누리 에펜디가 내 귀에 대고 "잘했어, 내 아들아!"라고 속삭이는 것 같았다.

머릿속에 걱정거리만 없었더라면, 나 자신을 끝없는 모험 속으로 끌고 들어가고 싶은 기분만 없었더라면, 집에서 매일 저녁식사를 배불리 할 수만 있었더라면, 나는 그 불쌍한 시계 수리공을 그렇게 대하지는 않았을 것이다. 그의 얼굴을 보니 부끄러웠다. 하지만 나 자신에게 이렇게

말했다. '이 사람은 이제 견디는 법을 배워야 해! 그러면 저녁 끼니 걱정은 하지 않아도 되겠지!'

세상에, 자기 뒤에 번창하는 사업장이 있다면, 얼마나 든든할까. 그런 사람은 온 세상에 맞설 수 있다. 시계 수리공은 이미 마음을 다잡았다. 그렇지 않았다면, 시계를 돌려주고 우리를 쫓아낼 수도 있었을 것이다.

우리는 결국 한 시간 반을 가게에 머물렀다. 그사이 나는 그 시계 장사꾼에게 신과 하늘에 계신 스승의 도움으로 시계 제작에 대한 소중한 강의를 할 수 있었다. 특히 균형을 정확하게 맞추어야 시계가 작동할 수 있기 때문에 그만큼 보석의 무게가 중요하다고 얘기하며 정확성을 얼마나 강조했는지, 그 남자가 식은땀을 비질비질 흘릴 정도였다.

마지막으로 나는 앞으로 그런 시계를 다룰 때는 그렇게 오일을 많이 사용해서는 안 된다고 따끔하게 일렀다.

"여기서 시계를 다루는 일은 올리브유에 가지를 볶는 일과는 달라요! 게다가 이제는 좀 더 묽은 골유(骨油)가 필요해요."

할리트 아야르시는 내내 꼼짝 않고 나를 지켜보았다. 우리가 드디어 그 집을 떠날 때, 가게 주인은 프랑스어를 완전히 잊은 듯했다. 그는 내게 잘 보이려고 이렇게 물었다. "존경하는 선생님, 스위스인이시죠? 아니면 스위스에서 공부를 하셨거나."

"왜 그런 생각을 하셨죠?"

"시계에 대해 모르는 게 없으셔서…."

"난 그저 시계를 좋아하는 사람일 뿐이에요." 나는 대꾸했다. "그것도 아주 많이."

내가 그렇게 무뚝뚝하게 대하지만 않았으면, 그는 아마 나를 자기 도제로 받아들였을지도 모른다!

가게 문밖에서 할리트 아야르시와 라미즈 박사는 저녁을 어디에서 보낼지, 좀 더 정확히 말하자면 우리가 저녁을 어디에서 보낼지 상의했다. 드디어 할리트 아야르시가 결정을 한 모양이었다. "우리 보스포루스로 갑시다! 하이리 씨가 함께 가신다면 영광일 겁니다. 거기에서 라키 한잔합시다, 어때요, 하이리 씨?"

'넷.' 나는 속으로 숫자를 세고 있었다. 한 시간 동안 분명 네 번, 사람들이 나를 "모모 씨"라고 불렀다. 게다가 절름발이 이스마일이 얻어터지는 광경도 목격했다. 그 녀석은 내 딸을 평생 얻지 못할 것이다. 뿐만 아니라 나는 한 시간 반 동안 이스탄불에서 가장 이름난 시계 수리공을 괴롭혔다. 참으로 내 인생에 걸맞은 사건이었다. 집에 있는 식구들은 굶주리고 있었지만, 나는 설령 내 것이라고 해도 브랜드를 전혀 알 수 없을 자동차를 타고 달렸다. 그것도 뷔위크데레에 라키를 마시러 가는 중이었다.

뷔위크데레에는 셀마 친척의 장례식에 참석하러 간 것이 마지막이었다. 그때 얼마나 피곤했는지 평생 잊지 못할 것이다. 셀마에게 헌신하던 때였기 때문에 나는 관을 거의 혼자 짊어지다시피 했다. 나도 땅에 묻혀버릴 것 같은 기분이었다. 그래도 사랑하는데 뭘 못하겠는가?

그날 무엇보다 불쾌했던 건 그렇지 않아도 장례식 내내 예민하고 성이 잔뜩 나 있던 케말이 눈빛을 마주칠 때마다 나의 상황을 은근히 즐기는 것 같았기 때문이었다. 급기야 그를 시신 쪽으로 넘어뜨리고 줄행랑을 쳐버릴까 하는 생각이 들 정도로 그런 기분은 더욱 심해졌다. 그러고 나서 휜카르테페 언덕으로 올라가 싱그러운 바람을 맞으며 노래를 부르리라. '내가 연습선(練習船)에 타던 시절….' 왜 하필 그 노래였을까? 나 스스로도 알 수 없었다. 물론 케말을 골탕 먹이겠다는 내 계획은 실행에 옮길 수 없었다. 돌아오는 길에 그가 팔을 끼며 감사의 예를 표했기 때문에 결국 나는 그의 몸무게를 지탱해야만 했다.

"도대체 왜 늘 불쌍한 사람들만 당하는 걸까? 케말은 손끝 하나 건드리지 못하고."

나는 여느 때처럼 혼잣말을 중얼거렸다. 라미즈 박사가 웃으면서 타박했다.

"또 그 소리입니까? 대체 그 사람한테 뭘 바랍니까?"

그는 할리트 아야르시에게 재빨리 설명했다. "하이리는 케말을 눈꼽만치도 좋아하지 않는다네."

속마음을 들킨 나는 얼굴을 붉히며 창밖을 내다봤다.

"맞아요!" 할리트 아야르시가 맞장구를 치며 내게 말했다. "나도 그런 생각을 한두 번 한 게 아닙니다. 일단 그런 감정이 들면 멈출 수가 없어서 겁이 덜컥 났어요. 당신도 한번 상상해보세요. 누군가의 뺨을 때리기 시작하면, 한 대로 만족할 수 없지요!"

나는 그의 커다란 손을 힐끗 보았다. 그런 일이 절대 일어나지 않을 거라 생각하니 슬펐다.

당시 장례식을 마치고 페리를 타고 돌아오는 길에 케말은 줄곧 내 곁을 떠나지 않았다. 그리고 5분마다 이런 소리를 했다. "하이리, 자네 오늘 완전히 진을 뺐군. 자네 도움은 절대 잊지 못할 걸세." 이 말을 들을 때마다 나는 점점 더 피곤해졌다. "고인은 좀 특이한 사람이었지. 당신 고모보다 더 삐딱했으니…. 셀마는 그 여자를 견디지 못했어. 우리에게도 무척 적대적이었지. 하지만 우리는 친척인지라 고인에 대한 이 마지막 봉사를 거부할 수 없었다네. 어제 나는 장례식 날 뭘 어떻게 해야 할지 고심하다가 셀마에게 조언을 구했어. 그랬더니 이렇게 말하더군. '하이리가 신문에서 부고를 본다면 꼭 올 테니 걱정 말아요'라고. 그 때문에 자네를 생각하면서 부고를 그렇게 자세하게 낸 것일세. 오늘 정말 큰일을 해주었네!"

그렇다. 그건 사실이었다. 나는 자발적으로 거기에 갔었다.

케말은 내 얼굴을 똑바로 쳐다보지 않은 채 이렇게 중얼거렸다. "세상에, 이런 멍청이가 있나! 정말 멍청하군!" 그렇게 그는 내가 멍청하다는 사실을 주입시키기 위해 같은 이야기를 열 번도 더 했다. "정말이라네, 셀마는 그 여자를 좋아하지 않았어. 몹시 시달렸거든. 그런데도 자네에게는 매우 고마워하고 있다네."

그가 입을 열 때마다 발밑이 움직이는 것 같았다. 그들이 전혀 좋아하지 않는 친척의 장례식에서 곡을 하기 위해 제대로 씻지도 못한 채 무덤에 찾아간 것을 생각하면….

당시 나는 그 무엇인들 상상하지 않았겠는가! 예를 들면 장례식 다음 날이나 또는 그다음 날 셀마를 만났을 때, 상냥하게 미소 지으며 이렇게 말해주는 모습을. "오, 하이리, 당신이 우리 고모 때문에 애 많이 쓰셨다고 케말이 말해주었어요. 그 얘기를 듣고 내가 얼마나 감동했는지 모를 거예요! 당신의 우정 어린 마음에 감사해요. 나는 전부터 당신보다 더 좋은 친구는 없다고 생각했어요!" 그녀는 그런 말을, 그리고 또 다른 기분 좋은 말을 해줄 것이다. 그러면 나는 당황해서 적당한 말을 찾지 못한 채 말을 더듬으며 결국 그녀의 발 앞에 쓰러질 것이다. 셀마는 매우 달콤한 음성으로 이렇게 말하겠지. "아니에요, 하이리, 제발 이러지 마세요! 나는 다 알아요. 당신은 자기 감정에 휩싸여 갈팡질팡하는 불쌍한 아내의 마음을 아프게 하지 못할 사람이에요!"

나는 터키 영화의 한 장면처럼 그 모습이 눈앞에 아른거려서 몹시 견디기 힘들었다. 물론 셀마는 영화의 여주인공처럼 그렇게 콧소리를 섞어 말하지는 않을 테지만. 케말은 이 아름다운 상상을 오 분마다 깨트려 버렸다.

그때 할리트 아야르시의 말소리가 들렸다.

"케말을 조금이라도 안다면 금세 살인 욕구를 느낄 수밖에 없죠. 난 갈라타사라이 고등학교에 함께 다닐 때 이미 그걸 느꼈어요."

장례식 이후 나는 뷔위크데레를 한 번도 입에 올리지 않았다. 하지만 라키는 전혀 다른 문제였다. 나는 라키라는 단어와 좀 더 깊은 인연을 갖고 있었다. 라키는 내게 다시 케말에 대한 기억을 떠오르게 했다. 라키를 둘러싼 케말과의 일화는 사실 호의적인 것은 아니었다. 어느 날 그의 집을 찾아갔을 때, 그는 저녁식사를 하고 있었다. 그는 내게 앉으라고 하며 라키를 권했다. 첫 모금을 마시자마자, 그의 얼굴이 일그러졌다. 그 표정이 얼마나 비참해 보였던지, 나는 금방 입맛을 잃어버렸다. 하지만 오로지 라키를 어떻게 마셔야 하는지 보여줄 심산으로 연거푸 여덟 잔을 마신 뒤 고주망태가 되어 그의 집을 나왔다. 그때 일을 곰곰이 곱씹을 때마다, 내 행동이 전적으로 옳았다는 결론에 이르렀다. 분명 나는 그를 눈곱만치도 좋아하지 않았다. 그의 아내는 좋아했지만.

두 번째 실직 이후 나는 라키에 푹 빠져 살았다. 한 발짝만 들어서도 콩 모둠 죽의 시큼한 냄새와 올리브기름 타는 내가 코를 찌르는 세흐자데바시와 에디르네카피 사이의 지저분한 술집들에 한 군데도 빠짐없이 몇 리라씩 빚이 있었다. 다 허물어져가는 우리 집 터를 사들인 사람이 내 단골 술집 주인이었다. 그는 이례적으로 넉넉하게 외상술을 주었다. 그 집에 갚아야 할 술값이 지속적으로 늘었는데, 그것은 무엇보다 저녁마다 내가 간곡하게 빌어서 얻어 마신 500밀리리터 라키 때문이었다. 어떨 때는 감히 집에 술을 들고 갈 용기가 생기지 않았다. 나는 어린 종업원의 건방진 눈빛과 내 빚과 낡은 집에 대해 은근히 비꼬는 유수프 에펜디의 얘기를 들으며 주점에서 반 병을 마셨다. 그리고 무슨 비난을 하든 신경 쓰지 않고 허공에 대고 이렇게 말했다. "남은 술은 구석에 두게. 내일 저녁에 와서 마실 테니."

그렇게 나는 라키도 뷔위크데레도 친숙하다. 그와 관련한 추억이 많다. 라키와 뷔위크데레, 이 둘이 함께 관련된 추억도 있다. 물론 뷔위크데레에는 라키를 마시는 사람들이 있다. 그런데 나는 어쩌다 이런 상황에 이르게 된 걸까? 나, 라키, 그리고 뷔위크데레. 아니 오히려 뷔위크데레, 라키 그리고 나… 어떤 상상을 하든, 두 시간 전부터 셋의 조합은 납득할 수 없었다. 더 믿을 수 없는 것은 이날 내가 이미 네 번이나 "누구누구 씨"라고 불렸다는 사실이다.

하이리, 내 아들, 하이리, 점 보는 사람, 하이리, 시계 수리공, 하이리, 고아 소년, 하이리, 마법사, 탕아, 술고래, 하시시 흡연자, 하이리, 파키제의 남편, 제부이자 형부… 그리고 급기야 불쑥 하이리 씨의 등장.

"하이리 씨, 담배 한 대 피우실래요?"

"고맙습니다, 선생님."

사람들은 분명 그렇게 불렀다. 6년 전에도 아마 그랬을 것이다. 그사이 나는 까맣게 잊고 있었다. 입언저리와 잇몸에 통증이 느껴질 만큼 너무 오랜만에 피우는 담배였다. 나는 담배 맛에 취해 다섯 번째로 "하이리 씨"라고 부르는 소리를 듣지 못할 뻔했다.

자동차는 봄날 저녁 안개를 가르며 쏜살같이 달렸다. 셈베르리쿠유 언덕의 우윳빛 안개 너머로 아름다운 저녁이 펼쳐졌다. 저녁은 싱그러운 풀밭처럼 폭신하고 들꽃처럼 여리고 수줍게, 어두운 붉은빛에서 황금빛으로 반짝이는 리본처럼 끝없는 초록의 대지까지 내려앉아 있었다. 그 리본의 끝이 우리 수중에 있는 것 같았다. 우리는 앞을 향해 달리면서 반짝이는 리본을 함께 감아올렸다.

뷔위크데레, 라키, 나, 그러나 하이리 씨가 된 나. 거기에 시속 60킬로미터로 달리는 자동차의 속도. 나는 마치 주말 축제장을 향해 달리는 어린아이처럼 정말 설레었다!

"깊은 사색에 잠기셨군요, 하이리 씨?"

다행히도 라미즈 박사가 내 옆에 앉아 있었다. 그가 있는 한 할리트 아야르시의 질문에 직접 대답할 필요는 없었다. 정말로 라미즈 박사가 대답했다.

"하이리 씨는 항상 그런다네!"

하이리 씨, 우리 하이리, 너희들의 하이리, 사색에 잠긴 하이리… 그렇게 많은 하이리가 있었다. 그들 중 하나 정도는 중간에 잃어버릴 수 있지 않을까? 나도 다른 사람들처럼 그저 나 자신, 단 한 사람일 수 있도록?

자동차는 가로수를 차례차례 갈라 뒤로 보내면서 앞을 향해 빠르게 달렸다. 그렇지만 모든 것이 어린아이의 벨벳 같은 머리카락처럼 부드러웠다. 6년 전 제대로 보살핌을 받지 못해 죽은 어린 딸의 머리카락처럼 부드러웠다. 제발 저 노인은 치지 말기를! 저 사람은 나보다 더 차림새가 엉망이었다. 제정신이 아닌 게 틀림없다. 택시 기사, 브라보! 그는 털끝 하나 건드리지 않고 노인을 지나쳤다! 노인은 얼마나 천만다행이었는지 깨닫고 소스라치게 놀라겠다. 오늘 밤 그는 이 일에 관한 꿈을 꿀 것이다. 그리고 마치 진짜 사고를 당한 것처럼 갑자기 옛 여인으로부터 벗어나겠지. 그런데 나는 왜 계속 셀마와 케말 생각을 하고 있는 걸까? 어쩌면 자동차에 앉아 있기 때문인지 모르겠다.

"친애하는 하이리, 오늘 저녁 우리 집에 들를 수 있겠나? 셀마가 자네를 기다리고 있네. 그럼, 여섯 시나 일곱 시쯤…"

케말의 음성은 마치 볼일이 급한 어린아이가 종종걸음을 치듯 전화기 속에서 껑충껑충 뛰었다. "네, 알겠습니다…"라고 대답한 나는 마치 이름을 더럽힐까 두려운 사람처럼 곧바로 수화기를 내려놓았다. 아마 케말은 화가 나서 지금 얼굴이 누르락푸르락해졌을 것이다. 늘 자기가 먼저 수화기를 내려놓았으니까.

나는 저녁이 되기를 기다렸다. 그리고 여섯 시 반에 케말의 집 앞에서 있었다. 하녀가 접대용 미소를 지으며 맞이했다. 그녀는 이 세상에서 가장 나쁜 향수를 쓰는 것 같았다. 깜박이는 눈빛에 불쾌한 기운이 감돌았다. 현관 불빛 아래인데도 깊은 어둠 속에서 나를 엿보는 것 같았다. 하녀는 내 옷을 다시 제대로 걸었다. 내가 뭘 기분 나쁘게라도 했나? 피차 우리는 같은 주인에게 고용된 사람들이 아닌가? 그것도 거의 같은 조건으로? 직업적인 연대의 불씨가 내게 없는 것일까? 아니다, 결단코 내가 하녀를 화나게 했을 리 없다. 나는 그저 서둘렀을 뿐이다.

닫힌 커튼과 뿌연 불빛이 뿜어져 나오는 셸마의 침실은 마치 바닷속 동굴처럼 보였다. 침대는 거대한 진주조개처럼 희미하게 빛을 발하며 솟아 있었다. 그 안에 셸마가 누워 있었다.

셸마가 아픈가? 내 딸, 내 어린 딸도 열흘 전부터 아픈데. 라미즈 박사는 어제 들르지 않았다. 하지만 다른 사람의 병은 모두 잊어버릴 만큼 셸마의 병은 아주 특별했다. 아흐멧의 홍통도, 제흐라의 전두동염도, 아내의 갑상선과 미열도 잊을 만큼. 의자와 긴 안락의자 위에 실크 속옷이 아무렇게나 널려 있었다. 거기에 케말이 잠옷 가운을 입고 앉아 있었다.

"쾌유를 빕니다."

내 관자놀이가 펄떡거렸다. 뭔가 또 다른 말을 하고 싶었다. 하지만 무슨 얘기를? 내 어린 딸은 오늘 아침 열이 38도까지 올라 얼굴 모양까지 이상해졌다. 하지만 셸마가 그런 것에 관심이 있을까? 나는 집에 있어야 했다. 그렇지만 여기에 있는 것이 행복하다.

"하이리, 이렇게 또 귀찮게 해드려서 죄송해요. 이 일을 해줄 사람이 당신밖에 없어서요."

그녀는 믿을 수 없을 만큼 아름다워 보였다. 그녀의 얼굴은 내 어린 시절의 사탕 가게와 오늘날 꽃 가게의 쇼윈도와 똑같았다. 형형색색의 광채가 넘쳐흘렀다.

마음속에서 누리 에펜디의 목소리가 들렸다.

'인내는 인간의 유일한 피난처이니….'

나는 그 피난처에서 그의 목소리를 듣고 있었다. 하지만 셀마 방의 사방 벽은 정말 얇았다.

"우리가 선물을 보내야 할 사람이 있어요. 그런데 보시다시피, 제가 아파요. 감기가 금방 나을 것 같지 않아요. 처음엔 케말이 가려고 했는데, 이 사람도 오늘 아침에 열이 조금 있었어요. 상태가 더 나빠지지 않았으면 좋겠어요."

그녀가 일어나 앉았다. 케말에 대한 그녀의 관심만큼 나를 행복하게 만드는 것은 없었다. 그것이 아내의 역할이다. 그것 말고 여자들이 뭘 해야 한단 말인가? 아름다움만으로는 충분하지 않다.

"더군다나 케말은 오늘 저녁에 다른 일이 있어요. 그래서 그 일을 할 사람이 당신밖에 없어요. 제 친정이 있는 시슬리에 다녀오세요. 저와 아주 가까운 친척한테… 부탁할 수 있는 사람이 당신밖에 없어요!"

아픈 그녀의 모습은 아름다웠다. 재채기하는 모습도 그렇게 예쁠 수가 없었다! 진심으로 나는 재채기를 하는 그녀를 데리고 가서 내 침대 위에 샹들리에처럼 걸어놓고 싶었다. 셀마는 침대에서 뭔가를 찾는 것 같았다. "저기 있는 손수건 좀 주세요…."

"당신도 감기에 걸리겠어요…."

"아니에요, 방이 따뜻한데요 뭘."

방은 따뜻하지만, 그래도 제발 이불을 덮어요. 당신의 팔을, 목을, 가슴을 덮어요. 당신의 형체가 이불에 가려지도록. 당신의 몸을 덮어요. 이 개의 충성심을 꼭 지킬 수 있도록 몸을 덮어요. 그렇지 않으면… 그런데 왜 그녀는 내 앞에서 자신을 숨겨야만 할까! 그런 그녀를 바라보는 내 모습은 얼마나 비굴한가….

"선물은 벌써 준비해놨어요. 저기 의자 위에 있어요. 부탁이 하나 더 있어요. 아이세가 당신에게 케말이 입던 양복 한 벌을 줄 거예요. 당신도 알다시피, 그들은 부자예요. 그래서 우리는 집안의 충실한, 오랜 하인을 통해 보내야만 해요. 당신이 케말의 양복을 입으면 정말 근사해 보일 거예요!"

그녀가 다시 웃었다. 웃고 있는 이 모습도 함께 데려갈 수 있다면. 그런데 그건 어디에 걸어놓을 수 있을까? 내가 그녀의 하인 노릇을 하는 것만으로는 충분치 않았다. 나는 그녀의 친구들과 가족들에게 내가 그녀 집에서 태어나고 자랐으며, 셀마의 요람을 흔들어주었다는 인상을 줘야 했다. 그리고 여전히 착실한 사람으로 보여야만 했다! 게다가 케말의 옷을 입은 내 모습을 보여주어야 했다! 그런 내 모습을 본 사람은 이렇게 생각할 것이다. "저 사람을 잘 보세요! 최근 케말이 입던 양복 아닌가요? 위풍당당하네요! 게다가 품위까지. 교육도 잘 받았겠죠."

"하이리, 나한테 화난 거 아니죠? 당신이 날 좋아해서 절대로 화 내지 않을 거라는 거 잘 알아요!"

내가 그녀를 좋아한다는 걸 셀마도 알고 있었다. 그 기쁨이 나를 사로잡았다. 그녀는 다시 베개에 얼굴을 묻었다. 그녀의 머리는 풀어헤쳐져 있었다. 침대는 가늘고 고운 모래사장처럼 쭉 뻗은 여인의 몸을 드러내 보여주었다. 이불이 가볍게 움직였다. 나는 이제 그만 선물 꾸러미를 받아서 가야 했다. 하지만 그녀가 다시 불쑥 얼굴을 드러냈다. 똑같이 반짝이는 눈빛과 똑같은 미소… 분명 이 순간 그녀에게는 나 외에 아무도 없었다. 그런데 그녀는 또다시 나를 모욕할 준비를 하고 있었다. "아이세가 돈을 줄 테니, 택시를 타고 가세요!"

아이세는 정말 갈색 정장을 준비해놓았다. 사흘 전 케말이 그 옷을 입은 걸 봤었다. 나는 부엌 옆 작은 방에서 옷을 갈아입었고, 아이세가 문앞을 지키고 서 있었다. 아이세가 문을 열자 눈앞에 에미네, 내 아이들, 파키제, 이 모든 이들이 있었다… 왜 이런 순간이면 그들이 내 주변에서 득시글거리는 걸까? 오직 셀마만 없었다. 그녀는 침대에 고양이처럼 웅크리고 있었다. 그녀가 나타난다면, 마음으로 그녀를 잊을 수 없다면, 여기 이 사람들은 아무 소용이 없다. 아이세 같은 여자들에게서 행복을 찾아야 하다니.

우리는 둘 다 목구멍에 뭔가 묵직한 것을 느끼고 꿀꺽 침을 삼켰다. 아이세의 팔은 셀마의 팔과 전혀 달랐다. 세상이 싫어서 속이 몹시 메스꺼웠다. 아니, 나는 아이세 같은 여자에게 끌리는 사람이 아니다. 그리고 셀마는 내게 팁과 입던 옷과 해야 할 일을 주었다. 나는 두 사람 사이의 텅 빈 공간에서 이리저리 비틀거렸다. 쓰러지지 않으려면 어딘가에 매달려야만 한다. 그런데 어디에 어떻게?

변장한 또 다른 하이리가 상자 두 개를 팔에 끼고 문을 나선다. 한 개는 담배 가게 주인에게 맡긴다. 돌아오는 길에 가져가면 된다. 그런데 지금 시슬리에 가면 어떻게 다시 집으로 돌아가지? 물론 여느 때처럼 전차를 타면 된다. 아이세는 후불로 임금을 받는 나와는 다르다. 하지만 뭐 어쨌든 나도 마찬가지다. 얼마나 자주 선금으로 봉급을 받았는가? 우선 경리한테, 그다음엔 친구들, 그리고 마지막으로 주변 사람들한테 가불로.

어쨌든 나는 아이세한테 돈을 받아야 한다. 그런데 나는 왜 아이세가 싫은 걸까? 아이세, 파키제, 셀마. 에미네는 이제 없다! 그들은 내게 별 가치가 없다. 나는 애정이 가지 않는 부담스러운 몸매가 늘 역겹다. 나는 그런 여자에게 헌신하지 않을 것이다. 아름다운 여인을 꾀어 내 것으로 만들기 위해 하녀한테까지 헌신하지 않을 것이다. 내 생각을 비웃은 셀마와 케말에게도…. "오늘 케말이 열이 좀 있어요!"

택시가 갑자기 멈춘다. 보스포루스에 오는 동안 놀란 눈으로 쳐다본 밤거리의 풍광을 모아놓기라도 한 듯, 주점 쇼윈도의 붉은 잉어가 유난히 울긋불긋하게 빛난다.

"선생님, 먼저 내리십시오."

"아니, 제가 뒤에 내리겠습니다."

주인이 문 앞에서 우리를 맞는다. 할리트 아야르시가 그에게 악수를 청한다. 익숙한 풍경처럼 보인다. 언젠가 부자가 되면 나도 그렇게 할 것이다. 하지만 아니다. 나는 그처럼 될 수가 없다. 어디서 그런 자신감을 얻을 수 있을까? 그것은 술집 입장이 아니라 완전한 정복이다! 그 시대에 악수가 일상적인 일이었다면, 알렉산드로스 대왕은 이집트 원정에서 그리고 다리우스 3세(페르시아 제국의 마지막 황제: 재위 B.C. 336~330)를 그리스에서 맞았을 때 그와 똑같이 행동했을 것이다. 우리가 들어서자 주점이 더 넓고 환해지는 것 같았다. 그뿐만 아니라 또 다른 시선들이 우리를 좇았다. 시선이 일제히 우리를 향했다. 모퉁이에 앉은 아름다운 여인만이 접시를 내려다보고 있었다. 그 여자의 얼굴을 제대로 볼 수 있었다면. 하지만 그곳에 약간 늦게 도착했고, 그녀가 내가 아는 사람인지 아닌지 알 수 없었다. 하지만 할리트 아야르시가 왜 해변을 등지고 앉았는지는 알고 있다. 그는 여인을 방해하고 싶지 않았던 것이다. 그는 나를 맞은편에 앉도록 했다. 여인은 접시에서 시선을 거두어 고개를 든다. 그녀의 얼굴에서 미소가 사라진다.

밖은 바다다. 밤이다. 적막감이 사람 속에 깃들고, 그 적막감이 마치 꿈에서 본 물고기처럼 사람 속을 헤엄치는 보기 드문 푸른 밤.

"곧 맞은편에서 달이 뜰 겁니다."

할리트 아야르시는 결혼식에서 기쁨의 축포를 발사하는 사람처럼 주문을 했다.

"라키 주세요… 클럽 라키 말고 요전에 내가 가져왔던 걸로!"

클럽 라키 말고 다른 브랜드로? 그럼, 왜 아니겠나. 세상 모든 것에는 최고급품이 있는 법이다. 여자들도 그렇지 않은가? 셀마, 네브자트, 파키제, 파키제의 언니—둘은 자매지만 완전히 딴판이다—, 그들 모두 각자의 등급을 가지고 있다. 우리는 사람들에게서 겹겹이, 층층이 양배추 속과 같은 우주를 발견한다.

주인이 차림표를 내민다. 할리트 아야르시가 내게 재빨리 묻는다. "전채요리 고르시겠어요?"

나는 다시 정신을 가다듬는다.

"당신이 훨씬 잘 아시잖아요. 이 집에서 내가 아는 건 쌀을 넣은 조개요리뿐이네요. 생선 장사할 때 조개도 팔았었거든요."

나는 계속 이렇게 말할 수도 있었다. "나는 가난해요. 당신이 아니었다면, 문밖에서 그냥 지나쳤을 겁니다. 요리 이름조차 제대로 알지 못하죠. 나 하이리 이르달은 6년 전 묘지 관리인의 손에 이끌려 막내딸을 땅에 묻은 사람입니다. 보시다시피, 불쌍한 인간입죠. 그리고 내일 맏딸을 절름발이 이스마일과 약혼시키려고 합니다. 당신도 폭행당하는 현장을 보셨다시피, 참으로 무례한 녀석이 아니던가요."

하지만 그런다고 무슨 소용이 있을까? 기분 좋게 시작한 저녁을 망쳐버릴 이유가 무어란 말인가? 오늘 나는 하이리 씨가 되는 행운을 맛보았고, 그 행복을 누려야 한다.

나는 다리를 포개고 앉아서 냉담한 얼굴로 주위를 둘러본다. 혹은 최소한 그렇게 하고 있다고 생각한다. 아마도 내 표정은 완전히 얼이 빠진 것처럼 보였을 것이다. 여러분이 이미 파악했듯이, 나는 삶의 무게를 곱사등이처럼 등에 짊어지고 다니는 사람이다.

수석 웨이터가 우리 옆에 꼼짝 않고 서 있었다. 세상에, 그가 할리트 아야르시를 어찌나 다정하고 애정 넘치는 눈으로 바라보던지, 마치 대천사 가브리엘의 날개에 깃든 기쁨이 그의 몸에 고스란히 옮겨온 것만 같았다. 마침내 할리트 아야르시가 눈길을 받자 그는 전채요리 접시를 손에 들고 창문을 지나 바다를 넘어 하늘을 향해 날아오를 것만 같았다. 흡사 주점 전체가 그와 함께 날아오르는 듯했다. 하지만 그는 그리 멀리까지 가지 않고, 하기아 소피아의 둥근 지붕에 그려진 천사들처럼 유리창에 들러붙어 할리트 아야르시에게 이렇게 소리를 칠 것이다. "오, 나의 보배여, 나의 빛이여!"

"라미즈 박사, 건배합시다! 하이리 씨도."

그는 모든 것에 완전히 통달해 있었다. 어찌나 침착하게 주문을 하던지 나는 그가 전에 연극을 했었나 하는 의심이 들 정도였다. 하지만 아니다, 이건 연기하는 것과는 뭔가 다르다. 그는 실생활 그 자체에 충실했다. 그리고 그것은 결코 실패하지 않았다.

"얼음 드릴까요? 조금 더요? 우리 첫 잔은 원 샷으로 합시다. 그다음엔 좀 천천히 마시죠… 그렇게 원하는 만큼 한번 놀아봅시다."

동네 구멍가게 카운터 뒤쪽과는 분명 다른 풍경이다. 여기서는 라키에 제대로 시간을 들인다. 마치 대리석으로 된 성이 서서히 붕괴하듯 라키가 술잔 속에서 회색빛으로 변한다. 신이 둘째 날 빛을 창조한 것이 바로 이런 식이었을 것이다. 그리고 홀짝이며 첫 모금을 마시는 기쁨. 나는 혀로 입천장을 한 번 핥으면서 섬세한 송진의 맛을 느낀다. 내가 즐겨 마시던 500밀리리터 싸구려 술과는 벌써 맛이 다르다. 두 번째, 세 번째 모금. 머릿속에서 뭔가 묵직한 것이 뚜껑처럼 돌아간다. 뜨거운 무엇이 온몸을 통과하고, 사우나에 앉아 있는 것처럼 귀가 울린다. 네 번째 모금을 마신다. 잔이 빈다. 그렇게 빨리 마셔야 할까? 좀 더 여유롭게 즐기면 안 될까? 오늘 저녁 먹고 마시고 본 것을 평생 다시는 먹고 마시고 보지 못할 것이다.

할리트 아야르시가 다시 내 잔을 채운다. 아하, 모든 사람들이 할리트 아야르시처럼 자기 시계에 신경을 썼더라면, 그리고 라미즈 박사와 친했더라면! 얼음 때문에 라키에 무늬를 넣은 것처럼 보인다.

"아무것도 드시질 않는군요, 하이리 씨."

나는 몇 잔을 마셨는지 더 세지도 않는다. "고맙습니다만, 됐습니다." 나라는 사람은 그렇다. 내 앞에 너무 많은 음식이 차려지면, 갑자기 배가 잔뜩 부른 기분이 든다. 하지만 라미즈 박사는 전혀 다르다. 그가 늘 데리고 갔던 세흐자데바시의 작은 선술집에서 내게 다이어트를 조언했던 사실을 새까맣게 잊은 사람처럼 허겁지겁 먹는다. 그 사람 앞에서 접시가 완전히 분열 행진을 한다. 큼지막한 정육면체 얼음조각이 녹고 있는 커다란 잔 너머로 나는 그를 물끄러미 바라본다.

"정신분석은 이 시대 가장 중요한 발견이야."

그러자 할리트 아야르시가 별안간 아주 날카로운 목소리로 대꾸한다.

"이런, 박사님, 제발 정신분석은 그만하면 충분해! 젠장! 우리는 지금 라키를 마시러 왔어."

라미즈 박사는 즉각 정신분석을 포기하고 대신 바닷가재 요리에 관심을 기울인다. 솔직히 말해서, 그를 만난 십 년 동안 내가 늘 하고 싶던 말도 바로 그것이었다. 주점에 들를 때마다 우리 대화의 주제는 오로지 정신분석뿐이었다.

"하이리 씨가 오늘 시계 수리공에게 아주 적절한 강의를 하셨어요."

"제가 조금 지나쳤던 것 같습니다. 그 사람으로선 자업자득이지만."

"정말 그래요!"

할리트 아야르시는 하이리 이르달이라는 물건을 사야 할지 말아야 할지 고민하는 것처럼 다시 뚫어져라 쳐다본다.

"시계 기술은 어떻게 배우게 되셨습니까?"

"청소년 시절, 어린아이나 다름없을 때, 부친의 친구인 무바키트 누리 에펜디라는 분으로부터 배웠습니다."

나는 계속 설명을 이어갈 수 없었다. 때마침 들어온 최소 열 명쯤 되는 무리에 모든 시선이 집중되었기 때문이다. 매일 신문에서 보곤 하는 거대한 체구에 호화로운 차림새의 허세꾼이 앞장서 들어오더니 멀리서 할리트 아야르시에게 손짓을 한다. 할리트 아야르시는 반쯤 몸을 일으키고 아주 기품 있게 인사에 답한다. 종업원이 테이블을 새로 정돈하고 의자를 바로 놓는다. 종업원들이 당구공처럼 이쪽저쪽으로 바쁘게 움직인다. 무리의 나머지 사람들은 그들을 위해 준비된 테이블에 둘러서서 한 눈으로는 우리를 향해 다가오는 그 남자를 바라보고, 다른 눈으로는 그 허세꾼이 앉을 그들 사이의 자리를 바라보느라 사팔뜨기가 되는 수고도 마다하지 않았다. 그러면서도 그들은 꽤나 즐거운 척하고 있다.

그 남자는 할리트 아야르시의 어깨에 손을 얹고 그대로 앉아 있도록 한 뒤 붙임성 있게 입을 연다. "할리트, 어떻게 지냈나, 어떻게?"

아, 그런 목소리. 할리트 아야르시보다 더 인상적인, 수많은 색깔을 담고 있는 다채로운 음성. 그 목소리는 호의적인 느낌을 발산함과 동시에 다시 그것을 취소하고, 껴안았다가 쫓아버리고, 앞지르다가 다시 팔짱을 끼는 듯했다. 그 음성은 단 서너 마디 말만으로 동시에 그것을 해낸다. 그 자리에서 우리는 할리트 아야르시가 꽤 중요한 사람이라는 사실을, 하지만 그에게 그렇게 다정하게 인사를 하는 그 사내가 더 중요한 사람이라는 사실을 깨닫는다. 그리고 다시 이것은 할리트 아야르시를 더 중요한 사람으로 보이게 한다. 우리가 보고 있는 것은 그저 평범한 대화가 아니라, 배려와 존경심이 점점 더 커져가는 광경이었다.

"안부를 물어주시니 고맙습니다."

"이 신사 분들은 누구신가?"

우리를 가리키는 그의 몸짓에 우리는 다시 태어난다. 성서에 나오는 첫 인류처럼 기쁨과 경탄과 부끄러움이 라미즈 박사와 나를 휘감는다. 이에 반해 할리트 아야르시는 표정에 별 변화가 없다. 우선 그는 라미즈 박사를, 그다음에 나를 소개한다.

"하이리 이르달 씨는 내 가장 소중한 친구 중 한 명입니다. 우리나라에서 가장 자랑할 만한 시계 장인이지요. 만나기 쉽지 않은 분이에요."

나를 소개하는 모습에서 그가 현재의 위치에서 자신의 과거와 미래를 바라본다는 사실을 깨닫는다. 그는 나를 아주 오랜 친구로 소개한다. 허세꾼은 나를 알게 된 것을 몹시 기뻐한다. 그의 얼굴에 어린아이의 미소가 번진다. 그는 자신의 행운을 몇 마디 말로 표현하려고 한다. 그때 테이블 위의 붉은 잉어가 눈에 띈다. 나는 좀 기다릴 수 있지만, 붉은 잉어는 그렇지 않다. 시간이 지체될수록 잉어는 식는다. 차가운 잉어요리는 맛이 영 별로다. 사내는 할리트 아야르시의 어깨에서 손을 떼서 붉은 잉어를 집어 들고 한결같은 어린아이의 미소를 지으며 입에 쑤셔 넣는다. 하지만 나의 존재를 결코 잊지 않은 그는 그 행동을 중단한다. 나를 잊고 있지 않다는 것을 증명하기 위해 아무 일도 하지 않는 왼손을 내 어깨에 올리고 여전히 미소를 지으며 내 얼굴을 바라본다. 그는 나를 좋아한다. 나는 그런 호의와 친절에 바닥으로 쓰러질 것만 같다. 그는 나를 계속 친절한 얼굴로 응시한다. 우리 사이는 말이 필요 없다. 우리는 그렇게 서로를 이해한다. 그는 나를 좋아한다. 그리고 나는 그를 좋아한다. 그런 믿음 속에서 사내는 여인의 머리카락을 쓰다듬듯이 오른손을 탁자로 뻗는다. 그리고 다시 붉은 잉어 한 마리가 가시만 남아 아무렇게 나 바닥에 내동댕이쳐진다. 그것은 두 번, 세 번 반복된다. 포크를 사용하는 것은 너무 형식적이다. 내게 던진 눈빛만 봐도 그 사내가 얼마나 직선적인 사람인지 눈치챌 수 있다. 도구를 사용하여 잉어를 먹는 것으로 자신의 솔직함을 숨길 필요가 있을까. 포크는 정식을 위한 것이지, 그런 시시한 음식을 위한 것이 아니다.

다섯 번째 잉어를 해치운 뒤 그는 마치 내가 그 잉어를 창조하고 잡아서 요리라도 한 것처럼 더욱 인상적인 표정으로 수도 없이 쳐다본다.

"훌륭해요, 훌륭해. 정말 맛있어요. 더구나 지금이 제철이죠!"

이윽고 그는 넓적한 손으로 어깨를 좀 더 무겁게 내리누르며 거만한 투로 말한다. "당신도 드세요! 지금이 바로 붉은 잉어 철입니다."

이제 그는 자기 테이블로 향한다. 그러고는 나를 거들떠보지도 않는다. 우리는 붉은 잉어 덕에 아주 친한 친구가 되었다. 아직 더 필요한 게 뭘까? 이제 그는 얼린 아몬드가 담긴 접시에 관심을 갖는다. 그에게 새로운 발견이다. 그는 얼린 아몬드 요리를 맛보고 할리트 아야르시와 대화를 나눈다. 이상한 대화. 그는 귀 기울여 듣지도 말을 하지도 않는다. 그저 아몬드에 열중하고 있다. 그렇지만 그의 상대는 침묵을 좋아하지 않기 때문에 무슨 말이든 해야 한다.

할리트 아야르시가 말한다. "언제 또 제가 선생님을 귀찮게 할 것 같습니다."

그러자 사내가 답한다. "당연하지. 내일이라고 안 될 것 있나? 여기서 점심식사나 함께 합시다."

이제 마지못해 그는 내 어깨에서 손을 뗀다. 그러면서 매력적인 시선으로 양해를 구한다. 다정하고 친절하며 아버지 같은 분위기의 그가 이곳에 있다. 보통 사람과는 전혀 다른 분위기의 그가. 그는 번뜩이는 안경과 미소로 우리의 넋을 빼놓고 자리를 떠난다.

라미즈 박사는 가벼운 흥분으로 얼굴이 새빨갛게 달아올랐다. 나로 말할 것 같으면 일곱 번째 하늘(꾸란에서는 하늘이 일곱 개의 층위로 이루 어졌다고 보는데, 일곱 번째 하늘은 물질세계에서 가장 멀리 있으며 신에게 가 장 가까운 위치라고 한다)은 아니더라도 네 번째 하늘 어디쯤에서 예수 그 리스도를 영접한 것 같은 심정이었다. 왜 아니겠는가? 설령 내가 돌같 이 차가운 마음을 지녔다 하더라도 그런 온정과 친절을 싫어할 수는 없 었을 것이다. 내 왼쪽 어깨를 바라보았다. 마치 교과서에 나오는 아시리 아 신들의 어깨처럼 반짝거렸다. 나, 하이리 이르달, 불쌍한 잉여 인생 에게 그런 호의를 보여주다니! 믿을 수 없는 일이었다. 오, 신이시여, 당 신께 영광을!

단 한 사람 할리트 아야르시만은 태연했다. 우리만 남겨지자, 그는 이 제 마무리된 중요한 일을 전하는 톤으로 이렇게 말했다. "자 자…."

아마도 그는 사내로 인해 중단됐던 이야기를 내가 계속 이어가기를 바랐을 테지만, 그때 나는 그것을 눈치챌 수 있는 상황이 아니었다. 게 다가 누리 에펜디와는 멀찌감치 떨어져 있는 느낌이 들었다.

할리트 아야르시가 "자 자…"라고 말한 것과 거의 동시에 라미즈 박사 가 이렇게 외쳤다. "정말 훌륭한 사람이야! 유쾌하면서도 품위가 있어. 그런 사람일 줄은 상상도 못했네."

"그 사람은 늘 그렇습니까?" 나는 할리트 아야르시에게 물었다.

그는 생각에 잠긴 말투로 대답했다. "네, 늘 그렇습니다. 늘 친절하고 잘 먹고…."

그러면서 그는 어깨를 으쓱했다. 그리고 왠지 비웃는 듯한 미소를 지 어 보였다. 다 아시다시피 나는 그 덩치 큰 사내에게 온 마음을 빼앗겼 다. 그에게 호감을 느꼈고 쏙 빠져 있었다. 그래서 할리트 아야르시가 그를 낮춰 말하는 것에 기분이 상했다. 사실 그때까지만 해도 나는 할리트 아야르시가 훗날 내 후견인이 될 줄은 몰랐다. 그는 말을 이었다. "그가 힘이 없을 때는 물론 그래요. 그런데 권력을 얻으면 완전히 다른 사람이 되죠. 하지만 그의 식욕은 그렇지 않아요. 언제나 변함없이 왕성하죠. 그 사람뿐만 아니라 그의 형제들, 아니 그의 집안 전체가 그래요. 그건 그렇고 그 사람은 정말 붙임성이 좋습니다. 하지만 힘이 있을 때는 만나기가 쉽지 않아요. 신문에서 사진으로만 볼 수 있죠. 권력을 잃어야 그 사람을 다시 볼 수 있습니다."

그는 주머니에서 석간신문을 꺼내 1면을 가리켰다.

"이 사람이 바로 그의 후임자에요. 한 달 전 여기서 그를 만난 적이 있었죠. 우리 둘뿐이어서 몇 시간 동안 앉아 이야기를 나누었죠. 그때는 아까 그 친구 사진이 신문에 실려 있었고요. 이상하죠? 그렇지 않나요?"

나는 너무 깜짝 놀라 입을 다물지 못했다.

"그는 권력을 잃어버린 사람처럼은 보이지 않던데요?"

"권력을 내면화했으니까요. 아니면 권력이 그를 내면화했거나. 그와 권력은 서로 손을 맞잡고 갑니다."

나는 앞에 놓인 사진을 보았다.

"이상하군요." 나는 너무 놀라서 말을 더듬을 뻔했다. "둘이 거의 비슷해 보여요."

"맞아요, 똑같아요. 둘 다 완전히 권력의 단맛을 알았으니까. 하나가 또 다른 하나에 스며드는 진정한 침투가 일어난 셈입니다."

그는 말로는 설명하기 어렵다는 듯한 몸짓을 했다.

그의 말을 듣고 있던 라미즈 박사는 거의 육체적인 고통을 느끼는 것처럼 보였다. 그는 그 정부 관리의 탁자를 바라보다가 할리트 아야르시를 향해 노기를 품은 목소리로 말했다. "그래도 그는 품위 있는 사람일세. 정말 훌륭한 분위기를 내뿜는!"

할리트 아야르시는 어깨를 으쓱하고 잔을 들었다.

"건배!"

"건배!"

우리는 잔을 비웠다. 정부 관리가 손으로 내 어깨를, 그리고 시선으로 내 눈을 접촉한 이후 내 안에서 기이한 변화가 생겼다. 식욕이 났고, 행복하고 유쾌한 기분이 온몸을 가득 채웠다. 나는 끊임없이 먹고 마시고 웃고 말했다. 알코올은 다시 걱정과 근심으로부터 벗어날 수 있는 세상으로 나를 인도했다. 나를 질식시켜버릴 것 같은 걱정들, 그중에서도 어떤 것들은 술을 한 모금 두 모금, 한 잔 두 잔 마실 때마다, 동 틀 무렵 이슬람 사원 앞뜰에 서 있는 나무에서 날아올라 다시는 볼 수 없는 머나먼 곳으로 떠나는 까마귀 떼처럼 사라졌다.

이런 홀가분함, 이런 시원함과 새로운 충만감은—근심의 자리에 기쁨과 내면의 안정, 자신감이 들어섰다—틀림없이 그 남자로부터, 내 어깨를 묵직하게 내리누르던 인상적인 그의 손과 끌어당기는 듯한 시선에서 비롯한 것이었다.

참으로 이해할 수 없는 일이었다. 어린 시절 나는 여러 성인들의 무덤을 순례하며 구제자로부터 주술적인 치료를 받곤 했다. 에읩술탄, 유사 언덕, 그리고 파티흐, 키시클리의 세라미펜디까지, 아크사레이, 히르카 이세리프, 에디르네카피, 아이반사레이, 톱카피, 예디쿨레, 코카무스타 프파사, 튀르베, 시르케시와 에미뇌뉘에 이르기까지 이스탄불 전역의 성벽 안팎에 있는 성인들과 기적을 행하는 이들이 있는 곳을 모두 찾아가서 기도하고 간구했으며, 무덤에서 작은 돌멩이를 가져왔고 울타리에 뭔가를, 필요한 경우 내 재킷 안감이라도 조금씩 묶어 두었다. 하지만 그것들 중 어떤 것도 내게 똑같은 영향을 미치지는 못했다.

나는 그런 곳을 찾았다가 집으로 돌아갈 때마다 늘 더 좌절하고 낙담했다. 부카길리 데데도, 엘릭키 바바도('데데'는 할아버지를, '바바'는 아버지를 뜻한다. 여기서는 현인 또는 성인 정도의 의미로 쓰였다), 우르얀 데데도, 테즈베렌 술탄도, 그리고 서늘한 샘이나 왕자의 섬(이스탄불 남쪽 마르마라 해에 위치한 아홉 개의 열도)의 바람 부는 언덕에 거하는 기독교 성인들도, 그 누구도 나를 도와줄 수 없었고, 일용할 음식에 대한 내 걱정을 조금도 덜어주지 못했다.

성인들은 온갖 세속적인 욕구를 멀리했고, 영혼의 정화라는 목표를 갖고 나보다 훨씬 더 열악한 조건 속에서 살았다. 그들은 돈과 재물을 쫓지 않았으며, 자기에게 주어진 모든 것을 가난한 이들에게 다시 나누어주었다.

세이트 루트풀라흐는 허물어진 꾸란 학교에서 살았고, 그의 보호 하에 있다는 일란리 데데—두 사람이 함께 있는 것을 한 번도 보지는 못했지만—는 쿠쿠라보스탄의 지하실 반원형 천장에 거했다. 카르푸즈 호카는 쉬트뤼세의 다 무너진 집을 떠돌았고, 예크세심 알리 에펜디는 에디르네카피의 묘지를 전전했다. 알티파르막의 세이흐 무스타파, 델리 하피즈와 세이흐 비라니 역시 같은 부류의 사람들이었다. 내가 늘 제대로 된 셔츠 한 벌도 없다고 한탄하는 동안, '셔츠 없는' 데데(나는 그가 운명에 순응하기를 바란다)는 선물 받은 셔츠를 길 한복판에서 갈기갈기 찢어버리느라 정신이 없었다.

그런 사람들한테 내 물질적인 상황의 개선을 도저히 기대할 수 없었다. 죽은 성인들은 나를 전혀 신경 쓰지 않은 반면, 살아 있는 성인들은 내게 인내와 절제만을 설교했다.

우리 이웃인 예디겔린 에미네가 후자와 같은 사람이었다. 삼 년 내내 간청한 뒤에야 드디어 그녀는 내가 산 복권 한 장을 자신의 성스러운 손으로 만지는 축복을 내려주었다. "내 마음이 몹시 무거울 만큼 너를 위해 간절히 기도했단다. 넌 다시 돈을 얻을 수 있을 거야. 하지만 내게 다시는 뭔가를 바라지 말거라! 그러면 내가 죄를 지을 수밖에 없어!"

나처럼 가엾은 사람에게 몇 푼 적선하는 것이 어째서 죄라는 것인지 도무지 모를 일이었다.

나는 예디겔린 에미네의 발아래 엎드려 다시 한 번 간청했다. "조금만 더 많은 돈을 벌 수 있게 해주세요! 지난 십 년 동안 이 쓸데없는 발명 때문에 잃은 것만큼 다시 찾을 수 있도록 해주세요!" 그 정도는 가능하지 않을까? 아니었다. "그럼 좋아요, 적어도 내가 올해 손해를 입은 것만이라도! 그것만 해도 꽤 상당한 금액이에요. 부디 그렇게 해주세요!" 하지만 그녀는 바위처럼 단단했다. 간단히 말해 성인의 고집이었다. 나는 낙담한 채 집으로 돌아왔다. 한 달 내내 이런 생각을 했다. "그녀가 옳을지도 몰라. 하지만 내가 그렇게 간청을 했으니, 무슨 결과든 만들어내겠지!" 하지만 쓸데없는 짓이었다. 성녀의 예언은 적중했다. 술탄이 즉위할 즈음 예전처럼 곳곳에서 선물이 뿌려지고 사람들이 돈벼락을 맞는 동안 내게는 다만 들판에서 집으로 돌아가는 비루먹은 염소처럼 몇 푼 안 되는 리라만 돌아왔다.

우리의 고위 관리 양반은 아주 달랐다. 그는 영혼의 정화를 목적으로 스스로에게 고통을 가하지도 않았고, 미래의 건설이나 내세의 행복을 위한다는 명목으로 어떤 욕망도 포기하지 않았다. 오히려 그는 마음에 드는 것을 빼앗고 먹어치우고 소화하고, 그 뒤에 곧 지쳐서 가만히 있지 못하는 사람이었다. 그런 사람들은 그것을 얻지 못하면 찾을 때까지 가만히 있지 않는다. 그는 틀림없이 평생 금욕적인 생활을 한 적도 없고, 중병에 걸렸을 때조차 환자식을 먹지 않았을 것이다. 우리 탁자를 보고 우리의 비위를 맞추고 붉은 잉어요리를 알아차리고 내 포크에 걸린 조개를 알아봤을 때의 그의 모습은, 평원의 생명체 주위를 선회하는 한 마리 매처럼 설령 낯선 이의 것일지언정 자신의 먹이로 조달할 수 있다는 것을 보여주었다. 그는 완전히 다른 재목을 깎아 만든 생명체 같았다. 그는 그런 인생을 위해 태어난 것 같았다. 잠시 생각해보자. 지금 뷔위크데레의 우아한 음식점에 앉아 있는 그는, 날이면 날마다 주린 배를 끌어안고 커피하우스에서 죽치고 있는 하이리 이르달의 접시에서 바로 먹어치우지 않고 천천히 맛을 음미하려던 조개 한 점을 보았을 때, 그것을 먹고 싶은 욕망을 느끼자 망설임 없이 냉큼 먹어치웠다. 그의 이런 행동은 하이리 이르달을 세상에서 가장 행복한 사람으로 만들어주었다. 하이리 이르달의 오랜 친구인 박사는 그를 질투 섞인, 거의 시기 어린 눈초리로 바라보았다.

그런 사람을 만났다는 것, 그런 사람과 마주 보고 말했다는 것은 당연 남다른 징조였다. 반드시 좋은 일이 생길 것이다. 그리고 정말 그랬다. 그날 저녁에 이미 내 삶은 새로운 항로를 만나서 새로운 의미를 얻었다.

앞에서 언급했던 힘든 일들이 나에게서 떨어져나가기 시작했다. 어느덧 내 생각도 서서히 바뀌었다. 세상, 사물, 인간을 바라보는 시선이 달라졌다. 그것은 물론 단 하루 만에 이루어진 일은 아니었다. 한 걸음 한 걸음 고생고생 끝에 이루어졌다. 종종 내 의사에 반하기도 했지만, 그래도 결국 이루어졌다.

할리트 아야르시는 그날 저녁 내 인생의 풀 스토리를 들었다. 나는 그에게 누리 에펜디, 세이트 루트풀라흐, 압뒤셀람, 페르하트, 아리스티디 에펜디, 나시트에 대하여, 그리고 안드로니코스 황제의 보물에 대하여, 숫자 점과 영매의 의견을 참조하면서 수은을 금으로 가장 잘 바꾸는 방법에 대하여 특히 상세하게 설명했다. 이 운명적인 순간에 나는 그 고위 관리의 손의 무게를 어깨에서 계속 느끼는 한편, 부유하고 존경받는 할리트 아야르시의 마음속에 안드로니코스 황제의 보물을 발굴하고 우주

창조의 비밀스러운 힘을 획득하고자 하는 바람을 일깨울 수 있을 거라는 희망을 갖고 열과 성을 다해 설명했다. 그때까지 누구한테도 얘기하지 않았던 아주 자세한 부분까지 모두 이야기했다.

"황금 기둥으로 된 스물일곱 개의 천막 안에 금, 은, 보석과 자개를 박은 세공품들이 있어요. 수많은 궤들이 장신구와 금과 은 그릇, 패물, 반지, 왕관, 마샤 알라(신의 뜻대로 라는 뜻) 부적으로 넘쳐납니다…"

할리트 아야르시는 웃었다.

"말도 안 되는 소리! 비잔틴 사람들은 부적이 없어요. 그건 터키인들에게만 있는 겁니다."

나는 잠시 더 생각해야만 했다. 신앙심이 없는 사람들에게 마샤알라와 같은 것이 있었을까? 마샤 알라라는 단어는 틀림없이 우리말이었다.

어떻든 그들도 저주의 눈으로부터 자신을 보호해야만 했다. 세이트 루트폴라흐의 얘기로는, 그런 증표는 기독교 국가의 흔한 선물이었는데, 그것이 우리에게 전해지면서 주문을 적은 부적이 되었다고 했다. 나는 바로 그 부적을 얘기한 것이었다….

하지만 할리트 아야르시는 세이트 루트폴라흐에게 별 관심이 없었다. 그는 오히려 누리 에펜디를 좋아했다. 그중에서도 달력과 점성술과 옛 스승이 몰두했던 연금술이 아니라 오로지 시계에만 관심이 있었다.

그래서 나는 어쩔 수 없이 그것에 대해 이야기했다. 나는 이미 언급했던 누리 에펜디의 말을 기억나는 대로 반복했다. 할리트 아야르시는 말끝마다 이렇게 외쳤다. "그게 가능하단 말이에요…? 우리한텐 그런 사람이 필요해요… 진정한 철학자, 우리에게 꼭 필요한 그런 … 시간의 철학자… 아세요? 시간의 철학자이자 노동의 철학자… 당신도 철학자예요, 하이리 씨, 진정한 철학자!"

하지만 나는 그 말을 듣지 않고 별안간 벌떡 일어서서 고위 관리의 테이블을 가리켰다.

"보이지 않으세요? 접시와 잔들, 세상에나, 모든 게 움직이잖아요!"

마치 남서풍이 불어오듯 정말 접시 몇 개가 빙글빙글 돌고 있었다. 그런데 이상하게도 그 테이블의 사람들은 두려워서 도망을 치거나 기도문을 외치는 것이 아니라 포복절도했다. 모두 제정신이 아닌 것 같았다. 흥분한 내 목소리 때문에 웃음소리는 더 커졌고 접시는 더 크게 달그락거리며 움직였다. 그들은 나를 보고 더 크게 웃었다.

할리트 하야르시가 나를 진정시켰다. "괜찮아요, 괜찮아. 저 사람은 항상 저래요. 어디를 가든 요술 도구를 갖고 다니죠. 언제든 흔쾌히 마술을 보여줍니다."

"아니에요, 아니에요." 내가 대꾸했다. "지금 날 놀리시죠? 방금 깊은 바다 밑바닥에 있는 안드로니코스 황제의 보물을 봤으니 전 지금 술에 취한 게 틀림없어요. 정신이 오락가락해요. 날 집에 보내주세요."

난 정말 집에 가고 싶었다. 몹시 낯선 환경과 환락적인 분위기가 피곤했다. 집으로 돌아가고 싶었다. 나의 모든 것이 있는 곳으로, 나의 고통과 나의 가난이 있는 곳으로 돌아가고 싶었다.

"좀 이따 함께 일어섭시다." 할리트 아야르시가 대꾸했다. "그리고 당신은 술에 취하지 않았어요. 설령 그렇다 하더라도, 다시 정신이 맑아질 겁니다. 오늘은 아주 특별한 저녁이에요! 다시 자리에 앉아서, 시계 장인이 또 다른 시계 장인에게 보내는 메시지에 대해 설명 좀 해주세요. 우선 술이나 한 잔 더 해요!"

"네, 한 잔 더 해요." 라미즈 박사가 같은 말을 반복했다.

그렇게 우리는 술을 더 마셨다. 나는 기분이 별로 좋지 않았지만, 할리트 아야르시의 호기심을 가능한 만족시켜주려고 애썼다.

"예전에 시계는 순전히 수작업으로 만들었어요. 그래서 시계 장인은 금속 세공에 정통했지요. 아주 넓은 의미의 보석 세공사나 다름없어서 매우 정교한 장식의 시계를 만들었어요. 그중 가장 아름다운 것에는 속 뚜껑 밑 부분, 그러니까 대개 시계 장인들만 볼 수 있는 부분에 각인을 새겨 넣습니다. 그것을 놓고 누리 에펜디는 장인이 또 다른 장인에게 보내는 글이라고 얘기했습니다. 예를 들자면 당신 시계의 속 뚜껑에 새겨진, 투구를 쓴 여인과 그녀의 어깨에 손을 올려놓고 있는 거인의 형상 같은 것 말입니다. 나는 그런 시계를 누리 에펜디의 공방에서 본 적이 있습니다."

"아테나와 헤라클레스를 말씀하시는 거군요." 할리트 아야르시가 참견했다.

그리고 이내 한 수 뒤로 물러나서 "네, 물론 시계 제작자만 볼 수 있겠지요"라고 말하고 다시 잔을 들었다.

"마셔요, 특히 우리 하이리 씨를 위해서. 그렇게 어두운 표정을 짓지 말아요! 일자리가 없고, 걱정거리가 좀 있다고 즐기는 것까지 꺼릴 필요는 없어요."

"당신처럼 생각할 수 있다면 좋겠군요!"

"언젠간 당신도 그럴 겁니다. 그건 그렇고 요즘 집안 상황에 대해서 좀 말씀해 보세요. 우리가 도울 수 있는 일이 있으면 뭐든 찾아봅시다."

그리하여 나는 우리 집, 아내, 아내의 자매들, 아흐멧과 제흐라에 대해 이야기했다. 라미즈 박사가 좀 더 자세한 설명을 요구하며 연신 참견했지만, 할리트 아야르시는 끝까지 참을성 있게 들어주었다. 그는 이야기가 다 끝나자 내 얼굴을 유심히 들여다보았다.

"세상살이의 가장 근본적인 문제들이군요. 한편으로 당신은 빈털터리고, 다른 한편으로는 결혼시켜야 할 젊은 여자가 집에 셋이나 있군요. 경제 상황이 악화되기라도 하면 이 모든 건 똑같은 문제로 귀결됩니다.

한마디로 돈이죠."

이것을 액면 그대로 표현하면 간단해 보인다. 돈과 세 명의 결혼과 충분한 양식···. 할리트 아야르시의 대답은 나의 예상대로였다. "그런 건 진정서 몇 장이면 해결됩니다."

"딸을 어떻게 절름발이 이스마일에게 주겠습니까?" 나는 물었다.

"물론 그건 절대 안 됩니다. 당신 말대로 그렇게 예쁘고 매력적인 따님을요. 무슨 일이 있어도 그 남자에게 주어서는 안 됩니다."

나는 또다시 막다른 옛 골목으로 가는 길 위에 놓인 기분이었다.

"전 어떻게 해야 할까요?"

"당신은 딸을 위한 올바른 방법을 찾을 겁니다. 당연히 그렇게 될 거예요."

"그럼 처형과 처제는 어떻게 해야 할까요? 특히 음악을 하는 처형은요? 누가 그녀를 원할까요?"

잠시 생각에 잠긴 할리트 아야르시가 이내 입을 열었다. "당신 표현대로라면, 그녀는 결혼이 쉽지 않을 겁니다. 하지만 사람 일은 알 수 없는 거죠. 그녀가 라디오나 유흥업소에서 유명한 가수가 된다면, 상황은 완전히 달라질 거예요. 당신은 무슨 일이든 해결 방법이 있다는 것을 확인하실 겁니다. 작은 재능의 변화, 약간의 노력과 열의, 사물에 대한 새로운 시선, 그러면 모든 것이 바뀝니다."

"고백하건대, 그런 것은 한 번도 생각해보지 않았습니다. 유일한 해결책은 우리 가족 전체를 한순간에 절멸시킬 수 있는 재앙이나 전염병뿐이라고 믿었습니다."

"말도 안 됩니다. 당신은 자신과 가족에게 뭘 기대하십니까? 당신의 이야기에 따르면, 당신 가족은 인생을 최대한 값지게 살려는 열정적인 사람들입니다. 그들은 이미 그 자체로 성공을 거두고 있습니다. 다만 출구를 찾지 못해 힘들어하고 있을 뿐이죠. 단조로운 생활을 견디지 못하는 사람들이니까요."

"맞아요. 평범한 생활을 하지 못해요. 아내는 할리우드라는 환상에 사로잡혀 있고, 처형은 유명한 가수가 될 거라고 믿고 있어요."

"물론이지요, 당연해요! 당신이 그들을 이해하지 못하기 때문에, 그들은 모두 당신한테 화가 나 있어요."

나는 속으로 한숨을 쉬었다. 적어도 그런 관점에서는 모든 사람이 나를 이해해줄 거라고 기대했었다. 나는 그 남자와 여섯 시간을 함께 보내며 감탄을 금치 못했다. 하지만 그는 분명 제정신이 아니었다. 그가 달려들어 내 목을 조르거나 벌거벗은 채 공중제비를 하진 않았지만, 그건 분명했다.

"네," 할리트 아야르시가 말했다. "자신들을 이해해주지 않는 당신에게 화가 나는 것은 너무도 당연한 일입니다. 하지만 곡해하지 마세요. 당신은 인간에 대한 이해와 인생 경험이 없습니다. 당신은 싸움터에 나가기도 전에 전쟁에 패한 병사와 같습니다. 배에 올라타는 대신 선체 밑으로 몸을 피하는 꼴입니다."

나의 질병 혹은 근심의 이유에 대한 진단이 이루어진 뒤 내게 남은 것은 술을 마시는 일밖에 없었다. 그날 저녁 라키는 충분했다. 나는 그 행복한 순간을 마음껏 축하할 수 있었다.

"무엇보다," 할리트 아야르시의 설교는 계속 이어졌다. "당신 처제는 진정한 예술가일 수도 있습니다. 그런데 그런 재능을 부인하다니요!"

나는 잔을 탁 하고 내려놓았다. 건강한 이성이라는 이름으로 이번에는 무슨 일이 있더라도 참견해야만 했다. "입을 다물 때 다물더라도 할 말은 해야겠어!" 나는 혼잣말을 했다.

"제 말 좀 들어보세요, 예술가라고 하셨나요? 처형은 목소리도 별로

고 재능도 없어요. 더군다나 음악에 대해서 아무것도 몰라요. 각기 다른 음정도 구별하지 못합니다. 절대, 불가능한 일이죠. 어쩌면 내가 알지 못하는 다른 재능이 있는지는 모르겠습니다. 어떤 사람은 그녀의 얼굴을 예쁘다고 할 수도 있고, 그렇지 않을 수도 있습니다. 그녀의 본모습을 내가 모를 수도 있습니다. 하지만 그녀의 음악, 그녀의 목소리는 아무도 좋아하지 않아요. 어림 없는 얘기예요. 들을 줄도 몰라요. 서로 다른 두 음색도 분간하지 못해요."

할리트 아야르시는 내게 담배를 건넸다. 이윽고 자기 것에 불을 붙이고 바깥을 환하게 비추는 달을 바라보았다. 그러면서 옆 테이블의 토론을 엿듣다가 이내 어깨를 으쓱하고 계속 말을 이었다.

"그녀가 예쁘지 않을 수도 있습니다. 당신은 아름다움에 대한 감각이 있어요. 난 당신의 인생 이야기를 들어서 알아요. 당신은 예쁜 여자에 대해서는 잘 알지만 예술, 오늘날의 예술에 대해서는 아무것도 몰라요. 무엇보다 그건 대중적인 현상과 관련된 문제입니다. 대중은 뭘 좋아하고 뭘 싫어할까요? 그걸 정확히 꿰뚫고 있는 사람은 아무도 없어요. 더군다나 대중의 실망도 문제예요. 당신은 좋은 취향이라고 부르는 높은 이상이 본능적인 것에서부터 가장 편안한 것에까지 일련의 대응물을 갖고 있다는 것을 잘 아실 겁니다. 우리는 그 진정한 취향을 만족시키지 못하는 순간 그런 대응물에 굴복합니다. 불안한 시대에는 그것이 빠르게 일어납니다. 음악에 대한 얘기를 할 때, '음악이 무엇입니까?'라고 묻습니다. 이 문제가 제기된 순간, 당신이 좋은 취향이나 스타일이라고 말하는 음악은 이미 그 설자리를 잃습니다. 더군다나 오늘날 우리의 귀는 변질되었어요. 우리는 라디오 시대에 살고 있습니다. 음악은 이제 듣기 어려운 것이 아닙니다. 오히려 영원한 동반자가 되었죠. 마치 류머티즘, 감기, 전쟁의 공포와 국지전처럼 말이죠. 거기에 대중적인 현상을 고려해보세요. 나는 당신이 말하는 그 처녀가 며칠 내에 이스탄불에 돌풍을 몰고 올지도 모른다고 생각합니다. 하지만 오랜 훈련을 거쳐야만 하는 유럽 고전 음악을 동경한다면 얘기가 달라집니다."

그는 내 얼굴을 물끄러미 바라보았다. 나는 어리둥절한 표정으로 앉아 있었다.

"그런 것들을 진지하게 받아들이는 사람들은 없습니다. 물론 깨닫지도 못합니다. 당신은 그걸 모르셨습니까?"

"진지하게 받아들이지 않다니, 그게 무슨 뜻입니까? 그렇다면 사람들이 완전히 정신이 나갔다는 말이군요!"

"물론입니다. 사람들은 그들 인생에 아주 약간의 감정을, 몇 개의 특별한 순간을 마련하기를 원합니다. 그런 감정이 내적인 공허함을 극복하도록 도와주길 바라고, 인생을 뭔가 아름다운 것으로 치장하려고 합니다. 그렇지만 음악에 대해서는 아무도 잘 알지 못합니다. 그저 가사 때문에 노래를 즐길 뿐입니다. 가엾은 하이리, 당신은 정말 평범치 않은 사람입니다. 당신이 높이 평가하는 가치는 이제 과거의 것이요. 당신이 앞서 얘기했듯이, 장인에서 장인에게 전해진 글귀와 같습니다. 우리는 더 이상 고전주의 시대에 살고 있지 않아요. 음색을 구분할 수 있는지 없는지는 오늘날 아무도 신경 쓰지 않아요. 그건 그렇고 당신 처형이 어떤 가수를 모방해 부르는지 말씀해주시겠습니까?"

"유명한 사람은 누구나 모창을 합니다. 하지만 늘 똑같은 목소리와 똑같은 음색, 똑같은 방법으로 노래해요."

"아주 개성적이군요! 그것으로 충분해요! 그녀는 독창적이고 새로워요. 반짝반짝 새롭습니다! 다른 어떤 재능도 필요 없을 정도로 대단히 새로워요. 이제 우리에게 필요한 것은 방향을 정하는 것뿐입니다. 민속음악? 아니면 터키 전통음악? 유럽 가곡풍의 민속음악? 또는 민속음악풍의 유럽 가곡? 우리가 이 테이블에 가만히 앉아서 결정할 수는 없습니다. 하지만 당신이 그 처녀의 재능에 대해 얘기한 것을 종합해보면— 이 대목에서 그는 얼굴을 약간 찌푸리고 손가락으로 꽤 익숙한 소재를 시험하는 듯한 제스처를 취했다—, 그녀는 유럽풍의 민속음악을 부르면 가장 성공할 수 있을 것 같습니다. 네, 제 짐작으로는 그렇습니다. 터키 탱고나 최신 노래를 부르는 것이 아니라면."

그는 생각에 잠긴 표정으로 나를 쳐다보았다.

"당신은 사업가적인 마인드가 없어요. 그게 문제에요. 당신은 현실을 인정하지 않는 이상주의자에요. 한마디로 과거에 얽매여 있어요. 정말 안타깝군요! 조금만 더 현실적이 된다면, 조금, 아주 조금만, 그러면 상황은 완전히 달라질 겁니다."

그건 너무 지나친 얘기였다.

"내가 현실주의자가 아니라고요? 그게 사실이라면, 내가 내 가정사를 당신에게 모두 털어놓았을까요? 일말의 희망이라도 갖고 처형 얘기를 했을까요? 내가 처형 얘기를 하면서 얼버무린 것이 있었나요? 나는 오히려 현실을 있는 그대로 보는 사람이라고 생각합니다. 어떻게 보면 너무 현실적이죠. 괴로울 정도로."

할리트 아야르시는 미소를 지었다. 다른 테이블에서 우리에게 계속 손짓을 했다. 그는 라키를 한 모금 마셨다.

"이야기는 그만하고 저쪽 테이블에 합류합시다. 나쁜 저녁이 될 것 같지는 않습니다. 오히려 기대해도 될 것 같아요. 이봐요, 하이리, 나는 결심했어요. 이제부터 우리 함께 일을 해봐요. 그러려면 서로를 잘 이해해야 합니다. 현실주의자란 현실을 있는 그대로 보는 것이 아니라, 현실을 가장 잘 꾸려갈 수 있는 방법을 찾는 사람을 뜻합니다. 그저 현실을 가만히 바라보는 것만으로 무엇을 하겠습니까? 그런 사람은 자기 자신에게 아무 의미 없는 판단을 내립니다. 특히 당신은 무엇이 필요한지 목록만 작성하고 있습니다. 그래서 뭐가 달라질까요? 아무것도 시도조차 못하게 될 뿐입니다. 비관론자가 되고 게을러지고 굴복하게 만들 겁니다. 있는 그대로 현실을 바라본다는 건 패배주의와 다름없습니다. 당신은 말에 중독되어 있어요. 내가 당신을 과거에 얽매인 사람이라고 불렀던 것도 그런 이유 때문입니다. 새 시대의 현실주의는 완전히 다릅니다. 내 손에 지금 아주 특별한 상품을 갖고 있다고 생각해봅시다. 그걸 가지고 무얼 시작할 수 있을까요? 내가 제기할 수밖에 없는 문제가 바로 그것입니다. 당신은 음악에서부터, 그러니까 추상적인 사고로부터 출발하여 그것에 따라 소중한 처형을 판단하는 실수를 범하고 있어요. 이와 반대로 당신이 처형의 입장에서 일을 시작하면 상황은 완전히 다르게 보일 겁니다. 뉴턴이 머리에 떨어진 사과를 단순히 사과로만 관찰했다면, 썩은 부분을 보고 던져버렸을 것입니다. 하지만 그는 완전히 정반대로 의문을 제기했습니다. 이 사과로 뭘 할까? 어떻게 이 사과를 최대한 유용하게 쓸 수 있을까? 당신도 뉴턴처럼 하세요! 당신 처형이 음악 분야에서 성공하고 싶어 한다고 말씀하셨잖아요. 당신 손엔 지금 처형과 음악이라는 두 개의 인자가 놓여 있습니다. 그런데 첫 번째를 바꿀 수 없다면, 두 번째에 대한 본인의 시각을 약간 바꿀 필요가 있습니다. 처형한테는 어떤 음악이 어울릴까? 그렇게 생각해야 합니다! 아니면 막다른 골목에 영원히 남아 있기를 원하나요? 당연히 아니겠죠!"

나는 우리 집 바로 뒤편 캄부르가 골목길 돌 위에 앉아 내 옆에서 라우테(만돌린과 유사한 옛 현악기)를 연주하며 노래를 부르는 처형의 모습을 떠올렸다.

"물론 아닙니다. 절대로, 절대로 아닙니다."

"그러면 당신 처형을 바꿀 수 있겠습니까?"

나는 당황하여 몸을 움찔했다.

"절대 불가능합니다. 눈꼽만치도 가능성이 없습니다."

"그러면 내가 말씀드린 대로 하셔야 합니다. 오늘날 그런 일들은 전력을 다해야 가능하다는 것을 기억하세요. 친애하는 하이리, 삶은 계속됩니다. 설령 당신이 가만히 앉아서 말로 복을 차버린다 해도, 그사이 매일매일 삶은 뭔가 새로운 것을 발견합니다. 내가 네다섯 시간 전에 당신을 발견했고, 이제는 가수인 당신 처형을 발견한 것을 잊지 마세요."

"신이 당신을 축복하시기를!"

나는 정말 그에게 감사하는 것 외에 아무것도 할 수 없었다. 그는 내 처형을 발굴했다. 신이 그를 축복하시기를. 이 세상에 태어난 이래, 모든 사람들은 내게 망원경의 다른 쪽 끝을 보라고 충고했다. 하지만 나는 늘 거부했다. 그래서 어떻게 되었나? 내 인생은 비극이었다. 왜 다른 방법을 시도하지 않았을까?

그럼에도 나는 마지막 항변을 했다.

"아, 당신이 내 처형을 한 번이라도 보고 노래를 들었다면, 커다란 통처럼 서서 손가락을 튕겨 딱 소리를 내면서 빨간 하이힐을 신고 엉덩이를 흔들며 땀을 흘리며 노래하는 모습을 보았다면, 그런 소린 하지 못할 겁니다."

할리트 아야르시는 다정하게 나를 바라보았다.

"손가락을 튕기며 딱 소리를 낸다고요? 얼마나 훌륭해요. 그것이 바로 성공의 열쇠입니다. 잘 생각해보세요. 그녀는 노래를 부르면서 손가락으로 스카프를 빙글빙글 돌리지도 않고 손수건을 이리저리 잡아당기지도 않을 거예요. 뭘 더 바라세요? 그녀는 양손에 아무것도 갖고 있지 않아서 늘 관객들에게 손짓을 하고, 손 키스를 날려주고, 우레와 같은 박수갈채에 감사를 표할 수 있을 겁니다. 당신은 진짜 보물을 가지고 있는데, 그 사실을 잘 모르고 있어요. 정리해봅시다. 당신은 처형이 못생겼다고 했지만, 오늘날 기준으로 호감 가는 얼굴이라고 할 수 있을 겁니다. 그리고 목소리가 나쁘다고 했는데, 심금을 울리는, 특히 특정한 멜로디에 어울리는 소리일 수도 있어요. 또 재능이 없다고 하셨지만, 분명 개성적일 수 있습니다. 내일 당신 처형을 만나봐야겠군요. 그 말은 그녀가 곧 무대에 서게 될 것이고, 유명해져서 신문에 종종 오르내릴 거란 뜻입니다."

이것이 어렴풋이 기억나는 그날 저녁의 마지막 대화이다. 희미한 기억을 떠올려보면, 할리트 아야르시의 마지막 말을 듣고 나는 이런 생각을 했었다. '당신은 그렇게 조용히 약속을 하고, 내일이면 잊어버리겠지.' 그리고 그 이후는 아무런 기억도 나지 않는다. 하지만 아침 무렵 나는 옆 테이블의 누군가와 함께 벨리 댄스를 추고 있었다. 안개가 자욱한 평온한 아침이었다. 열린 창문으로 가벼운 바람과 모터보트 소리가 한결같이 타오르고 있는 램프를 향해 밀려 들어왔다. 우리는 아름다운 아침이 밝아올 때까지 쉴 새 없이 몸을 흔들었다. 나는 세상의 온갖 근심으로부터 가벼워짐을 느꼈다. 할리트 아야르시가 약속을 지키건 말건 어쨌든 그는 내게 이제부터 망원경의 다른 쪽 끝으로 세상을 볼 수 있다는 것을 보여주었다.

2

할리트 아야르시는 정말 약속을 지켰다. 그 주에 처형은 작은 레스토랑에서 가수로 데뷔했다. 첫날 저녁 관중들 사이에 파키제, 할리트 아야르시, 라미즈 박사를 비롯하여 온 가족이 앉아 있었다. 대성공이었다. 할리트 아야르시는 그날 저녁 말했던 것을 곧바로 현실로 바꾸려는 듯 공간과 관객을 주선했다. 처형은 실수할 때마다 열광적인 박수갈채를 받았다. 나는 너무 창피해서 땅속으로 꺼져버리고 싶다고 생각했는데, 처형은 밤의 여왕이 되어 있었다. 그녀를 향해 환호성이 쏟아졌다. 파키제는 연신 내게 고개를 돌리고 "어때요?"라고 외쳤다. 할리트 아야르시는 내내 아무 말 없이 노래에 귀를 기울이다가, 밖으로 나와서야 입을 열었다.

"예상했던 대로군요. 공연이 성황리에 끝났어요. 하이리, 사람은 인생을 믿어야 해요. 하지만 당신은 음색을 더 많이 생각했지요. 사람들이 그녀의 노래를 얼마나 좋아하는지 보셨죠? 사람과 사람의 만남의 장이었어요. 당신의 고전적인 음색 타령으로는 절대 이 같은 성공을 거둘 수가 없어요. 지금부터 당신 처형에게는 모든 가능성이 열려 있어요. 얼마나 성공할지 두고 보세요."

그것이 전부가 아니었다. 그즈음 시간조정연구소의 핵심을 이루게 될 작은 사무실도 열었다. 나는 어느 날 아침 할리트 아야르시가 보내준 양복을 입고 시청 근처 사무실 문 앞에 서 있었다. 신중한 인상의 나이 든 급사가 문을 열어주며 나를 맞이했다. 할리트 아야르시의 친척이라고만 알고 있는 연구소장의 여비서 네르민이 마치 옛날부터 아는 지인처럼 인사를 했다. 내 책상이 어디인지 알려주기 위해 잠시 뜨개질도 멈추었다. 그날 나는 그녀가 늘 뜨개질을 하고 있지 않으면 수다를 떨고 있다는 사실을 알게 되었다. 다시 말하면 그녀는 누군가 있으면 늘 떠들었고, 홀로 있으면 뜨개질을 했다.

그녀는 내가 알고 지낸 여자들과는 전혀 달랐다. 친해지는 데 일 분도 걸리지 않았다. 그녀의 인생에는 비밀이 전혀 없었다. 침묵은 그녀에게 공포나 다름없었다. 심지어 세 명의 전남편들과도 원망이나 원한 없이 헤어졌고 계속해서 좋은 관계를 유지하고 있었다.

"양복이 잘 어울리네요." 이것이 네르민이 내게 처음 한 말이었다. "할리트가 당신에 대해 설명했을 때, 이 양복이 제격일 거라고 생각했어요. 다만 구두는 좀 광을 내셔야겠어요. 그리고 이발사를 바꾸세요. 전문가의 솜씨가 아닌 것 같아요. 당신과 함께 일하게 돼서 기뻐요. 아저씨가 내게 이곳에서 쭉 일해 달라고 했을 때, 처음엔 망설였어요. 사무실을 불신했거든요. 낯선 사람들과 그런 공간에 앉아 있으면 지루할 거라고 생각했어요. 하지만 당신 얘기와 우리 둘만 근무한다는 소리를 듣고 안심했어요. 나이가 같아서 좋은 친구가 될 거라고 생각했거든요. 제 남편은 그런 건 질투하지 않는 사람이에요. 오늘날의 가족은 우정을 바탕으로 한 공동체지요. 하지만 남편들은 그런 단계까지는 발전하지 못했어요! 나는 이따금 그 사실에 넌더리가 나요. 예전에 이혼은 아주 간단했는데, 이제는 점점 더 어려워지고 있어요. 판사가 끊임없이 화해를 시키려고 판결을 주저하거든요. 첫 남편과는 뭐가 뭔지 제대로 알기도 전에 이혼했는데, 두 번째 남편과는 일 년이 걸렸어요. 게다가 그 뒤 일 년 동안은 결혼을 할 수 없었어요. 그리고 세 번째 이혼은 정말 어려웠어요. 아시다시피, 당신과 나는 그저 일시적으로 비서로 일할 뿐이에요. 우리 아저씨가 연구소를 세우기만 하면 당신은 부소장이 되고 나는 연구소장의 비서가 될 거예요! 할리트 아저씨는 타고난 설립자예요. 이미 훌륭한 프로젝트를 해본 경험이 있어요. 나는 시슬리에 살아요. 매일 도시락을 싸올 생각이에요. 당신도 그렇게 하면 점심을 먹으러 나가느라 시간을 낭비할 필요가 없을 거예요. 아니면, 가만히 생각해보니 내가 우리 둘 것을 모두 싸오면 당신은 굳이 수고할 필요가 없겠어요. 제 시어머님이 요리를 아주 잘하시거든요. 아마 나한테 시달리지 않기 위해 얼마든지 도시락을 싸주실 거예요. 솔직히 말해서, 시어머님이 여기 비서로 오셨다면 가장 좋았을 거예요. 하지만 아저씨가 적절하지 않다고 하셨어요. 이곳은 현대적인 연구소이기 때문에 젊은 여자가 필요하다고 하셨죠. 요즘 여자들 차림새로는 나이를 가늠할 수 없는데도 말이죠. 스커트와 머리 길이가 날이 갈수록 짧아져요… 대담한 모자를 쓰고… 내 친구 남편 중에는 어린 소녀에게 너무 관심이 많은 사람이 있어요. 그 불쌍한 친구는 어쩔 줄을 몰라요. 그래서 내가 간단하게 이렇게 조언했어요. '세상에, 그럼 중학교 여학생들이 입는 블라우스를 입고 학생 모자를 써봐.' 친구는 처음에는 반신반의했지만, 이젠 남편이 집 밖을 나가지 않는다고 하더군요. 아, 우리가 함께 있어서 정말 좋아요! 오늘 아침에 당신이 여기를 찾지 못할까 봐 차로 모시러 가려고 했어요. 그런데 당신 아내에게 옳지 못한 일이라고 생각하고 접었어요. 아저씨한테 당신이 훌륭한 점성가라는 얘기를 듣고 얼마나 기뻤는지 몰라요! 매일 커피를 우리고 남은 찌꺼기로 내 점도 봐줄 수 있죠?"

이것이 네르민이었다. 가장 놀라운 것은 그녀가 원해서 세 명의 남편과 이혼을 했다는 사실이었다. 하지만 그녀의 얘기를 듣고 있노라면, 그 운 좋은 세 명의 남편들 역시 당연히 그런 생각을 했을 거라는 생각이 들었다. 그녀는 열두 시간 내내 쉬지 않고 떠들 수 있는 사람이었다.

사무실은 서로 붙어 있는 두 개의 공간으로 구성되어 있었다. 첫 번째 방에 네르민과 내 책상이 마주 보고 있었고, 두 번째 방은 할리트 아야르시의 사무실이었다.

나는 여기서 우리를 둘러싼 허름한 가구들이 이스탄불 시내에서 가장 현대적인 연구소의 구조에 전혀 어울리지 않았다는 걸 말하고 싶다. 허름한 가구와 현대적인 연구소의 차이는 어떤 한 요소에 대한 다른 한 요소의 발전 정도로만 얘기할 수 없을 만큼 컸다. 더 정확히 말하자면, 그 사이에는 세계가 존재했다.

나는 네르민에게 대체 우리가 무슨 일을 하게 되는지 슬쩍 물었다. 그녀는 첫 남편과 시댁 식구들에 대해 시시콜콜 장황하게 늘어놓은 뒤, 당분간 우리는 아무것도 할 일이 없으며 할리트 아야르시만 기다리면 된다고 대답했다. 그렇게 우리는 첫 달을 보냈다. 할리트 아야르시는 자주 전화를 걸어 우리 상황에 대해 묻고 조용히 업무를 계속 하라고, 그리고 사무실 집기를 보충하라고 말했다. 그달 말 타자기와 커튼이 도착했다.

둘째 달 중순의 어느 날 할리트 아야르시가 사무실에 들렀다. 우리는 내가 기억하는 누리 에펜디의 말을 토대로 백 개의 슬로건을 함께 작성했다. 예를 들면 "시계를 정확하게 조정하려면 일분일초도 놓치지 말아야 한다" 같은 것이었다. 가끔 할리트 아야르시는 의미를 덧붙여 새로운 슬로건을 만들어냈다. "시간을 함께하는 것은 일을 함께하는 것이다", "진실한 사람은 시간을 의식한다", "행복은 시간에 대한 건전한 이해에서 비롯된다."

이어서 슬로건을 인쇄하는 일을 감독해야 했다. 우리는 모든 슬로건을 천 장씩 복사해서 시내 전체에 배포했다. 세 번째 달 어느 날 아침 할리트 아야르시가 연구소 설립이 계획대로 진행될 거라는 기쁜 소식을 전했다. 이어서 그는 연구소 정관 제정에 착수했다. 원래 아무 일도 없던 연구소는 서서히 존재감을 드러내며 할 일을 만들어내기 시작했다.

그 석 달은 내 평생 잊을 수 없는 아주 특별한 시간이었다. 이상하게도 그 시절 나는 오랫동안 원하던 것을 성취했다는 기쁨과 그것을 다시 잃을 것 같은 두려움이 뒤섞인 복잡한 감정을 느꼈다. 다시 일과 고정 수입을 갖게 되었다는 것을 생각하면, 너무 기뻐서 자다가도 깜짝 놀라 깼다. 사람들을 만나려고 하루 종일 여러 커피하우스를 전전할 필요가 없었다. 앞으로 뭘 시작할지 고민할 필요도 없었다. 집에서 실업자라는 삐딱한 시선을 받지 않아도 되었고, 밖에서 지인들을 만날 때마다 비참한 상황에 대해 거듭 설명할 필요도 없었다. 하루 종일 사무실에 있었기 때문에, 거리에서 마주친 아는 사람이 나를 피해 돌아가거나 못 본 척하는 일을 당하지 않아도 되었다. 나는 세상에서 가장 규칙적인 일에 헌신하는 새로운 일을 시작했다. 산이라도 옮길 수 있을 것 같은 어마어마한 열정을 내 속에서 느꼈다.

하지만 문제는 직장을 얻긴 했지만 여전히 아무것도 할 일이 없다는 것이었다. 나의 새로운 직업은 지금까지와는 완전히 달랐다. 사람들과도, 생활 자체와도 아무런 관계가 없었다. 자기 자신과 다른 사람들에게 거짓말을 하는 사람들을 도왔던 심령술협회에서조차 일을 하고 있다는 느낌이 있었다. 그 일이라는 것이 너무 우스꽝스럽긴 했지만. 하지만 여기에서는 한 번도 그런 생각이 들지 않았다. 몇 마디의 말로 일이 시작되었다. 마치 동화의 논리와 똑같았다. 나는 그런 생각을 할리트 아야르시에게 말했다. 하지만 그는 맞지 않는 거리의 시계들에만 관심을 갖다가, 당장 내가 할 일이 없다는 사실을 문득 알아챘을 뿐이었다. 다른 사람들은 그의 아이디어를 믿었다. 그즈음 시간이 맞지 않는 시계 때문에 정부 고위층 인사가 또 다른 고위층 인사의 장례식에 참석하지 못하는 일이 벌어졌다. 그로 인해 열흘 만에 우리 연구소에 예산이 지급되어 사무실을 마음껏 꾸밀 수 있게 되었다. 그것으로도 충분하지 않은 듯, 과도할 정도로 좋은 집기를 살 수 있는 돈이 또 지급되었다. 그런 일자리가 정말 존재할까? 그 목적은 무엇이었을까?

더군다나 우리는 할리트 아야르시의 얼굴을 당최 볼 수가 없었다. 최소한 한 번씩이라도 사무실에 들렀더라면, 출근 자체만으로도 우리는 상당한 믿음을 가졌을 것이다. 그랬다면 우리는 어떤 일이라도 조금은 했을 것이다. 하지만 그는 사무실에 오지 않고 가끔 전화만 해서 사무실 상황이 어떤지 묻거나 별로 중요하지 않은 일을 시키곤 했다.

그 대신 그에 대한 소식이 끊임없이 들려왔다. 네르민은 새로운 조직의 구성과 엄청난 수의 직원들에 대해 거듭 떠들어냈다. 나는 코딱지만한 우리 사무실 수준으로는 터무니없다고 느꼈지만, 그녀는—그녀가 늘 아저씨라고 부르는—할리트 아야르시가 우리 사무실을 위해 세운 계획들에 대해, 지사와 본사가 어쩌고저쩌고 하며 매우 열정적으로 설명했다. 나는 모든 것이 걱정스러웠다. 내가 보기에 우리 사무실의 역량으로는 너무 무리였다. 우리는 가급적 눈에 띄지 않게 처신하고 매월 초 월급을 받을 때만 모습을 보였어야 했다. 하지만 정작 상황은 그렇지 않았다. 할리트 아야르시는 도시 전체에 보낼 서류와 편지 원고들을 점점 더 많이 보냈다. 그리고 되도록 완벽하게 사무실을 관리하려고 했다. 그것으로도 충분하지 않았던지, 무대에 데뷔라도 시키려는 듯 내 옷 걱정까지 했다.

그러던 어느 날 나는 상심하여 눈물을 왈칵 쏟았다. 할리트 아야르시가 우리에게 보낸 편지 원고를 네르민에게 받아쓰도록 구술하던 중이었다. 그는 그 글에서 "시간조정연구소와 같은 중요한 기관이 여전히 그 위상에 어울리는 관심을 받지 못하고 있다"고 한탄하면서 직원의 충원을 위한 충분한 자금, 특히 부기계원과 비서 한 명의 채용을 요구했다.

그런데 놀랍게도 사흘 후에 요구사항을 위해 애써보겠다는 답장을 받았다. 물론 항의성 글들이 훨씬 더 많았다. 그 이후 우리의 작은 사무실에는 매일 새로운 물품들이 도착했다. 우선 바닥 리놀륨 타일이 교체되었다. 뒤이어 몇 걸음만 떼면 사용할 수 있는 전화기만으로 충분하지 않은 듯 내 책상에도 전화가 놓였다. 그리고 그다음 날 탁상 램프 열두 개를 받았다. 이어서 새로운 책상이 도착했는데, 미국산 최고급 책상은 할리트 아야르시를 위한 것이었고, 그것보다 덜 비싼 모델은 내 것이었다. 네르민의 책상은 너무 반질반질 라커 칠이 되어 있어서 올라서면 미끄러질 것 같았다. 이 물건들이 언제 도착하는지 알고 있던 할리트 아야르시는 그때그때 전화로 지시를 했다. 램프를 정확히 내 책상 어디에 놓고, 또 검게 윤이 나는 책상용 장비 일체와 연필은 어디에 놓으라고 일일이 지시했다.

하지만 나는 한 가지 생각에만 골몰해 있었다. 즉 우리 사무실이 사무용품 창고로 전락하여 매각되면 우리 둘 다 해고를 당할 수 있다는 점이었다. 나는 부소장 월급을 욕심내지는 않았지만 이제 사무실 급사 세 명의 월급만큼 벌고 있었는데, 다시 일자리를 잃을 생각만 해도 미칠 지경이었다.

어느 날 할리트 아야르시에게 전화로 이런 생각을 비치자, 그는 내게 모든 것을 허심탄회하게 털어놓게 한 뒤 웃으면서 말했다. "사랑하는 하이리, 당신의 문제는 늘 똑같은 것에서 비롯되는군요. 좀 현실적인 사람이 되세요!" 그러고 나서 그는 전화를 끊었다.

그는 뷔위크데레에서 했던 말을 넌지시 꺼냈다. 한 시간 뒤 다시 전화를 걸어 그는 이렇게 말했다. "쥐꼬리만 한 봉급도 받지 못할까 봐 그렇게 두려우세요? 그런 터무니없는 생각 그만하고, 현실주의자가 되세요!" 그러고는 다시 전화를 끊었다.

나는 네르민 앞에서도 이런 두려움을 감추지 않았다. 그녀가 내게 모든 것을 털어놓게 하거나, 무슨 말이라도 하라고 할 때마다 나는 우리가 결코 어떤 일을 책임 있게 이끌 수 있는 입장이 아니라는 것을 분명하게 얘기하려고 애썼다. 하지만 네르민은 할리트 아야르시를 전폭적으로 믿었다.

"말도 안 돼요! 할리트 아야르시는 결코 우리를 속일 사람이 아니에요. 그는 행동하는 사람이에요. 조금이라도 의심 가는 일은 하지 않아요. 당신은 우리 할리트 아저씨를 제대로 알지 못해요!"

"그런데 왜 한 번도 사무실에 나오지 않는 거죠?"

"오실 거예요. 다만 모든 것이 제대로 돌아갈 때요. 내일은 상급 관청과 이 문제를 논의하러 앙카라에 가실 거예요!"

나는 마음속으로 '아, 그가 차라리 아무 말도 하지 않았으면!' 하고 기도했다. 그것 말고 달리 뭘 할 수 있었겠는가.

어쨌든 내가 품고 있던 의혹이 네르민에게도 옮아간 것 같았다.

"정말 돈이 필요해서 이러는 건 아니에요." 그녀가 말했다. "그런데 다시 하루 종일 집에 들어앉아서 집안일을 하고 시어머니와 매일 붙어 있을 생각을 하면…. 시어머니는 나쁘지는 않지만, 거의 말이 없는 사람이에요. 두세 마디만 시작해도, 허둥지둥 어디론가 가버리세요. 하지만 그렇게 늘 한마디도 하지 않고 어떻게 살아요! 아시다시피, 내가 여기에 나오면서부터 시어머니가 갑자기 집안일을 도맡다시피 했어요."

그러나 네르민은 나와 사정이 달랐다. 참새가 이 나뭇가지에서 저 나뭇가지를 총총거리며 뛰어다니듯, 그녀의 생각도 이리저리 옮겨 다녀서 세 문장만 넘으면 도대체 무슨 말로 시작을 했는지 알지 못했다. 그녀의 인생 전체가 입술과 혀 사이에 혼란스럽게 놓여 있는 것 같았다. 시어머니와 집에 단둘이 있어야 한다는 이야기를 하면서 첫 남편 얘기로, 그리고 어린 시절을 보냈다는 퀴퀴크 무스타파 파샤 인근의 귀족 저택 얘기로 넘어갔고, 그러다가 뜬금없이 자기의 새 모자가 어떤지 물었다.

주제에서 벗어나는 이야기를 할 때조차 그녀는 "아마 아실지 모르겠는데…"로 시작하고, 이야기 하나당 최소한 스무 명의 인물이 등장하는 장황한 설명을 덧붙였다. 그리고 내가 그들을 잘 모르면 몹시 안타까워하면서 그 사람들에 대해 설명하기 시작했다. 하지만 다시 관련 인물들의 딸이나 부인들에 대한 이야기로 빠져서 처음부터 얘기를 시작했기 때문에 절반도 마치지 못하기가 일쑤였다.

그녀가 누군가와 우정을 맺고 자기 사는 이야기를 하기 위해서는 딱 한번만 만나면 충분했다. 그것이 리놀륨 타일 외판원이든, 전기기사든, 가구공이든, 무엇을 옮기는 짐꾼이든, 또는 우리에게 월급명세서를 들이밀어 서명을 받는 비서든 마찬가지였다. 그들은 각자 최소한 한번쯤은 그녀의 재미난 인생사에 귀를 기울였다. 그럼에도 네르민은 우리의 일에 대해 서서히 의심을 품기 시작했다. 결국 그녀의 변덕스러운 얘기도 한도 끝도 없이 장황하게 이어지다가 점점 더 아주 특정한 주제를 맴돌기에 이르렀다.

우리 사무실에 깃든 불안은 급사인 데르비스 아가에게까지 전해졌다. 그에게 우리 사무실은 아주 편안한 곳이었다. 사무실을 찾는 사람이 거의 없었기 때문에 그는 팁도 제대로 받지 못하고 묵묵히 일만 했다. 아무도 그를 괴롭히지 않았다. 그는 문 앞에서 기다리지 않고, 네르민의 책상 옆에 앉아서 그녀가 하는 얘기를 귀담아 듣다가 그녀가 쓰고 다니는 새 모자들에 대해 과할 정도로 많은 의견을 늘어놓았다. 그리고 네르민의 장광설이 너무 심하다 싶을 때면 커피를 만들어오겠다는 핑계를 대고 잠시 자리를 피했다.

틀림없이 그는 세상 어떤 곳보다 여기가 제일 편안했다. 사무실 급사 생활 삼십오 년 만에 참으로 우연히 잘 관리되는 사무실을 발견했던 것이다. 하지만 그 모든 것이 아침부터 저녁까지 나는 각양각색의 시계를 수리하고, 네르민은 뜨개질을 하면서 자기 이야기를 늘어놓고, 그 자신은 우리를 지켜보는 것을 통해 이루어진다는 사실을 납득하지 못했다. 아무도 그를 괴롭히지 않았고 욕하지 않았으며 냉대하지도 않았다. 하지만 뭔가가 이치에 맞지 않았다.

"혹시 아세요?" 하루는 그가 수줍게 입을 열었다. "참으로 우스운 생각인데요, 요즘 제 일에 대해서 의심이 들기 시작했어요. 내가 지금 천국에 온 것은 아닌가 스스로 가만히 물어보곤 해요."

나는 그때까지 사무실 급사라고 하는 사람들이 특별히 그들 생활방식에 꼭 맞는 천국을 꿈꾸리라고는 전혀 상상해본 적도 없었다. 하지만 생활수준이 행복에 대한 우리의 사고를 결정해서는 안 될 이유가 어디 있겠는가?

석 달쯤 되어갈 무렵 우리 연구소의 이런 위험스러운 평화가 깨지면서 약간의 활기가 돌았다. 어느 날 아침에 할리트 아야르시가 시장과 그의 보좌관을 대동하고 들이닥친 것이다. 네르민은 이제 막 할리트 아야르시의 세 번째 스웨터를 뜨고 있었고, 나는 한창 세이트 루트풀라흐와 아젤반의 연애 사건에 대해 얘기하던 중이었다. 갑작스러운 방문에 우리는 자리에서 벌떡 일어섰다. 높으신 양반들에게 어떻게 인사를 해야 할지 깨닫기도 전에 할리트 아야르시가 나를 소개했다.

"제 소중한 동료인 하이리 이르달입니다. 우리 연구소에는 정말 행운과 같은 존재입니다."

곧이어 이렇게 덧붙였다. "하이리 이르달은 우리 연구소를 위해 말하자면 명예직으로 일하고 있다는 것을 꼭 말씀드리고 싶습니다."

시장은 나를 우리 연구소를 성공으로 이끌 유일한 기회로 여기고 절대로 연구소를 나가서는 안 된다는 말을 하기라도 하듯 내 손을 움켜잡았다.

"우리는 정말 부끄러울 정도로 적은 보수밖에 드리지 못하고 있습니다! 그저 사례금 정도밖에 되지 않으니…."

내 은인은 나에 대한 부당한 대우에 대해 진정 슬퍼하듯 말했다. 이상한 것은 시장도 내 일을 가슴 아파하는 것 같았다는 사실이다. 그는 고개를 푹 숙인 채 구두를 내려다보았다.

"죄송하지만, 달리 방법이 없군요, 하이리 씨!"

그러면서 고마움의 표시로 내 손을 더 꽉 잡았다.

"물론 지금은 일시적인 상황입니다. 우리 연구소가 하이리 씨의 도움으로 완전히 정상궤도에 이르면, 부소장으로 승진하실 겁니다."

이런 순간 이 말은 시장에게 구원이나 다름없었다. 그는 이내 자기 구두에서 시선을 떼고 내 얼굴을 다정하게 바라보았다. 나는 난생처음으로 다른 사람의 행복을 기뻐해주는 사람을 바라보았다.

"네르민은 우리 연구소의 수석 비섭니다. 최고의 지성을 갖춘 여성이죠. 이분 역시 무엇보다 자기희생 정신으로 이곳에서 일하고 있습니다. 사랑하는 가족을 뒤로 한 채 우리 연구소를 위해서요!"

네르민은 축제 의상을 처음 입은 어린 소녀처럼 발그레해졌다. 잘 지내고 있냐는 질문에 그녀는 사탕을 빨아먹기라도 하는 듯 달콤한 미소를 지었다.

"우리가 훌륭한 사모님을 집에서 훔쳐온 셈이군요!"

"맞아요, 훔쳐왔다는 게 정확한 표현이에요." 할리트 아야르시가 장단을 맞추었다.

시장은 자신의 표현이 마음에 쏙 들었던지 좀 더 독창적으로 말을 마무리하려고 했다.

"이 여인은 우리 인생의 선물이군요! 하이리 씨 생각은 어떠세요?"

미묘한 사회적 관계를 둘러싼 이 작은 시도는 나의 맞장구와 더불어 끝이 났다.

"괜찮으시면, 잠깐 연구소를 둘러보시죠." 할리트 아야르시가 제안했다.

둘러볼 게 있었던가? 우리 사무실에서 할리트 아야르시의 사무실로 건너가면, 그것으로 끝이었다. 하지만 그는 세상 경험이 많은 사람이었다. 시장은 그가 서 있던 곳에서 다른 공간까지 건너가는 데 반 시간은 충분히 이용할 줄 알았다. 텅 빈 책장, 서류장, 카드 상자, 책상 위에 건드리지도 않은 채 놓여 있는 커다란 검은색 노트, 늘 케이스에 담겨 있는 타자기, 그리고 밤새도록 쉼 없는 노동을 약속하는 전구 없는 탁상 램프, 커튼. 그는 이것들을 모두 차례차례 거듭 되풀이하여 들여다보았다. 다른 방으로 건너가려고 문고리를 잡고서도 다시 한 번 몸을 돌려 방 안을 또 휙 훑어보았다. 나는 무슨 착각을 했던가! 시찰을 하는 데는 커다란 공간도, 시찰할 만한 많은 물건들도 필요하지 않았다. 중요한 것은 점검을 하겠다는 마음이었다. 시장은 아무 쓸모없는 물건들 앞에 잠시 서서, 자신이 뭔가를 깊이 생각하고 있다는 것을 우리에게 보여주었다. 그는 아무 말도 하지 않았다. 그리고 무슨 말을 하기 위해 입을 열려는 것처럼 보였을 때도 다만 말없이 발을 까딱거리거나 할리트 아야르시의 팔을 잠깐 잡을 뿐이었다.

그는 할리트 아야르시의 방 문 앞에서 다시 우리 방을 살펴본 뒤 드디어 입을 열었다. "커튼이 아주 좋군요!"

할리트 아야르시의 사무실에서도 그는 똑같은 관심을 보였다. 커튼을 열고 이미 오래전부터 알고 있는 거리를 한참이나 내다보았다. 이윽고 가구들을 점검했다. 그때 문득 무슨 생각이 떠올랐는지 이렇게 입을 열었다.

"당신 동료들 가구는 그럭저럭 쓸 만한데 당신 것은 좀 초라해 보이는군요. 중요한 연구 시설에서 이런 걸 쓰다니요!"

할리트 아야르시가 미소를 지었다.

"지금 가장 급한 것은 동료들의 근무 환경입니다. 다른 사무실로 이전하는 수밖에 없어요. 여기는 너무 좁아요! 그때 가구를 바꿀 겁니다."

시장은 그 내용을 메모하도록 보좌관에게 지시했다. 그것으로 우리의 새 건물을 위한 초석을 마련했다. 사무실을 나서기 직전 시장의 시선은 할리트 아야르시가 전날 벽에 붙여 놓은 그래픽 차트에 머물렀다. 그는 뚫어져라 바라보았다.

"아하, 그게 바로 이거군요."

"네, 특히 영화관 시간과 점심식사 시간은 정확하게 맞는 시계가 중요합니다. 하지만 이 차트는 완전하지 않아요. 하이리가 이 일을 심도 깊게 진행할 겁니다. 시간 관리는 직업 영역에 따라 매우 다양한 의미가 있습니다."

"그러면 그것이 사회적 행동에 관한 연구서가 될까요?"

"그것이 바로 우리의 목표이기도 합니다. 그렇죠?"

나는 각 직업 영역별 시간 조정에 대해서는 상상도 하지 못했다. 사회적 행동에 대한 연구 역시 마찬가지였다. 그럼에도 그런 일에 종사한다는 사실이 기뻤다.

일행은 다시 우리 사무실로 들어갔다. 시장은 재차 텅 빈 서류철과 케이스 안에서 잠자고 있는 타자기와 검은색 큰 노트를 살펴보았다. 이어서 벽에 있는 슬로건들을 읽었다.

"시계를 정확하게 조정하려면 일분일초도 놓치지 말아야 한다… 중요한 말입니다!"

"저도 그렇게 생각합니다!"

할리트 아야르시는 겸손한 척하지 않았다. 그는 시장에게 ―누리 에펜디의 이름은 언급하지 않고― 직업윤리와 사회적인 문제에 정통한 옛 시계 제작자들 중에 그런 의미 있는 격언들을 잘 짓는 사람들이 있었으며, 그런 옛 장인들을 국민들에게 알리는 것이 우리 연구소의 목적 중 하나라고 설명했다.

"그것이 우리 출판부서의 과제가 될 것입니다."

시장이 보좌관에게 윙크를 하자, 보좌관은 출판부서의 신설 필요성과 활동 영역에 대해 메모했다. 테이블 램프를 본 시장은 할리트 아야르시에게 축하 인사를 했다.

"밤에도 일을 하시겠군요! 엄청난 희생정신, 엄청난 성공! 대단히 고맙습니다. 나는 정말 이 모든 것이 매우 기쁩니다. 다시 한 번 고맙습니다. 진심으로 축하드립니다!"

그러나 할리트 아야르시는 곧바로 자신의 공로를 겸손하게 깎아내렸다. 그동안의 업적, 모든 서류철, 뭘 써야 할지 아무도 알지 못하는 타자기, 청소를 하지 않은 지저분한 벽에 전혀 어울리지 않는 커튼, 책장, 탁상 램프, 그리고 나와 네르민을 불러 모은 것 등, 그는 이런 성공을 전적으로 시장의 공으로 돌리려 했다.

"이런 성공은 모두 시장님의 몫입니다. 시장님이 아니었더라면 가능하지 않았을 겁니다."

놀랍게도 이것은 술탄 아지즈가 유수프 카밀 파샤의 집을 방문했을 때의 유명한 장면을 연상시켰다. 그때 유수프 카밀 파샤는 새로 지은 왕궁의 증서와 아내의 패물 전부, 그리고 매우 소중한 필사본들을 황금 쟁반에 올려 헌정했었다!

"이 모든 성공은 당신의 것입니다. 이것과 함께 우리를 받아주십시오. 우리는 당신의 것입니다…."

할리트 아야르시의 상대가 술탄 아지즈보다 덜 중요한 인물이라고 할 수는 없었다. 술탄 아지즈가 제이네프의 전 재산이나 마찬가지인 쟁반을 아주 공손히 받아 들고 그에게 가장 잘 어울리는 것, 즉 꾸란의 필사본을 선택한 뒤 나머지는 돌려주었던 것처럼, 시장은 자신의 몫으로 돌아온 성공을 처음에는 "제가 기대했던 대로군요"라고 말하듯 친절한 미소로 받아들였다가 이내 사양했다.

"아닙니다. 우리의 의무와 책임을 다했을 뿐입니다. 진정한 성공은 당신 덕분입니다." 그는 할리트 아야르시에게 공을 돌렸다. 그리고 네르민과 나에게도 곁눈질로 약간의 공을 돌렸다. 우리는 당시 반쯤 열린 응접실 문 뒤에 서서 왕의 명령을 기다렸던 제이네프처럼 서 있었다.

할리트 아야르시는 아무 얘기도 듣고 있지 않았다. 그는 이 일의 성공은 모두 시장 덕분이라고 확신했다. 그러나 시장의 고집 역시 만만치 않았다.

"말씀드렸듯이 뭔가 계획을 갖고 일하려는 사람들을 돕는 것이 바로 우리의 의무입니다. 진정한 성공은 당신의 몫입니다. 나는 그저 힘 닿는 대로 후원했을 뿐입니다." 그래서 쟁반은 다시 우리에게 돌아왔다.

일은 이렇게 이루어졌다. 우선 어떤 일이 성공적으로 마무리되었고, 그다음 그 일을 주도했던 사람을 찾아 축하를 하자, 그는 일이 성공한 것은 다른 사람 덕분이라며 공을 돌렸고, 다른 사람은 짐짓 감격한 말투로 성공에서 그의 역할을 강조하고 다시 그 공을 상대에게 넘겼다. 그렇게 성공의 공을 서로 주고받을 정도인데 누가 우리의 미래를 의심할 수 있겠는가? 우리 연구소의 창립은 성공이었고, 그것은 공식적으로 승인된 사실이었다. 마침내 나는 진정으로 마음의 안정을 찾을 수 있었다.

이런 공동의 성공에 대한 합의와 양측의 지위에 대한 분석이 이루어진 뒤 시장은 격의 없이 네르민의 의자에 앉았다.

할리트 아야르시는 그 옆 안락의자에 앉았고, 시장의 보좌관은 탁자 언저리에 기댔다. 네르민과 나는 의자 두 개를 옮겨 원을 만들며 앉았다. 이제 시간조정연구소 직원 충원 문제와 관련한 회의가 시작되었다.

할리트는 주머니에서 수첩을 꺼내 내용을 확인하면서 자신의 생각을 설명하기 시작했다. 최신 방법을 활용하여 사회적 연구를 수행하기 위해 설립된 우리 연구소는 그 위상에 어울리는 상근 직원을 두는 것이 합당하다고 설명했다.

"우리 연구소에는 소장과 부소장이 있습니다. 그 외에 출판부장과 남자 책임 비서, 관리부장과 사무장이 필요합니다. 이것이 현재 꼭 필요한 정직원입니다."

그 밖에도 시계의 구조와 공익적인 위상을 잘 아는 전문 인력이 필요했다. 전자는 태엽, 방추, 시곗바늘 부서로 이루어지고, 후자는 사회적 조정과 노동 통계를 위한 부서와 관련이 있었다.

"우리 연구소엔 고도의 전문가가 필요합니다. 노동 통계는 하이리가 담당할 겁니다. 사회적 조정 부문은 부족하지만 제가 맡고요. 소장과 부소장의 경우 법적인 임금 규모를 넘지 않도록 예산 내에서 봉급을 지급할 계획입니다. 아울러 이런 정도의 연구소 규모라면 이 건물에 계속 있을 수 없습니다. 물론 최상의 방법은 건물을 신축하는 것입니다."

"그 부분에 대해서는 이미 메모했습니다. 그런데 관리부장이 꼭 필요합니까? 당신이 말씀하셨던 필수 상근 직원의 수를 얘기하는 겁니다."

"그럼요, 꼭 필요한 인원입니다. 그들이 각 팀을 이끎으로써, 결국 유기적인 구조를 갖추게 될 것입니다."

"네, 그렇겠군요. 그러면 '필수적'이라는 표현이 아주 적합하겠군요. 하지만 제가 볼 때는 관리부장은 필요 없을 것 같아요. 사무장도요."

할리트 아야르시는 잠시 이 두 직원 없이는 많은 어려움이 있을 것이라는 주장을 폈다. 하지만 곧 관리부장을 포기함으로써 필수 상근 직원에 대해서는 공식적인 합의가 이루어졌다.

이 문제에 대한 시장의 신중한 행동에 놀라움을 금치 못할 지경이었다. 한편으로 그는 우리 연구소의 효과적인 운영을 가능케 하기 위해 어떤 희생도 감수했고, 다른 한편으로 쓸데없는 낭비를 막으려고 했다. 중간 중간 그는 내 의사를 물었다. 하지만 할리트 아야르시가 나를 대신해 대답했다.

"하이리 씨는 언제건 공공선을 위하여 자신을 희생할 자세가 되어 있습니다."

나는 그사이 어떻게 처신해야 할지 눈치 채고 보충 설명을 했다. "다른 말로 하자면 저는 그 임무를 수행할 준비가 되어 있습니다."

시장이 나의 열의에 즉각 감사를 표하자, 할리트 아야르시가 내게 이렇게 말했다. "당신이 없었더라면, 나는 이처럼 책임이 막중한 일에 결코 뛰어들지 않았을 겁니다."

나는 한 남자의 상상 속에서 하나하나 새로이 창조되면서, 점차 중요한 기관의 지렛목이 되어갔다. 그야말로 사람들이 운명의 축복이라고 부르는 것이었다. 나는 이런 생각을 했다. '아, 세계사를 배워뒀더라면!'

어쨌든 우리가 모든 점에서 합의를 한 뒤, 시장은 마지막까지 의심 가는 부분에 대한 이야기를 꺼냈다.

"그런데 도대체 어디에서 그 많은 전문가들을 모셔 올 겁니까?"

"그건 아주 간단합니다! 하이리와 제가 다 알아서 하겠습니다. 하이리는 우리 연구소 직원은 우리가 직접 교육한다는 남다른 생각을 갖고 있어요. 그 의견에 전적으로 동의합니다. 그러면 사람들이 훨씬 더 성실하게 일할 겁니다."

그사이—내가 사무실에 앉아 빈둥거리는 동안—할리트 아야르시가 많은 고민을 하고 있었음이 분명해졌다.

"외국인 전문가도 생각해보셨습니까?"

할리트 아야르시는 일언지하에 거부했다.

"그것은 매우 중요한 내부 문젭니다. 외국인은 필요 없습니다. 그들은 모든 것을 엉망으로 만들 겁니다. 아무리 해봐야 우리를 이해하지 못할 거예요."

시장은 만족스러우면서도 동시에 회의적인 것처럼 보였다.

"솔직히 나도 외국인 직원은 원치 않습니다. 그들은 잘 이해하지도 못하고, 늘 예민하게 반응할 겁니다. 제대로 적응하지 못할 거예요."

할리트 아야르시는 시장의 말을 제대로 듣지 않았다. 그러든가 말든가, 그것이 그의 신조였다.

"외국인은 필요 없어요. 그들은 연구소 일을 제대로 이해하지 못할 겁니다. 우리는 전문가를 직접 육성할 겁니다."

다른 사람의 의견 따위는 아무 필요도 없다는 듯, 어쩌나 단호하게 얘기하던지! 만약 시장이 외국인 한두 명을 고집했다면? 나라면, 내가 나중에 늘 그랬던 것처럼, 다른 사람의 생각이 정확히 무엇인지 연구하고 좀 더 신중하게 처신했을 것이다.

나는 공식적인 회의에서 멍청하게 시간을 때우고 있는 것처럼 행동했지만, 사실 알고 싶은 것은 사소한 몇 마디에서라도 잡아냈다. 그런 문제에서 중요한 건 결론 자체가 아니라, 뭔가를 해내는 사람들이었다. 인간이 까닭 없이 창조의 으뜸인 것은 아니다.

"소장님의 분명한 입장," 시장이 입을 열었다. "그런 공식적인 입장이 충분한 믿음을 줄 수 있을까요? 그만큼 사람들은 외국인 전문가에 익숙해 있거든요!"

"그 때문에라도 다른 방식으로 해야만 합니다. 우리가 지금 어떻게 되었습니까? 과연 그 사람들한테 모든 걸 배워야만 할까요? 우리 국민들이 중요한 자리에 앉아서는 안 될까요? 하이리의 생각도 같습니다. 우리는 양보하지 않을 겁니다. 일은 최종적으로 우리 생각대로 진행될 것입니다."

시장은 손뼉을 쳤다.

"하지만 내 생각은 다릅니다. 나는 지금 인생을 일부러 어렵게 만들 나이가 아닙니다."

늘 관대하고 현실적인 할리트 아야르시는 시장의 의견을 감정적으로 받아들이지 않기로 마음먹었다.

시장이 말을 이었다.

"정말 매우 쓸모 있는 사람이라면, 우리도 예외를 둘 수 있습니다."

할리트 아야르시는 돌연 단호해졌다.

"아니요. 말씀드렸듯이, 우리 직원은 직접 양성할 겁니다. 우리가 오스트리아 빈을 향해 진군할 당시 외국인 전문가들이 필요했습니까? 그때는 모든 사람들이 전문가였습니다. 우리는 자신감이 있었으니까요."

아, 이 얼마나 멋진 말이고 훌륭한 비교인가! 십만 명의 병사와 대포, 총, 창, 갑옷을 갖추고 진군해오는 이 위풍당당한 술레이만(오스만 제국의 10대 술탄. 1520년에 즉위해 46년간 통치하면서 제국의 전성기를 이끌었다. 1529년 12만 명의 정예군과 300문의 대포로 오스트리아의 빈을 포위하여 유럽을 두려움에 떨게 만들었다)을 시장이 어떻게 대적할 수 있단 말인가? 그에게 남은 것은 명예로운 후퇴뿐이었다.

"네, 그것이 문제의 핵심이지요."

"사실 우리는 많은 사람들을 확보하고 있습니다. 하이리 이르달 씨가 벌써 목록을 작성했습니다."

하지만 시장이 미심쩍어 하는 것은 오히려 다른 부분이었다.

"그렇게 많은 사람들을 갑자기 채용하면 어떻게 될지 아실 겁니다. 추천이든 아니든. 여러 말이 쉽게 생길 겁니다."

할리트 아야르시는 손짓으로 반대의 뜻을 확실히 했다.

"그 문제라면 이미 해결했습니다. 추천장을 제시하지 못하거나 우리가 잘 알지 못하는 사람은 연구소에 발을 들여놓을 수 없습니다. 우리는 그 문제에 관해서 건전한 모델을 만들어낼 겁니다. 직원의 절반은 일가친척과 지인들 중에서 뽑을 예정입니다. 그리고 나머지 절반은 외부 고위직 인사들의 추천을 받을 계획입니다. 그래서 이런저런 구설수를 원천적으로 차단하겠습니다. 우리 연구소 직원들은 공식적인 관리를 받을 것입니다."

시장은 그 계획에 만족했다.

"그런 생각은 전혀 못했습니다. 정말 당신은 늘 지름길을 찾아내는군요. 그런 원칙이라면 세상의 모든 문제를 해결할 수 있겠어요. 그런데 채용 시험은 치를 예정인가요?"

"아니요, 전혀."

"그럼 지원자들의 증명서가 필요할까요?"

"아니, 아니요. 그런 건 보통의 공무원들에게만 필요합니다. 우리 연구소 업무는 시민들의 실생활과 밀접한 관계가 있습니다. 우리는 관리들이 아니라 전문가가 필요합니다. 그래서 임금 삭감 같은 것도 없을 겁니다."

두 사람은 알겠다는 듯 서로를 바라보았다.

이윽고 시장이 잠시 머뭇거렸다. 뭔가 남은 얘기가 있는 듯했다.

"충분히 이해했습니다. 시스템 전반에 대해 잘 설명해주셨어요."

할리트 아야르시는 겸손하게 미소를 지으며 입을 열었다.

"시장님의 도움으로 잘 준비할 수 있었습니다."

시장이 말했다.

"그러면 우리는 우리대로 확실한 예방책을 만들고 유능한 직원을 찾아보겠습니다."

"다시 한 번 부탁드립니다. 너무 많은 사람들에게 희망을 품게 해서는 안 됩니다."

"네, 그러지요."

할리트 아야르시는 다시 수첩을 바라보았다. 나는 이 기회를 이용해 자리에서 일어섰다. 그 마법의 수첩에 뭐라고 쓰여 있는지 꼭 한 번 보고 싶었다. 하지만 숫자 몇 개와 군데군데 대문자만 눈에 띌 뿐이었다.

"그럼 이제 서기나 사환 같은 하급 직원과 나중에 필요한 검사원 문제가 남았군요. 상근 직원이 구성되면, 차례차례 채용할 계획입니다. 물론 당장 여비서 한 명이 필요할 수도 있습니다. 우리를 아주 잘 도와줄 수 있는…."

그는 재빨리 내게 고개를 돌리고 말했다. "당신 딸 제흐라가 그 일을 맡으려 하지 않을까요? 물론 보수는 적지만. 제흐라는 우리 연구소가 낯설지 않을 겁니다. 사실상 부모 집이나 다름없죠."

그러고는 시장을 향해 이렇게 덧붙였다 "제흐라는 하이리 씨의 딸입니다."

이런 적절한 이유를 대자 시장은 "그녀에게 신의 가호가 있기를!"이라고 말하는 수밖에 별다른 수가 없었다.

그로부터 사흘 뒤 제흐라는 네르민의 감독하에 시간조정연구소에서 일을 하기 시작했다. 네르민의 가방에는 화장품 외에도 할리트 아야르 시에게 감사하는 마음으로 스웨터를 떠줄 양털실이 있었다.

덧붙여 설명하자면, 할리트 아야르시는 몇 년 만에 세상에서 가장 많은 스웨터를 갖게 되었다. 우리 연구소에 근무했던 모든 여비서들이 그에게 하나 또는 그 이상의 스웨터를 떠주었다. 하지만 그중에서 가장 멋진 작품들은 두말할 필요도 없이 네르민의 손에서 나온 것이었다. 그 스웨터들은 햇빛을 받은 크리스털처럼 무지갯빛으로 빛났고, 모두 한데 어우러져 '진정한 명작'의 가치를 보여주었다. 시계의 상징적인 의미와 똑같은 가치를.

시장은 다시 원래의 주제를 꺼냈다. 그는 관리부장이 정말 꼭 필요한지 물으면서 우리가 그 자리를 포기하기를 바랐다. 우리가 한 명만 더 희생하면 그는 완전히 흡족해할 터였다.

"나는 그런 부분에 꽤 정확한 사람입니다." 시장이 말했다. "나중에 보조 직원 중 하나를 그 자리에 투입해도 될 겁니다."

"시장님 생각이 정 그러시다면!" 할리트 아야르시는 결국 두 손을 들었다.

시장은 공공의 이익이라는 이름으로 얻은 승리에 대해 어린아이처럼 기뻐했다. 그 순간 그에게 또 다른 생각이 퍼뜩 떠올랐다. "아, 그리고 규정들을 좀 기록해주세요!"

할리트 아야르시 얼굴에 미소가 번졌다.

"걱정하지 마세요. 그건 벌써 준비했어요. 두 달 전부터 그 일에 착수했거든요. 어제 저녁에 하이리와 내가 다시 한 번 모든 사항을 점검했습니다. 그건 그렇고 하이리, 오늘 아침에 또 몇 줄 수정했어요. 아주 약간. 새로운 것으로 한 부 보낼게요."

그는 이제 시장에게 말했다. "원하신다면 규약에 대해 개괄적으로 설명해 드리겠습니다. 아니면 얼마든지 모든 내용을 낭독해 드릴 수도 있습니다."

그러자 시장은 재킷 안주머니에 손을 넣어 뭔가 찾는 시늉을 했다.

"아, 이런!" 시장은 외마디 소리를 질렀다. 그러고는 시무룩한 표정을 짓더니 뭔가 최악의 상황을 직감한 사람처럼 눈을 감았다. 하지만 그는 패배를 쉽게 인정할 줄 아는 영리한 사람이었다. 그는 손목시계를 힐끔 보고 자리에서 벌떡 일어섰다.

"점심시간이네! 괜찮으면 함께 식사하러 갑시다. 오늘 할 일은 충분히 했어요. 가시죠?"

네르민과 나는 고맙지만 사양한다는 뜻을 밝혔다. 할리트 아야르시가 말했다. "두 사람은 도시락을 싸갖고 다녀요. 말씀드렸듯이 네르민은 정말 훌륭한 주부예요."

맞는 말이었다. 네르민의 시어머니는 경제적인 부담도 수고로움도 마다하지 않고 며느리가 하루 종일 자유롭게, 가능한 한 직장생활을 편안하게 할 수 있도록 도와주는 것에 기쁨을 느꼈다. 매일 열한 시경이면 데르비스가 네르민의 집에 들러 맛있는 도시락을 가지고 왔다.

시장은 할리트 아야르시와 함께 사무실을 나서다가 내게 사무실 직원 문제에 대해 다시 한 번 심사숙고해 달라고 부탁했다.

"관리 직원 두 사람의 자리를 줄이는 건 아주 중요한 일입니다. 경비를 절약할 수 있으니까요!"

할리트 아야르시가 나 대신 대답했다.

"이 사람은 저보다 더해요. 저는 한두 사람 정도는 타협할 수 있지만 진정한 전문가인 하이리 씨는 그런 일에 꿈쩍도 하지 않거든요."

첫 비행을 하기 직전의 제비새끼처럼 나는 처음으로 그 대화에 직접 끼어들었다.

"그런 일의 경우 무엇보다 작업 능력을 고려해야 합니다."

세상에나, 그때 내 모습을 들여다볼 거울이 앞에 없는 것이 얼마나 안타까웠던지! 처음으로, 평생 처음으로 그렇게 의미심장한 말을 했는데!

두 사람은 서로 팔짱을 끼고 나갔다. 네르민과 내가 계단까지 배웅하자, 시장은 거기에서 마지막으로 감사의 말을 전했다.

나는 다시 사무실에 들어와서 두 손으로 머리를 움켜쥐고 정수리를 힘껏 문질렀다. 뷔위크데레에서의 그 중요한 저녁 이후로 그런 습관이 생겼다. 두 발을 거꾸로 공중으로 뻗고 두 손으로 걷는 듯한 느낌이 계속 들었기 때문이다. 나를 둘러싼 모든 것이 내가 알지 못하는 반대 논리를 따라 움직이는 것 같았다.

네르민은 그런 기분을 전혀 알지 못했다.

"정말 매력적인 시장님이네요, 그렇죠? 할리트 아저씨 스웨터를 다 뜨면, 시장님 것도 떠야겠어요."

내가 적절한 대답을 하려는 찰나에 데르비스가 음식이 가득 든 쟁반을 들고 들어왔다.

나는 연구소가 어떻게 성공하는지, 그리고 직원들을 어떻게 조직하는지 확실하게 알게 되었다. 그렇지만 통계를 내고 그것을 도표로 전환하는 일에는 전혀 경험이 없었다. 며칠 뒤 할리트 아야르시는 그것에 대해서도 설명해주었다. 어느 날 아침 사무실에 가니 그가 벌써 책상에 앉아서 일을 하고 있었다. 재킷은 의자 등받이에 걸어둔 채, 소매를 걷어붙이고 거의 완성되어가는 도표를 들여다보고 있었다. 얼굴과 어깨만 봐도 얼마나 자기 일에 빠져 있는지 알 수 있었다. 그에게 다가갔다.

"어때요, 잘돼가요?" 내가 물었다.

그는 고개도 들지 않았다.

"네네, 그래요… 시간의 흐름은 직업에 따라 항상 달라져요. 예를 들어 노동자나 평범한 회사원들은 시계가 제대로 가는지에 매우 신경을 쓰지요. 교사들도 비슷합니다. 그에 비해 사인(私人)들, 즉 가정주부와 특히 머슴, 다른 말로 하면 사실상 일하는 것 외에 일이 없는 사람들…"

'일하는 것 외에 일이 없는 사람들'이라는 표현은 도저히 이해할 수 없었다.

"달리 말하면, 해야 할 일을 하는 것 외에 다른 일이 없는 사람들이거나 자기 일에 전적으로 헌신하는 사람들 말입니다. 이에 반해 책을 즐겨 읽고 글을 쓰거나 음악에 심취해 있는 부인들은 당연히 가능한 한 빠르게 집안일을 해치우려고 합니다. 다른 계획이 있으니까요. 그렇기 때문에 그들은 시간은 좀 더 소중히 여깁니다. 밖에서 일하는 여자들도 마찬가지죠. 일당을 받고 일하는 하인들의 경우도 그에 못지않은 반면, 시간 개념이 훨씬 더 모호한 사람들도 있습니다."

그는 다시 고개를 수그리고 도표를 보았다.

"이 색깔들 좋지 않나요? 네르민의 작품입니다. 어떻게 해야 하는지 설명해주었더니, 하룻밤 새 이렇게 완성했어요. 나는 지금 모든 칸에 일정한 직업군을 배열하고 있는 중입니다."

하지만 나에게는 몹시 이상하게 여겨졌다.

"원, 이럴 수가." 내가 끼어들었다. "아니, 반대로 해야 하는 거 아닌가요? 그러니까 연구를 해서 수치나 결과를 얻은 뒤에 그 결과를 칸에 표시해서 완성해야 하는 것 아녜요? 내가 아는 한에서는 그런데요."

할리트 아야르시는 마치 처음 보는 사람처럼 나를 쳐다보았다.

"그건 구식입니다." 그가 입을 열었다. "구식에다 어리석은 방식이에요. 시간 낭비일 뿐이죠. 게다가 어떤 결론도 얻을 수 없어요. 내 방식이 훨씬 더 믿을 만합니다. 어떤 검증도 필요 없을 정도로 오차 범위가 작습니다. 이 밝은 노란색 칸을 좀 보세요. 여기 빨간색과 보라색 사이에 있는 거요. 다른 것보다 훨씬 작습니다. 네르민은 이걸 전혀 다르게 표현할 수도 있었지만, 그렇게 하지 않았습니다. 이렇게 구성했어요. 그런데 거기에는 근거가 있어야만 합니다. 오늘 아침에 그 부분에 대해 물어봤습니다. 그랬더니 자기도 잘 모르겠다며 아주 즉흥적으로 그렇게 했다고 하더군요. 즉흥적인 영감. 즉흥적인 것은 늘 옳습니다. 나는 이 칸들에 각각의 기능을 할당해야 합니다. 그것 때문에 반시간 동안 골머리를 앓고 있었습니다. 그래서 부탁드립니다. 나는 머리를 쥐어짜서 직업에 따라 분류했는데, 당신은 어떤 걸 수치화해서 사실을 밝히고 싶습니까? 숫자라는 것은 그저 착각일 뿐입니다. 숫자는 불완전한, 그야말로 우스운 결과를 산출합니다. 대체 어떻게 세상 모든 것을 셀 수 있겠습니까! 인간은 복잡한 존재입니다. 모든 사람들이 똑같다면, 나도 통계를 믿을 겁니다. 뭐 하러 그런 고된 수고를 하겠습니까? 이제 시간 감각이 거의 없는 중환자들을 노란색 칸을 표현할 생각입니다. 그러니까 바로 다음 단계에 해당하는 부류보다 여섯 배나 시간 감각이 부족한 사람들이죠. 그리고 여기 검은색의 짧은 선은 사망자들의 경우로 이제 시간과는 아무런 관계가 없다는 것을 보여주고 있습니다."

"알겠습니다. 그런데 그런 경우를 도표에서 특별하게 강조할 필요가 있습니까? 아주 당연한 이야기를?"

"나도 그 생각을 해보았습니다. 하지만 도표에 표기해야 한다는 결론을 얻었습니다. 그렇게 하지 않으면 어떻게 사람들에게 시간과 시계에 대한 관심이 깨어 있는 삶과 관련된다는 사실을 가르치겠습니까? 우리 연구소의 설립 목적을 모른다는 듯이 말씀하시다니 이상하군요! 우리는 사회 질서에 도전하고 있습니다. 우리는 공동의 선을 위해 봉사하는 것입니다. 아니면 당신은 내가 평생 아무것도 하지 말아야 한다고 생각하세요?"

"당신은 이미 하고 계시지만, 나는 그렇지 않습니다. 그리고 지금까지 한 번도 해본 적이 없습니다. 그건 확실합니다."

할리트 아야르시는 도표를 마무리하고, 다시 내게 고개를 돌렸다.

"이제 그런 생각은 잊으세요. 언젠가는 이런 일에 익숙해질 겁니다. 당신은 시장에게 정말 훌륭한 답변을 했습니다."

"아니에요, 당신의 말이 더 감탄할 만했어요."

"그 사람은 나의 옛 친구입니다. 우리는 초등학교 동창으로 만나서 지금까지 계속 연락을 하고 살았어요."

"그런데 한 가지⋯."

"네?"

"성공 어쩌고 하는 이야기들이 몹시 당황스러웠어요. 우린 아직 아무것도 하지 않았는데요."

"하이리, 착각하지 말아요. 시작이 반입니다. 우리가 어떤 상황에서 연구소를 설립했는지, 비록 작은 공간이지만 이런 큰일을 할 생각을 했잖아요. 그래도 이게 성공이 아닙니까?"

할리트 아야르시는 갑자기 나를 뚫어져라 바라보다가 뜬금없이 이렇게 물었다.

"하이리, 당신은 왜 우리를 믿지 않죠?"

나는 책상에 올려놓은 소지품들을 힐끔 곁눈질했다. 짐을 챙겨 떠날 때가 온 것 같았다. 할리트 아야르시는 내 생각을 눈치챈 듯 격려의 미소를 지어 보였다.

"아니에요, 아니에요, 걱정하지 마세요. 나는 당신이 연구소를 나가도록 내버려두지 않을 겁니다. 우리는 이곳에서 함께 많은 일을 해야 합니다. 다만 당신이 우리를 믿지 않는 이유를 알고 싶을 뿐입니다."

"나는 그저 우리가 아무것도 제대로 못할 것 같은 생각이 들어요."

"그럼 제대로 된 일이란 뭐죠? 모든 사람들이 믿고 누구에게나 금방 이해되는 것인가요? 짐꾼의 일 같은 것 말이에요. 짐을 어떤 장소에서 다른 곳으로 가져다주는 것이죠."

"그렇게 간단한 게 아니죠?"

"당신 논리와 접근 방식으로는 모든 것을 트집 잡을 수밖에 없어요! 뭔가를 웃음거리로 만드는 데는 십 분, 아니 단 오 분이나 삼 분이면 충분해요. 조금만 자세히 들여다보아도, 그 모든 대상이 갑자기 무의미한 것이 되어버리죠."

그는 잠시 생각에 잠겼다. 그리고 다시 도표를 바라보았다. 그러더니 좀 더 떨어져서 보려고 자리에서 일어나서 이윽고 나에게 몸을 돌렸다.

"사랑하는 친구여, 사람이 먼저고 그다음이 일입니다. 일은 사람에 의해 창조되고 사람은 그 일을 합니다. 우리는 지금 이 일을 창조해냈습니다. 이전에 그 누구도 생각해본 적 없고 이 일에 접근할 생각조차 못해

봤다는 이유로 우리의 일이 제대로 된 일이 아니라고 생각하나요? 우리는 여기서 일을 하고 있습니다. 그것도 아주 중요한 일을. 일을 한다는 것은, 말하자면 시간의 주인이 되는 것이고 시간을 올바로 사용하는 것을 뜻합니다. 우리는 그것이 가능하도록 돌보는 일을 하는 것이죠. 우리 주변에 시간 개념을 전파하고 그것을 위해서 새로운 개념과 사상을 퍼뜨릴 것입니다. 사람은 무엇보다 노동을 통해, 그리고 노동은 다시 시간을 통해 존재를 명확히 한다고 알릴 겁니다. 그것이 제대로 된 일이 아니면 무엇이겠습니까?"

그의 모습은 인상적이었다. 무거운 짐을 짊어진 사람처럼 말을 하면서 가쁘게 숨을 몰아쉬었다.

"당신은 시계 자체에만 집중한 탓에 그 너머에 있는 것들은 방치하고 있습니다. 시계는 당연히 중요한 것이긴 하지만, 수단이며 도구일 뿐입니다. 인류의 진보는 시간 측정의 진화와 함께 시작되었습니다. 인간이 태양에 의지하지 않고 주머니에 시계를 넣고 다니면서 문명은 커다란 도약을 했습니다. 인간이 자연으로부터 벗어나게 된 것이지요. 사람들은 독자적으로 시간을 측정하게 되었습니다. 그러나 그것만으로는 충분치 않습니다. 시계가 시간 그 자체라는 사실을 잊지 말아야 합니다!"

내가 여기에서 할 수 있는 최선은 늘 하던 말을 되풀이하는 것이었다.

"당신도 알다시피, 나는 배우지 못한 사람입니다. 나는 모든 지식을 누리 에펜디와 라미즈 박사와 당신한테 배웠습니다. 그것도 우연히 말이지요. 그런데 어째서 모든 것에 통달해야만 합니까?"

할리트 아야르시가 웃음을 터뜨렸다.

"그렇게 겸손하게 당신의 재능과 지혜를 감추지 마세요! 나는 당신이 세상 모든 이치에 통달했다고 말하고 싶습니다. 당신은 전혀 무지하지 않아요. 다만 믿음이 없을 뿐이죠. 그것이 당신의 결점이에요. 당신은 항상 절대적인 것을 추구합니다. 시간과 같은 상대적인 것을 다루는 사람에게, 그러니까 시계 장인에게 그건 난센스입니다. 정말 이해할 수가 없군요."

그는 다시 내 어깨를 감싸 안고 흔들었다.

"하이리, 변해야 합니다. 변해야 해요! 시간조정연구소는 무엇보다 자기 확신이 있는 사람들이 필요합니다."

그는 갑자기 풀쩍 뛰어올랐다가 바닥에 앉았다. 그러더니 조금 전까지 앉아 있던 의자의 한쪽 다리를 잡고 공중으로 들어 올렸다. 그러고는 팔을 굽히지도 않고 똑바로 서서 그 자세 그대로 방 안을 돌아다녔다. 이윽고 머리를 뒤로 젖혀서 의자 다리 끝에 코를 갖다 대고 양팔을 벌려 의자의 균형을 맞춘 뒤 천천히 방 안 여행을 다시 시작했다.

이제 그는 깊은 숨을 내쉬며 의자를 다시 내려놓았다. 그때까지도 나는 그의 몸이 얼마나 근사한지 전혀 알지 못했다. 그는 정말 잘생겼고 매우 민첩했다. 온몸의 근육이 살아 움직이고 있었다.

"박수 안 쳐요? 너무 놀라셨어요? 이런 기술은 한 여든 개쯤 보여줄 수 있어요. 내가 맘만 먹었다면 서커스단에도 들어갈 수 있었을 거예요. 하지만 시계를 조정하는 일을 하기로 결심했어요."

그는 책상을 쾅 하고 내리쳤다.

"나는 시계 조정하는 일을 할 겁니다! 당신과 함께!"

그는 다시 자리에 앉은 뒤 나를 자기 앞에 앉도록 했다.

"우리는 라미즈 박사를 잊고 있었습니다. 그를 위한 자리가 필요해요. 나는 그를 새로운 직원으로 뽑으려고 합니다. 당신은 누구를 추천하시겠습니까?"

"모르겠습니다."

나는 도통 그가 무슨 말을 하는지 이해할 수 없었기 때문에 정말 무슨 말을 해야 할지 몰랐다. 한마디도 알아듣지 못했다. 뱃멀미가 나듯 머리가 어지러웠다. 그렇지만 할리트 아야르시는 나에 대한 인내심을 잃지 않았다.

"내가 설명을 해보겠습니다. 우리는 최근 직원의 절반을 우리가 아는 사람들로 채용하기로 결정했습니다. 그들이 한 명, 우리가 한 명 이렇게 추천하기로 했죠. 그리고 내가 방금 한 사람을 추천했으니, 당신도 한 명 하시면 됩니다. 그럼 나는 라미즈를 제안하겠습니다."

그제야 마음이 조금 가벼워졌다. 우리는 일종의 가족 놀이를 하고 있었다.

"그러면 저는 게으름뱅이 아사프를 추천합니다."

"좋습니다. 그런데 어떤 자리에? 이름만으로도 아주 매력적이군요. 라미즈 박사는 직업상 사회적 조정과 노동 통계 분야에서 일할 겁니다. 게으름뱅이 아사프는 어느 부서가 어울릴까요?"

"아무 부서든지요. 예를 들면 회전톱니바퀴 부서라든지."

"거기에 알맞을까요?"

"예전에 치과의사였거든요."

"지금은 아닌가요?"

"네, 한 환자에게 손을 물린 뒤 곧바로 그만뒀습니다. 원래 일하는 것보다 잠자는 걸 더 좋아하는 사람이거든요. 커피하우스에서 꾸벅꾸벅 졸거나 수다를 떨고 있으면, 환자가 왔다고 하인이 부르러 온 적이 종종 있었거든요. 그러면 간신히 정신을 차리고 병원으로 달려갔는데, 환자들이 대개 기다리지 못하고 떠났기 때문에 금방 다시 커피하우스로 돌아오곤 했어요. 아사프가 우리 제안을 거부하지 않을 거라 생각합니다."

나는 이 이야기를 듣고 할리트 아야르시가 재미있어할 거라 생각했지만 전혀 그렇게 보이지 않았다.

"흥미로운 사람이군요." 그는 아주 차분한 목소리로 말했다. "그 사람에게는 뭔가 특별한 면이 있을 거예요. 우리가 그를 성공으로 이끌 일을 찾아줄 수 있을 거라 확신합니다. 하지만 그 사람은 나중에 더 생각해보기로 하고, 다른 사람을 추천해보세요."

"시인 에크렘은 어떠세요? 그는 나를 매우 좋아해요. 나도 마찬가지고요. 나이는 서른입니다."

"좋아요. 그런데 뭐 하는 사람인가요?"

"지금까지 아무 일도 해본 적이 없습니다."

"그렇군요. 젊은 새 인재군요. 동의합니다. 아사프는 나중에 다시 고민해봅시다! 또 추천할 사람이 있습니까?"

"제흐라를 말씀드리고 싶지만, 그 아인 네르민을 보조하는 일을 하고 있습니다."

"직원을 계속 늘려야 합니다. 우리가 연구소 조직에 대해 충분한 논의를 할 때까지 당국에 정확한 직원 숫자를 보고하지 않을 겁니다. 최대한 많은 직원을 확보해야 합니다. 기초가 튼튼한 안정된 시설이어야 사람들의 믿음을 얻을 수 있습니다. 때문에 연구소를 잘 조직하는 것이 매우 중요합니다. 개별 부서의 명칭은 사람들이 듣자마자 시간과 시계를 의미한다는 것을 알 수 있도록 지어야 합니다. 누구나 여기에서 무슨 일을 하는지 알도록 해야 합니다. 그렇기 때문에 어떤 임무를 맡겨야 할지, 그런 임무를 수행할 만한 사람이 누군지 고민해야만 합니다."

"소수의 제한된 간부들로만 시작하는 것이 더 현명하지 않을까요?"

"불가능합니다."

"필요할 때 직원을 더 늘리면 됩니다."

"아니에요. 당신이 지금 요구하는 것은 내게 조타기와 연통만 있는 배를 갖고 출항하라는 것과 다름없습니다. 안 됩니다. 제대로 된 배는 하나의 통일체입니다. 엔진과 난간과 갑판, 선실과 다리 그리고 그 밖의 여러 가지 것들을 갖추고 있습니다. 그런 모든 것이 전체를 이룹니다. 선장에서 갑판 위 생쥐 한 마리에 이르기까지! 당신은 내 배를 위해 선원과 승객과 생쥐를 찾아보세요. 직원이 충분하지 않으면 절대 일을 실행할 수 없어요. 연구소는 살아 있는 생명체입니다. 위장도 필요하고, 팔다리도 필요합니다. 더 나아가 대체 인력까지 필요합니다."

"어째서요?" 나는 큰 용기를 내어 물었다.

"필요할 경우 해고할 수 있기 위해서지요. 전 세계의 공공기관들이 큰 불신을 받고 있다는 것을 아실 겁니다. 곳곳에서 비용 절감을 외치고 그에 따른 결단이 이어지고 있습니다. 우리 역시 그런 조처를 취해야 한다면, 어떻게 해야 할까요? 우리 친구와 친척들을 희생시킬까요? 그럴 수 없습니다. 내 생각은 속죄양을 몇 명 채용해야 한다는 겁니다. 당신도 아시다시피, 구약시대 유대인들은 매년 모든 죄를 짊어진 숫염소를 광야로 보냈습니다. 부득이한 경우 우리도 그렇게 해야 합니다. 선견지명이 있어야 해요. 연구소를 설립한 지 2년 만에 갑작스레 과도한 지출 이야기가 나오면, 좋은 의도로 그랬다는 것을 여론에 입증하기 위해 희생시킬 수 있는 두세 명의 직원이 더 필요합니다. 그런 다음 뭘 해야 할까요? 제비뽑기를 할까요? 물론 그렇게 할 수도 있습니다. 그럼에도 대비를 해야 합니다. 어떤 기관이든 기꺼이 포기할 수 있고 쉽게 해고할 수 있는 그런 몇 사람을 미리 확보해놓습니다. 그러면 양심의 가책을 느낄 필요가 없습니다. 더구나 시간조정정거장을 제대로 운영하려면 그것에 대비하기 위한 직원들이 몇 명 더 필요한 건 당연합니다."

그는 말을 하는 동안에도 부지런히 방 안을 걸어 다녔다.

시간조정정거장은 시계가 멈춰 섰을 때 들르는 길거리의 작은 지점이었다. 그곳에서 근무하는 직원들은 얼마 안 되는 수수료를 받고 영수

증을 발급한 뒤 젊은 아가씨들은 남자들의 시계 뚜껑을 열어 시간을 맞춰주고 잘생긴 젊은 남자 직원들은 여자들의 시계를 맞춰주었다. 최초의 시간조정정거장들이 도심 번화가에 들어섰고 차츰 외곽으로 확장되었다. 우리는 첫 두 정거장을 갈라타사라이와 테스비키예에 열었다.

할리트 아야르시에 따르면 그런 계획에 착수하려면 전문성을 갖춘 많은 직원들이 필요했다. 그들은 고객들을 이해시키고 응대하면서 시간조정연구소의 진정한 사회적인 목적에 대해 설명해야 하기 때문에 똑똑하고 친절하며 사교적이어야 했다.

유감스럽지만 나는 이쯤에서 뭔가 이의를 제기해야 했다.

"사람들이 구두에 광을 내기 위해 구두닦이를 찾듯이 그런 간단한 일로 가게를 찾을까요? 현대인의 삶이 점차 미용사나 구두닦이 그리고 푸딩을 만들어 파는 상인 같은 전통적인 직업들을 죽이고 있다는 사실은 두말할 필요도 없어요. 차라리 지나가다가 아무 가게나 잠깐 들르거나 시계를 직접 맞추는 방법을 택할걸요?"

"아뇨, 그렇지 않아요. 오히려 한달음에 달려올걸요? 우리는 이 정거장들을 아주 특별하게 꾸미고 매력적인 직원들을 배치하여 최고로 바쁜 가게로 만들 겁니다. 나만 믿으세요!"

우리가 요구한 직원의 채용이 인가될 때까지 넉 달이 걸렸다. 그 때문에 내가 신경 쓸 일은 없었다. 나는 넉 달 동안 모든 걸 신의 손에 맡기고 마음의 평화를 얻었다. 오로지 이것만 생각했다. '어쨌든 네 달 동안 연구소에 아무런 일도 일어나지 않겠지. 그 이후를 대비해야 돼!' 내가 달리 뭘 할 수 있었겠는가?

운명은 내가 평범하게 사는 것을 허락하지 않았다. 그래서 나는 성공을 하기 위해 좀 더 용감하고, 저돌적이고, 냉철하게, 그러면서도 사람들과 좀 더 끈질기고 집요하게 교류해야 했다. 할리트 아야르시가 이번

일에 성공하지 못할 수도 있다. 하지만 그는 겁먹지 않고 늘 똑같이 행동할 것이다. 나는 그를 본받으려고 노력해야 하는 게 아닐까? 내가 시간조정정거장 일을 통해 할리트 아야르시를 뛰어넘는 시도를 할 수 있을지도 모를 일이었다. 그런 생각으로 나는 연구소 창립 이래 처음으로 정말 열심히 의견을 표명했다.

"직원들은 정해진 유니폼을 착용합니까?" 내가 물었다.

"그런 생각은 해보지 않았습니다."

"아시다시피 저는 우리 연구소가 계획처럼 성공하리라고는 믿지 않습니다. 그렇지만 적어도 성공을 하려면 유니폼은 없어서는 안 될 것 같습니다. 남자 직원들의 경우는 신체의 장점을 강조할 수 있고 여자 직원들은 경우에 따라서 나이를 감추거나 또는 여성적인 특징을 덜 드러나게 해주면서 영화에서처럼 좀 더 인상적이고 예리하게 만들어줄 겁니다. 최소한 모자라도 쓰면 좋겠습니다. 젊은 남자들처럼 보이도록!"

"도대체 왜요?"

"주의를 끌기 위해서죠. 그렇지 않으면 그냥 어중이떠중이 집합소로 알 겁니다."

할리트 아야르시는 잠시 고민에 빠지더니 곧 소리를 질렀다.

"그렇게 합시다! 당신이 이겼습니다! 유니폼을 착용하도록 합시다. 하지만 경영진은 빼고 평사원들만. 경영진들의 경우는 구별할 수 있는 어떤 배지 같은 것을 고안해봅시다. 여하튼 전 직원이 똑같은 옷을 입고 등장하면 사람들에게 깊은 인상을 줘서 호기심을 자아내겠군요."

"뿐만 아니라," 나의 설명은 계속 이어졌다. "직원들에게 고객에 대한 호칭도 교육해야 합니다. 최근 들어 생면부지의 사람들이 마치 친인척이라도 된다는 듯 '아저씨', '아주머니', '선생님', '사장님' 혹은 '자매님'이라고 부르는 소리를 점점 더 자주 듣습니다!"

때마침 얼마 전 전차 차장이 나에게 "이봐요, 할아범, 여기서 지금 자고 있는 거예요?"라고 하며 아주 버릇없이 대했던 일이 떠올랐다.

할리트 아야르시는 내 얘기에 기뻐서 어쩔 줄 몰랐다.

"직원들이 항상 침착하고 부드러운 톤으로 말하고, 우리가 그들을 상냥하고 성실하게 처신하도록 가르칠 수 있다면 우리 연구소는 엄청난 성황을 이룰 것입니다. 그들이 시계와 우리 연구소에 대해 늘 동일한 개념으로 설명하고, 항상 똑같은 정보를 정확하게 전달하는 법을 배운다면, 그리고 과장된 정보를 덧붙이지 않고, 아마 가장 중요한 점일 텐데, 이런 직업을 맡도록 길러진 듯이 시계처럼 행동한다면, 그래서 필요한 것만 말하고 나이에 비해 매우 진지한 태도로 설명하고 필요할 경우 딱 침묵할 수 있도록 교육한다면, 우리는 성공할 수 있을 겁니다."

"일종의 로봇처럼 말이죠…. 우리 시대의 가장 큰 약점이 가장 큰 장점이기도 합니다. 우리가 새로운 계몽의 시대에 들어갈 준비를 하는 것처럼, 새로이 조직되는 새로운 중세의 토대이자 척추지요. 당신 말이 맞아요, 하이리. 당신은 천재예요. 정말 놀랄 만한 발견입니다! 일할 때는 말을 하고, 일하지 않을 때는 침묵하는 마치 자명종 같은 사람들, 그렇죠? 레코드판 같은 사람들! 환상적이군요!"

그는 나를 얼싸안았다.

"축하해요, 하이리! 당신은 아주 중요한 심리학적 문제를 발견했어요. 그런데 모든 것을 바꾸는 것은 아주 어려운 일입니다. 이제 어떻게 해야 할까요?"

"그 일을 수행할 수 있는 사람을 알고 있습니다. 여성입니다. 오직 그 여인만이 그 일을 할 수 있어요. 사브리예는 손아귀에 들어온 사람은 누구나 자기가 원하는 대로 바꾸어버립니다. 그녀는 우리 직원을 가르칠 뿐 아니라, 고집스럽게 감독까지 할 겁니다."

나는 사브리예에 대해 이야기해주었다. 할리트 아야르시도 그녀와 조금 아는 사이였다. 내 머릿속에서는 심령술협회의 동료들이 한시도 떠나지 않고 있었다.

"사브리예한테 내일 당장 방문해달라고 편지를 보내겠습니다." 할리트 아야르시가 말했다. "나는 그녀가 우리에게 아주 많은 도움을 줄 거라 생각합니다. 약간 괴팍한 면이 있지만 우리 일에 아주 적합한 사람입니다. 특히 지구력이 얼마나 좋은지 모릅니다."

그러고는 잠시 생각에 잠겼다.

"시간조정정거장에는 소녀와 아가씨들만 채용해야 한다고 생각합니다. 단 한 명의 남자도 없이. 당신이 말한 직업교육은 아가씨들만 받게 합시다. 남자 직원들은 차라리 다른 곳에 배치하고요. 젊은 남자들을 어떻게 로봇으로 바꾸어놓겠습니까? 그렇게는 할 수 없습니다. 그리고 여자들도 요즘은 예쁘고 어린 아가씨들을 좋아합니다. 여배우들한테 열광하는 남자들처럼 말이죠."

나는 여자들처럼 남자들 중에도 어리석은 사람이 있다는 걸 확신하고 있었다. 그래서 여자나 남자나 모두 훈련을 받아야 한다고 생각했다. 하지만 그새 뭔가 다른 생각이 떠올랐기 때문에 내 입장을 고집하지 않았다. 틀림없이 우리는 유니폼이나 차림새와 관련해서 패션에 대해 안목이 있는 사람이 필요할 것이다. 셀마와 네브자트를 연구소에 채용하면 어떨까? 나는 수줍게 얼굴을 붉히며 할리트 아야르시에게 그 문제를 제안했다. 그는 원칙상 내 말에 동의했지만, 두 사람에 대해서 의구심을 떨쳐버리지 못한 듯했다. 그 순간 나는 갓 배운, 상대의 허영심을 자극하는 방법을 썼다.

"당신은 우리 연구소 소장님이라는 품위에 어울리게 사브리예를 추천하셨습니다. 소생은 그 제안을 받아들입니다. 이제 제 차례니, 저는 셀마를 선택하겠습니다."

할리트 아야르시는 잠시 고민하더니 이내 너털웃음을 터뜨렸다.

"좋아요, 원칙대로 합시다! 그런데 그녀의 남편은 어떻게 할까요?"

"그 사람은 속죄양으로 채용하면 됩니다."

그가 내 얼굴을 검사하듯 뜯어보았다.

"당신은 겉모습이 전부가 아니군요! 어떻게 그런 세세한 부분까지 다 생각할 정도로 꼼꼼할 수 있는지! 동의합니다. 네브자트도 채용하지요. 하지만 직원의 선발은 나누어서 한다는 것을 잊지 마세요. 당신이 추천한 사람들을 불러서 만나본 뒤 결정하기로 합시다. 셀마는 제외하고요. 당신이 두 사람을 만나서 얘기해보세요. 나는 요즘 너무 바빠요. 그런데 당신이 아주 잘하고 있어요. 케말과 네브자트의 경우는 너무 서두르지 맙시다."

밖으로 나가면서 그는 이렇게 덧붙였다. "새까맣게 잊을 뻔했군요. 우리가 새 직원들을 선발하는 동안 시장님이 당신 월급을 조금 올려주기로 했어요. 이번 달부터 3백 리라를 받을 겁니다!"

처음에는 그의 목을 끌어안고 손에 입을 맞추고 싶었지만, 방금 했던 결심을 떠올렸다. 나는 이제 그와 동급이기 때문에 그를 본보기로 삼아 똑같이 처신해야만 한다. 그와 나는 다르지 않다. 그래서 마음을 가다듬고 입을 열었다. "고맙습니다."

그리고 진지한 표정으로 이렇게 덧붙였다. "그래도 가장 중요한 것은 연구소의 성공이지요."

우리는 아무 말 없이 잠시 서로를 바라보았다. 이윽고 할리트 아야르시가 대답했다. "네, 그것이 가장 본질적인 문제이지요."

2년 뒤 나는, 당시 우리가 기본 원칙을 놓고 토론을 벌였던 시간조정 정거장에 들렀다. 스튜어디스 복장을 한 어린 아가씨가 이 세상에서 가장 상냥한 미소를 지으며 맞아주었다. 나는 마치 거미줄에 걸린 것처럼 그 미소에 사로잡혔다. 그녀는 내 시계를 맞추었다. 내가 손목에서 한 번도 풀지 않던 시계였다. 물론 그녀는 자기 시계를 보고 맞추었기 때문에 정확하지 않았다. 그 아가씨는 시간을 맞추면서, 내가 한 번도 들어본 적 없는 바보 같은 소리들을 지껄이며 시계와, 사교계에서 시계가 하는 역할에 대해 이야기를 늘어놓았다. 그녀는 상냥한 미소를 잃지 않고 내 질문에도 빠짐없이 응대했고 우주의 시간 조정에 대해서도 끊임없이 이야기를 늘어놓았다. 시간과 시계를 주제로 한 이야기라면 조금도 막힘이 없이 술술 말이 나왔다. 그리고 내가 나가려고 하자, 내 손에 안내서 뭉치를 쑤셔 넣었다. 그것의 몇 대목은 내가 직접 쓴 것이었다. 또한 그녀는 평화의 언덕에 새로 지은 연구소 건물에 가능한 한 빨리 방문해달라고 권했다. 그것으로도 충분하지 않았는지, 시간조정계획표 정기구독과 연구소에서 제작한 달력 세 부를 강매했다.

밖으로 나오다가 벽을 장식해놓은 많은 사진들 중에 내 사진 앞에서 걸음을 멈추었다. 셀마가 보여준 옷 중에서 직접 골라 입고 찍은 특별히 잘 나온 사진이었다. 나는 웃는 얼굴로 어린 아가씨에게 혹시 나를 모르겠느냐고 물었다. 우선 그녀는 시간조정정거장의 규정상 그런 지극히 사적인 질문에는 답변할 수 없다고 설명했다.

그래도 내가 물러서지 않자 결국 그녀는 이렇게 말했다. "물론 선생님을 알고 있습니다만, 사브리예의 지침을 어기고 싶지 않습니다. 그녀는 우리에게 항상 미소를 짓고, 고객의 얼굴은 가능한 쳐다보지 말고, 물론 그렇다고 너무 사무적으로 행동해서는 안 되며, 늘 시계에 대해서 말하고 모든 것을 암송할 정도로 익혀서 설명하고 연구소에 대한 정보는 빠짐없이 알려주라고 지시했습니다."

사브리예를 채용하자고 했던 내 제안은 완전히 적중했다.

"당신은 나를 아는데, 자 그럼 이제 우리가 할 일은 뭘까요?"

그녀는 벽시계를 올려다보고 말했다. "정각 일곱 시에 일이 끝납니다. 그때 당신 말씀에 귀 기울여 드리겠습니다."

제흐라는 연구소에 있기보다는 시간조정정거장에 나가는 것을 더 좋아했다. 그곳에서 그녀는 신랑감을 만났다. 물론 결혼한 후 우리는 제흐라의 남편을 분침 부서의 전문가이자 팀장으로 만들었다. 결국 사위를 끼워주지 않을 수 없었다. 제흐라가 떠난 빈자리에는 처제를 채용했다. 아무런 추천 없이 우리 연구소에서 일자리를 찾던 한 젊은 남자가 달리 채용될 방법이 없다는 것을 깨닫고 당장 처제에게 구혼을 했다. 이 결혼으로 나는 우리 연구소 내에 따로 결혼중개 부서를 만들어야겠다는 아이디어를 냈다. 하지만 할리트 아야르시는 지극히 합리적인 나의 제안을 거부했다. 체면이 깎일까 봐 두려워서였다.

나는 할리트와 대화를 나눈 이틀 뒤 사브리예의 집을 방문했다. 그녀는 나를 보고 몹시 흥분한 것 같았다. 그리고 내게 인정이라도 베풀듯 자신의 과거를 우울한 목소리로 이야기했다. 내 제안을 받은 그녀는 공동 작업에 대한 기대감에 완전히 매료되었다. 게다가 그녀가 골라준 단정한 옷을 입고 책임자가 되어 나타난 내 모습을 보고 정말 기뻐했다.

"그건 그렇고 심령술협회는 해체되었어요." 그녀가 말했다. "나는 요즘 너무너무 무료해요. 일자리를 찾는 중이었어요. 당신이 불러만 주면 언제든 일할 수 있어요."

나는 우리 연구소의 공식적인 직원 충원이 아직 완전히 끝난 것이 아니며, 공식 승인을 떨어지기를 기다리는 중이지만 곧 마무리되기를 희망한다고 설명했다.

"당신도 이 일에 대해 좀 생각해보시기 바랍니다. 당신이 해야 할 일은 다섯 명 또는 열 명으로 된 어린 아가씨 그룹을 구성하여, 어떻게 보면 별 의미가 없어 보이는 일을 수행하게 하는 것입니다. 일의 성공여부는 그 여성들이 어떻게 행동하느냐에 달려 있습니다. 그들은 우리 연구소 전체가 도약할 수 있는 이유가 될 수도 있습니다. 왜 우리가 이런 일을 하는 걸까요? 나도 잘 모릅니다. 하지만 연구소는 잘 돌아가야 합니다. 시민들 마음에 들어야 하고, 경탄의 마음을 갖게 만들어야 하고, 그 누구도 낯선 기분이 들지 않도록 해야 합니다. 나중에 언젠가는 이 정거장들에 다른 역할들을 부여할 수도 있을 겁니다. 그러기 위해 첫 번째로 어린 아가씨들의 교육이 필요합니다."

사브리예는 입술을 꼭 다물고 내 이야기에 집중했다.

이윽고 그녀가 끼어들었다. "당신이 할리트 아야르시와 함께 일한다는 사실을 말하지 않았더라도, 난 충분히 그런 짐작을 했을 거예요. 할리트 아야르시가 늘 생각하던 일이니까요. 당신도 알다시피 그는 평범한 것과는 거리가 먼 사람입니다. 그가 하는 일의 최우선은 모험이에요. 북극 탐험이든, 밀수든 평범한 일이 아니라면 뭐든 가능하죠. 특이해야 하고, 불가능해 보여야만 하고, 모든 사람들이 놀라거나 완전히 경악할 정도가 되어야지요! 하지만 뭔가 실질적인 일이어야 해요. 그가 공직을 맡지 않는 이유가 그 때문이기도 합니다. 그는 모든 권력자들과 친하게 지내며, 한때 그들처럼 권력을 가져본 적도 있었어요. 하지만 그는 거기에 모험적인 요소가 없다는 것이 마음에 들지 않았지요. 다른 한편 그는 자신이 시작한 계획을 어떻게든 믿을 수 있어야 해요. 당신은 모든 일을 진지하게 생각하지 않는 듯한 인상을 주지만, 할리트 아야르시는 늘 확고한 신념을 갖고 시작한다고 확신합니다. 시간조정연구소 역시 확실히 그래요. 그는 또다시 사회를 위해, 공동체를 위해 뭔가 놀라운 일을 꾸미고 있지만, 불가능한 꿈을 꾸고 있어요. 유용성만으로는 위대한 일이 되기엔 충분치 않아요. 말씀드렸듯이, 모든 사람들을 화나고 놀라게 만들고 엄청난 소음을 불러일으킬 일을 원하니까요. 아까 당신이 연구소의 목적에 대해 얘기했을 때, 나는 당신이 할리트 아야르시의 용어를 쓴다는 걸 눈치챘어요. 하이리, 짧게 말씀드리면, 나도 함께할게요. 얼마나 재미있는 일이 벌어질지 보게 될 거예요."

나는 아무런 대꾸도 하지 않고 사브리예의 이야기를 계속 들었다.

"이런 기회를 어떻게 놓칠 수 있겠어요?" 사브리예가 덧붙였다.

사브리예의 응접실에서 그녀와 마주앉아 차를 마시면서, 나는 무심코 내 인생을 바꾸었던 변화에 대해 돌아보게 되었다. 5년 전에도 이 집에 종종 들러서 차를 마시곤 했었다. 당시 그녀는 나의 등을 어루만지며 친절히 대해주었다. 그것은 나에게 도덕적으로 허락된 애정의 표현이었다. 이후 감히 더는 그녀의 집을 방문할 수 없었다. 그날 이후 뭔가가 바뀌었다. 남은 인생 동안 그 변화를 최대한 활용하려면 어떻게 대처해야 했을까? 그것을 계속 지키기 위해 나는 무엇을 해야 했을까? 이것은 새로운 일 그 이상의 것이었다. 거기에는 뭔가 다른 것이 작용하고 있었다. 마치 내 마음이라도 읽은 듯, 사브리예가 갑자기 화제를 돌렸다.

"하이리, 당신이 얼마나 변했는지 아세요?"

"내가 변했다고요?"

"그럼요, 당신은 정말 많이 변했어요. 화내지 마세요. 당신 기분을 상하게 할 생각은 없어요. 하지만 당신의 내면에, 당신의 인생에 평화가 찾아온 것 같이 보여요. 정말 그래요. 평화로워 보여요. 아시겠지만 그것은 할리트의 영향이지요. 할리트는 자기 자신에게 만족할 줄 아는 사람이에요."

그건 사실이었다. 할리트 아야르시는 자기 자신에게 만족했다. 그것은 돈의 많고 적음과는 상관없는 얘기였다. 단순히 자신감의 문제가 아니라 뭔가 다른 것이 있었다. 할리트 아야르시는 어디선가 주운 장난감

을 가지고 놀 듯 삶을 즐겼다. 그를 알게 된 바로 그 순간부터 그가 내게
준 어떤 틀 속에 맞춰 모든 걸 생각하고 있다는 걸 나는 잘 알고 있었다.
나는 그를 모방하면서 살았다. 사브리예가 얘기해준 그의 다른 성격들
이 이런 사실을 퇴색시킬 수는 없었다.

"할리트와 함께 일하는 거의 모든 사람들에게 이런 자신감이 전이됩
니다. 어떤 기본 능력을 갖고 있는지에 따라 정도의 차이는 있지만. 어
쩌면 내가 그를 너무 잘 알기 때문에, 할리트는 특별히 나를 좋아하지
않을지도 몰라요. 하지만 나는 그를 아주 좋아합니다."

나는 할리트 아야르시가 네브자트와 케말 그리고 셀마를 연구소에
영입할 계획을 갖고 있다고 말했다. 사브리예는 셀마 이름을 듣자마자
기대가 된다는 듯 미소를 지어 보였다.

"셀마는 확실히 올 겁니다. 몹시 좋아할 거예요. 그녀도 일을 해야 한
다고 생각해요. 다른 이유 때문이라도 나처럼 뭔가에 집중할 필요가 있
어요. 셀마와 케말 사이가 좋지 않은 것 같아요. 케말이 하는 일도 잘 안
되는 것 같고요. 꽤 어려운 상황일 겁니다. 네브자트가 오는 것은 나로
서는 매우 회의적입니다."

"왜요?"

"예전의 그녀가 아니거든요. 셀마 역시 많이 변했지만, 네브자트는 날
이 갈수록 더 넋이 빠진 채 살고 있어요. 이젠 친구들도 만나지 않아요.
속죄해야 하는 무거운 죄를 짊어진 것처럼 살고 있어요. 종교에 점점 더
깊이 빠져들고 있어요. 아침부터 저녁까지 꾸란을 읽으며 기도를 드리
지요. 사실 영혼의 세계와 소통하는 것도 모두 중단했어요."

"무라트는 어떻게 되었는데요?"

"무라트는 사라졌어요. 얘기했듯이 네브자트는 과거의 그녀가 아니
에요."

그러더니 그녀는 별안간 다른 이야기를 했다.

"내가 요즘 누구와 친하게 지내는지 아세요? 당신 고모예요! 아주 멋진 부인이에요! 나이에 비해 얼마나 활기차니! 당신이 고모와 사이가 안 좋다니, 너무 안타깝군요. 당신 고모는 정말 아무런 편견이 없는 열린 사람이에요. 그녀는 지금 수피즘(이슬람교도 중 일부가 신봉하는 신비주의 사상)에 열심이에요. 사랑의 시도 쓸 정도지요. 내일 당신 고모님 댁에 차 마시러 갈 거예요."

이야기가 더 이어지면 분위기가 불편해질 것 같았다. 그래서 사브리예에게 전화를 하면 즉시 연구소로 오겠다는 약속을 받고 헤어졌다.

나는 셀마 소식을 듣고 기분이 몹시 우울했다. 어쩌면 그 때문에 가장 먼저 눈에 띈 가게에서 케말의 집에 전화를 했는지도 모르겠다. 만약 케말이 직접 전화를 받았더라면 말없이 끊어버렸을 것이다. 5년 동안 한 번도 보지 못했던, 그래서 번민 중에도 얼굴조차 떠오르지 않던 그 여자가, 사브리예의 몇 마디 말에 다시 온통 내 마음을 사로잡았다. 그 당시 나는 경제적인 상황이 점점 좋아지면서 파키제와 다시 신혼처럼 지내고 있었다.

전화를 받은 것은 셀마였다.

"도대체 그동안 어디 숨어 있었어요? 케말한테 몇 번 물어봤었는데, 하이리, 당신이 직장을 그만두고 사라져서 어디에서 뭘 하는지 아는 사람이 아무도 없다고 하더라고요. 케말한테 제발 좀 당신을 찾아달라고 했어요. 그래서 남편이 여기저기 수소문해봤지만 아무런 소용이 없었어요!"

그녀의 목소리는 수정 같았다. 예전과 똑같이 수화기 속에서 어린애처럼 즐거운 목소리가 또르르 울렸다. 케말이 내가 일을 그만두었다고 했단다. 그것으로 나는 사람들이 사방팔방으로 찾아다녀도 절대로 찾을 수 없는 행방불명자가 되어 있었다.

나는 그녀에게 자초지종을 설명하고 우리를 도와줄 수 있는지 물었다. 그녀는 시간조정연구소라는 이름에 마음을 빼앗긴 듯했다.

나는 최선을 다해 연구소에 대해 안내하고, 그녀가 해야 할 일에 대해서도 설명했다. 그녀는 당장 이튿날 찾아오겠다고 약속했다.

셀마가 방문했을 당시 제흐라가 내 사무실에서 근무했기 때문에, 할리트 아야르시의 사무실에서 그녀를 맞았다. 그녀의 변한 모습이 첫눈에 들어왔다. 그녀는 여전히 아름답고 예전처럼 날씬하고 우아하게 행동했다. 웃음은 불꽃놀이를 할 때처럼 환했다. 그런데 그 어떤 것도 셀마와 어울리지 않았다. 그녀는 활기가 없었다. 시련을 겪은 것이 분명했다. 그녀는 우리가 알지 못하는 걱정과 근심으로 이루어진, 어쩌면 두려움까지도 한데 뒤섞인 커튼을 사이에 두고 말하는 것 같았다. 그랬다. 그것은 두려움이었다. 나는 평생을 그 두려움과 함께 살았다. 그래서 그 독사 같은 존재를 너무도 잘 알고 있었다. 그것이 누군가의 내면에 똬리를 틀면, 그 누구도 평안을 얻지 못했다. 그런데 셀마는 뭐가 그리 두려운 것일까? 무엇이 그리 불안한 것일까? 나는 그걸 찾을 수 없었다.

그녀는 자신의 업무가 정확히 어떤 것인지 알고 싶어 했다. 그리고 이내 어린애처럼 순진한 모습으로 이렇게 말했다. "내가 그런 일을 어떻게 해요?" 그 표정이 얼마나 매력적이었는지, 나는 대화를 나누는 내내 다시 그 모습을 볼 수 있기를 기대했다.

"당신이 생각하는 것처럼 그렇게 어렵지 않아요." 나는 그녀를 달랬다. "당신은 그저 연구소에 필요한 제안을 하면 돼요. 어렵지 않아요. 당신의 취향은 나무랄 데 없으니, 누구보다도 잘할 수 있을 거예요."

마침내 그녀가 동의했다. 그녀는 즐거운 일이 될 거라 믿었다. 여하튼 패션은 그녀의 첫 번째 관심사였다. 이제 케말의 의사만 남았다.

"아마 그이는 동의하지 않을 거예요! 나는 약속할 수 없어요. 문제가 되는 것은 바라지 않아요."

"도대체 뭐가 문제죠? 당신이 원하는 걸 케말이 반대하다니, 상상할 수도 없는 일이군요!"

나는 이 말을 의도적으로 했다. 그러자 그녀가 고개를 가로저었다.

"케말은 이제 옛날의 그가 아니에요!"

평정심을 잃지 않던 그 여인이 거의 울 것 같은 표정으로 내 앞에 있었다. 나는 둔기로 한 대 얻어맞은 것 같았다.

특히 그 한마디로 나는 셀마의 삶 전체를 알 수 있었다. 그녀는 결코 케말을 속속들이 알지 못했고, 그를 의심하지도 않았으며, 두 눈을 감은 채 무기력하게 살았다. 평생 케말을 모범적인 남편으로 여기고 사랑했다. 그것으로 부족하여, 그에게 깊이 의존한 채 감시당하며 살고 있었다. 그녀는 남편을 사랑했고 질투심이 날 정도로 살뜰하게 챙겼다. 남편에 대한 경외심까지 갖고 있었다. 여태까지 나는 그녀를 순박하게 사랑했고, 그래서 그녀의 삶과 거리를 두었다. 나는 그녀가 케말과 결혼했다는 사실을 알고 있었고, 그런 현실을 받아들였다. 그럼에도 두 사람의 관계에 대해서 많은 생각을 하고 싶지 않았다. 케말을 보면서 셀마를 떠올리지 않았고, 반대로 셀마를 보면서 케말을 생각하지 않았다. 셀마는 지병에 시달리듯 남편에게 시달리고 있었다.

이제 내가 정말로 그를 질투하고 있다는 사실을 깨닫게 되자, 별안간 상황이 급변했다. 그때까지 나는 케말을 그저 미워하고 증오했지, 결코 질투한 적은 없었다. 그런데 갑자기 질투심에 사로잡혔다.

"그래 좋아요, 케말과 상의해보세요. 제발 그가 반대하지 않았으면 좋겠네요!" 나는 이렇게 말하는 순간 피가 멎는 것 같았다.

내가 사모하던 여인이 다른 사람들과 똑같이 자신의 삶에 대해서 한탄을 한다는 것이 몹시 가슴 아팠다. 게다가 그 일은 뭔가 이상하고 우스운 기분이 들게 했다. 그러니까 지독한 고생에서 벗어나자마자 또 새로운 고통을 찾아다니는 내 모습을 보았기 때문이었다. 나는 맞은편 해변을 바라보면서 성난 파도에 맞서 헤엄치는 사람처럼 살았고 드디어 이제 막 할 일을 찾았다. 그런데 지금 최우선적으로 다시 셀마를 향해 달릴 수밖에 없는 상황이 되었다. '그리 놀랄 것도 없어.' 나는 생각했다. '서서히 나 자신에게 돌아가고 있는 거야.'

일에 대한 얘기를 마치자, 셀마는 지난 5년 동안 어떻게 지냈는지 물었다. 특히 내가 일을 그만둔 이유를 궁금해했다.

"알다시피, 당시 케말은 당신의 월급을 올려주겠다는 말을 입에 달고 살았어요."

나는 멍하니 그녀를 응시했다. 그녀에게 모든 사실을 말할 뻔했다. 그런데 그렇게 서둘 이유가 있을까? 어쩌면 그녀가 내 말을 전혀 믿지 않을지도 모른다. 아니면 내가 그녀의 삶에 새로운 걱정거리를 안겨줄지도 모른다. 선의의 거짓말을 하는 것이 최선이었다.

"이스탄불을 떠나 있었어요." 나는 말했다.

"사람들이 여기서 당신을 봤다던데…."

"이즈미르에 있는 동안 한 번도 이스탄불에 오지 않았다는 말은 아니에요."

셀마는 고개를 들고 나를 뚫어져라 쳐다보았다.

"왜 진실을 말하지 않죠? 나는 케말이 당신을 속였다는 걸 알아요."

우리 사이에 잠시 침묵이 흘렀다.

"정확히 말하면 난 그렇게 짐작하고 있었어요." 그녀가 말을 이었다. "그런데 지금은 확신해요. 당신의 행동이 내게 모든 걸 보여주었어요."

나는 그녀의 의구심을 누그러뜨리려고 애썼다. 하지만 그녀의 생각은 꼬리에 꼬리를 물었다.

"아니에요, 그렇지 않아요. 당신이 생각하는 것처럼 그렇게 단순하지 않아요." 그녀는 말했다. "이건 아주 복잡하게 얽힌 문제에요. 케말이 내게 이 문제를 숨긴 것은 아무래도 상관없어요. 결국 그는 내가 당신을 매우 좋아했다는 걸 알았어요. 나는 당신을 친구로 느끼고, 종종 도움을 청했어요. 케말은 아마 내 기분이 상하지 않도록 내게 거짓말을 했을 거예요. 그렇지만 정말 용서할 수 없어요. 모든 게 거짓이니까요. 그런데 케말은 당신을 무슨 이유로 해고한 거예요?"

"아마 다른 사람이 나를 해고하라고 했을 겁니다."

"말도 안 되는 소리예요. 그러면 케말이 내게 숨길 리가 없어요. 그리고 그게 사실이라면 왜 그가 다른 사람 말대로 했겠어요? 아니에요, 거기엔 분명 다른 뭔가가 있어요."

그녀는 다시 나를 뚫어져라 쳐다보았다.

"당신이 얼마나 고생했을지 누가 알겠어요!"

"신경 쓰지 말아요. 이제 다 제자리를 찾았어요. 걱정하지 마세요. 이제 다 끝난 일이에요. 우리 제안도 잊어버리세요. 아마 케말이 우리가 함께 있는 걸 불쾌하게 여길 거예요. 당신이 불편한 건 내가 싫어요."

그녀는 핸드백을 뒤적거리며 손수건을 찾았다.

"난 이미 불편해요." 그녀가 대꾸했다.

인간의 운명이란 그런 것이다. 그 누구나 늘 창공의 별일 수 없다. 언젠가는 우리의 상상 속의 자리에서 내려와야만 한다. 그러면 그 사람은 임의의 평범한 인물과 똑같아진다.

"그건 그렇고 당신을 다시 만나서 기뻐요. 일에 대해서는 나중에 생각해보도록 해요. 전화할게요."

나는 계단을 내려가는 셀마를 따라갔다.

"정말 놀라워요." 셀마가 문가에서 입을 열었다. "어쩜 그렇게 거짓말을 밥 먹듯 하는지!"

그건 정말 놀라운 일이었다.

3

시장이 다녀가고 두 달 뒤 더 중요하고 더 직책이 높고 권세 있는 인물이 시장과 함께 우리 사무실을 찾았다. 그사이 우리는 낡은 건물에서 넓은 새 공간으로 이사를 했다. 네르민과 제흐라 그리고 에크렘은 이제 내 사무실의 핵심 멤버가 되었다. 우리는 그사이 많은 일을 했다. 할리트 아야르시는 매일 아침 들러 네르민이나 제흐라에게 각종 원고를 받아 적게 했다. 그는 내 딸의 타자 실력이 서투른 것을 걱정하지 않았다. 에크렘도 점차 연구소의 규칙적인 일에 적응해갔다.

할리트 아야르시는 뜻밖의 손님을 맞으면서도 당황한 기색이 없었다. 우선 그는 입구에서 시장과 동행한 새로운 손님에게 연구소의 목적에 대해 일반적인 설명을 했다. 그런데 이번 손님은 무엇보다 한 가지 점에서 시장과 달랐다. 거의 말이 없었고, 다만 귀를 기울이고 얼굴을 바라보면서 필요할 때만 이해한다는 표시로 속눈썹을 내리깔았다. 그는 벽에 걸어놓은 핵심 슬로건들을 마음에 들어 했다. 그리고 시내 전체, 나아가 전국에 그런 슬로건을 걸어놓아야 한다고 말했다. 이 제안에 대해 할리트 아야르시는 간단히 이렇게 대답했다. "생각해보겠습니다."

그때 시장이 끼어들었다.

"이건 특히 예산 문제가 있습니다. 연구소의 현재 재정 상황으로는 어림도 없습니다. 일 년 예산으로도 부족합니다. 하지만 할리트 아야르시는 최선을 다하고 있습니다."

이상하게 역할이 바뀌었다. 할리트 아야르시가 내 자리에, 시장이 할리트 아야르시의 자리에 있었다. 나는 네 번째 자리를 차지했다. 그러나 할리트 아야르시는 내가 존재감이 없는 것을 원치 않았다. 그는 이미 답이 있는 질문을 내게 던졌고, 그래서 정확히 원하던 답을 얻었다.

"물론입니다." 권세 있는 손님이 시장의 말에 동의했다. "하지만 모든 걸 돈과 관련지어서는 안 됩니다. 인간의 의지는 항상 물질적인 어려움을 극복하기 마련입니다."

나는 그 손님이 계속 이야기하기를 기도했다. 인간의 정신력 뒤에 어떤 비밀이 있는지 배울 수만 있다면, 모든 문제가 제자리를 찾을 것 아닌가. 하지만 그는 더 이상 아무 말도 하지 않았다. 우리가 스스로 이 문제의 매듭을 풀기를 기대했을 것이다.

시장은 가타부타 아무런 말이 없었다. 그 역시 물질적인 어려움을 정신력으로 극복할 수 있다고 여기는 것 같았다. 그는 다만 가능한 신중하게, 말하자면 상대방의 의견에 줄곧 동의하면서 새로 설립한 기관이 재정적인 뒷받침 없이는 유지될 수 없다는 사실을, 그리고 만약 아무런 후원을 받지 못할 경우 그 과정 중에 보여주었던 강한 의지에 매우 큰 상처를 입을 거라는 사실을 계속 상기시켰다. 나 역시 시장의 말이 맞다고 확신했다. 나는 실직했을 당시 상황을 극복하기 위해 그 소중한 의지를 어찌나 소모했던지 그 이후 오랫동안 새로운 일을 하기 위한 어떤 불씨도 남아 있지 않았었다. 아마도 내가 몇 달 동안 할리트 아야르시의 발 끝의 축구공처럼 지냈던 것 역시 그 때문이었을 것이다.

할리트 아야르시는 이 대화에 무관심한 듯 앉아 있었다. 그는 잠자코 탁자에 기대서, 한편으로는 수다로 시간을 낭비하는 것이 맘에 안 든다는 태도로, 다른 한편으로는 그렇지만 그런 내색을 하지 않으려는 듯한 모습으로 가만히 대화 장면을 지켜보았다. 나는 자신의 지루함을 그렇게 고상하게 표출하는 사람은 한 번도 본 적이 없었다. 그는 갑자기 회오리치듯 일어난 먼지구름이 지나가기를 기다리는 사람처럼 대화가 끝나기를 기다렸다. 그는 이렇게 말하는 것처럼 보였다. "나는 내가 개입해야 할 때를 압니다. 그래도 우선 이 일에 대해 여러분들이 결정을 내려 보세요! 내가 도와드릴 수는 없어요! 난 그저 끝까지 견딜 겁니다. 그렇지만 두 분도 결국 내 길로 돌아오게 되어 있어요." 특정한 순간에는 인내와 복종밖에 없다는 사실을 그렇게 침착하게 상대에게 전할 수 있는 사람은 아무도 없었다.

결국 그 귀빈이 자신의 결심을 밝혔다.

"재정 문제는 걱정하지 마세요. 이미 이 일에 관심을 가졌을 때부터, 우리는 어떤 희생도 할 준비가 되어 있습니다. 나는 가능한 모든 경제적인 조치를 취해야 한다고 강조하고 싶습니다."

귀빈이 던진 아주 소박한 덕담에 시장은 비꼬듯 감사의 말을 전했다. 이에 할리트 아야르시가 긴장하며 관찰자의 자세를 버렸다.

"재정 상황이 좋아지면, 이미 집필해놓은 매우 중요한 책을 출간할 예정입니다."

아니, 나는 이 남자를 도무지 따라갈 수가 없다. 그는 참으로 가까이하기 어려운 사람이었다.

"완성된 원고를 갖고 있다는 말씀인가요? 정말 빠르시군요!"

"무엇보다 훌륭한 연구서입니다. 우리 친구 하이리 이르달이 거의 평생을 바쳐 집필한 책이죠. 우리에겐 아주 큰 행운입니다!"

시장은 기회를 놓치지 않고 나를 좀 더 자세하게 소개했다.

"우리 친구 하이리보다 옛 시계 제작 기술의 역사를 잘 아는 사람은 없습니다. 시계와 시계 철학에도 아주 정통합니다."

그 순간 모든 시선이 나를 향했다. 법적인 정의를 내리자면 나는 현행

범으로 체포된 것이나 다름없었다. 세상에, 그저 빠져나갈 수만 있다면!
그런데 도대체 왜? 내가 언제 또 그런 관심을 받아본 적이 있었나?

"책의 제목은 무엇입니까?"

이 질문은 나를 어두운 낭떠러지로 떨어뜨렸다. 어딘가 붙잡을 만한
것을 찾는 동안 할리트 아야르시가 대신 대답했다.

"아흐멧 자마니 에펜디에 대한 연구서입니다. 제목은 '세이흐 아흐멧
자마니와 그의 업적'이고요."

"아흐멧 자마니 에펜디요? 처음 듣는 이름이군요."

"17세기에 살았던 저명한 학자입니다. 우리의 황금시대인 술탄 메메
트 4세 시절의 인물이죠."

"그는 어떤 일을 했습니까?"

"당시 가장 유명한 시계 제작자였습니다. 사실 그레이엄 이전에 초
(秒)를 계산할 수 있는 사람이었다고 합니다. 그건 그렇고 하이리의 스
승이 바로 아흐멧 자마니 학파 출신인 무바키트 누리 에펜디입니다."

다시 시선이 일제히 나를 향했다.

"책을 벌써 완성하셨습니까?"

이제 내가 직접 대답할 차례였다. 할리트 아야르시가 길의 절반 지점
까지 안내했으니, 나머지 절반은 직접 걸어가야 했다. 나는 어디로 가야
할지 알고 있었다.

"아직 완전히는 아닙니다. 몇 가지 주제가 더 남았습니다. 하지만 곧
마무리할 예정입니다. 사실 거의 다 한 거나 다름없습니다."

할리트 아야르시는 다시 무관심한 태도를 떨치고 끼어들었다.

"당신이 4월까지는 마칠 수 있을 거라 생각합니다." 그는 재빨리 내게
대꾸했다.

그리고 손님에게도 입을 열었다. "올해 4월 8일이 아흐멧 자마니 에

펜디 서거 280주년이거든요."

그는 다시 한 번 셈을 해보았다. "맞아요, 정확히 280주년입니다."

"행사를 크게 해도 될까요?"

할리트 아야르시는 다시 공을 시장에게 넘겼다.

"그것이 당신이 원하는 바라면, 하이리는 좀 서둘러야 할 겁니다."

"그렇다면 우리는 그 한 번의 기회를 놓쳐서는 안 됩니다. 그때 연구소 개소식을 성대하게 해야겠죠, 하이리? 그렇게 되면 좀 더 그럴싸하게 틀이 잡힐 겁니다."

이때 할리트 아야르시가 다시 개입했다.

"우리 신축 건물이 완공된 뒤 개소식을 해야 한다고 생각합니다."

그러자 두 사람이 동시에 반대 의사를 표했다.

"그건 안 돼요! 너무 늦어요. 새 건물이 완성되면 그때는 따로 개소식을 해야지요! 그런 잔치는 자주 하면 할수록 좋아요!"

귀빈이 다시 내게 고개를 돌렸다.

"하이리 씨, 책은 2월까지 마쳐주시길 부탁드립니다. 그런 훌륭한 사람이 절대로 잊혀선 안 됩니다. 지금 하시는 일이 얼마나 중요한 일인지 잊지 말고 최선을 다해주세요. 그리고 출간할 때 저를 꼭 불러주세요."

"당장 처리하겠습니다. 우리가 말씀드린 프로젝트에 넣겠습니다."

할리트 아야르시는 곧 이렇게 덧붙였다.

"다만 책의 제목은 명시하지 않고, 추후에 목록을 넘기겠습니다."

나는 아흐멧 자마니 에펜디라는 사람을 전혀 알지 못했다. 이름도 난생처음 들었다. 오, 신이시여, 차라리 제게 빈약한 월급을 주실지언정, 어찌하여 다른 사람이 꾸며낸 거짓말에 동참하도록 하십니까! 하지만 사실 이것이 바로 내 모습이었다. 나는 매일매일 조금씩 거짓된 문장을 무제한으로 만들어내고 있었다. 내 인생 자체가 그야말로 진정한 연재

소설이었다.

높으신 양반은 아흐멧 자마니 에펜디에게서 여전히 벗어나지 못했다.

"중요한 발굴이군요. 그런데 어떻게 그런 사람이 전혀 알려지지 않았죠?"

나는 갓 지어낸 이야기처럼 보이지 않도록 설득력 있는 목소리로 대답했다.

"우리는 옛사람들의 모습을 알고 있습니다. 그들은 명성을 쫓지 않았습니다. 게다가 아흐멧 자마니 에펜디는 마흔둘이라는 아주 젊은 나이에 죽었습니다."

"그런데 당시 정말 우리에게 초 단위를 측정할 수 있는 기술이 있었단 말입니까?"

이 질문에 나는 갑자기 숨이 막혔다. 그것은 어떤 순간적인 영감이 아니라 직접적인 지식의 문제였다. 그때 할리트 아야르시가 대신 나섰다.

"왜 없었겠습니까?"

하지만 그는 말을 잇지 못한 채 자신의 커다란 손을 바라보았다. 그는 손으로 책상을 꽉 누르고 있었다.

"그래요, 왜 그런 기술이 없었겠어요! 우리가 당시 사람들에 대해서 잘 모르고 있는 것이겠지요."

"그리고 그때는 사람들이 기계적인 것에 엄청나게 관심을 갖던 아주 특별한 시대였어요. 거의 모든 사람들이 발명을 하느라 바빴던 시절이었죠. 심지어 이슬람 사원의 첨탑 여기저기를 날아다니는 시도까지 했으니까요."

귀빈이 다시 내게 몸을 돌렸다.

"그는 대체 어떤 사람이었습니까?"

할리트 아야르시가 재킷 단추를 만지작거렸다. 다시 내 차례라는 뜻이었다. 나는 온 정신을 다해 용기를 냈다. 아, 수호성인에게 물어볼 수만 있다면! 그런데 대체 누가 거짓말쟁이의 수호성인이란 말인가?

"아흐멧 자마니 에펜디는 키가 크고 금발이었으며 갈색 수염에 검은 눈동자를 갖고 있었습니다. 어렸을 적에는 혀짤배기소리를 냈지만, 의지로 장애를 극복했다고 합니다. 저의 존경하는 스승이신 누리 에펜디께서 늘 그런 말씀을 해주셨습니다. 아흐멧 자마니 에펜디는 기인이었다고 합니다. 예를 들면, 손수 다양한 맛좋은 과일을 재배했음에도 오직 포도만 먹었습니다. 설탕이나 꿀도 전혀 입에 대지 않았습니다. 그는 메블레비 교단의 수피교도였으며 부유한 집안 출신이었습니다. 그리고 일부다처제에 반대했기 때문에 당시 많은 사람들을 친구로 삼지는 못했습니다."

"현대적인 인물이었군요. 거의 우리와 비슷한!"

"어느 정도는요. 그는 노란색을 좋아했습니다. 제 스승이신 누리 에펜디 말씀으로는, 늘 노란 숄과 노란 모피를 두르고 돌아다녔답니다. 정말 평범한 일이 아니었는데도 말이죠. 그는 노란색은 태양의 색이라고 말했습니다. 열심히 연구해봤지만 저는 그 주장의 원천을 밝히지는 못했습니다."

내가 그렇게 떠들어대는 동안 시장과 귀빈의 얼굴에 미소가 번졌다. 아, 상세한 묘사의 마법이여! 몇 개의 특징 묘사, 이러저러한 진술, 게다가 이 세상에 태어난 적도 없는데 파란만장한 일생이라니! 이것이 우리의 옛 선조들이 시를 읽은 이유였으리라!

"그는 직업이 있었습니까?"

이젠 멈출 수가 없었다. 돌아가기에는 너무 늦었다. 어쨌거나 계속해서 그 사람에 대한 새로운 이야기를 계속 지어내는 수밖에 없었다.

"그는 첸겔쾨이에 있는 작은 이슬람 사원에서 기도 시간을 알리는 일을 했습니다. 하지만 결혼과 관련한 견해 때문에 해고를 당했습니다. 그래서 그는 자기 집 응접실에서 방문객들을 위해 저녁 기도회를 열었습니다. 기도 소리가 얼마나 컸던지 창밖까지 울렸다고 합니다!"

그때 할리트 아야르시가 다시 개입했다.

"그가 어떤 베네치아 사람을 통해 서구의 수학자들과 편지 교환을 했다고 말씀하지 않았던가요?"

"맞아요. 하지만 입증된 것은 없습니다. 그 두꺼운 책이 누루오스마니예 도서관에서 분실되지만 않았더라면!"

귀빈은 경탄의 마음을 금치 못했다.

"진정 중요한 발견이 아닐 수 없군요! 도대체 어떤 인물인지!"

할리트 아야르시는 좀 더 신빙성 있는 이야기를 지어내야만 했다.

"개인적인 생각으로는 그는 유명한 카티프 셀레비(오스만 제국의 역사가이자 지리학자) 학파 출신임이 분명합니다. 그렇지 않고서는 그런 훌륭한 학식을 설명할 길이 없습니다."

시장과 귀빈 두 사람은 그 말에 설득당한 것처럼 보였다. 시장은 그것으로 문제가 해결된 것에 만족하고 사무실을 둘러볼 것을 권했다.

이번 시찰도 근본적으로 두 달 전과 다르지 않게 진행되었다. 우리는 이제 더 넓은 공간을 사용했고, 시장보다 더 성실한, 그리고 더 고위급 인물이 찾아왔을 뿐이었다. 시찰은 족히 두 시간은 걸렸다. 그 신사는 까다롭게 하나하나 살펴보았다. 움직일 수 있는 모든 물건을 손으로 하나하나 들어서 아래부터 사방을 훑어보고 다시 제자리에 올려두었다. 그는 아무것도 쓰지 않은 노트를 한 장 한 장 넘기며 살펴보았고, 벽에 붙은 도표 앞에서는 거의 명상을 하는 것 같았다.

그가 타자기의 덮개를 벗기려다가 내게 지나가는 투로 물었다. "혹시 그 분이 어떻게 돌아가셨는지 아십니까?"

"알고 있긴 합니다만…."

"말씀해 보세요! 당뇨병 때문이었죠? 내가 지금 당뇨입니다. 그래서 그 사실이 중요합니다."

물론 그 신사와 아흐멧 자마니가 하필 왜 같은 병을 앓아야 하는지 묻지는 않았다. 그럴 이유가 뭐 있겠는가? 아니면 모든 게 의심받을 일인데? 누구나 병으로 죽으니, 아흐멧 자마니 에펜디도 병에 걸려 죽었을 수 있다. 당뇨병으로 죽었든 따분해서 죽었든, 그게 무슨 상관이란 말인가? 중요한 것은 귀빈이 우리에게 보여준 선한 의도, 우리와 함께 일하고 싶은 소망이었다. 그래서 우리는 모두 망설임 없이 그의 추측을 인정했다.

"정확히 맞히셨습니다. 그래서 그는 늘 포도만 먹었던 겁니다!" 나는 확실하게 도장을 찍었다.

이윽고 그가 시계를 보았다. 금으로 덮인 멋진 론진시계였다. "이제 좀 피곤하군요." 그가 말했다. 우리 역시 마찬가지였다. 때마침 데르비스가 할리트 아야르시의 방으로 커피를 내왔다.

커피를 마신 후 우리는 지난번에 얘기했던 직원 문제에 대해 다시 논의했다. 그 뒤 서로에게 축복의 인사를 했다. 이번에는 시장과 귀빈 사이에 황금 쟁반이 오갔다. 할리트 아야르시가 갑자기 끼어들어 그것을 갓난아이처럼 양팔로 받을 때까지.

"만약 당신의 호의를 믿지 않았더라면, 저는 이런 모험은 결코 시도하지 못했을 겁니다. 무어라 감사의 말씀을 드려야 할지 모르겠습니다. 이런 일을 할 수 있도록 해주셔서 행복합니다."

그것으로 그는 일을 마무리했다. 하루 종일 한결같은 태도를 보였다. 꼭 필요한 말만 했고, 구걸하지 않고 자신의 바람을 관철시켰으며, 이 모든 일을 자기 자신이 시작했다는 것을 확실하게 표현했다.

하지만 귀빈은 그 모든 공을 우리에게 넘길 만큼 어리석지 않았다.

"나는 이 연구소를 처음부터 후원했습니다. 여러분만큼 제게도 절실한 문제입니다. 시장님께서도 계속 여러분을 도울 겁니다."

그는 헤어지면서 예의 바르고 정중하게 내게 말했다. "그 책을 보고 싶습니다. 꼭 마무리하셔야 합니다. 네, 하이리 씨?"

그는 내 볼을 살짝 꼬집는 것으로 나에 대한 자신의 관심을 강조했다.

이제 그는 밖으로 나가면서 우리에게 외쳤다. "그리고 이 슬로건들을 배포하세요! 가능한 빨리, 전국으로!"

계단에서 그가 시장에게 낮게 말하는 소리가 들렸다. "이렇게 초 단위까지 나누는 것이 왜 중요한지 아십니까?"

그들이 떠났을 때 할리트 아야르시가 내게 말했다. "이제 당신이 우리의 일을 의심하지 않을 거라 믿습니다. 그렇죠?"

"네. 이제 연구소가 공식적으로 출범하겠지요. 그런데 우리가 무슨 일을 하는지 알기라도 했으면 합니다."

"그걸 아직도 모르세요? 우리는 시간을 조정하는 일을 할 겁니다."

"압니다. 그런데 어떻게요? 그리고 그렇게 많은 직원이 필요합니까?"

"방법을 찾을 겁니다. 모든 직원들이 자기가 맡은 자리에서 전문적인 임무를 찾아야만 합니다. 공식적으로 출범하면 전 직원에게 그것을 요구할 겁니다. 그리고 그들은 그렇게 할 겁니다. 아무 하는 일 없이 앉아 있으려고 하지 않을 겁니다."

그가 문고리를 잡고 다시 입을 열었다. "당신 책은 언제 마무리하실 겁니까? 얼마나 오래 걸릴 것 같습니까?"

"내가 대체 어떻게 책을 쓴단 말입니까? 그것도 존재하지도 않았던 사람 얘기를!"

할리트 아야르시가 미간을 찌푸렸다. 그가 그렇게 화를 내는 모습을 본 것은 처음이었다.

"존재하지도 않았던 사람이라니, 그게 무슨 말씀입니까? 당신 입으로 직접 그 사람에 대해 얘기했으면서! 그러니까 메메트 4세 시절에 살았었고, 노란색을 좋아했는데, 그건 태양의 빛깔이기 때문이라고 하지 않았습니까? 메블레비 교파였고, 초침으로 시간 재는 일을 연구해서 유명했다고, 그리고 당뇨로 죽었다는 것까지 알고 있지 않나요? 안 됩니다, 여기서는 사보타주를 용납할 수 없어요! 이 연구소는 성공할 겁니다. 전 직원이 자신의 과업을 완수해야 합니다. 그리고 책을 쓰는 것이 당신의 첫 임무입니다."

"좋습니다, 하지만 이건 모두 쓸데없는 짓이에요! 전부 시뻘건 거짓말이라고요!"

그때 그가 나의 옷깃을 움켜쥐었다.

"당신은 그 책을 쓸 겁니다! 그렇지 않으면 들어오자마자 사직서를 쓰게 될 거예요! 나는 내 땀과 정성이 들어간 우리 연구소가 가장 친한 친구에게 배신당하는 걸 허락할 수 없어요! 당신 입으로 그 남자에 대해 말해놓고, 이제 와선 다시 그런 사람이 존재하지 않는다고 말하다니요!"

"난 아흐멧 자마니라는 사람에 대해 말한 적 없어요!"

"하지만 누리 에펜디에 대해서 말했으니 결국 마찬가지 아닌가요? 둘 다 같은 사람이니까요."

그는 당황한 내 표정을 읽고 웃었다.

"하이리, 이름이 있다는 건 존재한다는 거예요! 그렇기 때문에 아흐멧 자마니 에펜디도 존재합니다. 우리 둘이 원하기 때문에라도 그는 존재해야 합니다. 이제는 우리의 고위직 친구까지도 그걸 원합니다. 그러니 걱정하지 말고 일만 하세요. 그건 그렇고 직원 문제는 좀 진척이 있습니까? 그들은 우리가 원하는 것을 해줄 겁니다. 당신 목록은 어디 있나요?"

나는 망설이다 입을 열었다. "나는 아는 사람이 거의 없어요."

"그래도 잘 찾아보세요."

"난 일가친척도 없습니다."

"일가친척이 없는 사람이 어디 있어요?"

"몇 명 있기는 하지만 연락하지 않아요. 아마 광고를 해야 찾을 수 있을 겁니다!"

그가 다시 미소를 지었다.

"아, 하이리! 정말 힘들군요. 당신을 내 방식대로 길들일 수가 없군요. 아니에요, 광고는 필요 없어요. 좀 기다리면 찾아오겠죠. 우선 사브리예와 셀마를 사무실로 부르세요."

나는 내 방으로 돌아갔다. 나를 기다리던 제흐라가 퇴근을 해도 되는지 물었다. 새 옷을 입은 제흐라는 눈부시게 예쁘고 행복해 보였다. 우리는 이사를 했는데, 제흐라는 새집의 자기 방을 매우 고상하게 꾸며놓았다. 제흐라와 파키제는 그사이 친구처럼 서로를 이해하게 되었다. 아내의 갑상선질환 치료 이후 더 이상 집안에서 싸울 일이 없었다. 나는 딸에게 집에 가서 쉬라고 했다. 제흐라는 애교의 웃음으로 고마움을 표하고 휙 나가버렸다. 나는 양손으로 머리를 감싸 쥐고 생각에 잠겼다. 하지만 가만히 앉아서 쉴 수가 없었다. 내가 지금 거짓의 한복판에서 살고 있을지라도, 소홀히 할 수 없는 명백한 진실이 있기 때문이었다. 그것은 시간조정연구소가 내 목숨을 구해주었다는 사실이었다.

할리트 아야르시 덕분에 우리 집은 풍요로워졌다. 그런 생각에 잠겨 있는데, 전화벨이 울렸다. 수화기 너머에서 할리트 아야르시가 마치 좀 전 일을 새까맣게 까먹은 사람처럼 아주 평온한 목소리로 말했다. "내일 역사책 몇 권 갖다드리겠습니다. 아흐멧 자마니에 대한 글을 쓰는 데 도움이 될 겁니다. 일의 속도가 굉장히 빨라질 거예요!"

"감사합니다."

"한두 달이면 책이 나올 겁니다."

"아마도, 당신이 도와주신다면 당연히."

"셀마와 사브리예 문제는 좀 더 기다려봅시다. 그럼 난 가볼게요. 무슨 일 있으면 우리 집으로 전화하세요."

"알겠습니다."

4

첫날부터 우리 연구소에 대한 기사가 신문에 실렸다. 그리고 직원 증원에 대한 공식적인 승인에 한 발짝 다가가면 갈수록 점점 더 많은 기사가 실렸다. 거의 매일이라고 할 만큼 자주 연구소 조직과 관련한 우리의 업무 방식 및 앞으로의 효과에 대한 논의가 오갔고, 자연스럽게 소장과 부소장 그리고 나머지 직원에 대한 추측성 기사들도 난무했다. 여러 신문에서 할리트 아야르시를 분명 흡족한 당대인으로 평가했지만, 다른 신문에서는 오히려 중차대한 연구소를 그런 인물에게 맡겼다는 사실이 충격이라는 반응을 보였다. 간간이 연구소의 설립 목적이 대체 뭐냐는 식의 의구심이 표출되기도 했다. 할리트 아야르시는 모든 기사를 매우 관심 있게 보고, 비판적인 내용 역시 여유롭게 웃어넘기며 훑어보았다.

"이런 커다란 모험에 트집을 잡는 건 아주 당연한 일이지! 중요한 건 사람들이 우리 연구소에 대해 얘기한다는 사실이야!"

무엇보다 그는 시간조정연구소의 임무와 조직 운용, 심지어는 이름까지도 관료주의 역사의 중요한 단계로 표현한 한 기사에 매료되었다.

"누가 썼는지 정말 전문지식이 풍부하군! 특히나 우리가 살고 있는 세기가 어떤 시대인지 파악하고 있는 명석한 기사예요. 이 시대에 대해 여러 가지 이름을 붙일 수 있겠지만, 무엇보다 관료주의의 세기지요. 슈펭글러(독일의 역사가이자 철학자)에서 카이저링(러시아 귀족 출신으로 러시아혁명 이후 독일로 이주한 철학자)에 이르기까지 모든 철학자들이 관료주의를 다루고 있어요. 나는 우리 세기가 관료주의가 완전히 발전하고 독자성을 갖게 된 그런 세기라고 생각합니다. 그것을 아는 사람은 중요한 인물입니다. 나는 최고의 연구소를 설립하고 역할을 스스로 정하는 기구를 창설했습니다. 그보다 더 완벽한 게 뭐가 있을까요?"

공식적인 증원 발표 날이 다가오면 올수록 그에 대한 기사가 점점 더 많이 쌓였는데, 서서히 할리트 아야르시와 내게 집중되더니 2주 뒤엔 결국 할리트 아야르시도 쏙 빼고 오로지 내게만 초점이 맞춰졌다.

이처럼 목표 설정의 변화로 인해 연구소의 근본적인 필요성에 대한 논란이 한순간에 사라졌기 때문에, 그 배경에 할리트 아야르시가 숨어 있을 거라는 추측이 전혀 터무니없는 생각은 아니었다. 부침 많은 인생사 덕분에 여론을 이끄는 데 할리트 아야르시보다는 내가 더 적절한 인물이라는 것은 사실 맞는 말이었다. 그렇게 내게는 불안한 시간이 한동안 계속되었다. 거의 매일 내 사진이 신문에 실릴 만큼 내 인생은 열띤 논쟁의 중심에 있었고, 내가 과연 그렇게 중요한 자리에 어울리는 사람인지에 대해 의문이 제기되었다. 타크리비 아흐멧 에펜디의 백여 년에 걸친 이슬람 사원의 역사와, 셔벗장수의 다이아몬드, 유년기와 청소년기의 친구들, 성장 배경, 실업자 시절, 내가 전전한 다양한 직업 등 모든 것이 수많은, 서로 완전히 상충되는 논평의 계기를 제공했다.

많은 사람들에게 나는 마음에 쏙 드는 적임자였다. 그들은 내가 평생 시계와 시간에 온 정신을 쏟아서, 인생의 모든 단계가 이 일을 하기 위한 준비 과정이었다고 논평했다. 그것으로 나는 아흐멧 자마니의 알려졌거나, 알려지지 않은 지식의 계승자로 인지되었다.

짐작건대 역시 할리트 아야르시의 신중한 배후조종으로 메르케제펜디에 있던 누리 에펜디의 무덤이 복원되자, 나는 완전히 주목을 받았다. 복원된 무덤 제막식에서 나는 연설을 했고, 할리트 아야르시가 훈계한 대로 아흐멧 자마니를 자주 언급함으로써 여론을 부풀리는 데 성공했다. 이후 사람들은 나의 지성을 칭찬하고, 나의 통찰력과 심지어는 내가 발전시켰다고 하는 개인적 방식을 칭송하기 시작했다.

그다음 주, '하이리 이르달의 수련 시절'이라는 눈에 띄는 제목이 붙은 기사에서는 이미 세 살 때 내가 시계와 시간에 열렬한 관심을 보였다고 썼다. 내가 우리 집에 있던 커다란 시계, 말하자면 성물(聖物)을 끊임없이 가리키며 아버지에게 작동법을 물었다는 것이다. 다음과 같은 문장으로 끝을 맺은 기사는 그야말로 진정한 명문이었다. "대대로 유복하고 경건하며 품위 있는 가풍을 지녔던 그 집안의 유산은 커다란 시계밖에 없었는데, 늙은 아버지는 아들에게 아침부터 저녁까지 그 시계가 우주의 상징이라고 설명했다. 그리하여 그 시계 앞에서 유년 시절을 모두 보낸 하이리 이르달은 태어나자마자 그런 운명을 미래의 임무로 준비하였다." 일주일 뒤 또 다른 기자가 나를 "우리의 알려지지 않은 볼테르"라고 소개하며 시계 만드는 일에 열중했던 철학자와 나를 얼토당토않게 비교하기도 했다. 세 번째 기사에서는 누리 에펜디와 나의 아버지와 볼테르가 다시 옆으로 밀려났다. 거기서는 나의 인생이 사람과 우리 사회를 이해하는 유일무이한 시도라고 썼다. "하이리 이르달은 어려서부터 마음의 문제에 몰두했다. 어느 날 그의 지속적인 노력이 열매를 맺었다는 사실은 별로 놀랄 일이 아니다."

물론 그런 소용돌이 속에서 라미즈 박사가 가만히 있을 리 없었다. 나중에 두툼한 책으로 출간된 기사에서 그는 나의 심리 상태를 진단했다.

그는 내가 우리 집의 오래된 시계를 왜 그리고 어떻게 나의 아버지로 여기게 되었는지 설득력 있게 서술했다. 그 시계는 한때 축성을 맹세했지만 결국 자금 부족으로 짓지 못했던 사원에 세워두려고 했던 것이었다. 그는 해몽서와 역술서뿐만 아니라 세이트 루트폴라흐도 언급했고 나의 시간 감각을 칭찬했다. 라미즈 박사에 따르면 나는 이븐 시나(페르시아의 철학자이자 의사) 같은 인물이었다. "그야말로 하이리 이르달은 그 오리엔트 파우스트의 현대적 환생이나 다름없다. 이븐 시나가 상대적인 시간을 계산했던 것처럼, 하이리는 생활 시간을 계산했다. 대규모 프로젝트를 통해 그런 참된 가치를 발견하고 그것을 세상에 알리고자 애썼던 내 친구 하이리는 칭송받아 마땅한 인물이다!"

이런 장난에 내가 화를 낼 때마다 할리트 아야르시는 그저 남몰래 웃기만 할 뿐 나를 진정시킬 생각을 하지 않았다. 실로 달갑지 않은 일이었다.

"이보게 친구여, 이토록 의미 있는 연구소의 존경하는 설립자를 위해 약간의 소란을 만드는 건 아주 당연한 일이에요. 내가 뭘 어떻게 할까요? '이 모든 게 거짓입니다'라고 말하고 연구소를 나가야 될까요? 그건 연구소에 최후의 일격을 가하는 것이나 마찬가지 일입니다. 그냥 내버려두세요. 파도처럼 저절로 잠잠해질 겁니다."

때때로 그는 이 문제에 다르게 접근하기도 했다.

"당신이 볼테르나 파우스트를 닮은 것이 내 죄일까요? 아니면 당신을 그들과 비교한 것만으로도 죄가 될까요? 우리 안에 있는 뭔가 특별한 것을 말할 때 흔히 그런 사람들을 언급하지요. 50년 만에 역사와 더불어 새로운 문명을 일으키는 게 쉬운 일이라 생각하십니까? 그래서 약간의 과장이 필요한 겁니다. 우리 작가들 중 어떤 이는 발자크와, 또 어떤 이는 졸라와 비견되듯이, 사람들은 당신을 다른 사람과 비교할 겁니다.

나는 당신을 보고 놀라움을 금할 수가 없습니다! 당신은 내가 질투하지 않는 것을 기뻐해야 합니다. 내게 화를 내는 대신 좀 적극적인 태도를 보이세요. 내가 당신 입장이라면 입도 벙긋하지 않고 조용히 내 일에 집중할 겁니다. 책상에 가만히 앉아서 책을 쓰세요. 그래서 우리 연구소 발전에 힘을 보태세요! 아주 간단합니다. 그러다 보면 연구소 모든 일에 익숙해지는 당신의 모습을 발견하게 될 겁니다. 당신은 이미 조직의 일원이 되었습니다! 지난주에 당신이 비판적인 기사를 읽고 얼마나 화를 냈는지 아세요? 하지만 그렇게 흥분할 필요는 없었어요. 지금 얘기한 것이 모두 사실이라면, 당신은 그 기사를 두 팔 벌려 환영해야 합니다. 기자는 당신이 살아온 인생 그 자체를 보도했으니까요. 그런데 당신은 그 기사를 읽고 분노했습니다. 그것은 다시 말해 다른 기사들은 당신 마음에 들었다는 걸 의미합니다."

정말 그 비판 기사는 쉽게 잊히지 않았다. 그 글은 "이스탄불 시가 유명한 미치광이를 채용하는 실수"를 범했다고 쓰면서, 나를 법망을 빠져나간 고등 사기꾼으로 묘사했다. 나뿐만 아니라 할리트 아야르시에게도, "셔벗장수의 다이아몬드 소동을 넘어서는 새로운 사기 행각"을 벌이고 있다며 죄를 뒤집어씌웠다. 기자에 따르면 할리트 아야르시는 평범한 것을 비웃는 모험가이자 사업가이고 나는 그의 꼭두각시였다!

고위급 인사가 다녀간 뒤, 할리트 아야르시는 그의 목재 공장 관리자 자리를 내게 알선해주었다. 월급은 백 리라였지만 실질적으로 하는 일은 없었다. 그 기사가 난 뒤 나는 비누 공장에 비슷한 일자리를 구했다. 그 기사들이 겨냥한 것은 사실 나였기에 내가 분노하는 것도 당연했다.

"물론 그 기사를 읽고 화가 났습니다. 다이아몬드 재판에서 내가 무죄 선고를 받았다는 것은 당신도 알잖아요!"

"아니에요. 당신은 꼭두각시라는 말에 화가 난 겁니다."

"그렇지 않아요. 난 내가 꼭두각시라는 사실을 잘 알아요!"

"당신은 특이한 사람이에요." 할리트 아야르시는 아주 차분하게 말했다. "당신은 협동이 무슨 뜻인지 알지 못해요. 한 번 척 보기만 해도 평생 외톨이였다는 사실을 알아챌 정도니까요! 당신은 공동체 생활에 익숙하지 않아요. 타인에게 익숙하지 않은 사람이 지속적으로 타인의 자유에 개입하려 들지요. 우선 당신은 기자들이 비판적인 글을 쓰지 말아야 한다고 하면서, 그다음에는 칭찬도 자제해야 한다고 말하고 있어요. 대체 바라는 게 뭡니까? 정말 그럴 수 있는 사람이 있을까요? 없습니다. 사랑하는 벗이여, 사람은 누구나 각자의 자유가 있어요!"

그의 말이 전적으로 틀린 것은 아니었다. 긍정적인 기사는 나를 몹시 기쁘게 했다. 단지 날 화나게 한 것은 나 자신조차 믿을 수 없는 너무 열광적인 분위기였다. 라미즈 박사의 기사 이후 한 신문에 아내의 인터뷰가 실렸다. 그 내용은 모든 것을 무색하게 만들었다. 파키제는 20분 동안의 대화에서 10년간의 무관심과 무시, 가정에 대한 소홀함을 회복하기라도 하듯, 입에 침이 마르게 나를 칭찬했다. 물론 아내는 시계나 정신분석과 같은 것에는 아무런 관심도 없었다. 인터뷰에서 파키제는 그야말로 현대적인 여성이 되어 있었다. 영화를 사랑하는 그녀는 스크린을 통해 세상을 내려다보았다. 그래서 내가 좋든 싫든 상관없이 나를 자신의 우상으로 바꾸어놓았다.

인터뷰 내용을 보면, 아내는 진심으로 남편을 사랑했다. 그것도 어린 시절부터. 내가 불행한 환경의 에미네와 어쩔 수 없이 결혼했을 때, 파키제 역시 다른 남자와 결혼생활을 시작했다. 하지만 그녀는 한 번도 날 잊은 적이 없었고 나 역시 마찬가지였다. 결혼식 전날 나는 그녀를 만나 불가피하게 결혼할 수밖에 없는 상황에 대해 설명했다. 나의 첫 아내는 좋은 사람이었지만, 나를 이해할 만한 수준의 여자는 아니었다. 그렇기 때문에 나는 평생 아무런 성공도 하지 못했고, 나 자신조차 나의 본성을 알지 못했다. 에미네가 죽은 후 파키제는 남편을 떠나 내게로 왔다. 위인들이 모두 그렇듯이, 나는 여자에게 감정을 드러내지 않았고 자존심이 강했으며 또한 무심했다. 나는 파키제 덕택으로 그때부터 직업적인 경력을 쌓기 시작했다. "자신의 소명을 따르기 위해, 남편은 공직을 포기했습니다. 칠팔 년 동안 우리는 얼마 되지 않는 친정 유산으로 먹고살았어요. 그러다 결국 땡전 한 푼 남기지 않고 다 썼습니다." 그렇지만 파키제는 한탄하지 않았다. 훌륭한 인물의 아내는 어떤 희생을 치러야 하는지를 알고 있었다. 나의 사생활은 어떠했을까? 그 부분 역시 괴짜 같은 면이 있었다. 하지만 일에 몰두하지 않을 때는 철저히 즐겼다. 나는 말을 잘 탔고, 수영과 테니스를 좋아했다. "남편은 노름에 빠져 산 적도 있었지만, 저를 위해 끊었어요!" 나는 여성 패션에도 일가견이 있었다. 처제는 옷을 입을 때 늘 나의 조언을 따랐다. 그리고 내가 시계 말고 뭘 좋아했을까? 당연히 음악이었다. 유럽 음악이든 터키 음악이든 가리지 않았다. 피아노와 밴조를 잘 연주했다. 처형은 자신의 성공을 전적으로 나의 공으로 돌렸다. "제 언니는 매일 저녁 빌루르 카클라얀 클럽 무대에 올라요. 밤 열 시 삼십 분에 그곳에 가면 제 언니의 노래를 들을 수 있어요." 집에서 나는 아이들과 대화를 잘 나누는 아빠였다. 아침식사를 할 때 나는 과일 주스를 마셨다. 나는 종종 뭔가 특이한 것에 빠져 살았지만, 아내는 그런 남편을 눈감아주었다. "남편의 수준에 맞추어야 했죠! 여자들이 남편을 가만히 두지 못한다는 거 아시죠?" 파키제는 댄서가 되는 게 꿈이었다. "그렇지만 하이리 같은 사람과 결혼하면 자신을 희생할 수밖에 없습니다." 시간조정연구소의 설립 직전 나는 두 개의 제안을 받았다. 하나는 할리우드에서 온 것이었다. "맞아요, 할리우드. 동양에 대한 영화에 출연해 달라는 제안을 받았죠." 또 다른 제안은 스위스에 커다란 시계 공장을 갖고 있는 사장으로부터 받았다. 파키제는 이름을 밝힐 수 없다고 했다. 그리고 그녀는 그런 것들을 그 자리에서 잊어버릴 만큼 집안일에 몰두했다. "남편은 배우로서 직업 활동을 시작했어요. 우리는 예술가 집안이에요. 남편은 청소년 시절 연기자로 일했습니다. 그리고 최근 영화에도 한 번 출연했어요!" 사실 나는 실직자 시절 두 편의 영화에 엑스트라로 출연한 적이 있었다. 그렇다면 내가 좋아하는 음식은 무엇일까? "찐 야채, 구운 고기 뭐 그런 것들입니다." 아내에 따르면 나는 먹는 걸 즐기지만 다이어트에 매우 신경을 썼다. 나의 가장 큰 단점은 삶을 즐기지 못하는 것이었다. 나는 유흥에 별 관심이 없어서 밤에는 기껏해야 영화관에 가는 정도일 뿐 외출도 거의 하지 않았다. 인터뷰는 내가 좋아하는 예술가를 열거하는 것으로 끝을 맺었다.

한마디로 나는 이 인터뷰로 인해 무조건 재판정에 설 수도 있었다. 우리 둘 다 당장 정신병원에 보내지거나 위증죄로 감방에 갇히지 않는다면, 홧김에 이혼을 할 수도 있는 일이었다. 여하튼 모든 것이 꾸며낸 이야기였다. "남편은 밤새 일하고 동틀 무렵 반 시간가량 잡니다." 아내는 내가 일에 대한 부담감이 높을 때만 그렇고, 평상시에는 하루 스물네 시간 내내 잠을 잔다고 설명했다. 어떤 이유에서인지 나는 맨바닥에서 자는 걸 가장 좋아했다. 나는 이제 류머티즘으로 말을 탈 수 없기 때문에 체조를 하는 것에 만족해야만 했다. 또한 친척들에게 너무 많이 시달렸지만, 파키제는 세세한 내용은 말하지 않았다. 특히 고모 이야기는 언급하지 않으려 했다. "남편은 오래전에 고모를 용서했습니다."

이튿날 아침 할리트 아야르시가 사무실에서 인터뷰 기사를 읽어주었다. 요컨대 그는 나의 분노 따위는 아랑곳하지 않고 한 문장 한 문장 읽을 때마다 웃었다.

"훌륭해! 정말 훌륭해! 이보다 더 완벽한 인터뷰는 없어요. 내가 지금

제일 먼저 할 일은 신문을 발행해서 당신 아내를 편집자로 모시는 일이에요. 티타임. 바로 그거예요. 신문 이름은 티타임이 좋겠어요. 이 재능을 썩히게 놔둘 수 없어요. 부인은 당신을 정말 완벽하게 이해하고 있군요! 당신의 현재 모습이 바로 이거예요!"

"마누라가 날 조롱거리로 만들었다는 얘기를 하고 싶은 거군요! 도대체 마누라가 뭘 이해했단 말이죠? 말도 안 되는 소리를 떠들어대서 난 바보가 되어버렸는데!"

할리트 아야르시가 갑자기 훨씬 더 진지한 표정으로 날 바라보았다.

"생각을 좀 바꿔보세요. 자기 자신을 다시 만들어보세요. 사람들이 좋아할 만한 인물로 거듭나세요. 왜 늘 그렇게 부정적으로만 생각하죠? 당신 아내는 그렇게 했어요. 당신을 사랑하니까. 그녀는 당신에게 진정한 정체성을 주었어요."

"처음부터 끝까지 거짓이 아닌 게 없는데도?"

"생각해보세요. 이 기사는 모든 사람들의 마음을 사로잡을 겁니다. 여기 이 문장만으로도. '남편은 늘 내게 구두를 신겨주었어요. 그가 가장 좋아하는 일이거든요!'"

"그 사람은 제대로 된 구두 한 켤레 없어요!"

"그건 당신 책임이지요! 남편으로서 무엇보다 아내의 행복과 안정된 생활을 위해 신경을 써야 합니다. 내일 당장 새 신발 몇 켤레를 사다주세요! 그리고 그 스위스 여행 건도 좀 생각해보세요! 당신 아내는 이렇게 말했어요. '제 남편은 여행을 전혀 하지 않아요. 그런데 작년에 저를 스위스 여행에 보내주었어요. 남편에게 제안했던 신발 공장을 둘러보기 위해서였죠. 스위스는 정말 아름다웠어요. 저는 여행을 좋아해요. 하지만 제가 뭔가를 하려면 남편을 혼자 둬야 하는데, 전 그럴 수가 없어요.' 하이리, 왜 여행을 하지 않죠? 그게 사실이라면 정말 안타까운 일이군요. 배와 기차 타는 걸 견디지 못하면 그럴 수도 있겠군요. 그러면 승마라도 하든가요!"

"어리석은 여편네가 정신까지 나갔군요. 이런 뻔뻔한 거짓말까지 하다니! 그 여편네가 나보다 열여섯 살이나 어린데 우리가 어떻게 어릴 때부터 좋아할 수가 있겠습니까?"

"작은 착오일 뿐입니다. 누구나 그럴 수 있어요. 그런데 그래서요? 부인이 처음부터 끝까지 진실만을 얘기했다고 생각해보세요. 그게 당신에게 어떤 이익을 갖다 줄까요? 당신이 눈 위를 걷는 걸 좋아하지 않는다고 가정해봅시다. 세상 모든 사람들이 그 사실을 믿는다면, 당신은 그것에서 뭘 얻겠습니까?"

할리트 아야르시는 벌떡 일어서서 내 어깨를 감싸 안았다.

"당신을 바꾸세요, 하이리. 바꿔요. 그걸 통해 행복을 느낄 수 있을 겁니다. 새 인생, 새 사람이 되세요! 세상에 다시 태어날 수 없으니, 지금이 유일한 기회입니다. 내가 당신이라면, 당장 오늘부터 당신 아내가 원하는 대로 자신을 바꾸도록 노력할 겁니다. 이 인터뷰가 로드맵이라고 생각하고 하나하나 실천하세요!"

"그렇다면 나보고 이제부터 맨바닥에 누워서 자란 말입니까?"

그는 턱을 괴고 잠시 고민에 잠겼다.

"그건 과실, 작은 실수라고 생각하세요. 걱정하지 말아요!"

"그건 그렇고 내가 밴조도 연주하고 미국 포크송도 불러야 합니까?"

"왜 못 해요? 내가 미국에서 사온 밴조가 우리 집에 있어요. 오늘 저녁에 보내줄게요. 아니, 내가 직접 갖다 줄게요. 조금만 연습하면 돼요. 좋은 생각이에요! 그리고 당신은 좋은 음성을 가지고 있어요… 당장 시작하세요! 우리 고전 악기에 싫증나지 않나요? 다른 새로운 것을 해보고 싶지 않아요?"

나는 아무 대꾸 없이 수화기를 들었다. 하지만 그가 내 팔을 잡았다.

"안 돼요! 당신은 돌아갈 수 없어요. 이미 엎질러진 물이에요! 더구나 사려 깊은 당신 아내를 슬프게 해선 안 됩니다. 부인이 당신을 얼마나 사랑하는지 모르겠어요? 이제 당신이 그런 사랑을 받을 만한 가치가 있다는 것을 보여줘야 합니다."

그때 제흐라가 들어왔다. 그녀는 손에 신문을 든 채 나를 끌어안았다.

"아, 난 아빠가 그런 사람이라는 거 알고 있었어요! 우리 앞에서만 비밀로 하신 거죠? 무슨 설명이 더 필요하겠어요? 신께서 어머니를 축복하시기를!"

할리트 아야르시는 내 딸을 가만히 바라보며 미소를 지었다.

"제흐라, 당신도 나랑 같은 생각이군요. 어머니는 정말 훌륭하신 분입니다! 오랫동안 이렇게 아름다운 기사를 읽어본 적이 없어요!"

나는 정신이 없었다.

오후에 벌써 그 동화 같은 인터뷰 기사의 첫 번째 반향을 마주쳤다. 할리트 아야르시의 방에서 라미즈 박사와 게으름뱅이 아사프 등과 함께 회의하고 있을 때였다. 좀 더 정확히 말하자면, 할리트 아야르시는 나의 반발을 꺾으려고 하고 그가 닦아놓은 길을 늘 그랬듯이 라미즈 박사가 전속력으로 질주했다. 이제 아흐멧 자마니 에펜디가 문제가 아니라, 아내의 인터뷰를 대하는 나의 태도가 죄악시되었다.

라미즈 박사에 따르면, 나는 자신의 넘치는 에너지를 부정하고 시대의 흐름에 완고하게 눈을 감아버리는 사람이었다. 그리고 제한적인 세계관으로 주변 사람들에 대한 책임을 몹시 소홀히 하는 사람이었다.

"다른 사람들은 당신의 모습 그대로를 보고 있어요. 오로지 당신만 당신의 본모습을 보지 못해요! 당신은 이유 없는 공포의 그물에 스스로를 가두고 있어요. 그걸 대체 어떻게 견뎌요?"

그의 말로는 내가 아흐멧 자마니의 존재를 의심하고 내 아내가 말한 승마와 밴조 연주를 거부하는 것 역시 같은 이유 때문이었다.

"당신 부인은 당신을 이 세상에서 가장 현대적인 사람으로 소개했어요. 그런데 당신은 늘 그렇게 의심하고 모든 것을 부인하다니요!"

"마누라는 미쳤어요! 우리가 결혼을 한 뒤 그 여자는 매일 저녁 영화를 한 편씩 보고 왔는데, 그다음 날이면 나를 그 영화에 등장하는 남자 배우로 여겼어요. 그리고 아침마다 늘 '알리바바와 사십 인의 도둑'에서 신고 나왔던 진주가 촘촘히 박힌 슬리퍼를 미친 듯이 찾았죠. 당신도 다 아는 얘기잖아요!"

라미즈 박사는 상당히 당황한 듯 보였다. 하지만 할리트 아야르시는 물러서지 않았다.

"그래요! 당신 부인은 미쳤어요. 그리고 난 천하의 둘도 없는 사기꾼이라고 칩시다! 그런데 당신 딸 제흐라는 뭐죠?"

"그 아인 이 모든 걸 진지하게 생각하지 않아요. 얼마 전 이런 말을 하더라고요. '요즘 사는 게 얼마나 즐거운지 모르겠어요! 마치 오페레타나 뮤지컬을 하는 것 같아요! 난생처음 인생을 즐기는 것 같아요!'라고."

"잘 생각해보세요." 라미즈 박사가 끼어들었다. "제흐라도 당신이 예술적 기질이 있다는 걸 알고 있어요. 오늘 아침에도 '아빠는 바로 그런 사람이에요!'라고 말했잖아요!"

할리트 아야르시는 나에 대한 화를 억누르지 못한 채 라미즈 박사와 얘기를 나누었다.

"이 사람은 그냥 놔두게. 고지식한 성격과 의구심에 대해 계속 자부심을 느끼도록 내버려둬! 삶은 계속 진행되니까 어느 날 자신이 대열에서 벗어나 있을 때가 오면, 무엇이 잘못되었는지 알게 될 거야. 세상은 계속 변해. 그래서 그것을 알지 못하는 사람에게도 바람이 불지. 우리가 억지로 이 사람을 변화시킬 수는 없는 일이야. 아마 스스로 이해하게 될 날이 오겠지. 여하튼 우리는 진정한 삶을 추구하면 되는 거니까!"

그 말에 돌연 라미즈 박사가 부드러워졌다.

"난 이 사람의 능력을 잘 알고 있어서 안타까워. 그 때문에 계속 조언을 하는 거야. 그렇지 않으면 내가 왜 신경을 쓰겠나?"

"이 사람이 아니라 우리 연구소가 안타깝군."

바로 그때 꾸벅꾸벅 졸던 게으름뱅이 아사프가 잠에서 깨서 마치 파리를 잡듯 손을 허공에 휘저었다.

"내 생각도 그래요! 여름에 냉장고를 살까요, 환풍기를 살까요?"

할리트 아야르시는 터져 나오는 웃음을 삼키려 입술을 깨물었다.

"세상에서 가장 힘든 일은 믿음이 없는 사람과 함께 일하는 겁니다."

나는 더 이상 내 입장을 고집할 수 없었다.

"말씀하신 대로 하겠습니다. 그것으로 충분하지 않나요? 내가 왜 믿어야 하죠?"

"차라리 아무것도 하지 말고 그냥 믿으세요. 그거면 충분합니다."

이번엔 할리트 아야르시가 정말로 화가 났다.

"내게 정말로 필요한 것은 믿음입니다. 우리 일의 정당성에 대한 믿음 말이에요. 하지만 당신은 아무런 에너지도 없고 너무 고리타분해요! 삶에 대한 믿음이 없는 사람과는 일을 할 수가 없어요. 당신은 아흐멧 자마니도 믿지 않죠!"

"그 사람은 존재한 적이 없어요. 역사책에도 없어요! 그 사람 이름이 나온 자료가 하나라도 있으면 보여주세요. 그러면 믿을 테니!"

"아무짝에도 쓸모없는 구닥다리 같은 소리!" 라미즈 박사가 끼어들었다. "역사는 현재의 시각에서 재구성되는 겁니다. 난 당신에게 역사를 왜곡한 수많은 자료들을 보여줄 수 있어요. 만약 그 사람이 존재하지 않았다면, 당신은 그의 이름도 모르고 그에 대해 아무런 말도 꺼내지 못했을 거예요. 결론은 똑같습니다. 당신은 스스로가 이 시대의 우위에 있다고 느끼고 있어요. 정신적인 오만함이죠. 당신은 모든 걸 안다고 주장합니다. 아니에요, 사랑하는 친구여, 절대로 그럴 수는 없어요. 그 누구도 세상만물을 다 알 수는 없어요."

그때 문밖에서 소란스러운 소리가 났다. 나는 하려던 말을 잊어버렸다. 처음에는 데르비스의 목소리가 들렸다.

"안 됩니다, 부인. 우선 여쭤봐야 합니다! 지금 회의 중입니다."

"회의하고 있는 것 다 알고 있어!" 찢어지듯 날카로운 대꾸가 이어졌다. "저리 비켜!"

데르비스가 뭔가 말하려는 것 같았다.

"썩 꺼지라고 했잖아!"

그건 고모의 목소리가 분명했다. 24년의 세월이 흘렀건만 의심의 여지가 없었다. 이제 빠져나갈 방법이 없었다.

바로 그때 문이 확 열렸다. 이어서 한 손으로는 머리 위로 빙글빙글 우산을 돌리면서 다른 한 손에는 신문 뭉치와 커다란 여행 가방을 든 고모가 깃털이 달린 멋진 독수리 같은 크고 검은 모자를 백발이 성성한 머리에 쓰고 돌진해 들어왔다. 묘지에서 살아 돌아왔을 때처럼 해괴하고 경악스러운 모습이었다. 두껍게 화장한 얼굴은 몹시 흥분하여 떡이 져 있었다. 파우더와 마스카라 사이로 눈동자가 번쩍였다. 손목, 손가락, 목과 귀에 치렁치렁 장신구가 걸려 있었다. 베이지색 망토를 입은 모습은 마치 날아서 여기까지 온 것만 같았다. 보통 때 같으면 포복절도를 했을 것이다. 하지만 지금은 그럴 상황이 아니었다. 할리트 아야르시를 제외하고 모두 벌떡 자리에서 일어섰다. 할리트 아야르시는 마치 "무슨 일이신지요?"라고 말하려는 듯 매우 평온해 보였다.

"회의를 한다고! 대체 무슨 회원데?"

그 순간 내가 고모의 눈에 띄었다.

"이 천하에 나쁜 놈! 네놈이 직접 말하진 않았지만, 이 기사에 나온 친척이 나란 건 틀림없어!"

그 말과 동시에 고모가 우산으로 내리쳤다. 내가 옆으로 피하는 통에 우산은 아사프의 어깨에 명중했다. 두 번째는 할리트 아야르시의 책상을 향해 떨어졌다. 순식간에 유리로 된 상판이 박살나면서 우산이 두 동강 나버렸다.

"이 뻔뻔하고 건방진 사기꾼 놈아! 네 천박한 여편네 말로는 네가 날 용서했다지?"

"그게 아니라, 고모!" 내가 "제발"이라고 말하려는 순간 고모는 망가진 우산 꼭지로 내 코를 찔렀다.

입술에 뭔가 따뜻한 것이 흘렀다. 손으로 만져보니 피였다.

"넌 그래도 싸! 네가 무슨 일을 당할지 두고 봐!"

하지만 나를 향해 뛰어들던 고모가 행동을 멈추었다. 지쳐서인지 아니면 내 피를 보고 놀라 탈진을 했는지 몸을 사시나무 떨듯 했다.

그때 할리트 아야르시가 천천히 일어섰다. 방금 도착한 손님을 맞이하려는 듯 태연히 책상을 빙 둘러 걸어갔다. 그러고는 고모의 어깨를 감싸 안고 책상 옆 커다란 안락의자에 앉도록 했다. 이윽고 고모의 가방과 신문을 유리 파편이 가득한 책상 위에 올려놓았다.

"실례지만 자리페 씨 맞으시죠?"

고모 얼굴은 백지장처럼 하얗게 질려 있었다. 하지만 분노는 아직 사그라지지 않았다.

"맞소!" 고모는 거품을 물고 대답했다. "내가 이 한심한 놈의 고모 자리페요!"

할리트 아야르시는 잔잔한 미소를 머금었다.

"저는 이 연구소의 소장 할리트 아야르시입니다."

그때 고모의 화가 갑자기 폭발했다.

"오호, 이 사기꾼 집단에도 우두머리가 있군! 대체 이 연구소가 뭘 하는 곳인데?"

고모의 시선은 이제 나를 향했다. "그럼 그렇지! 이 건달이 혼자 이런 생각은 못했겠지! 그 아비에 그 아들이야! 다른 사람 꽁무니나 쫓아다닐 줄 알지 뭘 하겠어! 승마와 테니스라고! 넌 말과 당나귀도 구분 못하냐? 감히 신문에서 내 이름에 먹칠을 하다니! 네 마누라가 그렇게 주제 넘는 짓을 한 이유가 뭔데? 날 용서했다고?"

고모는 이제 할리트 아야르시에게 고개를 돌렸다.

"당신은 겉보기는 멀쩡하구먼. 이 망나니를 왜 채용하셨소?"

할리트 아야르시는 아무런 내색도 하지 않았다.

"이곳은 공공 연구소입니다. 그런데 정말 너무하시는군요! 우리는 최선을 다해 공공 서비스를 제공하는 일을 하고 있습니다."

"공공 서비스라고? 도대체 무슨 서비스? 시계를 조정한다고? 내가 그걸 믿을 거라 생각하시오? 나는 죽었다가 살아단 자리페요. 그런 말에 쉽게 넘어갈 사람이 아니란 말이오!"

그녀는 갑자기 주위를 둘러보았다.

"그런데 당신 일이 나와 무슨 상관이란 말이오? 예전에는 나도 이런 계획으로 몹시 바빴지만, 이제 다 과거의 일이지. 난 그저 저놈을 잡으러 왔을 뿐이야. 저놈 마누라가 날 용서했다고 떠들어댔지! 제 코에 묻은 피도 닦을 줄 모르는 저 불쌍한 인간을 한번 보시오! 그러면서 건방진 말이나 늘어놓다니!"

나는 천천히 손수건을 꺼내 얼굴을 닦았다. 고모 바로 옆을 지나가야 했기에 도망을 칠 방법이 없었다.

할리트 아야르시가 탁자 위에 놓인 벨을 눌렀다. 데르비스가 들어왔다. 그의 몰골은 거의 알아볼 수 없을 지경이었다. 이마는 부어 있었고, 재킷은 찢어진 채였다. 그는 가능한 한 고모와 먼 거리를 유지하기 위해 벽을 따라 걸었다.

"부인, 마실 것은 무엇으로 준비할까요? 커피를 드릴까요, 차를 드릴까요?" 할리트 아야르시가 물었다.

"커피로 주시오! 제대로 된 걸로! 20년 전에 의사가 커피를 마시지 말라고 했지만, 그래도 마셨소. 그런데 이 얼간이가 만든다면 차라리 마시지 않겠소!"

"데르비스는 아주 맛좋은 커피를 만든답니다. 만족하실 겁니다! 우리도 커피를 갖다 주게나, 데르비스."

이윽고 그는 데르비스의 등 뒤에 대고 소리쳤다. "휴지통을 가져와서 유리 조각 좀 치우게! 지금 누구라도 찾아오면 어떻게 하겠나!"

그는 부러진 우산을 책상 밑으로 던졌다.

"어쨌든 이곳은 공공기관입니다, 부인!"

고모는 할리트 아야르시의 태도에 깊은 인상을 받은 것처럼 보였다.

"여기까지 찾아올 생각은 없었는데, 옛날 집에서 저 녀석을 만날 수가 없었소. 새 주소를 알려주지도 않고 이사를 했더군요. 그래서 이래저래 이곳까지 올 수밖에 없었답니다."

할리트 아야르시는 위로의 미소를 지어 보였다.

"괜찮습니다, 부인. 신경 쓰지 마세요. 그런 일은 어떤 가정에서든 일어날 수 있어요. 그건 그렇고, 직접 우리를 찾아오지 않았더라면 우리가 부인을 찾아 나섰을 겁니다!"

"나를요? 왜요?"

"물론 부인을요! 조금 전까지 바로 그 일을 의논하고 있었습니다. 우리 시간조정연구소는 연구소의 사상을 국민들에게 널리 알리고 간행물을 출간해주고 후원해줄 수 있는 협회가 필요합니다. 얼마 전에 시계애호가협회의 창설을 결의한 것도 그런 이유 때문입니다. 오늘 우리는 준비위원회에 대한 합의를 위해 만났습니다. 우리는 무엇보다 여성 회원을 찾자는 데 의견을 모았습니다. 특히 협회 회장은 여성이, 그것도 존경할 만한 여성이 맡아야 한다고요. 오늘 아침부터 적합한 인물을 찾지 못해 고심 중이었는데, 결국 하이리가 이렇게 제안했습니다. '그 자리에는 제 고모님이 적임자입니다. 책임감이 아주 강한 분입니다. 군대를 맡겨도 될 정도입니다. 경험도 많으십니다. 게다가 주위 사람들에게 매우 인기가 있습니다. 다만 고모가 나를 좋아하지 않는 것이 안타깝습니다. 내가 고모를 찾아가면 아마 쫓아버리실 겁니다!' 하이리의 말을 듣고 저는 우리 모두가 함께 고모님께 말씀을 드리고 부탁하자고 했습니다. 그러던 차에 부인께서 직접 찾아오는 영광을 우리에게 주신 겁니다! 부인께서 수락하신다면 지금 여기 이 자리를 내어드리겠습니다!"

고모는 먼저 할리트 아야르시를, 그다음엔 그가 서 있던 곳 옆의 빈 안락의자를 쳐다보았다. 난생처음 춤을 추자는 제안을 받은 어린 소녀처럼 당황스러우면서도 애틋한 표정이었다.

"내가 그런 일을 할 수 있을지 모르겠군. 이 나이에!"

할리트 아야르시가 미소를 지었다.

"부인이 어떻게 그 일을 하냐고요? 우리가 방금 부인의 행동을 통해 똑똑히 봤는데요?"

"그건 아무것도 아니요!" 고모는 엄격한 눈빛으로 대꾸했다. "내가 이 손으로 하이리의 처를 잡을 때까지 기다려보시오!"

할리트 아야르시는 웃음을 터뜨렸다.

"그 일은 파키제 책임이 아닙니다. 확신해요. 당신은 그녀를 분명 좋아하게 될 겁니다. 그녀는 그런 여자가 아니에요. 기자가 지어냈거나 뭔가 착오가 있었을 겁니다. 이 사진들을 잘 보세요. 대부분 하이리 사진이 아니잖아요!"

정말 대다수 사진들이 나와 아무런 관련이 없었다. 내가 말을 타고 있다고 하는 사진은 분명 영국을 배경으로 한 것이었다. 또한 내 서재 사진이라고 하는 것 역시 평생 본 적이 없는 곳이었다. 더구나 나는 우표 수집은 꿈에도 생각해본 적이 없었다.

순간 정적이 흘렀다. 이윽고 할리트 아야르시가 다시 입을 열었다.

"우리의 제안을 받아들인다면, 당신 자리에 앉아서 이 첫 회의에 참석하십시오."

고모는 아무런 대꾸 없이 일어서서 테이블로 성큼성큼 걸어가 상석에 앉았다. 할리트 아야르시가 옆자리에 앉았다.

"당신이 허락하신다면, 라미즈 박사가 회의록을 작성할 겁니다."

라미즈 박사는 노트를 준비하고 테이블 측면에 자리를 잡았다. 고모는 좀 더 여성스러운 목소리로 말했다.

"항상 이런 일이 벌어지는군요." 고모는 한탄을 했다. "늘 실무적인 책임은 나한테 떨어져요. 협회장 일은 이번이 네 번째입니다. 전쟁 전에도 했었거든요."

할리트 아야르시는 더 시간을 낭비할 생각이 없었다. 먼저 창립협회 회원들을 정해야만 했다. 그는 고모에게 그에 대한 의견을 물었다.

"나 외에 하이리와 라미즈 박사도 회원입니다." 할리트 아야르시가 말했다. "하지만 나머지 회원은 여성이어야만 합니다."

하지만 고모는 동의하지 않았다. 우리가 시계애호가협회 회원이라는 것은 괜찮지만, 회장의 일을 도울 호의적인 젊은 남자 한두 명이 필요하다고 주장했다. 할리트 아야르시는 시인 에크렘을 추천했다. 이제 우리는 여성 회원들에 대해 협의했다. 고모가 한두 명의 이름을 댔다. 할리트 아야르시는 사브리예와 네브자트를 추천했다. 고모는 사브리예는 인정했지만, 네브자트에 대해서는 코를 찡그렸다.

"사브리예는 좋은 여자예요. 뭐든 한 번 듣기만 하면 기억하고 표현할 줄 알 만큼 총명하지요. 그런데 우리가 네브자트와 뭘 할 수 있을까요? 그 불평불만으로 가득한 여자와?"

고모는 셀마를 추천했다. 마침내 열두 명쯤 되는 이름을 줄줄이 기록한 뒤에야 회의가 끝났다. 우리는 일주일 뒤 고모 집에서 다시 만나기로 약속했다. 고모가 막 나가려고 하는 찰나에 문이 열리고 제흐라가 들어왔다.

"알아보시겠어요?" 할리트 아야르시가 물었다. "조카분 따님입니다."

고모는 적대적인 눈빛으로 바라보았지만, 점잖게 행동했다. 아직 다른 친척을 만나는 것을 반기지 않는 눈치였다. 그럼에도 내 딸이 다시 나가자 생각이 많은 시선으로 뒷모습을 지켜보았다.

"저 아인 다른 여자의 핏줄인 게 틀림없어." 고모가 내게 말했다. "결코 너를 이해할 수 없는 여자의 핏줄. 그 경박스러운 지금의 마누라의 딸일 리가 없어."

일주일 뒤 시계애호가협회의 규정이 정해졌다. 그리고 2주 뒤에 모든 형식적인 절차들이 처리되었다. 그러던 어느 날 할리트 아야르시가 미소를 지으며 나를 바라보았다.

"우리가 당신 고모와 계약을 한 건 성사시켰습니다! 고모님이 자유의 언덕에 있는 토지를 기증했어요. 거기에 새 건물을 지을 거예요!"

며칠 뒤엔 고모가 연구소와 할부 협약을 맺고 이번에는 수아디예 언덕에 위치한 좀 더 큰 땅을 기부했다는 얘기를 들었다. 할리트 아야르시가 만면에 웃음을 띠고 이 소식을 들려주었다.

"고모한테 아직도 화가 덜 풀렸습니까? 똑똑한 부인 파키제한테도? 당신은 두 사람의 다정한 모습을 믿지 못하겠지만, 어제 당신 고모님 댁에서 파키제를 만났어요. 고모는 솔직하게 이런 말씀을 하셨죠. '파키제를 협회 임원으로 뽑지 않으면, 내 회장 자리도 내놓겠어요!'라고."

이미 나는 파키제한테 모든 이야기를 들은 뒤였다. 제흐라도 이제 고모 집에서 쫓겨날 일은 없었다.

"훌륭해요." 내가 말했다. "모든 게 놀랍고 훌륭해요. 다만 도통 무슨 일인지 모르겠습니다. 앞으로도 영원히 이해하지 못할 거예요."

"맞아요. 당신은 영원히 이해하지 못할 것이고 이해하려고도 하지 않을 거예요. 하지만 괜찮아요! 당신은 책이나 완성하세요!"

5

고모가 몹시 거칠게 연구소로 쳐들어왔던 바로 그날 할리트 아야르시가 내게 보내준 밴조가 지금 서재에 걸려 있다. 나는 이따금 그것을 한 번씩 쏘아보면서 내가 얼마나 인생을 쓸데없는 데 허비했는지 곰곰 생각해본다. 나는 은인을 그렇게 슬프게 해야만 했을까? 세상의 많은 이들이 진실의 빛을 간직하고 태어나지만 나는 정반대였다. 심지어 고모도 나와 달랐다. 고모는 나이와 이런저런 인생 역정에도 불구하고 무슨 일을 결정할 때 몇 분의 대화와 다툼이면 충분했다. 고모는 벌써 할리트 아야르시의 말에 설득당해서 무슨 일을 하는지 눈곱만치도 알지 못하면서 내 눈앞에서 협회 회장 자리를 맡고 자기 집 대문을 열어주었다. 이에 반해 나는 할리트 아야르시에게 늘 기대만 하면서 그의 마음을 상하게 하는 일을 마다하지 않고 끊임없이 말다툼을 했다.

우리 집 현관에서 밴조를 손에 든 심부름꾼을 처음 본 순간 나는 벌컥 화를 낼 뻔했다. 파키제와 제흐라는 그 물건을 소파에 갖다놓자마자 좋아서 박수를 쳤다. 그리고 내가 미친 사람처럼 화를 낼 때까지 파키제는 끊임없이 "연주 좀 해봐!"라며 재촉했다. 나는 그 인터뷰 내용에 대해 파키제와 한마디도 하지 않았고, 왜 그렇게 날 모욕했는지 묻지도 않았다. 그런데 그 일이 그렇게 계속 날 귀찮게 할지 누가 알았으랴! 그렇지만 아내는 만사태평이었다. 자신이 한 일이 얼마나 흡족한지, 한 번에 새끼 일곱 마리를 낳은 어미 고양이처럼 만면에 웃음을 띠고 내 주위를 어슬렁거렸다. 뭘 잘못했는지도 모른 채 무사태평한 모습은 갈수록 내 인내심을 시험했다. 하지만 제흐라의 몇 마디 말이 나를 누그러뜨렸다.

"아빠, 내가 오늘 누구를 만났는지 알아요? 절름발이 이스마일을 만났어요! 사무실 근처에서. 날 보더니 화들짝 놀라더군요. 얼굴이 하얗게 질릴 정도로! 그러고는 휘파람을 길게 한 번 불고 내뺐어요. 얼마나 못났던지! 그런 놈과 결혼했더라면 뭘 할 수 있었겠어요?"

나의 분노는 눈 녹듯 사라졌다. 그때 파키제가 고함을 빽 질렀다.

"하이리, 당신은 나한테 고맙다는 소리를 한 번도 한 적이 없어요. 할리트가 내게 이런 말을 했어요. '당신은 당신 남편을 평생 이해할 수 없을 겁니다! 그런 사람을 당신이 어떻게 이해하겠습니까?' 사실 우리는 내기까지 걸었어요. 하지만 내가 이겼어요! 오늘 아침 전화로 할리트가 내게 얼마나 고맙다고 했는지 당신이 들었더라면!"

그러니까 그 인터뷰 기사는 이렇게 이루어진 것이었다. 그것도 할리트 아야르시가 꾸민 일이었다. 파키제를 부추겨서 친구들과 적대자들에게 나를 웃음거리로 만들었던 것이다. 나는 아내에게 감사를 표했다.

"훌륭하더군. 그런데 당신은 어떻게 내가 맨바닥에서 잔다는 생각을 했어? 좀 다르게 꾸며댈 수는 없었어? 차라리 두건을 쓰거나 재킷을 입지 않고는 잠을 자지 않는다고 말이야!"

파키제가 몹시 당황하며 대꾸했다. "해먹이라는 단어를 잊었지 뭐예요. 할리트가 당신이 어린 시절 내내 해먹에서 잤다고 말해줬는데, 그만 그 단어를 깜빡하고 말았어요."

그 하찮은 일이 밝혀진 순간 파키제는 다시 내 은인의 선물을 손에 들었다.

"한번 연주해봐요!"

나는 악기를 손에 들고 문외한이라는 것을 보여주기 위해 줄을 뜯었다. 하지만 파키제의 얼굴을 본 순간 멈칫했다. 마치 천국에 있는 것 같은 표정이었다. 기쁨의 눈물이 뺨을 타고 흘러내리기라도 할 것 같았다. 그런데 제흐라의 모습이 보이지 않았다.

잠자리에 들기 전에 나는 제흐라를 보았다.

"어때, 아빠의 밴조 연주 소리가 맘에 들었어?"

제흐라는 눈을 동그랗게 뜨고 나를 쳐다보았다.

"아빠, 우리에게 다른 선택의 여지가 있어요?" 제흐라가 물었다. "난 아흐멧이 정말 걱정이에요."

나는 이제 아흐멧 생각은 하지 않았다.

"정말 절름발이 이스마일을 만났어?"

"아니요. 그런데 엄마 아빠가 너무 화난 것처럼 보여서 무슨 말이든 해야 할 것 같았어요. 그때 퍼뜩 그 생각이 났어요."

제흐라는 내 웃옷 단추를 만지작거리면서 내 눈을 빤히 쳐다보았다.

"그러면 안 돼요? 그렇지 않았다면 아빤 쓸데없는 싸움을 시작했을 거예요. 더 이상 견딜 수가 없어요. 어린 시절 내내 그 지긋지긋한 말다툼을 듣고 살았어요. 아빠는 그게 날 얼마나 긴장하게 하는지 몰라요! 언성이 높아지기 시작하면 겁이 덜컥 나요. 그리고 화가 나서 찡그린 얼굴도! 엄마, 아빠는 화가 나면 제정신이 아니에요! 세상에 그보다 더 끔찍한 건 없어요!"

"하지만 너도 가끔은 화를 내잖아."

"이젠 아니에요! 지금은 훨씬 더 편안해졌어요. 내 주변 사람들이 안절부절못하면 나도 행복하지 않아요. 모든 게 다 엉망진창이 되어버리니까요."

제흐라는 말이 많아졌다. 어린 소녀들처럼 마음속 이야기를 하고 싶어 했다. 제흐라가 어느 정도까지 솔직했는지는 모르겠다. 하지만 어쨌든 내게 속마음을 털어놓았다는 것이 기분 좋았다.

"우리는 사실 싸울 수 없는 사람들이에요." 제흐라가 말했다. "아빠는 나랑 똑같아요! 자기 자신보다 오히려 다른 사람이 옳다고 인정하는 사람이 어떻게 싸울 수가 있어요?"

"그게 무슨 말이지?"

"그렇지 않아요? 아빠와 나는 똑같아요! 내 잘못이 아님에도, 다른 사람 인생에 나를 끌어들이는 건 용서할 수 없어요!"

"그럼 지금은 행복하니?"

"물론이죠!" 제흐라가 환한 미소를 지었다. "우린 이제 층층시하에서 살진 않잖아요. 식구들 각자 자신의 삶이 있어요. 그리고 별난 일자리도. 앞으로 어떻게 될지 늘 궁금해요. 내 주변 모든 것이 변했어요."

모든 것이 변했다는 건 맞는 말이었다.

"아흐멧만 여전해요. 아흐멧은 집에만 틀어박혀 있고, 한결같이 진지해요. 사실 아빠한테 말씀드리지 않은 게 있는데… 아흐멧이 대학입학시험에 합격했어요."

그건 사실이었다. 한 달 전부터 이미 집안 공기가 이상했다.

"왜 말 안했어? 나쁜 일도 아닌데!"

"기회를 봐서 아흐멧이 말하려고 했어요. 그런데 혹시 떨어질까 봐 못했어요."

나는 아이들 엄마가 살아 있었다면, 남매가 이렇게 가까이 지냈을까 궁금했다.

"아빠 화 안 나셨죠?"

나는 아이들에게 아직도 나에 대한 사랑과 존경의 마음이 남아 있다는 것을 믿을 수 없었다. 아흐멧조차도 내 마음이 아프지 않도록 신경을 썼다. 아이들은 에미네가 낳은 자식들이다. 불현듯 깊은 슬픔이 밀려왔다. 에미네가 살아 있었다면, 모든 것이 달라졌을 것이다. 인생의 짐을 나란히 짊어지고 늘 서로를 바라볼 줄 알고, 마차를 끄는 두 마리의 익숙한 말처럼 얼마나 아름다웠을까. 법의학 연구소에서 돌아왔을 당시 집 앞에서부터 환영을 받았을 때 느꼈던 기쁨이 다시 떠올랐다.

밤늦게까지 나는 혼자 거실에 앉아 있었다. 아무것도 할 수가 없었다. 침실에도 갈 수가 없었다. 에미네와의 추억이 너무 강렬해서 파키제의 잠자는 모습을 견딜 수 없을 것 같았다. 그 순간 나는 그것 역시 잘못이라는 것을 깨달았다.

그날 밤은 몹시 무더웠다. 새벽 한 시 반 무렵 천둥 번개가 치기 시작했다. 거실 커튼이 마치 무대 장치처럼 계속 초록의 빛 속으로 사라졌다가 원래 위치로 돌아오기를 거듭하더니, 기어이 억수 같은 비가 쏟아졌다. 파키제는 천둥 번개를 무서워했다. 나는 마지못해 침실로 들어가서 옆에 누웠다. 파키제가 인기척에 잠을 깼다. 그리고 세상에서 가장 달콤한 목소리로 이렇게 말했다. "또 이렇게 늦게까지 일한 거예요? 아, 하이리, 제발 건강 좀 생각해요!"

라디오 광고에 나오는 과장된 여자의 목소리도 이보다 더 싸늘할 수는 없을 것이다. 처음에는 파키제가 장난을 치고 있다고 생각했다. 정말 그랬으면! 그런데 아니었다. 파키제는 아주 진지했다. 하지만 그녀는 내가 일하지 않았다는 것, 아무 일도 하지 못했다는 것을 알고 있었다. 파키제는 내 목을 두 팔로 감쌌다. 그 밑에서 내 몸은 머리에서 발끝까지 얼음덩어리가 되었다. 그녀는 태엽을 감는 수동시계와 자동시계의 차이를 알까? 다시 직장을 얻은 뒤부터 파키제가 나날이 내게 더 마음을 쓰고 애교를 부린다는 생각이 들었다. 일 년 반 전부터 나는 시베리아 벌판에 사는 것 같았다. 파키제가 욕정에 불타 나만 생각했던 시절이, 한편으로는 나를 게으르고 무능력한 사람으로 여기던 시절이 그리웠다. 적어도 그때만큼은 그녀다웠는데.

처음엔 다시 이불을 박차고 나오고 싶었다. 하지만 파키제가 깨면 얘기를 시작할 것이다. 최선의 방법은 침대에 가만히 누워 있는 것이었다. 나는 파키제의 작은 움직임에도 자유로울 수 있도록 벽에 딱 붙어 있다시피 했다. 눈을 크게 뜬 채 억수같이 쏟아지는 빗소리에 귀를 기울이고 동이 트기를 기다렸다. 그리고 밤새도록 나 자신에게 이렇게 물었다. '파키제는 바보일까? 거짓말쟁이일까?' 아마 어리석기 때문에 거짓말을 하는 건지도 모른다. 어쩌면 그것이 더 나쁜 건지도 모른다. 파키제는 전혀 개성이 없었다. 가끔 빗소리가 잦아들면 그녀의 숨소리가 들렸다. '제발 꿈속에서만이라도 파키제가 자기 자신을 찾았으면!' 나는 몸을 조금 일으켜 파키제의 얼굴을 쳐다보았다. 미소를 지은 듯 입이 반쯤 벌어져 있었다. 그녀의 얼굴은 아주 특별한 순간의 감정적인 분위기에 휩싸여 있었다. 이 세상 사람 같지 않았다. 그럼에도 눈을 감고 입은 반쯤 벌린 채, 숨소리도 내지 않고 무엇보다 무아지경의 모습으로 누워 있는 모습이 얼마나 아름다운지! 잠을 자는 파키제는 왜 그리 행복한 것일까? 무엇이, 아니면 누가 그녀를 웃게 했을까? 그것은 그저 평범한 웃음이 아니라 아주 강한 감정을 통해서만 지을 수 있는 웃음이었다. 지금 파키제도 내 딸처럼 행복했다. 아마 자신의 역할을 하고 있다고 믿기 때문에 깊은 만족감을 느끼고 있는지도 모르겠다. 아니면 그저 단순히 모든 것으로부터, 그리고 우리들로부터 자기 깊은 내면의 방으로 피신을 했는지도 모른다. 어쨌든 그녀에게도 비밀이 있었다. 아마 자신의 육체로부터 벗어나 있기 때문에 행복하고 아름다운지도 모르겠다. 잠시 나는 그 평온함이 질투가 나서 파키제를 깨우고 싶었다. 그런데 그럴 필요가 있을까? 몇 분 만에 다시 똑같은 사람, 똑같은 인형으로 돌아오지 않을까?

이런 생각을 하면서 침대에 누웠다. 동이 틀 무렵 잠이 들었다. 그때 꾼 꿈은 기껏해야 당시 내 마음을 고스란히 반영한 것일 뿐이었다.

꿈에서 나는 우리 옛날 집 복도에 있었다. 크고 널따란 거울 앞에 서서 세심하게 내 얼굴을 관찰하고 있었다. 그러면서 혼잣말을 구시렁거렸다. "이 사람이 내가 아닌가? 나인가? 말도 안 돼!" 그런데 내가 본 것은 사실 내 얼굴이 아니었다. 더구나 끊임없이 바뀌었다. 특징을 파악할 수 없을 정도로 순식간에. 그때 고모의 목소리가 들렸다. "어서 이리 와, 우린 늦었어!" 고모는 고함을 치면서 나를 잡아당겼다. 우리는 좁고 가파른 길을 서둘러 걸었다. 그런데 발을 디딜 때마다 나나 고모 둘 중 한 사람이 신발 한 짝을 잃어버렸다. 그래서 계속 달리기 전까지 매번 걸음을 멈출 수밖에 없었다. "드디어 다 왔다!" 고모는 외쳤다. 나는 커다란 광장, 일종의 연시(年市)에 서 있었다. 축제 음악이 울려 퍼졌다. 나는 이제 여러 개의 막대기가 달린 커다란 회전목마에 앉아 있었다. 회전목마는 서로 겹쳐지는 원형 무대 위에 설치되어 있었다. 한 번씩 돌 때마다 아는 사람을 만났고, 우리는 웃으면서 큰 소리로 인사를 나누었다. 그런데 점점 속도가 빨라지더니 할리트 아야르시와 고모, 셀마와 케말이 앉아 있던 원형 무대의 축이 끊어지고, 좀 전처럼 빙글빙글 돌면서 하늘을 향해 날아올랐다. 나는 죽음의 공포를 느끼며 세이트 루트풀라흐의 거북이 목을 꽉 잡았다. 떨어지지 않으려고 발작하듯 움켜쥐면서 고모를 쳐다보았다. 그런데 고모는 회전목마에서 떨어져 홀로 창공으로 날아갔다. 바로 그때 파키제의 목소리가 들렸다.

"어서 일어나요! 벌써 아홉 시예요. 지각하겠어요!"

6

고모는 안락의자에 앉아서 손님들에게 내 얘기를 늘어놓았다.

"여러분들은 저 녀석이 어떤 인물인지 상상도 못할 거예요! 한마디로 종잡을 수 없는 인물이에요. 죽은 내 동생이 '선행(善行)'이라는 뜻의 하이리라는 이름을 붙여줬지만, 차라리 '비행(非行)'이 더 적절할 뻔했지요. 저 녀석은 20년 동안 한 번도 내 안부를 묻지 않았어요. 난 쟤가 뭘 하는지, 어떻게 지내는지 늘 궁금했어요. 그게 뭐가 그리 어려운 일이라고. 집안의 유일한 남잔데 말이죠! 물론 나는 하이리를 좋아했어요. 하이리가 없었다면 타크리 아흐멧 에펜디 가문은 대가 끊겼을 거예요. 마침 나는 하이리의 이름을 신문에서 보고 정신이 번쩍 나게 혼내주어야겠다고 생각했어요. 늙은 고모를 그렇게 대하다니!"

그렇게 고모는 마주 앉은 여자들에게, 그중에서도 특히 셀마에게 신세 한탄을 했다. 셀마는 검은 숄을 두르고 손에는 일본 부채를 들고 있었으며 번쩍이는 장신구를 주렁주렁 매달고 왔다. 그에 비해 나는 얌전한 강아지처럼 소파 한쪽 구석에 앉아 있었다. 나는 잼 단지에 빠진 채 평생 들어보지 못한 달콤한 비난에 서서히 질식할 것 같았다.

"어느 날 하이리가 전사했다는 소식을 들었어요. 남편과 나는 몇 달 동안 하이리의 죽음을 애도했어요. 하루 세 번 하이리를 위해 기도를 올리고 꾸란을 읊었어요. 나는 끊임없이 하이리는 별일 없고 건강한 모습으로 다시 돌아올 거라는 말을 속으로 중얼거렸어요. 그리고 정말 그렇게 되었어요."

그건 사실이었다. 내가 군에서 제대할 즈음 내 친구가 고모 집에 들른 적이 있었는데, 사람들이 집 안을 가득 채우고 기도를 올리고 있었다. 그런데 그는 그들의 기도 속에서 내 이름을 듣고 깜짝 놀라서 고모에게 이렇게 말했다. "당신 조카가 내가 아는 하이리가 맞다면, 그는 지금 살아 있으니 이렇게 애도할 필요가 없습니다." 그랬더니 고모가 이렇게 소리를 질렀다. "그렇담 또 속였구나! 그 아비에 그 아들이지! 내 집에 얼씬거리기만 해봐라. 무슨 일을 당할지 두고 보라지!"

그 고모가 나에게 다정하게 미소를 지으며 칭찬을 늘어놓고 아버지에 대해서도 아주 좋게 이야기했다. 내가 군대에 가 있는 동안 고모가 아버지를 거의 굶기다시피 하고 다이아몬드 사건 때 고모부가 나를 정신병원에 집어넣을 뻔 했다는 사실을 놓고 누군가가 힐난을 했다면, 고모는 분명 펄쩍 뛰면서 "말도 안 되는 소리"라고 고함을 질렀을 것이다.

물론 고모는 내가 옛일에 대해 아무 말도 하지 않을 것임을 알고 있었다. 나는 양처럼 순종적이고 얌전한 사람이 되었다. 인생의 안내자인 할리트 아야르시 같은 친구도 있었고 무엇보다 중요한 임무도 있었다.

나는 고모의 집을 처음으로 방문했다. 시계애호가협회는 칵테일로 첫 공식 일정을 시작했다.

"여러분은 이런 날 어떤 기대를 하십니까?" 고모가 말을 이었다. "모든 일가친척들이 서로 도와가며 손님 맞을 준비를 하는 거죠. 하지만 하이리에게 그런 도움은 꿈도 꿀 수 없어요. 다행히 하이리의 처와 딸은 달라서 나를 열심히 도와주었습니다."

파키제가 응접실에서 할리트 아야르시와 사브리예와 함께 있는 동안, 제흐라는 현관에서 세 명의 젊은이와 농담을 했다. 처형은 축하 공연에서 자신의 예술적 능력을 보여주기 위해 경주용 말처럼 초조하게 호명될 때를 기다리고 있었다.

"내가 알던 꼬마 하이리가 어느 날 이렇게 현대적인 사람이 되리라고는 전혀 생각지 못했어요! 이렇게 대단한 직장까지! 게다가 자신이 직접 조직까지 했다니! 조용하고 눈에 띄지 않는 아이였어요. 그런데 그 옛날부터 시계에 호감을 갖고 있었지요! 내가 아파서 누워 있을 때 우리 집 주방 시계를 수리한다고 만진 적이 있었는데, 너 기억하니? 그때 시계추를 못 쓰게 만들어놨잖아!"

고모가 느닷없이 이렇게 말할지도 모른다는 생각이 뇌리를 스쳤다. "그 시계추를 지금 당장 원상복구 시켜놔! 그렇지 않으면 다시는 보지 않겠어!" 하지만 그러지 않았다. 고모는 과거의 일을 수정하고 미화하는 일에 열을 올렸다. 왜 그러지 않겠는가? 우리가 서로 살 수 있는 분위기를 위해 노력하는 것 외에 달리 뭘 하겠는가? 현재라는 이름의 예리한 칼날 위에 그저 가만히 앉아 있을 수만은 없다···.

"의붓딸이 제흐라만 같았으면! 그런데 악의 화신이 되어버리다니, 말도 안 돼!"

셀마의 눈에 반짝 불꽃이 일었다. 그녀는 나와 마찬가지로 고모를 우리 편으로 만드는 방법을 알고 있었다. 셀마의 상황은 나와 반대였다. 그녀는 외로웠다. 고모는 지금 의붓딸과도, 아들과도 사이가 좋지 않았다. 그런데 할리트 아야르시는 고모의 그런 상황을 어떻게 알았을까? 그리고 그렇게 얽히고설킨 남의 가정사에 왜 끼어들 생각을 했을까? 그로 인해 결국 그는 상당한 위험을 감수해야 했다.

고모의 추론은 계속 이어졌다.

"내가 의붓딸을 하이리와 결혼시키지 않은 건 잘한 일이었어요. 그 때문에 불쌍한 내 남편 나시트의 마음을 꽤 아프게 했지만."

그때 누가 무슨 말을 할 수 있었을까? 모든 것이 변했다. 나는 예전처럼, 아니 어느 날 그랬던 것처럼 모든 것을 받아들일 수밖에 없었다.

"오, 우리 아들, 넌 분명 행운아야!"

그때 시인 에크렘이 고모의 눈에 띄었다. 그 순간 우리 존재는 깡그리 잊혀졌다.

"여기 또 불성실한 사람이 한분 오셨군! 임원이면서도 모임에 참석하지 않다니. 자, 사랑하는 에크렘, 우리 손님들 좀 보게!"

하지만 가련한 에크렘은 우리 뒤의 누군가를 쳐다보고 있었다. 케말의 시야에서 벗어나기를 원했던 네브자트가 그 틈을 놓치지 않고 고모를 따라 자리를 옮겼다. 몇몇 사람 역시 같이 어울리면 더 재미있을까 하고 그들을 따라붙었다.

나는 셀마에게 고모에 대해 어떻게 생각하는지 물었다. 그녀는 대답 대신 이렇게 말했다. "고모님은 당신을 몹시 사랑해요. 한 시간 내내 당신 얘기만 했어요!" 나는 그녀에게 고모에 대해 설명해주었다. 처음에는 웃음을 그칠 줄 모르더니 나중에는 진지해졌다.

"훌륭한 사람 주변에는 늘 이상한 일이 생기네요."

나는 놀란 눈으로 셀마를 바라보았다. 무슨 대답을 한단 말인가?

잠시 뒤 사브리예가 우리에게 다가왔다. 그녀는 하루 종일 탁심 광장에 문을 연 시간조정정거장에서 일했다. "오늘 아침부터 연습을 했는데, 세 소녀가 아주 훌륭했어요. 모든 일이 순조롭게 진행되고 있어요. 아직 유니폼만 없을 뿐이에요." 그러자 셀마는 자기는 언제든지 일을 시작할 수 있다고 말했다. 얼마 뒤 케말이 자기 아내를 데리고 갔다.

"케말이 셀마가 일하는 거 허락했어요?" 나는 사브리예에게 물었다.

"그런 건 이제 필요 없어요. 두 사람은 이혼했어요. 하지만 아직 비밀이에요! 케말이 횡령을 해서 회사가 지금 파산 직전이에요. 전혀 모르셨어요?"

"전혀 눈치채지 못 했습니다! 케말은 네브자트와 아주 조용히 얘기했어요!"

"케말은 죽을 때까지 아닌 척할 거예요." 사브리예가 말했다. "하지만 그건 별로 중요한 문제가 아니에요. 당신 고모한테는 뭐라고 했어요? 놀라지 않던가요?"

"천만에요. 그런데 나는 이 모든 상황을 이해하지 못하겠습니다. 고모가 어떻게 그렇게 온순해졌죠? 왜요? 고모가 정말 나와 화해를 원하는 겁니까? 왜요? 내 아내가 신문 인터뷰에서 늘어놓은 그 얼토당토않은 이야기 때문에 우리 연구소에 매력을 느낀 건가요? 난 도무지 이해할 수가 없어요."

"당신이 할리트 아야르시를 잘 알지 못하기 때문이에요! 당신은 지금 그가 계획에 따라 일을 착착 진행하고 있다고 생각하고 있어요. 당신 고모가 부자이기 때문에 그녀를 향해 그물을 던졌다고 믿고 있죠. 하지만 그렇지 않아요. 그는 그저 당신을 통해 연구소를 키우고 싶어 할 뿐이에요. 그런데 때마침 고모가 등장했고, 그래서 최대한 이용하는 거예요. 할리트는 영리한 사람이에요. 그에게 중요한 것은 이익이 아니라 페어플레이예요."

시계애호가협회 여성 회원들은 모두 예쁘고 젊었으며, 남자들은 멋지고 품위 있어 보였다. 개개인의 매력이 넘치는 작은 단체였다. 물론 대다수 회원들은 내가 이미 심령술협회, 커피하우스 또는 할리트 아야르시를 통해 알고 지낸 사이였다. 뷔위크데레에서 봤던 고위급 정치인도 언제 왔는지 모습을 보였다. 나는 고모 옆에 서 있었다. 내가 고모의 조카라고 얘기를 하자 그는 한층 더 즐거운 표정이었다. 그러면서 연구소에 대해 물었다.

"일은 어떻습니까?"

내가 답을 하려는데, 캐비어 샌드위치 쟁반을 든 웨이터가 스쳐지나 갔다. 정치인은 나와 샌드위치를 차례로 쳐다보다가, 아주 무심한 투로 웨이터에게 쟁반을 테이블에 올려놓으라고 일렀다. 이어서 위스키가 제공되었다. 그때 할리트 아야르시가 다가왔다. "우리는 우리 직원들을 위한 튼튼한 협력단체를 창립했습니다!" 그는 큰 소리로 말했다. 나는 당연히 그 계획에 발목이 잡혔다. 이전까지 그래왔듯이 무슨 내용인지도 모른 채. 내가 시간은행 창립 프로젝트에 관련되어 있다는 것 역시 그날 저녁 할리트 아야르시로부터 들었다. 나는 그것에 대해서 알든 모르든 인생의 확실한 성공을 즐기고 있는 중이었다. 그런데 정말 무엇을 얻었을까? 이 다양한 사람들이 뒤섞인 별난 모임 한복판에서 지루하다는 것 말고 대체 내가 얻은 것은 무엇일까?

7

『세이흐 아흐멧 자마니와 그의 업적』은 출간과 동시에 큰 반향을 얻었다. 할리트 아야르시가 즉흥적으로 창조해낸 그 중요한 인물은 사방에서 독자들의 열렬한 호응을 얻었다. 300년 전에 이미 초 단위를 쟀다는 것이 진정 사실이었는지, 더욱이 그 사람이 우리 지역에 살았었는지 궁금하게 여기지 않는 사람은 거의 없었다. 할리트 아야르시의 강력한 주장에 따라 수학에 대한 우리 조상의 관심을 너무 상세하게 묘사한 탓에 아흐멧 자마니의 발견이 마침내 임의의 수학 연산의 아주 자연스러운 결과처럼 되어버렸다. 그럼에도 책의 인쇄가 끝나갈 무렵 끊임없는 두려움을 느꼈다. '이 책을 아무도 좋아하지 않으면 어쩌지? 만약 모든 것이 거짓이라는 사실이 밝혀진다면?' 이런 두려움에 나는 시도 때도 없이 흠칫흠칫 놀랐다. 밤새 제대로 잠도 자지 못하고 뒤척였다. 할리트 아야르시는 불안해하는 내 모습을 보고 웃으면서 기회가 있을 때마다 나의 걱정과는 정반대의 일이 벌어질 거라는 얘기를 했다.

"사랑하는 하이리 이르달, 사람들이 그 책을 숭배하는 모습을 보게 될 겁니다. 당신은 지금도 여전히 책의 내용이 거짓이라고 생각하고 있습니다. 거짓이 무엇인지, 더구나 새빨간 거짓이 무엇인지 아십니까? 누군가가 17세기에 우리가 주장하는 것과 같은 그런 작품을 썼다고 가정해봅시다. 그것은 거짓입니다. 게다가 당사자가 자기 시대를 벗어나 있다면, 외견상으로만 걸쳐 있는 것 같다면, 그것은 당연히 불가능한 일입니다! 하지만 그것은 거짓도 진실도 아니라고 할 수 있습니다. 자기 시대에 어울리는 사람이 그 시대의 사람입니다. 우리 시대는 아흐멧 자마니 에펜디가 필요합니다. 그런데 그런 욕구가 17세기 말경 충족되었을 뿐입니다. 그게 전붑니다. 그는 진리의 화신입니다. 우리는 간밤에 당신 고모님이 하는 얘기를 엿들었습니다. 타크리비 아흐멧 에펜디의 계보가 정복자 술탄 메메트 시대까지 거슬러 올라간다고 얘기했죠. 그때 반박하던 사람이 있던가요? 아닙니다. 모두 조용히 고개를 끄덕거렸지요. 어째서죠? 그 이유는 살아 있는 두 명의 중요한 인물, 바로 당신 고모와 당신이 그 주장을 입증하고 있기 때문입니다. 사람들은 당신의 존재를 인정하기 때문에 고모의 추론을 쉽게 수긍했습니다. 소중한 두 사람이면 옛날 그들의 혈통을 잇고 있다는 것보다 자연스러운 것이 뭐가 있겠습니까? 물론 당신 고모님이 20년 전에 그런 얘기를 했다면, 모두 비난했을 겁니다. 왜냐하면 그때의 당신은 지금의 당신이 아니고, 당신 고모도 우리가 지금 알고 있는 그 자리페가 아니기 때문입니다. 사람들은 이런 말을 했을 겁니다. '세상에, 정복자의 시대로 거슬러 올라가 출생 여부도 확실치 않은 조상을 찾는 것보다 더 우스운 일이 있을까? 거짓말

덩어리. 저 말이 사실이라면 저들은 좀 더 고상하고 품위 있게 행동했어야 되는 것 아닌가?' 하지만 오늘날은 아무도 그런 주장을 하지 않습니다! 한 가지 더 예를 들자면, 당신 고모는 당신이 얼마나 성공했는지 여기저기에서 듣고 당신뿐만 아니라 당신 아버지에 대한 생각도 바꾸었어요. 고모님이 그날 밤에 당신 아버님에 대해 어떻게 얘기했죠? 그녀가 거짓말을 하던가요? 그렇지 않아요. 그녀는 그저 요즘 든 감정을 과거로 옮겨놓았을 뿐이에요. 아흐멧 자마니가 오스만 제국 시절 빈 공격에 참여했었다는 것은 정말 좋은 아이디어입니다. 그와 같은 인물은 결국 그렇게 중요한 사건에 거리를 둘 수 없어요. 프랑스 혁명 중에 발미 전투에 참가했던 괴테와 비교할 수 있는 일입니다. 이에 반해 아흐멧 자마니 에펜디가 전쟁 중에 특별히 두각을 나타내지 않았다고 서술한 것은 당신의 판단력을 잘 보여주고 있습니다. 세상 모든 일을 다 잘하는 사람은 없습니다. 차라리 다른 분야에서 영웅적인 행동을 보여줘야지요! 아흐멧 자마니 에펜디가 요새를 정복하기라도 했으면, 역사 저술가들이 그 부분을 놓치지 않았을 겁니다. 당신이 청소년 시절 아흐멧 자마니의 논문 「결혼 풍습」을 읽은 것은 정말 대단한 행운이었습니다. 그것을 읽지 않았다면, 그 중요한 작품이 전혀 언급되지 못한 채 소리 소문 없이 사라졌겠지요. 그 작은 책도, 시계 제작법에 대한 작품도 찾을 방법이 없다고 입을 모아 한탄했을 겁니다. 적어도 당신이 누루오스마니예 도서관에 있는 옛 필사본의 뒷면을 언급하는 것으로 두 책의 존재를 입증한 것은 정말 훌륭했습니다. 아, 그리고 당신이 옛날 잉크에 대해 알고 있다는 것이 얼마나 중요한 일이었는지 우리는 봤습니다. 친애하는 하리, 당신은 걸작을 쓰셨어요!"

한번은 또 이런 말을 했다. "행동으로 옮기는 것이 중요한 만큼 처음의 속도를 유지하는 것도 중요합니다. 당신은 우리의 운동을 과거로 확장시키면서, 앞으로 움직이는 힘을 강화시켰습니다. 뿐만 아니라 우리의 선조들이 현대적이고 개혁적인 사람들이라는 것을 입증했습니다. 과거와 영원히 갈등 관계에 있을 수 있는 사람은 없습니다. 역사는 늘 비판의 대상일까요? 역사 속에서 우리가 좋아하고 존경할 만한 인물을 만나서는 안 될까요? 모든 사람들이 우리의 일에 만족하는 모습을 보게 될 겁니다!"

하지만 안타깝게도 학자연하는 몇몇 사람들이 이 책에 대한 긍정적인 이미지에 흠집을 내기 시작했다. 그들은 그런 인물은 결코 존재하지 않았으며, 책 역시 처음부터 끝까지 모두 날조된 것이라고 노골적으로 비판했다.

내가 그 시점에 집필 초기와 같은 심리 상태였다면, 그런 비판들을 대수롭지 않게 받아들이고 이렇게 외쳤을 것이다. "신이시여, 감사합니다. 이런 거짓말을 견디지 못하는 이성적인 사람들이 있다니! 이보다 더 경사스러운 일이 있으랴!" 하지만 이미 나는 그때의 마음이 아니었다. 책에 몰두했던 반년이 넘는 기간 동안 나는 할리트 아야르시의 눈을 통해 세상을 보게 된 나머지 내 일에 대한 어떤 반대 의견도 견딜 수 없게 되었다. 이젠 작가로서의 자존심이 걸린 문제였다. 게다가 나는 할리트 아야르시에게 애정을 느끼고 있었다. 그의 존재를 의심하는 것은 너무나 괴로운 일이었다. 사실상 할리트 아야르시의 상대성 개념을 나 자신의 것처럼 느끼게 되었다.

이와 관련하여 얘기할 만한 두 가지 사건이 있다. 하나는 5대째 첸켈쾨이에 거주하고 있는 한 남자가 자신이 아흐멧 자마니의 후손이라고 주장하며 성을 바꾸려고 한 것이다. 그는 자기 집안 계보의 정당성을 증명해줄 것을 내게 부탁했다. 유감스럽게도 그는 증거로 여길 만한 유언장의 원본이 아니라 자신이 직접 쓴 필사본을 제출했기 때문에, 나는 진실이라는 이름으로 그 무리한 요구를 거부할 수밖에 없었다. 나의 결정은 신문을 통해 열렬한 호응을 얻었다. 모든 사람들이 나의 철저한 일처리에 감탄했다. 책에 대한 관심은 계속 높아져갔다. 할리트 아야르시 또한 나의 분명한 태도를 즐겼다. 제흐라만 약간 침울해 했다.

"어쩌면 정말 그 남자가 자마니 에펜디의 후손인지도 몰라요!"

"우리 자마니 에펜디와는 전혀 상관없는 사람이야!" 나는 호통을 쳤다. "자마니 에펜디는 실존 인물이 아니었어!"

두 번째 사건은 심령술협회의 지인들이 몇 달 동안 밤낮으로 노력한 끝에 자마니 에펜디의 영혼과 소통하게 된 것이었다. 그들은 아흐멧 자마니 에펜디가 책의 몇몇 부분에 대해 화를 냈다고 보고했다. 무엇보다 그는 자신이 속삭이듯 말하거나 말을 더듬지 않았다고 주장했다. 뿐만 아니라 그가 속했던 탁발승 교단과 자신의 영향력에 대해서도 좀 더 자세한 정보를 알려주었다고 했다. 이것이 신문에 보도되자 논쟁이 불붙었다. 내게 가장 이상하게 느껴진 것은 그 죽은 혼령이 나에 대한 감사의 인사로 대화를 마쳤다는 점이었다. 이것은 작가 세계에 대한 저승에서 온 첫 번째 감사 메시지이자 제대로 인정받은 첫 번째 사례였다.

아흐멧 자마니에 대한 최후의, 또한 가장 지속적으로 영향을 미쳤던 비판은 케말에 의해 이루어졌다. 셀마의 전남편인 케말은 예전부터 나를 적대시했다. 내가 자신의 전 부인과 좀 더 가까운 사이가 되었다는 얘기를 듣고 제정신이 아닌 것 같았다. 그리하여 나와 연구소를 골탕 먹일 기회를 놓치지 않았다. 천성적으로 음흉했던 그는 아흐멧 자마니의 존재 자체를 부정하는 대신, 스스로 만들어낸 허구의 인물로 대체하기에 이르렀다. 그는 아흐멧 자마니라는 인물은 결코 존재하지 않았지만 그 시절 꽃과 기계학에 관심이 높았던 펜니 에펜디라는 사람이 있었다고 진술했다. 펜니 에펜디는 당시 권력자들과 친하게 지냈고 시간과 시계에 몹시 열정적이었다고 한다. 그런데 그의 업적을 우리가 창조해낸 자마니 에펜디로 대체해버렸다는 것이었다. 그에 대한 명백한 근거가 있는데, 자마니(터키어로 '시간'이라는 뜻이다)라는 이름이 우리 연구소의 홍보를 위해 적합했다는 것이었다. 그렇게 우리는 홍보를 이유로 역사 왜곡을 감행했다. 불가사의하게도 케말은 일부다처제에 반대한 저작물 은 우리의 순수한 창작물로 치부한 반면, 자마니의 것으로 간주되는 시 계 제작 기술에 관한 책은 읽어보았다고 했다.

그보다 더 훌륭한 전술은 있을 수 없었다. 우리에게 더 큰 타격을 주 기 위해서 케말은 처음에는 우리의 거짓말을 인정했다. 아흐멧 자마니 가 존재했느냐 안 했느냐를 둘러싼 끝없는 논쟁에 관여하는 대신, 우리 거짓말의 일부분을 복싱장으로 옮겨 좀 더 효과적으로 우리에게 펀치를 날렸다. 이런 놀랄 만한 비판이 알려진 순간부터 사람들은 아흐멧 자마 니의 존재를 의심하기 시작했다. 할리트 아야르시가 황급하게 소집한 기자회견도, 내가 계속 만들어낸 답변도 상황을 바꿀 수 없었다. 책의 명성에 상처를 입었다.

그 기사가 게재되던 날 나는 셀마와 함께 있었다. 그녀는 아침에 우리 가 늘 만나던 독신자 숙소로 신문을 들고 왔다.

"자, 봐요. 이 뱀 같은 인간이 당신을 어떻게 덥석 물고 늘어지는지!" 셀마는 이 말과 함께 신문을 내밀었다. 케말 옆에 서 있는 내 옛날 사진 을 보고 나는 참을 수 없을 만큼 화가 났다. 케말은 나를 모욕하는 데 혈 안이 되어 있었다.

"이 사기꾼은 한때 내 회사에서 말단 직원으로 일했습니다. 그렇지만 나약하고 불성실한 태도 때문에 해고할 수밖에 없었습니다." 기사는 이 렇게 시작하여 다음 문장으로 끝났다. "일 더하기 일도 할 수 없는데, 하 물며 초 단위 측정은 말할 것도 없는 이 사람이 역사적인 인물의 이름과 삶과 작품을 모독했습니다. 그것에 대한 책임은 다름 아닌 할리트 아야르시에게 있습니다!"

그날 나는 지금까지 쌓아올린 모든 것이 무너져 내릴 거라고 예감했다. 지난 일 년 동안 걸어온 길로 돌아갈 방법을 찾을 수 없음을 분명히 깨달았다. 이보다 더 끔찍한 운명은 없었다. 돈, 명예, 지위, 그러니까 내 삶 속으로 들어와서 별안간 그토록 많은 길을 열어주었던 모든 놀라운 마법이 물거품처럼 사라져버리려 했다. 가장 끔찍한 것은 기이하게 빛나는 셀마의 겁먹은 눈동자였다. 나는 그 눈빛을 우리가 만나기 시작했을 때부터 이미 감지하고 있었다.

나는 그날 또는 그 끔찍했던 순간부터 연구소 일에 정말 진지하게 매달리기 시작했다고 생각한다. 더 이상 진실이냐 거짓이냐의 문제가 아니라 사느냐 죽느냐의 문제였다. 나는 스스로에게 이렇게 말했다. "확실한 증거라는 것은 이제부터 내겐 사치일 뿐이야. 그 사실을 알아야만 해!" 그렇지 않으면 나는 다시 미래도, 그 어떤 것도 알지 못하는 사람이 되어 길거리를 돌아다닐 테지. 그러면 옛 생활이 다시 시작될 테고, 그 사이에 맛보았던 달콤했던 나날들 때문에 더 고통스럽고 견디기 힘든 삶을 살게 될 거야. 외로움, 불안, 모욕…. 반라의 모습으로 내게 미소를 보내는 이 아름다운 여인도 이제 한낱 아득한 꿈으로 여겨졌다. 아스라이 아침 안개가 낀 봄 바다를 바라보며 그 여인을 기다렸던 훌륭하고 고요한 집, 평생 가져보지 못했던 가구, 은밀한 영역, 이 모든 것이 내 실제의 삶을 형성했던 다른 한 무더기의 물건들과 함께 당장 사라져버릴 수 있었다. 셀마가 가져와서 꽃병에 꽂아둔 봄꽃조차도 돌연 시들어버린 것처럼 보였다.

그때 전화벨이 울렸다. 그 소리가 끔찍한 사건의 징후처럼 견딜 수 없게 느껴지며 온몸의 신경이 곤두섰다. 사실 벨 소리는 바깥세상에서 온

소환 명령이었고, 우리의 비밀 안식처에 대한 공격이었다. 나는 두려운 마음으로 수화기를 들었다. 할리트 아야르시의 가볍게 야유 섞인 목소리에 안도의 한숨이 나왔다.

"보셨습니까?"

"네, 봤어요. 우린 끝장입니다. 이제 어떻게 하시겠습니까?"

"우린 이제 다 망했소. 당신은 그냥 즐기기나 하시구려!" 할리트 아야르시는 비꼬았다.

그러나 이내 심각해졌다.

"상황이 그렇게 나쁜 건 아니에요. 하지만 가능한 빨리 대응을 해야 합니다. 당신은 지금 당장 핵심을 찌르는 답변을 준비하세요! 나는 케말의 약점을 찾아내 물고 늘어질 생각입니다. 그러면 한동안 여론이 움직일 것입니다. 그사이 정말 깜짝 놀랄 만한 성과를 얻게 될 겁니다. 아시겠어요? 뭔가 완전히 새로운 성과를. 친구도 적도 놀랄 만한 것을. 우리 연구소와 같은 기관은 늘 최신 여론에 민감해야 합니다. 명심하고 그에 따라 행동하세요! 그리고 행운을 믿어야 한다는 것만은 잊지 마세요!"

"다 쓸데없는 소리예요! 우린 망했어요! 나처럼 당신도 전락하고 말거예요. 그건 해결책이 될 수 없어요! 어서 짐을 꾸려서 슬며시 사라지는 게 최선이에요!"

할리트 아야르시가 껄껄 소리 내어 웃었다.

"그럴 필요 없어요, 하이리! 나는 자리를 지킬 겁니다. 당신도 제발! 우리처럼 중요한 일에 헌신하는 사람은 적 앞에서 물러서지 않아요!"

그의 냉철함과 자신감에 미칠 것 같았다. 점차 나는 그의 판단력을 의심하기 시작했다. 어쩌면 상황이 얼마나 심각한지 그가 전혀 파악하지 못하는지도 몰랐다. 그는 이런 나의 추측을 알아차리기라도 한 듯 다시 진지한 목소리로 말했다.

"물론 이건 미처 예상하지 못했던 강력한 타격이에요. 케말은 거짓말을 활용하는 방법을 잘 알고 있어요. 거짓에는 거짓으로 맞설 수밖에 없어요. 진실만으로 대하는 건 무력한 저항일 뿐이에요. 그는 우리의 무기로 우리를 쳤어요. 하지만 신경 쓰지 마세요! 나는 그런 일에는 행운의 별을 믿어요! 그럼 오늘 저녁에 봅시다!"

그는 상황을 정확하게 파악하고 있었다. 하지만 착각하고 있는 것이 하나 있었다. 케말이 관련되어 있는데 내가 어떻게 행운을 믿는단 말인가? 심지어 그는 내 운명의 저주와 같은 존재가 아닌가? 할리트 아야르 시를 만날 때까지 나는 케말이 밀어 넣은 시궁창 속에서 몇 년을 살았다. 인간의 마음은 얼마나 이상한가! 그런 생각을 하는 동안 그 남자의 아내가 반라의 상태로 내 옆에 누워 내 귀를 깨물며 사랑과 애무를 기다리고 있다는 사실을 까맣게 잊고 있었으니! 케말의 이혼에 정녕 나는 아무런 관련이 없었다. 그럼에도 그는 어떤 심증을 갖고 있었다.

할리트 아야르시와 통화를 마치자마자 또 전화벨이 울렸다. 이번에는 케말이었다. 그는 옛날과 똑같이 북극도 얼려버릴 듯 도도하고 정중한 목소리로 말했다.

"하이리, 남는 시간 있으면 잠깐 신문 좀 보시지. 당신이 즐거워할 만한 기사가 있으니!"

"벌써 읽었소, 케말, 벌써…" 나는 대꾸했다. "오늘 아침 오랜 지인이 신문을 가져왔더군요."

그 말과 동시에 나는 수화기를 내려놓았다.

케말은 셀마와 이혼했음에도 여전히 날 질투했다. 케말은 우리가 어디에 있는지 알고 있었다. 그는 우리의 뒤를 밟았다. 우리에게 강하게 집착했다. 그리고 이제 나의 모든 것을 순식간에 집어삼켰다.

셀마는 눈썹을 치켜뜨고 곰곰이 생각에 잠겼다.

"난 이해할 수가 없어요." 셀마가 입을 열었다. "그는 나를 사랑한 적이 없어요. 그 사람은 나를 초라하고 보잘것없는 여자라고 생각했어요. 집에서 나를 조화(彫花)라고 불렀지요. 나는 블라우스나 코트에 꽃을 달지 않고는 외출도 하지 못했어요. '넌 꼭 꽃을 달고 다녀야 해.' 그는 늘 이렇게 말했어요. '넌 나의 꽃이기 때문에 데리고 다니는 거야!' 그는 누군가가 자기 꽃을 칭찬하면 아주 기뻐서 어쩔 줄 몰랐어요. 아, 항상 그 음흉한 미소를 지으며!"

셀마가 나의 연인만은 아니었다는 것은 말할 나위도 없다. 그녀는 나의 과거라고 불리는 그 끔찍했던 시절에 대한 복수이기도 했다. 내가 과거에 대해 이렇게 말해도 되는 것 역시 그녀 덕분이었다. "그래, 그거요! 난 당신을 위해서라면 어떤 굴욕이라도 기꺼이 참을 수 있었어요. 그런 당신이 지금 내 품에 있다니! 더 뭐가 필요하겠소?" 옛 보스가 날 질투하는 걸 보니 야릇한 기분이 들면서 유난히 더 행복했다.

할리트 아야르시와 나는 케말의 기사에 대한 답변서를 작성했다. 나는 글 속에서 아주 순박한 처녀인 척했다. "누구든 운명의 장난의 대상이 될 수 있는데, 바로 내가 그런 일을 당했다. 내가 부당한 일을 당했다는 것은 틀림없다. 나의 거짓말이나 비열한 행위를 입증할 수 있는 사람은 없다. 나는 근본적으로 도덕적인 사람이며 케말은 자신이 나를 파멸시킬 수 없다는 것을 알았기 때문에 나를 해고했다." 두 번째 기사에서 나는 죄가 없다는 사실을 주장하면서, 내가 케말의 회사에 대해 알고 있는 몇 가지 내부 정보를 넌지시 내비쳤다. 이에 비해 할리트 아야르시가 연 기자회견에서는 좀 더 거칠게 케말을 몰아붙였다. 그리고 시계애호가협회의 홍보물 발행인은 자신의 불만을 거침없이 표출했다. 그렇지만 케말 역시 가만히 있지 않고 공격을 이어 나갔다. 우리는 다른 어떤 것, 전혀 다른 어떤 것이 필요했다. 이 사건을 망각하게 만들고 우리를 다시 순결하게 만들 뭔가. 내 평생 그렇게 노심초사한 적이 없었다. 하지만 아무것도 떠오르지 않았다. 할리트 아야르시도 나도 여론의 눈을 돌릴 만한 어떤 아이디어도 떠오르지 않았다. 우리는 흡사 공중에서 허우적거리는 것 같았다. 아무리 애를 써도 기존의 것을 넘어설 만한 생각이 떠오르지 않았다.

케말은 지속적으로 셀마와 나를 바짝 추격했다. 어디에서 만나든 우리는 늘 그의 전화에 시달렸다. 파키제는 그사이 익명의 편지를 연달아 받았다.

할리트 아야르시와 내 아내가 백가몬 게임을 하는 모습을 지켜보고 있던 어느 날 저녁, 앞에서 언급했던 현금징벌제도에 대한 생각이 퍼뜩 떠올랐다. 우리 상황이 얼마나 절망적인지를 할리트 아야르시에게 보여주기 위해 나는 불쑥 그 얘기를 꺼냈다.

"오랜 고민의 결실이에요! 우리 상황이 더 나빠질 수 있을까요!"

할리트 아야르시는 주사위를 던지고 자리에서 일어섰다. 그의 눈빛이 이상하게 고요했다.

"그 말 다시 한 번 해주실래요?" 그가 말했다.

그리고 내가 말을 마치기도 전에 내 아내의 목을 끌어안았다.

"살았어요! 완벽한 승리예요, 하이리!"

사흘 뒤 우리는 보너스, 복권, 특별수당, 삭감제도 등을 포함한 현금징벌 프로그램을 완성했다. 할리트 아야르시는 나의 아이디어를 알리기 위해 할리우드 방식을 도입했다. 몇 주 만에 사람들은 아흐멧 자마니 에펜디에 대한 모든 것을 잊었고 시간조정연구소는 창립할 때보다 훨씬 더 많은 인기를 누렸다. 우리는 그런 성공을 발판으로 시계애호가협회를 넘어 시간조정팀을 전국의 시골 마을에도 조직했다. 그사이 도시 전체가 우리 것이 될 정도로 시간조정연구소의 점포 숫자가 증가했다. 사브리예가 디자인한 유니폼을 입고 칼라에 배지를 단 소년 소녀 무리들을 보고 사람들은 즐거워했다.

그것으로 모든 것이 다시 제자리를 찾았다. 우리는 또다시 오늘의 챔피언이었다. 더군다나 예전보다 더 강력해졌다. 나는 사람들의 환호를 받았다. 기억할 만한 나의 과거, 나의 발명정신 그리고 성실함이 나날이 세상에 널리 알려졌다. 나를 찾지 않는 단체가 없을 정도였다. 솔직히 말해서 나는 이런 명성을 거리낌 없이 즐겼다.

나의 안경, 우산, 제대로 머리에 붙어 있지 않는 모자, 너무 큰 양복, 자유분방한 행동, 그리고 손에 든 염주에 이르기까지 모든 것이 이런 성공의 자양분이 되었다. 어디를 가든 사람들이 내 주위로 몰려들었고, 무슨 일이든 내 의견을 물었다. 나는 일반성의 척도를 거스르지 않는 방식으로 살았기 때문에 사랑을 받았다.

그럼에도 여전히 내 불행의 별인 케말이 존재했다. 언젠가 틀림없이 그는 다시 등장할 것이고, 그러면 모든 게 허사가 될 것이다. 할리트 아야르시에게 그 이야기를 하자 다시 질책이 이어졌다.

"당신은 일을 믿지 않기 때문에 그런 생각을 하는 거예요! 다른 것은 전혀 생각하지 않고 이익만을 위해 일한다면, 결국 지금 당신처럼 자기 자신을 탓하게 됩니다!"

"그럼 대체 뭘 어떻게 한단 말입니까?"

"당신 내면을 갉아먹는 그 벌레만 없다면, 당신은 케말도 그 누구도 두렵지 않을 겁니다. 당신의 두려움은 자신감 부족 때문입니다. 당신은 냉소주의자입니다. 당신은 돈을 위해서만 일하고, 오로지 당신 개인의 행복만 생각합니다. 우리가 연구소를 설립할 때도 그렇지 않았습니까? 당신은 모든 프로젝트와 거리를 두려고 하지 않았습니까?"

위험이 사라지자마자 나의 후원자는 과거의 일을 다시 입에 올리며 커다란 이상에 불을 붙였다. 그의 말이 아주 틀린 것은 아니었다. 결국 그는 이 게임의 프로듀서였다. 그는 그렇게 생각하고 행동할 수밖에 없었다.

하지만 나에게는 완전히 다른 문제였다. 케말은 내 과거의 아픔이었다. 내 삶의 일부였다. 그는 언제든 재발할 수 있는 암세포처럼 나의 내면에 살고 있었다.

8

그런데 그만 일이 터지고 말았다. 나는 뜻밖의 사건을 통해 케말과 마지막으로 조우했다. 그것으로 우리 연구소도 망하지 않고 내 돈도, 내 자리도 손상을 입지 않았지만, 셀마와 나는 몇 달 동안 그 사건의 그림자 뒤에 숨어 지내야 했다.

어느 날 아침 신문을 펼치자마자 그 기사가 한눈에 쏙 들어왔다. 케말과 네브자트가 제이네프의 전남편인 타이푸르에게 살해당했다는 내용이었다. 범행 후 타이푸르는 현장에서 자살을 했다고 한다. 그가 남긴 유서를 사건의 실마리 삼아 사브리예는 뒤엉킨 실타래를 끈질기게 파헤쳤다. 사브리예의 말이 맞았다. 제이네프는 사람들의 추측처럼 자살을 하지 않았다. 네브자트에게 깊이 빠진 제이네프의 남편이 그녀를 살해한 것이었다. 경찰은 제이네프가 몇 년 동안 쓴 일기장을 손에 넣었다.

이 세 건의 살인 사건은 그 잔인함과는 별도로 또 다른 의미가 있었다. 케말은 어디를 가든 모든 사람을 적으로 만들고, 독 오른 꼬리를 흔드는 작은 전갈처럼 사람들 사이를 휘젓고 다녔다. 냉정하고 불쾌하며 몹시 오만방자했던 케말이 그 자신이 분명 원하지 않았을 모습으로, 즉 사랑의 주인공이 되어 죽었다. 늘 자제할 수 있다고 떠벌리면서, 자신은

어떤 인간적인 약점과도 거리가 있다고 자화자찬했던 이 남자에게 운명
은—그에게 복수하고 그를 조롱하기 위해—하필 그런 최후를 준비하고
있었다. 사랑했고—자발적이 아니었더라도—사랑을 위해 죽을 수밖에
없었던 케말, 그것은 상상할 수조차 없는 일이었다. 그 상황 자체가 얼
마나 기괴한지, 케말 자신조차도 그것이 아주 은근한 조롱이라는 것도
알아채지 못한 채 분명 제일 먼저 웃음을 터뜨렸을 것이다. 그러고는 입
을 비죽거리며 무심코 "내가?"라고 반문했을 것이다. "말도 안 돼!" 그는
사람들을 집게로 쥐어짜고, 보이지 않는 지저분한 멍에를 씌워 조종하
고, 작은 꼬리를 흔들어 사람들을 독살하는 것을 좋아했다. 그는 바로
그런 것을 원했다. 하지만 죽음은 그를 어느 정도 아는 사람들까지도 속
아 넘어갈 정도로 그의 이미지를 바꾸어놓았다. 지금까지 그를 알지 못
했던, 그리고 죽음의 정황을 통해서만 그에 대한 얘기를 들은 사람들에
게 케말에 대한 기억은 전혀 다른 사람으로 남았다. 이상한 것은 신문기
사를 통해 알게 된 사람들에게 그는 성자 또는 훌륭한 동시대인으로 죽
을 수밖에 없었다는 사실이다. 살인은 분명 근본적으로 끔찍한 일이다.
하지만 케말이 타인의 손에 죽을 수밖에 없다면, 그는 닥치는 대로 맞아
죽어야 했다. 왜냐하면 그는 케말이었기 때문에, 주먹코에 찌푸린 좁은
이마, 매끄럽게 관리한 얼굴, 비음 섞인 가식적인 목소리, 반짝이는 작
고 예리한 눈을 지닌 케말이었기 때문이다. 하지만 그런 일은 일어나지
않았다. 그는 처음부터 끝까지 오해로 점철된 비극적인 소설 속으로 자
기 자신을 밀고 들어갔으며, 주변 사람들에게 마음을 터놓을 수 없었던
아름답고 내향적이고 매혹적인 불행한 여인의 죽음에 책임이 있었다.
앞뒤가 안 맞는 이야기였다.

그것은 케말 같은 사람에게는 아주 기이한 죽음이었다. 그는 다섯 살
때 어머니와 함께 어떤 집을 방문했는데, 그 집 수족관에서 물고기를 차

례차례 꺼내 눈을 후벼 파고 다시 물속으로 던져 넣은 뒤 죽음의 고통을 즐기던 그런 인물이었다. 평생의 삶이 그러했다. 그는 물고기에게 했던 짓을 자신이 알던 모든 사람들에게 똑같이 했다. 비록 눈을 후벼 파지는 않았지만 사람들을 갖고 놀았다. 아름다운 셀마는 그의 옆에서 자신의 인생을 허비하다, 이혼한 뒤에야 활력을 되찾았다. 점잖고 노련한 변호사 나일의 경우는 천식 발작이 돌연 멈추었다. 그는 케말과의 사이에 있었던 일에 대해서 아무한테도 말하지 않았다. 내게 셀마에 대해 많은 것을 알려주었던—물론 직접적으로 물어본 것이 아니라 다양한 대화 내용을 엿들은 것이지만—귀 밝은 사브리예조차 그것에 대해서는 아무것도 알지 못했다. 케말의 장례식에 참석하기 위해 같은 차를 탔을 때, 나는 나일이 새사람이 되었다는 걸, 말하자면 새로 태어났다는 걸 알게 되었다. 그는 불쑥 내게 이런 말을 했다. "나 자신이 너무 부끄럽습니다."

이 모든 일을 저지른 남자가 이제 그를 알지 못하는, 인생의 행복은 로맨스밖에 없다고 생각하는 무수히 많은 사람들의 뇌리에 신분이 다른 아름다운 젊은 여인과 비극적인 사랑을 나눈 주인공으로 각인되게 되었다. 케말은 셀마와의 수년간의 폭풍 같은 결혼생활에서 그랬던 것처럼 네브자트의 죽음에도 자신의 몫을 했다.

내가 타이푸르를 만난 건 한두 번 정도였다. 그는 냉혈한에 계산적이며 오직 자기 자신만 중요한 사람이었다. 그의 세련된 매너 뒤에는 많은 성격적인 결함이 숨어 있었다. 그는 충분히 준비만 된다면 어떤 범죄라도 저질렀을 것이다. 하지만 희생자를 난도질할 그런 살인마 같지는 않았다. 그런데 케말의 시신은 누군지 알아보지 못할 정도로 훼손되어 있었다. 이상하게도 주로 얼굴을 난도질당했다. 나는 이 부분이 매우 의미심장하게 여겨졌다. 범행 후 사건에 대한 자세한 내용을 적어놓을 정도로 매우 냉철했던 살해범은 그 얼굴을 보고 제정신을 잃었다. 그는 유서에 그것에 대해 진술했다.

케말은 다른 사람들에게 조언자를 자처하는 인물이었다. 그런 식으로 네브자트에게도 환심을 사서 그녀의 삶 속으로 밀고 들어갔다. 그는 다른 사람들 속에서 자신의 죽음을 찾는 사람이었다. 하지만 네브자트의 인생 이야기는 그야말로 인간 존엄성의 측면에서 훨씬 더 큰 분노를 일으킬 만큼 불합리한 것이었다.

우리의 벗, 시인 에크렘이 이 조용하고 내향적인 여인을 사랑했다는 것은 그리 놀랍지 않은 일이다. 하지만 그는 네브자트 스캔들에 어떤 책임도 없었다. 네브자트는 평생 남편밖에 모르고 살았다. 남편이 죽은 뒤 그녀의 성생활도 끝났다. 수년 동안 그녀는 결혼을 강요하는 타이푸르에게 시달렸다. 그리고 그런 이유 때문에 결국 타이푸르는 자신의 아내마저 살해했다. 그 이후 이런 사생활을 어떻게 알게 된 케말이 네브자트에게 노골적으로 접근하기 시작했다.

네브자트는 평생 주변 사람들의 억압 속에서 살았다. 질투, 사랑, 고집, 학대, 치근거림, 소유욕, 집착, 한마디로 인간 영혼의 끔찍한 톱니바퀴가 이 아름다운 여인에게 맞물려 있었다. 그녀 스스로 자신의 그림자를 만들어내는 것 같았다. 늘 주위 사람들에게 시달렸지만, 누구도 그녀를 이해하려고 하지 않았다.

어린 시절 그녀는 불평불만 많고 보잘것없는 언니한테 시달려야 했다. 부유한 아버지 덕분에 언니가 결혼을 해서 네브자트가 잠시 숨을 돌리게 되었을 때 살림이 나타났다. 병약하고 겁쟁이이며 이기적이고 우는 소리 잘하는 매력 없는 이 남자는 불현듯 자신이 네브자트를 사랑한다고 믿었다. 그래서 몇 년 동안 끈질긴 구애 끝에 순진한 소녀의 진실한 사랑을 불러일으키는 데는 성공하지 못했지만 적어도 그런 것 같은 착각이 들게 만들었다. 하지만 불행하게도 결혼한 지 2주 만에 젊은 아내는 자신이 남편을 사랑하지 않으며, 결코 사랑할 수 없을 거라는 사실을 깨달았다. 살림은 나약하고, 모든 점에서 그릇이 작은 사람이었다. 게다가 사실 그는 아내를 전혀 사랑하지 않았다. 그가 사랑이라고 부른 것은 집착에 지나지 않았다. 근본적으로 그는 소유하는 것이 중요했다. 그는 잃을까 봐 두려운 것만 사랑했다. 뿐만 아니라 유달리 명예심이 강했다. 그렇기 때문에 별다른 개성 없는 사람들 대다수가 그렇듯이 그에게는 모든 것이 문제였다. 결혼생활에 희망이 없다고 생각한 네브자트가 이혼 얘기를 꺼내자, 살림은 대뜸 이렇게 소리쳤다. "말도 안 되는 소리 하지도 마! 다른 사람들이, 내 친구들이 뭐라고 하겠어? 날 사람들 앞에서 조롱거리로 만들고 싶어? 게다가 난 너 없인 살 수 없어!" 그리고 그렇게 삼 년의 세월이 흘렀다. 그전부터 심장이 약했던 네브자트의 아버지가 심장마비로 숨지는 일이 발생했다. 딸을 한결같이 사랑했던 아버지는 네브자트가 행복하지 않다는 사실을 알고 있었다. 그래서 숨지기 전 남긴 몇 마디 말이 가족에게는, 아버지 죽음의 책임이 전적으로 네브자트와 살림의 결혼 때문이라는 인상을 남겼다. 그렇게 불쌍한 네브자트는 따가운 눈총 세례를 받았다. 남편의 친척들, 이웃사람들, 친구들 또는 심지어 그들이 사는 아파트 경비원조차 헤어지라고 말하는 괴로운 결혼생활 삼 년 만에 살림이 군 복무 중 자신의 잘못으로 발생한 사고로 인해 목숨을 잃었다. 결혼생활 내내 끔찍스러울 정도로 권태로웠던, 사랑과 여자에 대해 아무것도 알지 못하고, 아내를 잃을 위험에 처하거나 질투가 날 때만 네브자트를 사랑했던 전혀 맞지 않던 남편은 —그의 전 부대원들이 증언했듯이—겁 많은 성격 때문에 발생한 사고 전날 밤에 아내에게 한 통의 편지를 보냈다. 그 편지에서 그는 절망적인 상황과 그로 인한 자살 충동에 대해 언급했다. 목격자들은 입을 모아 사고에 석연찮은 부분은 전혀 없었다고 진술했다. 살림이 탔던 말은 부대

전체에서 가장 순한 녀석이었는데, 다만 사고 당시에 무엇 때문이었는지 깜짝 놀랐다고 했다. 살림 자신이 화들짝 놀라지만 않았다면, 말이 결코 그렇게 달아나진 않았을 것이다. 살림이 그저 살짝 뛰어내리기만 했어도 말은 얌전하게 살림 옆에 멈춰 섰을 것이다. 다른 기수가 그 말을 상대로 실험을 해보았더니 정말 그 자리에 멈춰 섰다. 겁쟁이 살림의 말 다루는 솜씨가 서툴러서 말이 흥분했고 결국 그것이 화를 불러왔다고 했다.

모두가 그렇게 알고 있었지만 편지를 읽은 네브자트는 남편이 자살을 했다고 믿었다. 게다가 살림의 친척들도 그렇게 믿었는데, 아내에 대해 많은 불평을 털어놓은 편지를 살림이 그들에게 보냈기 때문이었다.

설상가상으로 자기 아들을 한 번도 사랑한 적이 없고 구두쇠에 겁쟁이라 여겼던 살림의 어머니가 아들의 죽음을 기회 삼아 재빨리 젊은 과부의 집으로 들어왔다. 그 때문에 네브자트는 거의 신경쇠약에 걸릴 지경이었다. 그로부터 얼마 지나지 않아 제이네프는 남편이 삶에 지치고 억눌린 네브자트와 사랑에 빠졌다고 의심했다. 타이푸르는 네브자트와 결혼할 수 있을 거라는 정신 나간 희망을 품고 자기 아내를 살해하기에 이르렀다. 그는 자신의 범행을 횡설수설 네브자트에게 털어놓으며, 결혼을 강요했다. 그것으로 그 가련한 여인은—아버지를 포함한—세 사람의 죽음의 책임을 짊어져야만 했다. 그것이 네브자트의 보일 듯 말듯 조용한 미소 뒤에 숨어 있는 기구한 운명이었다. 우리는 악몽에 짓눌려 점점 파멸해가는 네브자트의 모습을 지켜보았다. 그녀가 전혀 관여하지 않았는데도 사람들은 죽거나 서로를 죽이고 그 책임을 그녀에게 전가했다. 네브자트에게 좀 더 강한 의지가 있었더라면, 이기심이나 자기 방어 기제가 있었더라면, 그런 쓸데없는 짐을 팽개치고 모든 것으로부터 자유로워졌을 것이다. 무엇보다 그녀가 왜 경찰에게 제이네프의 죽음의 진실을 말하지 않았는지 아무도 이해하지 못했다.

나는 처음 이 소식을 들었을 때, 내 딸이 했던 이야기가 떠올랐다. 딸은 옛날에 우리 집이 왜 그렇게 서로 얽히고설켜 복잡하게 살아야 하는지 이해해보려고 노력한 적이 있다고 했다. 그러면서 이런 말을 했다. "우리는 각자의 책임을 기꺼이 짊어지는 사람들이에요." 나는 무엇보다 이것이 열쇳말이라고 생각한다. 네브자트는 자신이 하지 않은 일에 대해서도 책임을 느끼는 사람이었다. 어쩌면 그런 성품은 교육이나 어린 시절 언니의 질투심에 시달렸던 경험에서 기인했을 수도 있다. 사브리예의 말로는 그런 상황이 그녀의 언니가 자살 소동을 벌였을 때부터 시작되었다고 했다. 네브자트는 저항할 수 없는 연약한 사람이었다.

무엇보다 그녀는 살림의 죽음을 자기 탓으로 돌렸다. 그때부터 네브자트는 심령술에 관심을 갖게 되었다. 하지만 무라트 이야기는 젊은 여인을 가능한 한 주변 사람들로부터 떼어놓으려 했던 시어머니가 지어낸 거짓말이었다. 무라트인 양 전화를 받은 것도 시어머니였다. 나는 이미 첫 만남에서 그녀의 날카로운 목소리를 듣고 깜짝 놀랐다. 수화기를 타고 들리던 종소리, 휘파람 소리, 벨소리는 왠지 으스스한 기분이 만들어낸 상상력의 산물임이 분명했다. 나는 평생 많은 사람들이 직접 관련이 있든 없든 거짓말을 떠받치는 것을 지켜보았다. 그렇기 때문에 사브리예의 설명을 듣고 전혀 놀라지 않았다.

제이네프와 매우 친했던 사브리예는 나중에 양측의 강요와 협박에 합세하여 노처녀의 직감으로 타이푸르와 네브자트가 꽤 진지한 관계라고 주장했다. 이로 인해 네브자트는 정식 경찰 조사를 받았고 더 큰 스트레스와 압박감에 시달렸다. 최종적으로 케말도 그것에 한몫했다.

살림의 어머니가 살아 있는 한 케말도, 타이푸르도, 사브리예도 결코 네브자트의 집에 쉽게 방문할 수 없었다. 거기서 열렸다는 심령술 모임도 무라트가 지어낸 얘기에 불과했다. 하지만 그 늙은 여인의 죽음과 함께 모든 장애물이 제거되었다.

사브리예의 말에 따르면 네브자트에 대한 케말의 애정에는 경제적인 이유가 있었다. 공금 횡령으로 해고를 당한 케말은 셀마의 유산을 압류당한 뒤 잽싸게 곤경에서 빠져나왔다. 그리고 유일한 희망이 네브자트와의 결혼이었기에 그 젊은 여인을 괴롭혔던 것이다.

셀마는 경제적인 고려가 어떤 역할을 했을 거라는 사실을 부정하지는 않았지만, 그럼에도 케말이 옛날부터 네브자트를 각별히 좋아했다고 주장했다. "케말은 여자를 좋아했어요. 특히 힘든 상대를 보면 도전의식을 느꼈어요. 네브자트가 너무 수도승 같은 생활을 했기 때문에 그녀에게 열중했을 거예요." 셀마의 말에 따르면 사실 케말은 예전에 이미 제이네프와도 그런 관계에 있었다.

타이푸르는 네브자트를 결코 이해하지 못했다. 그는 젊은 여자가 케말의 번지르르한 말에 넘어갔다고 생각했다. 실제로 타이푸르가 죽기 전에 남긴 편지를 보면 사랑보다는 질투와 분노, 증오의 감정이 더 크게 느껴졌다.

사람의 인생을 비참하게 만드는 데는 한 사람만으로도 충분한데, 네브자트의 불행은 네 사람이 동시에 그녀를 덮쳤다는 데 있었다.

9

처음에 나는 우리 연구소를 가급적 소그룹으로 유지하기를 원했다. 하지만 우리가 직접 뽑은 직원과 추천한 직원의 숫자가 빠르게 늘어나면서, 그런 제한이 가능하지 않게 되었다. 거의 날마다 지원서가 몇 장씩 도착했다. 나와 할리트 아야르시의 책상 위 전화기는 끊임없이 울렸다. 첫 달이 지났을 때 벌써 일가친척과 친구들이 별로 없다는 내 고민이 전혀 쓸데없는 것이었음이 분명해졌다. 그와 반대로 얼마나 많던지! 나는 예상치 못했던 옛 소꿉친구들과 학교 동창들의 충성에 감동했다. 내 몫의 지원자는 금방 다 채워졌다. 궁핍했던 시절 내가 불행하지 않도록 배려했던 사람들은 내가 친구들과 일가친척들을 얼마나 사랑하고 챙겼는지 증명할 기회를 주려고 경쟁했다.

나는 이러한 과도한 열기에 놀라 할리트 아야르시에게 조언을 구했다. 그는 이런 답변을 내놓았다.

"친애하는 하이리 이르달, 그런 경우 두 가지 방법이 있습니다. 모든 것을 우연에 맡기거나 지원자들을 분류하여 그중에서 뽑는 겁니다. 나도 똑같은 상황이니 둘 중 하나로 결정해야 합니다. 행운과 우연에 맡기는 경우, 제비뽑기 방법을 쓸 수밖에 없어요. 하지만 그 방법은 우리에게 불리하게 작용할 거예요. 만약 밖에서 사람들이 무슨 낌새를 채면, 좋지 않은 소리를 듣게 될 겁니다."

"그러면 지원자들을 등급별로 나누도록 합시다."

"네, 하지만 어떤 등급으로?"

"가장 경험 많은 사람들부터 찾아보죠. 예를 들면 정도의 차이는 있어도 일정한 시기 동안 특정 분야에서 일했던 사람들부터."

"그건 절대로 안 돼요! 당신은 경험이란 말을 잘못 알고 있군요. '경험했다'는 것은 완전히 소모됐다, 경직되어 있다, 익숙한 궤도 안에서만 움직인다는 뜻입니다. 그런 사람들은 전혀 쓸모가 없어요."

그렇다면 우리에게는 경험이 없는 사람들 중에서 선발하는 방법밖에 없었다!

"자, 그럼 경험이 없는 사람들 중에서 뽑도록 합시다!"

할리트 아야르시는 잠시 동작을 멈추었다. 그리고 벽에 붙은 차트 하나를 뚫어져라 응시했다. 이윽고 내 팔을 잡고 그쪽으로 이끌었다.

"이 차트는 시계를 좋아하는 아이들을 연구 분석한 겁니다. 그런데 내가 보기에 몇 군데가 전혀 맞지 않은 것 같아요. 이 파란색 부분은 글을 읽고 쓸 줄 아는 부모들의 자녀들 몫입니다. 원래는 선물용 시계의 몫으로 할당했었는데, 그건 이 노란색 부분으로 대신하면 됩니다…. 당신이 좀 고쳐줄 수 있겠습니까?"

나는 그가 요구한 대로 했다. 하지만 그 차트가 무슨 쓸모가 있는지 물어보지 않을 수 없었다. 그는 진지하게 나를 바라보았다.

"뭔가를 안다는 것은 한발 앞서 간다는 뜻입니다."

그는 우리의 본래 주제로 다시 돌아갔다.

"당신은 경험이 없는 사람을 어떻게 알아보십니까?"

"그건 한 번도 일해본 적이 없는 사람을 뽑으면 됩니다."

"하지만 그런 사람들은 일을 안 하려고 할 겁니다. 그건 더 좋지 않습니다. 그런 사람들은 관리가 어렵습니다. 불가능한 일이에요."

"그럼 이제 어떻게 하죠?"

"단 한 가지 해결 방법, 즉 지원자 리스트만 남았습니다. 물론 우리가 특혜를 준 사람들을 제외한 리스트 말입니다. 사람들에게 우연의 일치처럼 보이지 않게 하려면, 2순위 지원자를 뽑는 방법도 있습니다. 그렇게 하면 우리의 기회는 더 많아질 겁니다. 무슨 말인지 아시겠어요? 당신 노트에 적혀 있는 사람들 중 첫 번째 사람을 뽑아요. 그리고 두 번째는 건너뛰고, 세 번째 사람을 뽑고… 아니면 다른 방법을 쓸 수도 있습니다. 예를 들어 세 번째 사람을 뽑고, 네다섯 번째는 건너뛰고 여섯 번째 사람을 뽑고 그다음 넘어가고 열 번째 사람을 뽑는다거나… 그런데 당신은 가장 먼저 누굴 선택했죠?"

"당신도 아실 텐데, 아사프요! 그 사람은 지금 임시직 임금을 받고 있습니다만, 일은 없습니다."

할리트 아야르시의 얼굴이 일그러졌다.

"아사프는 게으름뱅이에요! 난 게으른 사람은 좋아하지 않아요. 특히 개인의 자유를 존중하고 직원들에게 특정한 일을 지시하는 것이 아니라 본성과 능력에 따라 스스로 일을 찾아서 해야 하는 우리 같은 현대적인 연구소에 그런 사람은 늘 위험한 존재입니다. 꼬박꼬박 출근하기는 합니까?"

"아사프는 늘 제일 먼저 출근해서 제일 늦게 퇴근합니다."

"그래서 무슨 일을 합니까?"

"지금까지는 아무 일도 하지 않았습니다. 그저 신문만 읽고 있습니다. 사실상, 당신이 신문을 읽으라고 지시했습니다."

"그런데 그가 신문을 읽던가요?"

"아닙니다. 네르민이 대신 읽고 있습니다."

"계속 그렇게 해야 합니다."

"네, 그런데 정규직에는 예산이 필요해요! 왜냐하면 임시직 봉급은 예산이 고갈되면…."

할리트 아야르시는 잠시 고민에 빠졌다.

"당신이 그 사람한테 맞는 자리를 찾아보세요. 일을 하지 않아도 되는 자리, 그의 게으름이 우리 연구소에 이익이 되는 자리. 그러면 그 문제는 해결될 겁니다."

"하지만 그런 자리를 위해 직원을 확보하는 건 좀 이상하지 않나요?"

"네, 이상하지 않아요." 그가 대답했다. "좀 더 정확히 말하면, 나도 잘 모르겠어요. 전혀 모르겠어요. 하지만 이런 큰 연구소에서 그런 자리 하나 정도는 찾아볼 수 있어야만 한다고 생각해요. 우리가 보류할 수밖에 없는 일을 넘겨줄 사무실 하나 정도. 당신의 절친한 친구 분은 틀림없이 해결할 수 없는 업무도 신경을 쓸 겁니다."

"그러면 그 사무실을 뭐라고 부를까요?"

"그 사무실도 이름이 필요해요? 아, 항상 이런 형식상의 절차! 어떻게 그렇게 일을 갑갑하게 하는지! 대체 어떻게 그런 꽉 짜인 규율에 맞춰 일을 해야 합니까?"

그는 방 안을 이리저리 돌아다니다 내 앞에서 걸음을 멈췄다.

"정말 이름이 필요할까요?"

"그렇게 생각합니다."

그는 체념한 듯 깊은 한숨을 내쉬었다. 이 문제로 인해 정말 크게 압박감을 느끼고 있는 것처럼 보였다.

"친애하는 하이리, 어느 날 내가 이렇게 애정을 갖고 세운 이 연구소를 떠나게 된다면, 분명 그 한 가지 이유는 바로 이 형식적인 절차 때문이라고 생각하시면 됩니다! 그 부서의 이름 때문에 이런 말을 한다고 생각하지 마세요! 나는 이미 오래전부터 그런 생각을 했어요! 왜 우리 시간을 그런 쓸데없는 짓에 허비해야 합니까? 그것 때문에 화가 납니다! 시간조정연구소 같은 기관이 하필 그런 것에 시간 낭비를 해야 하다니!"

그가 서비스 벨을 울리자 데르비스가 들어왔다.

"탁구장에서 내가 기다린다고 에크렘에게 전해주세요! 하이리, 당신도 올 거죠?"

할리트 아야르시는 탁구에 푹 빠져 있었기 때문에, 꼭대기 층을 탁구를 할 수 있는 공간으로 만들어놓았다. 나는 거기 있을 때면 테이블을 하나 따로 떼어놓고 혼자서 트럼프 놀이를 하면서 지루함을 달랬다.

"예, 알겠습니다." 내가 대답했다.

그는 다시 내 팔을 잡고 방 밖으로 이끌었다.

"우리는 너무 많은 시간을 허비하고 있어요. 그것을 바꿔야만 해요.

나는 이것을 차트로 만들 거예요! 그리고 당신 고모님이 오늘 저녁에 우리를 초대했으니 잊지 마세요!"

"네, 물론입니다! 그런데 이름은요?"

"오, 그거야! 보완대체 부서! 아시겠어요? 우리가 미루고 싶은 일을 그쪽으로 보내는 겁니다. 비서 두 명 정도면 되겠죠? 많은 인원은 필요 없어요!"

"한 사람만으로도 충분할 것 같은데요."

"아뇨, 둘이 나아요. 당신 고모가 추천한 젊은 남자와 다른 한 명은 내가 아는 정말 예의바른 소녀가 있는데, 그렇게 두 명으로 합시다. 아니면 당신만 좋다면, 당신 고모가 추천한 측근을 다른 부서로 보내고 그 대신 여자를 한 명 뽑도록 합시다. 여자 둘이 일하는 게 나을 겁니다. 마음도 잘 맞고."

일을 그렇게 마무리 짓고 우리는 탁구장으로 향했다. 단 하나의 진정한 목적이 시간 절약인 시간조정연구소에서, 탁구를 치면서 시간을 보내기 위해서였다.

10

나는 할리트 아야르시와 에크렘이 탁구를 치는 모습을 종종 지켜보았다. 그들은 멋졌다. 나이 차이에도 불구하고 비슷한 실력과 집중력을 갖춘 것은 물론이고 매우 자연스러웠다. 나는 그런 육체적인 활동을 잘 하지 못했기 때문에 가끔 질투가 날 때가 있었지만, 서로 번갈아 공을 주고받는 조화로운 모습, 둘이 똑같이 움직이는 모습을 감탄스러운 표정으로 지켜보았다. 마치 내가 내 몸에 복수를 하는 듯한 이상한 행복감을 느끼면서.

나는 늘 에크렘이 좋았다. 그는 나와 똑같이 뭔가에 또는 누군가에 의지하지 않고는 살 수 없는 사람이었다. 나를 대하는 그의 태도는 7년이 넘도록 변함이 없었다. 내가 인생의 밑바닥으로 떨어졌을 때도 항상 다정한 친구로서 예의 바른 행동을 보여주었다. 그는 한 번도 내가 우둔하고 무식하다는 사실을 느끼지 않게 행동했다. 더욱 놀라운 것은 나의 괴팍한 성격에도 한결같은 미소로 대했다는 점이다. 그래서 나는 연구소에 그의 일자리를 마련해줄 수 있어서 기뻤다. 비록 첫 번째 기회에 다시 그만둘 것을 권했지만. 할리트 아야르시가 그에게 매료되었다는 사실을 알았을 때도 나는 하나도 겁나지 않았다. 에크렘은 일반적인 계산법과는 너무 거리가 먼 사람이어서 그 누구의 영향도 받지 않을 것임을 알았기 때문이다.

그날 에크렘의 경기력은 엉망이었다. 원래의 그가 아닌 것 같았다. 사람이 바뀐 것 같았다. 움직임은 유연하지 못했고, 집중력도 떨어졌고, 반응은 너무 느리고 불안하며 침착하지 못했다. 공격할 때는 손이 몸보다 한 발 앞섰고 뭔가 생각에 빠져 있는 것 같았다. 네브자트에 대한 생각에서 헤어 나오지 못한 모양이었다. 대체 뭘 생각하는지 누가 알겠는가! 사랑하는 사람을 영원히 잃은 슬픔, 젊은 여인의 끔찍한 죽음과 그것이 우리에게 몰고 온 극심한 고통, 이 모든 것이 그를 아무것도 하지못하게 만들었다.

그는 네브자트가 현실에서 동떨어져 오직 자신이 만든 세상에서만 존재한다는 망상에 사로잡혀 있었다. 그는 이제 그녀를 전혀 다른 의미로 생각해야 했다. 이제야 겨우 그녀의 경직된 미소가 무얼 뜻했는지 헤아리기 시작했다. 그것은 서커스 곡예사의 미소였다. 허공에서 파트너가 쭉 뻗는 양손을 향해 몸을 던진 순간 아주 작은 실수 하나가 그의 목숨을 대가로 할 수 있다는 사실을 너무도 잘 아는 곡예사의 미소. 그것은 공허한 미소가 아니라 용감무쌍한 것이었다. 네브자트는 평생 지속되어온 불화를 감추었다. 에크렘이 그녀의 미소를 제때 고민해보았더라면, 자신이 그림자가 아니라 살아 있는 존재를 사랑하고 있다는 걸 알았을 것이다. 그는 몹시 후회했다. 네브자트의 희미한 미소는 그녀가 에크렘과 다른 모든 사람들에게 보내는 살려달라는 외침이었다.

에크렘은 네브자트의 순수하고 조용한 미소 속에서, 그가 세호자데바시의 커피하우스에서 내게 장황하게 설명한 바 있었던 아주 특별한 미학의 일례를 발견했다고 믿었다. 그는 그 미학을 내가 지금은 기억할 수 없는 어떤 영국 작가의 으스스하고 괴이한 이야기에서 차용했는데, '순수시의 미학'이라고 불렀다. 하지만 라미즈 박사에 따르면 그런 여성들은 순수하든 그렇지 않든 시와 전혀 관계가 없었다. 그런 의견을 밝힌 김에 그는 대개가 자살을 하거나 일찍 죽은, 에크렘이 사랑한 여자들에 대해 정신분석을 했어야만 했다. 하지만 그는 완벽한 의사 행세를 하며 그 여성들의 사망 원인은 악성빈혈이라는 진단을 내렸다. 에크렘은 그것을 조롱이라 여기고 전혀 들으려고 하지 않았다. 반면 맞은편에 앉아 호응을 하며 가장 잘 이해한 관객인 나에게 일고여덟 명의 작가와 철학자들이 관련된, 그래서 내게는 순수할 뿐만 아니라 복잡하기도 한 그 미학에 대해 계속 설명했다.

내가 에크렘과의 대화를 얼마나 이해했는지는 상상에 맡기겠다. 하지만 네브자트를 처음 만난 날, 내가 이렇게 혼잣말을 한 것만큼은 진실이다. '이 여인은 에크렘이 평생 사랑할 만한 그런 사람이군.' 인생 후반에 만나게 될 것들에 대해 우리는 가끔 너무 앞서 걱정근심을 하며 준비하는 데 익숙했다. 에크렘은 도서관에 있는 모든 책을 읽으면서 네브자트와의 로맨스를 준비했다. 하지만 우리의 상상과 처한 현실은 늘 서로 맞지 않게 마련이다. 에크렘이 자신의 미학을 실제로 만났다고 믿은 순간,

그는 세 건의 살인사건에 직면했다.

네브자트의 예술작품 같은 미소는 에크렘이 바랐던 것처럼 모든 근심을 벗어던진 훌륭한 영혼의 발산이 아니었다. 온갖 물질적인 것을 뛰어넘어 저 멀리 있는 별처럼 우리 눈앞에서 반짝이는 그런 영혼의 표현이 아니었다. 그 뒤에는 오히려 슬픔과 위협에 시달리는 어린아이의 절망이 숨어 있었다. 그리고 이제 에크렘의 눈에 보이는 것은 그런 자포자기의 심정뿐이었다.

그날 저녁 늦게 고모의 집에서 네브자트와 대화를 나누었다. 웬일인지 그녀는 케말의 손아귀에서 벗어나 있었다. 정확히 말하자면 고모가 케말을 붙잡고 있었다. 네브자트는 기회를 놓치지 않고 창가 모퉁이에 서서 밖을 내다보고 있었다. 그 순간 처음으로 그녀는 사랑스럽고 평화로운 얼굴의 가면을 벗었다. 냉담한 표정이 드러났지만 금세 생기가 돌았다. 이러한 네브자트는 우리가 알던 예전의 모습보다 오히려 장전된 총의 아름다움이 있었다. 나는 천천히 다가갔다.

"왜 여기 혼자 계세요?" 나는 호탕하게 용기를 내 물었다. "저기 에크렘이 기다리고 있어요. 그 불쌍한 사람에게 다정하게 말 좀 건네보세요. 벌써 몇 년째 당신을 기다리는 사람이에요!"

그녀의 표정이 부드러워졌다. 긴장을 좀 푸는 듯 했으나 완전하지는 않았다.

"에크렘…." 그녀는 중얼거렸다. "에크렘이 좀 더 강한 사람이었더라면, 일이 이렇게 되지는 않았겠지요."

이 말에 나는 세상에서 가장 어리석은 질문을 던졌다.

"에크렘에게 말해줄까요?"

그녀의 얼굴이 다시 굳어졌다.

"쓸데없는 소리 하지 말아요! 그게 무슨 소용이 있어요? 그런 건 저절로 일어나는 법이예요. 당신은 날 잘 알지 못해요. 어쩌면 그건 내 잘못이겠지요. 이제 모든 게 지긋지긋해요!"

이윽고 그녀가 내 팔을 잡았다.

"제발 내 걱정은 하지 마세요, 네? 날 좀 혼자 내버려두세요! 당신은 한때 사브리예와 무척 친했었지요. 그래서 난 당신이 싫어요. 당신은 오직 사브리예의 마음에 들기 위해서 제 생활을 캐묻고 다녔어요. 그러고는 갑자기 사라졌어요."

그녀는 눈을 감고 베개를 베듯 머리를 뒤에 기댔다.

"하지만 당신도 우리 집에 전화했잖아요?"

"네, 맞아요. 나는 사브리예가 나에 대해 무슨 얘기를 하는지 궁금했어요. 가능하다면 당신에게 그걸 알아내고 싶었어요. 하지만 이젠 다 지난 일이에요. 당신은 다시 돌아왔어요! 모두 다시 돌아왔어요. 그런 많은 사람들 속에 있다는 게 뭘 의미하는지 아세요?"

그녀는 잠시 나를 바라보았다.

"제발 날 좀 내버려두세요! 그리고 내 얘기도 더 하지 마세요. 아시겠어요?"

그녀는 사람들이 모여 있는 곳으로 조용히 발걸음을 옮겼다. 그 무리에 할리트 아야르시가 서 있었다.

그 대화는 오래도록 잊히지 않았다. 나는 이 사람들과 어울리고 그들로부터 인정받기 위해 온갖 노력을 다했다. 하지만 그로 인해 얼마나 많은 사람들이 상처를 받았는지 전혀 헤아리지 못했다. 나는 늘 내 관점에서만 자신을 바라보고 살았는데, 이제는 내가 정말 좋아하고 기꺼이 뭔가를 해주고 싶은 사람들의 시각에서 자신을 바라보았다.

그날 저녁 대화를 나누고 며칠 뒤 네브자트를 다시 만났다. 이번에는 고모와 함께 초대받은 세헤르의 집에서였다. 응접실에 들어서자마자 그녀의 목소리가 들렸다. 그 자리에서 돌아 나왔어야 했지만 그럴 수 없었다. 우리는 두 시간 동안 마주 앉아 있었다. 네브자트는 내게 한마디도 하지 않았다. 우리가 함께 나왔을 때—고모는 집까지 데려다주겠다고 자청했다—잠시 둘만 있게 되었다. 그때 네브자트가 내게 귓속말을 했다. "그날 밤 언짢게 해드려서 죄송해요!"

"난 당신이 아니라 나 자신에게 화가 났어요!" 내가 대답했다.

그날 이후 에크렘을 볼 때마다 네브자트의 말이 떠올라 가슴이 아팠다. 그는 반쯤 넋이 나간 것 같았다.

탁구 시합에서 잠시 정신을 집중한 그는 한동안 할리트 아야르시에게 전혀 기회를 주지 않았다. 하지만 그의 움직임은 다시 조급하고 불안해졌다. 그의 인생도 다르지 않을 것이다. 내가 무슨 말을 할 수 있을까?

그때 누군가 내 팔을 살짝 쳤다. 사브리예였다. 나는 몸이 굳었다. 며칠 전부터 그랬다. 길에서 그녀를 만나도 가능한 한 피했다. 그런데 사브리예를 연구소로 데려온 사람이 다름 아닌 내가 아닌가! 내가 대화를 피하는 걸 눈치챈 사브리예는 나와 거리를 두었다. 그녀는 작은 탁자 뒤에 앉아 카드놀이에 집중하기 시작했다. 입술은 꽉 닫혀 있었고 몸은 막대기처럼 뻣뻣했으며 얼굴은 이상할 정도로 창백했다.

할리트 아야르시는 잠시나마 에크렘이 게임에 집중하게 하려고 애쓰다가 모든 희망을 내려놓은 듯 게임을 중단했다. 에크렘은 얼굴의 땀을 닦았다. 나는 케말의 토막 난 시체를 다시 기억의 자루 속으로 쑤셔 넣었다. 그 잔상이 얼마나 오래 계속될까? 우리는 아래층으로 내려가면서 게으름뱅이 아사프의 사무실을 슬쩍 엿보았다. 보완대체 부서의 미래의 팀장은 쉰다섯의 불쌍한 여인인 사무실 사환 퀼쉼을 억지로 껴안으려하고 있었다. 우리는 그 예상치 못한 우스운 광경에 웃음을 터뜨릴 뻔했다. 할리트 아야르시가 내 팔을 잡아당기는 통에 우리는 까치발로 살금

살금 물러났다.

"어떻게 생각하세요?" 내가 물었다. "명단 두 번째 줄에 있는 사람을 채용해야겠어요!"

나는 어떻게 그런 사람들만 선택하는 요령이 있었는지! 가련한 사람 에크렘, 마녀 사브리예, 그리고 노망난 바보 아사프….

"다행히 라미즈 박사는 당신의 지인이군요!" 나는 말했다.

할리트 아야르시는 외투를 입었다.

"보완 팀은 잘될 겁니다. 사실 앞날이 기대되는 부섭니다. 하지만 내가 얘기한 소녀들은 다른 부서로 배치하세요. 아마 여비서들은 모두 같은 곳에서 일하도록 해야 할 겁니다. 그리고 당신은 걱정할 필요가 없습니다. 그때 상황에서는 친구들을 선택할 수 없었으니까요. 당신은 그 사람들이 당신에게 동냥을 주었다고 생각하지만, 사실 그들이 당신에게서 도피처를 찾은 거예요."

"사브리예도요?"

"아뇨. 사브리예는 당신을 이용하고 싶어 했어요. 그건 명백한데, 당신이 그 사실을 전혀 확신하지 못하는 겁니다."

가는 도중 할리트 아야르시는 요즘 에크렘과 탁구를 치면서 얼마나 힘들었는지 설명했다.

"난 항상 사랑을 피했습니다. 그 누구도 사랑해본 적이 없어요. 그건 어쩌면 결점이긴 하지만 고민하지 않습니다. 사랑의 숙명은 그것이 준 기쁨의 대가를 어떻게든 치르도록 한다는 겁니다. 어떻게 해서든 치러야만 합니다. 설령 아무 일이 일어나지 않는다 해도, 불필요한 관계보다 더 끔찍한 것은 없어요…."

나 자신은 이미 그 대가를 치르기 시작했다. 불쌍한 셀마는 절망감에 사로잡혀 있었다. 그녀는 케말과 네브자트에 관한 끊임없이 이어지는 상념을 멈출 수 없었다. 새벽녘까지 악몽을 꾸느라 잠도 제대로 자지 못했다.

어떻게 그 두 사람을 잊을 수 있으랴? 나는 케말에 대해만큼은 일말의 동정심도 없었다. 그가 그런 끔찍한 운명의 심판을 받지만 않았더라면, 나는 그에게서 해방되었다는 사실에 몹시 기뻐했을 것이다. 하지만 그것이 나와 상관없는 사건이 아니라는 생각이 계속 신경을 건드렸다. 네브자트가 머리를 뒤로 기대려 했던 모습과 그날의 대화를 아무리 애를 써도 떨쳐버릴 수가 없었다.

고모네 집 문 앞에서 갑자기 할리트 아야르시가 내 팔을 잡았다.

"그 음악도를 위한 좋은 일자리를 지금 찾았습니다. 이름이 마시트라고 했나요? 그 젊은이는 늘 지휘자를 꿈꾸었어요. 백 명 규모의 우리 강당에 타자기를 갖다놓고 그 앞에 어린 소녀들이 모두 앉게 하는 겁니다! 그리고 그들 앞에 긴 의자를 놓고 지휘자가 봉을 들고 서 있도록 하는 겁니다! 그러면 모든 사람들이 그의 지휘에 따라 일을 합니다. 함께 박자를 맞춰 타자기로 A, B, C를 칩니다. 오, 친구여, 그건 정말 특별한 광경일 겁니다! 보세요, 당신은 조금 전에 게으름뱅이 아사프를 추천했다는 사실 때문에 한탄했어요. 우리는 그의 딱한 행동을 보면서 독창적인 생각을 하게 되었어요. 당신과 나의 개인 비서들만 제외하고 모든 직원들을 단 하나의 커다란 공간에서 일하게 합시다! 현대에 맞는 현대적인 노동…."

고모 집에 들어서자 두 개의 응접실이 사람들로 꽉 차 있었다. 나는 평생 그렇게 많은 사람들을 본 적이 없었다. 몇몇 지인을 제외하고는 전세계 북과 남, 극동과 중동에서 온 외국인들이었다. 처음 30분 동안 할리트 아야르시와 고모는 내 손을 이끌고 세계 각국에서 온 사람들에게 소개했다. 그래서 점차 모든 사람이 나를 알게 되었다. 간신히 나는 구석으로 물러섰다. 고모의 집 사방 벽에 시간조정연구소의 슬로건과 차트들이 걸려 있는 것이 보였다. 여덟 시경 불이 꺼지고 짧은 영화 한 편이 상영되었다. 첫 시간조정정거장의 공식적인 개장! 나를 포함한 모든 사람들은, 귀빈들에 둘러싸여 빨간 테이프 앞에서 손에 종이 파일을 들고 큰 소리로 연설을 하다 드디어 한 어린 소녀에게 시계를 맞추라고 지시하는 하이리 이르달과 비슷한 사람을 보았다. 세상에, 그 소녀의 미소가 얼마나 사랑스럽던지! 그때 왜 나는 참석하지 않았을까? 두 번째 영상은 연구소 개소식 모습을 보여주었다. 하지만 나는 할리트 아야르시의 그늘에 가리어 있었다. 거기에 어떤 사람들이 있었던가! 할리트 아야르시는 어떻게 참석 자체만으로 나뿐만 아니라 다른 모든 사람들 사이에서도 빛이 나는가? 불이 다시 켜지고 내게 자신을 소개했던 사람들이 나와 할리트 아야르시 사이를 이리저리 순례했다. 내가 눈치채지 못하도록 했지만, 할리트 아야르시는 사람들이 이미 나에 대해 모든 것을 숙지하도록 신경을 썼다. 셔벗장수의 다이아몬드, 세이트 루트풀라흐, 아흐멧 자마니, 성스러운 물건, 누리 에펜디, 이 모든 이름들이 마치 색종이 조각처럼 내 머리 위에서 쏟아져 내렸다. 할리트 아야르시와 나에 대한 관심은 한 잔씩 마실 때마다 점점 더 높아져갔다.

내 인생을 통틀어 그날 저녁만큼 많은 얘기를 한 적이 없었다. 나는 거의 모든 사람들에게 내가 알고 있는 거의 모든 이야기를 했다. 그리고 내가 어떤 외국인과 이야기를 하든, 신기하게도 그때마다 내 말을 통역해주는 사람이 옆에 있었다. 할리트 아야르시가 신경 쓰지 않는 것이 있을까? 그사이 나는 커다란 벽시계를 찍은 사진 백 장 또는 백오십 장에 사인을 했다. 얼마 뒤 그 이유를 깨달았다. 고모가 두 번째 응접실에 서서 방문객들에게 시계를 소개하고 있었다. 그것은 로코코 양식의 아라비아 글자가 쓰인, 네 면이 상아로 장식된 시계였는데 우리의 오래된 시계보다 더 컸다. 모든 사람들이 이미 그 시계를 알고 있는 것처럼, 심지어는 감탄을 금치 못하는 것처럼 보였다. 안경을 썼든 안 썼든 수백 개의 눈이 그 시계에 머물렀고, 사람들이 그 시계 곁을 분열 행진했다. 그 것은 역학과 자동 기계장치에 대한 열광이 전성기를 구가했던 18세기 초 독일에서 제작한 값비싸고 희귀한 시계였다. 만약 전문가가 세심하게 관리를 하거나 제대로 태엽을 감을 수만 있다면 정교한 기술을 보여 주었을 것이다. 시계는 그렇게 위풍당당한 모습으로 서 있었다. 하지만 너무 많은 사람들에 둘러싸여 제대로 볼 수가 없었다.

고모는 어깨에 검은 숄을 두르고 가슴께에 레이스가 달린 검은 옷을 입고 있었다. 머리는 염색을 하고 얼굴엔 덕지덕지 화장을 했으며, 다이아몬드와 진주를 주렁주렁 달고 평소보다 더 호화롭고 별난 모습으로 서 있었다. 한 손은 지팡이에, 다른 한 손은 다가오는 사람의 팔에 의지한 채 가짜 성물을 소개하기 위해 우선 그의 이름을 부른 뒤, "이것이 우리 집안의 가보로 내려오는 성스러운 시곕니다"라고 소개하고 "당분간 우리 집에서 보관할 겁니다"라고 덧붙였다.

그런데 난데없이 시계가 울리기 시작했다. 아마 15분을 알리기 위한 소리인 것 같았다. 진짜 성물 시계보다 아름다운 소리였지만, 너무 커서 제대로 들을 수조차 없었다.

시계 글자판 한가운데 있던 작은 문이 열리면서 화가 오스만 함디의 그림에 등장하는 수도사 복장을 한 노인이 나와 "환영합니다!"라고 외치며 다시 사라졌다.

"세이흐 아흐멧 자마니 에펜디입니다."

고모의 선언에 손님들은 기쁨과 놀라움으로 박수갈채를 보냈다.

하지만 가장 이상하고 우스꽝스러웠던 것은 예전에 하루 종일 우리 시계를 지켜보아서 그것을 아주 잘 아는, 그리고 그사이 내가 시계를 팔아먹었다는 걸 아는 라미즈 박사가 바뀐 성물 시계를 놀란 눈으로 살펴 보았다는 것이다. 그는 불안한 마음을 진정시킬 수 없어, 결국 나를 구 석으로 데려가 귀에 대고 심각하게 속삭였다.

"성물 시계가 너무 많이 바뀌었어요. 대체 어떻게 말해야 할지, 장식 이 너무 과해요!"

나는 그의 손에 위스키 잔을 쥐어주었다.

"맞아요! 돈과 물질적 풍요로움과 탐욕이 노골적으로 드러나 있어 요!"

"아무리 그래도 너무 심해요! 옛날에 성물 시계는 소박한 아름다움이 있었어요. 당신 고모한테 얘기해서 어떻게 해볼 수 없어요?"

"불가능해요! 우리는 아무것도 할 수가 없어요! 벌써 여러 차례 잘 이 야기해봤지만 고모는 전혀 귀담아 듣지 않아요!"

"하지만 해결책을 찾아야만 해요! 아무것도 할 수 없다면, 적어도 저 노인상의 가슴께에 붙은 훈장이라도 떼어내야 합니다!"

"할 수 있다면 한번 해보시죠! 고모는 그것을 술탄 아지즈로부터 받 았다고 주장했어요. 그리고 고모 옷 입은 것 좀 보세요! 또래 여자들도 그렇게 옷을 입나요? 우리 가족이 그렇습니다! 나이에 맞지 않게 과감 하게 행동을 합니다. 그 성물 시계는 어쨌든 우리 가족의 일붑니다. 내 가 뭐라고 해야 할까요? 나도 늙으면 어떻게 행동할지 두렵군요!"

"아뇨." 신뢰할 만한 친구가 대꾸했다. "내가 있는 한 당신은 두려워 할 필요 없습니다. 게다가 당신을 치료한 사람도 결국 납니다."

나는 고맙다고 말할 새도 없이 다시 고모의 손님들에게 둘러싸였다. 짐꾼 노새처럼 모조 진주와 작은 방울들, 목걸이와 반지를 주렁주렁 매 단 한 여인이 우리 가문이 본래 아흐멧 자마니의 후손인지, 성물 시계가 제작된 연도와 가문의 역사가 비슷한지 물었다. "이 사모님께 성물이 우리 할아버님의 유산이라고 말씀드리세요." 나는 통역사에게 그렇게 지시했다. 또 다른 여성은 시계의 보관 장소를 바꾸어 다른 가족의 집을 방문하는 일이 자주 있는지 알고 싶어 했다. 그래서 나는 그건 드문 일이지만, 의사의 권고에 따라 그렇게 한다고 말했다. 그러자 또 다른 사람들은 그 의사가 누군지 호기심을 보였다.

"물론 사람도 고령이라면 많은 의사가 필요합니다. 현재의 주치의는 라미즈 박사님입니다." 나는 대답과 동시에 사랑하는 친구를 가리켰다.

나는 그가 뒷일을 잘 해결할 거라고 확신했다. 그래서 손님들이 모두 라미즈 박사에게 몰려드는 동안 로비를 통해 빠져나왔다.

우리는 모두 할리트 아야르시의 손에 조종되는 꼭두각시나 다름없었다. 그는 자신이 원하는 곳으로 우리를 데려다놓았다. 그러면 우리는 우리의 역할을 외우기라도 한 것처럼 연기했다. 그에 대한 나의 감정은 분노와 화가 뒤섞인 것이었다.

왼편으로 제흐라가 보였다. 제흐라는 새로 맞춘 원피스의 치맛자락을 넓은 소파에 쫙 펼쳐놓고 앉아 있었다. 잔을 공중에 흔들며, 자기가 알지 못하는—어쩌면 그들 모두 너무 잘 아는—언어를 하는 소년들에 둘러싸여 시시덕거리고 있었다. 타크리비 아흐멧 에펜디의 손녀는 그날 저녁 정말 예뻤다. 주변의 모든 사람들이 그녀를 보고 감탄을 금치 못했다. 나는 제흐라의 사랑스러운 몸짓과 꼿꼿이 세운 턱을 바라보았다. 정말로 행복해 보였다. 제 엄마를 얼마나 닮았던지! 소년 한 명이 뭔가 먹을 것을 갖다 주자, 제흐라는 접시를 무릎 위에 올려놓고 편안하게 먹기 시작했다. 나는 제흐라가 우리 집의 오랜 관습을 잊지 않은 것이 기뻤다. 최근 몇 년 간 우리는 마른 빵을 그렇게 무릎 위에 올려놓고 먹었다.

그때 별안간 파키제가 다가왔다. 정말 매력적인 옷을 입고 있었다. 나는 그녀가 그 드레스를 언제 맞췄는지 알지 못했다. 하지만 원단은 어디선가 본 듯 했다. 얼룩무늬 스카프를 두르고 작은 핸드백을 든 파키제의 모습은 우아했다. 게다가 얼마나 의기양양한 미소를 지어 보이던지! 나는 이번엔 또 어떤 배우를 흉내 내고 있는 건지 궁금했다. 파키제는 환하게 웃으며 내 팔짱을 꼈다.

"아, 하이리! 내가 얼마나 행복한지 잘 모를 거예요! 당신을 남편으로 선택했을 때 이미 이런 날이 올 줄 알았어요!"

"지금까지 내가 당신을 선택했다고 생각했는데, 아니면 풍습이 바뀌었나?"

"당신은 나를 볼 때마다 늘 옛날 방식으로 되돌아가는군요. 하지만 그게 무슨 소용이에요. 어쨌든 난 지금 행복해요. 그리고 그 성스러운 시계를 여기서 다시 만나서 정말 기뻤어요! 내가 그걸 얼마나 좋아했는지 당신은 알 거예요. 휴일이면 늘 그 시계에 입을 맞추었잖아요."

"당신은 이 모든 게 좋은가 봐?"

"그럼요! 늘 기대하고 있었는데, 당신이 그 시간을 좀 연기했을 뿐이에요!"

아내 뒤쪽으로 양손에 잔을 든 불독처럼 생긴 쉰 살가량의 남자가 서 있었다. 내 자리를 차지하려고 내가 비켜서기만을 기다리면서.

"당신은 어째 저런 사람을 끌고 다녀?" 내가 물었다. "좀 더 나은 사람은 없소?"

"당신 팬이에요. 당신에 대해 계속 물어요. 아마 기잔가 봐요."

이윽고 파키제는 낮은 목소리로 이렇게 덧붙였다. "오늘 저녁 당신의 성공은 말로 표현할 수 없을 정도예요!"

그제야 아내는 내가 그녀의 옷을 보고 있다는 걸 눈치챘다.

"당신, 알아보겠어요? 팔려고 했지만 아무도 사지 않은 아버님의 모피예요. 좀먹은 구멍을 조금 수선했어요. 돈이 꽤 많이 들었어요."

그래서 좀이 슨 원단에 황금빛 작은 별들이 반짝거리고 있었군!

나는 기다리고 있던 불독 같은 남자에게 아내를 넘기면서 이렇게 생각했다.

'그럼, 이 녀석하고 행복한 시간 보내라지! 이놈이 널 게걸스럽게 먹어치우지는 못할 거야!'

문 가까이에서 "헬로!" 하는 소리가 들렸다. 주위를 둘러보니 앞쪽으로 처제가 보였다. 그녀는 전혀 어울리지 않는 빨간 원피스를 입은 채 마치 칼집에서 급히 뺀 단도처럼 그녀를 둘러싼 남자들을 놀리며 시시덕거리고 있었다. 처제는 편자 두께의 금속 귀걸이를 하고 있었다. 나는 군대 시절 빼서 버렸던 낡은 편자를 떠올리며 애처로운 마음을 금치 못했다. 우리 집 경제 수준에서 따를 수 있는 최신 유행! 처제가 무리에서 벗어나 나를 향해 다가왔다. 그리고 온몸의 무게를 실어 내게 기댔다.

"오늘 저녁엔 형부가 제일 멋져요!"

최근 그녀는 그런 식으로 과하게 아첨을 하곤 했다. 십중팔구 라미즈 박사의 심리 치료 영향일 것이다. 나는 처제를 조심스럽게 밀어냈다.

"처제, 가서 어서 즐겨! 그리고 이왕이면 향수는 다른 걸 쓰는 게 어때?"

그녀는 내 말에 개의치 않고 손수건을 코에 갖다 댔다. 그리고 내가 한 번도 들어보지 못한 향수 이름을 큰 소리로 말했다. 그러면서 배를 움켜잡고 깔깔거리며 웃었다.

틀림없이 곧 처형도 등장할 것이다. 열 시 무렵이면 유흥주점 공연이 끝나기 때문이다. 그러면 그녀는 자신을 유명하게 만든 노래를 전부 부를 것이다. 나는 응접실을 통해 뒤쪽 방으로 갔다. 그곳은 좀 더 조용한 분위기였다. 그곳 바닥에 놓인 커다란 화로 주변에 세헤르와 사브리예와 네르민이 남자 몇 명과 함께 앉아 있었다. 그들은 라키를 마시고 있었다. 라미즈 박사가 가르쳐준 대로 자칭 베크타시 수도사들이 하는 방식대로, 서로 건강을 축복하며 잔을 손으로 반쯤 감싸고 마셨다. 그들은 내게도 마시라며 부추겼다. 나는 라키를 좋아하지 않고 위스키만 마셨다. 그때 아흐멧 또래의 젊은 남자가 건들거리며 일어나서, 바지 뒷주머니에서 납작한 화주 병을 건넸다. 나는 아들을 떠올리지 않을 수 없었다. '바보 같은 녀석!' 나는 잠시 생각에 잠겼다. '자신의 진실함을 증명하기 위해 지금 흐릿한 학교 전등 밑에 웅크리고 앉아 있겠지! 이겨낼 수 있을지! 그렇게만 해준다면! 우리가 서로 양보하는 것을 받아들이는 법을 배울 수만 있다면! 그런데 가능할까?' 나는 젊은이에게 술병을 돌려주었다. 탄산 냄새가 났다. 그의 무릎에 반쯤 걸터앉은 늙은 유한마담 뒤편에서 라미즈 박사가 거의 알아들을 수 없는 소리로 "아니, 당신 어디로 가는 거예요?"라고 외쳤다.

언저리에 나무 수저를 꽂은 커다란 소고기 필래프 그릇을 든 하인들이 지나다녔다. 그들 뒤를 한 무리의 남자와 여자들이 동냥그릇 같은 접시를 들고 따랐다. 점잖게 생긴 프랑스인이 내게 미소를 지으며 말을 걸었다. 아마 비슷한 또래이니만큼 그의 말을 이해할 거라 여긴 것 같다. 나는 간신히 "소고기 필래프를 먹으러 갑시다"라는 뜻임을 알아들었다. 나는 현대 사회에 무지한 것 같은 그 불쌍한 사람을 멍하니 바라보았다. 그는 내가 왜 놀랐는지 이해하지 못하고 샴페인이 있는 곳을 손으로 가리켰다. 그래서 우리는 팔짱을 끼고 그쪽으로 향했다. '어쩌면 이게 좋겠어!' 나는 생각했다. '어떻게든 내게 도움이 될 거야. 사람들과 어울리려면 갈등이 없을 수 없어. 어떻게든 주변 사람들에게 맞춰야 해. 그렇지 않으면 인생이 무척 힘들어질 거야.'

정말로 나는 샴페인의 힘을 통해 활기가 생기는 걸 느꼈다. 셀마가 보고 싶었다. '셀마가 여기 있다면 얼마나 좋을까!' 하지만 셀마는 없었다.

케말이 죽은 이후 병석에 누웠기 때문이었다. 어느새 나는 에크렘을 신경 쓰고 있었다. 그는 긴장하고 집중한 채 어딘가를 보고 있었다. 잠시 뒤 나는 그가 소파 위에 있는 나시트의 사진을 응시하고 있다는 걸 깨달았다. 그 소파는 한 달 반 전 나시트와 함께 앉아 이야기를 나누던 곳이었다. 그것이 내게는 우습고 어리석은 일처럼 보였다. 나는 그 모습을 인정할 수가 없었다.

나는 다시 현관 홀을 지나 한때 나시트의 사무실이었던 오른쪽 첫 번째 방으로 갔다. 나는 그 남자를 좋아하지 않았던 터라 그 방은 처음이었다. 고모가 집을 안내해줄 때 그곳에 있다는 가장 편안한 안락의자를 언급한 적이 있었다. 나는 뒤쪽으로 문을 닫았다. 많은 그림으로 잘 꾸며놓은 훌륭한 공간이었다. 그러나 가장 흥미로운 것은 안락의자 맞은편에 있는, 나시트가 실제로 사슴을 비롯한 크고 위험한 동물들을 죽이기라도 한 것 같은 다양한 크기의 칼과 사냥총으로 이루어진 문장 비슷한 장식품들이었다. 그리고 아리스티디 에펜디의 약국 쇼윈도에 있던, 두 눈을 질끈 감고 인생에 대해 고뇌하는 태아 둘을 포름알데히드에 담은 유리병 위쪽 중앙에 박힌 독수리 문장이 나를 날카롭게 바라보았다. 몇 년 전부터 빛바랜 날개를 쫙 펴고 언젠가 있을 비상을 기다리는 것처럼 보였다. "그때 우리는 서로 얼마나 악의 없는 거짓말을 주고받았던가!" 나는 혼잣말을 중얼거리며 잠에 빠져들었다.

일어났을 땐 이미 날이 샌 뒤였다. 하지만 여전히 축제의 시끌벅적한 소리가 들렸다. 나는 눈을 떴다. 할리트 아야르시가 앞에 서 있었다.

"어때요? 굉장하지 않습니까? 밤새 찾아다녔어요. 어떻게 이렇게 멋진 밤에 홀로 빠져나갈 수가 있어요?"

그가 간밤에 일어난 이야기를 조곤조곤 차분하게 설명하는 통에 나는 한마디도 할 수 없었다.

"당신 고모는 정말 훌륭하신 분이세요. 늘 한결같아요. 당신도 이 정도면 나쁘지 않아요! 어서 일어나요. 당신을 만나러 먼 길을 마다하지 않고 온 사람이 있어요. 소개해 줄게요. 반 훔베르트라는 뛰어난 과학자예요."

나는 기지개를 켰다.

"파티가 아직도 안 끝났어요? 끝날 기미도 없어요?"

"네, 우리는 이제 시작이에요. 갓난아이나 마찬가지예요."

"다 좋아요. 하지만 지금 이 게임이 어떻게 될지 나한테만큼은 알려주세요! 지금까지 모든 것이 계획대로 순조롭게 이루어졌어요. 그런데도 정말 이런 연극이 필요합니까?"

할리트는 나시트의 책상에 기대앉았다.

"정말 모든 것이 순조롭게 진행되고 있습니다. 하지만 우리뿐이에요. 이 세상에 우리뿐이라고요. 난 혼자인 게 싫어요, 아시겠어요? 이렇게 훌륭하고 귀중한 연구소는 온 세상에 계속 생겨야 합니다. 내가 원하는 건 정확히 그거예요. 당신도 그러리라 믿습니다!"

11

대화 도중 라미즈 박사가 소란스런 소리와 함께 들이닥쳤다. 그는 한껏 기분이 부풀어 오른 상태였다. 머리카락은 마구 헝클어졌고 재킷은 심하게 한쪽으로 쏠려 있었다. 어깨 위로는 넥타이가 펄럭거렸다. 그는 양손으로 거구의 여인을 방 안으로 밀어 넣었다. 앞서 언급한 화로 주변에서 벌어진 수도사 의식에서 라미즈 박사를 거의 짓눌러버릴 듯 체구로 압도했던 여자였다. 그녀는 8년 전 박사의 학문적 노고를 재정적으로 후원하고 그의 외로운 사생활에 백삼십 킬로에 달하는 육중한 몸을 내주었던 또 다른 여인과 놀라울 정도로 닮아 있었다. 그 여자는 박사를 위해 전 재산을 넘겨주었다. 그리고 결혼생활의 중압감에서 벗어나 도피처를 찾기 위해, 성적인 쾌락을 위해 자기 몸도 기꺼이 내주었지만, 그것이 라미즈 박사의 정신분석의 대상이 되는 것은 용납하지 않았다. 박사는 우리를 보자마자 영화배우처럼 멋지게 새 연인의 허리를 붙잡고 무슨 말이라도 하려는 듯 오른쪽 어깨를 향하고 있던 턱을 돌렸다. 하지만 할리트 아야르시가 손가락을 입에 갖다 대고 말하지 말라는 시늉을 하며 술에 취해 소파에서 잠든 여자를 가리켰다.

"어서 오시게, 박사. 하지만 제발 좀 조용히 해줘. 이 여인의 기분이 별로거든!"

그는 라미즈 박사에게 내가 앉아 있던 안락의자를 가리켰다.

"저 의자는 정말 편해! 우리는 갈 테니, 편하게 놀게!"

할리트 아야르시는 그 말을 하면서 미소를 지었다. 나는 그 냉소적인 미소에 매료당했다. 그런 완벽한 냉소를 습득한 사람이라면, 남은 인생에 대해 관대해질 것이다. 냉소적인 태도는 인간적인 모든 것을 부정하기 때문이다. 완벽하게 냉소적인 사람은 언젠가 찾아올 수 있는 외로움에 시달리지 않도록 대비하면서, 무슨 일이든 할 수 있는 사람이다.

그는 나를 방 밖으로 밀었다.

"적어도 라미즈 박사는 인생을 즐길 줄 아는 사람입니다. 당신과는 달라요! 당신은 어딜 가든 가장 먼저 꺼릴 만한 것이 있는지, 편히 있을 만한 곳인지 주위를 둘러본 뒤, 코밑에 누가 쐐기풀이라도 들이면 듯 방 안을 배회하니까요."

나는 그의 관심을 다른 곳으로 돌리고 싶었다.

"술을 많이 마신 것 같지는 않군요!"

"겨우 한두 잔 마셨어요. 오늘 밤에는 판단력을 잃어선 안 돼거든요.

하지만 지금부터 마실 거예요! 저기 아직 샴페인이 있어요! 당신 고모는 비용을 겁내지 않는 훌륭한 파티 주최자입니다. 당신도 이제 가난하지 않으니, 이런 말을 해도 되겠죠? 당신 고모는 마지막 한 푼까지 다 쓰기 전에는 죽지 않을 사람이에요!"

커다란 응접실과 현관 로비에서는 무도회가 점점 더 무르익었다. 화장 파우더, 라벤더, 땀 냄새, 드러낸 어깨살, 땀으로 젖은 겨드랑이, 립스틱으로 범벅이 된 미소 때문에 끈끈한 공기가 흘렀다. 나를 알아본 처제가 말상의 파트너를 두고 내게 오려고 했다. 다행히도 파트너의 행동이 처제보다 재빨랐다.

성물 시계가 있는 또 다른 응접실은 훨씬 차분했다. 하지만 거기에는 샴페인 테이블이 자리하고 있어서, 개미총처럼 사람들이 떼 지어 몰려 있었다. 할리트 아야르시는 내 손을 잡고 고모와 얘기를 나누고 있는 반 홈베르트에게 이끌었다. 서글서글한 그 학자는 과일 칵테일과 무알코올 소다수를 마시고 있었다. 아내와 고모는 예상대로 샴페인 잔을 들고 있었다. 고모를 본 순간, 죽을 때까지 재산이 남아 있을까 하는 생각이 뇌리를 스쳤다. 하지만 이내 어깨를 으쓱하고 말았다. '걱정할 필요 없어. 일단 지금은 돈이 있으니!' 나는 생각했다. '고모의 옛 하녀는 결국 일을 그만두고 말년을 우리 집에서 보냈어. 고모도 그럴 테지! 그런 고모와 지내는 건 쉽지 않은 일이지만 참아야지. 그래서 축복을 받을 수 있다면 무슨 일이든 감수할 수 있어!' 사실 나는 그사이 고모를 좋아하게 되었다. 고모는 풍요로운 보리밭처럼 생기가 넘쳐흘렀다.

홈베르트는 예순다섯 살 정도의 건강한 남자로, 중키에 차분하고 나이보다 젊어 보이는 인상이었다. 너무 젊어 보여서 풍성한 턱수염이 가짜처럼 보일 정도였다.

할리트 아야르시가 나를 소개하자 그는 이렇게 말했다. "연설은 어떠셨습니까? 꼭 참석하고 싶었는데, 여기 신사숙녀 여러분들이 절 붙잡고 놓아주지 않는 통에….”

“이분 정말 터키어를 잘하지 않나요?” 당황스러운 마음을 가라앉히기도 전에 아내가 끼어들어 손님을 칭송했다.

홈베르트의 겸손의 말은 고모에 의해 금세 묵살되었다.

“네, 어제저녁엔 좀 문제가 있었어요. 박사님이 참석하지 못하셔서 서운했고요. 우리가 어떻게 해야 했을까요? 내 조카가 가족 모임에서 연설하기로 한 건 오래전 약속이었답니다.”

원, 천만에! 내가 연설을 했다고? 나는 잠들지 않고 나시트의 방에서 독수리 문장을 응시하고 있었다. 연설회는 가족 모임일 뿐이었다. 그러면 말이 될 것 같았다. 밤 열한 시에 공식 연설을 할 수는 없으니. 갑자기 내 인생이 생각보다 훨씬 단순해진 것 같았다. 나는 불평할 권리도 없었다. 가벼운 발꿈치 경련, 고삐를 살짝 쥔 채찍의 신호, 그리고 나는 다시 내 길을 가고 있었다. 내 연설의 주제를 설명해줄 만큼 친절한 누군가가 있을 것이다. 없다면 나 스스로 뭔가를 생각해낼 것이다. 하지만 그건 좀 위험한 일이었다. 차라리 참을성 있게 기다리는 게 최선이었다. 이제 나는 반 홈베르트와 악수하며 히죽 웃어주거나, 그가 꽉 잡은 내 손을 빼낼 수 있을 때까지 미소를 짓는 것 외에 다른 방법이 없었다. 오, 내가 손가락을 움직일 수 있다는 걸 이 사내에게 보여줄 수만 있다면!

고모에 이어 이제 아내가 대화에 끼어들었다.

“여보, 박수 많이 받았어요? 참석하지 못해 정말 아쉬워요. 우리의 새 친구를 여기에 혼자 둘 수가 없었어요. 그리고 괜히 피곤하게 해드리고 싶지 않았어요. 얼마나 대단한 분인지 당신도 알게 될 거예요! 재미있는 얘기도 많이 해주셨어요!”

이제 아내는 손님을 향해 말했다. “남편은 제가 옆에 있어야 훨씬 더 이야기를 잘해요."

이윽고 그녀는 반 홈베르트에 대한 의례적인 찬사를 늘어놓더니, 천박한 미소를 지으며 그런 상황에서는 삼가야 할 이상한 시선으로 남자를 머리끝에서 발끝까지 샅샅이 훑어보았다. 그때 그가 다시 한 번 열심히 터키어로 대꾸했다.

"부인, 그건 당연한 일입니다. 당신 같은 뮤즈와 함께라면…."

반 홈베르트는 사전에서 배운 '뮤즈'라는 단어를 사용할 수 있게 된 것이 몹시 행복한 것 같았다. 그는 그 단어를 생각해낸 것만큼이나 빨리 내 손을 잡았다. 그리고 내 손이 으스러져라 꼭 쥐었다. '우린 언젠가 다시 만날 거야. 그때는 내가 네 손을 어떻게 하는지 두고 봐!' 나는 속으로 생각했다. 아내는 칭송의 말을 듣자마자 내게 고개를 돌렸다. 마치 손님이 떨어뜨린 손수건을 입에 물고 주인에게 가져온 애완견 같았다.

"전 당신이 제발 강연 원고를 뒤죽박죽 읽지 않았으면 좋겠어요!"

이 말은 '정신 차리라!'는 뜻이었다. 나는 역할에 적응해야만 했다. 나는 반 홈베르트에게서 간신히 손을 빼내 샴페인 병을 감싼 젖은 냅킨에 대고 열을 식혔다.

"그게 아니라 원고를 집에 두고 와서 기억나는 대로 얘기한 거야!"

할리트 아야르시가 웃음을 터뜨렸다. 나도 따라 웃었다. 반 홈베르트가 나의 뮤즈를 바라보며 입을 열었다.

"저도 종종 그래요. 그러면 훨씬 더 자유롭게 얘기할 수 있어요."

아내는 그 말에 마음을 놓았다. 그녀는 홈베르트와 내게 사랑스러운 미소를 지어 보였다.

"당신 침팬지는 어디 있나? 아니면 불독이라고 해야 하나?" 내가 아내에게 물었다.

할리트 아야르시는 눈썹을 치켜뜨며 그런 썰렁한 농담은 좋아하지 않는다는 것을 넌지시 알렸다. 나는 즉시 알아듣고 다시 손님에게 고개를 돌렸다.

"여기까지 오는 길은 편안하셨습니까?"

"네, 물론입니다. 선생님께서 보내주신 티켓 덕분에 호화 선실을 이용할 수 있었습니다!"

십중팔구 이 말은 이 귀찮은 손님이 내 서명 덕분에 여기까지 왔다는 얘기일 것이다. 다른 사람들은 오늘 저녁 내 연설 주제를 화제에 올리지 않았다. 그러니 난들 무슨 상관이겠는가? 어쨌든 나는 기억나는 대로 말하며 거짓말을 꾸며냈다. 즉흥 연설을 했다고 하면 그만이었다.

할리트 아야르시는 반 홈베르트에게 이스탄불에 대한 인상을 물었다. 우리는 의례적인 답변을 들었다. 우리가 제공한 자동차는 편안하고 욕실이 딸린 호텔방은 꽤 훌륭하며, 그를 안내해준 남자는 네덜란드어는 아니더라도 독일어는 할 수 있는 사람이라고 했다.

"골동품 상인들과 구리 세공사들이 있는 그랜드 바자르는…."

안타깝게도 사내는 그랜드 바자르에 대해 길게 얘기하지 않고 곧장 아흐멧 자마니를 화제에 올렸다. 내 책을 마치 밭을 갈아엎듯 샅샅이 읽었는지 질문을 한바탕 쏟아놓았다. 이곳 사람들과는 얼마나 다른지! 그는 말 한 마디 한 마디에 관심을 보였다. 케말이 했던 비판조차 아무 상관이 없었다. 급기야 그는 질문 목록을 적은 커다란 메모지를 주머니에서 꺼냈다. 하지만 밤늦은 시간에 그런 일은 견디기 힘들었다. 할리트 아야르시는 대체 왜 나한테 물어보지도 않고 그런 일을 꾸민 것일까? 왜 나를 연거푸 불가항력적인 일에 직면하게 하는 것일까?

첫 질문은 잘 넘어갔다. 하지만 남자가 점점 더 깊이 파고들자 내심 불안해지기 시작했다. 난 생각했다. '좋아, 십 분만 참자. 그러면 나도 술기운이 오를 테지.' 하지만 십 분을 어떻게 버틴단 말인가!

할리트 아야르시가 날 구해주려고 나섰다. 그는 손님에게 샴페인이 가득 담긴 잔을 건넸다.

"속이 좀 편안해질 겁니다."

반 홈베르트는 질문 목록과 샴페인 잔 사이에서 눈에 띄게 갈팡질팡했다. 영웅이 될 것인가, 인간이 될 것인가, 그것이 문제였다. 하지만 환상의 세계가 준비되어 있었다. 파키제는 그 유명한 웃음을 흘리면서 아무렇지 않게 그에게 춤추는 걸 좋아하냐고 물었다. 그의 두 번째 잔이 절반만 남자, 왜 자기한테 춤을 청하지 않느냐고 덧붙였다. 늙은 사내는 기뻐 날뛰었다. 할리트 아야르시가 고모의 허리를 껴안자 고모는 개인 소지품이 가득한 가방을 내 무릎 위에 올려놓고 파트너와 함께 가버렸다. 할리트 아야르시는 내가 그에게 얼마나 화가 났는지 말도 꺼내기 전에 그렇게 곤경에서 빠져나갔다.

나는 앉아서 잔을 비웠다. 그리고 고모의 숄과 부채와 긴 손잡이가 달린 안경을 안고 두 번째 응접실 뒤쪽에 있는 방으로 갔다. 거기서는 처형이 고막이 터질 만큼 큰 소리로 노래를 부르고 있었다.

그녀의 이런 자신감은 어디서 나오는 것일까? 자기가 지르는 소리에 또 얼마나 기꺼워하는지! 그녀가 소리를 높이면 높일수록 관중들은 또 얼마나 열광하는가! 처형은 나를 보자마자 더 열심히 불렀다. 보라색 의상을 입은 그녀의 모습은 평소보다 더 뚱뚱하고 못생겨 보였다. 하지만 어떻게 보면 하이힐을 신은 덩치 큰 어린아이마냥 귀여운 것 같기도 했다. 손가락을 튕기며 아주 힘겹게—아마 코르셋 때문인 듯—관객들을 향해 부른 노래가 끝나자, 그녀는 박수갈채가 채 터지기도 전에 민요를 부르기 시작했다. 내가 몇 년 동안 노력했지만 제대로 가르칠 수 없었던 곡이었다. 그 가련한 노래는 미숙한 재단사의 손에 들어간 섬세한 원단처럼 내 눈앞에서 속절없이 망가져버렸다. 그렇지만 관객들은 그 괴로운 무대에도 변함없는 박수를 보냈다. 나는 고모의 소지품을 옆에 서 있던 에크렘에게 넘기고 함께 박수를 쳤다. 민요가 끝나자 이번엔 유명한 데데 에펜디의 아름다운 곡을 망쳐놓았다. 한 대대의 병사들이 발을 구른다 해도 이보다 더 엉망일 수는 없을 것이다. 그래도 박수소리는 전혀 수그러들지 않았다. 곧이어 슬픈 가락의 민요가 이어졌다. 하지만 그건 음악이 아니라 몇 끼를 굶은 늑대 무리의 울음소리였다! 군대 시절 죽음의 계곡의 외로움 속에서 나는 종종 그 민요를 들었다. 우리 부대 병사들과 함께 그 민요를 부르면, 마치 별과 대화를 나누는 것 같았다. 걸걸한 남자들의 목소리가 비통함으로 가득 차면, 자연은 다시 활기를 찾는 듯했다. 반면 처형의 목소리는…. 하지만 감동의 눈물을 흘리는 관중들 때문에 마치 공식적인 장례식 이후의 장면처럼 느껴졌다. 그래서였는지 처형은 곧바로 생동감 있는 춤곡을 불렀다. 그녀가 의도한 성공은 한계가 없었다. 춤추는 사람들 절반이 우리 주변으로 모여들었다. 모두 박수를 쳤다. 문득 뷔위크데레에서 할리트 아야르시와 처형에 대한 이야기를 처음 나누었을 때가 떠올랐다. 나는 입을 벌린 채 서 있었다. 반 홈베르트도 잊었고 나 자신도 잊었다. 처형이 이 열광적인 분위기를 어떻게 유지하고 계속 불을 지피는지 놀라움을 금할 길이 없었다. 한 젊은 여인이 민요에 맞춰 유독 정열적인 벨리 댄스에 몸을 맡겼다. 썩 잘 추는 것은 아니었지만 아무도 개의치 않았다. 모든 이들이 열광했다. 그녀의 남편인지 또는 연인인지 모를 중년의 한 사내가 여인을 혼자 놔두지 않고 함께 춤을 추었다.

나는 군중으로부터 떨어져서 아내와 우리의 존경스러운 손님을 찾아다녔다. 놀랍게도 다른 방에서 재즈 음악이 들리더니 눈앞에 또 다른 광경이 펼쳐졌다. 이번에도 우리 가족이 주도하고 있었다. 처제가 젊은 미국 남자와 격렬한 춤을 추고 있었다. 여기에서 추는 춤은 서로를 학대하는 것이었다. 처제는 신발과 양말을 벗어 던진 채 한 손에는 파트너를, 다른 손에는 그녀에게 짧다고 할 수 없는 원피스를 잡고, 양탄자를 걷어 내고 왁스를 바른 마룻바닥을 빠르고 격렬하게 움직이다 바닥으로 쓰러졌다. 처제의 몸 어딘가가 부러졌다고 생각하고 황급히 도우려 하자, 처제가 다시 벌떡 일어나 껑충껑충 뛰어다니다 파트너를 껴안았다. 그리고 말처럼 뻥 찬 뒤, 머리로 눈에 보이지 않는 적을 밀어버리고 다시 바닥에 누웠다.

난 얼마나 바보 같은 사람인가! 처갓집 식구들에 대해 이렇게 모르고 살았다니! 그 불쌍한 사람들이 재능을 가두어둔 채 제대로 터뜨리지도 못하고 살았다니! 나는 특히 아내에 대해 잘 모르고 있었다. 눈감고 살았다고 하는 편이 낫겠다! 어리석고 넋이 나간 것 같은 행동들은 모두 제한된 생활환경의 표현이나 다름없었다. 다른 식구들도 마찬가지 아닐까? 이 도시 최고의 재즈 밴드는 처제에게 박자를 맞출 수 없었다. 드러 머는 손이 아홉 개는 되는 것 같았지만 활기 넘치는 처제를 따라가지 못했다. 저쪽 공간에서는 처형이 이 도시의 시민 절반은 모아놓고 춤을 추고 있었고, 내 아내는 전혀 알지 못하는 손님에게 생애 최고의 접대를 하며 최고의 살롱마담 노릇을 하고 있었다.

방 저편에서 고모가 손짓을 했다. 나는 인파를 헤치고 고모에게 갔다.

"이 바보 같은 녀석!" 고모는 예전처럼 거칠게 입을 열었다. "네 처제 랑 처형 봤어? 진짜 인간적인 모습 아니니? 네 부인도 그렇고! 그걸 여 태 모르고 살았다니, 부끄러운 줄 알아!"

"그래요, 고모! 하지만 결혼할 때는 전혀 다른 사람이었어요!"

"그만둬라, 이 미련한 녀석아! 차라리 횡재를 했다고 말해라. 정말 네 가 선택했다면, 어떤 게으름뱅이를 데리고 왔을지 누가 알겠냐!"

"아내는 그렇다 치고, 그럼 제흐라에 대해서는 어떻게 생각하세요?"

"만약 신께서 내게 돈을 몽땅 쓰고 죽을 기회를 허락하지 않으신다면, 네 딸에게 유산을 남길 생각이다! 알겠니?"

그때 할리트 아야르시가 다가왔다.

"지금 막 라미즈 박사를 봤는데, 자고 있어요. 자고 있는 것 같아요."

"혼자서요?" 내가 물었다.

"아니, 아니요. 그가 선택한 여자랑. 모든 것이 순조롭게 진행되고 있습니다. 한잔하러 갑시다!"

우리는 아까 언급했던 바로 갔다. 그곳엔 아무도 없었다. 간신히 하인 한 명을 붙잡아 병을 따달라고 했다. 고모는 캐비어 샌드위치를 주문하여 내 딸의 미래의 유산을 축냈다. 고모의 재산은 그 정도 사치까지는 감당하지 못할 것이다. "언젠가 고모는 우리 집에 돌아와서 내 품 안에서 숨을 거두겠지!" 나는 혼잣말을 중얼거렸다.

"저 보석들은 진짜일까요?" 나는 할리트 아야르시에게 물었다.

"물론. 하지만 중요한 건 은행에 있어요. 어마어마한 양이죠. 걱정 말아요. 그렇게 빨리 쓰지는 못할 겁니다!"

이어서 그는 화제를 돌렸다.

"오늘 당신은 정말 놀라웠어요."

그 소리에 나는 돌연 참을 수 없을 정도로 화가 났다.

"왜 나한테 아무 말도 해주지 않았죠? 날 계속해서 어쩔 수 없는 상황 속으로 몰아넣는 이유가 뭡니까?"

그는 웃으면서 나를 빤히 처다보았다.

"사랑하는 친구여, 불쌍한 친구여! 정말 가련하고 불쌍한 건 바로 접니다. 내 선한 의도를 당신에게 도무지 납득시킬 수가 없어요. 제발 날 좀 이해해주세요! 그렇지만 당신에게 어떤 역할을 맡기진 않을 겁니다. 그러니 기정사실에 대해서도 말해줄 수 없어요. 당신만을 존경하고 당신만을 믿는 사람이 여기 있잖아요. 나는 오로지 당신이 내 꿈을 받아들이고, 덩달아 당신 본래의 삶에 진전이 있기를 바랄 뿐이에요. 만약 미리 정보를 말해줬다면, 당신은 당신 자신의 자유를 제한했을 겁니다. 물론 어떤 역할을 했겠지요. 오늘 길거리에서 누굴 만날지 모른 채 외출하는 것과 마찬가지로, 당신은 오늘 저녁 무슨 일이 일어날지 전혀 모르고 있었습니다. 그렇게 여기 왔고, 할 일을 찾았고, 우리 모두 잘해냈어요."

"그렇지만 내가 실수를 해서 모든 걸 망쳐버렸다면…!"

그가 깔깔거리며 웃었다.

"상관없어요! 여기에서 본질적인 의미의 실수란 없어요. 당신이 정말 뭔가 잘못했다고 가정해봅시다. 그러면 우리는 그것을 더 나은 발전을 위한 토대로 여길 겁니다. 실수는 그것을 실수로 못 박으려는 어리석은 사람들에게만 존재합니다. 우리는 달라요. 우리는 실수를 받아들이고, 그것을 초월합니다. 친애하는 하이리, 우리에게 실수란 없습니다. 우리에게 필요한 것은 만반의 준비와 사람들에 대한 믿음입니다. 나는 당신의 능력을 잘 압니다. 당신을 발굴한 사람이 바로 나니까요."

대체 무슨 뜻일까?

그는 우리 잔을 다시 채운 뒤 자신의 잔을 한 번에 비웠다.

"인간관계는 많은 시간을 필요로 하는 매우 어려운 문제입니다. 그렇기 때문에 사람들에게 어떤 상황을 아주 자연스럽게 체험하도록 하려면 준비를 잘해야 합니다. 창조성을 일깨워야만 합니다. 나는 연극을 대단하게 여기지 않습니다. 난 뭐든 자발적으로 하는 것을 좋아합니다."

"그러면 오늘 저녁에 다른 사람들한테도 각자 해야 할 일을 전혀 얘기해주지 않았단 말입니까?"

"물론 사소한 몇 가지만 넌지시 말했습니다. 당신이 막 잠들었을 때, 그 남자 손님이 왔어요. 그래서 당신은 지금 강연 중이라고 얘기했어요.

그리고 나머지는 자연스럽게 그렇게 된 겁니다. 보세요. 이런 일은 어렵다는 당신 말이 맞아요. 특히 적합한 사람을 선택하는 것은 어려운 일이에요. 하지만 난 항상 사람들을 잘 뽑았어요!"

"적어도 나만큼은 당신의 실수였어요. 난 우리가 하는 일을 하나도 믿지 않아요. 당신도 아실 겁니다. 그 때문에 나도 괴로워요."

"그게 더 나아요! 그렇기 때문에 당신이 지금까지 한 모든 일들이 성공했어요. 다른 사람들은 로봇같이 움직이는 대신, 당신은 아주 자연스럽게 온몸으로 해냈어요!"

그때 파키제가 혼자서 돌아왔다.

"손님은?" 내가 물었다.

"제흐라에게 맡겼어요. 제흐라가 지금 제이베크 춤(터키의 전통 춤)을 가르쳐주고 있어요. 마실 것 좀 들고 가서 함께 봐요!"

우리는 잔을 들고 다른 방으로 갔다. 그곳에서는 상상 이상의 광경이 펼쳐지고 있었다. 지극히 원초적이었다. 재즈밴드는 경쾌한 제이베크를 연주했다. 좀 전에 처제가 자신의 춤 실력을 보여주었던 살롱 한복판에서 내 딸이 반 홈베르트와 함께 정말 믿을 수 없는 제이베크 춤을 추고 있었다. 모든 사람들이 두 사람을 에워싸고 바라보고 있었다. 우리도 잠시 지켜보았다. 반 홈베르트는 서툴게 양팔을 휘두르거나 두 다리를 모으고 껑충 뛰었다가 간신히 착지했다.

"전혀 상상하지 못한 모습이군요." 할리트 아야르시가 내게 속삭였다.

나는 이 세상에서 가장 화려한 가족의 가장이었다. 이런 생각을 하면서, 오늘 저녁 내내 내게 추파를 던졌던 아내를 팔꿈치로 꾹 찔렀다.

"어때요, 맘에 드십니까?" 할리트 아야르시가 내게 물었다. "아버지의 자부심은 살짝 제쳐두고, 오늘 우리 여직원들의 활약이 놀랍지 않으세요? 이런 장면 예상하셨어요?"

나는 내 딸이 반 훔베르트의 경직된 건장한 몸을 상대로 벌이는 외설스럽고 위험한 몸짓에서 눈을 떼지 못했다.

"난 꿈에도 생각해보지 못했습니다! 특히 제흐라의 이런 모습은."

"맞아요. 유례없는 급속한 발전이에요."

"우리 집 여자들이 조금만 더 잘했다면 좋았을 걸 그랬습니다! 내 딸이 진짜로 제이베크 춤을, 처제가 그 난해한 춤을 조금만 더 잘 추었다면! 그리고 처형이 그 아름다운 노래들을, 의자로 샹들리에를 부수듯이 망치지만 않았다면!"

할리트 아야르시는 조심스럽게 하품을 했다.

"또 그 타령이군요. 당신은 정말 구제불능의 불평꾼이에요. 잘한다는 건 두 번째 문젭니다. 일단 하는 것, 저지르는 것이 중요해요!"

그는 마치 자기 자신과 대화를 나누듯 계속 이야기했다.

"지식은 우리에게 방해가 될 뿐입니다. 그것은 우리의 목표도 결론도 아닙니다. 중요한 건 오히려 행동하는 것, 창조하는 겁니다. 당신은 당신 집안 여자들이 일에 대해 좀 더 많은 걸 알았으면 좋겠다고 한탄했습니다. 하지만 그들이 정말 그랬다면, 오늘 아무것도 할 수 없었을 겁니다. 그들은 더 많은 자극이나 상상력, 그리고 당위성에 대한 욕구를 느끼지 못했을 겁니다. 지식이 그것을 방해했을 테니까요. 당신 딸은 오늘 저녁 있는 그대로의 자기 모습을 보여줬어요. 어떻게? 상상력으로! 창조를 한다는 건 살아 있다는 걸 의미합니다. 우리는 인생을 선택한 사람들입니다. 당신처럼 더 많은 것을 원하는 사람은 늘 불평불만이지요!"

"난 불평한 게 아니라, 내 생각을 말했을 뿐입니다."

"생각은 그냥 마음속에 담고 계세요. 그리고 이 멋진 광경을 한번 보세요!"

진정 멋진 광경이었다. 반 훔베르트는 새로 배운 제이베크 춤도 내 딸의 도움도 포기하고 과감한 포즈를 취했는데, 균형을 잡는 데 연달아 성공했다. 응접실에는 박수소리가 가득했다.

"보세요, 저 남자의 의지를 배우세요! 열정, 에너지, 삶의 기쁨을! 저런 열정 앞에서 지식이나 실력은 아무 상관이 없어요!"

그러면서 그는 내 귀에 대고 속삭였다. "사랑하는 벗이여, 당신의 저런 모습을 보고 싶군요!"

잠시 손님의 입장이 된 나의 모습을 상상해보았다.

"제발, 자비를 베푸소서!" 나는 탄식했다. "다음엔 나를 정신병원에 보내려고요?"

할리트 아야르시는 희미한 미소를 지었다.

"당신은 정신병원에 대해 이상한 생각을 갖고 있군요." 그가 말을 이었다. "당신은 우리 모두를 그곳에 보낼 판이에요. 나도 포함하여! 내가 계획한 모든 일들도 함께 말이죠!"

그의 말에 나는 발끈했다. 나는 성공적인 밤을 기분 나쁘게 끝내고 싶지 않았지만, 참을 수가 없었다.

"당신을 처음 만났을 때 내가 어떤 상태였는지 잘 아실 겁니다!" 나는 맞받아쳤다.

"아주 잘 알고 있지요. 당신은 솔직했어요. 당신의 상황을 전혀 숨기지 않았어요. 그렇지만 사랑하는 벗이여, 진실은, 당신이 훨씬 더 풍족해진 현재에도 과거에 대한 생각을 떨쳐버리지 못하고 있다는 겁니다. 그러면서 지금의 생활이 너무 호화롭다고 여기고 있죠!"

"아니에요. 난 그저 과거가 그리울 뿐이에요!"

"그러면 다시 그때로 돌아가세요!"

갑자기 그는 이제까지와는 달리 착 가라앉은 목소리로 말했다. "하지만 당신은 그럴 수 없어요. 당신은 이미 다 생각해봤어요. 난 당신 표정만 봐도 알아요. '난 고모와 화해했어. 게다가 지금 사이도 괜찮아. 일이 년 안에 다 잘될거야. 그런데 내가 왜 이 모든 걸 한순간에 끝내버리겠어?' 어때요, 그렇지 않아요? 하지만 당신은 미래가 두려워 다시 마음을 바꾸었지요!"

그는 마치 책을 읽듯 내 마음을 읽고 있었다. 이윽고 내 어깨에 손을 얹고 다른 응접실로 안내했다. 그 모습을 본 사람들은 우리가 아주 진실한 대화라도 나누고 있다고 오해했을 것이다.

"당신이 정말 어떤 상태인지 말해볼까요? 당신은 과거로 돌아가지 못합니다. 이 모든 걸 포기할 수 없으니까요. 당신이 그동안 아무리 비난하고 무시했어도, 당신 아내는 오늘 아름답고 지혜로웠습니다. 게다가 매혹적인 연인과도 같았습니다. 나는 당신이 딸과 아들을 위해서라면 어떤 희생도 치를 준비가 되어 있다고 확신합니다. 뿐만 아니라 당신은 명성을, 그리고 생동감 넘치는 새로운 삶을 사랑합니다. 설령 그것이 당신이 터무니없다고 여기는 틀 안에서 벌어진다고 해도 말입니다. 간단히 말해서, 당신은 수많은 다리를 가진 문어처럼 세상에 달라붙어 떨어질 수가 없습니다. 그런데 어떻게 다시 옛날로 돌아가겠습니까?"

"돌아가겠다는 것이 아니라 조금만 더 이성적인 방법으로…."

"이성적! 이성적!" 그는 이렇게 외쳤다. 그리고 머리를 흔들며 웃었다. "당신은 이성적인 것을 찾고 있는 게 아니에요. 당신은 그렇게 멍청하지 않아요. 당신이 이성을 자기만을 위해서 일하는 도구라고 여기지 않는다면 말이에요. 아니에요. 당신은 뭔가 다른 것을 찾고 있어요."

"난 진실을 찾고 있어요. 적어도 진실의 일부만이라도."

"진실은 전부거나 전무입니다. 친애하는 하이리, 당신이 말하는 숭고한 가치들은 오직 빵 한 조각과 몸에 걸칠 누더기 셔츠 한 벌밖에 없는 사람들을 위한 것입니다. 모든 것을 지금 당장 가지려는 당신 같은 사람을 위한 가치가 아닙니다! 순수하고 완벽한 개인은 우선 자기 자신의 욕구가 무엇인지 찾는 일부터 합니다."

단번에 그는 나를 내면세계로부터 쫓아내버렸다.

"하지만 나는 그렇게 많은 걸 원하지 않습니다." 내가 입을 열었다.

"당신은 지금 협상 중에 있어요. 하지만 그건 협상의 문제가 아니에요. 이 테이블에서 게임을 하는 사람은 크게 이기거나 아니면 절대로 이길 수 없어요. 그는 늘 모든 것을 마지막까지 베팅해야 합니다. 당신이 이기는 것은 우연일 수 있지만, 지는 것은 모든 것을 영원히 잃을 만큼 결정적입니다. 다시 말하면 게임에 들어온 순간 당신이 진다는 겁니다. 당신은 어디에서도 미덕을 갖고 협상할 수 없습니다. 그것이 우리 조상들이 있는 그대로의 인간 본성을 받아들인 이유입니다. 옛 속담에도 이런 말이 있죠. '말은 명확하지만 인간의 본성은…'"

그는 음료 테이블로 가서 잔을 다시 채웠다. 한껏 치장한 가짜 성물 시계가 저만치서 깜짝 놀라 우리를 응시하고 있는 것처럼 보였다.

"세상 어떤 거래, 어떤 동업에도 공짜는 없습니다. 늘 희생정신이 필요하죠. 선과 악은 한 발짝 차이입니다. 어때요, 그렇게 할 준비가 되어 있나요?"

나는 잠시 생각에 잠겼다.

"아니오." 내가 대답했다. "난 내가 그럴 수 없다는 걸 압니다. 그런데 왜 이런 얘기를 하시는 겁니까?"

그가 다시 첨잔을 했다. 그러고는 행복한 눈빛으로 먼저 자신의 잔을, 이어서 성물 시계를, 마지막으로 나를 물끄러미 바라보았다.

"나도 모르겠어요. 벌써 술에 취했나 봅니다. 아니면 나 자신을 납득시키고 싶었는지도… 그냥 이 문제는 무시해버립시다. 그게 가장 좋은 방법이에요."

"아뇨. 당신은 자신을 납득시키고 싶은 것이 아니라 나를 무너뜨리고 싶은 겁니다. 벽돌을 쌓듯 차곡차곡! 왜죠?"

"우리가 같은 길을 가고 있기 때문이라고 말해보세요! 나는 당신을 매우 좋아해요. 그러면서도 어떻든 나는 당신의 적이에요. 당신을 보면 늘 내 모습이 떠올라요. 아, 안 돼요. 그렇게 잘난 척하지 마세요! 나는 결코 당신과 같지 않아요. 나는 나 자신을 의심해본 적도 없고 스스로를 억압하지도 않았어요. 하지만 그럼에도 당신은 뭔가를 갖고 있어요…."

그가 큰 소리로 웃었다.

"당신은 한번이라도 이렇게 웃어본 적이 있습니까?" 그가 물었다. "당신은 지금 내 모습처럼, 자기 자신을 있는 그대로 사랑해본 적이 없어요. 하지만 나는 세상 모든 일에서 초월해 있기 때문에 그럴 수 있어요…."

느닷없이 그가 나를 껴안았다.

"당신은 내게 다시 삶의 기쁨을 선사했어요! 당신은 터무니없는 절망과 비루한 걱정거리, 그리고 떨쳐버릴 수 없는 온갖 짐을 짊어진 채 세흐자데바시의 커피하우스에 앉아 있었죠. 뷔위크데레에서의 당신의 놀람, 망설임, 행복감과 호두 껍데기만 한 당신의 세계, 이 모든 것이 내게 다시 삶을 사랑하게 만들었어요. 그날 저녁 당신 손에 5리라를 쥐어주었더라면, 당신은 얼마나 행복했을까! 맞아요, 당신은 내게 다시 인생의 기쁨을 선물했어요. 당신은 내게 가장 아름다운 거울이나 다름없어요!"

"내게 5리라만 주었더라면!" 나는 부끄러움에 발갛게 달아오른 얼굴로 간신히 그의 품 안에서 빠져나왔다.

"하지만 그건 정말 어리석은 짓이에요." 그가 대꾸했다.

그리고 어느새 다시 미소를 지으며 잔을 들었다.

"당신이 하고 싶은 대로 하세요. 난 당신을 완전히 바꿔놓고 싶진 않아요. 만약 그랬다면 우리는 서로를 필요로 하지 않았을 겁니다. 다만 나는 모가 난 부분을 부드럽게 바꾸고 싶을 뿐입니다. 적어도 당신이 소박하게 사는 주변 사람들의 삶을 방해하지 않도록 말입니다."

나는 약간 멈칫하며 의심의 눈초리로 그를 쳐다보았다.

"당신은 아무 것도 믿지 않으십니까?" 그에게 물었다.

그는 잔을 비우고 손수건으로 이마를 닦았다.

"이제 그만합시다. 보세요. 저기 우리 친구들이 오고 있습니다. 시간조정연구소여, 영원하라!"

그는 이미 고모에게, 내 가족들에게 다가가서 큰 소리로 인사를 하고 있었다. 고모는 반 훔베르트의 팔짱을 끼고 있었다.

반 훔베르트는 즐겁기 그지없어 보였다. 마치 전쟁에서 승리라도 한 것 같았다. 그는 내 아내와 딸에게 나의 성공을 축하하며 둘을 네덜란드로 초대했다. 그곳에 오면 자전거를 가르쳐주겠다고 했다.

"함께 회전목마나 타러 갑시다." 내가 끼어들었다. 할리트 아야르시는 힐난하듯 쏘아보았다. 분명 우리 둘 사이의 뭔가가 바뀐 것 같았다.

반 훔베르트는 이스탄불에 한 달 동안 머물렀다. 우리가 함께했던 활동에 대해 여기서 다 설명하기에는 너무 많은 시간이 든다. 그래도 그가 작별인사를 할 때 나에 대해 매우 만족스러워했다는 것만큼은 말하고 싶다. 나중에 그는 자신의 저서에 이스탄불 체류 이야기를 되풀이하여 썼다. 그는 내 딸과 추었던 제이베크 춤도, 할리트 아야르시의 환대도, 아흐멧 자마니의 묘소를 참배한 후 캄리카에서 함께 먹었던 요거트를 곁들인 맛좋은 케밥도 잊지 않고 있었다.

나는 그 남자가 나를 마음에 들어 했다고 생각했다. 하지만 나중에 그 반대였다는 사실을 알고 충격을 받았다. 반 훔베르트를 만나기 전부터 나는 '몰락한 사람은 친구가 없다'는 속담을 잘 알고 있었다. 그렇기 때문에 그 사람에 대한 어떤 증오도 느끼지 않았다. 단지 안타까울 따름이었다. 반 홈베르트가 우리 때문에 부당한 취급을 참고 견뎌야만 했다는 사실도 숨겨서는 안 될 것이다. 특히 우리의 전통 춤에 대한 내 아내와 처제의 잘못된 조언을 바탕으로 쓴 책이 혹평에 시달렸다. 그럼에도 나중에 나온 책들 속에는 호의적인 언급이 종종 보였다. 내 얘기가 등장하는 마지막 기사는 이렇게 끝을 맺고 있다. "하이리 이르달과 그의 가족은 누구든 속마음을 자연스럽게 꺼내도록 하는 재주가 있었다. 나는 그들과 이스탄불에서 보낸 시간을 결코 잊지 못할 것이다. 그리고 그들이 회전목마를 더 좋아한다고 할지라도, 언젠가 네덜란드에 오면 약속했던 대로 자전거 타는 법을 가르쳐줄 것이다."

4부 모든 계절에는 끝이 있다

1

할리트 아야르시의 예측은 사실로 밝혀졌다. 고모 집에서 칵테일파티
가 열린 몇 달 뒤 언론매체들은 남미의 여러 도시에서 시계애호가협회
가 창설되었다고 보도했다. 그 협회들은 곧 이스탄불협회와 접촉하여
시간조정연구소의 기본 원칙과 정관에 대해 문의했다. 비슷한 요구들이
유럽 몇 개국뿐만 아니라 근동과 극동 지역의 나라들에서도 줄을 이었
다. 2년 반 뒤 외국에 서른 개 이상의 시계애호가협회와 세 개의 연구소
가 설립되었다. 흥미롭게도 연구소 건립이 거부된 나라에서는 그것을
불허한 명확한 이유를 당국이 공식적으로 해명할 필요를 느꼈다. 그런
경우 다음과 같은 거의 똑같은 이유를 댔다. "우리나라는 산업이 발달했
기 때문에 그런 연구소가 필요하지 않습니다."

그런 연구소가 있든 없든, 전 세계가 연구소의 필요성을 암묵적으로
인정했다. 할리트 아야르시는 새로 받은 전보들을 이유로 기자회견을

열어 우리 연구소의 중요성을 재차 강조했다. 그가 할 수 없을 때는 내게 그 임무가 주어졌다. 고모는 다시 이 일에 전적으로 헌신했다. 빈번하게 열리는 시계애호가협회 국제회의에도 한 번도 빠지지 않았다. 한동안은 침실에 트렁크를 완벽하게 싸놓고 지냈는데, 급기야 현관에 늘 대기시켜놓기에 이르렀다. 여행에는 대부분 내 딸을 데리고 다녔고, 가끔 사위를 대동하기도 했다. 고모는 이내 이스탄불 세관에서 모르는 사람이 없을 정도로 유명 인사가 되었다. 여권도 매년 빠짐없이 갱신되었다. 빗자루조합 조합장 가문의 가보로 물려받은 장신구 외에 예닐곱 개의 국가에서 받은 훈장도 첨가되었다. 우리도 그사이 바빴다. 두 배의 벌금을 내는 현금징벌 시스템을 통해 얻은 수입으로 자유의 언덕에 새 건물을 지었다. 그리고 국제시계회사협동조합의 기금을 이용한 시계은행의 후원으로 이른바 '시계주택'으로 불리는, 아주 독특한 주택협동조합을 창설했다.

언급했듯이 현금징벌 시스템의 도입 이후 내가 연구소를 위해 행한 가장 주목할 만한 업적은 연구소 건물을 지은 것이었다. 연구소의 건축은 징벌 시스템 이상으로 여론의 뜨거운 주제였다. 처음에 나는 그 문제에 개입하지 않았다. 그런 경우 늘 그렇듯이 우선 공고를 냈다. 내가 작성한 입찰 공고서에는 할리트 아야르시의 독촉에 따라 "연구소의 현대적인 특징과 이름에 어울리는 독창적이고 새로운 양식으로 건축해야 한다"는 구절이 포함되었다. 좀 더 정확히는, 할리트 아야르시의 제안을 쓸데없는 짓이라 여긴 반항심에, "… 안팎으로"라는 단어를 거기에 덧붙였다.

하지만 나는 "안팎으로"라는 경솔하게 넣은 문구 때문에 이 프로젝트를 진행하면서 몇 달 동안 성가신 일에 시달려야 했다.

입찰공고가 신문에 게재되자, 별다른 이의 제기 없이 수용되었다. 우리 중 누구도 빠짐없이 읽는 사람은 없었다. 뿐만 아니라 "현대적인 특징"이나 "이름에 어울리는" 혹은 "안팎으로"라는 과장된 개념들은 단지 부차적인 것일 뿐이었다. 일단 우리 프로젝트의 과제는 현대적인 색채가 약간 가미된 공공건물을 짓는 것이었다. 그런데 나는 그만 할리트 아야르시가 한 번 말한 것은 절대 잊지 않을 뿐 아니라, 본인의 해석 외에 다른 사람의 의견은 조금도 수용하지 않는 인물임을 전혀 고려하지 않았다. 그는 입찰 참가자들을 모조리 거부했다. 그리고 내가 비꼬듯 써놓은 "안팎으로"라는 말을 그 이유로 댔다.

"이 도면의 어디가 시계 모양과 닮았습니까?"

그의 첫 번째 질문은 한결같았다. 두 번째 질문도 언제나 똑같았다.

"당신은 건물의 내부 구조에 시계, 시간조정, 시간과 같은 개념들을 어떻게 표현할 겁니까?"

입찰에 참여한 건축가들은 당연히 그 질문에 입도 벙긋하지 못한 채 아무런 성과 없이 철수했다. 이전에는 한 번도, 연구소를 청산할 즈음에도 전혀 우리에 대해 그렇게 나쁜 기사가 실린 적이 없었다. 우리에게 퇴짜를 맞은 건축가들은 그들의 프로젝트를 들고 당장 신문사로 달려갔다. 그리고 매일같이 우리에 대한 부정적인 기사가 실렸다. 하지만 우리는 대범하게 행동하며 늘 강하게 반박했다. 할리트 아야르시는 기자회견에서 항상 같은 슬로건을 외쳤다. "현대인은 쓸데없는 말을 하지 않습니다. 우리는 불분명한 것을 좋아하지 않습니다. 입찰공고문대로 조목조목 실행해나갈 것입니다."

두 번째 공고를 냈을 때는 건물 안팎에 시계를 반영한 프로젝트들이 제출되었다. 그럼에도 대다수의 건물 형태는 직사각형으로 제한되어 있었다. 거의 모든 건축가들은 장식을 덧붙이고, 좁은 구조물에 층수를 높이는 것으로 탁상시계나 벽시계를 연상하도록 설계했다. 몇몇은 더 나아가 3, 4층 전면에 널찍한 숫자판 모양을 형상화했다. 그와 더불어 상당수의 창문을 커다란 원형으로 설계했다. 할리트 아야르시는 그것으로도 만족하지 못했다. 그는 이렇게 말했다. "이런 장식은 어떤 건물에도 갖다 붙일 수 있습니다. 이게 도대체 어디가 현대적이란 말입니까? 어디가 시계를 닮았습니까?" 또 어떤 이들에게는 이렇게 말했다. "좋군요. 하지만 만약 전면부 수리를 위해 이 숫자판을 떼어낸다면, 창문이 평범한 건물들과 다를 바 없습니다. 대체 시계를 상징하는 것은 어디에 있는 겁니까?"

당연히 할리트 아야르시는 건물은 진짜 시계가 아니라는 소리를 번번이 들어야 했다. 물론 시계는 지붕과 케이스가 있다는 점에서 건물과 닮았다. 할리트 아야르시는 그런 반대 목소리를 들을 때면, 책상 유리판 밑에 주요 문장을 대문자로 써놓은 입찰공고서 견본을 말없이 톡톡 두드리거나, 맞은편 벽에 간판처럼 걸어놓은 '안팎으로'라는 문구를 손으로 가리켰다.

한 지원자는 3, 4층에 창문 대신 숫자판을 닮은 둥근 여유 공간을 두는 특별한 아이디어를 냈다. 뿐만 아니라 건물에 네 개의 두꺼운 다리를 설치했다. 하지만 그것 역시 할리트 아야르시의 성에 차지 않았다.

"지나치게 인위적이군!" 그는 단호하게 말했다. "창문은 창문인데, 여기엔 전혀 없어요. 양옆에 어떤 디자인도 없다고 생각하면, 마치 고딕 성당의 스테인드글라스처럼 보일 겁니다. 우린 뭔가 다른 것을 원해요. 시계 철학이 구조 속에 녹아들어 일체감을 느낄 수 있는 그런 건물 말입니다! 이런저런 디자인을 납땜하듯 뒤섞는 게 아니라, 우리의 계획과 목표를 고스란히 보여주는 그런 건물이요!"

할리트 아야르시의 이 말이 정확히 나의 첫 번째 동기가 되었다는 사실을 고백해야겠다. 처음에 나는 이런 생각을 했다. '시계 철학이 건물

구조에 녹아들면 그건 더 이상 건물이 아니야.' 그러면서 나는 그 가련한 친구에게 동정의 미소를 지어 보였다. 그런데 이튿날 아침 이런 생각이 들었다. '더 이상 건물이 아닌, 그래서 건물의 기본 원칙을 벗어난 건물을 통해 시계의 철학을 전달할 수 있을지도 몰라!' 나는 그날 처음 만난 건축가에게 그 아이디어를 제시했다. 하지만 충분히 생각해보고 낸 아이디어가 아니었기에 명쾌하게 설명할 수는 없었다. 대화를 나누면서 시멘트 덩어리에 대한 생각이 뇌리를 떠나지 않았다. 만약 시멘트 덩어리라는 생각을 떨쳐버릴 수만 있다면 시계 모양의 건물을 짓는 방법은 그리 멀리 있지 않을 수 있었다.

아흐멧이 집에 있는 날은 드물었다. 그런데 그날은 어쩐 일인지 집에 있었다. 시간조정연구소의 조용한 반대자였던 아흐멧은 보통 휴일에만 우리를 보러 왔다. 나는 아흐멧과 그 문제를 놓고 의견을 나누었다. 그는 건물은 본질적으로 시멘트 덩어리라는 건축가의 생각을 옹호했다. 다음 날 나는 시계 하나를 분해했다가 다시 조립했다. 아니, 그건 불가능했다. 재조립할 수가 없었다. 나는 내부 구조에서부터 시작해야 했지만 숫자판이 있는 바깥쪽에서 접근했다. 할리트 아야르시는 그에 대해 아무것도 알려고 하지 않았다. 그래서 좀 다른 방법을 제시해야 했다.

그즈음 할리트 아야르시와 자주 대화를 나누었다. 나는 우리의 요구에 꼭 맞는 설계가 있을 거라 장담하면서, 그 얼토당토않은 변덕에서 벗어나야 한다고 애원했다. 하지만 그는 요지부동이었다.

"시간조정연구소는 지금까지 모든 약속을 지켰습니다. 공공 시계탑이든 개인 시계든 늘 다 정확한 것은 아니지만, 이제 사람들은 시계를 자주 쳐다보고 시간을 맞추는 것에 익숙합니다. 그리고 우리가 많은 시계를 시골에 보내지는 못했지만, 적어도 주민들에게 시계의 맛은 보여주었습니다. 백만 명의 농촌 아이들이 지금 우리가 판매하는 장난감 시계를 들고 다닙니다. 그들이 자라면, 시계은행의 대출금을 이용하여 진짜 시계를 사게 될 겁니다. 만약 시계가 필요 없으면 필요에 따라 담보로 이용하거나 팔 수도 있고, 비상시 재산으로 소유할 수도 있습니다. 우린 예쁜 여성용 시계 팔찌도 개발했습니다. 또 그런 콘셉트로 다양한 장신구도 생산했습니다. 특히 우리가 개발한 고무 밴드를 부착한 시계는 세계적으로 선풍적인 인기를 끌어 모방품이 양산될 정돕니다. 당신은 고무 밴드를 부착하는 것에 반대하면서, 그런 시계는 기껏해야 뮤직홀에서나 사용할 거라고 주장했지요. 하지만 지금 이스탄불 시내의 수많은 여성들이 그 시계를 차고 돌아다닙니다. 그리고 아주 우아한 몸짓으로 치마를 살짝 들어 올리면서 시계를 봅니다. 우리는 끊임없이 발전하고 있으며 국제시계애호가협회 회의에서도 앞으로 국가의 휘장을 시계 모양으로 하자는 우리의 의견을 관철시켰습니다. 게다가 대형 광고 운동도 시작되었습니다. 당신이 마지막 국제회의에서 했던 연설 덕분에 전 세계 사람들이 이제 술탄 마흐무드 2세에게 관심을 갖게 되었습니다. 술탄 마흐무드 2세는 자신이 존경하고 사랑하는 사람들에게 시계를 선물하곤 했다지요. 그에 관한 책도 출간되었습니다. 이런 성공에도 불구하고 내가 왜 요구를 철회해야 합니까? 네, 좋아요. 우리는 아직 국가적인 시계 산업을 조직하지 못했습니다. 하지만 우리는 시계 수입을 수월하게 하는 데 기여했습니다. 우리나라 최고의 시계 상점을 우리가 독점하고 있어요! 그런데 왜 우리처럼 성공적인 연구소를 말 한마디로 부인하는 반대파들의 암담한 이야기를 받아들여야 합니까? 왜 내가 패배자처럼 행동하고 내 생각이 잘못되었다고 말해야 합니까? 나는 잘못하지 않았어요. 나는 한 가지 조건을 제시했고, 할 수 있는 사람이 그 일을 해야 합니다!"

"대단합니다. 하지만 그걸 할 수 있는 사람이 아무도 없다는 걸 보지 않으셨습니까? 너무 어려운 문젭니다."

"그래도 실현해야 합니다!"

"그건 당신 책임이 아니에요! '안팎으로'라는 그 골치 아픈 문구는 내가 덧붙인 겁니다. 당신이 한 치도 양보하려고 하지 않아서 화가 났거든요! 그러니 그렇게 하지 못한다 하더라도 당신의 패배가 아닙니다!"

이 말을 하는 동안 나는 얼굴이 달아올랐다. 그래서 고개를 푹 숙인 채 답변을 기다렸다. 그는 부드럽게 미소를 지으며 말했다. 그의 입뿐만 아니라 목소리도 미소를 짓는 것 같았다.

"알아요! 다 알고 있었습니다! 그럼에도 당신이 사실대로 말해줘서 정말 고마워요. 여타 다른 것에 대해서도 고마워요. 그리고 당신이 잘못된 생각 때문이든, 반항심 때문이든 '안팎으로'라는 말을 써주었다는 것 자체도 고마워요. 그로 인해 우리는 독창적인 연구소 건물을 짓게 될 거예요! 나에겐 의도가 아니라 결과가 중요해요. 당신이 그런 조건을 단 것은 참 잘한 일입니다. 이제 사기를 잃지 말아야 합니다. 내년 4월에 국제회의가 있다는 걸 잊지 마세요. 나는 새 건물에서 그 회의를 주최하고 싶어요. 세계 곳곳에서 우리를 따라하고 심지어 추월하고 있습니다. 다시 한 번 우리가 리더의 자리에 앉을 수 있을 만한 독창적인 건물을 창조해봅시다!"

아흐멧 자마니의 생일을 국제 시계의 날로 공표했기 때문에 국제회의는 늘 그 날짜에 열렸다.

"그런데 어디서부터 시작해야 할까요? 시계를 어떻게 건물에 형상화할 수 있을까요? 건물 구조 속에?"

그는 양손으로 얼굴을 괴었다.

"그건 나도 몰라요. 건축가들의 과제예요. 그들이 머리를 쥐어뜯으며 생각해볼 일이에요. 좀 더 정확히 말하면 당신의 과제예요. 당신이 조건을 달았으니, 해결책도 찾아보세요!"

그는 자리에서 일어섰다. 그리고 뚫어져라 나를 바라보다가 진지한 음성으로 마지막 말을 덧붙였다.

"하이리, 당신이 이 건물을 짓게 될 겁니다. 무슨 말인지 알죠? 난 당신만 믿어요. 당신은 개인적으로 그렇게 할 의무가 있어요!"

그 말은 실제로 이루어졌다. 하지만 이 일이 얼마나 어려울지는 나만이 알고 있었다. 문제의 핵심은 애당초 내 눈앞에 회중시계만 아른거렸다는 점이다. 우리가 어려움을 겪는 것은 일단 어떤 생각에 사로잡히면 그것으로부터 자유롭지 못하기 때문은 아닐까? 평생 별의별 시계를 다 다루어봤음에도 나는 회중시계 생각에만 빠져서 꼭 그것을 통해서만 건물의 비밀을 찾으려고 했다. 그래서 처음엔 당연히 원형 건물을 상상했다. 중앙 홀을 중심으로 하루 열두 시간을 상징하는 열두 개의 공간을 배치해야 했다. 하지만 설계도면을 그리자마자 이것이 얼마나 실현 불가능한 일인지 깨달았다. 그래서 직사각형의 시계 건물을 구상하기 시작했다. 계단실이 있는 네 개의 튼튼한 기둥을 통해 크고 불룩한 본체에 해당하는 본 건물로 올라간다. 시계의 전면과 뒷면은 당연히 중심이 되는 두 개의 정면 벽이 된다. 그리고 측면은 창문으로 장식할 것이다. 두 개의 정면 벽에는 열두 시간을 알리는 숫자를 써넣고, 그 중앙에, 그러니까 숫자판에 해당하는 부분에 커다란 문을 만들어 계단을 통해 올라갈 수 있도록 할 것이다.

그러나 나는 이 계획도 포기할 수밖에 없었는데, 파키제가 너무 좋아했기 때문이었다. 아내의 취향이 나에겐 하나의 척도였다. 그녀가 뭔가를 좋아하면 난 순간적으로 겁을 집어먹었다. 하지만 결국 나중에 이루어진 일을 보면 영락없는 파키제의 아이디어였다. 내가 건축에 대한 첫 번째 아이디어를 얘기했을 때, 그녀는 천진난만한 미소로 반응했다. "난

다 알고 있었어요. 어제저녁 성물을 위해 어린양을 바쳤는데 그 영혼이
알려주었어요."

"성물이라니?" 나는 화들짝 놀라서 물었다. "대체 무슨 말이야?"

"당신도 알잖아요, 바로 그 성스러운 물건." 그녀는 아주 조용히 대꾸
했다. "고모 집에 있는 우리의 성물 시계. 그것이 우리를 도와줬어요."

처음에 나는 화가 나서 숨이 막힐 것 같았다. 하지만 곧 아내의 목을
얼싸안았다. 덕분에 나는 시계가 꼭 둥글지만은 않다는 사실, 세상에는
회중시계 외에도 수많은 시계들이 있다는 것, 우리 연구소 건물도 평범
한 주택처럼 얼마든지 직각으로 지어도 된다는 생각을 하게 되었다.

"사랑하는 당신." 내가 말했다. "나의 성공은 모두 당신 덕분이야. 성
물이 우리를 도왔어. 당신 덕분이야. 고마워, 여보!"

정말 기다란 직사각형 모양에 할아버지의 시계를 담는 것은 그리 어
렵지 않았다. 네 개의 면에 작은 궁형을 통해 열두 시간을 표현하는 것
으로 충분했다. 그 사이에 놓인 홀은 그리 크지 않게, 나의 첫 설계처럼
어렵지 않게 집어넣을 수 있을 것이다. 전면부는 둥근 형태의 열두 시를
가리키는 모양으로 지을 것이다. 양 측면의 3층으로 된 네 개의 작은 별
관은 여섯 시를 가리킨다. 뿐만 아니라 그 사이에 옥외계단을 만들고 잔
디를 깔 것이다. 커다란 중앙 홀은 유리로 마감을 한다. 각 공간의 전면
부에 시곗바늘을 상징하는 1부터 12까지의 로마 숫자를 써넣을 것이다.
중앙 전면부는 좀 더 넓게 만들어 12를 다른 숫자로 혼동하지 않도록
한다. 시계를 상징하는 건물이라는 것을 강조하기 위해 6미터 높이의
현관을 숫자판으로 형상화하는 데는 당연히 좀 더 많은 수고가 필요했
다. 직사각형의 모서리를 숫자로 오인하지 않게 할 방법이 달리 없었다.
나는 부루사와 콘야를 찾아갔다. 이스탄불의 이슬람 사원이란 사원은
샅샅이 찾아 돌아다니며 문의 모양을 살펴보았다. 하지만 더 이상 진척

이 되지 않았다. 그중에는 대단히 아름다운 것도 있었지만, 내 문제에 대한 답은 구할 수 없었다. 그러던 어느 날 저녁 드디어 이스탄불의 작은 사원에서 옆으로 젖혀놓은 커튼을 보고 결정적인 아이디어를 얻었다. 시침과 분침을 커튼 모양으로 만드는 것이었다. 하지만 문이 열릴 때 숫자를 어떻게 처리할 것인가 하는 것이 여전히 문제로 남았다. 나는 두 개의 날개 문에 묶어 올리는 커튼을 설치하는 방안을 생각해냈다. 나머지는 간단한 문제였다.

여름이었다. 아흐멧은 늘 그렇듯 방학 내내 학교에서 지내고 싶어 했지만 나의 간절한 부탁으로 집에 와서 도와주기로 약속했다. 아들은 내가 어려움에 처해 있다는 것을 알고 무엇이든 돕고 싶어 했다. 이 일이 불분명하고, 또는 전혀 쓸데없는 것처럼 보일지라고 포기하려고 하지 않았다. 나는 에미네가 죽은 후 처음으로 진정한 행복을 알게 되었다. 내 아들이 날 용서했을 뿐만 아니라 도와주다니. 아흐멧이 내 옆에서 나이에 어울리지 않는 어려운 일과 씨름하며 예상 밖으로 진지하게 도전하는 모습을 보고 나는 기뻐 어쩔 줄 몰랐다. 그것은 우리가 노력이라고 부르는 덕목을 실천한 것이었다.

노동은 인간을 좀 더 순수하고 아름답게 만든다. 노동은 인간을 바깥 세상과 연결해주며, 본래의 자기 자신으로 만들어준다. 하지만 동시에 인간의 영혼을 독점한다. 제 아무리 의미 없고 터무니없는 일일지라도, 우리는 부지불식간에 그 일의 범주에서 벗어나지 못한 채 포로가 된다. 그것이 인간의 운명이고 역사의 커다란 비밀이다.

부자간의 첫 논의 끝에 사람들이 편안하게 보게 하려면 분침과 시침을 시계의 숫자판과 같은 높이에 달지 말아야 한다는 결론을 내렸다.

분침과 시침을 상징하는 양쪽 커튼이 만나는 최상의 각도를 찾아내기 위해서 우리는 손에 시계를 하나씩 들고 시험 삼아 계속 만지작거리며 몇 시간 동안 앉아 있었다. 한편으로는 첫눈에 자연스러워 보이는 각도를 원하면서도, 다른 한편으로는 뭔가 평범하지 않은 분위기도 자아내고 싶었다. 사람들에게 몇 분 동안 생각할 시간을 주어야 했다. 건물에 서둘러 들어가다가 뭔가 특이하다고 느끼고 되돌아가서 다시 한 번 흰 대리석으로 마감한 커다란 청동 숫자 모형의 문틀을 쳐다보게 만들어야 했다. 아니면 적어도 이런 말이 서둘러 나오도록 해야 했다. "다시 밖으로 나가 자세히 봐야겠어!" 드디어 우리는 4시 42분으로 결정했다. 그리하여 6미터짜리 문을 위한 공간을 만든 다음, 상인방(上引枋)의 1미터 50센티미터 위쪽에 우리가 선택한 시간을 염두에 두고 서로 다른 높이의 석재 커튼 두 개를 고정시켰다. 왼쪽이 오른쪽보다 높았다. 하지만 반드시 양쪽 커튼을 사람의 키보다 높이 달아야 초록빛 반암(斑岩)으로 만든 문 쪽으로 가장 가까이 붙어 통과할 수 있었다. 석재 커튼 주름 사이의 시침과 분침의 핀은 흑색 합금이나 철과 청동의 합금으로 만든 굵은 봉으로 표현할 것이다. 커튼 위쪽으로는 커다란 진자를 걸어야 한다. 물론 시침, 분침과 같은 재료를 쓸 것이다. 이것이 좌우로 움직이도록 함으로써 시간을 조정하고 있다는 것을 보여주어야 한다. 문 위쪽에 달린 차양 그늘 속으로 초록의 반암과 흰 대리석, 그리고 어두운 청동색이 어우러져 멋진 빛을 내도록 할 것이다. 이것은 아흐멧의 아이디어였다.

모든 결정을 내렸을 때 자정을 알리는 종이 울렸다. "이게 어떤 시간인지 아니?" 나는 조금은 두려운 마음으로 아들에게 물었다.

"아니요. 그게 왜 중요한데요?"

"밤 열두 시에 네가 태어났단다."

아흐멧은 미소를 지으며 얼굴을 붉혔다. 그는 그 얘기를 듣고 기뻐했지만 곧 미간을 찌푸리고 고개를 숙였다. 자신의 대답에 내가 마음이 상했을까 두려운 눈치였다. 하지만 침묵은 오래가지 않았다.

"아버지, 그렇게 감상적으로 생각할 필요는 없어요. 생각의 차이 때문에 서로를 포기하면, 함께할 수가 없어요. 그냥 지금처럼만 지내도 훨씬 더 우리 관계가 편안해질 거예요."

나는 이 말을 듣고 알 수 없는 불안감을 느꼈다. 그리고 그로 인해 우리 프로젝트에 무슨 문제가 있는지를 알게 되었다. 720평방미터의 커다란 홀을 어떻게 시작해야 할까? 나는 이 생각으로 밤새 뒤척였다. 동틀 무렵 우리 집에 있는 카흐베시바시 사원 공동묘지의 쇠 울타리가 떠올랐다. 그 비슷한 울타리로 홀을 둘로 나누어 공간을 시각적으로 좁게 만들면 될 것 같았다. 하지만 그것만으론 충분하지 않았다. 공간을 분할할 다른 뭔가가 필요했다. 아흐멧이 학교나 친구로부터 빌려온 건축 잡지에서 도움이 될 만한 사진을 발견했다. 나는 쇠 울타리 한가운데 네 개의 커다란 기둥을 세우기로 결정했다. 각각 동서남북을 가리키는 증기선의 굴뚝만큼 커다란 기둥을. 그렇지만 지붕이 유리로 된 홀에는 그런 기둥이 필요 없었다. 때마침 좋은 착상이 떠올랐다. 기둥을 제대로 사용하려면 홀은 2층이 필요했다. 그것은 시간조정연구소에 딱 어울리는 아이디어였다. 우리의 일자리를 마련하기 위해 연구소를 설립했던 것처럼, 우리는 이제 네 개의 기둥에 역할을 부여하기 위해 2층을 지을 것이다. 아침 무렵 또 다른 아이디어가 떠올랐다. 기둥 네 개를 일렬로 나란히 세워놓아 사람들이 지나다닐 수 있는 문의 기능을 하도록 하는 것이었다. 오른쪽에서 왼쪽으로 가려면 아침 기둥의 문을 지나 점심 기둥을 가로질러 저녁 기둥 계단을 올라 다시 밤 기둥 계단으로 내려왔다. 반대 방향에서는 밤과 저녁과 점심 기둥을 지나 아침 기둥의 울타리 문에 다시 도착했다.

나는 아침을 먹으면서 아흐멧과 의논을 했는데, 그 아이 덕분에 세 개의 회랑이 있는 우크세레펠리 사원의 첨탑을 떠올릴 수 있었다. 누구나 알듯이 거기에는 세 명의 무에진(이슬람 사원에서 기도 시각을 알리는 사람)이 각기 다른 계단으로 올라가서 서로 마주치는 일이 없었다. 우리의 네 기둥에서는 정반대가 될 것이다.

유리와 동으로 된 벽을 통해 사람들은 두 개의 계단을 오르내리며 서로를 잘 볼 수 있을 것이다. 나는 전통적인 네잎 클로버 형태의 네 개의 기둥이 있는 단조로운 중앙 홀에 변화를 주려면 기둥을 비스듬히 놓는 것이 더 합리적이라는 생각이 들었다. 물론 모든 기둥은 주춧돌 위에 작은 다리를 올려놓아 서로 연결시켰다.

거기까지는 별 무리가 없었다. 하지만 2층이 걱정이었다. 사실 기둥과 쇠 울타리로 문제가 해결된 것이 아니라 단지 한 층 위로 밀어놓았을 뿐이었다. 여기에서 다시 나의 과거가, 좀 더 정확히 말하면 커피하우스에서 신문을 읽으며 시간을 죽이던 시절이 도움이 되었다. 신문에서 읽었던 마천루 옥상처럼 2층 공간에 정원을 설치하기로 했다. 이것이 결정된 뒤, 기둥과 양쪽 공간 사이 두꺼운 유리를 통해 홀 안으로 햇빛이 비치도록 하는 아이디어가 떠올랐다. 사실 우리 건물 주변에는 뜰이 충분했다. 그리고 최고의 마천루 정원들은 31층이나 36층에 있었다. 하지만 이렇게 하면 적어도 우리 동료들이 밖을 한번 내다보기만 해도 꽃을 볼 수 있고, 3층 높이의 뜰과 연결되는 창문을 통해 쏟아지는 햇볕을 쬘 수도 있었다. 나는 정문과 6번 전시관 앞에 있는 다른 두 개의 정원과 마찬가지로 이 정원을 시계 모양으로 조경하기로 결정했다. 특별한 차이가 있다면 거기에 아흐멧 자마니의 흉상을 설치하는 것이었다. 그리하여 이 홀은 우리의 고전 건축과 현대 건축의 요소가 혼합된 대단한 건축물로 평가받았다.

네 개의 전시관은 여러 층으로 지어야 했다. 커다란 정문이 있는 '열두 시'를 상징하는 전면 전시관 및 그 옆에 숫자 1과 11이 적힌 두 개의 전시관은 각각 두 개의 층으로 짓고, 맞은편 '여섯 시' 전시관은 세 개의 층으로 지어야 했다. 후자의 경우 1층은 공간을 분할하지 않고 양쪽에서 빛이 들어오는 두 개의 넓은 창이 있는 커다란 공간으로 남겨두었다. 그리고 2층은 자유롭게 오갈 수 있는 두 개의 둥근 응접실로 꾸미면서, 제일 꼭대기 층은 나머지 전시관과 똑같이 공간을 분할하기로 했다. 하지만 위층으로 올라가는 계단을 건물 안에 설치하는 대신, 3층으로 올라가는 계단은 5번 전시관에서, 4층 계단은 7번 전시관에서 시작하도록 설계했다. 그와 더불어 6번 전시관은 유리로 된—하나는 짧고, 하나는 좀 더 길면서 구부러진—두 개의 옥외 계단을 통해 또 다른 전시관과 연결되었다. 이에 반해 1층은 곧바로 홀과 연결되었다.

건축학적으로 불필요한 이런 혁신적인 구조는—이는 무사크 박사를 기념하기 위한 것인 동시에, 라미즈 박사가 나에 대한 정신분석을 하면서 인간의 의식을 집에 비유한 것에서 아이디어를 얻었다—중앙 홀에 세운 기둥만큼이나 높은 평가를 받았다. 그로 인해 나는 국제건축가연맹의 명예회원이 되었고 몇몇 외국 협회로부터 메달과 훈장을 받았다.

6번 전시관 1층이 회의실이 된 것은 말할 필요도 없었다. 2층의 원형 응접실 두 개는 소회의실로 쓰였다. 꼭대기 층은 사브리예에게 전적으로 맡겨졌다. 그녀와 주변 사람들과의 복합적인 관계를 고려한 결정이었다. 그녀의 호기심과 염탐 벽을 말릴 다른 방법이 없었다.

2층의 원형 공간이 시계의 톱니바퀴를 형상화한다는 것은 당연한 조치였다. 4번 전시관 역시 둥근 응접실이 있었는데, 그것은 초침판을 상징했다. '안팎으로' 모든 것이 시계와 같아야 한다고 기준을 제시함으로써 할리트 아야르시를 난감하게 만들었던 나의 빛나는 아이디어는 결국 터무니없는 건축 혁신으로 이어지는 원동력이 되었다.

내가 그 일을 하면서 유일하게 얻은 게 있다면 아흐멧과 함께 시간을 보낸 것이었다. 나는 정말 그 아이가 그리웠고, 그 시간이 다 끝났다는 게 슬펐다. 우리의 이별은 운명이었다. 아흐멧은 나를 사랑했지만, 나의 생활과 일하는 방식을 견디지 못했다. 마지막 날 저녁, 우리는 무사크 박사를 추모하며 수많은 성냥갑을 이용하여 제작한 최종 모델 앞에서 시간을 보냈다.

아들은 계단과 기둥 그리고 건물 전체 모양에 대해 조롱조의 평가를 했다. 나는 아흐멧의 까만 포도송이 같은 눈과 가느다란 입술, 그리고 솜털 수염으로 인해 점차 바뀌어가는 얼굴을 물끄러미 바라보았다. 내게 절대 속마음을 털어놓지 않았지만, 나를 도우려고 자신의 그늘 속에서 뛰쳐나온 이 어린 사내는 나의 일부나 다름없었다. 그런데 아이를 이렇게 바꾸어놓은 것은 무엇일까? 나는 그 아이가 나를 닮지 않은 것, 의식 속에서 나를 거부하고 있는 것에 화가 나지 않았다. 그의 유일한 구원이 나를 닮지 않은 사실이라는 걸 깨닫고 기쁘기까지 했다. 단지 아흐멧이 그런 힘을 어디에서 찾는지 궁금할 뿐이었다. 타크리비 아흐멧 에펜디의 마지막 종손인 그는 어떤 인도의 별을 따라 여기까지 온 것일까? 가장 놀라운 건 나에게 어떤 증오심도 갖고 있지 않다는 점이었다. 그의 평온은 당연한 것이 아니었다. 내 아들은 가족 간의 유대를 끊었을 뿐만 아니라 내 능력으로 인해 가질 수 있었던 안락을 포기했다. 아니, 훨씬 더 어려운 도전을 선택했다. 즉 그는 자기 자신을 극복했던 것이다.

그때 문득 에미네가 죽은 뒤 몇 년 동안 제흐라와 아흐멧이 저녁마다 나를 기다리면서 서로 부둥켜안고 울던 기억이 떠올랐다. 나는 눈시울을 붉혔다. 아흐멧이 좀 더 붙임성 있는 아이였다면, 나는 그런 얘기를 털어놓으며 용서를 구했을 것이다. 하지만 일이 모두 마무리되자, 아흐멧은 내면의 갈등을 마친 최상급반 학생의 모습으로 바뀌어 있었다. 그래서 그런 고백은 엄두조차 낼 수 없었다.

"누나와는 어떻게 지내냐?" 대신 나는 이렇게 물었다.

"저는 누나가 정말 좋아요." 아흐멧은 환한 표정으로 스웨터를 가리켰다.

"이것도 누나가 떠줬어요."

우리 사이엔 다시 침묵이 흘렀다. 나는 생각했다. '이렇게 아들과 마주하고 있구나. 하지만 우리는 다시 정서적으로 멀어질 수밖에 없어. 일이 끝나면 우리 사이의 오랜 틈이 다시 벌어질 거야. 그러면 이 아이는 휴일이나 내가 아플 때만 찾아오겠지.'

끔찍한 생각이자 피할 수 없는 딜레마. '아흐멧은 자기 자신이 되기 위해 나를 잊어야 했던 반면, 나는 이 아이를 통해 나의 일부를 찾았어. 아흐멧은 이해하지 못할 거야. 아흐멧은 나의 행운이 끝났다고 생각하고 있어. 그건 맞는 말이야. 하지만 나는 이 아이의 운명을 지켜보는 것이 두려워.'

우리 사이의 틈은 그대로였다. 우리는 가끔 서로에게 손을 내밀었다. 그러고 나면 다시 각자의 세계로 돌아가야 한다는 것에 나는 울적해졌고, 아흐멧은 기뻐했다. 나는 그런 기분이 그날 저녁으로 끝날 것임을 잘 알았다. 이튿날이 되면 나는 성냥갑을 바구니에 쑤셔 넣고 연구소로 가서 다른 사람이 되었다. 그리고 그날 낮에는 박수갈채를 받았다. 할리트 아야르시는 내가 한 실수에 대해서는 직접 해결하도록 했다. 그래서 내가 그 일을 잘 처리하면 몹시 잘 대해주었다. 그뿐만이 아니었다. 저녁이면 모든 골치 아픈 일을 잊고 셀마를 만났다. 그리고 나는 사브리예가─그녀는 몇 달 전부터 연구소에 몸을 숨기고 있었다─셀마와 파키제의 화를 돋우기 위해 몇 주째 소개해주는 소녀와 잠자리를 할 수도 있었다. 그것은 나 자신을 변화시키고 잊기 위한 또 다른 방법이었다. 전날 이미 세헤르는 나와 대화를 나누면서 비꼬는 투의 말을 던졌다. 앞으로 이런 여자를 무시할 수는 없을 것이다. 나는 망각의 늪 속에 계속 빠져 있었다. 하지만 결코 그 시간의 행복, 아들과 함께했던 시간의 행복은 다시 맛볼 수 없을 것이다.

이 모든 일은 내 인생 단 한 번의 사건에서 비롯되었다. 에미네가 죽지 않았더라면, 그런 일은 벌어지지 않았을 것이다. 아흐멧이 그런 나의 생각을 읽고 일어서면서 말했다. "걱정하지 마세요. 이제 종종 들를게요. 전 이제 강해졌어요."

난생처음 아들은 나를 진심으로 포옹했다. 아흐멧은 과거의 내 모습대로 나를 받아들이는 것에 익숙했다. 나는 아들을 가만히 쳐다보며 어떤 아가씨를 사랑했고 또 사랑하게 될지 그려보았다. 그 나이 또래 자식들은 모두 아버지로부터 벗어난다. 하지만 아흐멧은 벌써 두 번째였다. 나는 밤에 잠자리에 누워 당시의 비참했던 우리 집을 그려보았다. 동이 틀 때까지 어린 아흐멧이 돌출창에 올려놓은 깨진 아욱 화분이 머리에서 떠나지 않았다. 나는 아침에 다시 아들을 볼 수 있다는 기쁨에 이불 속에서 이리저리 뒤척였다.

2

나의 프로젝트, 좀 더 정확히 말해 아흐멧의 서툰 디자인에 따라 성냥갑으로 조립한 건축 모형은 할리트 아야르시의 열렬한 환영을 받았다. 나의 설명을 들으면 들을수록 그의 만족도는 점점 더 커졌다. 나의 말이 다 끝나자 자리에서 벌떡 일어나 축하의 인사를 전했다. 오히려 내가 그의 들뜬 마음에 제동을 걸고 싶을 정도였다.

"천천히, 계속해서 개선해나갈 생각입니다. 그런데 응접실 열두 개와 그보다 작은 공간 마흔 개는 대체 어디에 써야 할까요?"

하지만 그는 내 말을 듣는 둥 마는 둥 했다.

"당신은 자신의 공을 전혀 과시하지 않는군요! 정말 훌륭해요. 특히 가장 큰 문제를 해결했어요. 중앙에 있는 이 큰 홀을 어떻게 할까 두 달 전부터 고민했는데, 당신 아이디어는 정말 최고예요!"

"난 홀에 대해서는 아무런 얘기도 하지 않았어요!"

"지금은 그런 논의를 할 필요가 없어요. 우리는 말하지 않아도 서로를 이해해야 해요! 우리 둘의 실수는 처음에 회중시계만 염두에 둔 것이에요. 하지만 당신과 내가 성물 시계를 떠올리자마자 모든 게 완전히 달라졌어요. 당신이 나보다 한 수 위예요. 그리고 많은 공간에 대해서는 신경 쓰지 마세요. 우리 둘 다 일가친척들이 많으니 계속 사람을 추천해야 합니다. 그리고 시간조정정거장에서 이리로 옮겨올 직원들도 있고요. 내 말은 빈 사무실이나 회의실이 그 용도를 찾을 거란 얘깁니다. 이름을 짓고 그것에 맞는 공직의 역할을 만들어내는 식으로 말입니다. 당신은 사브리예에게 정말 훌륭한 자리를 만들어주었어요. 사브리예가 이건물 꼭대기에 독수리처럼 둥지를 튼 것은 정말 대단한 아이디어예요. 하지만 그 부분에 대해서는 나중에 얘기합시다. 이제 기자회견을 열어 당신의 성공을 널리 알리도록 합시다!"

상당수의 독자들은 당시의 기이하면서도 정말 우스꽝스러운—다 지나간 일이기 때문에 고백할 수 있다—분해 가능한 성냥갑 건축 모형 옆에서 찍은 우리 사진을 기억할 것이다. 프로젝트에서 그 성냥갑 모형으로 엄청난 박수갈채를 받을 때조차, 나는 시끌벅적한 비판에 시달렸다. 그것으로 나는 다시 한 번—내 운명이라고 할 수 있는—천재이자 사기꾼이 되었다. 물론 이제는 그런 상황에 익숙했다. 중앙 홀의 자랑거리이자 반짝이는 아이디어인 네 개의 기둥과, 6번 전시관의 두 층과 독자적으로 연결된 두 개의 계단은 혁신을 좋아하는 지지자들로부터 열렬한 환영을 받았다. 나를 좋아하는 어떤 기자가 그것에 대해 며칠에 걸쳐 이런 기사를 썼다. "참신하다. 처음부터 끝까지 참신하다. 말로 표현할 수 없을 정도로 새롭다. 새로움이여 영원하라!" 또 다른 기자는 우리 모두를 행복한 사람이라고 칭찬했는데, 그것은 우리가 "전통의 고전적인 형태로부터 벗어났기 때문"이라고 했다. 세 번째 기자는 건물들과 연결된 —나는 오직 다리를 위해 세 개의 전시관 사이 공간을 내버려두었다— 몹시 장식적인 다리들과 특이한 계단을 칭송하면서 다음과 같은 문장으로 마무리했다. "우리 터키어의 새로운 구문론처럼, 새로운 건축 언어가 꽃을 피웠다. 하이리 이르달의 대성공에 대해 경쟁자들은 어떤 반응을 보일 것인가?" 네 번째 기자는 좀 더 열광적이었다. 그에 따르면 나는 새로운 구문론에 어울리는 건물을 구상했을 뿐만 아니라 추상적인 건축물을 창조했다. 나의 성냥갑 건축 모형은 시장에 큰 영향을 미쳤다. 그래서 성냥 제조 독점 관리업체는 새로운 건축에 꼭 필요한 기초 재료인 성냥갑을 충분히 제공할 수 없을 정도였다. 우리는 정기적인 언론 성명을 통해 끊임없이 논쟁을 불러일으켰다. 내가 각각의 전시관에 모두 다른 색을 칠하겠다고 선언하자 다시 토론이 불처럼 일어났다.

그에 반해 현대 건축학적 측면에서 내 작품은 전혀 인정을 받지 못했다. 급기야 우리는 건축 감독과 필요한 철근 콘크리트 양을 산정할 전문가를 구하는 데도 어려움을 겪었다.

성냥갑 모형과 계단 디자인에 관해 무사크 박사에게 얼마나 큰 빚을 지고 있는지에 대해서는 이미 언급했다. 이 자리를 빌려 나는 그런 동지 같은 친구들에게 다시 한 번 경의를 표하고 싶다. 사실 나는 그가 왜 우리 도시에서 태어나지 않았는지 이해할 수 없다. 이 건물이 완성되면 틀림없이 그는 나를 축하해줄 것이다. 무엇보다 당시 작은 실수에도 사정

없이 그를 책망했던 사람들에 맞서서 그의 이름으로 내가 복수하는 것을 지켜보면서 자랑스러워할 것이다. 내가 받은 모든 박수갈채는 그에 대한 일종의 보상이었다. 나는 또한 시계은행과 연구소 예산에서 내게 지불한 특별수당을 언제든 그와 나눌 준비가 되어 있다.

이런 찬란한 성공에도 불구하고, 할리트 아야르시가 내게 시계주택의 건립 계획을 맡으라고 제안했을 때, 전에는 그토록 박수갈채를 보내던 친구들 중 누구도 그 일에 관심을 보이지 않은 것은 정말 이상한 일이었다. 몇 달 전부터 연구소 건물이 매우 독창적이라고 떠들어대면서, 적어도 일주일에 한 번은 건축 현장에 들렀다가 돌아가는 길에는 축하 인사를 하러 내 사무실 앞에 몰려들던 가장 친한 친구들조차 이에 대해 일제히 반대하기 시작했다.

"그건 개인주택으로 지어야 해. 그래야 언젠가 우리 자식들에게 물려줄 수 있지! 특이해선 안 돼! 튼튼하고 값싸고 안전하기만 하면 돼!" 그런 악의 없는 항변이 이어졌다. 어떤 사람들은 더 강하게 비판의 목소리를 높였다.

"우리가 힘들게 번 돈으로 실험을 할 수는 없어! 우리는 천재의 장난이 아니라 집을 원해!"

이런 의견을 가진 사람들 중에는 나를 잘 안다고 생각했던 라미즈 박사도 있었다.

"말도 안 돼, 이 친구야! 대체 이런 이상한 계단을 뭐에 써?"

나는 인간의 정신세계에 대한 그의 설명을 듣고 영감을 얻었다. 그렇기 때문에 라미즈 박사 역시 계단 없는 위층에 대해 책임이 없지 않다는 것을 입이 닳도록 설명했다.

하지만 그는 거듭 이 말만 되풀이했다. "당신은 혼동하고 있어요. 집은 물건이지만 인간의 의식과 지식은 달라요."

유일하게 게으름뱅이 아사프만이 자신의 본래 입장을 고수했다. 손에 파리채를 들고—여름이면 그는 늘 파리채를 들고 돌아다녔다—그 주제와 관련된 세 번의 회의에 말없이 참석했던 것이다. 그리고 네 번째 회의에서 내 옆에 살그머니 다가와서 이렇게 속삭였다. "아, 하이리, 그만두는 게 낫겠어! 아버지가 나한테 물려준 집이 한 채 있는데, 그걸 네가 수리해봐. 그걸로 네 호기심을 실컷 채울 수 있을 거야!"

아내 역시 다른 사람들과 생각이 같았다. 처음에 그녀는 성냥갑 건축모형 앞에서 사진을 찍기 위해 서른다섯 번이나 포즈를 취했다. 하지만 내가 우리 집 설계까지 할 거라는 말에 벌컥 화를 냈다. 나는 아내와 딸과 사위의 의견이 일치한 것을 처음 보았다.

"맙소사!" 파키제가 소리를 질렀다. "어떻게 당신이 설계한 집에서 산단 말이에요?"

제흐라는 내 맘을 돌리려고 애교를 떨었다.

솔직히 나는 시계주택을 짓고 싶은 생각은 없었다. 그보다는 인간의 심리를 공부하는 게 더 흥미로웠다. 다른 사람들은 나와 같을까? 아니면 조금씩 다를까? 꼭 그 답을 알고 싶었다. 틀림없이 사람들은 나와 마찬가지거나 오히려 더 나쁠 것이다. 그들의 이기심은 끝이 없었다. 세금에 관대하고 내 작품을 자랑스러워했던 조건 없는 새것 옹호자들이, 이해관계에 얽히자마자 순식간에 돌변했다. 그들은 할리트 아야르시의 말도 들으려 하지 않았다.

"우리는 실험용 토끼가 아니에요!" 끊임없이 이 말만 되풀이했다. 그들은 다시 본성을 드러냈다. 적어도 이 면에서 그들은 모두 똑같았다. 할리트 아야르시는 사람들의 반대에 시달리다 못해 계속 나를 찾아와서 신세 한탄을 했다.

"이게 어떻게 가능한 일입니까? 이 세상에서 가장 현대적인 연구소에서 가장 개혁적이고 이상적인 조건에서 일하는 사람들이 어떻게 이럴 수 있습니까? 어찌 이렇게 아무것도 모른단 말입니까? 그들은 대체 우리 연구소에서 뭘 추구하는 겁니까? 왜 그들은 새 건물에 박수를 보내며 우리에게 축하 인사를 했을까요? 그 모든 게 사기였어요!"

나는 그에게 상황을 납득시키려고 애썼다.

"아니에요, 그 모든 게 사기는 아니에요. 사람들은 두 가지 점에서는 솔직했어요. 최소한 그들 자신에게 영향을 미치지 않는 한에서 새로운 것을 찬양했어요. 지금도 여전히 그런 조건에서는 새것을 찬양합니다. 하지만 개인생활에서는 더 많은 안정과 무사안일을 추구합니다."

"어떻게 그럴 수 있나요? 인간 머릿속에 두 가지 논리가 공존할 수 있습니까?"

할리트 아야르시는 절망에 빠졌다.

"물론 그럴 수 있어요. 아니면 개인의 이해관계가 변할 때마다 논리도 따라 바뀌거나."

"이해할 수가 없군요! 내 평생의 업적이 모두 망가졌어요! 이건 이제 내 연구소가 아니에요!"

그의 관자놀이에 땀이 송골송골 맺혔다. 그런 모습은 난생처음이었다. 그는 온 힘을 다해 반대 의견에 맞섰다. 그리고 이제 그를 따르던 사람들 중 몇몇한테도 배신감을 느꼈다. 할리트 아야르시는 멍하니 앉아 있었다.

"권투 경기 본 적 있죠?" 내가 물었다. "처음엔 경기를 똑바로 보지 못합니다! 하지만 어느덧 열기에 휩쓸려서 한쪽 편을 듭니다. 우리 선수가 제대로 때리지 못하면 흥분해서 '어서, 좀 더 세게 쳐!'라고 고함을 치죠. 그리고 우리 선수가 그렇게 못하면 한숨을 쉽니다. 그런데 우리 중 그 선수의 자리를 맡을 사람이 누가 있을까요? 없어요, 그렇죠? 우리 직원들도 다르지 않습니다. 그들은 우리의 싸움을 팬으로서 지켜보았고 응원했어요. 그건 진심이었어요. 하지만 당신이 지금 '자, 어서 링 위로 올라가!'라고 말하면, 상황은 완전히 달라져요. 모두들 자기 안전과 이해관계를 따지고 있는 겁니다!"

"이 사람들은 나를 믿지 않아요! 그들을 우리 연구소로 불러모은 건 아무 쓸모없는 짓이었어요! 공연히 우리만 고생했다고!"

"아뇨. 사람들은 여전히 당신을 믿어요. 그들에게 손해가 가지 않는 한. 그런데 난 그들의 믿음이 당신에게 왜 그리 중요한지 모르겠군요."

"그래도 일은 일입니다!"

시계주택을 둘러싼 지루하고 힘겨운 논쟁으로 인해 할리트 아야르시는 그야말로 지칠 대로 지쳐 있었다.

네 번째 회의는 가장 격렬하게 진행되었다. 이번에는 할리트 아야르시가 협박을 가하는 지경까지 이르렀다. 그러나 아무 소용이 없었다. 마법은 깨졌다. 반대파가 너무 강경해서 그에게는 말 한마디 할 기회조차 주지 않았다. 다수파는 시계주택은 아주 일반적인 주택이어야 한다고 요구했다. 그 이후 할리트 아야르시가 제일 먼저 자리를 떠서 내가 회의를 떠맡게 되었다. 연구소 회의에서 처음으로 투표권을 쓸 수밖에 없었다. 그리고 절대 다수의 의지에 굴복하여 스스로 물러났다.

나는 할리트 아야르시의 사무실로 갔다. 그곳에서 아주 낯선 그의 모습을 목격했다. 그는 고모에게 내주었던 안락의자에 앉아 있었는데, 두 발을 탁자에 걸쳐놓은 채 생각에 잠겨 있었다.

"어디선가 실수를 한 게 분명해요." 그가 나를 바라보면서 입을 열었다. "어디였을까요? 그것만 좀 알 수 있으면 좋겠군요!"

"나도 몰라요. 최선은 모든 걸 잊는 겁니다. 결국 시계주택은 그 사람들 집이에요. 그들이 원하는 대로 짓도록 합시다. 우리는 간단히 여러분들이 좋으면 됐다고 말하면 됩니다."

그는 나를 뚫어져라 쳐다보았다.

"당신은 왜 그리 나를 이해하지 못합니까? 내가 어디선가 잘못되었다고 말했잖아요!"

나는 웃으면서 그를 위로하려고 했다.

"그건 아마 나를 건축학의 천재로 평가한 일이겠죠! 당신은 내가 문외한이라는 걸, 그야말로 아무것도 모른다는 걸 인정해야 해요!"

그는 어깨를 으쓱했다.

"그런다고 뭐가 달라지나요?"

"우린 사람들을 갖고 장난을 쳤어요. 그걸 모르시겠어요?"

"아니에요, 그건 절대 아니에요. 우리가 속았어요. 우린 사람들을 너무 믿었어요."

그는 벌떡 일어서서 사무실을 서성거리기 시작했다.

"이 연구소는 더 이상 내 것이 아닙니다. 이제부터 나도 다른 사람들과 같은 입장입니다."

이윽고 할리트 아야르시는 모자도 쓰지 않은 채 밖으로 나갔다.

그렇게 절망적인 그의 모습을 본 것은 처음이었다. 하지만 막무가내로 이 모든 일을 벌인 인물 역시 그였다. 새 건물에서 국제학술대회가 열리자, 할리트 아야르시는 본래의 모습을 되찾았다. 점잖게 미소를 지으며 머리끝에서 발끝까지 신사처럼 행동했다. 결국 학술대회는 그를 경외하는 자리가 되었다. 그는 폐회식에서 두 시간에 걸친 일장연설을 했고 열광적인 환호를 받았다.

하지만 가장 가까이 지낸 사람으로서 나는 그가 더 이상 과거의 할리트 아야르시가 아님을 분명하게 느꼈다.

연구소의 갑작스런 해체가 할리트 아야르시의 심신 상태와 깊은 관련이 있음은 틀림없었다. 그가 예전의 에너지와 열정을 유지했더라면 우리가 그렇게 예기치 못한 비극적인 종말을 맞지는 않았을 것이다.

연구소의 해체로 이어진 사건이 있은 날, 그가 연구소에 있었다면 결과는 매우 달랐을 것이다. 할리트 아야르시는 그런 새로운 상황에서 어떻게 해야 할지 항상 잘 알고 있었다. 하지만 그는 부재했다. 몇 달 전부터 코빼기도 비치지 않았다. 외국 대표단이 도착했을 때, 나 혼자 있었다. 그사이 그런 일을 많이 치렀음에도 나는 그 방문의 의미를 제대로 파악하지 못했다. 한술 더 떠 어느덧 나는 예전보다 연구소를 덜 의심하고 있었다. 할리트 아야르시가 열심히 가르친 덕에 서서히 연구소를 중요한 현대적인 기관으로 여기게 되었다. 새 건물과 그 밖의 우리 업적들이 과도한 박수와 사랑을 받음으로써 과거의 의구심이 고개를 들 자리가 없었다. 나는 외국 대표단을 데리고 연구소의 구석구석을 샅샅이 보여주면서, 우리의 업적에 대해 자세히 설명해주었다.

하지만 이번 대표단은 전임 대표단들과는 완전히 달랐다. 시계를 상징하는 현관도, 특이하게 설치한 옥외 계단도, 커다란 타자기실에서 대표의 지휘에 따라 완벽한 리듬에 맞춰 타자기를 두드리는 일흔 명의 비서들도 대표단에게 아무 인상도 주지 못했다. 화기애애한 분위기에서 시작한 시찰은 상당히 썰렁한 분위기로 끝이 났다.

우리가 다시 내 사무실로 돌아왔을 때, 대표단 단장은 차를 마시는 대신 곧바로 전화기로 향했다. 그리고 0135를 눌러 시간을 묻자 즉시 답변이 돌아왔다. 이윽고 그는 벽시계를 보더니 내게 다가왔다.

"이렇게 간단한데, 이 연구소는 왜 있는 겁니까?" 그가 물었다.

그건 연구소 설립 이후 내가 할리트 아야르시에게 던진 질문과 정확히 일치했다. 할리트 아야르시는 늘 진지하고 논리적인 답변을 했지만, 그것은 나를 납득시키기보다는 침묵하게 만들었다. 안타깝게도 나는 할리트 아야르시가 아니었다. 나는 단장의 달변과 날카로운 논리에 제대로 대처하지 못했고, 상대가 던진 질문은 내가 설득할 만한 것도 아니었다. 그는 나의 답변을 듣는 둥 마는 둥 했다.

"이 연구소의 존재 이유는 뭡니까?" 그는 집요하게 되물었다.

나는 전 세계에 비슷한 기관들이 있다는 사실을 고려해달라고 말하고, 할리트 아야르시가 늘 그랬던 것처럼 연구소가 제공하는 정규직과 비정규직 일자리에 대해 보고했다. 하지만 남자는 작별인사도 없이 떠났다.

그럼에도 나는 그 이상한 방문이 어떤 결과를 초래할 것인지 전혀 눈치채지 못했다. 다만 만전을 기하기 위해 할리트 아야르시에게 전화를 걸었다. 그는 집에 없었다. 여기저기 수소문했지만 통화를 할 수가 없었다. 사흘 뒤 연구소를 해체하기로 결정했다는 소식이 전해졌다. 나 자신에게 그리 큰 충격은 아니었다. 나는 오래전부터 모든 것에는 끝이 있기 마련이라고 생각했다. 특히 그 미국인의 방문 이후 왠지 불안했다. 시간조정연구소는 그 역할을 다했다.

그렇지만 연구소는 내 삶의 일부가 되었다. 나는 심혈을 기울여 일했다. 직접 설계한 내 사무실, 그 옆에 수많은 밤을 보낸 내 휴게실, 작은 미국식 바, 내 가구, 벽에 걸린 사진들, 이 모든 것이 매우 익숙했다. 무엇보다 내가 손수 만든 정원에 집착했다. 이제는 내 손으로 직접 심은 나무가 자라는 모습을 지켜볼 수 없을 것이다.

연구소 해체 명령을 받고 다시 할리트 아야르시에게 전화를 걸었다. 삼십 분 뒤에야 그가 집으로 돌아온다는 얘기를 들었다. 전화기를 손에 든 채 나는 탁자에 앉아 깊은 생각에 잠겼다. 언젠가는 연구소가 쓸모 있는 역할을 할 수 있을지도 모른다. "할 일을 스스로 찾아낼 거야!" 할리트 아야르시는 항상 그렇게 말했다. 어쨌든 이런 기회를 다시 얻을 수 없다는 게 안타까웠다. 그리고 연구소에는 우리보다 상황이 더 좋지 않은 삼백 명 가까운 직원들이 있었다.

나는 그들의 미래가 걱정스러웠다. 그 사람들은 어떻게 될까? 어떻게 다시 일자리를 찾을까? 우리는 무얼 할 수 있을까? 일자리는 결국 일자리였다. 아무리 쓸모없다 하더라도. 나는 추억을 기록할 것이다. 하지만 다른 사람들은 무얼 시작할 수 있을까?

삼십 분 뒤 할리트 아야르시와 전화 연결이 되었다. 나는 그에게 그 사실을 일깨워주었다.

"지금 슬픈 모양이군요." 그가 슬쩍 비꼬았다.

"당신은 그렇지 않아요?"

"전혀요." 그가 대꾸했다. "알다시피 나와 연구소의 관계는 예전 같지 않습니다. 연구소가 날 거부했어요."

"당신이 여기 있었더라면, 이번 사태를 막을 수 있었을 겁니다."

"유감이지만 나는 그 자리에 없었어요. 그 사실이 이미 우리 관계가 예전 같지 않다는 걸 보여주지 않습니까?"

"하지만 여기엔 우리 둘만 있는 게 아니에요! 삼백 명에 가까운 직원들은 어쩌란 말입니까?"

"아, 네…." 그는 잠시 뜸을 들였다.

"오늘 저녁에 좀 볼 수 있을까요?"

"난 그럴 생각이 없습니다." 그는 이렇게 말하고 전화를 끊었다.

이런 대답을 기대한 게 아니다! 다시 옛날의 분노가 솟구쳤다. 여하튼 저녁에 그가 날 찾아오기를 희망했다. 하지만 쓸데없는 짓이었다. 이튿날 낮에 그의 집으로 찾아갔지만, 아침 일찍 여행을 떠났다는 얘기를 들었다. 일주일 내내 나는 연구소 해체와 관련한 일에 시달렸다.

주말에 우리 집에서 이미 오래전부터 계획했던 파티가 열렸다. 좋지 않은 상황 때문에 취소하고 싶었지만, 아내를 설득할 수 없었다.

시계주택에서 열린 마지막 모임은 시작부터 순조롭지 않았다. 이웃의 절반은 이미 친인척이었고 나머지 절반도 새로 맺어진 결혼을 통해 가족이 된 이들로 최근 6개월 전부터 같은 구역에 모여 살면서 견원지간이 되어 있었다. 이웃 사람들은 크고 작은 초대나 왕래를 서로 주고받았는데, 그런 모임을 통해 다른 사람의 약점을 들추고 헐뜯을 기회를 얻을 수 있었기 때문이었다. 설령 억눌린 화와 나쁜 감정들을 거침없이 불쾌한 말로 쏟아내지 못할지라도, 적어도 미주알고주알 뒷담화 정도는 할 수 있었다.

나는 그런 이유 때문에 되도록이면 그런 만남을 피했고 가능한 한 아무도 내 집에 초대하지 않았다. 하지만 3년 전부터 막내딸 할리데의 생일파티를 크게 열곤 했다. 우리가 새집으로 막 이사를 했기 때문에, 파키제는 그 새로운 전통을 절대 깰 생각이 없었다.

아내는 나와 반대로 그런 모임을 싫어하지 않았다. 뭔가 적대적인 분위기에 겁을 집어먹고 물러서기보다는 오히려 자극을 받는 것 같았다. 신랄한 비난에 대해 음산한 미소로 복수할 수 있는 기회를 어떤 여자가 포기하겠는가? 그런 점에서는 여자가 남자보다 더 공격적인 것 같다. 이 부적절한 초대를 어떻게 그만두게 할 수 있을까? 그런 날이면 고급스러운 새 식기들을 사들이고, 특별한 이브닝드레스를 맞춰 입을 수 있는데? 파키제는 날이면 날마다 우리 가족을 빈정거리는 사람들에게 또한 번 우리의 재산과 젊음과 아름다움을 과시할 희망에 부풀어 있었다.

아내는 연구소의 해체가 결정된 후 분위기가 얼마나 좋지 않은지 제대로 파악하지 못했다. 그녀는 그런 분위기가 다만 지나가는 말 속에서 드러난 사소한 악감정과 관련이 있을 거라고 생각했다. 하지만 그런 이유 때문이 아니었다. 손님들은 이미 증오심에 가득 차서 우리 집에 들이

닥쳤다. 그들의 얼굴을 본 순간 이미 나는 그날 저녁 무슨 일이 닥칠지 직감했다. 차곡차곡 쌓인 분노와 시기심으로 뒤섞인 감정이 폭발하는 데는 시간이 얼마 걸리지 않았다. 정말 신기한 것은 우리만 그렇게 너무나 인간적인 감정의 표적이 된 것은 아니라는 점이다. 그들 모두가 서로의 표적이 되었다. 부부나 약혼한 사람들이나 모두 똑같이 서로 싸우느라 난리법석이었다. 온갖 과실과 실책들이 거론되었고, 누가 어디에서 어떻게 이득을 보았는지 조목조목 따졌다. 연구소의 해체 이유에 대해 모두 서로를 비난했다. 본인을 제외한 모든 사람들이 그것에 대한 책임이 있었다. 할리트 아야르시와 나는 공식적인 책임을 지고 있었기 때문에 당연히 그 비난을 감수할 수밖에 없었다. 술을 마시면 마실수록 서로에 대한 적대감은 점점 더 커졌다. 할리트 아야르시의 권유로 난데없이 우리 주변에 모였던 사람들은 우리에게 해명을 요구하는 것에 만족하지 않고 강하게 질책했다.

첫 번째 공격 대상은 파키제였다. 그들은 새로 산 그녀의 원피스를 완전히 무시했을 뿐만 아니라 손님으로서 기본적인 체면치레의 말도 하지 않았다. 그때까지 내 아내에게 늘 찬사를 보내는 것을 당연한 의무로 여기던 나이 어린 직원들도 파키제를 노골적으로 무시했다. 절친한 친구들의 아내들도 내가 다 들을 수 있는 거리에서 파키제의 나이를 가늠하며 그녀의 머리 염색제에 대해 쑥덕거렸다.

그다음엔 우리 집 가구들이 얼마나 품위 없고 싸구려 같은지, 우리가 그렇게 큰 집을 어떻게 꾸려나갈지를 두고 이러쿵저러쿵 떠들었다. 내가 이야기꽃을 피우던 세 사람 곁으로 다가갔을 때 "교활한 녀석"이라는 말이 들렸다. 분명 나를 두고 한 말이었다.

하지만 앞서 얘기했듯이, 다른 모든 이들도 난타를 당했다. 연구소의 해체와 더불어 서로에 대한 예의 역시 사라졌다. 참석한 모든 사람들 사이에 차갑고 신랄하며 적대적인 분위기가 흘렀고, 여기저기서 싸움이 일었다.

나는 활짝 열린 다이닝룸 덧문 앞에 반시간은 족히 서 있었지만 열 시쯤엔 싸움을 말릴 수 있을 거라는 희망도 포기했다. 처음엔 그토록 투지에 불타던 파키제 역시 그새 피신이라도 하듯 자매들 사이에 있었다. 유일하게 고모 한 사람만 끊임없는 장광설로 온갖 공격을 반박하며 자신을 방어하고 있었다.

그때였다. 손에 여행 가방을 들고 머리에 모자를 쓴 할리트 아야르시가 불쑥 나타났다. 그는 눈썹 하나 까딱하지 않고 나를 향해 성큼성큼 다가왔다. 그의 등장과 더불어 잠시 끊겼던 비난의 소리가 다시 불처럼 활활 타올랐다. 할리트 아야르시는 아랑곳하지 않았다. 그는 내 손을 잡고 흔들었다.

"이제야 오게 돼 정말 죄송합니다. 해체 결정을 조정하느라 늦었습니다. 말하자면, 해체는 기정사실이 됐지만, 원칙에 따라 처리하기 위해 상설해체위원회를 구성하기로 했습니다. 우리 직원 모두 이 새로운 기관에 일자리를 얻게 될 겁니다."

이윽고 그는 내 아내의 손에 입을 맞추었다. 우리는 함께 다이닝룸으로 들어갔다.

사람들이 우리 주변으로 우르르 몰려들었다. 갑자기 모든 사람이 친구가 되었다. 전보다 더 친해진 것 같았다. 이혼의 기로에 서서 두 시간 내내 서로를 피해 다니던 한 쌍의 부부가 한눈에 서로 입을 맞추며 화해했다. 사이가 틀어졌던 약혼 커플은 즉석에서 관계를 회복했다. 몇 쌍이 다시 화해를 했다. 모두들 연회석에 앉아 잔칫날 같은 분위기를 만끽했다. 세상에나! 이들은 조금 전 서로를 증오하고 헐뜯었던 것만큼이나 솔직하고 순수하게 새로 찾은 기쁨을 즐겼다.

나는 탁자에 앉아 할리트 아야르시에게 귓속말을 했다. "그럼 다른 사람들은요? 하위직 직원들은 어떻게 되죠?"

그의 안색이 어두워졌다.

"그 사람들을 위해서도 열심히 뛰었어요. 하지만 시간조정정거장 직원들을 위해 할 수 있는 일은 없었어요. 이제 당신이 해결책을 찾아야 합니다."

"왜 내가 해야죠?"

그는 놀란 눈으로 나를 쳐다보았다.

"내 실수가 명백히 드러났으니까요."

그 말을 끝으로 그는 게걸스럽게 음식을 먹기 시작했다.

한밤중이 지나 손님들이 모두 돌아갔을 때, 나는 내 서재에서 할리트 아야르시를 다시 만났다. 우리 사이에는 이상한 긴장감이 흘렀다. 세흐자데바시의 커피하우스에서 처음 만났을 때보다 그가 더 낯설게 느껴졌다. 우리는 백가몬 게임을 한 판 했다. 뒤이어 그가 작별인사를 하고 떠났다. 그날 밤 이후 할리트 아야르시를 다시 본 것은 끔찍한 교통사고를 당한 뒤 자기 집 침상에 죽은 채 누워 있는 모습이었다.

옮긴이의 말

아흐멧 함디 탄피나르(Ahmet Hamdi Tanpınar)는 터키 근대문학사에서 중요한 위치를 차지하는 소설가이자 시인이며 에세이스트이다. 터키인들은 매년 '이스탄불 탄피나르 문학페스티벌'이라는 문학축제를 열어 그의 업적을 기리고 있다.

1901년 이스탄불에서 태어나 1962년 세상을 떠난 탄피나르는 터키 역사의 격변기를 살았던 인물이라고 할 수 있다. 판사였던 아버지의 근무지를 따라서 자주 이사를 다니느라 이스탄불과 안탈랴를 비롯한 여러 도시를 전전하며 어린 시절을 보냈다. 그가 이스탄불 대학에 입학했던 1919년은 오스만 제국이 1차 세계대전 패전국으로서 연합국의 분할점령을 받던 때였다. 오스만 제국은 세계대전 당시 독일의 외교정책에 호응해 비밀동맹을 맺음으로써 전쟁의 소용돌이 속으로 휩쓸려 들어갔다. 식량과 물자의 부족으로 경제적으로 극심한 고통에 시달렸으며, 수많은 병사들이 전쟁터에서 목숨을 잃었다. 또한 패전국으로서 발칸 반도와 아랍 및 아프리카 지역의 대부분의 영토를 포기하고, '향후 5년 동안 그리스가 이즈미르를 통치할 것이며 아르메니아를 독립시키라'는 내용의 세브르 조약을 맺어야 했다. 이 굴욕적인 조약 체결 소식에 오스만 제국 내에서는 정부에 저항하는 범국민적인 운동이 전개되었다. 이와 같이 탄피나르가 대학에 다니던 시절은 역사의 혼란기였다. 그럼에도 그는 당대 가장 뛰어난 시인이었던 야흐야 케말(Yahya Kemal, 1884~1958)의

가르침을 통해 문학적 재능을 개발할 수 있었고, 터키 공화국이 수립되던 1923년 대학 졸업과 동시에 교사생활을 시작하였다. 십여 년 간의 교사생활 뒤 교수로 임용되어 대학에서 예술사를 가르쳤으며, 1942년부터 1946년까지는 잠시 정치에 몸을 담기도 했다. 하지만 이것은 적극적인 현실 참여의 의지나 권력욕에서 비롯한 것이 아니라, 형식에 머물 뿐 내실이 따르지 않는 관념적인 아카데미즘으로부터 벗어나기 위함이었다. 동시대의 많은 작가들, 예를 들면 나짐 히크메트(Nâzim Hikmet, 1902~1963)나 케말 타히르(Kemal Tahir, 1910~1973)가 오랜 감옥살이를 하며 고초를 당한 것과 달리 탄피나르는 비교적 안정적인 삶을 살았다. 현실 참여적인 터키 지식인들의 관점에서 봤을 때 이것은 하나의 오점이었다. 하지만 탄피나르는 시대를 앞서간 반역자이거나 보수적 반동주의자가 아니라, 근대에 대해 어떤 섣부른 기대도 품지 않은 고독한 멜랑콜리커이자 문학을 통해 우의적으로 현실을 비판한 풍자가에 가까웠다. "나는 시간의 흐름 한가운데 있지 않다. 그렇다고 완전히 벗어나 있지도 않다." 탄피나르가 쓴 시의 한 구절이자 그의 묘비명이기도 한 이 문장은 그의 삶을 함축적으로 대변하고 있다.

아흐멧 함디 탄피나르의 이름이 세상에 널리 알려진 것은 터키의 노벨문학상 수상작가인 오르한 파묵(Orhan Pamuk, 1952~)을 통해서였다. 파묵은 이스탄불과 추억에 대해 쓴 에세이 『이스탄불』에서 '네 명의 외롭고 슬픈 작가' 중 하나로 그를 언급하고 있다. 탄피나르는 격변의 시대에 외로운 생활을 하면서 소설과 시를 비롯하여 19세기 터키 문학사에 대한 중요한 글들을 썼고, 고대 그리스 비극을 터키어로 번역하기도 했다. 그는 『Sahnenin dışındakiler』(누가 무대 위에 있지 않는가, 1973), 『Aydaki kadın』(거울 속의 여인, 1987), 『Huzur』(마음의 평화, 1949) 등 다섯 편의 소설을 집필했는데, 살아생전 출간된 것은 안타깝게도 『마음의 평화』뿐이었다. 『시간조정연구소』는 1962년 탄피나르가 사망하고 몇 달 뒤에 세상에 나옴으로써 작가는 독자의 사랑을 제대로 알지 못했다.

『시간조정연구소』는 터키 근대문학에서 독보적인 위치를 차지하는 작품이다. 19세기로 거슬러 올라가는 터키 근대문학은 그 출발부터 서구의 모범에 의지하고 있지만, 『시간조정연구소』는 서구 소설의 모델을 따르는 동시에 터키 고유의 형식과 내용을 간직하고 있다. 쇠락해가는 오스만 제국 말기에 태어난 주인공 하이리 이르달이 파란만장한 삶을 살아가면서 각양각색의 사람들, 이를테면 보물 추적꾼, 연금술사, 정신분석학자, 게으름뱅이, 심령술사 등등과 어울리는 생생한 모습은 터키의 전통 그림자극인 카라괴츠(Karagöz)를 연상시킨다. 또한 탁월한 심리묘사로 인해 이탈리아의 이탈로 스베보(Italo Svevo, 1861~1928)에 비견되기도 한다.

이 소설은 크게 두 부분으로 나눌 수 있는데, 첫 부분은 오스만 제국이 몰락하기 직전 몇 년 간의 터키 사회를 반영하며, 두 번째 부분은 일차대전이 끝난 뒤 공화국 수립 이후 '시간조정연구소'의 설립과 해체 과정을 그리고 있다. 현란한 말솜씨로 무슨 일이든 추진력 있게 밀고나가는 근대주의자인 할리트 아야르시는 시계에 남다른 열정을 지닌 하이리 이르달에게서 아이디어를 얻어 시간조정연구소를 설립한다. 할리트 아야르시는 국가 발전과 근대적 규율이라는 명분으로 고위 공직자들의 마음을 사로잡고 마침내 정부의 재정적인 후원을 얻는 데 성공한다. 그가 내세운 시간조정연구소의 목적은 터키 전역에 있는 시계, 그러니까 공공 시설물의 시계와 개인 시계의 시간을 1초의 오차도 없이 정확하게 맞추는 것이었다. 이를 위해 다소 엉뚱한 벌금제도를 마련하여 국민들을 계도하기에 이른다.

그렇지만 근대성을 향한 의지가 끊임없이 새로운 것을 추구하는 속성을 지니고 있다손 하더라도, 민족적 전통과의 완전한 단절을 통해서 이루어질 수는 없었다. 할리트 아야르시는 연구소의 정체성을 확고히 하기 위해 가상의 인물인 17세기 오스만 제국의 시계 장인 아흐멧 자마니 에펜디를 발굴 창조하여 하이리 이르달에게 그의 전기를 쓰라는 임무를 준다. 이렇게 만들어진 영웅 아흐멧 자마니의 삶과 그의 시계 기술 및 철학을 널리 홍보함으로써 시간조정연구소는 이스탄불을 비롯한 근교 시골 마을에 수많은 시간조정정거장과 전 세계 곳곳에 지부를 두게 될 정도로 규모가 커진다. 하지만 직원들이 그들을 위해 설계한 새로운 양식의 집단 주택을 거부하는 사태를 맞으면서 연구소는 위기에 처하게 된다. 가장 현대적인 기관에서 가장 중요한 일을 한다고 떠벌리던 사람들이, 그들 생활에 직접적인 영향을 주는 새로운 주거형태에 대해서는 집단적인 거부감을 표명한 것이다. 설상가상으로 근대화를 기획하고 주도하는 위치에 있으면서 전근대적인 운영방식과 부정부패를 답습했던 시간조정연구소가 아무 짝에도 쓸모없는 기구라는 사실이 폭로된다. 그렇지만 연구소의 정체가 밝혀지고 해체가 결정된 그 순간, 할리트 아야르시가 연구소 해체위원회의 구성을 승인받음으로써, 연구소 직원 대다수가 다시 해체위원회에 채용되는 우스꽝스러운 일이 벌어진다.

이 소설은 연구소 부소장인 하이리 이르달의 회고록 형식을 띠고 있다. 작품의 주인공이자 화자인 하이리 이르달은 자신의 인생을 회고하면서 시간조정연구소의 설립과 해체 과정을 A에서 Z까지 빠짐없이 기술한다. 유약하고 의존적인 성격의 주인공은 정신적으로도 경제적으로도 안정되지 않은 삶을 살았다. 첫 아내인 에미네를 병으로 잃고 파키제와 재혼했지만 영화 속 세계와 현실을 구분하지 못하는 허영 많은 두 번째 아내와의 결혼생활은 행복하지 않았다. 첫 아내와의 사이에서 낳은 두 아이, 딸 제흐라와 아들 아흐멧과도 거리감이 있었다. 청년 시절 그는 시계 장인인 누리 에펜디의 공방에서 일한 바 있으며, 그 후 변변치 않은 일을 전전하면서 이스탄불의 커피하우스에서 심령술협회 회원들과 어울려 지냈다. 그러던 어느 날 할리트 아야르시를 만나게 되면서 시간조정연구소의 부소장이 된다. 그는 누리 에펜디로 대변되는 잃어버린 시대의 모범을 자신이 사는 시대에 보존할 능력도 없었고, 할리트 아야르시가 구현하는 진보에 대한 맹목적인 믿음과 뻔뻔스러움의 혼합물을 자기 것으로 만드는 데 성공하지도 못했다. 그로 말미암아 과거와 현재 사이에서 갈팡질팡하며 정체성을 찾지 못한다. 하이리 이르달의 이러한 모습은 몰락해가는 후기 오스만 제국의 상황과 전통적인 터키 사회의 어두운 면을 반영한다.

과거와 현재 사이에서 길을 잃은 터키 사회의 단면은 『시간조정연구소』가 묘사하는 시간관에서도 찾아볼 수 있다. 시계는 인간이 느끼는 시간의 흐름을 서둘러 앞서가거나 절룩거리며 뒤따라간다. 불면 날아갈 듯 만지면 부스러질 듯 마음대로 안 되는 것, 또한 멈추라 해도 하염없이 흘러가고 어서 가라 해도 느리게 뒤쫓아 오는 것이 우주의 '시간' 아닌가? 이것을 어떻게 한낱 피조물에 지나지 않는 인간의 고안물인—꽤 그럴듯하다고는 해도—기계장치의 리듬에 묶어둘 수 있단 말인가? 하지만 아이러니하게도 이렇게 삶의 시간과 시계의 시간을 일치시킬 수 없다는 사실 그 자체가 시간조정연구소의 존립 기반이었다. 터키 전역의 시계를 1초의 오차도 없이 정확하게 맞출 수 없기에, 늦거나 빠른 시계를 가진 시민들로부터 받아낸 벌금으로 연구소를 운영할 수 있었던 것이다. 누리 에펜디로 상징되는 이상적인 과거에는 시계가 주인의 성격에 적응하고 주인의 삶의 리듬에 따라 작동했다. "시계는 주인의 가장 가까운 벗이라고 할 수 있다. 주인의 맥박을 세심하게 감시하고 주인의 가슴에서 마음의 움직임을 나누고 온기를 느끼며 한 몸이 되거나, 책상 위에서 주인의 하루를 함께 경험하고 필연적으로 주인에게 동화되어 그처럼 살고 그처럼 생각하는 것에 익숙해진다." 하이리 이르달 집안의 가보인 '성물 시계'가 바로 그러한 시계의 전형이라고 할 수 있다. 그것은 때로는 빨리, 때로는 늦게 가기도 하고, 어떤 때는 마치 고집 센 낙타처럼 우뚝 멈춰서 버린다. 하지만 무스타파 케말 아타튀르크의 근대화 혁명 이후 터키는 획일적인 서구화의 길을 걷는다. 시간조정연구소의 시간 조정은 그러한 획일화의 과정을 상징하고 있다. 반면 성물 시계는 객관적인 시간이 아니라 주인의 주관적이고 주체적인 의식을 알려준다.

근대화는 태양의 변화를 주시하며 메카를 향해 기도를 올렸던, 인간과 시간 사이의 자연스러운 관계를 파괴했다. 연구소가 무엇보다 지지했던 진보는 추억을 되살리는 것도, 다른 것에 눈을 돌리는 것도, 어떤 현상에 대해 깊이 생각하는 것도 허락하지 않았다. 작가는 서구화에 따른 이러한 획일화되고 일사불란한 시간과는 다른 주관적인 시간의식을 서사구조를 통해서도 반영하고 있다. 즉 이 작품은 자서전의 성격을 띠고 있지만 화자가 본인의 인생을 과거부터 현재까지 단선적으로 회상하는 것이 아니라 끊임없이 과거와 현재와 미래를 넘나드는 순환 구조를 취하고 있다. 그것을 통해 독자는 이야기의 흐름에 혼란을 느낌과 동시에 근대 이후 시간에 대한 관념을 되돌아볼 기회를 얻는다.

한마디로 『시간조정연구소』는 오스만 제국에서 터키 공화국으로 넘어가는 격동기를 살았던 하이리 이르달의 인생 이야기를 통해 좁게는 터키 사회의 서구화 과정을, 넓게는 근대성의 문제 전반을 비판적으로 조명한 작품이라고 할 수 있다. 그런 점에서 일제 식민지기와 한국전쟁을 거쳐 지금까지 줄곧 서구화의 외길 속에서 전통적인 가치체계에 대한 정지 작업을 제대로 하지 못한 채 방향감각을 잃은 우리 사회의 모습이 오버랩 되는 것도 당연한 일인 듯싶다.

'터키 문학의 아버지'인 아흐멧 함디 탄피나르의 작품을 우리 독자들에게 처음 선보이게 되어 기쁘다. 심령술, 연금술, 정신분석 그리고 벨리댄스에 심취한 몽환적인 인물들과 시간이라는 근대적인 소재를 풍자적으로 잘 버무린 소설『시간조정연구소』를 통해 동서양의 교차점이라고 할 수 있는 터키 문화의 매력을 흠뻑 느껴보시기를 바란다. 번역을 위한 저본으로는 2008년 독일 칼 한저(Carl Hanser) 출판사가 펴낸 *Das Uhrenstellinstitut*를 사용했으며, 경우에 따라서 영어본을 참조하였다. 마지막으로 좋은 책이 나올 수 있도록 정성을 기울여준 도서출판 아모르문디 편집부에 이 자리를 빌려 감사의 마음을 전한다.

옮긴이 박현용

세계문학 5

시간조정연구소

초판 1쇄 펴낸 날 2016년 6월 30일

지은이 | 아흐멧 함디 탄피나르
옮긴이 | 박현용
펴낸이 | 김삼수
편 집 | 김소라·신중식
펴낸곳 | 아모르문디
등 록 | 제313-2005-00087호
주 소 | 서울시 마포구 월드컵북로12길 20 보영빌딩 6층
전 화 | 0505-306-3336 팩 스 | 0505-303-3334
이메일 | amormundi1@daum.net

한국어판 ⓒ 아모르문디, 2016 Printed in Seoul, Korea

ISBN 978-89-92448-45-1   04830